ANNE PERRY es conocida como la reina del crimen victoriano por sus novelas de misterio ambientadas en la Inglaterra del siglo XIX y protagonizadas por el inspector Monk. Asimismo, la autora continúa escribiendo una serie de novelas que tiene como trasfondo la Primera Guerra Mundial.

Títulos de la autora publicados en Zeta Bolsillo:

Marea incierta
Las raíces del mal
El rostro de un extraño
Sepulcros blanqueados
El peso del cielo
Muerte de un extraño
Ángeles en las tinieblas
Asesino en la oscuridad
Defensa o traición
Las tumbas del mañana
Una duda razonable
No dormiremos
Luto riguroso
Los pecados del lobo

ZETA

Título original: *The Sins of the Wolf*
Traducción: Victoria Simó
1.ª edición: mayo 2011

© 1994 Anne Perry
© Ediciones B, S. A., 2011
  para el sello Zeta Bolsillo
  Consell de Cent, 425-427 - 08009 Barcelona (España)
  www.edicionesb.com

Printed in Spain
ISBN: 978-84-9872-507-0
Depósito legal: B. 8.311-2011

Impreso por LIBERDÚPLEX, S.L.U.
Ctra. BV 2249 Km 7,4 Polígono Torrentfondo
08791 - Sant Llorenç d'Hortons (Barcelona)

Los pecados del lobo

ANNE PERRY

ZETA

1

Hester Latterly iba sentada en el tren, mirando por la ventanilla los paisajes despejados de las tierras bajas escocesas.

El sol de principios de otoño asomaba entre las brumas por encima del horizonte. Eran poco más de las ocho de la mañana y los campos sembrados de rastrojos seguían cubiertos por un manto de niebla, por encima del cual, como si ninguna raíz los atara al suelo, parecían flotar grandes árboles cuyas hojas, prendidas de ramas solitarias que despuntaban aquí y allá, empezaban a adquirir apenas un tono bronce. Las casas que se veían eran de piedra gris y sólida. Se habría dicho que surgían de la misma tierra, una sensación nueva para alguien acostumbrado a los colores más suaves del sur. Allí no había tejados de juncos ni paredes enyesadas conforme a un mismo estilo, sino chimeneas altas y humeantes, tejados de pizarra recortados contra el cielo y grandes ventanales que titilaban a la luz de la mañana.

Había regresado a casa tras la muerte de sus padres, hacia el final de la guerra de Crimea, casi un año y medio atrás. Le hubiera gustado quedarse en Scutari hasta el amargo final, pero la tragedia familiar hizo necesaria su presencia. Desde entonces, procuró poner en práctica los nuevos métodos de enfermería que con tanto dolor había aprendido; no sólo eso, intentó reformar las caducas ideas inglesas respecto a la higiene hospitalaria a partir de las teorías de la señorita Nightingale. A cambio de sus esfuerzos, la despidieron por dogmática y desobediente. No podía alegar nada en su defensa contra ninguno de los dos cargos. Era culpable.

Su padre había muerto en desgracia tanto social como financiera. No le dejó dinero, como tampoco a su hermano Charles. Éste, por supuesto, la hubiera mantenido con su propio sueldo y la habría alojado en su casa junto con él y su esposa, pero Hester no podía tolerarlo. En el transcurso de poco tiempo, se colocó como enfermera privada y, cuando el paciente se hubo recuperado, ella buscó otro empleo. Algunos trabajos eran más agradables y otros menos, pero nunca pasó más de una semana desocupada; vivía de sus propios ingresos.

Aquel verano había vuelto a desempeñar un cargo en el hospital, aunque por poco tiempo, a petición urgente de su amiga y a menudo patrona lady Callandra Daviot, quien requirió su presencia porque la muerte de la enfermera Barrymore había puesto al doctor Kristian Beck en peligro de arresto y procesamiento. Cuando el asunto quedó resuelto al fin, se colocó otra vez como enfermera privada, pero de nuevo concluyó el trabajo y tuvo que volver a buscar empleo.

Encontró el puesto a través de un anuncio de un periódico de Londres. Una importante familia de Edimburgo buscaba una señorita educada, con cierta experiencia como enfermera, para acompañar a la señora Mary Farraline, una mujer mayor de salud delicada pero no crítica, durante un viaje a Londres de seis días de duración y, después, de regreso a Edimburgo. A ser posible, una de las damas de la señorita Nightingale. Todos los gastos del viaje, por supuesto, correrían a cuenta de la familia, y se pagaría una generosa retribución por los servicios prestados. Había que enviar las solicitudes a la señora Baird McIvor, Ainslie Place, 17, Edimburgo.

Hester nunca había ido a Edimburgo —la verdad era que jamás había estado en Escocia— y la idea de realizar aquellos viajes en tren la seducía en extremo. Escribió a la señora McIvor detallando su experiencia y preparación, así como su deseo de ocupar el puesto.

Recibió respuesta cuatro días más tarde y junto con la aceptación de su solicitud había un billete de segunda clase para el tren nocturno a Edimburgo. El billete iba fechado para el martes siguiente; saldría de Londres a las nueve y cuarto de la noche y llegaría a Edimburgo a las nueve menos veinticinco de la mañana. Un carruaje la recogería en la estación de Waverley y la llevaría a la casa de los Farraline, donde pasaría el día trabando conocimiento con su paciente. Aquella misma noche, ella y la señora Farraline tomarían el tren a Londres.

Hester se había informado acerca de la ciudad, más que nada por curiosidad, aunque apenas llegase a Edimburgo tendría que volver a partir, al menos el primer día. Quizá al regresar de Londres con la señora Farraline pudiera quedarse un par de días. Tendría todo el tiempo para ella y podría visitar Edimburgo. Le habían dicho que, pese a ser la capital de Escocia, era una población mucho más pequeña que la ciudad del Támesis; sólo contaba con ciento setenta mil habitantes frente a los casi tres millones de Londres. De todos modos, se trataba de una ciudad muy distinguida, «la Atenas del norte», célebre por su erudición, sobre todo en los ámbitos de medicina y leyes.

El tren traqueteó y tomó la curva de la vía con una sacudida. Cuando el aire se despejó, Hester vio a lo lejos los tejados oscuros de la ciudad, sobre la cual se cernía el perfil escabroso del castillo encaramado a un gran peñasco y, al fondo de todo, el resplandor pálido del mar. Aunque no tenía ninguna razón de ser, un estremecimiento de emoción recorrió su cuerpo, como si estuviera a punto de vivir una gran aventura en lugar de disponerse a pasar un solo día en una casa desconocida antes de emprender sus habituales tareas profesionales.

El viaje había sido largo e incómodo, por cuanto en

un vagón de segunda clase no existía ningún tipo de intimidad y el espacio era exiguo. Como es natural, se pasó la noche sentada; le dolía todo el cuerpo y sólo durmió a ratos. Se levantó, se alisó la ropa y, con la mayor discreción posible, se recompuso el tocado.

Entre chorros de vapor, chirridos de ruedas, gritos y portazos, el tren llegó por fin a la estación. Tomó su escaso equipaje, una sola bolsa de viaje donde únicamente cabían una muda y los artículos de neceser, y se dispuso a bajar al andén.

El aire frío la azotó con tanta fuerza que contuvo el aliento. Había bullicio por todas partes, gente que llamaba a gritos a los mozos, vendedores de periódicos chillando, el traqueteo de las vagonetas y de los carros. La chimenea escupía carbonilla y un fogonero mugriento silbaba alegremente. El vapor inundaba el andén y un hombre lanzó una maldición cuando el cuello limpio de la camisa se le tiznó.

A Hester la invadió una sensación de euforia incontenible y, con brío impropio de una dama, apuró el paso por el andén hacia la escalera que conducían a la salida. Una mujer grandullona, ataviada con un vestido austero y toca de encaje, la miró con desaprobación y, entre aspavientos, comentó al hombre que estaba a su lado que no sabía adónde iría a parar la juventud. Nadie sabía ya comportarse. La gente mostraba unos modales desconcertantes y todo el mundo expresaba sus opiniones demasiado a la ligera, ya fueran fundadas o no. En cuanto a las mujeres jóvenes, tenían en la cabeza las ideas más disparatadas que se pudiera imaginar.

—Sí, querida —dijo el hombre con aire distraído mientras seguía buscando un mozo que cargase con el vasto equipaje de ambos—. Sí, estoy seguro de que tienes razón —añadió al darse cuenta de que ella se disponía a continuar.

—De verdad, Alexander, a veces pienso que no me escuchas en absoluto —se quejó, irritada, la mujer.

—Oh, claro que te escucho, querida, claro que te escucho —contestó él mientras se volvía de espaldas y hacía señas a un mozo.

Hester sonrió para sí y subió por la escalinata que conducía a la salida. Tras entregar el billete, salió a la calle. Tardó sólo unos instantes en localizar el carruaje que había ido a recogerla; el cochero era el único que se iba fijando en todas las caras. Lo vio titubear al mirar a una mujer joven, ataviada con un sencillo vestido gris y cargada con una sola valija. Hester la adelantó y se dirigió al hombre.

—Disculpe, ¿viene usted de parte de la señora McIvor? —preguntó.

—Sí, señorita, así es. Y usted debe de ser la señorita Latterly, que acaba de llegar de Londres para acompañar a la señora.

—Sí, soy yo.

—Bueno, en ese caso tendrá ganas de llegar a la casa y sentarse a tomar un desayuno decente, supongo. No creo que sirvan nada en esos trenes, pero nosotros lo arreglaremos, ya lo creo que sí. Traiga, le llevaré la bolsa.

Hester se dispuso a objetar que la bolsa no pesaba nada, pero el cochero se la cogió sin escucharla y, tras cruzar ambos la calle, la ayudó a subir al carruaje y cerró la puerta. El viaje fue demasiado corto; le habría gustado ver algo más de la ciudad. Sin embargo, se limitaron a atravesar el puente hasta Princes Street y después descendieron por la avenida, con las exquisitas fachadas de casas y tiendas a la derecha y la ladera verde del parque a la izquierda. Delante se divisaba el monumento a Scott y, arriba de todo, el castillo. Torcieron a la derecha en dirección a la parte alta y, tras un breve tránsito por calles georgianas, llegaron a Ainslie Place. El número diecisiete era idéntico a las casas que lo flanqueaban por ambos lados: una mansión de cuatro pisos con grandes ventanales, más pequeños cuanto más altos, en una fachada de simetría perfecta; proporciones dotadas de gracia y holgura, así como del gusto Regency para la simplicidad.

El carruaje se detuvo en la parte trasera; al fin y al cabo, era más una sirvienta que una invitada. Se apeó en el patio antes de que el cochero llevara el vehículo y el caballo a los establos y caminó hacia la puerta. Ésta se abrió sin que le diera tiempo a llamar al timbre y, al otro lado, un limpiabotas la contempló con interés.

—Soy Hester Latterly, la enfermera que va a acompañar a la señora Farraline durante el viaje —se presentó.

—Ah, sí, señorita. Si quiere entrar, avisaré al señor McTeer.

Sin aguardar respuesta, el muchacho la guió por la cocina hasta el pasillo, donde casi se dio de bruces con un mayordomo de rostro adusto y expresión lúgubre.

—Así que usted es la enfermera que ha venido para acompañar a la señora a Londres —dijo como si Londres fuera el camposanto—. Será mejor que entre. Mirren se ocupará de la bolsa, sin duda. Supongo que le apetecerá comer algo antes de ir a ver a la señora McIvor. —La calibró con la mirada—. Y también querrá lavarse y peinarse un poco.

—Gracias —aceptó ella con timidez, sintiéndose más desaliñada de lo que había creído hasta el momento.

—Bien, si quiere ir a la cocina, la cocinera le dará algo de desayuno. Alguien vendrá a buscarla cuando la señora McIvor esté lista.

—Vamos —dijo el limpiabotas alegremente, a la vez que giraba sobre sus talones para conducirla de nuevo a la cocina—. ¿Cómo son los trenes, señorita? Yo nunca he subido a uno.

—Métete en tus asuntos, Tommy —ordenó el mayordomo con aspereza—. Deja en paz los trenes. ¿Ya has limpiado las botas de vestir del señor Alastair?

—Sí, señor McTeer, las he limpiado todas.

—Entonces te buscaré algo que hacer...

Hester dio cuenta de un desayuno excelente en una esquina de la gran mesa de la cocina y después la acompañaron al pequeño dormitorio que le había sido asignado, situado junto al cuarto de los niños, donde habían dejado su bolsa de viaje. Se lavó la cara y el cuello y, de nuevo, se recompuso el tocado.

Sin más demora, acudieron a buscarla, y el taciturno McTeer la guió por una puerta forrada de paño verde hasta un gran vestíbulo con el suelo de losas blancas y negras, como un tablero de ajedrez. Las paredes estaban forradas de madera y media docena de cabezas de animales, expuestas como trofeos, adornaban la pared, casi todas de ciervos rojos. Sin embargo, lo que llamó la atención de Hester fue el retrato a tamaño natural de un hombre, situado justo enfrente de ella. Dominaba la habitación, no sólo por el colorido, digno de admiración, sino por el carácter que se adivinaba tras aquellas facciones pintadas. Tenía la cara alargada y los ojos grandes, de color azul claro, la nariz delgada y aquilina y una boca amplia y de contornos borrosos, detalle que proporcionaba al retrato un extraño aire ambiguo. El pelo rubio caía sobre la frente como un plumazo de color tan deslumbrante que eclipsaba toda la penumbra circundante, hecha de roble y dorados, así como la mirada vidriosa de los ciervos muertos mucho tiempo atrás.

El mayordomo la guió al otro lado del vestíbulo y salieron a un pasillo donde, tras dejar atrás varias puertas, se detuvieron ante una al fin. El hombre llamó, abrió y se hizo a un lado para cederle el paso.

—La señorita Latterly, señora, la enfermera de Londres.

—Gracias, McTeer. Por favor, entre, señorita Latterly.

La voz era suave, de timbre agradable y con algo de acento; el tono mesurado, culto y tirando a monocorde de la alta sociedad de Edimburgo.

La sala, en su mayor parte, estaba decorada en tonos azulados, animados en las paredes y en la alfombra con un motivo floral indefinido. Los amplios ventanales daban a un jardín pequeño y la luz de la mañana proporcionaba a la habitación un ambiente frío, pese a que el fuego ardía en el hogar. La única ocupante era una mujer esbelta de treinta y tantos años, y Hester, en cuanto la vio, comprendió que debía de guardar parentesco con el hombre cuyo retrato adornaba el vestíbulo. Tenía el mismo rostro alargado, nariz y boca grandes, pero en su gesto no había ni asomo de indecisión. Sus labios dibujaban un bonito contorno y sus ojos azules eran serenos y directos. Llevaba la melena rubia peinada con la severidad al uso, pero el tono cálido le otorgaba una gracia que no habría poseído con un color de pelo menos resplandeciente. Pese a todo, el rostro no era hermoso; desprendía una autoridad demasiado patente y la mujer no se molestaba en disimular su inteligencia.

—Por favor, entre, señorita Latterly —repitió—. Soy Oonagh McIvor. Le escribí en nombre de mi madre, la señora Mary Farraline. Espero que el viaje desde Londres haya sido agradable.

—Sí, gracias, señora McIvor, muy agradable, y disfruté mucho mientras duró la luz del día.

—Cuánto me alegro. —Oonagh sonrió con inesperada cordialidad y el gesto transformó su semblante—. Los viajes en tren a veces son fatigosos y de lo más antihigiénico. Ahora estoy segura de que le apetecerá conocer a su paciente. Debo advertirla de algo, señorita Latterly: mi madre parece gozar de una salud excelente, pero casi todo es cuento. Se cansa con más facilidad de la que admite y la medicina que toma es esencial tanto para su bienestar como, seguramente, para su supervivencia. —Habló con tranquilidad, pero en su voz se traslucía el deseo de recalcar la importancia de aquellas palabras—. Es muy fácil de administrar —siguió diciendo—, un brebaje sencillo, desagradable al gusto, pero cualquier dulce que tome después bastará para quitar el mal sabor. —Alzó la vista hacia Hester, que seguía de pie ante ella—. Es fácil que a mi madre se le olvide tomarla si se encuentra bien, pero, si cayera enferma por culpa de su mala cabeza, sería demasiado tarde para reparar el descuido y posiblemente su bienestar saliera perjudicado de manera permanente. Estoy segura de que lo entiende.

Aunque había dicho que estaba segura, en su cara se leía una pregunta.

—Claro —se apresuró a confirmar Hester—. Muchas personas prefieren pasar sin medicinas si pueden, y calculan mal sus fuerzas. Es comprensible.

—Estupendo. —Oonagh se levantó. Era tan alta como Hester, esbelta pero en absoluto delgada, y se movía con gracia pese a la rigidez de sus faldas amplias.

Cruzaron el vestíbulo y Hester no pudo sustraerse a mirar otra vez el retrato. El rostro la tenía hechizada, no podía apartar de su pensamiento la ambigüedad de aquel semblante. Le habría costado decir si le gustaba o no, pero, desde luego, no podría olvidarlo.

Oonagh sonrió e hizo ademán de detenerse.

—Mi padre —dijo, aunque Hester ya se lo había imaginado. Advirtió el temblor de la voz de Oonagh y comprendió que tras éste se ocultaba una profunda emoción reprimida con celo, tal como las mujeres de su clase, supuso, debían de hacer siempre en presencia de extraños, y de criados—. Hamish Farraline —prosiguió Oonagh—. Murió hace ocho años. Mi marido dirige la empresa desde entonces.

Hester abrió la boca sorprendida, pero en seguida se dio cuenta de lo inconveniente de su reacción y volvió a cerrarla.

No obstante, Oonagh había reparado en el gesto. Sonrió y levantó la barbilla una pizca.

—Mi hermano Alastair es el procurador fiscal —explicó—. Acude a la empresa tan a menudo como puede, pero sus deberes lo mantienen ocupado la mayor parte del tiempo. —Reparó en la confusión de Hester—. El fiscal—. Su sonrisa se ensanchó hasta curvarle los labios—. Algo así como lo que en Inglaterra llamarían el fiscal de la Corona.

—¡Oh! —Aun a su pesar, Hester estaba impresionada. Todo lo que sabía de derecho se lo debía a Oliver Rathbone, el brillante abogado que conoció a través de Callandra y Monk y respecto a quien albergaba unos sentimientos muy contradictorios. Sin embargo, aquello era de índole personal. Profesionalmente, sentía una profunda admiración por él—. Ya veo. Deben de estar muy orgullosos de él.

—Sí, desde luego. —Oonagh caminó hasta la escalera y aguardó hasta que Hester llegó a su altura; entonces empezó a subir—. El marido de mi hermana pequeña también trabaja en la empresa. Se le da muy bien todo lo relacionado con la imprenta. Tuvimos mucha suerte de que decidiera entrar a formar parte del clan. Siempre es conveniente que una empresa antigua, como la de los Farraline, quede en familia.

—¿Qué imprimen? —preguntó Hester.

—Libros. Toda clase de libros.

En lo alto de la escalera, Oonagh echó a andar por un rellano alfombrado en rojo turco y se detuvo ante una de las muchas puertas. Tras llamar con brevedad, la abrió y entró. Aquella habitación era del todo distinta a la sala azul del piso inferior. Estaba decorada en tonos cálidos, amarillos y bronces, como si la inundara la luz del sol, aunque el cielo, al otro lado de unas cortinas estampadas con motivos florales, se había teñido de un gris amenazador. Unos cuantos paisajes enmarcados en dorado decoraban las paredes y también había una lámpara ribeteada en oro, pero Hester apenas tuvo tiempo de reparar en los objetos. La mujer que las aguardaba sentada en una de las tres butacas floreadas atrajo toda su atención. Parecía alta, quizá más que Oonagh, y descansaba con la espalda erguida y la barbilla alta. Tenía el pelo casi blanco y su rostro alargado reflejaba un aire de inteligencia y sentido del humor fascinantes. No era demasiado guapa, ni siquiera en su juventud debió de ser una belleza —tenía la nariz demasiado larga, la barbilla algo corta—, pero la expresión de su rostro hacía olvidar todas las imperfecciones.

—Usted debe de ser la señorita Latterly —aventuró con voz clara y firme. Antes de que Oonagh pudiera presentarlas, continuó—: Soy Mary Farraline. Por favor, entre y siéntese. ¿Así que ha venido usted para acompañarme a Londres y asegurarse de que me comporto como mi familia desea?

El rostro de Oonagh se ensombreció un instante.

—Madre, sólo nos preocupa su bienestar —se apresuró a decir—. A veces se le olvida tomar la medicina y...

—Tonterías —la interrumpió—. No se me olvida. Es sólo que no siempre la necesito. —Obsequió a Hester con una sonrisa—. Mi familia es muy exagerada —explicó en tono jovial—. Por desgracia, cuando empiezas a perder las fuerzas físicas, la gente tiende a pensar que has perdido el seso también.

Oonagh lanzó a Hester una mirada entre paciente y cómplice.

—Estoy segura de que mi presencia es del todo innecesaria —dijo Hester, que le devolvió la sonrisa a su vez—, pero espero ser capaz, al menos, de hacerle el viaje un poco menos engorroso, aunque sólo sea llevando y trayendo cosas y asegurándome de que se siente a gusto.

Oonagh se relajó un poco; bajó los hombros como si hasta aquel momento hubiera estado en tensión sin reparar en ello.

—No creo que haga falta una enfermera de Florence Nightingale para eso. —Mary sacudió la cabeza—. Pero me parece que no podría contar con mejor compañía. Oonagh dice que estuvo usted en Crimea. ¿Es verdad?

—Sí, señora Farraline.

—Bueno, siéntese. No hay ninguna necesidad de que esté ahí plantada como una criada. —Señaló la butaca situada frente a ella y siguió hablando mientras Hester obedecía la indicación—. Así que trabajó usted como enfermera de guerra. ¿Por qué?

La pregunta tomó a Hester demasiado por sorpresa para dar una respuesta pronta. No había vuelto a plantearse la cuestión desde que su hermano Charles le preguntara por primera vez por qué quería embarcarse en algo tan peligroso e inútil. Aquello, desde luego, sucedió antes de que la fama de Florence Nightingale dignificara un poco la profesión. A la sazón, dieciocho meses después de la paz, sólo la Reina superaba a Florence Nightingale en cuanto al respeto y a la admiración que despertaba en el país.

—Vamos —dijo Mary, divertida—, debe de existir una razón. Las jóvenes no hacen las maletas y abandonan familia y amigos para partir a tierras extranjeras, sobre todo a unas tan hostiles, sin una razón de peso.

—Madre, pudiera tratarse de algo muy personal —protestó Oonagh.

Hester rió con ganas.

—¡Oh, no! —les respondió a ambas—. No tuve ningún desengaño amoroso ni me dejaron plantada. Quería hacer algo más útil que limitarme a permanecer en casa cosiendo y pintando, cosas que además no se me dan bien, y mi hermano pequeño, que estaba allí de soldado, me había contado las terribles condiciones en que se hallaban, supongo... Supongo que iba con mi carácter.

—Justo lo que imaginaba. —Mary asintió con un movimiento de la cabeza casi imperceptible—. Las mujeres no suelen tener muchas aspiraciones. La mayoría de nosotras nos quedamos en casa a dos velas, literal y metafóricamente. —Se volvió a mirar a Oonagh—. Gracias, querida. Ha sido muy atento de tu parte encontrarme una acompañante apasionada y aventurera y que posee además la valentía de seguir sus impulsos. Estoy segura de que me voy a divertir durante este viaje a Londres.

—Eso espero —dijo Oonagh con voz queda—. No tengo ninguna duda de que la señorita Latterly la cuidará muy bien y resultará una compañía interesante. Ahora será mejor que le pida a Nora que muestre el botiquín a la señorita Latterly y le enseñe cómo preparar la dosis.

—Si de verdad crees que es necesario... —Mary se encogió de hombros—. Gracias por venir, señorita Latterly. Estoy deseando verla en la comida, y después en la cena, claro, que tomaremos temprano. Creo que nuestro tren sale a las nueve y cuarto, y habrá que estar allí al menos media hora antes. Saldremos de aquí a las ocho y cuarto. Demasiado pronto para poder cenar con calma, pero esta noche no habrá más remedio.

Pidieron permiso para retirarse y Oonagh acompañó a Hester al vestidor de la señora Farraline, donde le presentó a la doncella de la dama, Nora, una mujer delgada, morena y de maneras circunspectas.

—Encantada, señorita —dijo mirando a Hester con cortesía y, aparentemente, sin el menor asomo de envidia o resentimiento.

Oonagh las dejó solas y, durante media hora, Nora le estuvo enseñando a Hester el botiquín, tan sencillo como Mary había dicho. Sólo contenía una docena de ampollas llenas de líquido. Debía administrar una por la mañana y una por la noche hasta el regreso. Las dosis ya estaban preparadas, no había que medirlas. Bastaría verter el contenido de la ampolla en el vaso que contenía el botiquín para tal efecto y cuidar de que la señora Farraline no lo derramase sin querer o, lo que sería peor, no creyese que ya había tomado la medicina e ingiriese una segunda dosis. Aquello, tal como Oonagh había señalado, podía resultar grave en extremo, tal vez incluso fatal.

—Usted es la encargada de la llave. —Nora cerró el

botiquín y le tendió la llave a Hester, atada a una cinta roja—. Por favor, cuélguesela del cuello, así no la perderá.

—Claro. —Hester obedeció y se metió la llave dentro del corpiño—. Una idea excelente.

La enfermera se hallaba sentada de lado en la única butaca del vestidor; Nora estaba de pie junto a los armarios. Las maletas de Mary se hallaban desperdigadas donde la doncella las había dejado. Dado que hasta la última falda era de un género exquisito, media docena de trajes ocupaban un espacio enorme. Una dama, que se veía obligada a cambiarse al menos tres veces al día —desde el traje de diario hasta algo apropiado para salir a comer, más el vestido de tarde, el del té y el de la cena—, no podía viajar con menos de tres maletas grandes, como mínimo. Ya sólo las enaguas, camisolas, lencería, medias y zapatos requerían una entera.

—No tendrá que ocuparse de la ropa —le informó Nora con orgullo de propietaria—. Yo me cuidaré de eso. Hay una lista donde aparece todo el equipaje detallado, y alguien de la casa de la señorita Griselda se encargará de deshacerlo. Bastará con que le haga el tocado a la señora Farraline por la mañana. ¿Se puede ocupar de eso?

—Sí, desde luego.

—Bien. Pues ya no puedo enseñarle nada más.

Un leve ceño ensombreció el rostro de la mujer.

—¿Falta algo? —preguntó Hester.

—No, no, nada. —Nora sacudió la cabeza—. Es sólo que me gustaría que no se fuese. No soy partidaria de los viajes. No veo la necesidad. Ya sé que la señorita Griselda se acaba de casar y que está esperando su primer hijo. A la pobre le preocupa que algo salga mal, a juzgar por lo mucho que escribe últimamente, pero hay gente así. Lo más seguro es que todo vaya bien y de todas formas la señora no puede hacer nada.

—¿Está delicada la señorita Griselda?

—Cielos, no, sólo le ha dado por preocuparse. Estaba perfectamente hasta que se casó con ese señor Murdoch, que se da tantos humos. —Se mordió el labio—. Oh, no debería decir eso. Seguro que es muy buena persona.

—Sí, supongo que sí —dijo Hester sin convicción. Nora la miró con una sonrisa.

—Me atrevería a decir que le apetece una taza de té —ofreció—. Son casi las once. Habrá algo en el comedor, si quiere.

—Gracias. Me parece que aceptaré.

Sentada a la mesa de roble alargada sólo había una mujer pequeña que, por lo que Hester calculó, debía de andar por los veintitantos. Tenía el pelo muy oscuro, tupido y brillante, la tez morena, realzada por unos buenos colores, como si acabara de llegar de un paseo vivificante. No era el tono de cutis que se llevaba, al menos no en Londres, pero a Hester, acostumbrada a la palidez generalizada, le pareció un cambio agradable. Los rasgos de la mujer eran correctos y a primera vista parecían sólo bonitos, pero una observación más atenta revelaba en ella un aire de inteligencia y determinación muy personales. Además, quizá no anduviese por los veintitantos, sino por los treinta.

—Buenos días —saludó Hester con timidez—. ¿La señora Farraline?

La mujer alzó la vista como sorprendida de la intromisión, pero en seguida sonrió y su semblante cambió por completo.

—Sí. ¿Quién es usted? —No lo dijo molesta sino con curiosidad, como si la aparición de Hester fuera un milagro y una sorpresa deliciosa—. Por favor, siéntese.

—Hester Latterly. Soy la enfermera que va a acompañar a la señora Mary Farraline a Londres.

—Ah..., ya. ¿Le apetece un té? ¿O prefiere cacao? ¿Y galletas de avena o de mantequilla?

—Té, por favor, y las galletas de mantequilla parecen deliciosas —aceptó Hester mientras se sentaba en la silla de enfrente.

La mujer sirvió té y se lo tendió a Hester; a continuación le ofreció la bandeja con las galletas de mantequilla.

—Mi suegra tiene las suyas en el piso de arriba —siguió diciendo—, y por supuesto todos los hombres se han ido a trabajar. En cuanto a Eilish, aún no se ha levantado. Nunca está levantada a esta hora.

—¿Se encuentra... mal?

Nada más decirlo, Hester se dio cuenta de que había hecho una pregunta indiscreta. Si un miembro de la familia se quedaba en la cama casi hasta la hora de comer, no era asunto suyo.

—¡Dios bendito, no! Cielos, no me he presentado. Qué negligencia por mi parte. Soy Deirdra Farraline, la esposa de Alastair. —Miró inquisitivamente a Hester para comprobar si aquella explicación tenía sentido para ella y leyó en su expresión que sabía de quién le hablaba—. Después está Oonagh —continuó—, la señora McIvor, quien le escribió; Kenneth y Eilish, la señora Fyffe, aunque yo nunca pienso en ella como tal, no sé por qué; y por último lady Griselda, que ahora vive en Londres.

—Ya veo. Gracias.

Hester dio un sorbo al té y mordió una galleta. El sabor superaba incluso al aspecto; cremosa y aterciopelada, se deshacía al contacto con la lengua.

—No se preocupe por Eilish —prosiguió Deirdra en tono amigable—. Nunca se levanta a una hora decente, pero está perfectamente. Basta mirarla para darse cuenta. Una persona encantadora y la mujer más adorable de Edimburgo, casi con toda probabilidad, pero también la más perezosa. No me interprete mal, la tengo en gran aprecio —añadió al instante—, pero no niego sus defectos.

Hester sonrió.

—Si sólo buscásemos la perfección, estaríamos muy solos.

—Coincido plenamente con usted. ¿Había visitado antes Edimburgo?

22

—No. No, ni siquiera conocía Escocia.

—¡Ah! ¿Siempre ha vivido en Londres?

—No, pasé algún tiempo en Crimea.

—¡Dios bendito! —Deirdra enarcó las cejas—. Oh. Oh, claro. La guerra. Sí, Oonagh dijo algo de contratar a una enfermera de la señorita Nightingale para acompañar a mi suegra. No entiendo por qué. Sólo hay que darle una dosis de nada de su medicina, ¡no hacía falta una enfermera de guerra para eso! ¿Fue hasta allí en barco? Debió de tardar siglos. —Puso mala cara y tomó otra galleta—. Ojalá el hombre pudiera volar. Entonces no habría que rodear África, bastaría con atravesar Europa y Asia directamente.

—No hace falta rodear África para llegar a Crimea —observó Hester con delicadeza—. Está en el mar Negro. Atraviesas el Mediterráneo y subes por el estrecho de Bósforo.

Deirdra desechó el comentario con un gesto de su mano pequeña y fuerte.

—Pero hay que rodear África para llegar a la India o a China. Es lo mismo.

A Hester no se le ocurrió ninguna respuesta apropiada y devolvió la atención al té.

—¿No encuentra esto terriblemente... insulso... después de haber estado en Crimea? —preguntó Deirdra con curiosidad.

Hester habría considerado el comentario mera cháchara de no haber visto el interés que reflejaba el rostro de Deirdra y la inteligencia que asomaba a sus ojos. Se planteó cómo responder a la pregunta. Las tareas de enfermería a menudo eran aburridas, aunque no se podía decir lo mismo de los pacientes. Sin duda echaba de menos la sensación de peligro y reto constantes que la había acompañado en la guerra de Crimea, y también la camaradería; pero, por otra parte, se había librado del hambre, el frío, el miedo y de unos sentimientos terribles de rabia y compasión. Todo ello había sido reemplazado por otra turbación emocional: trabajar con Monk. Conoció a William Monk cuando éste era el inspector de policía que investigaba el caso Grey y poco después, por mediación de Callandra, lo ayudó en el caso Moidore. Sin embargo, a él lo expulsaron de la policía y, en consecuencia, se vio obligado a trabajar de detective privado. De nuevo la enfermera tuvo que recurrir a él para que ayudase a Edith Sobel al ser asesinado el general Carlyon, y la propia Hester fue la persona ideal para ocupar un puesto en el hospital cuando apareció el cadáver de la enfermera Barrymore.

No obstante, la relación con Monk era demasiado complicada para explicarla, y sin duda no constituía la recomendación apropiada para la acompañante de una anciana a ojos de una familia tan respetable como los Farraline.

Deirdra seguía esperando, sin apartar la vista del rostro de Hester.

—A veces —reconoció—, estoy encantada de haberme librado de las pésimas condiciones de vida, pero también echo de menos el compañerismo, y eso resulta duro.

—¿Y el reto? —insistió Deirdra a la vez que se echaba hacia delante—. ¿No es maravilloso esforzarse por conseguir algo terriblemente difícil?

—No cuando las probabilidades de éxito son inexistentes y el precio del fracaso es el sufrimiento de otras personas.

Deirdra se desinfló.

—No, claro que no. Lo siento, ha sido una crueldad por mi parte. No quería decir justo eso. Estaba pensado en el reto para la mente, en la creatividad, en las aspiraciones personales. Yo...

Se interrumpió cuando la puerta se abrió y entró Oonagh. La mujer las miró a ambas alternativamente y su semblante se suavizó con una sonrisa.

—Espero que esté cómoda, señorita Latterly, y bien atendida.

—Oh, sí, desde luego, gracias —contestó Hester.

—Le he estado preguntando a la señorita Latterly por sus vivencias o al menos por algunas de ellas —dijo Deirdra con entusiasmo—. Suenan de lo más estimulante.

Oonagh se sentó y se sirvió té. Miró a Hester con recelo.

—Imagino que en ocasiones Inglaterra le parecerá muy rígida, acostumbrada a la libertad de Crimea.

Se trataba de una observación curiosa y denotaba una reflexión mucho más inteligente de lo normal. No era el comentario de alguien que habla por hablar.

Hester no contestó en seguida y Oonagh intentó explicarse:

—Me refiero al peso de la responsabilidad que debía de tener allí, si lo que he leído se parece en algo a la verdad. Habrá visto mucho sufrimiento, gran parte del cual se podría haber evitado con un poco más de sentido común. E imagino que no siempre tenía un mando a mano, médico o militar, cuando le tocaba tomar una decisión.

—No, no lo teníamos —convino Hester rápidamente, sorprendida por la perspicacia de Oonagh. De hecho, en aquellos momentos, sentada en aquel comedor tranquilo con la mesa pulida y los hermosos aparadores tallados, reparó en que la responsabilidad y la capacidad de tomar sus propias decisiones eran dos de los aspectos de Crimea a los que menos atención había prestado. En la actualidad, muchas de sus decisiones resultaban triviales.

En el caso de una mujer como Oonagh McIvor, cuyas responsabilidades se ceñían al ámbito doméstico, la trivialidad se acentuaba. ¿Qué serviría el cocinero para cenar? ¿Cómo resolvería la riña entre la pinche de cocina y la ayudante de lavandería? ¿Invitaría a tal y tal para cenar aquella semana con los Smith o la semana próxima con los Jones? ¿El domingo iría de verde o de azul? Observando la cara inteligente y decidida de Oonagh, Hester comprendió que no era de aquellas mujeres a las que les apetece malgastar las energías en cosas así, sea cual sea su tipo de vida. ¿Era envidia el curioso retintín que advertía en la voz de Oonagh?

—Posee usted una sorprendente capacidad de análisis —observó en voz alta, enfrentándose a la mirada fija de Oonagh—. No creo que nunca me lo haya expresado a mí misma con tanto acierto. Confieso que en ocasiones me he sentido casi ahogada por la necesidad de obedecer. Me había acostumbrado a la acción inmediata, aunque sólo fuera porque no había nadie a quien recurrir y la urgencia de la situación no admitía la mínima demora.

Deirdra la observaba con atención, el interés plasmado en el rostro y el té olvidado.

Oonagh sonrió como si, por algún motivo, la respuesta la hubiera complacido.

—Debe de haber visto mucha desolación y cantidades ingentes de dolor —comentó—. Por supuesto, alguien que se dedica a la medicina siempre tendrá que enfrentarse a la muerte, pero un hospital no se puede comparar con el campo de batalla. En ese sentido, volver a casa le debió de suponer un alivio. ¿Termina uno por endurecerse al ver tantas muertes?

Hester lo pensó unos instantes antes de contestar. La mujer no era de las personas que merecían, ni aceptaban, un comentario trillado o una respuesta poco sincera.

—No es que te endurezcas —dijo con ademán pensativo—, pero aprendes a controlar tus emociones, y después a no hacerles caso. Si les prestases demasiada atención, acabarías por sentirte tan desgraciada que dejarías de ser útil a los vivos. Aunque la compasión es un sentimiento natural, a una enfermera no le sirve para nada cuando hay tanto trabajo práctico que hacer. Las lágrimas no extraen las balas ni entablillan las extremidades rotas.

Una expresión de calma se extendió por la mirada de Oonagh, como si le hubieran despejado una duda irritante. Se levantó de la silla, sin terminar el té, y se alisó la falda.

—Estoy segura de que es usted la persona perfecta para acompañar a madre a Londres. Ella la encontrará muy estimulante y tengo plena confianza en que usted la cuidará de maravilla. Gracias por ser tan franca conmigo, señorita Latterly. Me deja del todo tranquila. —Miró el reloj de bolsillo que pendía de una cinta en su hombro—. Aún falta un poco para la comida. ¿Le gustaría descansar en la biblioteca? Allí se está caliente y nadie la molestará, si es que le apetece leer un rato.

Miró un instante a Deirdra.

—Oh, sí. —Deirdra se levantó también—. Supongo que será mejor que vaya a repasar las cuentas con el señor Lafferty.

—Ya lo he hecho —replicó Oonagh al instante—, pero aún no he decidido el menú de mañana con el cocinero. Podrías hacer eso.

Si a Deirdra le molestaba que su cuñada se apropiase el papel de señora de la casa, la expresión de su rostro no la delató.

—Oh, muchas gracias. Odio los números, son muy aburridos, siempre lo mismo. Sí, desde luego, hablaré con el cocinero.

Tras decir eso, obsequió a Hester con una sonrisa encantadora y se retiró.

—Sí, me gustaría mucho leer un rato —aceptó Hester.

No había sido una invitación exactamente, pero no tenía nada mejor que hacer, así que se dejó guiar a una biblioteca muy elegante, forrada de libros por tres lados, la mayoría encuadernados en piel y estampados en oro. Le llamó la atención que varios de los volúmenes más bonitos, al igual que muchos de los encuadernados en tela normal, hubieran sido impresos por Farraline & Company. Abarcaban gran variedad de temas, tanto históricos como de ficción. Muchos autores conocidos estaban representados, vivos y del pasado.

Escogió un libro de poesía, se acomodó en uno de los

amplios sillones y abrió el volumen. En la sala reinaba un silencio casi absoluto. A través de la pesada puerta no se filtraban los ruidos de la casa; sólo se oía el leve crepitar del fuego en el hogar y el choque ocasional de una rama contra la ventana cuando el viento la empujaba contra el cristal.

Perdió la noción del tiempo y se sobresaltó cuando, al alzar la vista, vio a una joven de pie ante ella. No había oído la puerta.

—Lo siento, no quería asustarla —se disculpó la mujer. Muy esbelta y bastante alta, uno olvidaba su silueta en cuanto reparaba en el rostro. Era una de las personas más hermosas que Hester había visto jamás, de rasgos graciosos y delicados, aunque llenos de pasión. Tenía la piel blanca, con el resplandor peculiar de una tez otoñal, y el cabello ondulado como un halo salvaje alrededor de la cabeza, en los tonos variados de las hojas secas—. ¿La señorita Latterly?

—Sí —respondió Hester, recuperándose de la sorpresa. Dejó el libro a un lado.

—Soy Eilish Fyffe —se presentó la joven—. He venido a decirle que la comida está servida. ¿Le apetecerá comer con nosotros?

—Sí, por favor.

Hester se levantó y, al recordar que debía devolver el libro a su lugar, dio media vuelta. Eilish agitó la mano con impaciencia.

—Oh, déjelo. Jeannie lo pondrá en su sitio. Aún no sabe leer, pero encontrará el hueco.

—¿Jeannie?

—La doncella.

—¡Ah! Pensaba que era... —Hester se interrumpió. Eilish se echó a reír.

—¿Una niña? No... Bueno, sí. Supongo que sí. Sólo es una de las criadas. Anda por los quince, eso cree ella. Está aprendiendo a leer.

Se encogió de hombros al decirlo, como quitando importancia al tema. A continuación esbozó una sonrisa deslumbrante.

—Los niños son Margaret, Catriona, y Robert.

—¿De la señora McIvor?

—No, no. Son de Alastair. Es mi hermano mayor, el fiscal.

Al decirlo, torció un poco el gesto, como si lo hubiera venerado hasta muy recientemente. Hester sabía bien cómo se sentía la muchacha; le bastaba con pensar en su hermano mayor, Charles, que siempre había sido una pizca rígido y poseía demasiado sentido del ridículo.

—Alec y Fergus están internos en el colegio. Son los hijos de Oonagh y mucho me temo que no tardarán en enviar a Robert también.

Abrió la puerta que daba al vestíbulo. No mencionó su propia familia y Hester dedujo que no la tenía. Quizá aún no se hubiese casado.

El almuerzo no era una comida formal y, cuando Eilish hizo pasar a Hester al comedor y le señaló la silla que le estaba destinada, toda la familia presente en la casa se hallaba reunida. Mary Farraline ocupaba la cabecera de la mesa y Oonagh los pies. Enfrente de Hester se sentaban Deirdra y un anciano tan parecido al retrato del vestíbulo que la enfermera se sorprendió a sí misma observándolo desconcertada. Sin embargo, sólo tenían en común el colorido y los rasgos: el mismo pelo rubio, que clareaba a pasos agigantados, la piel blanca, la nariz refinada y la boca sensible. Por dentro el hombre era totalmente distinto. También sufría heridas en el alma, pero no despertó en Hester la sensación de incertidumbre que le había dado el retrato; carecía de ambigüedad. Transmitía, eso sí, un profundo dolor, una desdicha interior que lo había arrollado y a la cual se había rendido pese a conocer exactamente su origen. Tenía los ojos azules y algo hundidos y miraba al frente sin fijarse en nadie en particular. Se lo presentaron como Hector Farraline y se referían a él como el tío Hector.

Hester se sentó y fue servido el primer plato. La conversación era agradable y más o menos superficial; cumplía su función a la perfección: crear un clima simpático sin apartar de la comida la atención de los comensales. Con discreción, Hester echó un vistazo a las caras, que tanto tenían en común y en las cuales las circunstancias y el carácter habían dejado huellas tan distintas. Sólo Deirdra y Mary no pertenecían a la familia por nacimiento. Mientras que las mujeres Farraline eran esbeltas, rubias y sobrepasaban en mucho la estatura media, Deirdra era pequeña y morena, con tendencia a engordar. Sin embargo, su cara reflejaba una intensa concentración interna, un aire de emoción controlada que le proporcionaba una calidez ausente en las demás. Respondía cuando la cortesía lo requería, pero no hacía comentarios por propia iniciativa. Al parecer, sus pensamientos la tenían absorta.

Eilish hablaba de vez en cuando, como movida por los buenos modales. En los intervalos, se sumía en meditaciones también. Hester se sorprendió mirando una y otra vez a Eilish, quizá porque su hermosura atraía la vista, pero también porque le parecía distinguir un aire de tristeza a través de la frágil máscara de cortesía e interés.

Eran Oonagh y Mary las encargadas de sacar un tema agradable e inofensivo tras otro.

—¿Cuánto dura el viaje, madre? —preguntó Deirdra, que se volvió hacia Mary en cuanto fue servido el plato principal.

—Unas doce horas —contestó Mary—, aunque pasaré la mayor parte durmiendo, así que se me hará mucho más corto. Creo que es un excelente modo de viajar ¿verdad, señorita Latterly?

—Desde luego —asintió Hester—. Aunque de camino aquí no vi gran cosa, me imagino que los paisajes son preciosos, sobre todo en esta época del año.

—Tendremos que regresar de día en el viaje de regreso —sugirió Mary—. Así podrá mirar por la ventanilla todo el camino. Si no llueve, será bonito de verdad.

—No sé por qué te vas —dijo Hector Farraline, que hablaba por primera vez. Tenía una voz magnífica, de timbre sonoro, y aunque arrastraba algunas palabras se adivinaba que cuando estaba sobrio debía de poseer una dicción hermosa, con la cadencia dulce y melodiosa del escocés del norte, no el acento monótono de Edimburgo, como Mary.

—Griselda la necesita, tío Hector —le explicó Oonagh con tono paciente—. Las mujeres, cuando esperan su primer hijo, atraviesan un momento muy delicado. Es frecuente encontrarse mal y sentir cierta aprensión.

Hector pareció confundido.

—¿Aprensión? ¿Por qué? ¿No le proporcionarán los mejores cuidados posibles? Pensaba que eran personas acomodadas..., una familia de buena posición social. Eso me dijo el joven Connal.

—¡De buena posición social! ¿Los Murdoch? —soltó Mary con socarronería, enarcando las plateadas cejas y con una expresión de sorpresa en el rostro—. No digas tonterías, querido. Son de Glasgow. Nadie digno de tener en cuenta ha oído hablar de ellos jamás.

—Han oído hablar de ellos en Glasgow —intervino Deirdra al vuelo—. Alastair dice que es una familia conocida y desde luego tienen mucho dinero.

Eilish sonrió a Hector un instante y en seguida bajó los ojos.

—Madre ha dicho «nadie digno de tener en cuenta» —dijo con voz queda—. Me parece que eso excluye a todo Glasgow ¿verdad, madre?

Mary se sonrojó una pizca, pero no se dejó amilanar.

—Quizá no a todo, pero sí a la mayor parte. Creo que hay unas zonas bastante agradables hacia el norte.

—Ya sabía yo. —Eilish sonrió hacia el plato.

Hector frunció el entrecejo.

—¿Y entonces por qué no viene a casa a tener el niño, donde podemos cuidar de ella? Si en Glasgow no hay nadie digno de tener en cuenta, ¿qué hace en Londres? —Tras aquella muestra de lógica excéntrica se volvió hacia Mary con mirada acuosa y expresión confundida, a punto de montar en cólera—. Deberías quedarte y Griselda debería venir a casa y tener a su hijo en Escocia. ¿A ver por qué ese cómo se llame...? —Arrugó el rostro—. ¿Cómo se llama? —Miró a Oonagh.

—Connal Murdoch —apuntó ella.

—Sí. —Él asintió—. ¡Eso es! ¿A ver por qué ese Colin Murdoch...?

—Connal, tío Hector.

—¿Qué? —Se había perdido por completo—. ¿De qué estás hablando? ¿Por qué me interrumpes una y otra vez y después repites mis palabras?

—Tómese un vaso de agua. —Oonagh acompañó las palabras con la acción; sirvió un vaso y se lo tendió.

El hombre hizo caso omiso y volvió a beber vino. No siguió hablando. Hester tuvo la fuerte impresión de que había olvidado lo que iba a decir.

—Quinlan dice que van a reabrir el caso Galbraith —se atrevió Deirdra a romper el silencio, pero de inmediato su rostro se crispó, como si deseara haber escogido cualquier otro tema de conversación.

—Quinlan es el marido de Eilish —explicó Oonagh a Hester—, pero él no está relacionado con la ley, así que yo no daría mucho crédito a esa información. Estoy segura de que sólo es un cotilleo.

Hester esperaba que Eilish saliera en defensa de su marido e insistiera en que había dicho la verdad, o en que él no escucharía, y mucho menos repetiría, un cotilleo. Sin embargo, guardó silencio.

Hector sacudió la cabeza.

—A Alastair no le va a hacer ninguna gracia —dijo con aspereza.

—Ni a nadie. —Mary parecía disgustada y un ceño surcó su frente—. Creí que todo eso había acabado.

—Espero que sí —se mostró convencida Oonagh—. No pienses en eso, madre. Sólo son ganas de hablar. La cosa se irá olvidando cuando vean que no pasa nada.

Mary la miró con gravedad, pero no contestó.

—Sigo pensando que preferiría que no fueras a Londres —insistió Hector sin dirigirse a nadie en particular. Se le veía triste y ofendido, como si el viaje fuese un duro golpe para él.

—Sólo serán unos días —contestó Mary mirándolo con una expresión sorprendentemente tierna—. Necesita que la tranquilicen, querido. Está muy preocupada ¿sabes?

—No entiendo por qué. —Hector sacudió la cabeza—. Tonterías. ¿Quiénes son esos Munro? ¿No la van a cuidar bien? ¿Ese Colin Munro no tiene un médico?

—Murdoch. —Oonagh apretó los labios con impaciencia—. Connal Murdoch. Claro que tiene un médico, y sin duda comadronas, pero lo que importa es cómo se siente Griselda. Además, madre sólo estará fuera una semana.

Hector se sirvió más vino y no dijo nada.

—¿Tienen nuevas pruebas en el caso Galbraith? —preguntó Mary a la vez que se volvía hacia Deirdra con una arruga en el entrecejo.

—Alastair no me lo ha comentado —contestó Deirdra con expresión sorprendida—, y si lo ha hecho no me acuerdo. Creí que había dicho que cerraron el caso por falta de pruebas.

—Así es —aseguró Oonagh con firmeza—. La gente lo comenta sólo porque el procesamiento de Galbraith habría levantado un gran escándalo, siendo quien es. Siempre hay quienes envidian a las personas de su posición y hablan más de la cuenta, tengan motivos o no. El pobre hombre ha tenido que marcharse de Edimburgo. Eso debería acabar con las murmuraciones.

Mary la miró como si fuera a decir algo. Después cambió de idea y bajó la vista hacia el plato. Nadie volvió a añadir nada. Durante el resto de la comida sólo se hicieron comentarios sueltos y, una vez concluida, Oonagh sugirió que tal vez Hester quisiera descansar unas horas antes de emprender el viaje de vuelta. Si le apetecía, sólo tenía que subir la escalera principal y dirigirse al dormitorio que le habían reservado.

Hester aceptó agradecida, y se disponía a subir la escalera cuando se encontró otra vez con Hector Farraline. Parado a medio camino, se apoyaba en el pasamanos con todo su peso, la expresión acongojada y, bajo la tristeza, una profunda ira. Miraba el retrato expuesto en la pared opuesta, al otro lado del vestíbulo.

Hester se detuvo en la escalera ante él.

—Es muy bueno, ¿verdad? —comentó como dando por sentado que él opinaba lo mismo.

—¿Bueno? —respondió el hombre con amargura, sin volverse a mirarla—. Oh, sí, muy bueno. Muy guapo, ese Hamish. Se consideraba un gran tipo. —Su expresión no cambió y él no se movió; se quedó aferrado al pasamanos, con el cuerpo medio echado hacia éste.

—Quería decir que es un buen retrato —se explicó Hester—. No conozco al caballero, por supuesto, así que no puedo hablar de él.

—¿A Hamish? Mi hermano Hamish. Claro que no. Lleva muerto ocho años, pero con ese retrato ahí colgado no tengo la sensación de que haya muerto, para nada. Es como si siguiera con nosotros, momificado. Debería construir una pirámide y plantarla encima de él. Es buena idea. Un millón de toneladas de granito. ¡Como tumba, una montaña! —Muy despacio, se dejó caer hasta quedar sentado en el escalón con las piernas extendidas a lo ancho, de modo que le impedía el paso a la mujer. Sonrió—. ¡Dos millones! ¿Qué aspecto tiene un millón de toneladas de roca, señorita..., señorita...?

34

La miró con aquellos ojos grandes y extraviados.

—Latterly —apuntó ella.

Él sacudió la cabeza.

—¿Qué dice, muchacha? ¿«Lateral»? ¡Un millón de toneladas es un millón de toneladas! ¡De lado, de frente, desde cualquier perspectiva!

Parpadeó.

—Mi nombre es Hester Latterly —dijo ella despacio.

—¿Cómo está usted? Hector Farraline.

Fue a hacer una reverencia, cayó al peldaño inferior y chocó con los tobillos de ella. La mujer retrocedió.

—¿Cómo está usted, señor Farraline?

—¿Alguna vez ha visto las grandes pirámides de Egipto? —preguntó él con inocencia.

—No. Nunca he estado en Egipto.

—Debería ir. Es muy interesante. —Asintió varias veces con sendos movimientos de cabeza y ella temió que siguiera resbalando.

—Lo haré, si alguna vez se me presenta la ocasión —le aseguró.

—Creí que Oonagh había dicho que había estado usted allí. —Se concentró con todas sus fuerzas, arrugando las facciones—. Oonagh nunca se equivoca, nunca. Es una mujer sorprendente. Nunca discuta con Oonagh. Lee tus pensamientos como cualquiera leería un libro.

—Pasé una temporada en Crimea. —Hester retrocedió otro peldaño. No quería que el hombre se precipitase sobre ella si volvía a perder el equilibrio, peligro que parecía inminente.

—¿Crimea? ¿Por qué?

—La guerra.

—Oh.

—Estaba pensando... —Iba a preguntarle que si le dejaba pasar, cuando oyó a su espalda los pasos discretos de McTeer, el mayordomo.

—¿Y por qué fue a la guerra? —Hector no quería renunciar al misterio—. Es usted una mujer. ¡No puede luchar!

Se echó a reír, como si la idea le divirtiese.

—Vamos, señor Farraline —dijo McTeer con firmeza—. Suba a su dormitorio y tiéndase un rato. No se puede pasar toda la tarde ahí sentado. La gente tiene que pasar.

Hector lo ahuyentó con impaciencia.

—Lárguese, hombre. Tiene cara de presidir el duelo en un funeral. No tendría peor aspecto si se tratara del suyo.

—Lo siento, señorita. —McTeer miró a Hester consternado—. Es un poco fastidioso, pero inofensivo. No la molestará, salvo por el parloteo. —Agarró a Hector por debajo de los brazos y tiró de él para incorporarlo—. Venga, no querrá que la señora Mary le vea comportándose como un tonto, ¿verdad?

La mención del nombre de Mary tuvo un efecto inmediato sobre Hector. Lanzó otra mirada de odio al retrato y dejó que McTeer lo ayudase a ponerse de pie. Juntos, remontaron la escalera lentamente y Hester pudo seguirlos sin hallar más obstáculos.

Hester se durmió, aunque no tenía intención de hacerlo, y al despertar sobresaltada descubrió que era hora de prepararse para una cena temprana y de dejar la bolsa de viaje en el vestíbulo, junto con la capa, listas para la partida.

La cena estaba servida en el comedor, pero en aquella ocasión habían puesto la mesa para diez y Alastair Farraline ocupaba la cabecera. Era un hombre de porte imponente y Hester lo identificó al instante porque el parecido familiar resultaba extraordinario. Tenía el mismo rostro alargado e idéntico pelo rubio con unas entradas considerables, la nariz larga, muy aquilina, y la boca grande. Su estructura ósea recordaba más a la de Mary que a la del tipo del retrato, y al hablar reveló una voz profunda y sonora, su rasgo más llamativo.

—¿Cómo está usted, señorita Latterly? Por favor, siéntese. —Señaló la silla que quedaba vacía—. Estoy encantado de que haya aceptado acompañar a madre a Londres. Todos nos sentiremos más tranquilos en lo que concierne a su bienestar.

—Gracias, señor Farraline. Haré lo que esté en mi mano por asegurarme de que tenga un viaje agradable.

Se sentó y sonrió al resto de los comensales. Mary ocupaba los pies de la mesa. A su izquierda había un hombre que debía de andar por los cuarenta, tan distinto a los Farraline como Deirdra. Tenía un cráneo considerable y una mata de cabello espeso le cubría la cabeza con una onda apenas insinuada. Sus ojos asomaban bajo unas cejas prominentes y oscuras, la nariz era grande y recta y la boca revelaba tanta pasión como fuerza de voluntad. Era un rostro interesante, distinto a cualquier otro que Hester pudiera recordar.

Mary se percató de que lo estaba mirando. Se lo presentó con una sonrisa cariñosa.

—Mi yerno, Baird McIvor. —A continuación se volvió hacia el hombre más joven, que estaba sentado a su derecha, más allá de Oonagh. Obviamente, aquel era un miembro de la familia; el colorido era el mismo, el rostro poseía igual ambigüedad y dejaba traslucir idénticos sentido del humor y vulnerabilidad—. Mi hijo Kenneth. Y mi otro yerno, Quinlan Fyffe.

Miró al frente, hacia el último que le habían presentado. Aquél también era rubio, pero tenía el pelo blondo, casi de color plata, y llevaba los ricillos cortados muy cortos. De cara alargada, la boca pequeña y bien dibujada, destacaba la nariz muy recta y un poco grande para el conjunto. Era un rostro inteligente y meticuloso, el de un hombre que oculta tanto como dice.

—Encantada —dijo Hester con cortesía.

Todos contestaron y se inició una conversación forzada e intermitente mientras les servían el primer plato. Le preguntaron por su viaje desde Londres y ella contestó que había sido excelente y les agradeció su interés.

Alastair frunció el entrecejo y miró a su hermano pequeño, que parecía tener mucha prisa en acabar el plato.

—Hay mucho tiempo, Kenneth. El tren no sale hasta las nueve y cuarto.

Kenneth siguió comiendo y no se volvió para mirar a Alastair.

—No voy a ir a la estación. Me despediré de mi madre aquí.

Hubo un momento de silencio. Oonagh también dejó de comer y volvió la vista hacia él.

—Voy a salir —aclaró Kenneth en un tono algo desafiante.

Alastair no se dio por satisfecho.

—¿Adónde vas? ¿Cómo es que cenas aquí y no puedes ir a la estación con nosotros para despedirte de madre?

—¿Qué más da que me despida de ella aquí o en la estación? —preguntó el otro—. Si ceno aquí es para despedirme de ella cuando se vaya y no antes de cenar. —Sonrió como si su respuesta no admitiera discusión.

Alastair torció el gesto, pero no dijo nada más. Kenneth siguió engullendo a toda prisa.

Les sirvieron el segundo plato y, mientras comían, Hester estudió los rostros con discreción. Saltaba a la vista que Kenneth estaba pensando en su cita, fuera cual fuese. Sin mirar a derecha ni a izquierda, dio cuenta del plato. Después se quedó sentado con manifiesta expresión de impaciencia mientras aguardaba a que la criada lo retirara y sirviese el siguiente. En dos ocasiones alzó la vista de repente como si fuese a hablar, y Hester adivinó que, de haberse atrevido, habría pedido que le sirvieran su parte por separado, antes que a los demás.

Hector comió muy poco, pero vació dos veces la copa de vino. Antes de llenársela por tercera vez, McTeer miró a Oonagh a los ojos. Ésta sacudió la cabeza con un movimiento casi imperceptible, gesto que Hester sorprendió sólo porque la estaba mirando directamente. McTeer retiró la botella y Hector no dijo nada.

Deirdra mencionó una cena importante que se iba a celebrar y a la que deseaba asistir.

—Para la cual, sin duda, necesitarás un vestido nuevo —dijo Alastair con ironía.

—Sería de agradecer. —Deirdra asintió—. Sólo intento hacerte quedar bien, querido. No querrás que la gente piense que la esposa del fiscal se hace arreglar los vestidos de una fiesta a otra.

—Es poco probable —comentó Quinlan con una sonrisa—. Has estrenado por lo menos seis vestidos este año..., que yo sepa.

Sin embargo, no lo dijo con reproche, sólo parecía divertido.

—Como esposa del fiscal, asiste a muchos más acontecimientos sociales que la mayoría de nosotros —argumentó Mary para quitar hierro al tema. A continuación añadió entre dientes—: Gracias a Dios.

Baird McIvor la miró sonriendo.

—¿No le gustan las cenas oficiales, madre?

Lo preguntó como si ya conociese la respuesta. En su semblante moreno se traslucía risa al tiempo que un gran cariño.

—No —reconoció ella, con los ojos brillantes—. Detesto aguantar a un grupo de gente dándose aires, sentados alrededor de una mesa y comiendo con modales exquisitos, opinando con solemnidad de todo y de todos. A menudo tengo la sensación de que si descubriesen a alguien gastando una broma lo multarían de inmediato y después le pedirían que se fuese.

—Exagera, madre. —Alastair sacudió la cabeza—. El

juez Campbell es un poco seco, su mujer, bastante engreída y el juez Ross tiende a quedarse dormido, pero la mayoría de ellos no está mal.

—¿La señora Campbell? —Mary enarcó las cejas plateadas y adoptó una expresión altiva—. ¡Jamás en toda mi vida había oído nada semejante! —exclamó en un tono muy afectado—. Cuando yo era pequeña, nosotros jamás...

Eilish soltó una risilla y miró a Hester. Al parecer, se trataba de una broma familiar.

—Cuando ella era pequeña, su abuelo vendía pescado en los muelles Leith y su madre hacía recados para el viejo McVeigh —dijo Hector con una mueca.

—¡No! —Oonagh no daba crédito a sus oídos—. ¿La señora Campbell?

—Sí... Jeannie Robertson, se llamaba entonces —le aseguró Hector—. Una niña con trenzas morenas hasta media espalda y agujeros en las botas.

Deirdra lo miró con interés renovado.

—Lo recordaré la próxima vez que me mire de arriba abajo con desdén.

—El viejo se ahogó —continuó Hector, disfrutando del protagonismo—. Tomó una copita de más y cayó de los muelles una noche de diciembre. El veintisiete, creo que fue. Sí, mil ochocientos veintisiete.

La impaciencia de Kenneth pudo al fin con sus miramientos y pidió a McTeer que le trajera el postre antes que a los demás. Mary frunció el entrecejo. Alastair abrió la boca como para decir algo, pero advirtió que su madre lo miraba y cambió de idea.

Oonagh comentó algo sobre una obra que se estaba representando en la ciudad. Quinlan le dio la razón y Baird lo contradijo de inmediato. El tema era de lo más trivial, y sin embargo a Hester le sorprendió advertir en el tono de ambos una animosidad de índole personal, como si estuvieran discutiendo algo de gran importancia. Miró el rostro de Quinlan y vio que su mirada se endurecía y que apretaba los labios al tiempo que apartaba la vista. Frente a él, Baird se sumió en sus pensamientos con expresión contrariada y los puños apretados. Se diría que en su interior albergaba un intenso dolor.

Eilish no miraba a nadie. Tenía la vista fija en el plato, el tenedor a un lado, la comida olvidada.

Nadie dio muestras de advertir nada fuera de lo normal.

Mary se volvió hacia Alastair.

—Deirdra dice que van a reabrir el caso Galbraith. ¿Es verdad?

Alastair levantó la cabeza muy despacio, adoptando una expresión tensa y recelosa.

—Rumores —soltó entre dientes. Miró a su mujer, que estaba sentada al otro lado de la mesa—. Si repites esas cosas contribuyes a que las personas ignorantes se pongan a especular, lo que puede arruinar una reputación. Lamento que no pienses un poco las cosas antes de hablar.

Mary puso mala cara al oír la afrenta, pero no dijo nada.

Las mejillas de Deirdra se tiñeron de rojo y tensó los músculos de la garganta.

—No lo he comentado con nadie, sólo con los presentes —dijo airada—. No creo que la señorita Latterly vaya corriendo a contárselo a nadie de Londres. ¡Jamás han oído hablar de Galbraith! De todas formas, ¿es verdad? ¿Van a reabrirlo?

—No, claro que no —respondió Alastair, enfadado—. No hay pruebas. En caso contrario, nunca lo habría desestimado.

—¿No hay nuevas pruebas? —insistió Mary.

—No hay ninguna clase de pruebas, ni viejas ni nuevas —contestó Alastair con tono tajante y mirándola directamente a los ojos.

Kenneth se levantó de la mesa.

—Disculpad. Tengo que irme o llegaré tarde. —Se

inclinó y dio a su madre un beso superficial en la mejilla—. Buen viaje, madre. Dele un beso a Griselda de mi parte. Iré a buscarla a la estación a su regreso. —Miró a Hester—. Adiós, señorita Latterly, me alegro de haberla conocido y de que madre se encuentre en tan buenas manos. Buenas noches.

Con un gesto de despedida, salió de la habitación y cerró la puerta.

—¿Adónde va? —quiso saber Alastair, irritado. Paseó la mirada por los comensales—. ¿Oonagh?

—No tengo ni idea —repuso ésta.

—A ver a una mujer, supongo —sugirió Quinlan con una sonrisa bailando en la comisura de sus labios—. Sería lo normal.

—¿Y por qué no sabemos nada de ella? —preguntó Alastair—. ¡Si la está cortejando, deberíamos saber quién es! —Fulminó a su cuñado con la mirada—. ¿Tú lo sabes, Quin?

Quinlan abrió mucho los ojos, sorprendido.

—No. ¡Claro que no! Sólo es una conjetura basada en la lógica. Quizá me equivoque. Puede que haya ido a jugar, o al teatro.

—Es tarde para ir al teatro —apuntó Baird al vuelo.

—¡Ha dicho que llegaba tarde! —se justificó Quinlan.

—No. Ha dicho que llegaría tarde si esperaba a que acabásemos todos —lo contradijo Baird.

—Sólo pasan unos diez minutos de las ocho —terció Oonagh—. Quizá vaya a un teatro de aquí cerca.

—¿Solo? —dijo Alastair con tono de desconfianza.

—A lo mejor ha quedado con alguien allí. De verdad, ¿tan importante es? —medió Eilish—. Si estuviese cortejando a alguien, nos lo habría dicho..., siempre que estuviera haciendo avances...

—¡Quiero saber quién es antes de que haga ningún... avance! —Alastair le lanzó una mirada asesina—. ¡Para entonces sería demasiado tarde!

—No te enfades por algo que aún no ha sucedido —dijo Mary con determinación—. Ahora... McTeer, traiga el postre y acabemos la comida en paz antes de que la señorita Latterly y yo salgamos hacia la estación. Hace una noche estupenda y vamos a tener un viaje muy agradable. Hector, querido, ¿me harás el favor de pasarme la crema? Estoy segura de que me apetecerá crema con el postre, sea cual sea.

Con una sonrisa, Hector la complació y el resto de la cena transcurrió entre charla intrascendente. Al fin llegó el momento de levantarse, pronunciar las despedidas, tomar los abrigos y el equipaje y dirigirse al carruaje que aguardaba.

2

—Vamos, madre. —Alastair tomó a Mary del brazo y la guió entre el gentío hacia el tren con destino a Londres, enorme y reluciente en el andén, las puertas con sus bonitos pomos de latón abiertas, los vagones brillantes descollando ante ellos conforme se aproximaban. La máquina soltó otro chorro de vapor—. No se preocupe, aún tenemos media hora —dijo Alastair de inmediato—. ¿Dónde está Oonagh?

—Ha ido a ver si el tren saldrá puntual, creo —respondió Deirdra a la vez que se arrimaba un poco a él para ceder el paso a un mozo que empujaba un carro cargado con cinco maletas.

—Buenas, señorita. —El mozo hizo ademán de llevarse la mano a la gorra—. Buenas, señor, señora.

—Buenas —contestaron con aire ausente.

Daban por supuesta la deferencia, pero aun así la experimentaban como una intromisión en su intimidad familiar. Hector estaba de pie con el cuello del abrigo subido, acusando el frío, la mirada fija en la cara de Mary, aunque ella estaba medio vuelta hacia el otro lado. Eilish caminaba hacia la puerta abierta del vagón, muerta de curiosidad. Baird vigilaba las tres maletas de Mary y Quinlan trasladaba el peso de un pie al otro, como si estuviera impaciente por acabar con todo aquello.

Oonagh volvió, titubeó un instante mirando a Alastair y a su madre alternativamente y, a continuación, como si acabara de decidirse, tomó a Mary del brazo y juntas avanzaron por el andén hasta llegar al vagón donde la anciana tenía hecha la reserva. Hester las siguió a un par de metros de distancia. Mary sólo estaría ausente una semana, pero incluso así resultaba inoportuno que una extraña, una empleada, hiciera notar su presencia. Sus deberes no habían empezado.

Por dentro, el coche era totalmente distinto al vagón de segunda clase en el que Hester había viajado a la ida. No se trataba de un gran espacio con asientos duros y rectos, sino de una serie de compartimientos separados, cada uno con dos asientos individuales, mullidos y enfrentados, en los cuales cabrían con comodidad tres personas sentadas o, maravillosa idea, una persona acurrucada, con los pies encogidos bajo las faldas, durmiendo con cierta comodidad. Al parecer viajarían solas, a salvo de las intromisiones, pues al echar un vistazo descubrió que el compartimiento estaba reservado para la señora Mary Farraline y compañía. Hester ya se estaba animando. Aquella noche iba a ser muy distinta del largo y agotador trayecto de ida, durante el cual había dormido poco y mal. Se sorprendió a sí misma sonriendo ante la perspectiva del viaje.

Mary, al entrar, se limitó a echar una ojeada a su alrededor. Era de suponer que ya había viajado en vagones de primera clase y aquél no despertaba en ella un especial interés.

—El equipaje está en el furgón de equipajes —informó Baird desde la entrada, mirando a Mary a los ojos, algo que no solía hacer cuando se dirigía a otras personas—. Se lo descargarán en Londres. Puede olvidarse de él hasta entonces.

Colocó un pequeño neceser y el botiquín en la rejilla portaequipajes.

Alastair le lanzó una mirada irritada, pero después decidió no molestarse en hablar, como si todo estuviera dicho ya y no sirviese de nada; o quizá considerando que no valía la pena repetirlo en aquellas circunstancias. Tenía toda la atención puesta en su madre. Parecía preocupado y de mal humor.

—Creo que lleva todo lo que necesita, madre. Espero que el viaje se desarrolle sin incidentes. —No miró a Hester, pero era obvio a qué se refería. Hizo ademán de besar a Mary en la mejilla y después pareció cambiar de idea y se incorporó—. Griselda irá a buscarla, por supuesto.

—Cuando vuelva estaremos aquí esperándola, madre —dijo Eilish con una sonrisa ligera.

—Lo dudo, querida. —La expresión de Quinlan delataba a las claras sus sentimientos—. Llegará a las ocho y media de la mañana. ¿Cuándo te has levantado a esa hora?

—Me levantaré... si alguien me despierta —se defendió Eilish.

Baird abrió la boca y volvió a cerrarla sin hablar.

Oonagh frunció el entrecejo.

—Claro que sí, si te esfuerzas un poco. —Se volvió hacia Mary—. Bueno, madre, ¿lleva todo lo necesario? ¿Hay calientapiés aquí?

Miró al suelo y Hester la imitó. Calentadores de pies. Qué idea tan maravillosa. En el viaje de ida, los pies se le quedaron tan helados que casi dejó de notarlos.

—Los he pedido —se extrañó Quinlan con las cejas enarcadas—. Deberían estar.

—Aquí está —anunció Oonagh a la vez que se agachaba para sacar una gran botella de piedra. Estaba llena de agua caliente y también de un producto químico que al parecer, cuando se agitaba la botella con fuerza, devolvía al líquido algo del calor perdido durante la noche—. Aquí tiene, madre, es cómodo y caliente. Coloque los pies encima. ¿Dónde está la manta de viaje, Baird?

Obediente, el otro se la tendió. Ella envolvió a Mary con la prenda. Dejó una segunda en el otro asiento. Nadie hacía mucho caso de Hester; al parecer, no esperaban que empezase a trabajar hasta después de la partida del tren. La enfermera colocó su maleta donde no estorbase, se sentó en el asiento de enfrente y aguardó.

Uno por uno, todos se fueron despidiendo y se alejaron por el pasillo. Oonagh fue la última en abandonar el compartimiento.

—Adiós, madre —dijo en voz baja—. Yo me ocuparé de todo mientras esté fuera, y lo haré tal como lo haría usted.

—Qué cosas más raras dices, querida. —Mary sonrió divertida—. Pero si ya te ocupas de todo en casa. Ahora que lo pienso, creo que llevas haciéndolo bastante tiempo. Y, te lo aseguro, nunca se me ha pasado por la cabeza preocuparme.

Oonagh la besó muy superficialmente y después dirigió a Hester una mirada serena y directa.

—Adiós, señorita Latterly.

Acto seguido, se marchó.

Mary se acomodó en el asiento en una postura algo más relajada. Como es natural, iba sentada de cara a la máquina y sería Hester quien viajaría de espaldas todo el camino.

Asomó una mueca al rostro de Mary, como si sus últimas palabras no hubieran sido del todo ciertas.

—¿Está preocupada? —dijo Hester al instante, mientras se preguntaba si podía hacer algo por tranquilizarla. Mary Farraline no sólo era su paciente, también le inspiraba una simpatía natural.

Mary se encogió de hombros con un movimiento casi imperceptible.

—Oh, no, en realidad no. No se me ocurre ningún motivo sensato de preocupación. ¿No tiene frío, querida? Por favor, use la otra manta. —Señaló hacia donde Oonagh la había dejado—. La han traído para usted. La verdad, tendrían que habernos dado un calientapiés para cada una. —Chascó la lengua entre los dientes, con enfado—. Estoy segura de que éste bastará para las dos. Por favor... Póngase justo enfrente de mí y apoye los pies en la otra mitad. No discuta conmigo. No puedo estar cómoda si sé que usted va ahí temblando. He tomado trenes en la estación de Edimburgo con suficiente frecuencia para conocer bien sus incomodidades.

—¿Ha viajado mucho? —preguntó Hester a la vez que se movía para sentarse donde Mary le había indicado y hallaba alivio para sus pies, ya helados, en el calentador.

Fuera del compartimiento, las puertas se estaban cerrando y el mozo gritaba algo, aunque su voz se perdió cuando la máquina escupió vapor con un siseo. El tren traqueteó y echó a andar con un tirón; a continuación fue ganando velocidad muy despacio y por fin abandonaron la bóveda de la estación para salir a la oscuridad del campo.

—Antes sí —contestó Mary con expresión nostálgica—. A todo tipo de lugares: Londres, París, Bruselas, Roma. Incluso fui a Nápoles en una ocasión, y a Venecia. Italia es muy hermosa. —Sonrió y el recuerdo le iluminó el rostro—. Todo el mundo debería ir al menos una vez en la vida. A ser posible alrededor de los treinta. Entonces uno es lo bastante adulto para darse cuenta de las maravillas que está viendo, para experimentar el pasado que lo rodea y que da peso al presente; y, sin embargo, es aún tan joven como para que el sabor enriquezca la mayor parte de su vida. —El tren dio una fuerte sacudida y prosiguió la marcha a más velocidad—. Es una pena que la vida te ofrezca sus milagros cuando aún eres demasiado joven y vas demasiado atolondrado para reparar en ellos. Es terrible darse cuenta tarde de lo que uno tiene.

Hester estaba considerando el peso de aquella reflexión con tanto interés que no contestó.

—Pero usted también ha viajado —siguió Mary, posando sus ojos brillantes en el rostro de Hester—. Y en unas circunstancias mucho más interesantes que las mías, al menos en su mayor parte. Oonagh me ha dicho que estuvo usted en Crimea. Si los recuerdos no le causan demasiado dolor, estaría encantada de escuchar sus experiencias. Lo reconozco, ardo en deseos de hacerle preguntas. Ya sé que se considera impropio y estoy segura de que es de mala educación curiosear, pero soy vieja y no me preocupan los convencionalismos.

Hester encontraba las preguntas de muchas personas mal planteadas y basadas en prejuicios nacidos en la paz y la ignorancia de Inglaterra, donde la gran mayoría sólo sabía lo que decían los periódicos. Aunque aquellas informaciones aumentaban los conocimientos de la gente y sus posibilidades de hacer críticas y plantear dudas, seguían careciendo de la pasión y el horror que acompañaban a la realidad.

—¿Le he despertado recuerdos dolorosos? —dijo Mary de inmediato, en tono de arrepentimiento.

—No, en absoluto —negó Hester, más por cortesía que ateniéndose a la estricta verdad. Sus recuerdos eran claros y complejos, pero casi nunca se sorprendía a sí misma anhelando escapar de ellos—. Me temo que puedan resultar aburridos para la gente porque algunos me afectan tanto que tiendo a repetirme acerca de las injusticias y omito los detalles que harían el relato más interesante.

—No me interesa nada un relato ponderado e imparcial. Eso puedo leerlo en cualquier diario. —Mary sacudió la cabeza con fuerza—. Cuénteme lo que sintió. ¿Qué le sorprendió más? ¿Qué era lo mejor y qué era lo peor? —Hizo un gesto de rechazo con la mano—. No me refiero al sufrimiento de los hombres, lo doy por supuesto. Me refiero a usted.

El tren avanzaba a un ritmo constante, de regularidad casi relajante.

—Las ratas —contestó Hester sin dudarlo—. El sonido de las ratas al caer de las paredes al suelo; eso y el frío del despertar. —El recuerdo, al expresarlo, fue tan vívido que emborronó el presente y casi dejó de notar la cálida manta que la envolvía—. No era tan terrible una vez estabas levantada y en danza, concentrada en el trabajo; pero desvelarte en mitad de la noche, cuando hacía demasiado frío para volver a dormir, por muy cansada que estuvieras... Ése es el recuerdo que más a menudo me asalta. —Sonrió—. Despertarme caliente, arrebujarme con las mantas y oír el sonido de la lluvia en el exterior, sabiendo que no hay ningún otro ser vivo en la habitación, sólo yo... Eso es una maravilla.

Mary rió con unas carcajadas sonoras de puro regocijo.

—Qué facultad tan sorprendente es la memoria. Las cosas más peregrinas nos traen a la memoria épocas y lugares que dábamos por perdidos en el pasado. —Se arrellanó en el asiento, con la cara relajada y la mirada extraviada en sus recuerdos—. ¿Sabe?, nací un año después de la caída de la Bastilla...

—¿La caída de la Bastilla? —preguntó Hester, desorientada.

Mary no la miró, sino que siguió contemplando la súbita imagen que, al parecer, su mente había evocado con gran nitidez.

—La Revolución francesa, Luis XVI, María Antonieta, Robespierre...

—¡Ah! Sí, claro.

Pero Mary seguía perdida en sus memorias.

—A esa época me refiero. El Emperador tenía subyugada a Europa. —Bajó la voz con respeto, tanto que el traqueteo de las ruedas contra las traviesas casi la ahogaba—. Estaba en el canal, a treinta kilómetros de Inglaterra; y sólo la Armada se interponía entre sus ejércitos e Inglaterra... y después Escocia, claro. —La sonrisa de sus labios se hizo más amplia y, pese a las arrugas que le surcaban el rostro y al cabello plateado, Mary desprendía un resplandor y un aire de inocencia infinitos, como si los años transcurridos hubiesen desaparecido y fuese una joven capturada por un instante en el cuerpo de una anciana—. Recuerdo cómo nos sentíamos. Esperábamos la invasión en cualquier momento. Los ojos de todo el mundo estaban vueltos hacia el este. Había vigías en lo alto de los riscos y almenaras listas para ser incendiadas en cuando el primer francés pisara la orilla. A lo largo de toda la costa, hombres, mujeres y niños observaban y aguardaban con armas caseras al alcance de la mano. Habríamos luchado hasta que el último de nosotros hubiera caído antes de permitirles que nos conquistasen.

Hester se mantuvo en silencio. Para ella, Inglaterra había sido un lugar seguro durante toda su vida. Podía imaginar cómo se hubiera sentido de haber abrigado el temor a que unos soldados extranjeros marchasen por las calles quemando casas y arrasando campos y granjas, pero sólo era una conjetura, no se podía equiparar a la realidad. Incluso en los peores días de Crimea, cuando el ejército aliado iba perdiendo, siempre supo que en Inglaterra reinaba la paz, que era un lugar inexpugnable y, salvo por algunos disgustos caseros, tranquilo.

—Los periódicos publicaban terribles caricaturas suyas. —La sonrisa de Mary se ensanchó un instante y después desapareció de repente. Se estremeció y miró a Hester a los ojos—. Cuando los niños se portaban mal, las madres los amenazaban diciendo que vendría «Bony» y se los llevaría. Contaban que comía niños pequeños y en algunos dibujos aparecía con una boca enorme, un tenedor y un cuchillo en las manos y Europa en un plato.

El tren redujo la marcha considerablemente al remontar una cuesta empinada. Una voz de hombre gritó algo ininteligible. Sonó un silbato.

—Y después, cuando tuve mis propios hijos en Edimburgo —continuó Mary—, la gente asustaba a los niños desobedientes con historias de Burke y Hare. Qué curioso, ¿verdad?, ahora parece mucho más siniestro. Dos irlandeses, que empiezan vendiendo cadáveres a un médico para que enseñe anatomía a sus alumnos, pasan a mayores saqueando tumbas y acaban asesinando.

El tren volvió a ganar velocidad. La anciana miró a Hester con curiosidad.

—¿Por qué el asesinato para diseccionar cadáveres resulta más escalofriante que el asesinato por robo? Después de que todo saliera a la luz, en 1829, y Burke fuera ahorcado... ¿Sabe que a Hare no lo colgaron? Por lo que yo sé, sigue vivo. —Se estremeció—. En fin, como iba diciendo, recuerdo que poco después una de nuestras doncellas desapareció sin decir nada. Nunca supimos adónde había ido (lo más probable es que se fugase con algún hombre), pero como es natural los otros sirvientes dijeron que Burke y Hare la habían capturado ¡y que estaba cortada en trocitos en alguna parte!

Se arrebujó con el chal, aunque en el coche no hacía más frío que antes y seguían con los pies apoyados en el calentador y envueltas en la manta.

—Alastair andaba por los doce entonces. —Se mordió el labio—. Oonagh tenía siete, una edad suficiente para oír las historias y comprender el terror que inspiraban. Una noche de invierno, a una hora avanzada, se desató una tormenta terrible. Oí un trueno y me levanté para comprobar si todo iba bien. Los encontré a los dos en la habitación de Oonagh, sentados en la cama, acurrucados bajo la manta con una vela encendida. Comprendí lo que ocurría. Alastair había tenido una pesadilla. Le pasaba a veces. Se fue a la habitación de Oonagh con la excusa de comprobar si ella estaba bien, pero en realidad para que lo consolara. Oonagh también estaba asustada; aún puedo ver su rostro, la piel blanca, los ojos abiertos con desmesura. Le explicaba a Alastair que habían ahorcado a Burke, que estaba muerto y nunca despertaría. —Soltó una carcajada áspera—. Estaba completamente segura; lo describió con todo detalle.

Hester se imaginó la escena. Dos niños sentados juntos, ambos aparentando tranquilizarse mutuamente y contándose en susurros horrores sobre ladrones de cadáveres, resucitados, asesinos furtivos en callejones oscuros y la mesa ensangrentada del disector. Los recuerdos así calan hondo, quizá bajo la superficie de la conciencia, pero compartir ese tipo de cosas forja una confianza que excluye a los que llegan más tarde. Ella no había vivido momentos así con su hermano mayor, Charles. Él siempre tendía a mantener las distancias, incluso desde la época más temprana que ella alcanzaba a recordar. Fue con James con quien compartió aventuras y secretos, pero había muerto en Crimea.

—Lo siento —se disculpó Mary con voz queda, y las palabras se abrieron paso entre los pensamientos de Hester—. He dicho algo que la ha apenado.

No era una pregunta, sino una observación.

Hester se sobresaltó. No había pensado que Mary prestase mucha atención a su persona, aparte de la circunstancial, y desde luego no la suficiente para reparar en su sentimientos.

—Quizá abordar el tema de los resucitados no ha sido lo más afortunado —dijo Mary con arrepentimiento.

—En absoluto —le aseguró Hester—. Estaba pensando en los dos niños juntos y recordaba a mi hermano pequeño. Mi hermano mayor siempre ha sido algo presuntuoso, pero James era divertido.

—Habla de él en pasado. ¿Ha... fallecido? —La voz de Mary adoptó un súbito tono amable, como si, a su pesar, supiera bien lo que era el dolor.

—Sí, en la guerra de Crimea.

—Lo lamento mucho. Sería una tontería decir que

sé cómo se siente, pero me hago una idea. Mataron a un hermano mío en Waterloo. —Pronunció la palabra con deferencia, como si poseyera cierto carácter místico.

Para muchas personas de la edad de Hester, aquella actitud habría resultado incomprensible, pero ella había oído hablar a demasiados soldados de aquel combate como para que no la recorriese un estremecimiento. Fue la mayor batalla campal de Europa, el ocaso de un imperio, el final de los sueños, el principio de la edad moderna. Hombres de todas las nacionalidades se dejaron la piel luchando, tanto que los campos quedaron sembrados de muertos y heridos; como dijera lord Byron, los ejércitos de Europa amalgamados en un cementerio rojo.

Alzó la vista y sonrió a Mary para hacerle ver que comprendía, al menos en parte, la magnitud de sus palabras.

—Entonces, yo estaba en Bruselas —recordó Mary torciendo el gesto—. Mi marido formaba parte del ejército, era comandante de los Royal Scots Greys...

Hester no oyó el resto. El traqueteo de las ruedas del tren sobre las vías ahogaba alguna que otra palabra, y ella tenía el pensamiento puesto en el hombre del retrato, la onda de pelo rubio y aquel rostro sensible que transmitía un aire tan ambiguo de poder y vulnerabilidad al mismo tiempo. No costaba imaginarlo, alto, erguido, elegante y fiero con su uniforme, bailando toda la noche en algún salón de Bruselas, consciente todo el tiempo de que por la mañana tendría que cabalgar hacia una batalla donde se decidiría el auge o la caída de naciones enteras y de la cual miles de hombres no volverían y otros tantos regresarían a casa ciegos o lisiados. A continuación recordó un cuadro donde aparecía representada la carga de los Royal Scots Greys en Waterloo, la luz reflejada en los caballos blancos que corcoveaban en plena batalla campal, las crines al viento, y los jinetes vestidos de escarlata echados hacia delante mientras el polvo y el humo de las armas oscurecían el fondo de la escena.

—Debió de ser un hombre estupendo —dijo en un impulso.

Mary pareció sorprendida.

—¿Hamish? —Suspiró con suavidad—. Oh, sí, sí que lo era. Me parece otro mundo; hace tanto tiempo de lo de Waterloo... Llevaba años sin pensar en ello.

—¿Salió indemne de la batalla? —A Hester no le dio apuro preguntarlo porque sabía que el hombre llevaba muerto sólo ocho años, y habían transcurrido cuarenta y dos desde Waterloo.

—Se hizo unos cuantos cortes y contusiones, pero nada que se pudiera llamar herida —contestó Mary—. Hector acabó con una bala de mosquete en el hombro y un corte de sable en la pierna, pero se curó en seguida.

—¿Hector?

¿Por qué le sorprendía tanto? Cuarenta y dos años antes, Hector Farraline debía de ser un hombre muy distinto del borrachín al que había conocido.

Mary tenía la mirada perdida, triste, tierna y plagada de recuerdos.

—Oh, sí, Hector era capitán. Era mejor soldado que Hamish, pero, al ser el hermano menor, su padre le compró un rango inferior. No poseía la elegancia de su hermano, ni su encanto, y cuando todo terminó fue Hamish quien destacó por su iniciativa y ambición. Él puso en marcha la imprenta Farraline.

Estaba de más añadir que el mayor heredó todo el dinero de la familia. Todo el mundo lo sabía.

—Su pérdida debió de afectarles mucho.

La luz se extinguió en el rostro de Mary, que adoptó una expresión formal, como si estuviera considerando el modo de recibir el pésame.

—Sí, por supuesto. Gracias por decirlo. —Se irguió más en el asiento—. Pero ya hemos hablado demasiado de los viejos tiempos. Me gustaría oír más cosas de sus experiencias. ¿Llegó a conocer a la señorita Nightingale? Una lee tanto sobre ella hoy en día... Se lo prometo, se diría que en ciertos círculos se la reverencia aún más que a la propia Reina. ¿Realmente es tan extraordinaria como dicen?

Hester se pasó casi media hora rememorando sus experiencias con tanta exactitud como le fue posible. Habló del dolor y de las pérdidas, de la necedad y el miedo constante, del frío cortante en invierno y del hambre y el cansancio durante el asedio. Mary escuchaba con atención, interrumpiéndola sólo para pedir más detalles, limitándose a asentir a menudo. Hester le describió el calor y la intensidad del verano, las barcas blancas de la bahía, la elegancia de los oficiales y de sus esposas, los galones dorados al sol, el aburrimiento, la camaradería, las risas y las veces que no se atrevía a llorar por miedo a no poder parar ya nunca. Después, a petición de Mary, apurando la memoria y entre carcajadas y anécdotas, le habló de personas concretas a las que había admirado o despreciado, amado u odiado, y todo el tiempo Mary escuchó con la mayor atención, con sus ojos claros fijos en el rostro de Hester. Entre tanto, el tren traqueteaba y daba sacudidas, reducía la marcha a causa de alguna pendiente y volvía a ganar velocidad. Estaban completamente aisladas en un mundo constituido por la luz de las lámparas, los sonidos metálicos y los vaivenes a través de la oscuridad, los campos invisibles al otro lado de las ventanillas. Viajaban abrigadas por las mantas, con los pies casi en contacto sobre el calentador de piedra.

En una ocasión el tren se detuvo del todo y ambas descendieron al gélido aire nocturno, no tanto para estirar las piernas, aunque les vino bien, como para aprovechar los lavabos de la estación.

De regreso al tren, mientras sonaba el silbato y la máquina escupía un chorro de vapor al cobrar energía, volvieron a taparse con las mantas y Mary le pidió a Hester que prosiguiera su relato.

La enfermera la complació.

No pensaba hacerlo, pero se sorprendió a sí misma hablando con vehemencia de los arraigados ideales que traía al volver, de su fuerte deseo de reformar las anticuadas salas de hospital inglesas y sus prácticas obsoletas.

Mary sonrió con nostalgia.

—Si me dice que lo consiguió, empezaré a dudar de su relato.

—Y haría bien. Me temo que me despidieron por arrogante y desobediente.

No hubiera querido revelar aquel detalle. No parecía lo más indicado para ganarse la confianza de una paciente, pero Mary ya era mucho más que eso y las palabras se le escaparon sin darse cuenta.

Mary rió con unas carcajadas sonoras y alborozadas.

—Bravo. Si todos nos limitásemos a obedecer órdenes, aún no se habría inventado la rueda. ¿Qué hizo al respecto?

—¿Qué hice?

Mary ladeó la cabeza una pizca, con expresión de burlona perplejidad.

—¡No me diga que se limitó a aceptar el despido como una buena chica y se quitó de en medio sin rechistar! Estará haciendo valer sus derechos de un modo u otro, ¿no?

—Bueno, no... —Vio cómo la consternación se iba apoderando despacio del rostro de Mary—. No, porque ha habido otras batallas —continuó a toda prisa—. Por... Por otros tipos de justicia.

Mary abrió los ojos con interés renovado.

—¿Sí?

—Ejem... Yo... —¿Por qué le hacía tan poca gracia contarle que ayudaba a Monk? No había nada reprobable en colaborar con la policía—. Conocí a un inspector de policía que estaba investigando el asesinato de un oficial del ejército. Todo indicaba que se iba a producir una terrible injusticia...

—¿Y usted fue capaz de evitarlo? —se adelantó Mary—. Sin embargo, después ¿no retomó la cuestión de la reforma de la enfermería?

—Bueno... —Hester advirtió que se sonrojaba un poco mientras veía en su mente el rostro de Monk, de ojos oscuros y pómulos grandes y altos, con tanta claridad como si lo tuviera sentado en el asiento de enfrente—. Bueno, hubo otro caso... poco después. —Pronunció estas palabras con cierta torpeza—. Y de nuevo se trataba de una injusticia. Yo me hallaba en situación de colaborar...

En los labios de Mary se dibujó una leve sonrisa.

—Ya veo. Al menos, creo entenderlo. Y, claro, tras ése vendría otro... ¿Cómo es ese policía suyo?

—Oh, no es nada mío —negó al instante, con más vehemencia de la que habría deseado.

—¿No? —Mary parecía poco convencida, pero sonreía divertida—. ¿No está encariñada con él, querida mía? Dígame, ¿cuántos años tiene y cómo es?

Se planteó un momento si debía decir la verdad, que Monk no sabía cuántos años tenía. Un accidente le arrebató la memoria y estaba recuperando la noción de sí mismo fragmento a fragmento, a lo largo de meses que ya se habían convertido en un año, y más. Era una historia demasiado larga y no le correspondía a ella contarla.

—No estoy del todo segura —respondió para eludir la cuestión—. Alrededor de cuarenta, diría yo.

Mary asintió.

—¿Y su apariencia, su manera de ser?

Intentó ser sincera e imparcial, lo que resultaba más difícil de lo que había pensado. Monk siempre despertaba emociones contradictorias en su interior, admiración por su agudeza, su valor y su amor a la verdad, e impaciencia, incluso rechazo, por su piedad para con los sospechosos, pero no para con sus colegas si eran menos perspicaces, si poseían menos agilidad mental que él o estaban menos dispuestos a correr riesgos.

—Es bastante alto —empezó a decir insegura—. En realidad, muy alto. Camina muy erguido, lo que le da un aspecto...

—¿Elegante? —apuntó Mary.

—No... O sea, sí, es elegante, pero no era eso lo que iba a decir. —Era ridículo que se enredase así con las palabras—. Creo que la palabra que estaba buscando es «ágil». No es guapo. Sus facciones son correctas, pero transmite una seguridad que... Iba a decir que se parece a la arrogancia, pero no es verdad. Es arrogancia, simple y llanamente. —Respiró hondo y continuó antes de que Mary pudiera interrumpirla—. Sus maneras son bruscas. Viste muy bien y gasta demasiado en ropa porque es vanidoso. Expresa su parecer sin importarle en absoluto la reacción de los demás. No tiene paciencia con la autoridad, ni la respeta, y dedica poco tiempo a aquellos que son menos capaces que él, pero no tolera la injusticia una vez ha reparado en ella y busca desenmascarar la verdad a toda costa.

—Un hombre singular, por lo que cuenta —observó Mary con interés—, y usted parece conocerlo muy bien. ¿Lo sabe él?

—¿Monk? —preguntó Hester sorprendida—. No tengo ni idea. Sí, supongo que sí. Casi nunca nos andamos con rodeos.

—Qué interesante. —En la voz de Mary no se advertía ni sombra de sarcasmo, sólo una fascinación genuina—. ¿Y está enamorado de usted ese Monk?

A Hester se le encendieron las mejillas.

—¡Claro que no! —negó con calor, y notó que le ardía la garganta al pronunciar las palabras. Por un momento, pensó que se iba a echar a llorar como una tonta. Habría sido humillante y de lo más ridículo. Debía aclarar el malentendido que sin duda había suscitado en Mary—. Nos unen algunas cosas porque creemos en las mismas causas y ambos estamos dispuestos a luchar contra la injusticia —resolvió con firmeza—. En lo que concierne a los asuntos amorosos, a él no le gustan las mujeres como yo. Prefiere... —Tragó saliva al evocar un recuerdo nítido y particularmente doloroso—. Prefiere las mujeres como mi cuñada, Imogen. Es muy guapa, muy dulce, y sabe cómo mostrarse encantadora sin recurrir a aspavientos. Se las arregla para despertar en el otro el deseo de protegerla. No quiero decir que sea una inútil, no sé si me explico.

—Ya veo —dijo Mary, moviendo la cabeza en señal de asentimiento—. Todos hemos conocido mujeres así en algún momento de la vida. Sonríen a un hombre y al instante él se siente mejor persona, más guapo y mucho más valiente que antes.

—¡Exacto!

—Así que ese Monk es un bobo en lo que a mujeres se refiere.

Era una afirmación, no una pregunta. Hester prefirió no responder a eso.

—Yo me inclino más por alguien como Oliver Rathbone —prosiguió la enfermera, sin estar convencida de que sus palabras fueran del todo ciertas—. Es un abogado muy distinguido...

—De buena familia, sin duda —comentó Mary en tono monocorde—. ¿Y honorable?

—No especialmente, por lo que yo sé —contestó Hester a la defensiva—. No obstante, su padre es una de las personas más agradables que he conocido. Me siento reconfortada sólo con recordar su cara.

Los ojos de Mary se agrandaron.

—Ya entiendo. Lo he interpretado mal. Rathbone no carece de interés. Cuénteme más.

—Es también terriblemente inteligente, aunque no de

la manera habitual. Está muy seguro de sí mismo y su sentido del humor no carece de sarcasmo. Una nunca se aburre con él y reconozco que no siempre sé lo que está pensando, pero podría jurar que a veces sus pensamientos no coinciden con sus palabras.

—¿Y está enamorado de usted? ¿O tampoco lo sabe?

Hester sonrió con suficiencia y recordó aquel beso súbito e impulsivo con tanta nitidez como si hubiera tenido lugar hacía sólo una semana y no un año.

—Creo que definirlo así sería demasiado fuerte, pero me ha dado motivos para pensar que no carezco de atractivo para él —fue su respuesta.

—¡Oh, excelente! —exclamó Mary, que sin duda se estaba divirtiendo—. Y esos dos caballeros no se caen muy bien entre sí, ¿me equivoco?

—No, no se equivoca —convino Hester con una satisfacción que la sorprendió—. Pero no creo que su antipatía tenga nada que ver conmigo; o, al menos, muy poco —añadió.

—Todo esto resulta muy emocionante —dijo Mary, contenta—. Lamento que vayamos a pasar juntas tan poco tiempo, me perderé el final.

Hester notó que le ardía el rostro otra vez. Se sentía muy confusa. Había hablado de sus sentimientos como si estuviera viviendo un romance. ¿Acaso deseaba que así fuera? La avergonzaba su necedad. De ninguna manera podía casarse con Monk, aunque éste se lo pidiera, cosa que no haría; se pasarían la vida riñendo. Además, el hombre tenía demasiadas cosas que no le gustaban. No se lo había comentado a Mary —le parecía una deslealtad—, pero Monk poseía una vena cruel que la horrorizaba; en su carácter existían aspectos oscuros, impulsos en los que ella no confiaba. No podía comprometerse con un hombre así, debía limitarse a ser su amiga.

¿Y se casaría con Oliver Rathbone si algún día él se dejaba llevar por una emoción tan arrebatadora como para pedírselo? Debería. Desde luego, pocas mujeres recibían ofertas tan atractivas, sobre todo pocas a su edad. ¡Tenía casi treinta años, por el amor de Dios! Sólo las solteras ricas podían aspirar a casarse a esa edad, y ella no lo era; al contrario, tenía que ganarse la vida. Entonces, ¿por qué iba a dejar escapar esa oportunidad?

Mary seguía mirándola alborozada.

Hester empezó a hablar, pero se dio cuenta de que no tenía ni idea de lo que iba a decir.

Mary abandonó aquella expresión divertida.

—Asegúrese bien de a cuál de los dos ama, querida. Si toma una decisión equivocada, podría arrepentirse el resto de su vida.

—¡No hay ninguna decisión que tomar! —replicó Hester demasiado rápido.

Mary no dijo nada, pero su rostro reflejaba perspicacia e incredulidad.

El tren volvió a reducir la marcha y finalmente se detuvo con un traqueteo. Las puertas se abrieron y alguien gritó. El jefe de estación recorrió el andén pronunciando el nombre de la estación junto a cada vagón. Hester se ciñó las rodillas con la manta de viaje. En el exterior, en la oscuridad parpadeante, sonó una campana. Pocos minutos después la máquina escupió vapor y reanudó la marcha.

Eran casi las diez y media. Hester notaba cómo el cansancio del viaje de la noche anterior empezaba a hacer mella en ella, pero Mary estaba como una rosa. Oonagh había dicho que debía tomar la medicina no más tarde de las once o, a lo sumo, a las once y cuarto. Al parecer, Mary no solía retirarse pronto.

—¿Está cansada? —preguntó la enfermera. En realidad le gustaba la compañía de Mary y no habría ocasión de volver a charlar por la mañana. Llegarían poco después de las nueve y estarían muy ocupadas bajando del tren, recogiendo el equipaje y buscando a Griselda y al señor Murdoch.

—No —respondió Mary alegremente, aunque ya se le habían escapado un par de bostezos—. Seguramente Oonagh le habrá dicho que debo retirarme a las once como máximo. Sí, lo imaginaba. Creo que Oonagh sería una buena enfermera. Es inteligente y eficaz por naturaleza y posee más sentido práctico que ningún otro de mis hijos. No sólo eso, se las arregla para convencer a los demás de que hagan lo correcto de tal modo que acaban creyendo que actúan por propia iniciativa. —Hizo una pequeña mueca—. Es todo un arte ¿sabe? A menudo me habría gustado dominarlo. Además, tiene un criterio excelente. Me sorprendió lo rápido que Quinlan se avino a respetarla. No sucede a menudo que un hombre de su carácter respete tanto a una mujer, sobre todo si es más o menos de su edad, y la trata con respeto genuino, nada de las buenas maneras que usa conmigo.

A Hester no le costaba creerlo. Había advertido la fuerza de voluntad que reflejaba el rostro de Quinlan y la inteligencia de aquellos ojos azules y perspicaces. Podía sacar mucho más partido de Oonagh que cualquier otro miembro de la familia. Saltaba a la vista que Baird lo detestaba; Deirdra iba a la suya, pendiente de sus propios asuntos; y Alastair, a juzgar por el relato de Mary, confiaba en el juicio de Oonagh como había hecho desde la infancia.

—Sí, supongo que sí —convino Hester—, pero el buen criterio y la diplomacia nunca están de más en una gran familia. Suponen la diferencia entre la felicidad y la desdicha.

—Tiene razón, ya lo creo que sí —convino Mary con un gesto de asentimiento—, pero no todo el mundo lo ve de esta manera.

Hester sonrió. Habría sido de mal gusto dar a entender que comprendía a qué se refería.

—¿Lo va a pasar bien en Londres? —preguntó—. ¿Tendrá tiempo para cenar fuera e ir al teatro?

Mary titubeó un momento antes de contestar.

—No estoy muy segura —dijo con expresión pensativa—. No conozco bien a Connal Murdoch ni a su familia. Es un joven bastante estirado, muy pendiente de la opinión ajena. No creo que Griselda tenga ganas de salir. De todas formas, si vamos al teatro será para ver algo muy convencional, me temo, y desde luego nada controvertido.

—Seguramente su yerno procurará causarle buena impresión —observó Hester—. Al fin y al cabo, usted es su suegra y concederá gran importancia a lo que pueda opinar de él.

—Oh, vaya —suspiró Mary mordiéndose el labio—. Reconozco mi error. Claro que sí. Recuerdo cuando Baird acababa de casarse con Oonagh. Era tan tímido que daba pena y en aquella época estaba muy enamorado. —Inspiró hondo—. Claro que ese tipo de pasión va desapareciendo con el tiempo. Conforme nos vamos conociendo mejor, el misterio queda al descubierto, la familiaridad acaba con el asombro. La época de emoción y sorpresas dura muy poco en realidad.

—Pero después llega la amistad, y un tipo de cariño que... —La voz de Hester se fue apagando. Las palabras sonaban ingenuas incluso a sus oídos. Notó que se le encendían las mejillas.

—Es de esperar —dijo Mary con suavidad—. Si tienes suerte, la ternura y la comprensión nunca mueren, como tampoco la alegría y los recuerdos.

Mientras hablaba, miraba más allá de Hester, hacia algo presente sólo en su memoria.

Hester volvió a representarse mentalmente al hombre del retrato. Se preguntó cuándo habría sido pintado el cuadro e intentó imaginar las marcas que el tiempo había dejado en aquel rostro y adivinar cómo había cambiado, cómo la familiaridad habría arrebatado el hechizo. No lo consiguió. Para ella, aquél era un rostro lleno de enigmas, risas y emociones que le pertenecerían sólo a él para siempre. ¿Se había dado cuenta Mary de ello y seguía enamorada de él? Hester nunca lo sabría. Con Monk sucedía algo parecido. Por mucho que lo conocieras, siempre era capaz de sorprenderte, de desvelar alguna pasión u opinión inesperadas.

—El idealismo es un mal consejero —manifestó Mary de repente—. Es algo que debo decirle a Griselda, pobrecilla, y también sin falta a ese hombre con el que se ha casado. Tal vez la que recorre el pasillo sea una princesa de cuento de hadas, pero la que se levanta por la mañana es una mortal normal y corriente. Dado que nosotros somos pobres mortales también, todos tan contentos.

Hester sonrió a pesar de sí misma. Se dispuso a levantarse.

—Se está haciendo tarde, señora Farraline. ¿Cree que debería sacar su medicina ahora?

—¿Debería? —Mary enarcó las cejas—. Seguramente. Pero aún no tengo ganas de tomarla. Volviendo a su pregunta original, sí, creo que iré al teatro. Insistiré en ello. Me he llevado algunos vestidos apropiados para veladas así. Por desgracia, no he podido traerme mi favorito, porque es de seda y me lo manché justo en la parte delantera, donde más se ve.

—¿No se puede limpiar? —preguntó Hester con tono apenado.

—Oh, claro que sí, pero no hubo tiempo antes de irme. Estoy segura de que Nora se ocupará de ello en mi ausencia, lo que pasa es que, aparte de que me gusta mucho, por desgracia es el único vestido que de verdad hace juego con mi broche de perlas grises, así que no lo he traído. Es muy bonito, pero las perlas grises no son fáciles de llevar; no me gusta ponérmelas con colores ni con nada que brille. Bueno, da igual. Sólo será una semana y seguramente no habrá muchas ocasiones de lucirlo. Además, voy a ver a Griselda, no a alternar en la sociedad londinense.

—Supongo que ella estará muy ilusionada ante la idea de tener su primer hijo...

—De momento no —replicó Mary, haciendo una pequeña mueca—, pero ya lo estará. Me temo que se preocupa demasiado por su salud. En realidad no le pasa nada, ¿sabe? —Se levantó por fin y Hester se puso en pie al instante para ofrecerle el apoyo de su brazo—. Gracias, querida —aceptó la anciana—. Se preocupa por cada dolorcito y cada molestia de nada y se imagina que indican algún problema del niño o algún defecto irreparable. Es una mala costumbre y a los hombres les molesta muchísimo, a menos, claro, que sean ellos quienes se quejan. —Se detuvo en la entrada del compartimiento, esbelta y muy erguida, con una sonrisa en los labios—. Debo advertir a Griselda de eso y asegurarle que no hay ningún motivo de preocupación. El niño nacerá perfectamente.

El tren redujo la marcha una vez más y cuando llegó a la estación ambas se apearon para hacer uso de los lavabos. Hester fue la primera en volver al vagón. Hizo lo que pudo por asear los asientos, alisó la manta para que Mary la encontrara a punto y agitó el calientapiés de nuevo. Empezaba a hacer frío de veras y la lluvia salpicaba la oscuridad que se extendía al otro lado de las ventanillas. Bajó el botiquín y lo abrió. Las ampollas estaban colocadas en filas, la primera ya usada, el frasco vacío. Al verlas en Edimburgo no se dio cuenta, pero como eran de cristal tintado costaba distinguir el líquido. Nora debía de haber utilizado aquélla por la mañana, una estupidez por su parte. Ahora les faltaría una. Sin embargo, tal vez no fuese difícil conseguir otra, suponiendo que avisase a Mary con tiempo.

Reprimió un bostezo con dificultad. Realmente, estaba muy cansada. Habían transcurrido treinta y seis horas desde la última vez que durmiera de un tirón. Al menos aquella noche podría poner los pies en alto y descansar, en lugar de permanecer sentada entre otras dos personas.

—Oh, ha bajado el botiquín —comentó Mary desde la entrada—. Supongo que tiene razón. La mañana no tardará en llegar.

Entró, contoneándose un poco con el traqueteo cuando el tren dio una sacudida y empezó a ganar velocidad.

Hester tendió la mano para ofrecerle apoyo y Mary se sentó.

El revisor apareció en el umbral con el uniforme impecable y los botones relucientes.

—Buenas noches, señoras. ¿Todo va bien? —Se tocó la visera de la gorra con el dedo índice.

Mary miraba la noche brumosa por la ventanilla, aunque no había nada que ver aparte de lluvia y oscuridad. Se dio la vuelta, sobresaltada, y su tez palideció un instante antes de que el alivio se extendiera por su rostro.

—Oh, sí, gracias. —Inspiró rápidamente—. Sí, todo va bien.

—Muy bien, señora. Les deseo buenas noches. Llegaremos a Londres a las nueve y cuarto.

—Sí, gracias. Buenas noches.

—Buenas noches —añadió Hester mientras él se retiraba a toda prisa, caminando con un curioso paso desgarbado que lo ayudaba a mantener un perfecto equilibrio.

—¿Está usted bien? —preguntó Hester, nerviosa—. ¿La ha sobresaltado? Quizá debería haber tomado ya la medicina. Debo insistir en que la tome ahora. Está bastante pálida.

Mary se arrebujó con la manta y Hester se la ajustó al cuerpo.

—Sí, estoy perfectamente —aseguró Mary con firmeza—. Ese desgraciado me ha recordado a otra persona, con su nariz larga y los ojos marrones. Por un momento, me ha parecido ver a Archie Frazer.

—¿Es alguien que le cae mal?

Hester quitó el tapón de la ampolla y vertió el líquido en el vasito que llevaba para tal efecto.

—No lo conozco personalmente. —Mary arrugó la boca con disgusto—. Era un testigo del caso Galbraith, o al menos lo habría sido si el caso hubiese llegado a los tribunales. Fue sobreseído. Alastair dijo que no había pruebas suficientes.

Hester le tendió el vaso. Ella lo tomó, apuró el contenido e hizo una pequeña mueca. Oonagh también había guardado algunas golosinas para quitar el mal gusto, y Hester le ofreció una. La mujer la aceptó agradecida.

—¿Entonces el señor Frazer es una figura pública? —Siguió hablando del tema para que Mary olvidase el mal sabor del medicamento. Devolvió el vaso a su lugar, cerró el botiquín y volvió a colocarlo en la rejilla del portaequipajes.

—Más o menos. —Mary se tendió y se acomodó lo mejor que pudo, y Hester le ciñó la manta al cuerpo—. Vino a casa una noche. Entró y salió a hurtadillas como una comadreja que no anda buscando nada bueno. Es la única vez que lo he visto en persona. Lo atisbé a la luz de una lámpara, igual que a ese revisor, pobre hombre. Seguro que estoy siendo injusta con él. —Sonrió—. Y quizá también con Frazer. —Sin embargo, en su voz seguía habiendo incertidumbre—. Ahora, por favor, póngase a dormir. Sé perfectamente que lo está deseando. Nos avisarán a tiempo para que nos levantemos y nos acicalemos antes de llegar a Londres.

Hester miró la única lámpara de aceite, que iluminaba el compartimiento con una luz pálida y amarillenta. No había modo de apagarla, pero dudaba que su resplandor les impidiese dormir a ninguna de las dos.

Se acurrucó en el asiento en la postura más cómoda posible y la sorprendió descubrir que, a los pocos minutos, el traqueteo rítmico de las ruedas sobre las traviesas la había amodorrado por completo. Se quedó dormida.

Se despertó varias veces, pero sólo para buscar una postura más cómoda y anhelar un poco más de calor. Tuvo sueños agitados, en los que se entremezclaban recuerdos de Crimea; la sensación de padecer frío y agotamiento y, pese a todo, estar lista para levantarse si era preciso a socorrer a aquellos que se hallaban en un estado indeciblemente peor.

Al final, se despertó sobresaltada y vio al revisor en el umbral mirándola con semblante alegre.

—¡Londres dentro de media hora, señora! —anunció—. ¡Buenos días!

Desapareció.

Tenía el cuerpo entumecido y estaba muerta de frío. Se levantó despacio. Se le había deshecho el moño y había perdido algunas horquillas, pero aquello carecía de importancia. Debía despertar a Mary, que seguía acurrucada de cara a la pared, tal como la dejara. Apenas se había movido. La manta parecía intacta.

—Señora Farraline —llamó en el tono más alegre que pudo—. Nos estamos acercando a Londres. ¿Ha dormido bien?

Mary no se movió.

—¿Señora Farraline?

Inmovilidad absoluta.

Le puso la mano en el hombro y la sacudió con mucha suavidad. Algunos ancianos duermen muy profundamente.

—¿Señora Farraline?

El hombro no cedió en absoluto; de hecho, parecía del todo rígido.

Hester sintió una punzada de alarma.

—¡Señora Farraline! ¡Despierte! ¡Casi hemos llegado a Londres! —insistió cada vez más angustiada.

Mary permaneció en la misma postura.

Hester tiró de ella con brusquedad y le dio la vuelta. Tenía los ojos cerrados, la cara estaba pálida y al tocarla la notó fría. Mary Farraline llevaba muerta toda la noche.

3

Lo primero que asaltó a Hester fue una terrible sensación de pérdida. Tiempo atrás tal vez hubiese atravesado un momento de rechazo inicial y se hubiese negado a aceptar que Mary había fallecido, pero había visto la muerte con demasiada frecuencia para no reconocerla. La noche anterior, Mary parecía gozar de una salud excelente y sentirse llena de energía y, sin embargo, debía de haber muerto al poco de irse a dormir. El cuerpo estaba frío al tacto y aquella rigidez tardaba de cuatro a seis horas en presentarse.

Tendió la manta por encima de la anciana y le tapó la cara con cuidado. A continuación se apartó. El tren había reducido ya la marcha y, al otro lado de las ventanillas surcadas de lluvia, se veían casas bañadas por la luz grisácea de primera hora de la mañana.

Entonces hizo aparición la segunda emoción: sentimiento de culpa. Mary era su paciente, la habían dejado a su cuidado y al cabo de unas horas estaba muerta. ¿Por qué? ¿En qué había fallado? ¿Dónde había metido la pata, qué había olvidado, por qué Mary falleció sin emitir un solo sonido, un grito, un jadeo, un último estertor? O quizá sí lo había emitido, sólo que Hester se encontraba sumida en un sueño tan profundo que el repiqueteo de la lluvia lo habría ahogado.

No podía seguir allí sin hacer nada, mirando aquella forma inerte cubierta con la manta. Debía comunicar la defunción a las autoridades, empezando por el revisor y el jefe de tren. Después, claro, cuando llegaran al destino, tendría que hablar con el jefe de estación y quizá con la policía. Tras eso, algo infinitamente peor: le tocaría decírselo a Griselda Murdoch. Sintió un leve mareo ante la idea.

Cuanto antes, mejor. Quedarse allí no servía de nada y la contemplación del cadáver sólo aumentaba el dolor. Atontada, se dirigió a la entrada del compartimiento y en su torpeza se golpeó el codo con la mam-para de madera. Tenía frío y estaba envarada por la tensión. Se hizo más daño del que habría sufrido en circunstancias normales, pero no había tiempo para lamentos. ¿En qué dirección? En cualquiera de las dos. Daba igual. «Haz algo, no te quedes parada.» Se dirigió hacia la izquierda, a la cabeza del tren.

—¡Revisor! ¡Revisor! ¿Dónde está?

Un militar con bigote asomó por una esquina y se la quedó mirando. Tomó aliento para hablar, pero ella ya había pasado corriendo.

—¡Revisor!

Una mujer muy delgada y de pelo canoso la miró con desaprobación.

—Cielos, muchacha, ¿qué pasa? ¿Es preciso que arme tanto escándalo?

—¿Ha visto al revisor? —preguntó Hester sin aliento.

—No, no lo he visto, pero, ¡por el amor de Dios, no grite tanto!

Sin más, volvió a meterse en su compartimiento.

—¿Puedo ayudarla en algo, señorita?

Se dio la vuelta con un respingo. Allí estaba el revisor al fin, y su rostro anodino no daba muestras de inquietud ante el problema que estaba a punto de comunicarle. Quizá estuviese acostumbrado a ver pasajeras histéricas. Hizo un esfuerzo por adoptar un tono de voz tranquilo y no perder el control.

—Me temo que ha sucedido algo muy grave...

¿Por qué temblaba tanto? Había visto cientos de cadáveres con anterioridad.

—Sí, señorita. ¿De qué se trata?

Permaneció impasible; sólo demostraba un interés educado.

—Me temo que la señora Farraline, la dama con la cual viajaba, ha muerto durante la noche.

—Lo más seguro es que sólo esté dormida. Algunas personas tienen un sueño muy profundo...

—¡Soy enfermera! —le espetó Hester en un tono alto y brusco—. ¡Sé reconocer la muerte cuando la veo!

Aquella vez el hombre puso cara de absoluto desconcierto.

—Oh, vaya. ¿Está segura? ¿Era una anciana? Un fallo del corazón, supongo. Se puso enferma, ¿no? Debería haberme avisado entonces, ¿sabe?

La miró con expresión de reproche. En otro momento, Hester le habría preguntado qué hubiera podido hacer él, pero estaba demasiado angustiada para discutir.

—No, no, no se ha quejado en toda la noche. La he encontrado muerta cuando he ido a despertarla, hace un momento. —Le volvía a fallar la voz y tenía los labios demasiado agarrotados para articular bien las palabras—. No sé... qué ha pasado. Supongo que habrá sido el corazón. Tomaba un medicamento.

—Se le olvidó tomarlo, ¿verdad?

La miró con recelo.

—¡No, claro que no! Yo misma se lo di. ¿No sería mejor que informase al jefe de tren?

—Cada cosa a su tiempo, señorita. Será mejor que me lleve a su compartimiento para echar un vistazo. Quizá sólo se encuentre mal.

No obstante, su voz denotaba poca esperanza y saltaba a la vista que sólo estaba aplazando el momento de la verdad.

Obediente, Hester volvió sobre sus pasos y se paró a

la entrada para ceder el paso al revisor. Éste retiró la manta por la parte de la cara y miró a Mary sólo un instante antes de volver a taparla y retroceder a toda prisa.

—Sí, señorita. Me temo que tiene razón. La pobre mujer ha fallecido. Iré a decírselo al jefe de tren. Usted quédese aquí y no toque nada, ¿entendido?

—Sí.

—Bien. Será mejor que se siente. No vaya a desmayarse o algo así.

Hester estuvo a punto de decirle que ella nunca se desmayaba, pero cambió de idea. Le flaqueaban las piernas y tenía muchas ganas de volver a sentarse.

En el compartimiento hacía frío y, pese al traqueteo del tren, reinaba un extraño silencio. Mary yacía en el asiento de enfrente, ya no en la cómoda posición en la que se había puesto a dormir, sino vuelta a medias, tal como Hester la dejó y como la había visto el revisor. Era absurdo preocuparse por su comodidad, pero tuvo que reprimirse para no colocarla en una posición más natural. Mary le había caído bien desde el primer momento. La mujer poseía una vitalidad y una franqueza excepcionales y prácticamente se había granjeado ya el cariño de Hester.

La llegada del jefe de tren interrumpió el hilo de sus pensamientos. Era un hombre pequeño, con un gran bigote y mirada sombría. Llevaba una mancha de rapé en la chaqueta del uniforme.

—Mal asunto —comentó con pesar—. Qué tragedia. Toda una dama, sin duda, pero ya no se puede hacer nada por ella, pobrecilla. ¿Adónde la acompañaba?

—A ver a su hija y a su yerno —contestó Hester—. Deben de estar en la estación...

—Vaya, vaya... Bueno, no se puede hacer más. —Sacudió la cabeza—. Dejaremos bajar al resto de los pasajeros y mandaremos a buscar al jefe de estación. Sin duda él encontrará a la hija. ¿Cómo se llama? ¿Sabe el nombre de la hija, señorita?

—Señora Griselda Murdoch. Su marido es el señor Connal Murdoch.

—Muy bien. Bueno, me temo que el tren va lleno, así que no puedo ofrecerle otro compartimiento para sentarse, lo siento. No obstante, llegaremos a Londres dentro de un momento. Procure no ponerse nerviosa. —Se volvió hacia el revisor—. ¿Puede ofrecerle algo a esta señorita, algún reconstituyente?

Las cejas espesas del revisor se dispararon hacia arriba.

—¿Me está preguntando que si llevo encima alguna bebida fuerte, caballero?

—Claro que no —repuso el jefe con delicadeza—. Eso iría contra las normas de la compañía. Pensaba que quizá llevase alguna medicina, algo contra el frío, los desmayos o lo que sea. Para los pasajeros y todo eso.

—Bueno... —El revisor miró la cara de Hester, que estaba muy pálida—. Bueno, supongo que podría encontrar algo... como...

—Bien. Vaya a echar un vistazo, Jake, y si puede dele a esta pobre chica un traguito, ¿de acuerdo?

—¡Sí, señor! ¡Muy bien!

Hizo honor a su palabra. Tras «encontrar» el coñac prohibido, le dio a Hester un tapón lleno hasta el borde, murmuró algo ininteligible acerca de sus obligaciones y la dejó sola. Transcurrió un cuarto de hora más, durante el cual ella permaneció temblando de frío y cada vez más inquieta. Por fin, el jefe de estación apareció en la entrada del compartimiento. Su cara llamaba la atención por lo anodina, tenía el pelo de color caoba y, en aquel momento, sufría un fuerte catarro.

—Bien pues, señorita —dijo, y estornudó con violencia—. Será mejor que nos cuente exactamente qué le ha pasado a esta pobre dama. ¿Quién es? Y, de paso, ¿quién es usted?

—Se llama Mary Farraline y es de Edimburgo —respondió Hester—. Yo soy Hester Latterly, contratada para acompañarla de Edimburgo a Londres con el encargo de darle la medicina y asegurarme de que estuviera cómoda.

Las palabras sonaban vacías en aquellos momentos, incluso absurdas.

—Entiendo. ¿Para qué era el medicamento, señorita?

—Para un problema cardíaco, creo. No me explicaron los pormenores de su estado, únicamente me dijeron que le diera la medicina regularmente, en qué dosis y a qué hora.

—¿Y se la dio, señorita? —Miró a Hester con severidad por debajo de las cejas—. ¿Está segura?

—Sí, totalmente segura. —Se levantó y bajó el botiquín, lo abrió y le mostró las ampollas vacías.

—Hay dos usadas —observó el jefe de estación.

—Sí. Le di una ayer por la noche, más o menos a las once menos cuarto; la otra debieron de administrársela por la mañana.

—Pero ustedes tomaron el tren ayer por la noche —señaló el revisor, que se había asomado por encima del hombro del jefe de estación—. Eso seguro. No salió hasta pasadas las nueve.

—Ya lo sé —repuso Hester en tono paciente—. Quizá andaban cortos de medicamento, o a la doncella le dio pereza preparar la dosis y usó una ya lista para usar. No lo sé. No obstante, yo le di la segunda, esta ampolla. —Señaló el recipiente vacío—. Ayer por la noche.

—¿Y cómo estaba ella entonces, señorita? ¿Se encontraba mal?

—No, no, parecía sentirse muy bien —contestó Hester con sinceridad.

—Entiendo. Bueno, será mejor que pongamos un guardia para que se asegure de que... —Tras un titubeo, continuó—: Para que nadie la moleste, y usted debería acompañarme para hablar con la hija de la difunta dama, que ha venido a buscarla, pobrecilla. —El jefe de estación frunció el entrecejo sin apartar la mirada de Hester—. ¿Está segura de que no gritó durante la noche? No se separó de ella en ningún momento, supongo...

—No, estuve aquí toda la noche —aseguró Hester con frialdad.

El otro volvió a titubear. A continuación estornudó con fuerza y tuvo que sonarse. La calibró con la mirada durante varios segundos, observando su porte erguido, su figura esbelta, tratando de calcular su edad y concluyendo que a lo mejor decía la verdad. No era una conclusión halagüeña.

—No conozco al señor y a la señora Murdoch —confesó Hester en voz baja—. Tendrá que efectuar algún tipo de aviso para dar con ellos.

—Nosotros nos ocuparemos de eso. Ahora recompóngase, señorita, y acompáñenos para comunicar a esa pobre gente que su madre ha fallecido. —La escudriñó con la mirada—. ¿Será capaz de hacerlo, señorita?

—Sí... Sí, claro que sí. Gracias por preocuparse.

Siguiendo al jefe de estación, se dirigió a la entrada y caminó hasta la puerta del vagón. El hombre se dio la vuelta y la ayudó a bajar del tren. El aire exterior era frío y cortante al contacto con el rostro, y olía a vapor, a hollín y a la mugre de miles de pies sucios. A pesar del tejado que cubría el andén, soplaba un viento helado y en la vasta bóveda resonaban los portazos, las voces y el ruido de las vagonetas y de las botas al andar. Con Hester a la zaga, el jefe de estación se abrió paso hacia la escalera de su oficina entre una multitud que empezaba a dispersarse.

—¿Están... aquí? —preguntó la mujer. De repente tenía la garganta seca.

—Sí, señorita. No ha costado dar con ellos. Una dama y un caballero jóvenes con los ojos puestos en ese tren. Sólo he tenido que preguntar.

—¿Alguien se lo ha contado ya?

—No, señorita. He pensado que sería mejor que se enteraran por usted, dado que conoce a la familia y por supuesto a la dama misma.

—Oh.

El jefe de estación abrió la puerta y se hizo a un lado. Hester entró sin más dilación.

La primera persona que vio fue una joven de cabello castaño claro, ondulado como el de Eilish, pero de un color mucho más insulso, pajizo más que dorado otoñal. Tenía el rostro ovalado, de facciones correctas, sólo que sin la pasión y la belleza de su hermana. Comparada con otra persona, habría pasado por guapa, aunque nada espectacular. Sin embargo, después de haber visto a Eilish, Hester sólo podía considerarla una sombra, un pálido reflejo de la otra. Quizá con el tiempo, cuando su estado actual hubiera llegado a término y ya no la atormentaran las inquietudes, se pareciera más a Oonagh y poseyera más vitalidad y confianza en sí misma.

Fue el hombre que estaba a su lado quien habló. Era ocho o diez centímetros más alto que su esposa, de rostro anguloso y párpados caídos. Tenía la manía de morderse el labio, lo que llamaba la atención sobre el bonito contorno de su boca.

—¿Es usted la enfermera contratada para acompañar a la señora Farraline durante el viaje? —preguntó—. Bien. Quizá pueda decirnos a qué viene todo esto. ¿Dónde está la señora Farraline? ¿Por qué nos han tenido aquí esperando?

Hester lo miró a los ojos un momento para darle a entender que le había oído; a continuación se volvió hacia Griselda.

—Soy Hester Latterly. Me contrataron para acompañar a la señora Farraline. Lamento de todo corazón tener que darles una terrible noticia. Su madre, ayer por la noche, estaba de un humor excelente y parecía encontrarse muy bien, pero falleció mientras dormía, durante el viaje. No creo que sufriese, porque no se quejó...

Griselda se la quedó mirando como si no hubiera entendido ni una palabra.

—¿Madre? —Sacudió la cabeza—. No sé de qué habla. Venía a Londres para decirme... no sé qué. ¡Pero me aseguró que todo iría bien! ¡Lo dijo! Me lo prometió.

Se volvió hacia su marido con expresión de impotencia. Él no le hizo caso y clavó la mirada en Hester.

—¿De qué está hablando? Eso no es una explicación. Si la señora Farraline gozaba de una salud perfecta ayer por la noche, no habría... —Buscó el eufemismo apropiado y prosiguió—: No habría partido así sin más, sin... ¡Por el amor de Dios, pensaba que era usted enfermera! ¿De qué sirve contratar una enfermera si después pasa algo así? ¡Es usted peor que inútil!

—Vamos, señor —intervino el jefe de estación con tono conciliador—. Si la señora llevaba años enferma del corazón, podía fallecer en cualquier momento. No sufrió y eso es de agradecer.

—¿Que no sufrió? ¡Ha muerto! —estalló Murdoch.

Griselda se tapó la cara con las manos y se dejó caer en la silla de madera que había a sus espaldas.

—No puede haber muerto —se lamentó—. Me iba a decir... ¡No puedo soportarlo! ¡Me lo prometió!

Murdoch la miró y su rostro reflejó confusión, ira e impotencia. Se aferró al consuelo ofrecido.

—Vamos, querida. El jefe de estación tiene parte de razón. Todo ha sido muy repentino, pero debemos estar agradecidos de que no sufriera. Al menos, por lo que parece.

Griselda lo miró espantada por el horror.

—Pero ella no... Quiero decir, ni siquiera me mandó una carta. Es de vital importancia. Nunca habría... Oh, es terrible.

Volvió a llevarse las manos a la cara y se echó a llorar. Murdoch miró al jefe de estación sin hacer caso de Hester.

81

—Debe entenderlo, mi esposa sentía un gran cariño por su madre. Esto ha sido un duro golpe para ella.

—Claro, señor, es natural —asintió el jefe de estación—. Por supuesto. Lo sería para cualquiera, sobre todo para una joven sensible.

Griselda se puso en pie de repente.

—¡Déjenme verla! —pidió al tiempo que echaba a andar.

—Vamos, querida —protestó Murdoch asiéndola por los hombros—. Eso no te haría ningún bien y debes descansar. Piensa en tu estado...

—¡Pero debo verla! —Se debatió para desasirse y se encaró con Hester. Tenía la tez tan pálida que las pecas desperdigadas por su cara destacaban como motas de suciedad. Con ojos febriles, la miró fijamente—. ¿Qué le dijo? —preguntó—. ¡Tuvo que decirle algo! Algo de los motivos que la traían aquí..., ¡algo de mí! ¿No?

—Sólo que venía para tranquilizarla y para asegurarle que no había nada que temer —respondió Hester con suavidad—. Fue muy categórica al respecto. No debe albergar ningún temor.

—¿Pero por qué? —quiso saber Griselda con furia, a la vez que alzaba las manos como si fuese a agarrar a Hester y sacudirla, cosa que habría hecho de haberse atrevido—. ¿Está segura? ¡Puede que no lo dijera en serio! Quizá sólo trataba de..., no sé..., de ser amable.

—No lo creo —replicó Hester con franqueza—. Por lo que pude ver, la señora Farraline no hablaba por hablar, sólo para tranquilizar a alguien. Si lo que dijo no hubiera sido del todo cierto, no lo habría mencionado en absoluto. Comprendo que le cueste horrores creerlo en un momento tan terrible, pero yo en su lugar me convencería de que no existen motivos de preocupación.

—¿De verdad? —insistió Griselda con ansiedad—. ¿Lo dice en serio, señorita...?

—Latterly. Sí, lo digo en serio.

—Vamos, querida —terció Connal en tono apaciguador—. Todo eso no importa ahora. Debemos ocuparnos de muchas cosas y tienes que escribir a tu familia de Edimburgo. Hay mucho que hacer.

Griselda se volvió a mirar a su marido como si éste acabara de hablar en un idioma extranjero.

—¿Qué?

—No te preocupes. Yo me encargaré de todo. Escribiré esta misma mañana, una carta explicando todo lo que sabemos. Si la enviamos hoy, saldrá con el tren de la noche y la recibirán mañana por la mañana. Les diré que todo sucedió de manera muy plácida y que apenas se dio cuenta de nada. —Sacudió la cabeza brevemente—. Venga, querida, has tenido un día espantoso. Te llevaré a casa. Mamá se ocupará de ti. —El tono de su voz delató un súbito alivio por haber dado con el modo ideal de librarse de una situación que lo sobrepasaba—. Tienes que pensar en tu... salud, querida. Deberías descansar. Aquí ya no puedes hacer nada, te lo aseguro.

—Eso es verdad, señora —dijo al instante el jefe de estación—. Vaya con su marido. Tiene toda la razón, señora.

Griselda titubeó, lanzó otra mirada angustiada a Hester y se rindió a la autoridad superior.

Aliviada, Hester la vio partir y entonces la asaltó un recuerdo vívido y triste, el de Mary diciéndole que Griselda siempre se preocupaba por nada. Casi podía oír la voz de la anciana en su cabeza, y todo el humor que destilaba. Quizá hubiera debido decir algo más para consolar a Griselda. Parecía más consternada por haber perdido la ocasión de disipar sus temores respecto a su hijo que por la muerte de su madre. Claro que quizá, de las dos emociones, aquélla fuera la más fácil de afrontar para ella. Igual que algunas personas recurrían a la ira, como Hester había visto con frecuencia, Griselda se aferraba al miedo. El embarazo, sobre todo al principio, podía provocar una gran confusión mental y dar lugar a sentimientos que normalmente no estarían tan a flor de piel.

No obstante, Griselda se había ido y Hester ya no podía añadir nada más. Quizá con el tiempo a Murdoch se le ocurriesen las palabras y los gestos apropiados.

Pasó casi una hora más contestando a preguntas y repitiendo respuestas fútiles antes de que le permitieran abandonar la estación. Explicó una y otra vez a todas las autoridades pertinentes las instrucciones exactas recibidas en Edimburgo y cuál era el estado de Mary durante la noche. No se había quejado de ninguna molestia, al contrario, parecía de un humor excepcional. No, Hester no oyó nada raro durante la noche, el ruido de las ruedas contra las vías ahogaba casi todo lo demás, de todas formas. Sí, sin duda le dio el medicamento a la señora Farraline, el contenido de una ampolla, tan como le habían indicado. La otra ampolla ya estaba vacía.

No, no conocía la causa de la muerte de la señora Farraline. Suponía que la afección cardíaca que padecía había tenido la culpa. No, no le detallaron el historial de la enfermedad. No la atendía como enfermera, simplemente la acompañaba para asegurarse de que no olvidaba la medicina ni repetía la dosis. ¿Era posible que hubiera tomado más medicamento de la cuenta? No, la señora Farraline no abrió el botiquín para nada, el estuche estuvo toda la noche donde Hester lo había dejado. Además, Mary no tenía despistes, no estaba senil, ni mucho menos.

Al fin la dejaron marchar. Abrumada por la tristeza, salió a la calle, paró un cabriolé y le dio al cochero la dirección de Callandra Daviot. Ni siquiera se paró a pensar si sería de buena educación presentarse allí a media mañana, sin anunciarse y terriblemente afligida. Su deseo de estar cómoda y a salvo, de oír una voz familiar, era tan intenso que pasó por alto todos los formalismos. En realidad, Callandra no daba mucha importancia a aquel tipo de normas, pero una cosa es la excentricidad y otra la desconsideración.

El día estaba nublado y el viento transportaba rachas de lluvia, pero ella apenas era consciente de su entorno. Calles oscuras, paredes mugrientas y aceras mojadas cedieron el paso a plazas graciosas, hojas llevadas por el viento y pinceladas de color otoñal, pero el nuevo paisaje tampoco la sacó de su ensimismamiento.

—Ya hemos llegado, señorita —anunció el cochero por fin, que la miraba a través de la mirilla.

—¿Qué? —preguntó ella sobresaltada.

—Ya estamos, señorita. ¿Va a bajar o piensa quedarse ahí sentada? Tendré que cobrarle, hay que ganarse la vida.

—No, ¿cómo voy a quedarme aquí? —replicó enojada mientras abría la puerta con dificultad y asía la bolsa con la otra mano.

Bajó como pudo y, tras dejar la bolsa en el suelo, pagó al cochero y le deseó un buen día. Mientras el caballo se alejaba, la lluvia empezó a caer con más fuerza, formando grandes charcos en los huecos del adoquinado. Hester volvió a asir la bolsa y subió la escalinata de la puerta principal. Rogaba al cielo que Callandra estuviera en casa y no en alguna otra parte, ocupada en uno de sus muchos quehaceres. De camino, había procurado alejar de su mente la posibilidad de no encontrarla, pero en el momento de remontar la escalera le pareció tan probable que se quedó dudando bajo la lluvia con los pies mojados y la orilla de la falda empapada por el roce contra el suelo.

Ya no tenía nada que perder. Tiró del pomo del timbre y aguardó.

La puerta se abrió y el mayordomo tardó unos instantes en reconocerla. Entonces su expresión cambió.

—Buenos días, señorita Latterly.

Hizo ademán de decir algo más, pero después se lo pensó mejor.

—Buenos días. ¿Está lady Callandra en casa?

—Sí, señora. Si quiere entrar, le diré que ha venido.

Con las cejas algo enarcadas, sorprendido de verla tan desaliñada, se hizo a un lado para cederle el paso. Tras hacerse cargo de la bolsa y dejarla en el suelo con cuidado, se disculpó y la dejó sola, empapada y chorreando agua en aquel suelo pulido.

Fue Callandra en persona quien apareció, con la preocupación grabada en su rostro singular de nariz alargada. Como siempre, el pelo se le escapaba de las horquillas como si fuera a emprender el vuelo, y su vestido verde era más cómodo que elegante. Las faldas anchas le sentaban bien cuando era más joven y esbelta; en la actualidad, ya no disimulaban cierta generosidad de caderas y, al contrario, la hacían parecer más baja de lo que era. Sin embargo, su presencia resultaba tan imponente como de costumbre y el sentido del humor y la inteligencia de su expresión compensaban de sobra su falta de belleza.

—¡Querida, tiene usted un aspecto terrible! —exclamó preocupada—. ¿Qué ha pasado? Pensaba que se había ido a Edimburgo. ¿Se canceló el viaje? —De momento, prefirió pasar por alto la falda empapada y el mal estado del vestido, como también el aspecto del pelo de Hester, tan despeinado como el suyo—. Parece descompuesta.

Hester sonrió de puro alivio cuando la vio. La invadió una sensación de calor mucho más intensa que el mero bienestar físico, como cuando se recibe una calurosa bienvenida tras un largo viaje.

—Fui a Edimburgo. He venido en el tren de la noche. Mi paciente ha muerto.

—Oh, querida, cuánto lo siento —dijo Callandra al instante—. ¿Antes de llegar? Qué horror. Sin embargo... Oh... —Escudriñó el rostro de Hester—. No se refiere a eso, ¿verdad? ¿Murió mientras estaba a su cargo?

—Sí.

—¿Cómo se les ocurre mandarla de viaje con alguien tan enfermo? —protestó con vehemencia—. Pobre mujer, morirse lejos de casa y en un tren precisamente. Debe de sentirse usted fatal. Desde luego, eso se diría por su apariencia. —Tomó a Hester del brazo—. Venga aquí y siéntese. Lleva la falda empapada. No tengo nada de su talla, se tropezaría con las faldas continuamente. Se las tendrá que arreglar con los vestidos de las criadas. Servirán mientras el suyo se seca. Si no, pillará un catarro de... —Se interrumpió e hizo una mueca de pesar.

—Muerte —apuntó Hester con una sombra de sonrisa—. Gracias.

—Daisy —llamó Callandra—. ¡Daisy, ven aquí por favor!

Obediente, una muchacha esbelta y morena, de ojos grandes, salió por la puerta del comedor plumero en mano, con el gorrito de encaje un poco torcido.

—¿Sí, señora?

—Eres más o menos de la talla de la señorita Latterly. ¿Serías tan amable de dejarle un vestido hasta que el suyo se seque? No tengo ni idea de lo que ha estado haciendo, pero lo está dejando todo empapado y esa tela mojada debe de estar más fría que la Navidad. Ah, y busca también unas botas y unos calcetines para ella. Y de paso dile al cocinero que sirva un poco de chocolate caliente en la sala verde.

—Sí, señora.

Se inclinó con una media reverencia y, tras echar un vistazo a Hester para asegurarse de que ésta había comprendido bien las instrucciones, se la llevó para cumplir el encargo.

Diez minutos más tarde, Hester estaba de vuelta ataviada con un vestido gris que le sentaba a la perfección, salvo porque le quedaba algo corto de los bajos y dejaba a la vista las medias y las botas prestadas. Se sentó junto al fuego, frente a Callandra.

La habitación era una de sus favoritas. Estaba decorada enteramente en verde oscuro y blanco, con las jambas de las puertas y ventanas en blanco, de modo que la luz atrapaba la vista. Los muebles eran palisandro cálido y oscuro, tapizados en brocado color crema, y había un cuenco con crisantemos blancos sobre la mesa. Hester rodeó con las manos la taza de chocolate caliente y dio un sorbo, agradecida. No entendía por qué tenía tanto frío; ni siquiera estaban en invierno y desde luego no había helado en el exterior. Sin embargo, no dejaba de temblar.

—Es de la impresión —le explicó Callandra con tono compasivo—. Bébaselo. La ayudará a sentirse mejor.

Hester dio otro sorbo y notó cómo el líquido caliente se le deslizaba por la garganta.

—Por la noche se la veía tan bien... —dijo con sentimiento—. Nos sentamos y charlamos de montones de cosas. Ella se hubiera quedado hablando más rato, pero su hija había especificado que debía irse a dormir a las once y cuarto como máximo.

—Si se sintió bien hasta la última noche de su vida, tuvo mucha suerte —sentenció Callandra, mirando a Hester por encima del borde de la taza—. La mayoría de la gente lo pasa mal un tiempo, a veces varias semanas. Es natural que esté usted impresionada, pero dentro de poco lo considerará más bien una bendición.

—Espero que sí —se consoló Hester, despacio. Su mente sabía que Callandra tenía toda la razón, pero en su ánimo pesaban la culpa y el arrepentimiento—. Me caía muy bien.

—Entonces alégrese de que no sufriera.

—Me he sentido tan... inútil, tan negligente... —protestó Hester—. No la ayudé lo más mínimo. Ni siquiera me desperté. Para lo que hice por ella o el consuelo que le proporcioné, igual me podría haber quedado en casa.

—Si murió mientras dormía, mi querida niña, no habría podido ofrecerle ningún consuelo ni hacer nada por ayudarla —observó Callandra.

—Supongo que tiene razón...

—Imagino que habrá tenido que informar a alguien. ¿A la familia?

—Sí. Su hija y su yerno habían ido a buscarla. La mujer estaba muy afligida.

—Claro, y a veces la gente, ante un dolor repentino, reacciona con ira y no quiere avenirse a razones. ¿Ha sido desagradable con usted?

—No... No, en absoluto. Se mostró muy amable. —Sonrió con amargura—. No me ha echado la culpa de nada y bien podría haberlo hecho. Parecía más disgustada por quedarse sin saber lo que su madre iba a decirle que por ninguna otra cosa. La pobrecilla está encinta de su primer hijo. Se siente intranquila respecto a su estado de salud y la señora Farraline iba a verla para tranquilizarla. Se angustió mucho al comprender que ya nunca llegaría a saber lo que su madre tenía que comunicarle.

—Una situación de lo más desafortunada —reconoció Callandra con tono compasivo—. Sin embargo, nadie tiene la culpa, exceptuando a la señora Farraline por haber emprendido un viaje semejante sabiendo que su estado de salud era tan delicado. Una carta larga habría sido lo más sensato. Claro que es muy fácil hacerse el listo después de lo ocurrido.

—No creo que nunca me haya encariñado tanto con un paciente en tan poco tiempo —persistió Hester, y tragó saliva con fuerza—. Era muy directa, muy honesta. Me habló del baile que se celebró la noche antes de la batalla de Waterloo. Dijo que todas las personalidades de Europa estaban allí aquella noche. Todo era alegría, risas y belleza; reinaba un desesperado amor a la vida, pues sabían lo que les podía deparar el nuevo día. —Por un instante, la luz débil del vagón y el semblante perspicaz de Mary le parecieron a Hester más reales que la habitación verde y el fuego que la rodeaban—. Y después, por la mañana, la partida. Los hombres vestidos de escarlata, los galones, los caballos olisqueando el nerviosismo reinante y el olor de la batalla, los arneses tintineando y los cascos inquietos. —Apuró el chocolate, pero conservó la taza vacía en las manos—. Había un retrato de su marido en el vestíbulo. Tenía un rostro curioso, lleno de una emoción sólo a medias revelada, tenías que adivinarla. ¿Sabe lo que quiero decir? —Miró a Callandra con expresión interrogativa—. Había pasión en su boca, pero incertidumbre en sus ojos, como si uno siempre tuviera que descifrar lo que estaba pensando en realidad.

—Un hombre complejo —convino Callandra—. Y un artista inteligente, por lo que dice, el que fue capaz de plasmar todo aquello en un retrato.

—Él fundó la imprenta familiar.

—¿Ah, sí?

—Murió hace ocho años.

Callandra estuvo escuchando otra media hora mientras Hester le hablaba de los Farraline, de lo poco que había visto de Edimburgo y de lo que tendría que hacer para encontrar otra colocación. Luego, se levantó y le sugirió a Hester que se arreglara el pelo. La enfermera aún no había reemplazado las horquillas perdidas y tenía un aspecto muy desaliñado. Después, irían pensando en la comida.

—Sí... Sí, claro —aceptó Hester al instante, al comprender de repente cuánto tiempo le había robado a Callandra—. Lo siento... Yo... Debería haber...

Callandra le hizo callar con una mirada.

—Sí —repitió Hester obediente—. Sí, iré a recomponerme el tocado. Y estoy segura de que Daisy querrá recuperar su vestido. Ha sido muy amable de su parte al prestármelo.

—No creo que su vestido se haya secado aún —observó Callandra—. Habrá tiempo para eso después de comer.

Sin más dilación, Hester subió a la habitación de invitados donde Daisy había dejado su bolsa de viaje, en la primera planta, y la abrió para sacar el peine y algunas horquillas. Metió la mano por un lado y palpó esperanzada. El peine no estaba allí. Lo intentó por el otro lado y, al cabo de un momento, lo tocó con los dedos. Las horquillas seguían sin aparecer. Deberían estar envueltas en un pequeño rollo de papel, pero transcurridos varios minutos aún no había conseguido dar con ellas.

Impaciente, puso la bolsa boca abajo y vació el contenido en la cama. No pudo localizar las horquillas a simple vista. Separó la camisa que se había cambiado en casa de la señora Farraline tras retirarse a descansar. Le costaba aceptar que sólo hubiera transcurrido un día desde entonces. La sacudió y algo salió volando para aterrizar en el suelo con un sonido apagado. Debía de ser el rollo de papel con las horquillas. Parecía del mismo peso y tamaño. Caminó al otro lado de la cama y se arrodilló para buscarlo. Había vuelto a desaparecer. Palpó la alfombra con la mano y lo buscó al tacto.

Ahí estaba, junto a la pata de la cama. Lo recogió y al instante comprendió que algo no iba bien. No era un papel, ni siquiera horquillas sueltas, sino un objeto metálico de forma complicada. Lo miró. Se le revolvió el estómago y notó la garganta seca. Se trataba de un broche, un aro y una espiral con diamantes y grandes perlas grises engastados. Nunca lo había visto antes, pero conservaba la descripción vívida en la memoria. Era el broche de la señora Farraline, aquel al que se refirió como su favorito y que dejó en casa porque el vestido con el que casaba se le había manchado.

Lo asió con dedos torpes y, sin arreglarse el moño, con las horquillas colgando, volvió a bajar la escalera y entró en la sala verde.

Callandra alzó la vista.

—¿Qué hay? —Le bastó echar un vistazo a la cara de Hester para comprender que algo más había acontecido, algo muy grave—. ¿Qué ha pasado?

Hester le mostró el broche.

—Es de la señora Farraline —dijo con voz ronca—. Lo he encontrado en mi bolsa.

—Será mejor que se siente —sugirió Callandra con gravedad a la vez que tendía la mano para alcanzar el broche.

Hester se dejó caer en la silla, agradecida. Tenía las piernas flojas.

Callandra tomó el broche y le fue dando la vuelta con cuidado, examinando las perlas y el sello de contraste del dorso.

—Debe de valer una fortuna —consideró en voz baja y muy grave—. Por lo menos de noventa a cien libras. —Miró a Hester con el entrecejo fruncido—. Supongo que no tiene ni idea de cómo ha ido a parar a su bolsa.

—No, ninguna en absoluto. La señora Farraline dijo que lo había dejado en casa porque el vestido con el que solía llevarlo estaba manchado.

—En ese caso, se diría que la criada no obedeció demasiado bien las instrucciones. —Callandra se mordió el labio—. Y también... Esto me huele muy mal. Cuesta creer que haya sucedido algo así por accidente. Hester, esto es muy grave y por mucho que me esfuerce no acierto a entenderlo. Necesitamos ayuda y le sugiero que hable con William... para que nos aconseje —terminó Callandra mientras Hester fruncía el entrecejo—. Esto no es algo que podamos resolver nosotras solas y tampoco sería sensato intentarlo. Querida, hay algo muy raro aquí. Esa pobre mujer ha muerto. Tal vez la joya haya ido a parar a sus pertenencias por un desafortunado error, pero por mi vida que no logro imaginar cuál.

—No creerá... —empezó a decir Hester, a quien no le hacía gracia la idea de pedir ayuda a Monk. No veía qué podía hacer él y, además, en aquel momento se sentía demasiado cansada y aturdida para enfrentarse a la lucha anímica que Monk suscitaría.

—Sí, lo creo —dijo Callandra sin ceder ni un ápice—.

Si no, no lo habría sugerido. La decisión está en sus manos, pero no encuentro palabras para expresar lo importante que es que pida consejo, y cuanto antes.

Hester permaneció inmóvil varios segundos, pensando, intentando hallar una explicación al hallazgo para no tener que recurrir a Monk, pero sabiendo todo el tiempo que sería inútil. Ninguna hipótesis tenía sentido.

Callandra aguardó, consciente de que llevaba las de ganar; sólo era cuestión de esperar a que Hester entrase en razón.

—Sí —aceptó por fin en voz baja—. Sí, lo haré. Volveré a subir, me peinaré y después iré a buscar a Monk.

—Puede llevarse mi coche —le ofreció Callandra.

Hester sonrió con tristeza.

—¿No confía en que vaya?

Pero no esperaba una respuesta. Ambas sabían que aquél era el proceder más sensato.

Monk la miró con el entrecejo fruncido. Se hallaban en la salita que, a sugerencia de Hester, el detective usaba para recibir a los posibles clientes. Los hacía sentirse mucho más cómodos que el austero despacho, un espacio demasiado funcional y algo amedrentador. El propio Monk ya resultaba bastante inquietante de por sí, con aquel rostro terso y anguloso y esos ojos fijos.

El hombre estaba de pie junto a la chimenea cuando oyó el ruido de la puerta exterior y acudió de inmediato. Al reconocerla, su semblante reflejó una curiosa mezcla de alegría e irritación. Obviamente, había albergado esperanzas de encontrarse ante un cliente. En ese momento contemplaba con desaprobación el sencillo vestido que la criada de Callandra le había prestado a Hester, su tez pálida y el moño rehecho a toda prisa.

—¿Qué pasa? Tiene usted muy mal aspecto. —Lo dijo en un tono de absoluta reprobación. A continuación, asomó a sus ojos un destello de ansiedad—. No estará enferma, ¿verdad?

Había ira en su voz. Habría sido una molestia para él que cayera enferma. ¿O sería miedo?

—No, no estoy enferma —respondió ella con aspereza—. He regresado de Edimburgo en el tren de la noche con una paciente.

Le costaba pronunciar las palabras con la frialdad que habría deseado, sin perder la compostura. Si al menos hubiera tenido alguien más a quien recurrir con idéntica capacidad de comprender los peligros y de aconsejarla con eficacia...

Monk tomó aire para darle alguna réplica punzante, pero después reparó en que ella parecía muy afectada por algo. La conocía bien. Aguardó mirándola con atención.

—Mi paciente era una anciana de Edimburgo de cierta posición —siguió hablando Hester, en un tono cada vez más bajo y menos crispado—. Una tal señora Mary Farraline. Me contrataron para darle la medicina a última hora de la noche; en realidad mi trabajo se limitaba a eso. Por lo demás, creo que sólo estaba allí para hacerle compañía.

El hombre no la interrumpió y ella sonrió con amarga ironía. Algunos meses atrás lo habría hecho. El verse obligado a buscar clientes para ganarse la vida, en lugar de que éstos acudieran a él como sucedía cuando era inspector de policía, le había enseñado, si no a comportarse con humildad, al menos a no demostrar impaciencia.

Por señas, indicó a Hester que se sentase y se plantó frente a ella sin desviar la atención de sus palabras.

Haciendo un esfuerzo, la mujer volvió a concentrarse en el motivo que la había llevado allí.

—Se fue a dormir a las once y media más o menos —continuó—. Al menos, eso pensé yo. Yo dormí muy bien, había pasado despierta... toda la noche anterior durante el viaje a Edimburgo en un vagón de segunda clase. —Tragó saliva—. Cuando me desperté por la mañana, poco antes de llegar a Londres, intenté despabilarla y descubrí que estaba muerta.

—Lo siento —dijo él.

El tono de su voz dejaba traslucir sinceridad, pero también expectación. Sabía que el suceso debía de haberla trastornado. Seguramente no estuvo en su mano hacer nada, pero se trataba del tipo de desgracia que ella consideraría negligencia, lo sabía bien. Sin embargo, nunca antes le había confiado sus contrariedades o sus inquietudes, o al menos sólo de manera tácita. Sin duda no acudía a él sólo para contarle aquello. Con un pie apoyado en el guardafuegos y la espalda contra la repisa de la chimenea, esperó a que continuara.

—Como es natural, me vi obligada a informar al jefe de estación y también a la hija y al yerno, que habían ido a buscarla. Tuve que quedarme un rato en la estación. Después, he ido a ver a Callandra...

Monk asintió. Le parecía lo más lógico. En realidad, él habría hecho lo mismo. Callandra era quizá la única persona a la que confiaría sus sentimientos. Nunca permitiría él, por voluntad propia, que Hester descubriese su vulnerabilidad. Claro que ella le había sorprendido a veces en facetas desconocidas para Callandra, pero aquello era otro cantar; había sido sin querer.

—Mientras estaba allí subí a buscar unas horquillas. —Él sonrió con sarcasmo. Hester era consciente de que aún iba despeinada y también de lo que estaba pensando Monk en aquel momento. La voz de la mujer volvió a crisparse—. Metí la mano en mi bolsa de viaje y en lugar de horquillas me encontré un broche... con diamantes y perlas grises engastados. No es mío y sé a ciencia cierta que pertenecía a la señora Farraline, porque me lo describió mientras me explicaba cómo pasaría el tiempo en Londres.

El rostro de Monk se ensombreció. Se alejó de la chimenea, se sentó enfrente de Hester y aguardó un momento a que ella se acomodara también.

—¿De modo que la mujer no lo llevaba en el tren? —preguntó.

—No. Ésa es la cuestión. Dijo que lo había dejado en casa, en Edimburgo, porque el vestido con el que hacía juego estaba manchado.

—¿Sólo se lo ponía con un vestido? —se sorprendió, pero la incredulidad presente en su voz no se reflejó en sus ojos. Ya estaba discurriendo las derivaciones del asunto.

—Son perlas grises —explicó ella sin necesidad—. Quedan mal con casi todos los colores, como apagadas. —Siguió hablando para aplazar el momento de asumir las verdaderas connotaciones de sus palabras—: Ni siquiera el negro sería...

—Está bien —la interrumpió él—. ¿Dijo que lo había dejado en casa? No creo que hiciera el equipaje ella misma. Una criada debió de encargarse de ello, y las maletas viajarían en el furgón de equipajes. ¿Conoció a la criada? ¿Se peleó con ella? ¿Estaba celosa porque quería ir a Londres y usted ocupaba su lugar?

—No. No tenía ningunas ganas de ir. Y no nos peleamos. Fue muy simpática.

—¿Entonces quién puso el broche en su bolsa? No habría acudido a mí si lo hubiera hecho usted misma.

—¡No sea necio! —replicó ella—. Claro que no fui yo. ¡Si lo hubiera robado no vendría aquí a contárselo!

Hablaba en voz cada vez más alta y airada conforme se iba haciendo cargo del peligro de la situación y el miedo se adueñaba de ella.

Él la miró compungido.

—¿Dónde está ahora el broche?

—En casa de Callandra.

—Dado que esa pobre mujer ha muerto, no podemos limitarnos a devolvérselo. Además, no sabemos si se extravió por accidente o si la pérdida forma parte de un delito premeditado. Las cosas se pueden poner muy feas. —Se mordió el labio con ademán preocupado—. La gente que sufre la pérdida de un ser querido se comporta a menudo de manera irracional y tiende a transformar el dolor en ira. Es fácil enfadarse o desahogarse echándole la culpa a otra persona. Debería encargarse de la devolución un profesional, alguien contratado únicamente para representar sus intereses en el caso. Será mejor que vayamos a hablar con Rathbone. —Sin aguardar la respuesta de Hester, tomó el abrigo del perchero y el sombrero del estante y se dirigió hacia la puerta—. Bueno, no se quede ahí sentada —agregó con aspereza—. Cuanto antes, mejor. Además, si ando por ahí perdiendo el tiempo podría perder un cliente.

—No hace falta que me acompañe —dijo ella, a la defensiva, mientras se ponía en pie—. Iré a ver a Oliver yo sola y le contaré lo sucedido. Gracias por el consejo.

Pasó junto a él y cruzó el umbral hacia el recibidor. En el exterior llovía y, cuando abrió la puerta de la calle, el aire frío la hizo estremecer; un ademán en consonancia con el miedo y el sentimiento de soledad que la abrumaban.

Monk hizo caso omiso del comentario y la siguió afuera. Cerró la puerta a sus espaldas y echó a andar hacia la avenida principal, donde podrían encontrar un cabriolé que los llevase a través de la ciudad desde Tot-tenham Court Road hasta los juzgados y Vere Street, donde estaba situada la oficina de Oliver Rathbone. Hester se avino a acompañarlo para no enzarzarse en una discusión sin sentido.

El tráfico era denso; carrozas, cabriolés, carretas y carros de todo tipo recorrían la calzada levantando el agua de las cunetas. Las ruedas siseaban contra la calle mojada y los caballos chorreaban, con el pelaje oscuro por el agua. Los cocheros, que sujetaban las riendas con fuerza, iban acurrucados, con el cuello del abrigo alzado y el sombrero calado hasta las orejas en un fútil intento por evitar que la lluvia fría se les escurriese por el cuello.

El barrendero del paso de peatones, un chico de unos ocho o nueve años, apartaba afanosamente los desechos para despejar el paso por si algún viandante quería cruzar al otro lado. Daba la sensación de ser una de esas personas optimistas que saben ver el lado positivo de cualquier situación. Los exiguos pantalones se le pegaban a las piernas, el abrigo le iba demasiado largo y le quedaba desbocado por el cuello, pero su enorme gorra impedía que la lluvia le mojase la cabeza, salvo la barbilla y la nariz. Llevaba la prenda inclinada de tal guisa que sólo se le veía la parte inferior de la cara y su sonrisa desdentada era lo primero que saltaba a la vista.

Monk no iba a cruzar la calle, pero le arrojó una moneda de medio penique al chico de todos modos y Hester sintió un súbito renacer de sus esperanzas. El muchacho la atrapó al vuelo y, maquinalmente, se la puso entre los dientes para asegurarse de que era auténtica; después se llevó el dedo a la visera de la gorra, casi invisible entre los pliegues de la misma, y dio las gracias a voz en grito.

Monk hizo señas a un cabriolé y, cuando el vehículo se detuvo, abrió la portezuela para cederle el paso a Hester, subió tras ella y le gritó al conductor la dirección de Rathbone.

—¿No debería ir a buscar el broche primero? —preguntó Hester—. Así se lo podría dar para que lo devuelva a los Farraline.

—Creo que debería usted contárselo antes —contestó él. Se arrellanó en el asiento mientras el vehículo se ponía en marcha—. Por su propia seguridad.

Otro escalofrío. Hester no dijo nada. Viajaron en silencio por las calles mojadas. Sólo podía pensar en Mary Farraline y en la simpatía que le inspirara, en sus historias de Europa durante su juventud, en Hamish cuando era un soldado apuesto y aguerrido, en los otros hombres con los que Mary había bailado las noches previas a aquellos días tumultuosos. Todos parecían tan vivos en su recuerdo... Costaba aceptar que ella también se hubiese ido, de manera tan repentina y para siempre.

Monk en ningún momento interrumpió el hilo de sus pensamientos. Fueran cuales fuesen las cavilaciones del hombre, al parecer lo tenían absorto. En cierto momento ella lo miró de reojo y leyó en su cara una profunda concentración, los ojos fijos ante sí, las cejas fruncidas, la boca tensa.

Hester desvió la vista otra vez, sintiéndose excluida.

En Vere Street, el coche se detuvo y Monk se apeó de inmediato. Sostuvo la portezuela hasta que Hester pudo sujetarla ella misma, pagó al conductor y cruzó la calle hasta la entrada de las oficinas, donde tiró con fuerza del pomo del timbre.

Abrió la puerta un empleado de pelo blanco que llevaba cuello de pajarita y levita.

—Buenas tardes, señor Monk —saludó con formalidad. Después se percató de la presencia de Hester, a espaldas del detective—. Buenas tardes, señorita Latterly. Por favor, no se queden ahí con esta lluvia. Hace un tiempo espantoso. —Sacudió la cabeza y se echó atrás para cederles el paso al vestíbulo. A continuación los condujo a una sala de espera—. Me temo que el señor Rathbone no les aguarda. —Los miró receloso con aquellos ojos fijos de un gris claro, como los de un maestro desencantado—. En este momento hay un caballero con él.

—Esperaremos —dijo Monk en tono grave—. Es un asunto urgente.

—Claro. —El empleado asintió con un movimiento de la cabeza y les señaló un asiento donde podían acomodarse. Monk rehusó y se quedó de pie, impaciente, mirando la oficina a través de las mamparas de cristal, donde aprendices con batas negras copiaban mandatos judiciales y escrituras, y otros empleados con más experiencia buscaban referencias y precedentes en enormes libros de derecho.

Hester se sentó y Monk hizo lo propio, pero casi de inmediato volvió a incorporarse, incapaz de quedarse quieto. Una o dos cabezas se levantaron cuando lo atisbaron por el rabillo del ojo, pero nadie dijo nada.

Transcurrieron varios minutos. La expresión de Monk era cada vez más tensa y su impaciencia más evidente.

Por fin, la puerta del despacho de Rathbone se abrió y salió un anciano de enormes bigotes. Se volvió y dijo algo; a continuación hizo una breve reverencia y caminó hacia el empleado que había abierto la puerta a Hester y a Monk, quien se levantó del escritorio y le tendió al caballero el sombrero y el bastón.

Monk echó a andar. Nadie iba a tomarle la delantera. Asió el pomo de la puerta del despacho y la abrió de par en par para encontrarse cara a cara con Oliver Rathbone.

—Buenas tardes —dijo Monk enérgicamente—. Hester y yo precisamos su ayuda para un asunto de máxima urgencia.

Rathbone no se amedrentó. Su rostro alargado, cuyas facciones denotaban un gran sentido del humor, sólo reflejó la sorpresa natural.

—¿De verdad? —Miró detrás de Monk. El empleado encargado de recibir y despedir a las visitas estaba allí plantado, considerando qué hacer con Monk y su lamentable carencia de buenas maneras. Rathbone cruzó una mirada con él y ambos se entendieron al instante. Monk lo advirtió y, sin motivo, aquel intercambio de miradas lo irritó. No obstante, había ido a pedir ayuda, por lo que habría sido contraproducente mostrarse sarcástico. Se echó atrás para que Rathbone viera a Hester, que en aquel momento se hallaba a sus espaldas.

Oliver Rathbone, delgado y de estatura media, vestía con la inmaculada informalidad de quien está acostumbrado a lo mejor y se ha criado dando la elegancia por supuesta. No le requería ningún esfuerzo; era su estilo.

Sin embargo, cuando vio la cara pálida de Hester y su aspecto inusualmente desaliñado y taciturno, perdió la compostura y, haciendo caso omiso de Monk, se adelantó con expresión inquieta.

—Mi querida Hester, ¿qué ha pasado? Parece muy... perturbada.

Hacía casi dos meses que se habían visto por última vez y aun aquel último encuentro se debió más al azar que a la premeditación. Ella no estaba segura de cómo contemplaba Rathbone la relación. Oficialmente, era más profesional que personal y Hester no se movía en el mismo círculo social que él, ni mucho menos. De todos modos, los unían vínculos más profundos que los lazos presentes en la mayoría de las relaciones de amistad. Consideraban la justicia bajo un punto de vista igual de apasionado y podían hablar de ciertos temas con mayor franqueza de la que quizá ninguno de los dos hubiera hallado en otra persona. Por otra parte, existían vastos terrenos emocionales en los que jamás habían entrado.

En aquel momento, él la miraba con inquietud evidente. Rathbone, a pesar del pelo claro, tenía los ojos muy oscuros y Hester volvió a reparar en la inteligencia que reflejaban.

—¡Por el amor de Dios, cuénteselo! —se impacientó Monk a la vez que señalaba la oficina con un movimiento del brazo—. Pero no aquí fuera —añadió, por si ella estaba tan distraída como para cometer semejante indiscreción.

Sin mirar a Monk, Hester entró en el despacho y se quedó de pie delante de Rathbone. Monk la siguió y el abogado pasó junto a ellos para cerrar la puerta.

La enfermera empezó a hablar sin más preámbulos. Tranquila y sucintamente, dejando traslucir el mínimo de emoción posible, le explicó los pormenores de lo acontecido.

Rathbone la escuchó sin interrumpirla y, aunque Monk abrió la boca para hablar dos veces, en ambas ocasiones lo dejó correr.

—¿Dónde está ese broche ahora? —preguntó Rathbone cuando Hester hubo terminado.

—Lo tiene lady Callandra —contestó ella. Rathbone conocía bastante a Callandra y no hizo falta que explicara quién era.

—¿Pero ella no estaba presente cuando usted lo encontró? No es que sea importante... —agregó en seguida, al advertir que la consternación se adueñaba de Hester—. ¿Es posible que entendiera mal a la señora Farraline y en realidad no hubiera dejado la joya en Edimburgo?

—No veo cómo. No tenía ninguna razón para llevársela, puesto que el vestido estaba manchado y especificó que no le quedaba bien con ningún otro. —Dicho aquello, no pudo dejar de preguntar—: ¿Qué cree que ha sucedido?

—¿Su bolsa se parecía a alguna de la señora Farraline, lo mismo la del compartimiento como las del furgón de equipajes? ¿O a alguna de las que vio en el vestidor de Edimburgo?

Hester sintió frío y el corazón en un puño.

—No. La mía era una bolsa de piel marrón normal y corriente, con los costados blandos. Las de la señora Farraline eran de piel de cerdo amarilla, con un monograma de sus iniciales, y todas hacían juego. —Notaba la voz ronca, la boca seca. Se daba cuenta de que Monk, a sus espaldas, estaba cada vez más irritado—. Nadie pudo confundir la mía con una de las suyas —concluyó.

Rathbone habló en voz muy baja:

—En ese caso, siento decirlo, no se me ocurre ninguna explicación aparte de la mala intención. En cuanto a por qué alguien haría algo así, no tengo ni idea.

—Pero si ni siquiera pasé allí un día entero —protestó Hester—. ¡No hice nada que pudiera ofender a nadie!

—Será mejor que vaya a recoger esa joya y me la traiga de inmediato. Escribiré a casa de la señora Farraline, informaré del descubrimiento y les diré que la devolveremos lo antes posible. Por favor, no pierda tiempo. No creo que podamos permitirnos ninguna demora.

Hester se puso en pie.

—No lo entiendo —dijo con impotencia—. Todo esto no tiene ni pies ni cabeza.

Rathbone se levantó también y se acercó para abrirle la puerta. Lanzó una mirada a Monk y después devolvió la vista a Hester.

—Seguramente se trata de alguna pelea familiar de la que nada sabemos o quizá de algún acto malintencionado contra la señora Farraline, que se ha malogrado trágicamente con su muerte. En estos momentos, no importa demasiado. Lo importante es que me traiga el objeto. Yo le extenderé un recibo y me ocuparé del asunto con los albaceas de la señora Farraline.

Ella vaciló aún un instante y su mente se sumió en la confusión al recordar todos aquellos rostros: Mary; Oonagh; Alastair sentado a la mesa; la bella Eilish; Baird y Quinlan, que tanta antipatía se tenían; Kenneth, corriendo para ir a su cita; Deirdra, tan distraída; el hombre cuyo retrato decoraba el vestíbulo; y el tío Hector, borracho y aturdido.

—Vamos —ordenó Monk con brusquedad, a la vez que le tiraba del codo—. No hay tiempo que perder, y desde luego no es momento de quedarse aquí buscando la solución a un enigma del que no tenemos ninguna información.

—Sí... Sí, ya voy —asintió ella, titubeando aún. Se volvió hacia Rathbone—. Gracias.

Fueron a casa de Callandra en silencio, Monk aparentemente perdido en sus pensamientos y Hester luchando con sus recuerdos de Edimburgo y tratando de adivinar por qué alguien iba a querer jugarle una mala pasada tan absurda y maliciosa. ¿O se la habrían jugado a Mary? ¿O a la doncella de la señora? ¿Sería eso? Sí, eso debía de ser. Una de las doncellas estaba celosa y había intentado meter a la otra en un lío, quizá incluso usurparle el puesto, sin llegar a robar el broche realmente.

Estaba a punto de decírselo a Monk cuando el cabriolé se detuvo. Ambos se apearon y la idea quedó relegada para más tarde.

El mayordomo que abrió la puerta de Callandra estaba pálido y tenía un aire taciturno. Los dejó pasar a toda prisa y cerró con un portazo.

—¿Qué pasa? —preguntó Monk de inmediato.

—Me temo, señor, que hay dos personas de la policía en el estudio —contestó el mayordomo con gravedad. Su expresión denotaba tanto disgusto como aprensión—. La señora está hablando con ellos ahora.

Monk se adelantó a él y abrió de par en par la puerta del salón.

Hester entró a continuación, más tranquila y serena, puesto que había llegado la hora de la verdad.

Callandra estaba de pie en el centro de la estancia y se dio la vuelta en cuanto oyó la puerta. Había dos hombres a su lado, uno pequeño y robusto, de expresión franca e inocente, y otro más alto, más delgado y de semblante astuto. Si conocían a Monk, no dieron muestras de ello.

—Buenas tardes, señor —saludó el más bajo, con educación y sin reflejar la más mínima sorpresa—. Buenas tardes, señora. Sargento Daly, de la Policía Metropolitana. Usted debe de ser la señorita Latterly, ¿no es así?

Hester tragó saliva.

—Sí... —De repente, se había quedado sin voz—. ¿Qué desean? ¿Algo relacionado con la muerte de la señora Farraline?

—No, señorita, no en este momento. —Se acercó a ella, educado y muy formal. El más alto, al parecer, era su subalterno—. Señorita Latterly, estoy autorizado a registrar su equipaje y a usted, si es necesario, para buscar una joya perteneciente a la difunta señora Mary Farraline, que, según su hija, falta de sus maletas. Quizá usted pueda ahorrarnos tan ingrata tarea diciéndonos si tiene ese objeto.

—Sí, lo tiene —dijo Monk con gran frialdad—. Ya ha informado del asunto a su abogado y hemos venido aquí, por consejo de éste, a buscar el broche para que él se lo devuelva a los sucesores de la señora Farraline.

El sargento Daly asintió con la cabeza.

—Muy sensato por su parte, señora, pero me temo que eso no basta. —Hizo un brusco movimiento con la cabeza mirando al otro hombre—. Agente Jacks, acompañe a este caballero y recupere el objeto. —Se volvió hacia Monk—. ¿Querrá hacerme el favor, señor? Y usted, señorita Latterly, me temo que tendrá que acompañarnos.

—¡Pamplinas! —Callandra dio un paso adelante—. La señorita Latterly les ha contado lo sucedido. Encontró la joya y ha tomado las medidas necesarias para devolverla. No necesitan más explicaciones. Ha hecho un largo viaje de ida y vuelta a Edimburgo y ha sufrido una experiencia angustiosa. No va a ir a ninguna parte con ustedes para volver a repetir una explicación que, a mi entender, ha quedado bien clara. No nació usted ayer, caballero, comprende perfectamente lo ocurrido.

—No, no lo entiendo, señora —replicó Daly con tranquilidad—. No acierto a entender por qué una mujer respetable que trabaja cuidando enfermos le quitaría a una anciana una joya de su pertenencia, pero, indiscutiblemente, eso es lo que parece. Robar es robar, señora, quienquiera que lo haga y cualesquiera sean sus motivos. Y me temo, señorita Latterly, que tendrá que acompañarnos. —Sacudió la cabeza con suavidad—. No empeore las cosas resistiéndose. No me haría ninguna gracia tener que ponerle las esposas, pero lo haré si usted me obliga.

Por segunda vez aquel día, Hester sintió que una sensación de irrealidad se abatía sobre ella, pero enseguida la abandonó dejando sólo una aceptación fría y amarga.

—No será necesario —se sometió con un hilo de

voz—. No le robé nada a la señora Farraline. Era mi paciente y la tenía en gran estima. Nunca he robado nada a nadie. —Se volvió hacia Callandra—. Gracias, pero creo que protestar no servirá de nada en estas circunstancias.

Tenía la desagradable sensación de que iba a deshacerse en lágrimas de un momento a otro. Prefirió no decir más, y a Monk menos que a nadie.

Callandra fue a buscar el broche, que había colocado en la repisa de la chimenea antes de la partida de Hester, y en silencio se lo entregó al sargento.

—Gracias, señora —dijo éste. Lo tomó y lo envolvió en un gran pañuelo limpio que extrajo del bolsillo del abrigo. Se volvió de nuevo hacia Hester—. Ahora, señorita, será mejor que venga con nosotros. El agente Jacks le recogerá la maleta. Allí tendrá todo lo que necesita, al menos para esta noche.

Hester se sorprendió y después comprendió que, como era lógico, ellos ya sabían que llevaba sus cosas con ella. Habían sabido dónde encontrarla. Su casera debió de darles el nombre de Callandra. Era una conjetura fundada. Con bastante frecuencia, entre dos trabajos se quedaba en su casa. Al comprender aquello se sintió como si una puerta se hubiera cerrado con un portazo, dejándola dentro.

Sólo tuvo tiempo para echar una mirada a Monk y ver que su rostro ardía de rabia. Al momento siguiente estaba en el vestíbulo, con un policía a cada lado, mientras la conducían inexorablemente hacia la puerta principal y salían a la calle, fría y gris bajo la lluvia torrencial.

4

Hester iba en el furgón negro y sin ventanillas de la policía, sentada entre el agente y el sargento. No veía nada, sólo notaba el balanceo y las sacudidas mientras viajaban de casa de Callandra adondequiera que la llevasen. La cabeza le daba vueltas sin ton ni son, como si el ruido y la oscuridad hubieran invadido su mente. No podía concentrarse en ningún pensamiento. En cuanto atrapaba alguno, se le escurría.

¿Cómo fue a parar el broche de perlas a su bolsa? ¿Quién lo puso allí? ¿Por qué? Mary lo había dejado en casa, eso dijo. ¿Por qué alguien iba a desearle algún mal a Hester? No había tenido tiempo de crearse enemigos, ni siquiera aunque alguien de la casa la considerase importante por algún motivo.

El furgón se detuvo, pero ella no podía ver nada a través de los costados cerrados de la cabina. Delante del vehículo, un caballo relinchó y un hombre profirió una maldición. Con una sacudida, reanudaron la marcha. ¿Acaso sólo era la víctima de algún complot, de la ejecución de alguna venganza de la que nada sabía? ¿Cómo podía demostrarlo?

Miró de reojo al sargento y sólo vio su perfil tenso. Tenía la vista clavada en el extremo opuesto de la cabina. La repugnancia que sentía el hombre resultaba tan palpable que ella la notaba en la frialdad del ambiente. Lo comprendía. Era deleznable robarle a una paciente, una anciana, una inválida que confiaba en ti plenamente.

Estuvo a punto de decir que ella no había robado la joya, pero ya estaba tomando aire para hablar cuando comprendió que sería inútil. Ellos esperaban que lo negase. Eso haría un ladrón. No significaba nada.

El viaje transcurrió como una pesadilla y por fin llegaron a la comisaría. Hester fue conducida a una sala silenciosa y fría donde la acusaron formalmente de haber robado un broche de perlas perteneciente a su paciente, la señora Mary Farraline, de Edimburgo, ya difunta.

—Yo no lo hice —susurró.

La miraron con tristeza y desdén. Nadie hizo el menor ademán de responder. La llevaron a una celda, la empujaron al interior con suavidad, apoyándole una mano en la cintura, y antes de que tuviera tiempo de darse la vuelta la puerta se cerró con un golpe metálico y oyó correrse el cerrojo.

La celda, de algo más de tres metros cuadrados, tenía un catre a un lado y un banco de madera con un agujero, sin duda destinado a los menesteres del cuerpo. Sobre la cama destacaba la única ventana de la estancia, enrejada. Las paredes estaban encaladas y el suelo era de una piedra negruzca, un material liso, sin junturas.

Sin embargo, lo más sorprendente fue descubrir que ya había tres personas dentro. Una de ellas era una mujer mayor, quizá próxima a los sesenta, con el pelo de un amarillo artificial y la piel pringada de afeites y curiosamente apagada. Miró a Hester sin expresión. La segunda, muy morena, tenía el pelo largo y suelto, enmarañado, y su rostro alargado resultaba hermoso a su manera. Los ojos, tan oscuros que parecían casi negros, miraban a Hester con suspicacia creciente. En tercer lugar había una criatura que no pasaría de los ocho o nueve años, delgada, mugrienta y con el pelo cortado a trasquilones, de modo que resultaba imposible distinguir a primera vista si se trataba de un niño o de una niña. Las ropas no ayudaban demasiado, por cuanto constituían una mezcla de prendas de adulto recortadas, remendadas y atadas a la cintura con un cordel.

—Bueno, pareces un pato moribundo en una tormenta —se mofó la mujer morena, con desaprobación—. Es la primera vez, ¿eh? ¿Qué has hecho? ¿Robar? —Sus ojos duros se fijaron en el vestido prestado de Hester—. ¿Eres una fregona? ¡No pareces una buscona, al menos no con esa pinta de puritana!

—¿Qué?

Hester estaba atontada, confundida.

—Nunca trincarías ningún parroquiano con esa facha —le aseguró la mujer con desdén—. No hace falta que te des aires con nosotras, estamos en familia. —Volvió a entornar los ojos—. Pero tú no eres del ramo, ¿a que no?

Era una acusación, no una pregunta.

—Claro que no —refunfuñó la mujer mayor con hastío—. Ni siquiera entiende lo que le dices, Doris.

—¿Son ustedes... parientes? —preguntó Hester insegura, incluyendo a la niña en la pregunta.

—¡No somos parientes, zopenca! —La mujer sacudió la cabeza con gesto despectivo—. Quiero decir que todas somos profesionales. Pero tú no, ¿verdad? Se te fue la mano y te pillaron, ¿eh? ¿Qué has hecho, birlar algo?

—No. No, pero dicen que sí.

—Ah, eres inocente... —El tono burlón delataba absoluta incredulidad—. ¡Como todas! Marge no ayudó a abortar a nadie, ¿a que no, Marge? Y Tilly no hizo girar ninguna peonza. Y yo, claro, no tengo ningún burdel. —Se llevó la mano a la cadera—. Soy una mujer decente y respetable, ya lo creo que sí. ¿Qué culpa tengo yo si algunos de mis clientes se van de la lengua?

—¿A qué se refiere con lo de hacer girar una peonza? —Hester se adentró en la pequeña celda y se sentó en el catre, a medio metro de la mujer llamada Marge.

—¿Eres tonta o lo pareces? —se burló Doris—. Pues hacer girar una peonza. —Hizo un movimiento de espiral con los dedos—. ¿Nunca jugaste con una peonza de pequeña? Al menos habrás visto una, a no ser que seas ciega y boba también.

—Uno no va a la cárcel por hacer girar peonzas. —Hester estaba empezando a enfadarse. Sabía defenderse de los insultos gratuitos.

—Sí cuando hacen tropezar a la gente —le aclaró Doris con una mueca burlona—. ¿Verdad, Tilly? ¿Eh, sinvergüenza puñetera?

La niña la miró con unos ojos como platos y asintió despacio.

—¿Cuántos años tienes? —le preguntó Hester.

—No sé —contestó Tilly con indiferencia.

—No seas boba —volvió a insultarla Doris—. No sabe contar.

—¡Sí que sé! —protestó Tilly, indignada—. Sé contar hasta diez.

—No tienes diez años —dijo Doris dando el tema por zanjado. Se volvió hacia Hester—. Bueno, ¿y qué fue lo que no afanaste, distinguida dama, para que te echaran el guante?

—Un broche de perlas —respondió Hester con aspereza—. ¿Qué habéis hecho vosotras, respetables señoras, para que os trajeran aquí?

Doris sonrió dejando a la vista unos dientes manchados, aunque fuertes y bien colocados. Blancos, habrían sido hermosos.

—Bueno, algunas de nosotras aceptábamos dinero a cambio de placer, lo que no tiene nada de malo, me parece a mí. Pero teníamos a un tío haciendo garabatos en la parte trasera y los cachimbos se cabrearon porque a los soplacausas esas cosas no les hacen maldita la gracia. —Observó la confusión de Hester con evidente complacencia—. O, hablando en plata, para que la señora lo entienda: dijeron que cobrábamos por fornicar, y que el tipo del fondo falsificaba recomendaciones y documentos legales para la gente que los necesitaba pero no podía conseguirlos por el sistema normal. Es muy bueno con la pluma, ese Tam. Te hace lo que le pidas: escrituras de propiedad, testamentos, cartas de autorización o referencias. Tú le das el nombre y él firma, y hará falta un buen abogado para notar la diferencia.

—Ya veo...

—¿De verdad? ¿Ya lo ves? —Hizo un gesto de desdén—. No creo que veas nada, pazguata.

—Veo que estáis aquí igual que yo —arremetió Hester—. Y eso significa que sois tan bobas como yo, sólo que no es la primera vez que os encierran. Arreglárselas para conseguirlo por segunda vez es todo un arte.

Doris soltó una maldición. Marge esbozó una sonrisa amarga. Tilly retrocedió sigilosamente hasta los pies de la cama, temiéndose una pelea.

—Te vas a enterar —le espetó Doris con resentimiento—. Te meterán en las Rejas del Campo de los Baños Fríos unos cuantos años, donde te harán coser hasta que te sangren los dedos, te darán de comer bazofia caliente en verano y fría en invierno y nadie escuchará esa voz tuya tan repipi.

Marge asintió.

—Es verdad —asintió con pesar—. Te obligan a guardar silencio, ya lo creo que sí. Chitón. Y a llevar máscara.

—¿Máscara? —Hester no entendía.

—Máscara —repitió Marge, a la vez que se pasaba la mano por la cara—. Máscara, para que no le puedas ver la jeta a nadie.

—¿Por qué?

—No sé. Para hacerte sentir peor, supongo. Así estás sola. No aprendes nada malo de otras personas. Es una idea nueva.

La jornada de Hester estaba alcanzando las proporciones de una pesadilla y aquella última información le daba un tinte de absoluta irrealidad. Intentó imaginarse una masa de mujeres vestidas de gris, silenciosas y enmascaradas, sin rostro, trabajando, muertas de frío, sumidas en el odio y la desesperación. En un mundo así, ¿cómo iban a cambiar? Y niños que hacían girar peonzas en la calle para que la gente tropezase. La acometió una mezcla de rabia y compasión, y el deseo casi histérico de escapar. El corazón le latía en lo alto de la garganta y le flaquearon las piernas aunque estaba sentada. Apenas hubiera podido ponerse en pie de haberlo querido, movimiento que, de todos modos, no habría tenido objeto.

—¿Te encuentras mal? —dijo Doris con una sonrisa—. Te acostumbrarás. Ah, no creas que te vas a quedar el catre, ni hablar. Marge está enferma de verdad. Es para ella. De todas formas, llegó primero.

A primera hora de la mañana siguiente, la llevaron a un juzgado donde se decretó su prisión preventiva. Desde allí fue conducida a la cárcel de Newgate y recluida en una celda con dos carteristas y una prostituta. Al cabo de una hora, mandaron a buscarla y le dijeron que su abogado deseaba hablar con ella.

Sintió que la embargaba una esperanza desbordante, como si la larga pesadilla hubiera terminado y las tinieblas se disipasen. Se puso en pie de un salto y casi se cayó en su impaciencia por cruzar la puerta y recorrer el desnudo pasaje de piedra que la separaba de la habitación donde aguardaba Rathbone.

—Vamos, vamos —la reprendió la celadora con sequedad, al tiempo que su rostro burdo se endurecía—. Compórtate. No hay motivo para ponerse nerviosa. Una charla, eso es todo. Ven conmigo, quédate detrás de mí y habla sólo cuando te hablen.

Se dio media vuelta sobre los talones y echó a andar un poco por delante de Hester.

Llegaron a una gran puerta metálica. La celadora escogió una llave enorme de la cadena que llevaba atada al cinto, la colocó en el cerrojo y la hizo girar. La puerta se abrió en silencio, cediendo a la presión de sus fuertes brazos. Oliver Rathbone estaba de pie detrás de una silla situada en el extremo más alejado de una mesa de madera lisa. Había otra silla vacía en el lado más próximo a la puerta.

—Hester Latterly —anunció la celadora sonriendo a medias a Rathbone. Fue un gesto forzado, como si no tuviera del todo claro si el hombre merecía sus encantos o si debía considerarlo enemigo, como a todos los internos. Miró las ropas inmaculadas del abogado, las botas brillantes y el pelo atusado, y optó por el encanto. Entonces reparó en la cara que ponía Rathbone al ver a Hester y algo se heló en su interior. La sonrisa se petrificó en sus labios, convertida en un gesto muerto y horrible—. Llame cuando quiera salir —añadió con frialdad y, en cuanto Hester hubo entrado, cerró con un portazo tan fuerte que las reverberaciones del metal contra la piedra les retumbaron en la cabeza.

Hester estaba demasiado cerca de las lágrimas para poder hablar.

Rathbone se acercó y tomó sus manos entre las suyas. El calor de aquellos dedos fue para ella como una luz en la oscuridad y se aferró a él lo más fuerte que se atrevió.

El hombre la miró a los ojos durante unos instantes, sopesando el miedo que reflejaban; a continuación, igual de repentinamente, la soltó y la guió con suavidad hacia la silla más cercana.

—Siéntese —le indicó—. No debemos perder el tiempo de que disponemos.

Ella obedeció y se arregló las faldas para poder arrimar la silla a la mesa con comodidad.

Rathbone, tras acomodarse en el asiento de enfrente, se echó un poco hacia delante.

—Ya he ido a ver a Connal Murdoch —le informó muy serio—. Pensé que podría convencerlo de que todo el asunto había sido un error y no algo en lo que tuviera que intervenir la policía. —Había disculpa en sus ojos—. Por desgracia, lo he encontrado muy inflexible al respecto y no he podido razonar con él.

—¿Y qué me dice de Griselda, la hija de Mary?

—Apenas ha hablado. Estaba presente, pero lo ha dejado todo en manos de su marido y, con franqueza, se la veía muy alterada.

Se detuvo y escudriñó el rostro de Hester como si tratase de calibrar a partir de su expresión si debía o no seguir hablando.

—¿Es una manera delicada de decir que no era capaz de concentrarse en el asunto? —preguntó ella. No estaba para eufemismos.

—Sí —reconoció él—. Sí, supongo que sí. El dolor adopta muchas formas, a menudo bastante desagradables, pero ella parecía más asustada que apenada. Al menos, esa impresión me ha dado.

—¿Es posible que tenga miedo de Murdoch?

—Me temo que no soy lo bastante intuitivo para poder afirmarlo con seguridad. Diría que no, pero también me ha parecido que él la ponía nerviosa, o la preocupaba... No tengo una impresión clara. Lo siento. —Frunció el entrecejo—. Pero todo eso importa poco ahora. No he podido convencerlo de que olvidara el tema. Me temo que tirará adelante la denuncia y, querida mía, debe prepararse para ello. Haré lo que esté en mi mano para que todo se solucione tan rápida y discretamente como sea posible, pero debe ayudarme respondiendo a todas mis preguntas con la máxima claridad.

Se interrumpió. La miraba sin pestañear y sus ojos parecían traspasar todas las defensas de ella como si no sólo pudieran ver sus pensamientos, sino también el miedo que crecía en su interior. Un día antes, Hester habría considerado aquella actitud una intromisión; se hubiera enfadado por el atrevimiento. En aquellos instantes, sin embargo, se aferró a ello como si fuera la única posibilidad de rescate en unas arenas movedizas que la absorbían por momentos.

—No tiene ni pies ni cabeza —dijo desesperada.

—Encajaremos las piezas —insistió él con una leve sonrisa—. Es sólo que no conocemos todos los hechos. Mi tarea consiste en averiguar lo suficiente para demostrar que usted no ha cometido ningún delito.

Ningún delito. Claro que no había cometido ningún delito. Quizá se le hubiera pasado algo por alto y, de no haber sido así, tal vez Mary Farraline seguiría viva, pero desde luego no se guardó el broche. Nunca lo había visto antes. Una chispa de esperanza brilló en su interior. Se topó con los ojos de Rathbone y él sonrió, pero fue un gesto triste y breve, fruto más de la determinación que de la confianza.

Fuera de la habitación de paredes desnudas donde se encontraban sonaron unos portazos pesados y retumbantes, hierro contra piedra. Alguien gritó algo y el sonido levantó ecos, aunque no se distinguieron las palabras.

—Cuénteme otra vez con todo detalle lo sucedido desde su llegada a casa de los Farraline, en Edimburgo —pidió él.

—Pero yo... —empezó a decir ella, y en seguida reparó en la expresión grave de Rathbone y, obediente, volvió a relatar todo lo que recordaba a partir del momento en que entró en la cocina y conoció al mayordomo, McTeer.

El abogado escuchaba con atención. Hester se sentía como si el resto del mundo se hubiese desvanecido y sólo quedasen ellos dos, sentados cara a cara, inclinados sobre la mesa con desesperada concentración. Pensó que incluso con los ojos cerrados habría podido ver el rostro del hombre tal como lo tenía ante sí en aquel momento, hasta el último detalle, incluso las vetas de cabello plateado que surcaban sus sienes.

Él la interrumpió por primera vez.

—¿Descansó?

—Sí... ¿Por qué?

—Aparte del rato que pasó en la biblioteca, ¿fue ésa la primera vez que estuvo a solas en la casa?

Ella comprendió de inmediato por dónde iba.

—Sí. —Le costaba hablar—. Dirán que pude volver al vestidor y robar el broche entonces.

—Lo dudo. Habría sido tremendamente peligroso. Supongo que la señora Farraline estaría en su dormitorio...

—No... No, cuando la vi estaba en un tocador, una especie de salita algo alejada del dormitorio, creo. Bueno, no estoy segura. Desde luego quedaba lejos del vestidor.

—Sin embargo, la doncella pudo entrar en el vestidor —arguyó él—. De hecho, sus deberes más inmediatos, antes de un viaje tan largo, sin duda la llevarían allí varias veces para comprobar que todo estaba guardado, que la ropa blanca se encontraba limpia, planchada, plegada y colocada en su lugar. ¿En ese momento se iba a arriesgar usted a entrar, cuando todo el mundo sabía que no debía estar ahí?

—¡No..., claro que no! —De inmediato se volvió a desanimar—. Cuando descansé por la tarde, mi bolsa de viaje se encontraba en la habitación conmigo. Nadie pudo meter el broche.

—Ésa no es la cuestión, Hester —replicó él con tono paciente—. Estoy intentando pensar como ellos, establecer las oportunidades que tuvo de dar con el broche y robarlo. Tenemos que saber con seguridad dónde estaba guardada la joya.

—Claro —dijo ella, ansiosa—. Tal vez estuviese guardada en un joyero, en el dormitorio de Mary. Eso habría sido mucho más sensato que tenerla en el vestidor. —Miró la cara del hombre. La ternura que destilaba le produjo un curioso estremecimiento de contento, aunque Rathbone no parecía tan animado como ella. ¿Por qué? Si Mary guardaba la joya en su habitación, prácticamente queda-

116

ba demostrado que Hester no podía habérsela llevado. ¿O no?

Él adoptó una expresión casi de culpabilidad, como alguien que se ve obligado a desilusionar a un niño.

—¿Qué? —preguntó Hester—. ¿No son buenas noticias? En ningún momento entré en su dormitorio y a lo largo de todo el día, salvo cuando estuve en la biblioteca y descansando más tarde, hubo otras personas conmigo.

—Una de las cuales, como mínimo, debe de estar mintiendo, querida. Alguien colocó el broche en su maleta y eso no pudo suceder por accidente.

Ella se inclinó con desasosiego.

—Pero podemos demostrar que no tuve ninguna oportunidad de llevármelo del dormitorio, donde sin duda Mary debía de guardar el joyero. Estoy casi segura de que no había ningún cofre en el vestidor. Para empezar, no tenían sitio para dejarlo. —Nerviosa, fue alzando la voz conforme iba recordando los detalles de la habitación. Se inclinó aún más hacia él—. Había tres armarios a lo largo de una pared, una ventana en la segunda, una cómoda alta con cajones en la tercera y también un tocador con un taburete delante, y tres espejos. Recuerdo los cepillos, los peines y los tarros de cristal para horquillas y peinetas. De joyero, nada. Habría tapado los espejos. Y tampoco vi nada en la cómoda, era demasiado alta para dejar cosas.

—¿Y en la última pared? —Rathbone sonrió con sorna.

—Oh... La puerta, claro. Y otra silla. Y también una especie de sofá cama.

—¿Pero ningún joyero?

—No. Estoy segura. —Estaba exultante. Ni el recuerdo ni la deducción eran gran cosa, pero por algo se empezaba—. Tiene que significar algo.

—Significa que tiene usted buena memoria, pero poco más.

—¿Cómo es posible? —se impacientó—. Si el joyero no estaba allí, yo no pude robar nada de él.

—Pero, Hester, es su palabra contra la de ellos —le explicó Rathbone con mucha suavidad, la cara transida de preocupación y tristeza.

—La doncella... —empezó a decir ella, pero en seguida calló.

—Precisamente —asintió él—. Dos personas sabían dónde estaba el joyero: la doncella, que bien pudo ser quien puso el broche en el equipaje de usted..., y la propia Mary, a quien ya no le podemos preguntar. ¿Quién más? ¿La hija mayor, Oonagh McIvor? ¿Qué dirá ella? —Su expresión reflejaba ira y congoja al mismo tiempo, aunque intentaba mostrarse tan ecuánime como requería su profesión.

Ella lo miró fijamente sin decir nada.

Rathbone tendió la mano por encima de la mesa, como para tomar la de ella, pero en seguida cambió de idea y la retiró.

—Hester, no estamos en situación de soslayar la verdad —dijo el hombre con gravedad—. Está atrapada en algo que aún no comprendemos y sería una tontería pensar que alguno de los implicados está de su parte o que se avendrá a decir la verdad si va contra sus propios intereses. Si Oonagh McIvor tiene que escoger entre culpar a alguien de su familia o a usted, una extraña, no podemos confiar en que ella quiera, o pueda, recordar y narrar los hechos exactos.

—Pero..., pero si en la casa hay un ladrón, ella querrá saberlo —protestó Hester.

—No tiene por qué, sobre todo si no se trata de una criada sino de un miembro de la familia.

—¿Pero por qué? ¿Por qué sólo un broche? ¿Y por qué colocarlo en mi equipaje?

El rostro de él se ensombreció, como si la temperatura hubiera bajado de súbito, y la preocupación de sus ojos se hizo más patente.

—No lo sé. La única explicación razonable es que usted lo robara, y ésa no puedo aceptarla.

Para su horror, Hester se hizo plenamente consciente de la magnitud de aquellas palabras. Todo el mundo creería que, aprovechando una ocasión surgida de improviso, había robado el broche, y que después, cuando Mary apareció muerta, se asustó e intentó devolverlo. No podía esperar otra cosa. Se topó con la mirada de Rathbone y supo que él estaba pensando lo mismo.

¿Estaba seguro de su inocencia, en el fondo de su corazón? ¿O sólo lo daba a entender porque era su deber? Hester se sintió como si la realidad se le escapase entre los dedos y una pesadilla se abatiese sobre ella, soledad e impotencia, una confusión infinita donde nada tenía sentido, donde un instante de cordura precedía a otro de caos.

—Yo no lo robé —dijo de repente, y su voz resonó en el silencio—. Nunca lo había visto antes de encontrarlo en mi bolsa. En seguida se lo di a Callandra. ¿Qué otra cosa podía hacer?

Las manos de Rathbone rodearon las suyas, sorprendentemente cálidas comparadas con las de Hester.

—Ya sé que usted no lo robó —la tranquilizó él con convicción—, y lo demostraré. Pero no será fácil. Tendrá que resignarse a presentar batalla.

Ella no dijo nada. Hacía esfuerzos por controlar el pánico.

—¿Quiere que les diga a su hermano y a su cuñada...?

—¡No! No... Por favor, no se lo diga a Charles. —Habló en tono crispado y, sin darse cuenta, se echó hacia delante—. No debe decírselo a Charles, ni a Imogen. —Inspiró hondo. Le temblaban las manos—. Ya le costará bastante digerirlo si al final tiene que enterarse, pero si pudiéramos preparar la defensa primero...

Él la miraba con el entrecejo fruncido.

—¿No cree que su hermano preferiría saberlo? Sin duda agradecería poder ofrecerle algo de apoyo, algún consuelo.

—Claro que sí —asintió ella a la defensiva. Su voz

destilaba una mezcla violenta de ira y conmiseración—. Pero no sabrá qué pensar. Querrá creer que soy inocente y no sabrá cómo hacerlo. Charles se lo toma todo al pie de la letra. Es incapaz de aceptar aquello que no entiende. —Sabía que sonaba a crítica y no era su intención, pero todo su miedo y angustia se traslucían en su voz. Se daba cuenta y no podía evitarlo—. Se afligirá y no sabrá cómo ayudar. Se sentirá obligado a visitarme y eso será terrible para él.

Quiso contarle a Rathbone que su padre se había suicidado tras arruinarse por culpa de una estafa, hablarle de la muerte de su madre, acaecida poco después, y del terrible golpe que aquello supuso para Charles. Él era el único de los tres hijos que se encontraba en Inglaterra a la sazón, por cuanto James había muerto poco antes en Crimea y ella seguía trabajando allí de enfermera. Todo el peso de la desgracia y de la ruina financiera recayó sobre Charles, así como los remordimientos consiguientes.

Rathbone, desde luego, estaba enterado del tema hasta cierto punto, pues fue el defensor del hombre acusado del crimen relacionado con el caso; pero, si no llegó a conocer entonces el alcance de la desgracia, Hester no quería contárselo tanto tiempo después ni poner al descubierto la vulnerabilidad de su padre. Guardó silencio, aun a riesgo de que él la considerase arisca.

El abogado sonrió muy levemente, con cierta resignación y un toque de humor amargo.

—Creo que lo juzga mal —dijo con tranquilidad—, pero eso no tiene mucha importancia ahora. Quizá más tarde podamos volver a hablar sobre ello.

Se levantó.

—¿Qué se propone hacer? —Hester se levantó también, con tanta precipitación que se dio un golpe y las patas de la silla rascaron el suelo. En su torpeza, perdió el equilibrio y tuvo que agarrarse a la mesa para recuperarlo—. ¿Qué pasará ahora?

Él estaba muy cerca, tan cerca que Hester podía oler el suave aroma que desprendía la lana de su abrigo y notar el calor de su piel. Ansió abandonarse a un abrazo de consuelo con tanta intensidad que se le subieron los colores de la vergüenza. Se recompuso y retrocedió un paso.

—A usted la dejarán aquí —respondió él con un estremecimiento—. Iré a buscar a Monk y lo enviaré a que averigüe más cosas de los Farraline y de lo que sucedió en realidad.

—¿A Edimburgo?

—Claro. Dudo que en Londres podamos descubrir nada más.

—Oh.

Él avanzó hacia la puerta para dar el aviso.

—¡Celadora! —Se volvió a mirar a Hester—. Anímese —dijo con suavidad—. Hay una respuesta y la encontraremos.

Hester se obligó a sonreír. Sabía que sólo lo decía para consolarla, pero aun así las palabras poseían cierto poder por sí mismas. Se aferró a ellas, queriendo creerlas de todo corazón.

—Claro. Gracias...

El ruido de las llaves en el cerrojo y la aparición de la celadora, hosca e implacable, les impidió decir nada más.

Antes de visitar a Monk, perspectiva que Rathbone contemplaba con sentimientos muy contradictorios, volvió a su oficina de Vere Street. Desde un punto de vista práctico, la entrevista con Hester había sido de poca utilidad y le provocó un desgaste emocional mayor de lo previsto. Visitar a clientes acusados de algún delito siempre resultaba duro. Como es natural, estaban asustados, impresionados por el arresto. La captura y la acusación siempre los pillaban por sorpresa, aunque fueran culpables. Cuando además eran inocentes, la perplejidad y la sensación de haber sido superados por acontecimientos que escapaban a su control producían en ellos un efecto devastador.

En otras ocasiones había visto a Hester enfadada, rabiando ante la injusticia, asustada por otras personas, próxima a la desesperación; pero nunca abrumada por el miedo de lo que le pudiera suceder a ella. En cierto sentido, siempre poseía cierto control sobre los acontecimientos, su libertad nunca estaba en juego.

Se quitó el abrigo y se lo dio al conserje, que aguardaba para llevárselo. Hester no aguantaba la necedad y se lanzaba a luchar de todo corazón. Era una cualidad de lo más preocupante y nada atractiva en una mujer. La sociedad no toleraba ese tipo de cosas. Sonrió al imaginar qué opinarían de ella casi todas las damas respetables con las que él se relacionaba. Podía imaginar la expresión de sus rostros distinguidos. También lo alarmaba, y su sonrisa se ensanchó al burlarse de sí mismo, que fuera aquélla la cualidad que más lo atraía de ella. Se sentía más cómodo con mujeres dulces y convencionales, que perturbaban menos su bienestar, sus principios y, desde luego, sus ambiciones sociales y profesionales, pero no perduraban en su memoria cuando partían. No le causaban problemas ni lo estimulaban. La seguridad acababa por irritarlo, pese a todas sus ventajas aparentes.

Con ademán distraído, dio las gracias al conserje y se dirigió a su despacho. Cerró la puerta a sus espaldas y se sentó tras el escritorio. No podía permitir que acusasen a Hester. Era uno de los mejores abogados de Inglaterra, la persona ideal para protegerla y lograr que aquella acusación absurda fuera desestimada. Le irritaba tener que recurrir a Monk para averiguar la verdad de lo sucedido, o al menos datos suficientes para demostrar la inocencia de Hester —una duda razonable no bastaría, ni mucho menos—, pero sin hechos concretos no podía hacer nada.

No era que Monk le cayese mal, no del todo. El hombre poseía una mente privilegiada, valor e incluso cierto sentido del honor; ni siquiera su brusquedad, sus frecuentes desplantes y su constante arrogancia bastaban para descalificarlo. No era un caballero, pese a aquella seguridad en sí mismo, a su elegancia y a su cuidada dicción. La diferencia resultaba indefinible, pero estaba ahí. Existía en él cierta agresividad soterrada de la cual Rathbone siempre era consciente, y su actitud hacia Hester lo molestaba sobremanera.

No obstante, el bienestar de Hester era lo único que importaba en aquel momento. Sus propios sentimientos respecto a Monk carecían de trascendencia. Enviaría a buscarlo y mientras aguardaba su llegada prepararía el dinero suficiente para enviarlo a Edimburgo en el tren de la noche con el encargo de quedarse allí hasta averiguar con toda exactitud qué envidias y qué presiones financieras o emocionales existían en casa de los Farraline, capaces de dar lugar a tan absurdas circunstancias.

Tocó el timbre para llamar al conserje. Cuando la puerta se abrió y tomó aire para hablar, vio la expresión del hombre.

—¿Qué pasa, Clements? ¿Algo va mal?

—La policía, señor. El sargento Daly ha venido a verle.

—Ah. —Quizá la acusación había sido retirada y no hiciese falta enviar a Monk a Edimburgo—. Dígale que entre, Clements.

El conserje se mordió el labio, con mirada inquieta y reticente a obedecer.

—¿Sí? —preguntó Rathbone esperanzado al aparecer el sargento Daly en el umbral, serio y triste. Estaba a punto de preguntarle si habían retirado los cargos cuando algo en su expresión lo detuvo.

El sargento cerró la puerta en silencio y pasó el pestillo con un movimiento rápido.

—Lo siento, señor Rathbone. —Su voz era suave y muy clara. En otras circunstancias, habría resultado grata al oído, a pesar del deje londinense—. Le traigo unas noticias bastante malas.

Las palabras eran neutras y aun así a Rathbone lo embargó un terror del todo desproporcionado con la situación. Inspiró y notó que se le revolvía el estómago. De repente, tenía la boca seca.

—¿Qué pasa, sargento? —Se las arregló para que su voz sonase casi tan tranquila como la de Daly, pese al miedo que lo atenazaba.

Daly permaneció de pie, con una expresión acongojada en aquella cara franca.

—Verá, señor, me temo que el señor y la señora Murdoch no acababan de ver clara la muerte de la señora Farraline, dado que sucedió de un modo tan imprevisto, y llamaron a su médico para que llevara a cabo un examen...

Dejó la frase en suspenso.

—¿Se refiere a una autopsia? —preguntó Rathbone con brusquedad. ¿Por qué diablos aquel hombre no iba al grano?—. ¿Y qué?

—No está convencido de que muriera de muerte natural, señor.

—¿Qué?

—No está convencido...

—¡Ya le he oído! —Rathbone hizo ademán de levantarse de la silla, pero las piernas le fallaron y cambió de idea—. ¿Qué tuvo de... antinatural? ¿No dijo el médico de la policía que había muerto de un ataque al corazón?

—Sí, señor, eso dijo —asintió Daly—, pero el examen fue algo precipitado y se llevó a cabo dando por supuesto que la mujer era mayor y que sufría de una afección cardíaca.

—¿Y qué me dice ahora? ¿Que no era verdad? —Levantó la voz sin haberlo pretendido. Estaba chillando y lo sabía. Tenía que controlarse.

—No, señor, claro que no —negó Daly sacudiendo la cabeza—. No hay duda de que era mayor y, por lo que parece, padecía esa dolencia desde hacía algún tiempo. Sin embargo, cuando el médico del señor Murdoch la examinó mejor, como le habían solicitado, no se quedó muy convencido. El señor Murdoch sugirió practicarle la autopsia, como era su derecho dadas las circunstancias, lo del robo y todo eso.

—¿Adónde diablos quiere ir a parar, hombre? —estalló Rathbone—. No estará sugiriendo que la señorita Latterly estranguló a su paciente por una joya, ¿verdad? ¿Y de inmediato informó del hallazgo y dio los pasos necesarios para devolvérsela a la familia?

—No, señor, estrangularla no... —replicó Daly con voz queda.

A Rathbone se le hizo un nudo en la garganta, tan prieto que apenas podía respirar.

—Murió envenenada —terminó Daly—. Con una dosis doble de su medicina, para ser exactos. —Miró al abogado con profunda consternación—. Se dieron cuenta cuando la abrieron y echaron un vistazo al interior. No es fácil de detectar, afecta al corazón, pero, sabiendo que la dama tomaba el medicamento y al ver que había dos ampollas vacías cuando sólo debería haber una, era normal que lo comprobasen, ¿no? No es muy agradable, me temo, pero los hechos son los hechos. Lo siento, señor, pero la señorita Latterly ahora está acusada de asesinato.

—Pe... pero... —La voz de Rathbone se apagó, atragantada. Tenía los labios secos.

—No había nadie más allí, señor. La señora Farraline estaba perfectamente cuando subió al tren en Edimburgo con la señorita Latterly, y había muerto, la pobre, al llegar a Londres. Dígame qué otra cosa podemos pensar.

—No lo sé, ¡pero no eso! —protestó Rathbone—. La señorita Latterly es una mujer valiente y honrada que trabajó en Crimea con Florence Nightingale. Salvó docenas de vidas, con gran sacrificio por su parte. Renunció a la comodidad y a la seguridad de Inglaterra para...

—Ya sé todo eso, señor —lo interrumpió Daly con firmeza—. Demuestre que otra persona asesinó a la anciana y yo seré el primero en retirar la acusación de asesinato contra la señorita Latterly, pero hasta que no lo haga tendrá que estar encerrada. —Suspiró y miró a Rathbone con tristeza—. No me hace ninguna gracia. Parece una joven muy agradable y yo mismo perdí un hermano en Crimea. Sé lo que algunas de esas mujeres hicieron por nuestros hombres. No obstante, es mi deber, y mis simpatías casi nunca tienen nada que ver con él.

—Sí, sí, desde luego. —Rathbone se arrellanó en la silla. Se sentía exhausto, como si hubiera corrido un largo trecho—. Gracias. Me pondré a trabajar enseguida para averiguar qué pasó y demostrar que ella no tuvo nada que ver.

—Sí, señor. Le deseo suerte, señor. Le hará falta, y también algo más.

Tras decir eso, se dio media vuelta y abrió la puerta, dejando a Rathbone con la vista fija ante sí.

Hacía sólo unos instantes que el policía se había ido cuando Clements regresó con cara de preocupación. Asomó la cabeza por la puerta, indeciso.

—Señor Rathbone, ¿hay algo que yo pueda hacer?

—¿Qué? —Rathbone dio un respingo al volver a la realidad, aunque sus pensamientos seguían sumidos en el caos—. ¿Qué pasa, Clements?

—¿Hay algo que pueda hacer? Creo entender que acaba de recibir malas noticias.

—Sí, hay algo. Vaya a buscar al señor William Monk de inmediato.

—¿Al señor Monk? ¿Al detective, se refiere?

—Sí, claro, al detective. Tráigalo.

—Tendré que darle alguna explicación, señor Rathbone —sugirió Clements apesadumbrado—. No es de esas personas que te acompañan sólo porque tú se lo digas.

—Dígale que el caso Farraline ha dado un tremendo

giro a peor y que necesito su plena dedicación con la máxima urgencia —le instruyó Rathbone en un tono cada vez más brusco y levantando la voz sin darse cuenta.

—Si no lo encuentro... —empezó a decir Clements.

—¡Búsquelo hasta que lo encuentre! ¡No vuelva sin él!

—Sí, señor. La verdad es que lo siento mucho, señor.

Rathbone se obligó a sí mismo a prestar atención.

—¿Por qué? No ha hecho nada que no debiera.

—No, señor. Siento mucho que el caso Farraline haya dado un giro a peor. La señorita Latterly es una joven estupenda y estoy seguro... —Se detuvo—. Iré a buscar al señor Monk, señor, y lo traeré de inmediato.

Sin embargo, transcurrieron dos horas interminables antes de que Monk, sin molestarse en llamar, abriera de par en par la puerta del despacho y entrara a grandes zancadas. Tenía la tez pálida, prieta su boca grande de labios finos.

—¿Qué ha pasado? —preguntó—. ¿Qué va mal ahora? ¿Por qué no se ha puesto en contacto con el abogado de los Farraline y le ha explicado lo sucedido? —Enarcó las cejas—. Supongo que no querrá mandarme a Edimburgo con ese encargo.

Las emociones con las que Rathbone había estado bregando desde la llegada de Daly —el miedo, la inquietud, la impotencia, todo lo que su imaginación preveía— estallaron en forma de rabia, el modo más sencillo y burdo de darles salida.

—¡No, no quiero eso! —dijo Rathbone entre dientes—. ¿Cree que enviaría a Clements a buscarle sólo para que me haga recados? Si su capacidad no da para más, he perdido mi tiempo, y el suyo. Tendría que haber llamado a otra persona..., a cualquiera, ¡Dios me ayude!

—Monk palideció. Pudo leer el estado de ánimo de Rathbone como si estuviera impreso en grandes caracteres ante él. Comprendió que estaba asustado y que dudaba de sí mismo, sentimientos ambos que sentaban fatal al abogado.

—Al cuerpo de Mary Farraline se le ha practicado la autopsia —le informó Rathbone en tono glacial—, a petición de su hija Griselda Murdoch. Al parecer, murió de una sobredosis de su medicina, el medicamento por causa del cual contrataron a Hester. La policía, en consecuencia, la ha acusado de asesinato... Presuntamente, el móvil fue el broche de perlas grises.

Obtuvo una satisfacción malsana al ver que el rostro de Monk palidecía aún más y que sus ojos se agrandaban levemente, como si hubiera encajado un golpe fuerte y del todo inesperado.

Cara a cara, de pie y con el escritorio de por medio, ambos permanecieron en gélido silencio durante unos segundos. Después Monk asimiló la impresión y se recompuso, mucho más rápidamente de lo que Rathbone había esperado, con más rapidez que él mismo.

—Supongo que estamos de acuerdo en que Hester no la mató —planteó Monk en tono juicioso—. A pesar de todas las pruebas que apuntan a lo contrario.

Rathbone sonrió con tristeza al recordar cómo Monk sospechó de sí mismo al despertar de la amnesia, sus forcejeos por entre los tensos hilos de la telaraña de pruebas. Vio aquellos mismos recuerdos en los ojos de Monk y, por un instante, su entendimiento fue tan diáfano como la luz del alba. Incluso las grandes distancias se habían salvado. La enemistad desapareció.

—Por supuesto —asintió Rathbone—. Sólo conocemos una pequeña parte de la verdad. Cuando la conozcamos toda, la historia será del todo distinta.

Monk sonrió, y el instante de entendimiento se esfumó.

—¿Y qué le hace pensar que llegaremos a saberlo todo? —preguntó Monk—. ¿Quién, en nombre de Dios, llega a enterarse de toda la verdad sobre algo? ¿Usted?

—Si llego a averiguar lo suficiente para que no haya

lugar a dudas —repuso Rathbone con frialdad—, me daré por satisfecho. ¿Está dispuesto a ayudar en los aspectos prácticos, o quiere quedarse aquí discutiendo los detalles filosóficos del asunto?

—Ah, ¿aspectos prácticos? —se burló Monk con sarcasmo, las cejas enarcadas—. ¿Qué tiene entre manos? —Barrió el escritorio con la mirada buscando algún logro, algún indicio de progresos, y no encontró nada.

Rathbone era muy consciente de sus limitaciones, y el rato transcurrido entre la partida de Daly y la llegada de Monk lo había dedicado a deshacerse de cualquier otro asunto urgente para poder poner toda su atención en el caso Farraline, pero rehusó darle explicaciones a Monk.

—Hay tres posibilidades —manifestó con voz dura y desapasionada.

—Lo que yo creo —le espetó Monk— es que la mujer se administró ella misma la sobredosis sin darse cuenta... ✔

—No, no lo hizo —lo contradijo Rathbone con satisfacción—. Ella no se la tomó. La única posibilidad de accidente sería que alguien hubiera rellenado mal la ampolla al preparar las dosis en la casa. Si ella misma se lo administró, tuvo que ser deliberado y estaríamos hablando de un suicidio, lo cual constituye la segunda posibilidad material, aunque dadas las circunstancias y la personalidad de la víctima, según la describió Hester, queda del todo descartada.

—Y la tercera es el asesinato —terminó Monk—, cometido por una persona que no es Hester. Alguien de Edimburgo llenó la ampolla con una dosis letal del medicamento y dejó que Hester se la administrara.

—Exacto.

—Accidente o asesinato. ¿Quién preparó la dosis? ¿El médico? ¿Un farmacéutico? —quiso saber Monk.

—No lo sé. Ése es uno de los muchos interrogantes pendientes.

—¿Y qué pasa con la hija, Griselda Murdoch? —Murdoch deambulaba por el despacho con andares impacientes, como si no soportara estarse quieto—. ¿Qué sabe de ella?

—Sólo que se casó hace poco y que está esperando su primer hijo, y al parecer está preocupada por su salud. La señora Farraline venía a Londres para tranquilizarla.

—¿Tranquilizarla? ¿A qué se refiere? ¿Cómo iba a tranquilizarla? ¿Qué podía saber que no supiera la propia señora Murdoch? —Monk parecía irritado, como si lo absurdo de la explicación se debiera a la estupidez de Rathbone.

—Por el amor de Dios, hombre, no soy una comadrona. No lo sé —respondió el abogado con sorna a la vez que volvía a sentarse—. Quizá estuviera preocupada por alguna dolencia que había padecido en la infancia.

Monk hizo caso omiso de la respuesta.

—Supongo que la familia tiene dinero —insinuó a la vez que se volvía a mirar a Rathbone.

—Eso parece, pero podrían estar hipotecados hasta el cuello, por lo que sé. Es una de las muchas cosas que debemos averiguar.

—Bueno, ¿y qué está haciendo al respecto? ¿No hay abogados en Escocia? Alguien debe de llevar sus negocios. Y habrá un testamento.

—Yo me ocuparé —dijo Rathbone entre dientes—, pero requiere tiempo. Sea cual sea la respuesta, no nos dirá qué pasó en el tren ni quién anduvo toqueteando el botiquín antes siquiera de que emprendieran el viaje. Lo máximo a que podemos aspirar es a averiguar algo sobre los asuntos de la familia y los móviles de las personas que viven en casa de los Farraline. Puede que sea el dinero, pero no podemos quedarnos aquí de brazos cruzados dándolo por sentado.

Las cejas de Monk se dispararon hacia arriba y observó contrariado la figura de Rathbone, sentado de forma elegante, con las piernas cruzadas.

Cosa rara, Rathbone descubrió que esa actitud del detective no le molestaba. La autocomplacencia habría sido otro cantar. Cualquier gesto tranquilo lo hubiera indignado, pues significaría que Monk no estaba asustado, que aquello no le importaba tanto como para herir sus sentimientos y dejarlos en carne viva. La serenidad en Monk no sería un consuelo porque el peligro era real y sólo un tonto habría dejado de advertirlo.

—Quiero que vaya a Edimburgo —dispuso con un amago de sonrisa—. Yo me ocuparé de los gastos, por supuesto. Debe enterarse de todo lo que pueda acerca de la familia Farraline, de todos ellos.

—¿Y qué va a hacer usted? —volvió a preguntar Monk, de pie ante el escritorio, con los pies algo separados y los brazos en jarras.

Rathbone le lanzó una mirada gélida porque, de momento, no podía hacer gran cosa. Su puesto estaba en la sala del tribunal, frente a los testigos y al jurado. Sabía oler una mentira, tergiversar las palabras hasta que el mentiroso caía en su propia trampa, descubrir la verdad oculta bajo las capas del engaño, tras la niebla de la ignorancia y el olvido, hurgar como un cirujano hasta extraer el hecho condenatorio. Sin embargo, aún no tenía testigos, salvo la propia Hester, cuyo testimonio, por lo que a información se refería, era de una pobreza desesperante.

—Yo voy a averiguar más cosas de los detalles médicos —contestó—, y también de los temas legales que usted ha señalado antes. También me prepararé para el juicio.

La palabra «juicio» obró un efecto milagroso en Monk e hizo desaparecer su enojo tan bruscamente como si le hubieran echado agua fría a la cara. Se quedó inmóvil, mirando a Rathbone. Hizo ademán de decir algo pero en seguida cambió de idea. Quizá ya todo estaba dicho.

—Iré a ver a Hester primero —decidió en voz baja—. Arréglelo. —Se le crispó el semblante—. Le pediré que me cuente todo lo que sabe sobre ellos. Necesitamos tanta información como sea posible, incluso impresiones, frases sueltas, pensamientos, recuerdos..., cualquier cosa. Sabe Dios cómo me las voy a arreglar para que me admitan en la casa, y no digamos ya para que me cuenten cosas.

—Miéntales —propuso Rathbone con una sonrisa torcida—. ¡No me diga que eso va contra sus principios!

Monk le lanzó una mirada asesina, pero no respondió. Se quedó rígido un instante y a continuación se dio media vuelta y caminó hacia la puerta.

—Ha dicho algo de ocuparse de los gastos —le recordó con palpable disgusto.

Con súbita perspicacia, Rathbone comprendió que aquel hombre odiaba tener que pedir, pues le hubiera gustado hacer aquello sin ayuda, por Hester.

Monk se sintió descubierto por Rathbone y se enfureció, tanto por haberse delatado tan fácilmente como por dejar que el otro conociese su estado financiero, y, lo que era peor, su afecto por Hester. Él mismo hubiese preferido ignorarlo. Sus mejillas se tiñeron de rojo y apretó los labios.

—Clements lo tiene todo preparado —le comunicó Rathbone—. Y también un billete para el tren de esta noche a Edimburgo. Sale a las nueve y cuarto. —Echó un vistazo al reloj de oro de su chaleco, una hermosa pieza con el estuche grabado—. Vaya a su alojamiento y prepare lo que necesite. Yo me encargaré de hacer los trámites necesarios para que pueda entrar en la cárcel. Escriba desde Edimburgo para contar los progresos que vaya haciendo.

—Por supuesto —convino Monk. Titubeó un instante; a continuación abrió la puerta y salió.

Monk fue a su alojamiento con la cabeza hecha un lío. Hester acusada de asesinato. Todo aquello tenía visos de pesadilla; su cerebro no lo aceptaba y, sin embargo, sus entrañas le decían que era una cruel y terrible realidad. Todo poseía un aire familiar, como si ya lo hubiese vivido antes.

Metió en una maleta toda la ropa que podría necesitar y también calcetines, navaja y brocha de afeitar, cepillo del pelo, artículos de higiene y un par de botas de repuesto. Imposible prever cuánto tiempo se quedaría allí. Por lo que él sabía, nunca antes había estado en Edimburgo. No tenía ni idea de cómo sería. Seguramente como Northumberland, pero de allí sólo recordaba imágenes sueltas y fotografías, no sensaciones. De todos modos, aquello poco importaba en esos momentos.

Sabía por qué la sensación de catástrofe le resultaba tan familiar, el miedo y la mezcla de incredulidad y resignación total. Se parecía a su experiencia vivida al despertar en el hospital después del accidente, cuando se sintió cazador y presa al mismo tiempo. Ni siquiera recordaba su nombre y tuvo que descubrirse a sí mismo, fragmento a fragmento, mientras perseguía al asesino de Jocelyn Grey. Casi dos años después, seguía sin saberlo todo de su propia vida, ni mucho menos, y gran parte de lo que había averiguado mirando a los ojos de los demás, entre adivinando y recordando, lo llenaba de confusión, puesto que se encontraba con muchos atributos que le desagradaban.

Sin embargo, no era momento de pensar en sí mismo. Debía resolver aquel problema absurdo de la muerte de la señora Farraline y averiguar qué papel ocupaba Hester en el mismo.

Cerró la maleta y, con ella en la mano, se apresuró a informar a su patrona de su partida, limitándose a explicarle que se iba a Edimburgo por negocios y que no sabía cuándo volvería.

Ella estaba acostumbrada a sus maneras y no le hizo mucho caso.

—Oh, sí —dijo con aire distraído. Al instante, y dado que para lo que le convenía no se le escapaba una, añadió—: Supongo que me enviará el alquiler, señor Monk, si va a estar fuera tanto tiempo.

—Desde luego —asintió él lacónicamente—. Guárdeme las cartas.

—Lo haré. Todo se hará exactamente como debe ser. ¿Cuándo me ha visto actuar de otro modo, señor Monk?

—Nunca —concedió él a regañadientes—. Que tenga un buen día.

—Buenos días, señor.

Cuando llegó a la cárcel donde estaba encerrada Hester, Rathbone ya había cumplido su palabra efectuando los trámites necesarios para que Monk fuera admitido en calidad de ayudante del abogado y, en consecuencia, como consejero legal de Hester.

La celadora que lo guió hasta la celda por aquel pasillo gris con el suelo de piedra era una mujer de anchas espaldas y músculos poderosos, que ostentaba una expresión de intenso disgusto en sus facciones rotundas. Al advertirlo, Monk sintió un escalofrío y lo embargó una sensación próxima al pánico, algo que llevaba mucho tiempo sin sentir. Sabía a qué se debía aquel gesto. La mujer estaba al corriente del crimen que se le imputaba a Hester: haber asesinado a una paciente, una anciana que confiaba en ella incondicionalmente, sólo por robar una joya que tal vez valiese unos pocos cientos de libras. Con aquello podría vivir un año en la opulencia, pero a costa de una vida humana. La mujer debía de haber visto tragedias de todo tipo, el pecado y la desesperación en tránsito por las celdas, mujeres endurecidas que habían asesinado a un marido violento, a un proxeneta o a un amante; mujeres, superadas por las circunstancias, que acababan asesinando a sus hijos; mujeres hambrientas y codiciosas que robaban; bribonas, mujeres toscas y descaradas, ignorantes, malas, asustadas, estúpidas...; vicios y locuras de todas clases. Sin embargo, nada le parecía tan despreciable como una mujer culta y de buena familia que se rebajaba a envenenar a una anciana, puesta a su cargo, sólo para hacerse con un objeto que no necesitaba.

En aquel caso no concebía el perdón, ni siquiera la piedad normal y espontánea que le habrían despertado la ladrona y la prostituta atrapadas en un súbito acto de violencia contra un mundo violento. Con la envidia y la frustración de los ignorantes y oprimidos, odiaría a Hester por ser una dama. Al mismo tiempo, la detestaría por no haber vivido a la altura de sus privilegios de nacimiento. Que le hubieran sido concedidos merecía ya reprobación, traicionarlos era imperdonable. El miedo que Monk sentía por Hester se materializó en su interior como una náusea fría y compacta.

La celadora le dio la espalda durante todo el camino mientras recorrían el corredor hasta llegar a la puerta de la celda, donde metió una pesada llave en el cerrojo y la hizo girar. Ni siquiera entonces miró a Monk. Era un modo de demostrar un desdén absoluto que hacía extensivo hasta él. Ni tan solo la curiosidad venció sus resistencias.

En el interior de la celda, Hester estaba de pie. Se dio la vuelta al oír el ruido del cerrojo y una expresión de esperanza le iluminó el rostro. Cuando vio a Monk, la esperanza murió y fue reemplazada por desilusión, recelo y una leve sombra entre expectante y acongojada.

Por un instante, Monk se sintió dividido entre la emoción, la familiaridad y el deseo de protegerla, y la cólera hacia los acontecimientos, hacia Rathbone y, por encima de todo, hacia sí mismo.

Se volvió hacia la celadora.

—La llamaré cuando la necesite —la despidió con frialdad.

Ella titubeó, encendida su curiosidad por primera vez. Vio algo en el rostro de Monk que la perturbó; supo instintivamente que él lucharía con armas que quedaban fuera del alcance de ella, que aquel hombre nunca temería por su propia seguridad.

—Sí, señor —acató la celadora con gravedad, y cerró con un portazo más fuerte de lo necesario.

Monk miró a Hester con gran atención. Debía de permanecer ociosa de la mañana a la noche y, sin embargo, parecía cansada. Tenía ojeras y el color se había esfumado de su piel. Iba peinada de cualquier manera y saltaba a la vista que no hacía ningún esfuerzo por acicalarse. Lucía ropas sencillas. Por su aspecto, se diría que ya se había rendido. Sin duda alguien le habría enviado ropa, Callandra probablemente. ¿Por qué no escogió un atuendo menos insulso, más desafiante? Entonces asomó a su memoria el recuerdo de su propia desesperación durante el caso Grey, cuando el peor de los horrores se le enfrentó cara a cara, no sólo la idea de la cárcel y de la horca, sino también la pesadilla de la culpa. El valor de Hester y el acicate de su ira fueron la salvación de Monk.

¿Y se atrevía a abandonar cuando era ella misma quien peligraba?

—Tiene usted un aspecto terrible —la reprendió en un tono muy frío—. ¿Qué lleva puesto, en el nombre de Dios? Parece como si estuviera esperando la horca. ¡Ni siquiera la han juzgado aún!

El rostro de Hester se ensombreció despacio, pasando de la perplejidad a la ira, pero sólo fueron emociones frías, tranquilas, exentas de pasión.

—Es el vestido que usaba para trabajar —contestó con tranquilidad—. Caliente y práctico. No sé por qué se molesta en mencionarlo. ¿Qué más da?

Monk cambió de tema con brusquedad.

—Me voy a Edimburgo en el tren de la noche. Rathbone quiere que averigüe todo lo que pueda de los Farraline. Es de suponer que uno de ellos la asesinó...

—No pienso más que en eso —confesó ella en voz baja, pero sin ninguna convicción—. Antes de que me lo pregunte, no sé quién lo hizo ni por qué. No se me ocurre ningún motivo y aquí tengo todo el tiempo del mundo para discurrir sobre ello.

—¿La mató usted?

—No. —No dio señal alguna de enojo, tan sólo transmitió una resignación tranquila y sombría.

Monk se enfureció. Quería agarrarla por los brazos y sacudirla, ponerla tan furiosa como él estaba, enojarla para que luchase y siguiese luchando hasta dar con la verdad y después obligase a todo el mundo a aceptarla y a admitir que se habían equivocado. Lo horrorizaba aquel cambio de talante en ella. No porque su actitud anterior le gustase demasiado, pues hablaba demasiado y tenía opiniones para todo, estuviera o no informada al respecto. Era totalmente distinta al prototipo de mujer que lo atraía; carecía de la dulzura, de la feminidad y de la gracia que él admiraba, que le aceleraban el pulso y despertaban su deseo. Sin embargo, verla de aquella guisa lo perturbaba en lo más profundo del corazón.

—Entonces lo hizo otra persona —afirmó él—. A menos que me esté diciendo que la mujer se suicidó.

—¡No, claro que no! —Al oír aquello, al menos, se había enfadado. Un leve rubor se extendió por sus mejillas—. Si la hubiese conocido, ni siquiera se le habría ocurrido una idea semejante.

—Quizá estaba senil y tenía despistes —sugirió—. Pudo matarse por accidente.

—Eso es absurdo. —Habló en tono crispado—. No estaba más senil que usted. Si eso es todo lo que sabe hacer, ¡estoy perdiendo el tiempo! ¡Y también Oliver, en caso de que haya sido él quien lo ha contratado!

A Monk la complació observar cómo ella recuperaba el genio, aunque sólo fuera en defensa de Mary Farraline, pero también se sintió herido en lo más hondo ante la sugerencia de que él estaba allí por encargo de Rathbone y porque le pagaban. No sabía por qué, pero le dolía que ella pensara eso y reaccionó al instante.

—No sea infantil, Hester. No hay tiempo y es muy impropio de una persona de su edad.

Le tocó a ella el turno de enfadarse. Monk adivinó que el motivo de su enojo había sido aquella referencia a su edad, lo cual era una idiotez; aunque, claro, a veces se comportaba como una idiota, al igual que casi todas las mujeres.

Hester lo miró con intenso disgusto.

—Si va a Edimburgo a ver a los Farraline, no creo que le digan gran cosa, sólo que me contrataron para acompañar a la señora Farraline a Londres, darle su medicina por la mañana y por la noche y ocuparme de que estuviera cómoda. Y que fracasé estrepitosamente. No sé qué más espera que le digan.

—La autocompasión no le sienta mejor que a la mayoría de la gente —se mostró él cortante—, y no hay tiempo para ello.

Ella le lanzó una mirada asesina.

Monk respondió con una sonrisa, casi un rictus, pero lo confortaba ver que Hester estaba lo bastante enfadada como para pelear, aunque no quería que reparase en su alivio.

—Desde luego, eso dirán —asintió él—. Yo les haré montones de preguntas. —Iba urdiendo el plan conforme hablaba—. Les diré que vengo de parte de la acusación y que deseo asegurarme de todo para que no haya sorpresas de última hora. Reconstruiré su estancia allí hasta el último detalle.

—Sólo pasé un día en la casa.

Él le hizo caso omiso.

—Mediante ese proceder, me enteraré de todo lo que pueda acerca de la familia. Uno de ellos la asesinó. De alguna manera, aunque sea mínimamente, se traicionarán a sí mismos.

Habló con más convicción de la que sentía, pero no debía permitir que ella se diera cuenta. Como mínimo, podía protegerla de la parte más dura de la verdad, de las probabilidades en contra. Sintió un deseo desesperado de poder hacer algo más. Era terrible sentirse impotente en una situación tan importante para él.

La ira abandonó a Hester tan repentinamente como si alguien hubiera apagado la luz. El miedo se impuso sobre todo lo demás.

—¿Lo conseguirá? —preguntó con voz temblorosa.

Sin pensar, Monk se inclinó, le tomó la mano y se la apretó con fuerza.

—Sí, lo conseguiré. Dudo que sea fácil, ni rápido, pero lo haré. —Dejó de hablar. Se conocían demasiado bien. Leyó en los ojos de ella lo que estaba pensando, recordando: aquel otro caso que resolvieron juntos, en el que averiguaron la verdad al fin, pero demasiado tarde, cuando un hombre inocente ya había sido juzgado y ahorcado—. Lo haré, Hester —prometió con vehemencia—. Averiguaré la verdad, cueste lo que cueste, aunque tenga que arrancarla a la fuerza.

Las lágrimas inundaron los ojos de la mujer, que desvió la mirada al instante. Por un momento, el miedo fue tanto que apenas pudo controlarse.

Él apretó los dientes.

¿Por qué Hester se empeñaba en ser tan independiente? ¿Por qué no podía echarse a llorar como cualquier otra mujer? Entonces él la abrazaría, le ofrecería algún consuelo; lo cual, por otra parte, no serviría para nada. Además, él no quería hacerlo. No soportaba el carácter de aquella mujer y, sin embargo, aún detestaba más la idea de verla cambiar.

También le molestaba no ser capaz de olvidar el asunto y marcharse. No era un caso más. Se trataba de Hester; la idea del fracaso le parecía insoportable.

—Hábleme de ellos —ordenó con brusquedad—. ¿Quiénes son los Farraline? ¿Qué pensó de ellos? ¿Cuáles fueron sus impresiones?

Hester se volvió y lo miró con sorpresa. Después, despacio, consiguió dominar sus emociones y contestó:

—El hijo mayor se llama Alastair. Es fiscal...

—No quiero hechos —la interrumpió él—. Puedo averiguarlos por mí mismo, mujer. Quiero conocer sus sensaciones respecto a él. ¿Era feliz o desgraciado? ¿Estaba preocupado? ¿Quería a su madre o la odiaba? ¿La temía? ¿Era una mujer posesiva, sobreprotectora, crítica, dominante? ¡Dígame algo!

Ella sonrió débilmente.

—Me pareció generosa y muy normal...

—La han asesinado, Hester. La gente no comete un asesinato sin un móvil, aunque éste no valga gran cosa. Había alguien que o bien la odiaba o bien la temía. ¿Por qué? Cuénteme más cosas de ella y no me hable de lo encantadora que era. A veces las mujeres jóvenes son asesinadas a causa de sus encantos, pero las mayores no.

La sonrisa de Hester se ensanchó un poco.

—¿Cree que no he estado aquí tumbada intentando pensar por qué alguien querría matarla? Alastair parecía un poco nervioso, pero tal vez se debiese a cualquier otra cosa. Como le he dicho, es el fiscal procurador...

—¿Qué es un fiscal procurador?

No era momento de dejarse llevar por el orgullo y quedarse en la inopia.

—Algo así como el fiscal de la Corona, creo.

—Hum... —Varias posibilidades cruzaron por su mente.

—Y el hermano pequeño, Kenneth, se fue a una cita de la cual la familia no sabía casi nada. Suponían que estaba cortejando a alguien, pero no conocían a la dama en cuestión.

—Ya entiendo. ¿Qué más?

—No sé. De verdad que no. Quinlan, el marido de Eilish...

—¿Quién es Eilish? ¿Ha dicho Eilish? ¿Qué nombre es ése?

—No lo sé. Escocés, supongo. Es la hija mediana. Oonagh es la mayor. Griselda es la pequeña.

—¿Qué pasa con Quinlan?

—Él y Baird McIvor, el marido de Oonagh, parecían caerse muy mal. Sin embargo, no veo cómo nada de todo eso podría llevar a alguien al asesinato. Siempre hay un trasfondo de simpatías y antipatías en cualquier familia, sobre todo si los miembros viven bajo el mismo techo.

—¡Dios nos libre! —exclamó Monk con sentimiento. La idea de vivir tan cerca de otras personas lo horrorizaba. Era muy celoso de su intimidad y no le gustaba tener que dar cuentas a nadie y menos que nada a alguien que lo conociese bien.

Ella interpretó mal sus palabras.

—Nadie asesinaría a otra persona para poder marcharse libremente.

—¿No era de la madre la casa? —preguntó Monk de repente—. ¿Qué me dice del dinero? No, no se moleste en responder. De todas formas, usted no lo sabe. Rathbone averiguará eso. Dígame qué hizo exactamente desde el momento de su llegada a la casa hasta que se marchó. ¿En qué momento se quedó sola? ¿Dónde estaba el vestidor o dondequiera que hubiesen dejado el botiquín?

—Ya le he contado a Oliver todo eso —protestó ella.

—Quiero oírlo de su boca —replicó él con frialdad—. No puedo trabajar a partir de testimonios de segunda mano. Y yo hago mis propias preguntas, no las de Rathbone.

Hester obedeció sin más discusión y, sentada al borde del catre, fue relatando con todo detalle lo que recordaba. Por la facilidad con que encontraba las palabras y la ausencia de titubeos, Monk comprendió que había ensayado el relato muchas veces. Adquirió plena conciencia de cómo debía de haber permanecido tendida en la oscuridad, asustada, pensando. Era una mujer demasiado inteligente para no reparar en la magnitud del peligro, incluso en la posibilidad de que nunca llegaran a conocer la verdad o de que, cuando la averiguasen, fuese demasiado tarde. Ya había sucedido en una ocasión. El propio Monk había fracasado antes.

Por Dios que aquella vez no fracasaría. Averiguaría la verdad a cualquier precio.

—Gracias —dijo él por fin y se puso en pie—. Ahora debo irme. Tengo que tomar el tren que va al norte.

Ella se levantó también. Tenía la tez muy pálida.

Monk quiso decir algo que mitigase sus temores, algo que le diera esperanza; pero tendría que recurrir a una mentira y él nunca le mentía.

Hester tomó aire para hablar y después cambió de idea.

El hombre no podía irse sin decir algo, ¿pero qué? ¿Qué podía decir que no constituyese un insulto al valor y a la inteligencia de ella?

La mujer soltó un pequeño resoplido.

—Tiene que irse.

Llevado por un impulso, Monk le tomó la mano y se la llevó a los labios. En seguida la soltó y se plantó en la puerta de tres zancadas.

—¡Ya estoy! —gritó.

Al cabo de un momento se oyó el ruido de la llave en el cerrojo y la puerta se abrió. Salió sin mirar atrás.

Cuando Monk se marchó de la oficina, Oliver Rathbone dudó sólo unos instantes antes de decidir que, pese a todo, iría a hablar con Charles Latterly. Hester le había suplicado que no dijera nada a su familia cuando sólo hablaban de una acusación de robo, la cual habría quedado aclarada y desestimada en cuestión de unos días a lo sumo. Sin embargo, en aquellos momentos se trataba de un asesinato, y los periódicos de la tarde publicarían la historia. Tenía que hablar con él antes de que eso sucediese, por razones de decencia elemental.

Conocía la dirección y no tardó ni cinco minutos en encontrar un cabriolé y dársela al conductor. Intentó pensar algún modo amable de comunicarle la noticia. Pese a que su sentido común le decía que no había ninguno, le parecía un problema más sencillo que pararse a considerar qué haría a continuación para preparar la defensa de Hester. Bajo ningún concepto podía permitir que la llevase otra persona. Sin embargo, la carga de una responsabilidad semejante ya empezaba a pesarle y aún no habían transcurrido siquiera doce horas desde que Daly llegara a su oficina con la noticia.

Pasaban diez minutos de las cinco de la tarde. Charles Latterly acababa de regresar a casa del trabajo. Rathbone no conocía de vista a aquel hombre. Se apeó del coche, le ordenó al cochero que lo esperara tanto tiempo como hiciera falta y subió la escalinata hasta la puerta principal.

—¿Sí, señor? —preguntó el mayordomo con educación mientras, con ojo entrenado, catalogaba a Rathbone como caballero.

—Buenas tardes —saludó él con decisión—. Me llamo Oliver Rathbone y soy el abogado de la señorita Hester Latterly. Quisiera ver al señor Latterly por un asunto profesional que, siento decirlo, no puede esperar.

—Naturalmente, señor. Si es tan amable de acompañarme a la sala de visitas, informaré al señor Latterly de su llegada y de la urgencia del asunto que le trae aquí.

—Gracias. —Rathbone pasó a la casa, sólo que, cuando el mayordomo abrió la puerta de la salita, en lugar de entrar se quedó en el vestíbulo. Era una habitación agradable, cómoda, pero incluso una mirada superficial delataba el desgaste del mobiliario y la mengua de recursos de los propietarios. Recordó con una punzada de compasión la ruina y el suicidio del señor Latterly, el padre, y el fallecimiento de su esposa, muerta de pena poco después. Él traía noticias de una nueva tragedia, aún peor que la última.

Charles Latterly salió por la puerta situada al fondo del vestíbulo, a la derecha. Era un hombre alto y rubio, de treinta y pico o cuarenta años y cuyo cabello empezaba a ralear. Tenía la cara alargada y, en aquellos instantes, contraída por la inquietud.

—Buenas tardes, señor Rathbone. ¿Qué puedo hacer por usted? No recuerdo que nos conozcamos, pero mi mayordomo me ha informado de que es usted el abogado de mi hermana. Ni siquiera tenía noticias de que hubiese contratado a uno.

—Siento presentarme aquí sin avisar, señor Latterly, pero traigo unas noticias muy ingratas. No albergo la más mínima duda de que la señorita Latterly es del todo inocente, pero se ha producido la muerte, la muerte inducida, de una de sus pacientes, una anciana que viajaba de Edimburgo a Londres en tren. Lo siento, señor Latterly, pero Hester ha sido acusada del asesinato.

Charles Latterly se lo quedó mirando como si no entendiera el significado de las palabras.

—¿Pecó de negligencia? —preguntó, parpadeando—. Eso no es propio de Hester. No apruebo su profesión, si es que se la puede llamar así, pero creo que es más que competente en su trabajo. Dudo, caballero, que haya cometido algún error.

—No está acusada de negligencia, señor Latterly —le informó Rathbone despacio, sintiéndose fatal por tener que hacer aquello. ¿Por qué aquel hombre no lo había entendido a la primera? ¿Por qué tenía que adoptar aquella expresión tan ofendida y perpleja?—. Está acusada de asesinarla deliberadamente para robarle un broche.

—¿Hester? ¡Eso es absurdo!

—Sí, por supuesto que sí —convino Rathbone—, y ya he enviado a un investigador a Edimburgo, esta misma noche, para que indague el asunto y podamos averiguar la verdad. Sin embargo, me temo que tal vez no seamos capaces de demostrar su inocencia antes de que el caso llegue a los tribunales y es muy probable que aparezca en los periódicos mañana por la mañana, si no esta noche. Por eso he venido a informarle, para que no se enterase por la prensa.

—¡Los periódicos! ¡Oh, Dios mío! —Hasta el último vestigio de color desapareció de la ya pálida faz de Charles—. Todo el mundo se enterará. Mi esposa. Imogen no debe oír nada de esto. Podría...

Rathbone sintió una ira irrefrenable. Todos los pensamientos de Charles iban dirigidos a los sentimientos de su esposa. Ni siquiera preguntaba cómo estaba Hester ni dónde se encontraba.

—Me temo que eso es algo de lo que no puede protegerla —dijo con cierta aspereza—. Además, tal vez ella quiera visitar a Hester y darle todo el consuelo que pueda.

—¿Visitarla? —Charles pareció confundido—. ¿Dónde está Hester? ¿Qué le ha pasado? ¿Qué han hecho con ella?

—Está en la cárcel, donde tendrá que quedarse hasta el juicio, señor Latterly.

Charles se quedó como si acabara de encajar un golpe. La boca le colgaba exangüe y tenía los ojos fijos mientras la incredulidad se convertía en horror.

—¡En la cárcel! —exclamó horrorizado—. Quiere decir...

—Desde luego. —El tono de Rathbone era más frío de lo que hubiera sido si sus emociones no entraran en juego—. Está acusada de asesinato, señor Latterly. No hay ninguna posibilidad de que la dejen libre en estas circunstancias.

—Oh... —Charles miró hacia otro lado, sumido en sus pensamientos, y la compasión asomando a su rostro al fin—. Pobre Hester. Siempre ha sido valiente y ambiciosa, capaz de hacer las cosas más increíbles. Yo creía que no le temía a nada. —Emitió una risita insegura—. Deseaba que pasase miedo, pensaba que así se volvería más precavida. —Titubeó y después suspiró—. Habría dado cualquier cosa por que hubiese sucedido de otro modo. —Volvió a mirar a Rathbone, con las facciones aún alteradas por el dolor, pero bastante recompuesto ya—. Por supuesto, le pagaré todo lo que pueda por su defensa, señor Rathbone, pero me temo que tengo muy poco y no puedo arrebatarle a mi esposa el apoyo y los cuidados que le debo, ¿comprende? —Se ruborizó avergonzado—. Conozco de oídas su reputación. Tal vez, dada nuestra situación, sería mejor que le pasara el caso a alguien menos... —Buscó un eufemismo para expresar lo que quería decir, pero no pudo dar con él.

Rathbone lo ayudó, en parte porque lo incomodaba verlo debatirse de aquel modo —pese a que sentía poca simpatía por el hombre—, pero principalmente porque lo asaltó la impaciencia.

—Gracias por su oferta, señor Latterly, pero su ayuda financiera no será necesaria. El afecto que siento por Hester me compensa de sobra. Lo mejor que podría hacer por ella sería acudir a ayudarla en persona, consolarla, demostrarle su lealtad y, por encima de todo, mantenerse animado para que se pueda apoyar en usted. Nunca, bajo ningún concepto, le dé a entender que usted se teme lo peor.

—Por supuesto —se avino Charles—. Sí, claro. Dígame dónde está e iré a verla... Bueno, si me dejan entrar.

—Explíqueles que es usted su única familia y sin duda le permitirán entrar —le instruyó Rathbone—. Está en Newgate.

Charles se estremeció.

—Ya veo. ¿Qué se me permite llevarle? ¿Qué puede necesitar?

—Quizá su esposa pudiera encontrarle una muda y algo de ropa de recambio. No creo que tenga muchas posibilidades de lavar.

—¿Mi esposa? No... No. No permitiré que Imogen vaya. Y a un lugar como Newgate. Procuraré que ignore tanto de este asunto como sea posible. La perturbaría terriblemente. Yo mismo buscaré algo de ropa para Hester.

Rathbone estaba a punto de protestar, pero al mirar el rostro de Charles, repentinamente ensimismado, con la boca apretada y expresión obstinada, supo que en la relación de aquel hombre con su esposa existían sutilezas que él no podía adivinar, profundidades del propio carácter de Charles, y que la discusión sería inútil. Una visita no deseada no le haría ningún bien a Hester y ella era lo único que importaba en realidad.

—Muy bien, si ésa es su última palabra —admitió en un tono frío—. Debe hacer lo que crea correcto. —Irguió la espalda—. Una vez más, señor Latterly, lamento profundamente traerle noticias tan terribles, pero, por favor, no dude que haré todo lo posible por asegurarme de que todo se aclara respecto a Hester y de que, mientras tanto, recibe el mejor trato posible.

—Sí... Sí, claro. Gracias, señor Rathbone. Es muy amable de su parte haber venido en persona y...

Rathbone aguardó, vuelto a medias hacia la puerta, con las cejas enarcadas.

Charles parecía incómodo.

—Gracias por encargarse de la defensa de Hester sin honorarios. Yo... Nosotros... le estamos muy agradecidos.

—Buenos días, señor.

Antes de las nueve y cuarto, Rathbone llegó a la estación de ferrocarril. Era absurdo. No podía decirle nada más a Monk y, sin embargo, no pudo evitar acudir allí e intentar hablar con él por última vez, aunque sólo fuera para asegurarse de que subía al tren.

En el andén había mucho ajetreo; gente por todas partes, carretones de equipaje, mozos gritando, las puertas del vagón abiertas de par en par un instante, cerradas de un portazo al siguiente. Los viajeros aguardaban allí tiritando, algunos despidiéndose, otros mirando a un lado y a otro buscando una cara conocida que no llegaba. Rathbone se abrió paso entre ellos, con el cuello del abrigo subido para protegerse del viento. ¿Dónde estaba Monk? ¡Maldito tipo! ¿Por qué tenía que depender de alguien que le agradaba tan poco?

Debería distinguirlo entre la gente del andén. Tenía un andar bastante peculiar y era un poco más alto que la media. ¿Dónde diablos estaba? Por quinta vez echó un vistazo al reloj de la estación. Las nueve menos diez. ¿Sería posible que no hubiera llegado aún? No era demasiado tarde. Lo mejor sería recorrer el tren por dentro.

Caminó hasta el extremo más próximo a los topes entre una multitud cada vez más densa, subió al tren y miró en todos los compartimientos para ver si Monk estaba allí. De vez en cuando miraba por las ventanillas también, y en una de esas ocasiones, cuando llevaba recorrida la mitad del tren más o menos y ya pasaban siete minutos de las nueve, vislumbró un instante la cara de Monk, que recorría el andén a grandes zancadas, en paralelo al tren.

Con una mezcla de rabia y alivio, Rathbone lanzó un juramento y, tras empujar a un caballero corpulento vestido de negro, abrió con ímpetu la puerta del vagón y casi cayó al exterior.

—¡Monk! —gritó a viva voz—. ¡Monk!

El detective se dio la vuelta. Iba tan elegante como si se dirigiera a una cena. Llevaba un abrigo de corte perfecto, fino y suelto, sin una arruga, y las botas estaban tan lustrosas que despedían un reflejo satinado. Pareció sorprendido de ver a Rathbone, pero no molesto.

—¿Ha descubierto algo? —preguntó extrañado—. ¿Ya? No puede haber recibido noticias de Edimburgo. ¿De qué se trata?

—No he descubierto nada —respondió Rathbone,

aunque deseó con toda su alma poder decir lo contrario—. Sólo he venido para ver si deseaba consultarme algo más mientras aún estamos a tiempo.

Una sombra de decepción cruzó los ojos de Monk, tan leve que si Rathbone hubiera sido menos perspicaz la habría pasado por alto. El abogado casi le perdonó aquel abrigo perfecto.

—No se me ocurre nada —refunfuñó Monk con frialdad—. Le informaré por correo de cualquier cosa que pueda ser de utilidad. Las impresiones me las guardaré hasta mi regreso. Sería conveniente que usted hiciera lo mismo, suponiendo que encuentre algo. Le comunicaré mi dirección en cuanto encuentre alojamiento. Ahora voy a ocupar mi asiento, antes de que el tren parta sin mí. Eso sería una faena para los dos.

Sin una palabra más de despedida, se dio la vuelta, caminó hacia la puerta del vagón más cercano y subió. Cerró de un portazo y dejó a Rathbone de pie en el andén, maldiciendo entre dientes y con la sensación de ser un incompetente, de que lo habían ofendido y de que debería haber dicho algo más.

5

Monk no disfrutó del viaje, en ningún sentido. El encuentro en el andén con Rathbone le proporcionó cierta satisfacción porque demostraba hasta qué punto el abogado estaba preocupado. Sus sentimientos debían de estar profundamente implicados para que renunciase a su dignidad hasta el punto de acudir a la estación con una excusa tan pobre. En condiciones normales, como mínimo, la conciencia de que Monk se iba a dar cuenta de su situación habría bastado para retenerlo en casa.

Sin embargo, el consuelo que le había ofrecido aquel encuentro se esfumó en cuanto el tren escupió vapor, salió traqueteando de la estación y empezó a marchar por entre la oscuridad de los tejados empapados de lluvia de Londres y las calles cada vez más vacías, apenas entrevistas a la luz de un farol, con los adoquines brillantes, las luces envueltas en un halo brumoso, los coches de caballos haciendo viajes de acá para allá.

Imaginó a Rathbone volviendo a su oficina para sentarse detrás de su escritorio y revolver papeles en vano, mientras intentaba discurrir qué podía hacer de útil, y a Hester a solas en la exigua celda de Newgate, asustada, acurrucada bajo unas mantas finas, oyendo el taconeo de unas botas sobre el suelo de piedra y el tintineo de las llaves en el cerrojo, viendo el odio en el rostro de las celadoras. No se hacía ilusiones al respecto. La considerarían culpable de un crimen deleznable; no tendrían compasión. El hecho de que aún no la hubiesen juzgado tendría poco peso para ellas.

¿Por qué no podía ser como las demás mujeres y escoger una ocupación más sensata? ¿Qué mujer normal viajaría de un lado a otro, sola, para ocuparse de personas a las que ni tan siquiera conocía? ¿Y por qué él padecía por ella? Estaba cantado que Hester iba a caer en desgracia un día u otro. Sólo la buena suerte la había librado de tropezarse con el infortunio ya en Crimea. En cuanto a él, era tan estúpido como para haberse implicado sentimentalmente en cierta medida. No le gustaba aquel tipo de mujer, nunca le había gustado. Por una cosa o por otra, casi todos sus atributos lo irritaban.

Sin embargo, un sentimiento de decencia elemental le exigía que hiciera todo lo posible por ayudarla. La gente confiaba en él y, por lo que sabía, jamás en su vida había traicionado la confianza de nadie. Al menos, no a propósito. Años atrás le falló a su mentor, pero aquello fue distinto. Fracasó por falta de habilidad, pero había luchado con todas sus fuerzas. No se trataba de generosidad; todo lo que había descubierto sobre sí mismo demostraba que no era una buena persona. Sin embargo, sí era honrado y nunca soportó la injusticia.

No. Se estremeció y sonrió con amargura. Aquello no era verdad. Nunca soportó la injusticia legal. Sin duda, a menudo había sido injusto consigo mismo, y también con sus subalternos, demasiado crítico, demasiado presto a juzgar y a condenar.

No obstante, por mucho que le doliese, no tenía sentido regodearse en el pasado. Nada podría cambiarlo. El futuro dependía de él. Averiguaría quién había matado a Mary Farraline y por qué, y lo demostraría. Dejando aparte su propio orgullo, Hester se lo merecía. A menudo se comportaba como una boba y casi siempre era autoritaria, mordaz, dogmática y arbitraria, pero exudaba honestidad por los cuatro costados. Dijera lo que dijese sobre el viaje a Edimburgo sería la verdad. Ni siquiera se mentiría a sí misma, y no digamos ya mentir a otra persona, para encubrir un error. Se trataba de una cualidad difícil de encontrar en cualquiera, fuera hombre o mujer.

Desde luego, ella no había matado a Mary Farraline. La sola idea resultaba absurda. Habría podido matar a alguien en un arranque de ira —sin duda poseía el valor y la pasión necesarios—, pero nunca por lucro. Además, si asesinara a alguien a quien juzgase tan monstruoso como para considerar justificado un acto semejante, no lo haría de ese modo. Daría la cara. Lo golpearía en la cabeza o lo apuñalaría con un cuchillo, no lo envenenaría mientras dormía. Hester no tenía nada de retorcida. Por encima de todo, era valiente.

Y sobreviviría a aquello. Había padecido situaciones peores en Crimea, privaciones materiales de primer orden, un frío terrible, seguramente hambre y falta de sueño durante semanas; y también peligro, peligro de enfermedad o de lesiones, o ambos. Había estado en el campo de batalla oyendo los disparos, al alcance de las balas, por lo que él sabía. Sin duda sobreviviría a una semana o dos en Newgate. Era una tontería temer por ella. No se trataba de una mujer normal que se lamentase o desfalleciese ante las adversidades. Sufriría, desde luego, pues era tan sensible como la que más, pero saldría airosa.

A él le tocaba ir a casa de los Farraline y enterarse de la verdad.

Sin embargo, cuando el atardecer cedió el paso a la noche y la gente a su alrededor se fue sumiendo en un sueño fatigado, aquel estado de ánimo combativo lo abandonó todo lo que podía ver, conforme se resentía del frío y se iba notando más envarado y cansado, era la dificultad de descubrir algo de utilidad en una casa que estaba de duelo, encerrada en sí misma, en la que un miembro de la familia era culpable de asesinato y donde tenían al chivo expiatorio perfecto en la persona de una forastera ya acusada y pendiente de juicio.

Por la mañana le dolía la cabeza, tenía los músculos

agarrotados, ya fuera por la incomodidad o por la falta de ejercicio, y sentía tanto frío que no notaba los pies. Estaba de un humor de perros.

En Edimburgo hacía un frío glacial, pero al menos no llovía. Un viento helado soplaba por Princes Street, pero Monk, en aquellos momentos, no estaba interesado ni en la historia ni en las bellezas arquitectónicas, así que, con toda tranquilidad, paró el primer cabriolé que vio y le dio al cochero la dirección de los Farraline en Ainslie Place.

Desde la acera, la casa tenía un aspecto imponente. Si estaba libre de cargas, los Farraline, económicamente al menos, se hallaban en muy buena situación. Además, en opinión de Monk, la construcción era de un gusto exquisito. En realidad, lo atrajo la simplicidad clásica de toda la manzana.

Pero todo aquello era secundario. Devolvió la atención al asunto que llevaba entre manos. Subió el peldaño de la entrada y llamó al timbre.

La puerta se abrió y un hombre que, por su expresión, bien podría haber sido el director de una funeraria lo miró sin el menor interés.

—¿Sí, señor?

—Buenos días —saludó con tono decidido—. Me llamo William Monk. He venido de Londres para un asunto importante. Me gustaría hablar con el señor Farraline o con la señora McIvor.

Sacó una tarjeta.

—Claro, señor. —El rostro del hombre permaneció imperturbable. Le tendió una bandeja de plata y Monk depositó allí la tarjeta. Al parecer, en realidad no era un director de pompas fúnebres, sino el mayordomo—. Gracias, señor. Si es tan amable de esperar en el vestíbulo, veré si la señora McIvor está en casa.

Se trataba exactamente de la misma pantomima educada que habría presenciado en Londres. Como es lógico, el hombre sabía que su señora estaba en casa, la cuestión era si recibiría o no a Monk.

Aguardó en un vestíbulo adornado con crespón y trasladó el peso de un pie a otro con impaciencia. Ya se le había ocurrido qué mensaje enviaría a continuación si la mujer rehusaba verlo. Esperaba que el hecho de haber acudido desde Londres bastara, los sirvientes no debían ser informados de nada más.

La duda no tardó mucho en quedar despejada. No fue el mayordomo quien volvió, sino una mujer de treinta y tantos años, delgada y de hombros rectos. Por un instante, su porte le recordó al de Hester; ella poseía el mismo aire de orgullo y determinación en la postura de los hombros y en la posición de la cabeza. Sin embargo, el rostro de aquella mujer era del todo distinto, y la melena de cabello rubio, casi de color miel, no se parecía a ninguna que hubiera visto antes. No se la podía calificar de hermosa; sus facciones adolecían de una excesiva individualidad, una determinación en la mandíbula y una frialdad en los ojos que desafiaban el prototipo de belleza convencional. Debía de ser Oonagh McIvor.

—Señor Monk. —Era un saludo, no una pregunta. En cuanto oyó la voz, clara y timbrada, Monk supo que se encontraba ante una mujer que saldría airosa de la situación más desesperada—. McTeer me ha dicho que viene usted de Londres traído por un asunto para el que precisa de mi ayuda. ¿Le ha entendido bien?

—Sí, señora McIvor. —Por la descripción de Hester, sabía sin lugar a dudas que se trataba de ella y no le hizo falta preguntar. Tampoco tuvo el menor reparo en mentir—. Estoy implicado en el proceso contra la señorita Latterly en relación con la muerte de su difunta madre, y tengo la misión de establecer cómo se produjeron los hechos a partir de lo que conocemos o de lo que podamos descubrir para que no haya errores, descuidos o sorpresas desagradables cuando el asunto llegue a los tribunales. El veredicto será definitivo. Debemos asegurarnos de que sea el correcto.

—¿De verdad? —Enarcó apenas las cejas rubias—. Qué escrupulosos. No tenía ni idea de que la acción judicial inglesa fuese tan diligente. Creo que allí no existe un fiscal procurador como el que tenemos nosotros...

—Es un caso importante. —La miró fijamente a los ojos, sin el menor titubeo, aun a costa de parecer maleducado. Tenía la sensación de que una mujer así despreciaba las muestras de deferencia y respetaba las de fortaleza, siempre que él se abstuviese de tomarse libertades en todo momento, no dejase entrever la menor presunción y nunca expresara una amenaza, implícita o explícita, que no pudiera cumplir. Hacía pocos segundos que se conocían y, sin embargo, ya habían intuido ambos el carácter del otro y habían calibrado la inteligencia y aplomo mutuos, aspectos de ella que despertaron en Monk un interés considerable.

—Me complace que se dé cuenta. —La mujer permitió que la más leve de las sonrisas aletease en sus labios—. Desde luego, la familia le prestará tanta ayuda como esté en su mano. Mi hermano mayor es el fiscal procurador, aquí en Edimburgo. Sabemos bien que, incluso en los casos en los que la culpabilidad parece incuestionable, la acusación puede fracasar en la consecución de la condena si los que la llevan no preparan las pruebas con el mayor cuidado. Supongo que tendrá una carta que lo corrobore. —Lo dijo con cortesía, pero no admitía evasivas.

—Por supuesto. —Sacó una falsificación muy creíble que se había tomado la molestia de preparar con el papel de la policía que aún conservaba. Confiaba en que ella no estuviese al corriente de que el caso lo llevaba otra comisaría—. Su disposición a comprender la necesidad de confirmar hasta el último detalle me facilita mucho la tarea —dijo mientras la mujer examinaba la carta—. Con-

fieso que no esperaba tener la suerte de encontrarme con...
—Titubeó, haciéndole creer que vacilaba por delicadeza
cuando en realidad buscaba la palabra justa para que ella
no tomase el comentario como un intento de halago. Le
parecía el tipo de mujer a quien una actitud tan obvia sólo inspiraría desdén, aunque dudaba que fuese tan expan-
siva como para demostrarlo, salvo quizá con una mirada
helada, una súbita pérdida de interés en su expresión—.
Alguien tan realista —concluyó.

Esa vez, la sonrisa se extendió por el rostro de la mujer, su semblante reflejó una simpatía palpable y algo como un destello de curiosidad asomó a sus ojos.

—Estoy apenada, como es natural, señor Monk, pero eso no me ha dejado tan ofuscada como para olvidar que
la vida continúa y que los asuntos pendientes deben ser re-
sueltos conforme a la ley y con el proceder correcto. Por
favor, dígame exactamente cómo le podemos ayudar. Imagino que querrá hacer preguntas, ¿quizá a los sirvientes del
piso superior en especial?

—Será necesario —asintió él—, pero los sirvientes se
asustan con facilidad ante una tragedia semejante y en ese
caso sus relatos a veces son inexactos. Me resultaría de
gran ayuda hablar con los miembros de la familia también
y quizá dejar a los criados para más tarde, cuando sus temores iniciales hayan tenido tiempo de disiparse. No quiero darles la impresión de que sospecho de ellos.

Oonagh McIvor, en esta ocasión, esbozó una sonrisa
divertida, aunque amarga.

—¿Y no es así, señor Monk? Por muy convencido que
esté de la culpabilidad de la señorita Latterly, sin duda la
idea de que la doncella de mi madre pudo robar el broche
habrá pasado por su mente.

—Claro que sí, señora McIvor. —Sonrió a su vez, sin
apartar la mirada de sus ojos—. Con un mínimo esfuerzo
de imaginación, encontramos muchas explicaciones posibles, aunque improbables. La defensa, pues sin duda ha-

brá una, dado que no puede demostrar la inocencia de la señorita Latterly, se las tendrá que ingeniar para probar la culpabilidad de algún otro en virtud del móvil, el medio o la ocasión. Precisamente por eso he venido, para impedirlo.

—Entonces habrá que empezar por el principio —sostuvo ella con decisión—. Supongo que acaba de llegar a Edimburgo. Tendrá que buscar alojamiento y seguramente le apetecerá descansar del viaje, puesto que habrá pasado la noche en el tren. ¿Después querría tal vez cenar con nosotros y conocer al resto de la familia?

Era una invitación formal, hecha por motivos absolutamente profesionales, y sin embargo Monk intuyó en la mujer un interés, aunque leve, de una naturaleza más personal.

—Me parece muy bien, gracias, señora McIvor —aceptó. No debía dejarse llevar por el optimismo; acababa de empezar y no había averiguado nada en absoluto, pero al menos superaba el primer obstáculo con sorprendente facilidad—. Gracias.

—Entonces, le esperamos a las siete —dijo ella con una inclinación de cabeza—. McTeer le acompañará a la entrada y, si cree que puede proporcionarle alguna dirección de utilidad, por favor pregúntele con toda libertad. Buenos días, señor Monk.

—Buenos días, señora McIvor.

Monk le había pedido a McTeer que le recomendara algún alojamiento, y la respuesta seca del mayordomo le había molestado por lo condescendiente. Le sugirió varias posadas y pensiones de uno u otro tipo, todas en el casco antiguo. Cuando Monk preguntó que si no había nada más cerca de la casa, le respondió enarcando las cejas, que Ainslie Place no era una zona donde hubiese ese tipo de establecimientos.

De modo que a las diez Monk se hallaba en una calle con casas de pisos a ambos lados, en una zona conocida como Grassmarket, maleta en mano y ardiendo de rabia. La sensación de hallarse en una ciudad extranjera lo apabullaba. Los ruidos y los olores eran distintos a los de Londres. El aire era más frío y se encontraba libre de la arenilla y del olor a chimeneas, aunque los edificios estaban bastante mugrientos y de los aleros caían gotas de agua sucia. Los adoquines de la calle eran iguales a los de Londres, pero las estrechas aceras de los costados apenas rebasaban la altura de la calzada, con cunetas poco profundas. No obstante, la calle tenía tanta pendiente que el agua se escurría cuesta abajo de todos modos.

Caminó despacio, mirando a su alrededor, interesado a pesar de sí mismo. Casi todos los edificios estaban construidos en piedra, lo que les otorgaba un aire de dignidad y permanencia, y casi todos contaban con cuatro, cinco o seis pisos, coronados por una mezcolanza de tejados muy inclinados, buhardillas y delicados aguilones de pizarra escalonados, como numerosos tramos de escalera. En un tejado vio una cruz de hierro, y al estirar la cabeza para ver mejor, reparó en otra, y en otra más. Desde luego no era una iglesia ni parecía haber albergado un local religioso de ningún tipo.

Alguien chocó contra él con fuerza y se dio cuenta, con un sobresalto, de que no se había quedado quieto mientras miraba hacia arriba; estaba entorpeciendo el paso.

—Lo siento —se disculpó en tono perentorio.

—Eh, hombre, mire por dónde va. Si se queda ahí mirando como un ganso acabará tirando a algún pobre desgraciado a la cuneta —fue la respuesta, pronunciada con un acento tan fuerte que apenas parecía dicha en inglés y, pese a todo, con una dicción tan clara que las palabras se entendían sin esfuerzo—. ¿Se ha perdido? —El hombre titubeó al comprender que Monk era forastero y, en virtud de eso, le perdonó el descuido. Los extranjeros eran tontos en cualquier caso y no se esperaba un comportamiento normal por su parte—. Está usted en Templelands, en Grassmarket.

—¿Templelands? —preguntó Monk al instante.

—Sí. ¿Hacia dónde va, lo sabe? —Para entonces estaba dispuesto a ayudarlo, como les sucede a las buenas personas cuando se hallan ante alguien incapaz de valerse por sí mismo.

Monk no pudo evitar sonreír para sus adentros.

—Estaba buscando alojamiento.

—Conque sí, ¿eh? Pues encontrará una habitación limpia y agradable en casa de William Forster, ahí mismo, en el número veinte, al lado de McEwan, el panadero. Posada y caballerizas tiene Willie. Lo verá escrito en la pared. No se puede perder, si tiene ojos en la cara.

—Gracias. Le estoy muy agradecido.

—De nada. —Hizo ademán de marcharse.

—¿Por qué Templelands? —preguntó Monk al vuelo—. ¿Qué templo había aquí?

El regocijo asomó al semblante del hombre, así como una leve satisfacción.

—Nada de templos. Estas tierras pertenecieron a los caballeros templarios, hace mucho tiempo. Ya sabe, las cruzadas y todo eso.

—Oh.

Monk estaba sorprendido. No había pensado que Edimburgo se remontase a una época tan antigua ni que los templarios hubiesen llegado tan al norte. Vagos retazos de historia volvieron a su memoria, nombres como los de la reina María de Escocia y la alianza Auld con Francia, los reyes Estuardo, las batallas en las marismas de Culloden, Bannockburn, las matanzas en las laderas nevadas de Glencloe, los asesinatos misteriosos, como el de Duncan, o el de Rizzio, o quizá Darnley allí mismo, en Edimburgo. Todo aquello aparecía entre una bruma de historias e impresiones que sólo recordaba vagamente, pero también formaba parte de su herencia norteña y le hizo sentirse más cómodo entre aquellas calles con sus casas altas.

—Gracias —repitió, pero el hombre ya se alejaba, dando por cumplido su deber.

Monk cruzó la calle y siguió andando hasta ver un cartel que rezaba WM. FORSTER, POSADA Y CABALLERIZAS en la fachada de un gran edificio, entre el segundo y el tercer piso, y el nombre de la panadería de McEwan en un extremo. Se trataba de una casa de cuatro pisos, los dos primeros de sillería, y las ventanas eran grandes, lo que indicaba unas habitaciones espaciosas. Varias de las chimeneas situadas en el vértice del tejado despedían humo, una señal alentadora. Dado que no tenía caballo, no se molestó en cruzar el arco que conducía al patio, sino que llamó enérgicamente a la puerta principal.

Una mujer corpulenta abrió casi de inmediato mientras se secaba las manos en un delantal.

—¿Sí?

—Estoy buscando alojamiento —dijo Monk—. Seguramente para un par de semanas. ¿Tendría una habitación?

Ella lo miró de arriba abajo y, como buena mujer de negocios, lo catalogó al instante.

—Sí, sí que tengo. —Había dado su aprobación. Si en la maleta tenía prendas de idéntica calidad a las que llevaba puestas, sólo su ropa bastaría para pagar la habitación durante un mes o más—. Entre y se la enseñaré.

Retrocedió para cederle el paso y él la siguió agradecido.

El interior era angosto y estaba mal iluminado, pero olía a limpio y reinaba un ambiente cálido y seco. Alguien cantaba en lo más profundo de la cocina, a viva voz y desafinando de tanto en tanto, pero se trataba de un sonido alegre y acogedor. La mujer lo guió por tres tramos de la escalera, entre sonoros resuellos y bufidos y deteniéndose en cada rellano para recuperar el aliento.

—Ahí —señaló entre jadeos cuando llegaron al último piso y abrió la puerta de la habitación destinada a Monk. Era limpia y aireada, con vistas a Grassmarket y a los tejados de enfrente.

—Sí —decidió sin dudar—. Me va muy bien.

—¿Es usted de Inglaterra? —preguntó ella, tratando de entablar conversación.

Por su modo de decirlo, cualquiera habría pensado que hablaba de un país extranjero; claro que, en rigor, así era.

—Sí. —No iba a desperdiciar la oportunidad. Desde luego, no podía perder tiempo—. Sí, soy un asesor legal. —En cierto modo, se trataba de un eufemismo, pero conveniente; mejor eso que dar a entender que pertenecía a la policía—. Estoy preparando el juicio por la muerte de la señora Farraline, de Ainslie Place.

—¿Ha muerto? —se sorprendió la mujer—. ¿Y cómo ha sido eso? De todas formas, no me extraña nada, se estaba haciendo vieja. Ya se están peleando por el testamento, ¿no?

Su rostro reflejaba interés, y la suposición llamó la atención de Monk.

—Bueno, en realidad no debería hablar de eso, señora Forster... —Le tiró un cabo y ella lo aceptó—. De todas formas, estoy seguro de que sabe tanto como yo.

La sonrisa de la mujer se hizo más amplia y adquirió un aire de complicidad.

—El dinero no siempre es una bendición, señor...

—Monk, William Monk —apuntó él—. Hablamos de mucho dinero, ¿eh?

—Bueno, usted lo sabe mejor que yo, ¿no? —Tenía los ojos de un marrón brillante, la expresión risueña.

—Aún no —se escabulló él—. Pero lo supongo..., por supuesto.

—A espuertas —asintió ella—. Llevan haciendo libros desde los años veinte y la empresa es cada vez más grande, por no hablar de la mansión en la parte alta. Nadan en la abundancia, señor Monk, ya lo creo que sí. Es normal que todos quieran echarle mano, digo yo. Y a la anciana aún le quedaba un buen pellizco, o eso he oído, aunque el coronel Farraline lleva muerto ocho o diez años.

Monk discurrió a toda prisa y decidió arriesgarse.

—La señora Farraline fue asesinada, ¿sabe? Por eso estoy investigando el caso.

La mujer se quedó horrorizada.

—¡No me diga! ¿Asesinada? ¡Que me aspen! ¡Pobrecilla! ¿Pero quién, en nombre de Dios, iba a hacer una cosa semejante?

—Bueno, se sospecha que fue la enfermera que la acompañó durante un viaje a Londres en tren.

Le repugnaba decirlo, aun de un modo tan vago y sin mencionar a Hester. Era casi como admitir que la idea era posible.

—¡Oh! ¡Qué crimen tan horrible! ¿Y por qué?

—Por un broche —respondió él entre dientes—, pero lo devolvió antes de que nadie lo echase en falta. Se lo encontró en el equipaje, por casualidad, o eso dice ella.

—¿Ah, sí? —La señora Forster enarcó las cejas en un delicado gesto de escepticismo—. ¿Y qué pensaba hacer una mujer como ésa con un broche como los que debía de llevar la señora Farraline? Todos sabemos cómo son las enfermeras. Borrachas, sucias y poco de fiar, la mayoría. Qué horror. Pobrecilla.

Monk notó que le ardía la cara y se le tensaban las mandíbulas, como si quisiera triturar las palabras entre los dientes.

—Fue una de las jóvenes que trabajaron como enfermeras en Crimea para ayudar a nuestros soldados, sirvió con la señorita Nightingale.

Lo dijo con tono áspero y perdiendo un poco los papeles, aunque se había jurado ser capaz de mantener el control.

La señora Forster pareció desconcertada. Se quedó mirando a Monk mientras intentaba ver en sus facciones si hablaba en serio. Le bastó un vistazo para comprender que sí.

—Que me aspen —repitió. Inspiró hondo, con los ojos muy abiertos y la expresión atribulada—. Quizá no fue ella, después de todo. ¿Ha pensado en esa posibilidad?

—Sí —dijo él sonriendo a su pesar—. Lo he hecho.

Ella no respondió; siguió mirándolo, aguardando.

—En cuyo caso, habría sido otra persona —continuó Monk, completando la idea por ella—. Y sería muy interesante averiguar quién.

—Sí, ya lo creo —asintió la mujer y encogió sus anchos hombros—. La verdad, no le envidio. Vaya trabajito. Son una familia poderosa los Farraline. Él es el fiscal, ¿lo sabía?

—¿Y qué me dice de los otros? —La pregunta venía al caso y tal vez la opinión de la mujer aportase algo de luz al caso.

—Bueno, yo sólo sé lo que se cuenta, ojo. McIvor dirige ahora la imprenta, el marido de la señorita Oonagh, pero no es escocés, procede de alguna parte de Inglaterra. No es mala persona, dicen. En realidad, nadie tiene nada contra él.

—¿Sólo que es inglés?

—Sí. Supongo que no puede evitarlo, claro. También está el señor Fyffe. Viene de Stirling, por lo que he oído, o quizá de Dundee. Bueno, de alguna parte un poquito al norte de aquí. Un hombre inteligente, cuentan, más listo que el hambre.

—Pero no goza de muchas simpatías. —Monk apuntó lo que se leía entre líneas.

—Bueno... —Era reticente a expresarlo en palabras, pero el asentimiento estaba en su rostro.

—Debe de ser el marido de la señorita Eilish.

—Sí, el mismo. Ahora, la muchacha es una gran belleza, o eso dicen. Yo no la he visto nunca, ¿comprende? Pero cuentan que es la criatura más hermosa que jamás ha pisado Edimburgo.

—¿Qué más?

—¿Qué?

—¿Qué más cuentan de ella?

—Pues nada. ¿No es bastante?

Él sonrió, a pesar de sí mismo. Imaginó lo que Hester habría dicho de una descripción así.

—¿Cómo es, cuáles son sus ambiciones, sus ideas?

—Pues le aseguro que nunca he oído nada de eso.

—¿Y de la propia señora Farraline?

—Toda un dama, por lo que se oye. Siempre ha estado muy bien considerada, desde hace años. El coronel Farraline era un auténtico caballero, generoso con su dinero, y ella siguió sus pasos. Hacía muchos donativos a la ciudad. Claro que el pobre comandante Farraline, el hermano pequeño, ése es harina de otro costal. Bebe como una esponja, ya lo creo que sí. Casi nunca está sobrio. Es una vergüenza que un caballero con tantas oportunidades se dé a la botella.

—Sí, es una vergüenza. ¿Y sabe por qué? ¿Hubo alguna tragedia?

Ella hizo un mohín.

—No que yo sepa. Claro que ¿por qué iba a saberlo yo? Supongo que sólo es un hombre débil. El mundo está lleno de hombres así. Buscan la solución a todos los problemas de la vida en el fondo de una botella. Se diría que después de unas cuantas deberían darse cuenta de que no está ahí, pero no.

—¿Y el hijo pequeño, Kenneth? —preguntó Monk, dado que la mujer parecía haber agotado el tema de Hector.

Volvió a encogerse de hombros.

—Sólo un señorito con más tiempo y dinero que sentido común. Se le pasará con la edad, supongo. Es una pena que su madre ya no esté aquí para vigilarlo, pero estoy segura de que el fiscal se ocupará de eso. No querrá que haga alguna tontería y eche a perder el nombre de la familia. Ni que se case con cualquiera. No sería el primer joven de buena familia que hace algo así.

—¿Trabaja en el negocio familiar?

—Pues sí, eso he oído. No sé qué hace pero no creo que sea difícil de averiguar. —Una extraña expresión iluminó sus ojos, curiosidad, incredulidad y una pizca de emoción—. ¿Cree que uno de ellos asesinó a su propia madre? —Recuperó el sentido de la discreción—. ¡Ni hablar! Son personas muy respetables, señor Monk. Muy bien consideradas. Participan en los asuntos de la ciudad, al menos el señor Alastair. Tiene mucha relación con el Gobierno, aparte de su cargo.

—Sí, no creo que sea probable —dijo Monk con diplomacia—. No obstante, pudo ser una criada. Es posible, y yo debo contemplar todas las posibilidades.

—Claro que sí —convino la mujer a la vez que se alisaba el delantal como para marcharse—. Bueno, a usted le toca aclararlo. —Caminó hacia la puerta y se dio la vuelta—. Y se quedará un par de semanas, ¿no es eso?

—Eso es —asintió él con un amago de sonrisa—. Gracias, señora Forster.

En cuanto hubo deshecho su exiguo equipaje, escribió una breve misiva a Rathbone para darle su nueva dirección, Grassmarket, 20, Edimburgo, y tras una comida frugal en la posada llevó la carta al correo y se dirigió hacia la parte alta, los alrededores de Ainslie Place. El bar público sería un buen sitio para hacer averiguaciones sobre la familia. Con toda probabilidad los lacayos y los mozos irían a beber allí. Tendría que ser extremadamente discreto, pero estaba acostumbrado, era su oficio.

Sin embargo, tenía aún mucho tiempo y a la hora de

la cena debía ir a casa de los Farraline. Dedicaría la tarde a enterarse de qué tiendas de la zona servían al número diecisiete y después, al día siguiente y al otro, localizaría a los chicos de los recados, quienes a su vez conocerían a otras criadas y mozos, y descubriría más cosas acerca de la vida cotidiana de la familia.

También, naturalmente, tendría que llevar a cabo las tareas de rutina, tales como interrogar al médico de Mary Farraline, que recetó el medicamento, y averiguar qué dosis exacta se le administraba normalmente; así como sonsacar al farmacéutico que hubiera confeccionado la receta y presionarlo por si cabía la posibilidad de un error, lo cual, como es natural, negaría.

Por último visitaría las demás farmacias de Edimburgo para dejar demostrado que Hester no había comprado digital en ninguna. Además, siempre existía la posibilidad de que recordaran haber visto a uno de los Farraline adquiriendo el medicamento.

A las siete en punto, tal como le habían pedido, llegó a Ainslie Place vestido con elegancia. McTeer le abrió la puerta, tan lúgubre como la vez anterior, aunque con unas maneras irreprochables en esta ocasión, y lo condujo al salón, donde la familia aguardaba a que se anunciase la cena.

La sala era grande y muy formal, pero no tuvo ni un instante para admirarla. De inmediato captaron su atención las personas que, como una sola, clavaron la vista en él en cuanto entró. Un hombre más apocado se habría puesto nervioso. Monk estaba demasiado preocupado y enfadado por dentro para albergar tales reparos. Se enfrentó a ellos con la cabeza alta y la mirada fija.

Oonagh fue la primera en acercarse. Al igual que todos los demás, iba vestida de negro, como exigía el luto, que por un pariente tan cercano, como lo era una madre, debía durar un año como mínimo. No obstante, llevaba un vestido de hermosa hechura y estilo moderado, con los aros de la falda no demasiado extremados, y la luz de la lámpara iluminaba su cabello claro y brillante; el conjunto hacía pensar que bien podía haber escogido el color, o la ausencia del mismo, tanto porque la favorecía como por deber.

—Buenas noches, señor Monk —lo saludó con gentileza. No sonrió, pero sus ojos y su voz reflejaban una simpatía que le hizo sentirse más a gusto de lo que cabía esperar en aquellas circunstancias.

—Buenas noches, señora McIvor —contestó él—. Es muy amable de su parte mostrarse tan cortés conmigo. Ha convertido una obligación en una agradable experiencia. No lo olvidaré.

Ella recibió el cumplido como lo que era, algo más que una mera cortesía. A continuación se dio la vuelta para señalar al hombre que estaba de pie cerca de la chimenea, en el lugar más cálido y confortable de la habitación. Su estatura superaba un poco la media y era de complexión esbelta, aunque empezaba a acumular peso por la zona de la cintura. Tenía el cabello tan claro como el de ella, pero muy ondulado y con entradas. Sus facciones eran afiladas y distinguidas, no hermosas en un sentido estricto, pero sin duda imponentes.

—Éste es mi hermano mayor, Alastair Farraline, el fiscal procurador —dijo a modo de presentación. Después se volvió hacia éste y añadió—: Como te he dicho antes, el señor Monk ha venido de Londres para asegurarse de que en el juicio no haya sorpresas desagradables derivadas de alguna conclusión precipitada.

Alastair inspeccionó a Monk con unos ojos fríos y muy azules. Permaneció impasible, salvo por una tensión casi imperceptible en la comisura de los labios.

—Encantado, señor Monk —contestó—. Bienvenido a Edimburgo. Por lo que a mí concierne, su viaje me parece innecesario, pero me alegro de que la acción judicial londinense conceda tanta importancia al caso como para enviar a alguien hasta aquí con el objeto de confirmar las pruebas. No acierto a comprender qué temores albergan. No hay defensa posible.

Monk tuvo que morderse la lengua para no responder como habría querido. En ningún momento, ni por un instante, debía olvidar por qué estaba allí. Sólo la verdad importaba, costara lo que costase averiguarla.

—No se me ocurre ninguna —convino en un tono inesperadamente duro—. Supongo que bien pueden estar muy preocupados ante la perspectiva de enfrentarse a un jurado.

Alastair esbozó una sonrisa triste. Una imperceptible contracción de su rostro delató que había advertido la crispación de Monk y que la atribuía al horror que el crimen le inspiraba. En ningún caso debió de llegar a pensar que la indignación de Monk no iba dirigida contra Hester, sino precisamente contra la situación en que se encontraba.

—Imagino que será una formalidad —concluyó en tono solemne—, algo para que la ley pueda decir que los derechos de esa mujer han sido respetados.

Oonagh se volvió hacia un hombre moreno que estaba algo apartado de los demás. Sus rasgos eran de un tipo totalmente distinto, empezando por la forma de la cabeza, más ancha y menos angulosa. Sólo podía pertenecer a la familia por matrimonio. Tenía una expresión inquietante, llena de emociones reprimidas.

—Mi marido, Baird McIvor. —Lo presentó con una sonrisa encantadora, aunque sin apartar la vista de Monk—. Dirige la empresa familiar desde la muerte de mi padre. Aunque quizá usted ya lo sabía.

Se trataba sólo de un comentario retórico, hecho con el objeto de recordarles a todos el motivo de la visita de Monk.

—Encantado, señor McIvor —saludó éste.

—Encantado —contestó Baird. Tenía la voz clara, algo sibilante, y la dicción perfecta, pero Monk captó al instante un deje regional y al cabo de un momento lo identificó con la zona de Yorkshire. Así que Baird McIvor no sólo era inglés, sino que procedía del más agreste y orgulloso de los condados, casi un pequeño país en sí mismo. Hester no lo había mencionado. Quizá su oído no ubicó la entonación. Como a casi todas las mujeres, le interesaban más las relaciones.

A continuación Oonagh se volvió hacia un hombre que apenas alcanzaba la estatura media y cuyo rostro se asemejaba al de ella, aunque el pelo, que le rodeaba la cabeza como una aureola de rizos tupidos, era aún más rubio. A primera vista se parecía a los Farraline, pero no costaba advertir las diferencias: una boca menos generosa, de labios dibujados con delicadeza, y una nariz correcta. Además, en su porte se advertía también algo distinto, una confianza en sí mismo fruto de la inteligencia y no de la posición social o del poder. Era curioso cómo aquellos detalles, la posición de la cabeza, el ceño, un titubeo, cierta prudencia como ante una posible amenaza, podían revelar el origen de un hombre aun antes de que hablara.

—Éste es mi cuñado, Quinlan Fyffe —le explicó Oonagh, mirando primero a éste y después otra vez a Monk—. Es un experto en el arte de la impresión, afortunadamente para nosotros, y se le dan de maravilla los negocios de todo tipo. —No empleó el tono condescendiente que una mujer inglesa usaría para referirse a temas comerciales; habló con admiración. Y es que los Farraline no pertenecían a la alta burguesía; ellos habían creado su propia riqueza y era de suponer que estaban orgullosos de sus capacidades. Su padre había fundado la empresa no sólo como dueño, sino también como empresario. La mujer no iba a fingir una falsa deferencia por la indolencia o por aquellos que podían permitirse llevar una vida de ocio.

—Encantado, señor Fyffe —saludó Monk.

—Y la mujer de Quinlan, mi hermana Eilish —continuó Oonagh, sonriendo a su hermana menor con afecto. Acto seguido, se volvió otra vez hacia Quinlan y le tocó el brazo. Fue un gesto curioso y familiar, como si en cierto modo le estuviera entregando a su hermana de nuevo, o quizá como si le recordase el acontecimiento.

Después de lo que había dicho la señora Forster, Monk sentía curiosidad por ver a Eilish y estaba preparado para sentirse decepcionado e incluso para ser condescendiente. Bastó una mirada para barrer su indiferencia. La belleza de la mujer no sólo se debía a unos rasgos impecables, sino que poseía un resplandor, casi una luminiscencia, que invitaba a la imaginación, y una gracia que despertaba todo tipo de sueños enterrados. Al mirarla, Monk ni siquiera estaba seguro de que aquel tipo de hermosura le gustase; resultaba inquietante, autosuficiente, carecía de toda la vulnerabilidad que, por lo general, lo atraía de la belleza femenina. Prefería cierta imperfección; otorgaba a las mujeres un aire de fragilidad, las hacía accesibles. Sin embargo, tampoco podía desestimarla sin más. Una vez habías visto a Eilish Farraline, ya no podías olvidarla.

Ella lo miró con muy poca curiosidad, como si no pudiera dedicarle toda su atención. A Monk se le ocurrió que tal vez estaba demasiado absorta en sí misma para ocupar sus pensamientos con otra persona.

En cuanto las presentaciones hubieron finalizado, los interrumpió la llegada de la señora oficial de la casa. Deirdra Farraline era pequeña y morena, y poseía una vitalidad tan arrolladora que el desaliño de su vestido negro perdía relevancia y la falta de joyas parecía un descuido sin importancia. No podía compararse en belleza con su cuñada, pero a Monk le gustó su rostro en cuanto lo vio. Irradiaba simpatía y sentido del humor, y tuvo la sensación de que, conforme la fuese conociendo, descubriría en ella cualidades aún más notables.

—Buenas noches, señor Monk —lo saludó en cuanto fue presentada—. Espero que le podamos ayudar. —Le sonrió, pero casi de inmediato su mirada se perdió, como si llevara otra cosa en la mente—. ¿Alguien ha visto a Kenneth? ¡Esto ya pasa de castaño oscuro!

—No lo esperes —dijo Alastair con aspereza—. Puede empezar a comer cuando llegue, o quedarse sin cenar. Últimamente, su comportamiento es de lo más desconsiderado. Tendré que hablar con él. —Sus facciones se tensaron—. Cualquiera habría pensado que, dadas las circunstancias, iba a demostrar un mínimo de lealtad familiar. Ya va siendo hora de que averigüemos quién es esa mujer detrás de la cual anda, y si encaja en la familia.

—No te preocupes por eso ahora, querido —medió Oonagh con tranquilidad—. Ya tienes bastantes cosas en las que pensar. Yo hablaré con Kenneth. Estoy segura de que no tiene ganas de traerla a casa precisamente ahora.

El hombre la miró con alivio y después sonrió. El gesto transformó todo su semblante. Con un poco de imaginación, Monk podía imaginar al joven que fuera en otro tiempo e intuir lo unido que estaba a su hermana. Echó una ojeada a Oonagh y se preguntó si en realidad no sería ella la mayor, pese a que le habían dicho lo contrario.

—Bueno —se precipitó a decir Deirdra—. McTeer me informa de que la cena está servida. Pasemos al comedor. ¿Señor Monk?

—Gracias —respondió Monk, contento de que lo hubiera invitado ella.

La comida era buena, pero no exquisita, y Alastair presidió la mesa de roble, alargada y lisa, con la gravedad que requería la ocasión y con toda la cortesía debida. Kenneth no apareció y Monk no vio a Hector Farraline, el tío descrito por Hester, por ninguna parte. Quizá estuviese demasiado ebrio para sentarse a la mesa.

—Tal vez me haya perdido la explicación —empezó diciendo Quinlan cuando retiraron la sopa y la ternera

172

fue servida—, pero ¿qué ha venido a hacer a Edimburgo, señor Monk? No sabemos nada de esa criminal, aparte de lo que ella nos dijo, lo cual, de todos modos, no fue más que una sarta de mentiras.

Un estremecimiento de ira asomó al rostro de Oonagh, pero lo controló casi de inmediato.

—No sé por qué dices eso, Quin —le recriminó—. ¿De verdad crees que yo enviaría a madre con alguien que no hubiera demostrado su identidad o su experiencia?

Malicia pura destelló por un instante en el rostro de Quinlan, pero enseguida la ocultó tras la máscara del respeto.

—Estoy completamente seguro, estimada Oonagh, de que no habrías enviado a madre con una asesina a sabiendas, pues salta a la vista de que lo hiciste sin darte cuenta.

—¡Oh, eso es repugnante! —estalló Eilish, lanzándole una mirada mortal.

El hombre se volvió hacia ella sonriendo, sin que la indignación de su esposa lo alterase lo más mínimo. Monk se preguntó si estaría acostumbrado a aquellos estallidos o si le traerían sin cuidado. ¿Acaso le proporcionaba cierto placer perverso impresionarla? Quizá aquélla fuese la reacción más fuerte de la que su esposa era capaz y la prefiriese a la mera apatía. No obstante, no creía que la naturaleza de aquella relación fuese muy relevante en el caso del asesinato de Mary Farraline, y en eso debía concentrarse. Todo lo demás era secundario.

—Mi querida Eilish —replicó Quinlan con fingida preocupación—. Reconozco que es trágico, pero también una verdad indiscutible. ¿No es eso lo que ha traído aquí al señor Monk? Mary era fuerte, podría haber durado años. Desde luego, no chocheaba y era la persona con menos tendencias suicidas que he conocido.

—Estás cometiendo una falta de delicadeza sin ninguna necesidad —lo reprendió Alastair frunciendo el entrecejo—. Por favor, recuerda que estás en presencia no sólo de damas, sino de damas de luto.

Las cejas de Quinlan se dispararon hacia arriba y las arrugas surcaron su frente.

—¿Y cuál sería la manera delicada de decirlo? —preguntó.

Baird McIvor lo fulminó con la mirada.

—La manera delicada sería que cerrases el pico, pero está visto que eres incapaz de discurrirlo por ti mismo.

—De verdad... —empezó a decir Deirdra, pero la decidida intervención de Oonagh la cortó.

—Si tenemos que discutir mientras cenamos —resolvió agitando una mano esbelta—, al menos que sea por algo importante. La señorita Latterly trajo unas referencias excelentes y no tengo ninguna duda de que estuvo en Crimea con la señorita Nightingale ni de que como enfermera era tan eficaz como concienzuda. Lo único que se me ocurre es que sucumbiera a una tentación momentánea, fruto de alguna circunstancia de su vida de la que nada sabemos, y que, demasiado tarde, le entrara el pánico. Es concebible incluso que sintiera remordimientos. —Lanzó una mirada rápida a Monk con los ojos muy abiertos y brillantes—. El señor Monk está aquí para asegurarse de que no haya fisuras en la acusación y de que la defensa no vaya a salir con sorpresas de última hora. Creo que, en nuestro propio interés, debemos ayudarlo en todo lo que podamos.

—Por supuesto —confirmó Alastair al instante—. Y así lo haremos. Por favor, díganos que desea de nosotros, señor Monk. No tengo ni idea.

—Quizá, para empezar, lo mejor sería que todos ustedes hicieran un relato lo más minucioso posible del día que la señorita Latterly pasó aquí —contestó Monk—. Así sabríamos con más exactitud en qué momentos tuvo oportunidad de guardar el broche en su bolsa o de hurgar en el botiquín.

Apenas había acabado de hablar, se dio cuenta de cómo se había traicionado a sí mismo. Notó que le ardía la cara y sintió un vacío en el estómago.

Hubo un momento de silencio en la mesa.

Alastair frunció el entrecejo; miró a Oonagh y después a Monk.

—¿Qué le hace pensar que llevara a cabo alguna de esas dos cosas aquí en la casa, señor Monk?

Todo el mundo lo estaba mirando: Deirdra con curiosidad, Eilish con inquietud, Quinlan con satisfacción, Baird con cauto interés y Oonagh con regocijo y algo próximo a la compasión.

Monk trató de pensar a toda prisa. ¿Cómo iba a escapar de la trampa que se había tendido a sí mismo? No se le ocurría ninguna mentira creíble. Estaban esperando. ¡Tenía que decir algo!

—¿Ustedes creen que se le ocurrió sobre la marcha? —preguntó despacio, paseando la mirada de rostro en rostro—. ¿Qué hizo primero, robar el broche o mezclar el veneno?

Deirdra se estremeció. Eilish profirió un pequeño gruñido de consternación.

Quinlan sonrió a Monk.

—Ha convertido mi falta de delicadeza en algo digno de un aficionado —manifestó complacido.

Eilish se llevó las manos a la cara.

Baird lanzó a Quinlan una mirada venenosa.

—Supongo que el señor Monk lo ha dicho por algún motivo, Quin, no sólo por malicia —intervino Deirdra con voz queda.

—Exacto —asintió Monk—. ¿Cómo imaginan ustedes que sucedió? —Sin darse cuenta, miró a Oonagh. A pesar de que Alastair era el cabeza de familia y Deirdra la señora de la casa, tenía la sensación de que Oonagh era la más fuerte, que ella había asumido el puesto anteriormente ocupado por Mary.

—Yo... Reconozco que no había pensado en ello —titubeó la mujer—. No es algo en lo que... me apetezca pensar.

—Señor Monk, ¿de verdad es necesario? —Alastair arrugó la nariz, disgustado por la crudeza de la discusión—. Si lo es, ¿no podríamos comentarlo después en mi estudio, en ausencia de las damas?

Monk no se hacía las falsas ilusiones propias de los caballeros respecto a la debilidad emocional de las mujeres. Lo asaltó un recuerdo extraordinariamente vívido de mujeres a las que conoció en el pasado, mujeres cuyo coraje y resistencia ayudaron a sus familias a superar la enfermedad, la pobreza, la desgracia social o la ruina financiera y que eran muy capaces de mantener el tipo ante cualquier debilidad y exceso humanos. En las situaciones límite, eran mucho menos impresionables que los hombres.

—Preferiría comentarlo en presencia de las damas —declaró en voz alta, a la vez que obsequiaba a Alastair con una gran sonrisa—. Sé por experiencia que son muy observadoras, sobre todo cuando se refiere a otras mujeres, y que suelen tener una memoria excelente. Me sorprendería realmente que no recordaran mucho más de la señorita Latterly que usted, por ejemplo.

Alastair lo miró con ademán pensativo.

—Supongo que tiene razón —reconoció transcurridos algunos segundos—. Muy bien. Sin embargo, no esta noche. Hoy tengo que estudiar unos documentos. ¿Le importaría venir a comer el domingo, después de la iglesia? Así tendrá tiempo de hacer cualquier otra averiguación que deba llevar a cabo en la zona. Supongo que querrá ver la casa. Y hablar con los criados, claro.

—Gracias. Es muy amable de su parte —aceptó Monk—. Con su permiso, haré ambas cosas, tal vez mañana. También me gustaría hablar con el médico de la familia. Desde luego, estaré encantado de comer con ustedes el domingo. ¿A qué hora les iría bien que viniera?

—A la una menos cuarto —contestó Alastair—. En fin, hablando de cosas más agradables, ¿había estado antes en Edimburgo, señor Monk?

Monk regresó a Grassmarket sumido en sus pensamientos, intentando identificar en los habitantes de Ainslie Place los sentimientos que Hester había esbozado para él y atribuir al clan una naturaleza más siniestra que la de la familia de comerciantes, próspera y sencilla, que aparentaban ser. Desde luego, Quinlan y Baird McIvor no se caían bien. Tal vez a causa de algún motivo oculto, pero bien podría deberse igualmente a la comprensible antipatía de dos hombres que tenían todo lo malo en común —arrogancia, mal genio y ambición— y nada de lo bueno —preparación, sentido del humor y tolerancia.

De todas formas, tras la terrible noche pasada en el tren y las espantosas noticias del día anterior, estaba agotado. No tenía sentido ponerse a especular. El domingo podría observarlos a sus anchas y le sobraría tiempo para elaborar teorías. Al día siguiente empezaría hablando con el médico de la familia, cuyo nombre le había dado Alastair, y con el farmacéutico. Tras eso sería cuestión de recurrir a otras fuentes para obtener información general: el bar más cercano, adonde los criados varones debían de acudir de vez en cuando; los mozos de reparto; los mendigos y los barrenderos de los pasos de peatones, que solían tener buen ojo y, por unos pocos peniques, la lengua suelta.

—Sí —confirmó el médico poco convencido, al tiempo que observaba a Monk con gran recelo—. Trataba a la señora Farraline. Toda un dama, sí señor. Sin embargo, ya sabrá que todo lo que pasara entre nosotros es confidencial...

177

—Claro —asintió Monk, haciendo muchos esfuerzos para controlarse—. Sólo me gustaría conocer la dosis exacta de la medicina para el corazón que le recetó...

—¿Por qué? ¿Qué le importa eso a usted, señor Monk? ¿No ha dicho que estaba relacionado con la acusación de la pérfida enfermera que la mató? He oído que le administró dos dosis, ¿no es verdad?

Miró a Monk con los ojos entornados.

—Sí, así es —accedió Monk con prudencia, sin alzar el tono de voz—, pero hay que demostrarlo en los tribunales más allá de toda duda. Debemos comprobar todos los detalles. Ahora, doctor Crawford, ¿será tan amable de decirme exactamente qué le recetó, si era lo mismo que las otras veces y quién fue el farmacéutico que preparó la receta?

Crawford tomó una pluma y papel y garabateó con furia durante unos instantes. A continuación le tendió el papel.

—Aquí tiene, jovencito. Ésta es la receta exacta, que no podrá adquirir porque no la he firmado. Y éste es el nombre y la dirección del farmacéutico que la preparaba normalmente. Estoy seguro de que siempre acudían al mismo.

—¿Es normal que una dosis doble del preparado sea fatal?

—Sí, la cantidad de fármaco es mínima. Hay que medirla al milímetro. —Separó el índice y el pulgar apenas un milímetro—. Por eso se pone en suspensión en ampollas de cristal. Una ampolla por dosis. Así no puede haber errores.

Monk consideró la idea de tratar de sonsacarle alguna información sobre los otros miembros de la familia, pero decidió que sería inútil.

Crawford lo observaba con cautela, sus ojos llenos de recelo y de ironía.

—Gracias —dijo Monk con tono brusco a la vez que doblaba la hoja de papel y se la metía en el bolsillo del abrigo—. Iré a ver al señor Landis.

—Que yo sepa, nunca ha cometido un error —le previno el médico con desenfado—, y tampoco he conocido jamás a ningún farmacéutico que admitiera ninguno. —Soltó una carcajada franca.

—Ni yo —reconoció Monk—, pero o bien alguien puso dos dosis en una ampolla o bien sustituyó una dosis medicinal por una letal. Tal vez el farmacéutico me pueda decir algo de utilidad.

—¿Y no podría ser que simplemente le administraran dos dosis normales? —arguyó Crawford.

—Podría ser. —Monk sonrió—. ¿La difunta era del tipo de mujeres que tomarían dos dosis? Supongo que le advertiría que una segunda toma podía ser fatal.

Crawford perdió aquel aire risueño.

—¡Claro que sí! ¿Me está acusando de incompetencia?

Monk lo miró con descarada satisfacción.

—Estoy intentando enterarme de si es posible que la señora Farraline hubiera tomado dos dosis en lugar de una manipulada.

—¡Bueno, pues ya lo sabe! Vaya a ver al señor Landis. Sin duda él le dirá cómo se pudo llevar a cabo la manipulación. Que tenga un buen día, caballero.

—Bueno, se podría destilar. —Landis frunció el entrecejo con expresión reflexiva—. Reducir el líquido hasta que quedase la misma cantidad que en una dosis sencilla. Pero para eso hay que contar con los instrumentos adecuados o con algo que haga las mismas funciones. Alguien lo habría notado. Me parece demasiado arriesgado. No es el tipo de idea que se te pueda ocurrir sobre la marcha.

—¿No? —se interesó Monk—. ¿Cómo lo haría usted? Landis lo miró de soslayo.

—¿Sobre la marcha? Es difícil de decir. No creo que

lo hiciera. Aguardaría hasta que se me ocurriera algo mejor. Sólo que no había tiempo que perder, ¿verdad?

—Ella sólo estuvo allí un día.

—Compraría digital y sustituiría la dosis normal por una doble. ¿Está seguro de que la mujer no llevaba digital encima? Era enfermera, ¿no? Quizá llevase algo, por si se presentaba una emergencia.... No, no es posible. Un médico tal vez, pero no una enfermera. ¿Lo robaría?

—¿Para qué?

—Ah, ahí me ha pillado; a no ser que estuviese esperando una oportunidad semejante. Para eso tendría que ser una mujer con mucha sangre fría, desde luego. —Landis hizo una mueca—. Ojo, es posible. Aquí en Edimburgo hubo un caso muy desagradable de envenenamiento con digital hace unos meses. Un hombre envenenó a su esposa. Un asunto muy feo. Era una mujer terrible, de lengua viperina, pero eso no justifica que la envenenasen, claro. Si le hubiese dado un poco menos, no se habría descubierto el crimen. No es fácil de detectar el digital. Si administras la cantidad exacta, parece un ataque al corazón normal. El pobre diablo se excedió. Levantó sospechas.

—Ya veo. Gracias.

—No le he ayudado mucho, ¿verdad? Lo siento.

—Supongo que no vendería digital aquel día a una mujer que respondiera a la descripción de la acusada —sugirió Monk, sintiendo de repente un ligero malestar. Sabía que Hester no lo había comprado, ¿pero y si lo había adquirido alguien de aspecto parecido?—. Un poco más alta que la media, delgada, de hombros anchos, pelo castaño y rostro inteligente, bastante fuerte, facciones marcadas y boca bastante grande.

—No —negó Landis con seguridad.

—¿Está completamente seguro? ¿Podría jurarlo?

—Sin ningún reparo. No vendí digital a nadie aquel día.

—¿Y qué me dice de aquella semana? ¿Vendió algo del preparado a alguien de la casa de los Farraline?

—No, a nadie salvo al doctor Mangold y al viejo señor Watkins. Los conozco a ambos desde hace años. No tienen ninguna relación con los Farraline.

—Gracias —dijo Monk con súbito entusiasmo—. Muchas gracias. Ahora, señor, ¿me podría dar el nombre y la dirección de todas las farmacias situadas en los alrededores de Ainslie Place, dentro de un radio razonable?

—Claro que puedo —accedió Landis con el entrecejo fruncido por la perplejidad. Tomó un papel y escribió varias líneas, se lo entregó y le deseó suerte.

Monk volvió a darle las gracias efusivamente. Salió a paso vivo y la puerta se quedó girando sobre sus goznes a sus espaldas.

Visitó todos los establecimientos de la lista y más o menos en todos recibió la misma respuesta. Nadie identificó a Hester a partir de su descripción y ninguno había vendido digital a ningún miembro de la familia Farraline ni, en realidad, a nadie a quien no conocieran personalmente.

Recurrió a las fuentes de información que le quedaban, el bar, los mendigos callejeros y los barrenderos de los pasos de peatones, los mozos de reparto y los vendedores de diarios, pero sólo se enteró de habladurías muy vagas y de poca utilidad.

Los Farraline estaban muy bien considerados y habían sido más que generosos con la ciudad y con diversas causas importantes. Hamish pasó una temporada enfermo antes de su muerte, acaecida ocho años atrás, pero gozaba de buena reputación sin que ésta alcanzase extremos sospechosos. De Hector se hablaba con condescendencia, como si hubiera representado una cruz para Mary, a quien se respetaba por haberle dado un hogar. En realidad, la gente parecía admirar a Mary por todo lo que había hecho y, sobre todo, por lo que había sido, una dama digna, con carácter y buen criterio.

De Alastair también se hablaba con respeto y algo próximo a la reverencia. Ocupaba un alto cargo y ostentaba un poder considerable. El que lo hiciera con discreción hablaba en su favor. Se había comportado con dignidad durante el reciente caso contra John Galbraith, a quien se acusó de defraudar una gran cantidad de dinero a los inversores, aunque el asunto no estaba claro. Los que llevaban la acusación no gozaban de buena reputación y las pruebas eran dudosas. El fiscal tuvo el valor de desestimar el caso.

El resto sólo eran cotilleos de lo más vulgar. Quinlan Fyffe tenía fama de ser un tipo inteligente, un forastero procedente de Stirling, o quizá de Dundee. Aún no contaba con muchas simpatías. McIvor, a pesar del nombre, era inglés. Lástima que la señorita Oonagh no hubiera preferido casarse con un hombre de Edimburgo. La señorita Deirdra tenía fama de despilfarrar mucho. Según los rumores, no paraba de comprarse vestidos aunque carecía de gusto por completo. La señorita Eilish se quedaba en la cama hasta altas horas de la mañana. Tal vez fuese la mujer más hermosa de Escocia, pero también la más perezosa.

Todo era absolutamente inútil y ni siquiera muy interesante. Monk dio las gracias a sus diversas fuentes de información y renunció.

La comida del domingo en Ainslie Place fue menos formal que la cena anterior. Monk llegó justo cuando la familia volvía de la iglesia, todos vestidos de negro. Las mujeres llevaban grandes faldas acampanadas, iban envueltas en capas forradas de pieles y llevaban sombreros atados con cintas negras que les tapaban parcialmente el rostro y se lo protegían de la llovizna. Los hombres lucían sombrero de copa y abrigo negro, el de Alastair con el cuello de astracán. Caminaban en parejas, codo con codo, en silencio hasta que llegaron al vestíbulo. Monk entró en último lugar. El fúnebre McTeer se hizo cargo de los abrigos y les dio la bienvenida. También tomó el sombrero y el bastón de Alastair, pero dejó que Baird, Quinlan y Kenneth colocaran los suyos en el perchero.

—Buenos días, señor Monk —lo saludó muy serio cuando se ocupó de su sombrero y del abrigo. El detective no había vuelto a llevar bastón desde el caso Grey—. Un día frío de verdad, señor, y parece que va a peor. Va a ser un invierno duro, me temo.

—Gracias —respondió Monk—. Buenas tardes —añadió al saludar a cada miembro de la familia con una inclinación de cabeza.

Alastair parecía atenazado por el frío, pero Deirdra, con las mejillas encendidas, estaba en plena forma y, si sentía alguna tristeza, su vitalidad no lo acusaba. A Oonagh se la veía pálida pero, como en las ocasiones anteriores, su fuerza de carácter arrollaba cualquier inquietud o recelo interior.

Al parecer, Eilish había hecho el esfuerzo de levantarse a tiempo para acudir a la iglesia con el resto de la familia y nada podía empañar su belleza.

Kenneth, el descarriado, también estaba presente, un muchacho agradable, pero vulgar, cuyas facciones lo señalaban como uno de la familia. Parecía tener algo deprisa y en cuanto se hubo desembarazado del abrigo y del sombrero saludó a Monk con un gesto y se metió en el salón.

—Entre, señor Monk —lo invitó Oonagh con una curiosa sonrisa directa—. Caliéntese junto al fuego. ¿Le apetecería quizá un poco de vino? ¿O tal vez prefiere un whisky?

A Monk le hubiese gustado aceptar la segunda invitación, pero debía mantener la mente despejada.

—Gracias. El calor del fuego me sentará de maravilla y el vino también, si a alguien más le apetece. No suelo tomar whisky tan pronto.

La siguió a la misma habitación que en la otra ocasión. El fuego ardía en el hogar entre siseos y crujidos que lo invitaron a acercarse aun antes de divisar el resplandor amarillo. También se sorprendió a sí mismo sonriendo sin pretenderlo.

Los demás, conforme iban entrando, se fueron ubicando junto al fuego sin premeditación, las mujeres en las grandes butacas, los hombres de pie. Uno de los lacayos sirvió copas de vino caliente en una bandeja de plata.

Alastair miró a Monk por encima de la suya.

—¿Está obteniendo resultados de sus investigaciones, señor Monk? —preguntó con el entrecejo fruncido—. La verdad, no entiendo qué cree que va a descubrir, de todas formas. Estoy seguro de que la policía hará todo lo necesario.

—Puntos débiles, señor Farraline —contestó Monk al vuelo—. No queremos confiarnos y que, por culpa de nuestro descuido, el caso sea desestimado.

—No... No, claro que no. Eso sería un desastre. Bueno, por favor, haga tantas preguntas como quiera a los criados.

Miró a Oonagh.

—Ya les he dado instrucciones —informó ella con suavidad, mirando primero a Alastair y después a Monk—. Le contestarán con todo detalle y franqueza. —Se mordió el labio, como si estuviera considerando si venía al caso algún tipo de disculpa, y por fin decidió que no—. Comprenderá que se muestren un poco nerviosos. —Lo miró con gravedad y buscó en su rostro la confirmación de que la entendía. Sus ojos se abrieron una pizca cuando advirtió que sí—. Todos están ansiosos por justificarse. Tienen la sensación de que podrían haber hecho algo para evitar la tragedia.

—Eso es absurdo —intervino Baird con brusquedad—. Si alguien tiene la culpa, somos nosotros. Nosotros contratamos a la señorita Latterly. Hablamos con ella y pensamos que era una persona excelente. Los criados no iban a ponerse a discutirlo. —Parecía sumamente infeliz.

—Ya hemos tenido esta conversación —se enfadó Alastair—. Nadie podía saberlo.

—Ah, sí —Quinlan miró a Monk—. Usted nos preguntó que qué creíamos que había pasado. No recuerdo que nadie le contestara, ¿verdad?

—Aún no —reconoció Monk, con los ojos muy abiertos—. A lo mejor podría empezar usted, señor Fyffe.

—¿Yo? Bueno, veamos. —Quinlan dio un sorbo al vino con expresión pensativa, pero si estaba inquieto lo disimuló a la perfección—. Esa desgraciada no habría matado a la pobre madre si no hubiera visto el broche, y eso debió de suceder bastante pronto...

Deirdra se estremeció y Eilish abandonó su copa intacta.

—No sé qué pretendes con esto —se molestó Kenneth—. ¡Es una conversación repugnante!

—Repugnante o no, tenemos que averiguar lo que sucedió —replicó Quinlan con acritud—. Es absurdo pensar que el asunto se esfumará como si tal cosa sólo porque a nosotros nos incomoda.

—¡Por el amor de Dios, ya sabemos lo que pasó! —Kenneth levantó la voz también—. ¡La maldita enfermera asesinó a madre! ¿Qué más necesitamos saber? ¿No basta con eso? ¿Queréis saberlo todo con pelos y señales? Yo, desde luego, no.

—Pero la ley sí —terció Alastair en tono glacial—. No ahorcarán a esa mujer si no cuentan con pruebas concluyentes. Es su deber. Hay que despejar cualquier duda.

—¿Quién lo duda? —exclamó Kenneth—. Yo no.

—¿Sabe usted algo que el resto de nosotros no sepamos? —se interesó Monk con tono educado y los ojos encendidos.

Kenneth lo miró fijamente, impotente, mientras el

resentimiento y la necesidad de justificarse asomaban a su semblante.

—Bueno, ¿sabes algo o no? —preguntó Alastair.

—Claro que no, querido —dijo Oonagh, conciliadora—. Es sólo que no le gusta pensar en los detalles del asunto.

—¿Y se cree que a los demás sí nos gusta? —Alastair levantó la voz de repente y por primera vez pareció en peligro de perder la compostura—. Por el amor de Dios, Kenneth, o dices algo útil o te muerdes la lengua.

Oonagh se acercó un poco más a él y le apoyó la mano en el brazo con suavidad.

—En realidad, Quin tiene parte de razón —intervino Deirdra, al parecer muy concentrada. No dio señales de haber advertido la salida de tono de Alastair—. Es posible que la señorita Latterly viera el broche antes de decidir darle a madre una dosis doble del medicamento... —Evitó usar la palabra «veneno»—. Sabemos que madre no lo llevaba puesto, así que o bien lo vio en la maleta, lo cual no sería lógico...

—¿Por qué no? —quiso saber Alastair lacónicamente.

El rostro de Deirdra no reflejaba ira, tan sólo una profunda concentración.

—¿Cómo iba a verlo? ¿Registró la maleta de madre en algún momento mientras se suponía que estaba descansando? ¿Y mezcló el preparado también en ese rato?

—No sé por qué dices eso —Alastair la miró con irritación, pero, al contrario que sus palabras, su semblante reflejaba un interés incipiente.

Todas las cabezas se volvieron de Alastair a Deirdra.

—Bueno, no pudo mezclar el preparado delante de ella —agregó esta última al instante—, y no le pudo dar dos dosis. Madre no las habría tomado.

Monk sonrió con satisfacción por primera vez desde que Rathbone le había dado las últimas noticias.

—Tiene toda la razón, señorita Farraline. Su suegra no habría tomado una dosis doble.

—Pero lo hizo —sentenció Alastair con ceño—. La policía nos informó de ello el día antes de su llegada. Eso fue precisamente lo que pasó.

Oonagh estaba muy pálida y una arruga de tensión nació entre sus cejas. Apartó la vista de Alastair y se volvió a mirar a Monk, sin hablar, aguardando a que este último se explicase.

Monk escogió las palabras con mucho cuidado. ¿Podría estar ahí la clave de todo? No quería hacerse ilusiones, pero tenía el cuerpo en tensión, los músculos rígidos.

—¿Era la señora Farraline tan despistada como para aceptar dos dosis del medicamento o tomar una ella misma y dejar que la señorita Latterly le administrara la segunda?

Recordó cómo Crawford había desestimado aquella posibilidad y supo cuál sería la respuesta.

Oonagh abrió la boca, pero titubeó unos instantes antes de hablar y Eilish se adelantó:

—No, desde luego que no. No sé cómo sucedieron las cosas, pero desde luego no así.

Baird estaba muy pálido. Miró a Eilish con una expresión tan intensa como si lo atormentara el dolor, aunque aparentemente fue a Monk a quien respondió.

—En ese caso, la señorita Latterly debió de ver el broche en la casa, antes de que lo guardasen, y entonces discurrió el plan. Debió de doblar la dosis antes de partir.

—¿Cómo? —se mostró escéptica Deirdra.

—No lo sé. —No parecía desconcertado—. Era enfermera, al fin y al cabo. Es de suponer que sabía preparar algunos medicamentos, aparte de administrarlos. No hace falta mucho seso para preparar una ampolla o administrársela a alguien.

—¿Rellena con qué? —planteó Monk con fingida inocencia—. No creo que los ingredientes estuvieran en la casa al alcance de cualquiera.

—Claro que no —convino Deirdra paseando la vista de rostro en rostro, con expresión preocupada—. No tiene lógica, ¿verdad? O sea, las probabilidades son mínimas. Sólo pasó aquí un día... Aún menos. ¿Alguien sabe si salió? ¿Señor Monk?

—Supongo que habrá interrogado a los farmacéuticos de la zona —insinuó Quinlan.

—Sí, y ninguno vendió digital aquel día a ninguna mujer cuya descripción concordase con la de la señorita Latterly —contestó Monk—. En realidad, a nadie que no conocieran en persona.

—Qué lío —dijo Quinlan sin parecer en absoluto disgustado.

Monk empezaba a albergar esperanzas. Ya había sembrado la semilla de la duda.

—Creo que olvidamos algo importante —intervino Oonagh con mucha calma—. El broche debía de estar guardado en el joyero de viaje de madre, que estuvo toda la noche en el compartimiento con ellas. Madre, como es natural, tenía la llave. La señorita Latterly debió de verlo cuando preparó el medicamento, o quizá lo estuviera fisgando mientras madre bajaba a la estación para usar los lavabos. Tendría muchas oportunidades durante la larga velada.

—Pero ¿y el digital? —objetó Baird—. ¿De dónde lo sacó? Eso no se puede comprar en la estación.

—Es de suponer que lo llevaría con ella —contestó Oonagh con un esbozo de sonrisa—. Era enfermera. No tenemos ni idea de lo que llevaba en su equipaje.

—¿Por si se le presentaba la oportunidad de envenenar a alguien? —preguntó Monk con incredulidad.

Oonagh lo miró con una expresión entre divertida y paciente.

—Es posible, señor Monk. Parece la explicación más

razonable. Usted mismo ha señalado que las otras posibilidades que se nos han ocurrido no conducen a nada. ¿Qué más nos queda?

Monk se sintió como si el fuego se hubiera apagado. La luz y el calor se extinguieron a su alrededor. Había sido una estupidez albergar esperanzas por algo tan nimio y, sin embargo, en contra de toda lógica, las había alimentado. Lo comprendió entonces con rabia y sentimiento de culpa.

—Por supuesto... —empezó a decir Alastair, pero fue interrumpido por un hombre grandullón, de pelo ralo y mirada turbia, que entró con paso vacilante y sin cerrar las puertas a sus espaldas. Dirigió la vista hacia las paredes y después posó la mirada en Monk, que, al parecer, había despertado su curiosidad.

Por un momento, reinó un silencio absoluto.

Alastair dejó escapar el aliento con un suspiro.

Monk atisbó el rostro de Oonagh. La mujer adoptó una expresión intensa e indescifrable por un instante, antes de dar un paso adelante y asir al hombre del brazo.

—Tío Hector. —Se le quebró la voz, pero en seguida volvió a hablar con suavidad—. Éste es el señor Monk, que ha venido de Londres para ayudarnos en el asunto de la muerte de madre.

Hector tragó saliva con dificultad, como si algo le apretara el cuello y no pudiera desembarazarse de ello. Su rostro reflejaba una angustia tan manifiesta que uno habría sentido vergüenza ajena al mirarlo de no ser porque no parecía reparar en que todos los presentes estaban pendientes de él.

—¿Ayuda? —dijo con incredulidad. Miró a Monk con expresión asqueada—. ¿Quién es usted, un director de pompas fúnebres? —Se volvió hacia Alastair con cara de pocos amigos—. ¿Desde cuándo invitamos a los directores de pompas fúnebres a comer?

—¡Oh, Dios! —exclamó Alastair, desesperado.

Kenneth se hizo a un lado, pálido.

Deirdra paseaba la mirada de rostro en rostro con impotencia.

—No es el director de pompas fúnebres —le aclaró Quinlan.

—Griselda se ocupó de todo eso, tío Hector —le explicó Oonagh en tono amable mientras le tendía su copa de vino—. En Londres. Ya se lo dije, ¿no se acuerda?

Él tomó la copa y apuró el contenido de un trago. Acto seguido, la miró enfocando la vista con dificultad.

—¿Ah, sí? —Hipó sonoramente y sacudió la mano avergonzado—. No creo que yo...

—Vamos, querido. Haré que le suban la comida. No creo que esté en condiciones de tomarla aquí abajo.

Hector se volvió a mirar a Monk.

—¿Entonces quién diablos es usted?

Monk demostró un tacto poco frecuente en él:

—Soy un representante de la ley, señor Farraline. Hay que aclarar ciertos detalles.

—Oh.

Pareció darse por satisfecho.

Oonagh se volvió a medias y obsequió a Monk con una mirada de gratitud. A continuación arrastró a Hector suavemente hacia la puerta y se lo llevó.

Cuando la mujer volvió, ya estaban todos en el comedor, sentados a la mesa. La comida fue servida y, mientras daban cuenta de ella, Monk tuvo oportunidad de observarlos por separado, dado que la conversación no requería ningún esfuerzo por su parte.

Recordó lo que le había dicho el chico de los recados. Miró con discreción a Deirdra Farraline. Su cara le seguía gustando. Poseía una gran feminidad, con las mejillas y la mandíbula dibujadas con delicadeza, la nariz bonita, la frente despejada, y pese a todo no carente de determinación; nada en ella sugería debilidad o apatía. A Monk lo invadía un estúpido desencanto al pensar que, al parecer, dedicaba el tiempo a la vida en sociedad y gastaba grandes sumas de dinero en impresionar a los demás.

Como es natural, en ese momento vestía de negro de los pies a la cabeza, como requería el luto, y el color la favorecía. Sin embargo, mirado con ojo crítico, el vestido ni siquiera era de alta costura. En realidad, desde el punto de vista de un londinense, la prenda adolecía de ordinariez. Los rumores decían la verdad; no tenía buen gusto. Le dio rabia reconocerlo.

Se volvió a mirar a Eilish, aunque no quería que ella lo advirtiese. Su belleza ya lo irritaba bastante por sí sola, sólo faltaba que lo sorprendiese observándola. Lo último que deseaba era alimentar su vanidad.

No había necesidad de preocuparse. La mujer miraba al plato en todo momento; sólo en dos ocasiones alzó la vista, ambas en dirección a Baird.

Su vestido también era negro, por supuesto, pero de corte más favorecedor y mucho más a la moda. En realidad, ninguna belleza de Londres lo habría mejorado, por mucho que hubiese gastado.

Estudió luego a Oonagh. Estaba inspeccionando la mesa, asegurándose de que todos estuvieran bien servidos y de que se sintiesen cómodos. Sólo pudo observarla un instante; de otro modo, ella se habría dado cuenta. Su vestido también lucía un buen corte, era sencillo y más elegante que el de Deirdra. La diferencia no se debía sólo a que el ardor y la inteligencia de Oonagh le diesen otro aire; fuera lo que fuese en lo que gastaba Deirdra el dinero, desde luego no era en ropas de luto.

La comida prosiguió amenizada por una conversación agradable que no se ciñó a ningún tema en particular. Cuando terminaron, Kenneth se excusó, lo que provocó el enojo de Alastair y un comentario sarcástico por parte de Quinlan, y los demás se retiraron al salón para ocuparse en las actividades propias de un día festivo. Alastair se encerró a leer en su estudio, pero no aclaró si las Sagradas

Escrituras u otra cosa, y la pregunta de Quinlan quedó sin respuesta. Oonagh y Eilish se pusieron a bordar; Deirdra dijo que tenía que visitar a una vecina enferma y nadie hizo ningún comentario al respecto. Al parecer, conocía bien a la familia y la visitaba con regularidad. Quinlan tomó un periódico —se ganó un par de miradas de desaprobación, que pasó por alto— y Baird dijo que iba a escribir unas cartas.

Monk aprovechó la oportunidad para reunirse con el servicio doméstico e interrogarlos acerca del día que Hester había pasado allí. Guardaban recuerdos confusos y, dado que estaban al corriente de la muerte de Mary y convencidos de la culpabilidad de Hester, distorsionados. Sus sensaciones no servían para nada, sólo los hechos podían arrojar algún rayo de verdad y ni siquiera su narración de los mismos era fiable. El tiempo transcurrido difuminaba anteriores certezas y convertía en convicciones lo que en su momento fueron meras impresiones.

Todos afirmaron lo mismo respecto al momento de la llegada y la partida de Hester y nadie contradijo que había desayunado en la cocina y que después Oonagh la llevó a conocer a Mary Farraline. Al parecer, no estaba claro lo que Hester hizo en el intervalo. Una doncella recordaba haberla visto en la biblioteca; otra creía que tal vez subiera al piso de arriba, pero no podía jurarlo. Sin duda, durmió un rato por la tarde, arriba, y sí, por supuesto, pudo entrar en el vestidor de Mary y hacer toda clase de cosas.

Sí, la doncella le enseñó las ropas de Mary, las maletas y, especialmente, el botiquín. Era su trabajo, ¿no? Habían contratado a la enfermera para darle el medicamento a la señora Farraline. ¿Cómo iba a hacerlo si no sabía dónde estaba?

Nadie la culpaba por eso.

¿Ah, no? Pues mire la expresión de sus caras, si eso es lo que cree. Escuche lo que se susurran unos a otros cuando creen que ella no los oye.

A las cinco, cuando empezaba a anochecer, Monk lo dejó correr. Era desalentador. Había muy pocas cosas que pudiese demostrar, o refutar, y, tras la afirmación de Oonagh de que Mary llevaba el joyero con ella en el tren, ya carecía de importancia.

Se sentía terriblemente desanimado. En tres días, sólo se había hecho con informaciones confusas y no sabía nada seguro, salvo que Hester tuvo la oportunidad de cometer el crimen, que los medios estaban a su alcance y que poseía más conocimientos para ponerlo en práctica que cualquiera de los demás. Y encima, el móvil era obvio, el broche de perlas. En cambio, ningún miembro de la familia habría asesinado a la anciana por eso.

Volvió al salón enfadado y a punto de sumirse en la desesperación.

—¿Se ha enterado de algo? —le preguntó Eilish cuando entró.

Él ya había decidido lo que diría, y recuperó la compostura con esfuerzo.

—Más o menos lo que ya esperaba —contestó, obligándose a esbozar una sonrisa, poco más que un rictus.

—Ya veo.

—Bueno, ¿qué piensa? —Quinlan alzó la vista del periódico—. No imaginará que lo hicimos uno de nosotros, ¿verdad?

—¿Por qué no? —le espetó Baird—. Si yo llevara la defensa de la señorita Latterly, pensaría exactamente eso.

—¿De verdad? —Quinlan se dio la vuelta en el asiento para encararse con él—. ¿Y por qué ibas tú a asesinar a madre, Baird? ¿Te peleaste con ella? ¿Sabía algo de ti que los demás ignoramos? ¿O fue para hacerte con la herencia de Oonagh? ¿O Mary iba a obligarte a mantener los ojos apartados de mi mujer?

Baird se levantó echando la silla hacia atrás y se abalanzó contra Quinlan, pero Oonagh llegó antes que él y se plantó entre los dos con la tez pálida.

El primero se detuvo de golpe, antes de chocar contra ella.

Quinlan seguía sentado, totalmente inmóvil, con la mueca congelada en el rostro y los ojos abiertos de par en par.

—¡Basta! —ordenó Oonagh entre dientes—. Todo esto es de mal gusto y del todo ridículo. —Inspiró hondo con un estremecimiento—. Baird, por favor... Todos estamos disgustados con lo que ha pasado. Quin se está comportando muy mal, pero tú estás empeorando las cosas.

Le sonrió, sin apartar la vista de aquel semblante airado. Muy despacio, el hombre se relajó y dio un paso atrás.

—Lo siento —se disculpó, no ante Quin sino ante su esposa.

La sonrisa de Oonagh se afianzó en su rostro.

—Ya sé que me estabas defendiendo, y también a ti mismo, pero no es necesario. Quin siempre ha sido celoso. Les sucede a los hombres que tienen una esposa tan bella. Sin embargo, bien sabe Dios que no es necesario. —Se dio la vuelta para mirar a Quinlan y le sonrió también—. Eilish es tuya, querido, y hace años que es así. Ahora bien, ella forma parte de la familia y todo aquel que tenga ojos en la cara admirará su belleza. No debería molestarte. También es un cumplido para ti. Eilish, querida...

La mujer miró a su hermana, que se había puesto como la grana.

—Por favor, confírmale a Quin tu fidelidad incondicional. Estoy segura de que lo haces a menudo..., pero hazlo una vez más. Para que tengamos la fiesta en paz.

Muy despacio, Eilish obedeció. Se volvió hacia su marido, después otra vez hacia Baird y al fin se obligó a mirar al primero a los ojos y esbozó una sonrisa.

—Claro —dijo con suavidad—. Ojalá no dijeras esas cosas, Quin. Nunca he hecho nada que pudiera darte motivos, lo juro.

Quinlan miró a Eilish y después a Oonagh. Por un instante, nadie se movió. A continuación, despacio, el hombre se relajó y sonrió también.

—Por supuesto —asintió—. Claro que no has hecho nada semejante. Tienes toda la razón, Oonagh. Un hombre con una esposa tan hermosa como la mía debe acostumbrarse a que todo el mundo la mire y lo envidie. ¿No es verdad, Baird?

Éste no respondió. Tenía una expresión indescifrable.

Oonagh se volvió a mirar a Monk.

—¿Hay algo más que podamos hacer para ayudarle, señor Monk? —preguntó a la vez que se separaba de Baird y avanzaba hacia él—. Tal vez se le ocurra algo dentro de un par de días... O sea, si se queda en Edimburgo.

—Gracias —aceptó él al instante—. Me quedaré un poco más. Aún quedan cosas por investigar, pruebas que debo encontrar para despejar todas las dudas.

Ella no le preguntó a qué se refería, sino que caminó con elegancia hacia la puerta. Dándose por aludido, tras desear buenas noches a los demás y agradecerles su hospitalidad, Monk la siguió.

En el vestíbulo, Oonagh se detuvo y lo miró con expresión grave. Cuando habló, lo hizo en voz baja.

—Señor Monk, ¿tiene intención de seguir investigando a esta familia?

No supo bien cómo responder. Buscó miedo o rabia en el rostro de ella, resentimiento tal vez, pero sólo encontró curiosidad y el mismo aire de desafío que ya observara en otras ocasiones, unos sentimientos similares a los que la mujer despertaba en él.

—Porque de ser así —siguió hablando ella—, querría pedirle algo.

Él aprovechó la oportunidad.

—Por supuesto —dijo en seguida—. ¿Qué es?

Oonagh bajó la vista para ocultar sus pensamientos.

—Si... Si a lo largo de sus investigaciones descubre cómo se las arregla mi cuñada para gastar tanto dinero, yo... Todos le estaríamos muy agradecidos si nos informase... Al menos si me informase a mí. —Alzó la vista hacia él de repente, pero no había candidez en su mirada y tampoco angustia—. Yo podría hablar con ella en privado para evitar situaciones desagradables. ¿Podría hacerlo? ¿Lo considera poco ético?

—Claro que puedo hacerlo, señora McIvor —contestó sin dudarlo.

Le habían arrojado un guante; daba igual si a ella le importaba la respuesta lo más mínimo, era precisamente la excusa que necesitaba. Le caía bien Deirdra, pero la sacrificaría de inmediato si con ello lograba averiguar la verdad.

Oonagh sonrió. El humor y aquel aire de desafío siempre estaban presentes bajo los tonos fríos de su voz y la compostura de sus facciones.

—Gracias. ¿Le gustaría volver dentro de un par de días y cenar con nosotros otra vez?

—Me encantaría —aceptó Monk y, en cuanto apareció McTeer y le tendió el sombrero y el abrigo, se marchó.

Cuando, por pura casualidad, estaba dudando en la acera, tratando de decidir si caminaba el largo trecho hasta Grassmarket o se dirigía hacia el este y bajaba por Princes Street para parar un cabriolé, se volvió a mirar la casa de los Farraline y vio una figura pequeña y graciosa, ataviada con grandes faldas, que salía por una puerta lateral y corría hacia la calzada. Supo que tenía que ser Deirdra; ninguna criada llevaría un miriñaque tan exagerado y era demasiado pequeña para ser Eilish u Oonagh.

Al momento siguiente vio que otra figura se acercaba por la calle. Cuando el visitante pasó bajo el farol de gas, la luz lo iluminó y Monk vio sus ropas bastas y la cara sucia. Tenía la vista fija en la silueta de Deirdra y avanzó hacia ella con decisión.

Entonces reparó en Monk. Se quedó helado, giró sobre sus talones, vaciló un momento y se volvió por donde había venido. Monk aguardó casi quince minutos, pero el hombre no reapareció y por fin Deirdra regresó sola a la casa.

6

En el tren, mientras viajaba hacia el norte, Monk había concluido que, si Hester pudo soportar la vida en Crimea, una temporada en Newgate no acabaría con ella y ni siquiera sería mucho peor que otras experiencias vividas con anterioridad. En realidad, había pensado que, en muchos aspectos, se sentiría incluso mejor.

Se equivocaba. A Hester, la vida en Newgate le parecía infinitamente peor. Era verdad que en algunos sentidos su situación se parecía tanto a la de Crimea que se le hacía un nudo en la garganta y le escocían los ojos por las lágrimas. Pasaba un frío terrible. Su cuerpo no lo asimilaba, se le entumecían las extremidades y por la noche era incapaz de dormir, aparte de dar unas breves cabezadas, porque el frío la despertaba.

Además, tenía hambre. La comida llegaba con regularidad, pero era escasa y no muy buena, como en Crimea, sólo que un poco mejor: allí no tenía miedo de que la dejaran morir de hambre. La posibilidad de caer enferma estaba presente, pero parecía tan remota que apenas le prestaba atención. Un par de veces la asaltó el miedo a resultar herida, no de bala o por una granada, claro está, sino simplemente porque las celadoras, quienes no se molestaban en ocultar el odio que sentían hacia ella, la golpeasen o la empujasen.

Si llegaba a ponerse enferma, no albergaba ilusiones de que nadie cuidase de ella, y aquella idea resultaba más aterradora de lo que había previsto. Caer enferma en soledad, o ante unos ojos maliciosos que te observan y se regodean en tu desgracia, tu debilidad y tu vejación, le parecía tan espantoso que, cuando lo pensaba, un sudor frío bañaba su piel y se le aceleraba el corazón, algo muy próximo al pánico.

Aquélla constituía la mayor diferencia. En Crimea, sus colegas la respetaban, y los soldados, por quienes tanto se había desvelado, la adoraban. Un amor y un objetivo semejantes son alimento para el hambriento, calor en el invierno más crudo y anestésico contra el dolor. Incluso cierran el paso al miedo y dan fuerzas cuando se está exhausto.

El odio y la soledad paralizan.

Además, estaba el tiempo. En Crimea, trabajaba casi todas las horas de vigilia. En la cárcel no tenía nada que hacer salvo sentarse en el catre y aguardar, hora tras hora, de la mañana a la noche, día tras día. Ella no podía hacer nada. Todo dependía de Rathbone y de Monk. Pasaba todo el día ociosa.

Había decidido no pensar siquiera en el futuro, no imaginarse el juicio, no representarse la sala del tribunal que tantas veces había visto desde el auditorio cuando observaba a Rathbone. Esta vez ella estaría en el banquillo de los acusados, mirándolo todo desde arriba. ¿La juzgarían en el Old Bailey? ¿En la sala donde ya había estado otras veces, donde en tantas ocasiones sintió miedo y compasión por el prójimo? Dejó que el terror se filtrase en su pensamiento, aunque se tenía jurado no hacerlo; lo paladeó, intentó adivinar en qué se diferenciaría la realidad de lo imaginado. Era como tocarse una herida una y otra vez, para ver si dolía tanto como se había pensado, si estaba mejor o iba a peor.

¿Cuántas veces regañó a los soldados heridos por hacer precisamente eso? Era una actitud estúpida y destructiva. Sin embargo, ahí estaba ella, haciendo lo mismo. Se sentía como alguien que se ve obligado a enfrentarse a su sino y se hace ilusiones pensando que va a cambiar, que no puede ser lo que parece.

Además, no podía renunciar a una segunda idea, la de que si asimilaba todo el dolor en el momento presente, a la hora de la verdad estaría, en cierto modo, preparada.

El ruido de una llave en la cerradura y el de la puerta al abrirse interrumpieron sus tribulaciones. Allí no había intimidad; estaba completamente aislada y, sin embargo, permanecía sujeta a la intrusión en todo momento.

La celadora que más odiaba la fulminó con la mirada. Llevaba el cabello claro recogido en un moño tan tirante que le estiraba la piel del rabillo de los ojos. Su rostro era casi inexpresivo. Sólo un imperceptible temblor en la comisura del labio delataba el desdén que sentía y la satisfacción que le proporcionaba demostrarlo.

—Levántate, Latterly —ordenó—. Alguien ha venido a verte. —La voz con que le dio el aviso estaba teñida de sorpresa y de rabia al mismo tiempo—. Tienes suerte. Será mejor que la aproveches. No puede faltar mucho para el juicio y entonces ya no habrá gente entrando y saliendo a todas horas.

—Yo ya no estaré aquí, así que me dará igual.

La celadora enarcó sus finas cejas.

—Crees que te van a mandar a casa, ¿eh? ¡Estás aviada! Te colgarán de ese cuello blanco y delicado, preciosa damisela, hasta que mueras. ¡Entonces sí que no vendrá nadie a verte!

Hester la miró a los ojos, fijamente, con parsimonia.

—He visto ahorcar a muchas personas que al final resultaron ser inocentes, así que no voy a discutir eso contigo —dijo con voz clara—. La diferencia es que a ti no te importa. Tu quieres ver cómo cuelgan a alguien, la verdad no te interesa.

El rostro de la celadora se tiñó de un tono rojo apagado y los fuertes músculos del cuello se le tensaron. Dio medio paso hacia delante.

—¡Mantén la boca cerrada, Latterly, o te las verás conmigo! No olvides quién tiene las llaves; no eres tú. Tengo poder, y a la hora de la verdad querrás tenerme de tu parte. Mucha gente se cree muy valiente, hasta la noche antes de la ejecución.

—Después de pasar un mes contigo, la ejecución no me parecerá tan terrible —comentó Hester con amargura, pero tenía un nudo en el estómago y respiraba entrecortadamente—. ¿Quién ha venido a visitarme?

Esperaba que fuera Rathbone. Él era su punto de referencia para no volverse loca, y su esperanza. Callandra había ido dos veces, pero Hester se ponía muy sentimental cuando la veía. Tal vez se debiera a las muestras de cariño que Callandra le daba y al alcance de su preocupación. En ambas ocasiones, Hester creyó morir de soledad cuando la otra se hubo marchado y necesitó toda su fuerza de voluntad para no sucumbir al llanto. La detuvo principalmente la idea de que la celadora iba a volver, el desdén y la satisfacción que ésta sentiría.

Por encima de las espaldas anchas de la celadora vio que no era Rathbone, sino su hermano Charles. Estaba pálido y parecía muy apenado.

De repente, la abrumaron los recuerdos. Su memoria rescató la expresión de su hermano cuando ella regresó de Crimea a Inglaterra tras la muerte de sus padres y Charles acudió a verla a la casa para contarle la magnitud de la tragedia, que no sólo abarcaba el suicidio de su padre, sino también el desconsuelo de su madre, que acabó con ella poco después, y la ruina financiera dejada por ambos tras de sí. En ese momento tenía la misma expresión avergonzada y preocupada. Resultaba extraño verlo así, con los sentimientos a flor de piel, y Hester se sintió como una niña otra vez.

Charles pasó junto a la celadora, dando un rodeo para entrar en la celda y sin apartar la vista de Hester.

Ella estaba de pie, como se le exigía. Charles echó

un vistazo a la celda y reparó en los muros desnudos, en el único ventanuco situado muy por encima del nivel de la vista, en el cielo gris tras los barrotes. Luego miró el catre con el orinal incorporado. Por último contempló a Hester, ataviada con el sencillo vestido de faena de color azul grisáceo. La miró a la cara de mala gana, como si no pudiera enfrentarse a lo que se iba a encontrar en su semblante.

—¿Cómo estás? —preguntó con voz ronca.

Hester deseaba decírselo, desahogar en él la soledad y el miedo, pero al advertir el cansancio de su hermano, sus ojos enrojecidos, y al comprender que él no podía hacer nada por ayudarla, sólo sufrir con ella y sentirse culpable al saberse impotente, le fue imposible hacerlo. Ni siquiera se lo planteó.

—Estoy muy bien —mintió en voz alta y clara—. No puedo decir que sea agradable, pero he sobrevivido a cosas mucho peores sin mayores consecuencias.

Charles se relajó y algo de la tensión abandonó su rostro. Quería creerla y no iba a cuestionar sus palabras.

—Sí, sí, claro que sí —asintió—. Eres una mujer extraordinaria.

La celadora aguardaba para indicarle al hombre que la avisara cuando hubiera terminado, pero se sintió excluida del encuentro, de modo que se retiró y cerró de un portazo sin decir nada.

Charles dio un respingo, sobresaltado por el ruido. Se dio la vuelta para mirar la puerta de hierro, lisa, sin tirador por la parte de dentro.

—Todo va bien —lo tranquilizó Hester enseguida—. Volverá cuando haya transcurrido el tiempo.

Él la miró y se obligó a sonreír, pero fue un gesto forzado.

—¿Te dan de comer como Dios manda? ¿No pasas frío? Parece que hace fresco aquí dentro.

—No está mal —mintió ella—. La verdad es que no

importa mucho. Debe de haber mucha gente que vive siempre en estas condiciones.

Charles buscaba desesperadamente algo que decir. Hablar para pasar el rato le parecía absurdo y al mismo tiempo temía mencionar la realidad.

Hester tomó la decisión por él; de no hacerlo, la visita transcurriría sin más ni más y no se dirían nada importante.

—Monk ha ido a Edimburgo para averiguar qué sucedió en realidad.

—¿Quién es Monk? Oh, aquel policía que... conociste. ¿Crees...? —Se interrumpió; había cambiado de idea sobre lo que iba a decir.

—Sí —terminó Hester por él—. Creo que tiene tantas posibilidades como cualquiera de descubrir la verdad. En realidad más. No tolera las mentiras y sabe que yo no la maté, así que seguirá preguntando, observando y reflexionando hasta que averigüe quién lo hizo.

Al expresarlo en palabras, se sintió mejor. Lo había dicho para convencer a Charles, pero a ella le sentó tan bien como a su hermano.

—¿Estás segura? —preguntó él inquieto—. No es posible que cometieras un error, ¿verdad? Estabas cansada, casi no conocías a la paciente... —Lo dijo como disculpándose, con la cara enrojecida y la mirada grave y desesperada.

Hester estuvo a punto de enfadarse, pero conocía bien a su hermano y la compasión sustituyó a la ira. ¿Qué sentido tenía herirlo? Ya estaba sufriendo bastante.

—No —replicó en seguida—. Había una ampolla de medicamento para cada dosis. Sólo le di una ampolla. No era una vieja chocha que no supiera lo que se hacía, Charles. Era interesante, divertida, inteligente, y no se le escapaba una. No me habría dejado cometer un error aunque yo hubiera estado distraída.

Él frunció el entrecejo.

—Entonces, ¿quieres decir que alguien la mató a propósito?

Era una idea repugnante, pero ineludible.

—Sí.

—¿Es posible que el farmacéutico mezclara mal el medicamento?

Se esforzaba por hallar una solución más aceptable.

—No. No creo. No era la primera que tomaba. Si todo el lote se hubiera hallado en mal estado, la primera la habría matado. Además, ¿quién metió el broche en mi bolsa de viaje? Está claro que no fue el farmacéutico.

—¿La doncella de la mujer?

—No pudo hacerlo por error. Todas las joyas viajaban en un maletín que pasó la noche en el compartimiento. Esa joya iba suelta en mi bolsa, que de todos modos no se parecía en nada a las suyas, y nuestros equipajes no estuvieron juntos hasta que subimos al tren.

Charles adoptó una expresión afligida.

—Entonces supongo que alguien la mató a propósito... y quiso echarte la culpa. —Se mordió el labio, entornó los ojos y frunció las cejas con pesar—. Hester, por el amor de Dios, ¿por qué no te conformaste con trabajar en algo más respetable? Siempre estás complicada con crímenes y desgracias de un tipo u otro. Primero el caso Grey, después el Moidore, a continuación el Carlyon y por último aquel terrible asunto del hospital. ¿Qué te pasa? ¿No será ese hombre, Monk, quien te está metiendo en líos?

La indirecta le tocó a Hester donde más le dolía, sobre todo en el orgullo, pues implicaba que Monk, o su afecto por él, controlaba su vida de alguna manera.

—No, no tiene nada que ver él —contestó con aspereza—. La enfermería es una vocación que te obliga a enfrentarte a la muerte de vez en cuando. La gente se muere, Charles, sobre todo los que ya están enfermos.

Él pareció confundido.

—Pero si la señora Farraline estaba tan enferma, ¿por qué suponen que fue asesinada? No tiene ninguna lógica.

—¡No estaba enferma! —se enfureció Hester. Había caído en su propia trampa y lo sabía—. Sólo era mayor y tenía una leve afección cardíaca. Podía haber vivido aún varios años.

—Las dos cosas no pueden ser, Hester. ¡O su muerte fue normal, o sea que cabía esperarla, o no! A veces las mujeres carecen totalmente de lógica.

Esbozó una sonrisa, en absoluto grosera, ni siquiera reprobatoria, sólo paciente. Sin embargo, fue la gota que colmó el vaso.

—¡Tonterías! —gritó Hester—. ¡No te atrevas a plantarte aquí y decirme que soy como «la mayoría de las mujeres»! De todas formas, la mayoría de las mujeres no son más ilógicas que la mayoría de los hombres. Sólo somos diferentes, eso es todo. Prestamos menos atención a lo que vosotros llamáis «hechos» y más a los sentimientos de las personas. Y acertamos más a menudo. Y, desde luego, somos mucho más prácticas. Vosotros sólo os basáis en las teorías, la mitad de las cuales no funcionan porque parten de premisas equivocadas o porque un dato desconocido invalida todo lo demás.

Se interrumpió en seco, sin aliento, consciente de que estaba hablando a gritos. De repente, había reparado en que se estaba peleando con la única persona de todo el edificio, quizá de la ciudad entera, que estaba realmente de su parte, a quien todo aquel asunto sólo le reportaba dolor. ¿Debería disculparse, aunque la hubiera tratado con condescendencia y estuviera equivocado?

Charles habló antes que ella, pero no hizo sino empeorar aún más las cosas.

—Entonces, ¿quién mató a la señora Farraline? —insistió con un pragmatismo devastador—. ¿Y por qué? ¿Por dinero? Obviamente, era demasiado mayor para que el romanticismo tuviera algún papel en el asunto.

206

—Las personas no dejan de enamorarse sólo porque hayan cumplido los treinta —le espetó ella.

Él se la quedó mirando.

—No sé de ninguna mujer mayor de sesenta años que haya sido víctima de un crimen pasional —ironizó en un tono de incredulidad.

—Yo no he dicho que fuera un crimen pasional.

—Estás poniendo a prueba mi paciencia, querida. ¿Por qué no te sientas al menos para que podamos charlar con un poco más de comodidad? —Señaló la cama, donde podían sentarse uno al lado del otro, y acompañó sus palabras con la acción—. ¿Hay algo que te pueda traer para que te sientas un poco mejor aquí? Si me dejan, haré lo que me pidas. Te he traído algo de ropa interior, pero me la han quitado cuando venía. Estoy seguro de que te la darán en su debido momento.

—Sí, por favor. Podrías pedirle a Imogen que me comprase jabón de manos. El detergente de aquí me hace saltar la piel de la cara. Es un jabón espantoso.

—Claro. —La compasión le crispó el rostro—. Estará encantada. Te lo traeré en cuanto pueda.

—¿No me lo podría traer Imogen? Me gustaría verla.

Acababa de hablar cuando comprendió que había dicho una estupidez; la petición no haría más que lastimarlo.

La mirada de Charles se ensombreció y un rubor casi imperceptible tiñó sus mejillas, como si se diera cuenta de que hacía algo mal pero no estuviera seguro de qué ni de por qué.

—Lo siento, Hester, pero no puedo dejar que Imogen venga a este lugar. La perturbaría de mala manera. Nunca podría olvidarlo, lo recordaría una y otra vez. Tendría pesadillas. Es mi deber protegerla en todo cuanto pueda. Ojalá pudiera hacer más. —Lo dijo como si se sintiera herido, como si notara el dolor en el cuerpo y en la mente.

—Sí, es una pesadilla —asintió ella con voz entrecortada—. Yo también sueño con ello. Sólo que cuando me despierto no estoy en mi cama, a salvo en casa, con alguien que me cuide y me proteja de la realidad. Sigo aquí, con un día largo y frío por delante, y otro, y otro más.

Charles cerró los ojos como si se sintiera incapaz de asimilar el significado de aquellas palabras.

—Ya lo sé, Hester, pero Imogen no tiene la culpa ni yo tampoco. Tú escogiste tu camino. Yo hice todo lo posible por disuadirte. He intentado convencerte una y otra vez de que te casaras cuando te lo pidieron o cuando podrían haberlo hecho si tú los hubieras alentado lo más mínimo, pero nunca quisiste escucharme. No, me temo que es demasiado tarde. Aun en el caso de que este asunto se resuelva como esperamos, cosa que deseo de todo corazón, y te eximan de toda culpa, es poco probable que ningún hombre te ofrezca un matrimonio honorable, a menos que algún viudo desee casarse con una mujer decente para...

—No quiero cuidar la casa de ningún viudo —rechazó ella a punto de echarse a llorar—. Preferiría que me contratasen como ama de llaves, conservar mi dignidad y poder marcharme cuando quisiera, antes que casarme con alguien fingiendo que existe algún tipo de amor entre ambos cuando lo único que él desea es una criada gratuita y lo único que yo anhelo es un techo sobre mi cabeza y comida en el plato.

Charles se levantó con la cara pálida y tensa.

—Muchos matrimonios, al principio, sólo son de conveniencia. El respeto mutuo a menudo aparece después. No se pierde la dignidad por eso. —Una sonrisa iluminó sus ojos y se asomó a sus labios—. Para ser una mujer, y tú misma has dicho que las mujeres son muy prácticas, eres la persona más romántica y menos práctica que he conocido en mi vida.

Ella se levantó también. La emoción le impidió responder.

—Te traeré algo de jabón la próxima vez que venga —añadió—. Por favor... Por favor, no pierdas la esperanza. —Le costó pronunciar las palabras, como si las dijera por obligación y no de corazón—. El señor Rathbone es el mejor...

Hester lo interrumpió.

—¡Ya lo sé! —No podía soportar oírle hablar en un tono tan falso—. Gracias por venir.

Su hermano se echó hacia delante, como para besarla en la mejilla, pero ella retrocedió con brusquedad. Por un instante, Charles pareció sorprendido. Sin embargo, aceptó el desaire casi con alivio, porque al fin podía marcharse y escapar tanto de la situación como de aquel lugar.

—Yo... Nos veremos pronto —se despidió.

Se dio la vuelta hacia la puerta y la golpeó para que la celadora lo liberase.

Transcurrió todo un día antes de que tuviera otra visita y en aquella ocasión fue la de Oliver Rathbone. Hester se sentía demasiado desgraciada para que su llegada le levantase el ánimo y, por la cara del hombre, comprendió que él se había percatado de su desaliento al instante. Después, una vez intercambiados los saludos de rigor, Hester se dio cuenta, con el corazón en un puño, de que la expresión de Rathbone constituía también un reflejo de cómo se sentía él.

—¿Algo va mal? —preguntó con voz trémula. No se creía capaz de albergar ninguna otra emoción, pero de repente un miedo espantoso se adueñó de ella—. ¿Qué ha pasado?

Estaban de pie, cara a cara, en la habitación blanca con la mesa y las sillas de madera. Él le tomó ambas manos. No fue un movimiento pensado, sino instintivo, y la ternura con que fue efectuado no hizo sino aumentar los temores de Hester. Tenía la boca seca y tomó aire para volver a preguntar qué pasaba, pero le falló la voz.

—Han ordenado que la juzguen en Escocia —le comunicó en voz muy baja—. En Edimburgo. No puedo alegar nada en contra. Piensan que el veneno se administró en suelo escocés y, dado que nosotros sostenemos que en realidad se preparó en casa de los Farraline y que usted no tuvo nada que ver, no hay duda de que el caso pertenece a la jurisdicción escocesa. Lo siento mucho.

Hester no entendía cuál era el problema. ¿Por qué Rathbone lo consideraba un golpe tan duro? El hombre parecía destrozado y, en principio, no parecía haber motivo para ello.

Rathbone cerró los ojos un instante y los volvió a abrir, sombríos, oscuros y llenos de tristeza.

—Será juzgada por la ley escocesa —explicó—. Yo soy inglés. No puedo representarla.

Al fin lo comprendió. Se sintió como si la hubieran golpeado. De un plumazo le arrebataban la única ayuda con la que contaba. Se quedaba totalmente sola. Estaba demasiado aturdida para hablar, incluso para llorar.

Él le apretaba la mano con tanta fuerza que le hacía daño en los dedos. Aquel ligero dolor constituía su único contacto con la realidad. Casi la aliviaba.

—Contrataremos al mejor abogado escocés que podamos encontrar —estaba diciendo él. Hester oía la voz a lo lejos—. Callandra correrá con los gastos, por supuesto. No discuta eso ahora. Ya hablaremos de ello más adelante. Desde luego, yo iré a Edimburgo y pondré todos mis recursos a su disposición, pero él tendrá que dar la cara, aunque algunos de los argumentos sean míos.

Quiso preguntarle que si no se podía arreglar para que él llevase el caso de todas formas. Lo había visto en acción, conocía el poder de su intelecto, su encanto y las sutiles maniobras que usaba para embaucar, para fingirse inofensivo y a continuación asestar el golpe mortal. Rathbone constituía su última esperanza y a ella se había aferrado. Sin embargo, sabía que no le habría dado la noticia de haber existido la más mínima esperanza de que él pudiera llevar la defensa. Sin duda ya había explorado todas las vías hasta agotarlas. Era infantil e inútil protestar contra lo inevitable. Tenía que aceptarlo y hacer acopio de fuerzas para las batallas venideras.

—Ya entiendo...

A él no se le ocurrió nada más que decir. Sin hablar, avanzó un paso y la estrechó entre sus brazos con fuerza, totalmente inmóvil, sin tan siquiera acariciarle el pelo o rozarle la mejilla; se limitó a abrazarla.

Transcurrieron tres días más, prácticamente improductivos, antes de que Monk volviera a Ainslie Place a cenar. Dedicó el intervalo a averiguar más cosas sobre la reputación de los Farraline y resultó interesante pero, por lo que concernía a Hester, del todo inútil. La gente los tenía en mucho respeto, tanto en el ámbito profesional como en el privado. Nadie hablaba mal de ellos, aparte de las pequeñas pullas nacidas, a todas luces, de la envidia. Al parecer, Hamish fundó la imprenta tras retirarse del ejército y regresar a Edimburgo, poco después del final de las guerras napoleónicas. Hector no tomó parte en el negocio y seguía al margen. Por lo que sabía la gente, vivía de su pensión del ejército, donde había permanecido hasta bien pasada la madurez. En aquella época, solía visitar a la familia de su padre con frecuencia y siempre era bien recibido. En la actualidad vivía con ellos y gozaba de un lujo mucho mayor del que sus propios medios le permitían. Bebía con exceso, con mucho exceso, y por lo que sabía la gente no contribuía a los gastos ni de la familia ni de la comunidad, pero, por lo demás, era bastante agradable y sólo constituía una molestia para los suyos. Si su familia estaba dispuesta a cargar con él, allá ellos. Por lo visto, todas las familias tenían una oveja negra y si en la vida de Hector acaeció alguna desgracia la cosa no había trascendido más allá de las cuatro paredes de la casa de los Farraline.

Hamish era otro cantar. Fue un hombre trabajador, ingenioso, emprendedor y, a la vista estaba, muy afortunado. La empresa proporcionaba grandes beneficios y, pese a sus inicios modestos, se había convertido en una de las imprentas más importantes de Edimburgo, si no de Escocia. No tenía muchos trabajadores, por cuanto se prefería la calidad a la cantidad, pero poseía una reputación intachable.

El propio Hamish había sido un caballero, aunque en absoluto engreído. Quizá echara una canita al aire aquí y allá, pero no más de lo normal. Era un hombre discreto. Nunca avergonzó a su familia y no se relacionaba su nombre con ningún escándalo. Había muerto ocho años atrás, después de pasar una temporada con la salud delicada. Hacia el final, apenas salía de casa. Seguramente sufrió una serie de ataques; desde luego, su coordinación había quedado afectada. Todos lamentaban la pérdida de un hombre tan admirable.

Nadie insinuaba que su hijo no fuera un hombre excelente también. Menos hábil para los negocios, tendía a dejar la dirección de la empresa en manos de su cuñado, Baird McIvor. McIvor era forastero, ojo: inglés, pero buena persona pese a todo. Algo irritable de vez en cuando, pero muy capaz y tan honrado como el que más. El señor Alastair era el fiscal procurador, de modo que tampoco tenía mucho tiempo para dedicarse a los negocios. Además, como fiscal no tenía precio, todo un orgullo para la comunidad. Una pizca pedante para el gusto de algunos, pero un fiscal tenía que tomarse las cosas en serio. Si la ley no era un asunto importante, ¿qué lo era?

¿Había echado alguna canita al aire él también? Nadie había oído ningún comentario en ese sentido. No parecía de los que hacían cosas así. Nunca se lo relacionó con ningún escándalo.

Bueno, estaba el caso Galbraith, pero aquello giraba en torno al propio señor Galbraith, no al fiscal.

Monk preguntó por el caso, aunque creía estar al corriente.

Le dijeron más o menos lo que ya había oído. Galbraith fue acusado de fraude; se hablaba de una gran suma de dinero. Todo el mundo daba por supuesta la condena, pero el fiscal declaró que las pruebas eran insuficientes para llevar el caso ante los tribunales y Galbraith se libró de la cárcel, aunque no de la ignominia, al menos no ante la opinión pública. El fiscal había actuado correctamente.

¿Y Mary Farraline?

¡Bueno, ésa sí que era toda una dama! Lo tenía todo para despertar la admiración: era digna, de una cortesía impecable, nada arrogante y trataba a todo el mundo con educación, ya fueran ricos o pobres. Aquello era tener clase, ¿no? Siempre elegante, nunca ostentosa.

¿Y en cuanto a su reputación personal?

Qué tontería. A nadie se le pasaría por la cabeza pensar algo así en relación con la señora Farraline. Encantadora, pero nunca se tomaba demasiadas libertades con nadie. Dedicada a su familia. Bueno, sí, en su juventud fue muy guapa y sin duda tuvo admiradores. No le faltaban sentido del humor y alegría de vivir, pero entre aquello y un comportamiento inapropiado o la más mínima sospecha de escándalo existía un abismo.

Por supuesto. ¿Y en cuanto a la generación actual?

No estaba mal, pero no tenían la clase de su madre, salvo quizá la señorita Oonagh. Ésa también era una dama. Al igual que su progenitora, Oonagh era tranquila, fuerte, muy leal a su familia... e inteligente. Algunos decían que la empresa funcionaba gracias a sus entendederas tanto como a las de su marido. Tal vez fuese verdad pero, de ser así, a nadie le importaba.

Monk llegó a Ainslie Place armado con mucha más información sobre la posición de la familia en la sociedad y su buena reputación, pero sin nada que lo ayudara a averiguar quién asesinó a Mary Farraline y menos aún a demostrarlo.

McTeer le abrió la puerta con ademanes corteses. El mayordomo empezaba a demostrar un interés discreto por él, aunque lo seguía contemplando con tanta desaprobación como siempre. Como en las ocasiones anteriores, lo condujeron al salón, donde estaba reunida casi toda la familia. Al parecer, sólo faltaba Alastair.

Oonagh se acercó a darle la bienvenida con un atisbo de sonrisa en los labios.

—Buenas noches, señor Monk. —Lo miró de lleno a los ojos, con una mirada demasiado directa e inteligente para resultar halagadora en el sentido habitual. Sin embargo, al hecho de que Oonagh lo tratara con algo más que mera cortesía, él le concedía más valor del que habría otorgado al flirteo por parte de otra mujer—. ¿Cómo está?

—Oh, muy bien, gracias. Y Edimburgo me parece cada vez más interesante —contestó al tiempo que le devolvía la mirada, con idéntica combinación de trivialidad en los labios y pasión en los ojos.

Ella se volvió hacia los demás y Monk la siguió. Intercambió saludos y preguntas sobre la salud y sobre el tiempo, el tipo de convencionalismos a los que recurre la gente cuando no tiene nada importante que decirse.

Hector Farraline estaba presente aquella noche. Tenía un aspecto terrible, con la tez tan pálida que las pecas destacaban en sus mejillas y los ojos enrojecidos. Monk supuso que, para ofrecer tan mal aspecto, debía de estar tomando una botella de whisky diaria. A ese ritmo, en cuestión de poco tiempo la bebida acabaría con él. Estaba sentado, algo despatarrado, en el sofá más grande. Miró a Monk con interés aturdido, como si tratase de calibrar qué papel tenía el detective en los acontecimientos.

Al ver a Deirdra, Monk sintió la misma satisfacción que en las ocasiones anteriores. En verdad era una mujer con mucha personalidad, pero ni siquiera su mejor amiga habría alabado su atuendo. Monk tenía entendido que gastaba en ropa más de la cuenta, pero él, que poseía un gusto impecable, sabía reconocer un buen vestido cuando lo veía y, desde luego, el de la mujer no lo era. La tela parecía excelente y en el corpiño llevaba un precioso bordado de cuentas de azabache, pero la falda no estaba bien confeccionada. El faldón más bajo era demasiado corto, lo que en una persona de corta estatura producía un efecto terrible, y se diría que le habían entrado las mangas por la parte de los hombros, pues se advertía como un pliegue donde no debiera haberlo.

Sin embargo, todo aquello carecía de importancia. Demostraba personalidad y, de alguna manera, la hacía más vulnerable, una cualidad que siempre le había atraído.

—¿Ha podido averiguar algo? —se interesó Quinlan, mirándolo por encima del vaso. Hubiese sido imposible decir si la pregunta era irónica o no.

A Monk no se le ocurrió ninguna respuesta que pudiera provocar una reacción. Empezaba a estar desesperado. El tiempo se acababa y hasta el momento no había oído nada en absoluto que pudiera ayudar a Hester. ¿Hasta qué punto tenía algo que perder si se arriesgaba a utilizar tácticas más peligrosas?

—Me he enterado de muchas cosas acerca de su familia —contestó con una sonrisa más irónica que simpática—. Ciertos hechos, ciertas opiniones, casi todos de gran interés en uno u otro sentido.

Era mentira, pero no podía decir la verdad.

—¿Sobre nosotros? —se sorprendió Baird de inmediato—. Pensaba que estaba investigando sobre la señorita Latterly.

—Estoy investigando lo sucedido en conjunto. Claro que, por si no lo recuerda, he dicho que sabía mucho más, no que buscara esa información como principal objetivo.

—La diferencia es puramente teórica. —Por una vez, Quinlan se puso de parte de Baird—. ¿Y qué le pareció tan interesante? ¿Le han dicho que para casarme con la hermosa Eilish Farraline casi se la tuve que arrebatar de los brazos a su pretendiente anterior? Un joven de buena familia pero sin dinero, a quien los Farraline no aprobaban.

El rostro de Baird se ensombreció, pero se mordió la lengua en lugar de replicar.

—Qué suerte para usted merecer la aprobación de la familia —comentó Monk sin ninguna expresividad—. ¿Gracias a su encanto personal, a influencias familiares, o sólo a su riqueza?

Oonagh dio un respingo, pero la risa bailaba en sus ojos y su interés por Monk, evidente para el detective, se iba haciendo más personal por momentos. Aquella actitud por parte de la mujer lo llenaba de satisfacción. De hecho, de haber sido sincero, habría reconocido que estaba encantado.

—Se lo tendría que haber preguntado a mi suegra. —Fue Deirdra quien respondió finalmente—. Supongo que era su aprobación la que importaba. Claro que en gran parte Alastair..., pero él se dejaba orientar en esos asuntos. No sé por qué no le caía bien aquel otro muchacho. A mí me parecía muy agradable.

—Decir «muy agradable» es como no decir nada —intervino Kenneth con cierta amargura—. Ni siquiera el dinero lo es todo, a no ser que se cuente por miles. Lo que importa es la respetabilidad, ¿no es verdad, Oonagh?

Oonagh lo miró con una expresión paciente y perspicaz.

—Bueno, desde luego no serán la belleza, el ingenio o la capacidad para divertirse, y aún menos para proporcionar diversión a los demás, querido. Las mujeres así tienen su lugar, pero no es el altar.

—Por el amor de Dios, no nos digas cuál es —ironizó Quinlan al instante, mirando a Kenneth—. La respuesta es evidente.

—Bueno, yo sigo sin enterarme —se puso sarcástico Baird con la mirada clavada en Quinlan—. Tú no tienes fortuna, tu familia no es conocida y desde luego no destacas por tu encanto personal.

Oonagh lo miró con una expresión indescifrable antes de decir:

—Los Farraline no necesitamos dinero ni alianzas familiares. Nos casamos con quien queremos. Quinlan tiene sus cualidades, y mientras complazcan a Eilish y nosotros demos nuestra aprobación nada más importa. —Sonrió mirando a Eilish—. ¿No es verdad, querida?

Eilish titubeó. Una curiosa contienda de emociones asomó a su semblante, que por fin se suavizó con una expresión como de disculpa. Sonrió a su vez.

—Sí, claro que sí. En aquel momento te odié por haberle dado la razón a madre. En realidad, te culpé a ti más que a nadie. Ahora comprendo, no obstante, que nunca habría sido feliz con Robert Crawford. —Miró a Baird y volvió a desviar la vista—. Está claro que no era la persona ideal para mí.

Baird se ruborizó y apartó la mirada también.

—El amor romántico —sentenció Hector, hablando más para sí que para nadie en particular—. Es un sueño..., un hermoso sueño.

En su voz se traslucía la nostalgia y tenía la vista desenfocada.

Con deliberación, todos pasaron por alto el comentario.

—¿Alguien sabe a qué hora tiene que venir Alastair? —preguntó Kenneth mirando a Deirdra y a Oonagh alternativamente—. ¿Tendremos que esperarlo para comer... otra vez?

—Si llega tarde —contestó Oonagh con frialdad—, tendrá un buen motivo, no será por desconsideración o porque se está divirtiendo en alguna parte.

Kenneth hizo un mohín como de niño pequeño, pero no protestó. Monk tuvo la clara sensación de que no se atrevía a replicar, aunque le habría encantado.

La conversación prosiguió a trompicones durante otros diez o quince minutos. Monk se puso a hablar con Deirdra de propia iniciativa, no para averiguar la información solicitada por Oonagh sino porque le gustaba su compañía. Era una mujer inteligente y parecía exenta del tipo de artificios que a él lo disgustaban. Miró a Eilish por el rabillo del ojo, pero la luminosa belleza de la muchacha no lo seducía. Prefería el carácter y la inteligencia. La belleza en su estado puro poseía un aura de invulnerabilidad, y aquello le resultaba muy poco atractivo.

—¿De verdad ha descubierto algo sobre la muerte de la pobre madre, señor Monk? —preguntó Deirdra con gravedad—. Espero que el asunto no vaya a alargarse mucho tiempo y a provocar cada vez más angustias.

El tono ascendente de su voz hizo de la frase una pregunta y la inquietud asomó a sus ojos oscuros.

Merecía la verdad, aunque no dudaría en mentirle incluso a ella si creyese que un engaño lo podía ayudar a resolver el caso.

—No acierto a ver cómo se podría solucionar fácilmente —contestó—. Los procesos criminales siempre son desagradables. No van a... —Se obligó a pronunciar la palabra—: No van a ahorcar a nadie sin que se haga antes todo lo posible por evitarlo. —De repente, y sin venir al caso, lo abrumó un odio ciego por todos ellos, por esa familia que aguardaba en aquella habitación caldeada a que los avisasen para cenar. Uno de ellos había asesinado a Mary Farraline e iba a permitir que la ley asesinase a Hester en su lugar—. Cualquier abogado defensor, si es bueno, procurará que la culpa y las sospechas recaigan en cualquier otro —añadió apretando los dientes—. Será desagradable, desde luego. La acusada está luchando por su vida. Es una mujer valiente que ya se ha enfrentado a la soledad, a las privaciones y al peligro otras veces. No se rendirá. Habrá que derrotarla.

Deirdra lo observaba fijamente, con el semblante compungido y los ojos muy abiertos.

—Habla como si la conociera bien —observó, poco más que en susurros.

Monk recuperó el dominio de sí mismo al instante, como un corredor que tropieza y recobra el equilibrio.

—Forma parte de mi trabajo, señora Farraline. No podría defender los intereses de la acusación si no conociera bien al enemigo.

—Oh, no, supongo que no. No se me había ocurrido. —Frunció el entrecejo—. En realidad, casi no había pensado en eso. Alastair sí lo habría pensado. Imagino que habrá hablado con él. —Más que preguntarlo, lo daba por sentado. Parecía un poco alicaída—. Debería hablar con Oonagh. Es la persona más observadora del mundo. Siempre parece saber lo que el otro está pensando en realidad, aunque diga algo distinto. Me he percatado a menudo. Tiene un don para leer el carácter de los demás. —Sonrió—. Resulta muy reconfortante saber que alguien te entiende tan bien.

—Salvo en el caso de la señorita Latterly —apuntó Monk con más sarcasmo del que pretendía dejar traslucir.

Ella reparó en el retintín y lo miró con suspicacia.

Monk se enfadó consigo mismo, tanto por haber sido rudo con ella como por haberse traicionado.

—No debe culparla por eso —se apresuró a decir ella—. Estaba tan ocupada cuidando de la pobre madre... Era en ella en quien madre confiaba. Parecía muy preocupada por Griselda. —Arrugó un poco el entrecejo—. Yo nunca pensé que tuviese problemas en realidad. Griselda siempre se ha angustiado con facilidad. Claro que quizá esta vez se tratase de algo más grave. El primer parto puede entrañar dificultades, como cualquiera, por otra parte. No obstante, sé que Griselda escribía varias veces a la semana, hasta que al final incluso Oonagh reconoció la necesidad de que madre se desplazase a Londres para tranquilizarla. Ahora, pobrecita, nunca se enterará de lo que madre iba a decirle.

—¿Y la señora McIvor no podría enviarle una carta que la consolase de algún modo?

—Oh, estoy segura de que ya lo ha hecho —respondió Deirdra convencida—. Ojalá yo pudiera ayudarla en algo, pero no tengo ni idea de por qué está tan preocupada. Creo que sus temores están relacionados con el historial médico de la familia, respecto al cual madre podría haberla tranquilizado.

—En ese caso, supongo que la señora McIvor lo habrá hecho en su lugar.

—Claro. —Sonrió con súbito calor—. Si alguien puede ayudarla, es Oonagh. Estoy segura de que madre habló con ella. Sabrá decirle las palabras precisas para hacerle sentirse mejor.

La llegada de Alastair, que parecía cansado y un poco atribulado, interrumpió la conversación. Habló con Oonagh en primer lugar, con quien intercambió sólo un par de palabras; a continuación saludó a su esposa y se disculpó ante Monk por llegar tarde. Al cabo de un momento, sonó el gong y se dirigieron al comedor.

Iban por el segundo plato cuando se produjo una situación violenta. Hector había permanecido sentado en relativo silencio, respondiendo con monosílabos de tanto en tanto, hasta que de repente se volvió hacia Alastair y, enfocando los ojos con dificultad, lo miró de mala manera.

—Supongo que estás con ese caso otra vez —le espetó indignado—. Deberías dejarlo estar. Has perdido. Todo ha terminado.

—No, tío Hector —negó Alastair en tono de hastío—. He estado hablando con el juez de un caso totalmente nuevo.

Hector gruñó como si no se diese por satisfecho, pero quizá sólo estuviera demasiado borracho para entenderlo.

—Fue un caso difícil aquél. Deberías haber ganado. No me sorprende que aún sigas pensando en ello.

Oonagh se sirvió vino de la garrafa que había en la mesa y le tendió el vaso a Hector. Éste miró a la mujer un instante y lo aceptó, pero no bebió de inmediato.

—Alastair no pierde ni gana casos, tío Hector —le corrigió Oonagh con suavidad—. Decide si hay pruebas suficientes para interponer o no una acción judicial. Si no las hay, no tiene sentido llevar un caso a los tribunales. Sólo serviría para malgastar el dinero público.

—Y para hacer que una persona, en muchos casos inocente, viva un infierno y se vea sometida a la vergüenza pública —añadió Monk con cierta brusquedad.

Oonagh le echó una ojeada de sorpresa.

—Desde luego, para eso también.

Hector miró a Monk como si acabara de recordar su presencia en la mesa.

—Oh, sí... Usted es detective, ¿verdad? Ha venido a asegurarse de que la enfermera es procesada. Lástima. —Miró a Monk con evidente disgusto—. Me cayó bien. Era una muchacha agradable. Valiente. Una mujer debe tener mucho valor para ir a un sitio como Crimea, ¿sabe?, y cuidar de los heridos. —En su rostro se reflejaba una clara hostilidad—. Será mejor que se asegure, jovencito. Será mejor que se asegure bien de que han capturado a la verdadera culpable.

—Lo haré —repuso Monk con decisión—. Estoy más entregado a ello de lo que usted pueda imaginar.

Hector lo miró fijamente; acto seguido, casi de mala gana, dio cuenta del vino de Oonagh por fin.

—No hay ninguna duda de su culpabilidad, tío Hector —intervino Quinlan con irritación—. Si estuviera un poco más sobrio lo sabría.

—¿Lo sabría? —Hector se había enfadado. Dejó el vaso en la mesa y estuvo a punto de derribarlo. Fue Eilish quien lo evitó desde el otro lado, estirando un brazo para cambiar de sitio una cuchara—. ¿Por qué lo sabría? —preguntó haciendo caso omiso de Eilish—. ¿Por qué sabría eso, Quinlan?

—Bueno, dejando aparte que, si no fue ella, tuvo que ser alguno de nosotros —respondió Quinlan, que enseñó los dientes al esbozar una sonrisa burlona—, ella era la única que tenía motivos. El broche apareció en su equipaje.

—Los libros —dijo Hector con satisfacción.

—¿Los libros? —se extrañó Quinlan en tono desdeñoso—. ¿De qué está hablando? ¿Qué libros?

Una reacción visceral asomó al semblante de Hector, pero no dio rienda suelta a sus sentimientos.

—Los libros de la empresa —aclaró con una sonrisa—. La contabilidad.

Se hizo un instante de silencio. Kenneth dejó el tenedor y el cuchillo en la mesa.

—La señorita Latterly no sabía nada de los libros de contabilidad, tío Hector —lo reprendió Oonagh en voz baja—. Llegó a Edimburgo aquella misma mañana.

—Claro que no —convino Hector enfadado—, pero nosotros sí.

—Naturalmente —asintió Quinlan. Monk pensó que se había mordido la lengua para no añadir «estúpido».

—Y uno de nosotros sabe si las cuentas están o no claras —continuó Hector con obstinación.

Kenneth tenía la cara enrojecida.

—Yo lo sé, tío Hector. Es mi trabajo tenerlas al día. Y todo cuadra... hasta el último penique.

—Claro que sí —secundó Oonagh con convicción, mirando a Kenneth y a Hector alternativamente—. Todos sabemos que la muerte de madre le ha trastornado mucho, tío Hector, pero está empezando a hablar por hablar. Sería buena idea que dejara el tema antes de que diga algo de lo que todos tengamos que arrepentirnos. —Tenía los ojos clavados en los suyos—. Madre no habría querido que nos peleásemos ni que hiciéramos comentarios hirientes como ése.

Hector se quedó como atontado, como si por un instante hubiera olvidado la muerte de Mary y de repente un dolor insoportable se abatiera sobre él. El color desapareció de su rostro y pareció a punto de desmayarse.

Eilish se inclinó hacia él para ofrecerle apoyo físico, por cuanto parecía incapaz de mantenerse erguido en la silla, y de inmediato Baird se levantó, se acercó al hombre y lo ayudó a incorporarse.

—Vamos, tío Hector. Deje que le lleve a su habitación. Será mejor que se tienda un rato.

Una expresión de furia asomó al semblante de Quinlan cuando Eilish y Baird ayudaron a Hector a levantarse y, entre los dos, lo sacaron de la habitación a rastras y dando tumbos. Oyeron los pasos tambaleantes en el vestíbulo, la voz de Eilish dándole ánimos y después el tono más grave de Baird.

—Lo siento mucho —se disculpó Oonagh mirando a Monk—. Me temo que el pobre tío Hector no está tan en forma como nos gustaría. Todo esto ha sido un duro golpe para él. —Sonrió con amabilidad, como si buscase su indulgencia—. Me temo que a veces se desorienta.

—De modo que no está en forma —dijo Quinlan con malicia—. ¡Lo que está es borracho como una cuba!

Alastair le dirigió una mirada de advertencia, pero se abstuvo de decir nada.

Deirdra tocó la campana para que los criados retiraran los restos y trajeran el siguiente plato.

Habían acabado de cenar y regresado al salón cuando Oonagh encontró la ocasión para hablar con Monk. Todos estaban presentes en la sala pero, con tanta discreción que nadie dio muestras de reparar en el movimiento, lo fue alejando cada vez más de los otros hasta que llegaron ante un gran ventanal, cerrado para impedir el paso del frío aire nocturno y situado lejos del alcance de cualquier oído. De repente, Monk reparó en el perfume de la mujer.

—¿Está haciendo progresos en su trabajo, señor Monk? —preguntó ella con suavidad.

—He averiguado poca cosa, aparte de lo que cabía esperar —contestó el detective con cautela.

—¿Sobre nosotros?

No tenía sentido andarse con rodeos, y no se sentía capaz de mentir a una mujer así ni deseaba hacerlo respecto a aquel asunto.

—Naturalmente.

—¿Ha descubierto en qué gasta Deirdra tanto dinero, señor Monk?

—Aún no.

Ella hizo una pequeña mueca compungida, llena de disculpa y de algo más, procedente de su fuero interno, que Monk no supo interpretar.

—Se las arregla para gastar enormes sumas de dinero. El gobierno de la casa, que estuvo en manos de mi madre hasta su muerte y, por supuesto, también en las mías, no justifica un desembolso semejante. —Frunció el entrecejo—. Deirdra dice que se lo gasta en ropa, pero no comprendo semejante despilfarro, ni siquiera en una mujer que viste a la moda y que debe mantener una cierta posición social. —Inspiró hondo y miró a Monk a los ojos—. Mi hermano Alastair está bastante preocupado. Si..., si usted averiguara, en el transcurso de sus investigaciones, cómo emplea el dinero, le agradeceríamos mucho que nos lo comunicase. —La sombra de una sonrisa asomó a la comisura de sus labios—. Le expresaríamos nuestra gratitud del modo que le pareciera más apropiado. No pretendo insultarle.

—Gracias —dijo él con sinceridad. Debía reconocer que su orgullo podía ser herido con suma facilidad—. Si me entero de la explicación a esa cuestión, lo cual es posible, le informaré en cuanto esté seguro.

Ella sonrió y se produjo un instante de mutuo entendimiento; acto seguido reanudaron una charla normal e intrascendente.

Monk se despidió antes de las once menos cuarto. Se encontraba en el vestíbulo, aguardando a que McTeer saliese por la puerta forrada de paño verde, cuando apareció Hector Farraline tambaleándose escaleras abajo. Resbaló durante los últimos seis peldaños y se aferró al poste de la escalera con una expresión de intensa concentración en el rostro.

—¿Va a averiguar quién mató a Mary? —susurró sorprendentemente bajo para alguien tan ebrio.

—Sí —respondió Monk sin más. No creía que ninguna explicación racional sirviese de nada, sólo para prolongar un encuentro que, como mínimo, iba a poner a prueba su paciencia.

—Era la mejor persona que jamás he conocido. —Hector parpadeó y sus ojos reflejaron una profunda tristeza—. Debería haberla visto cuando era joven. Nunca fue hermosa, como Eilish, pero poseía el mismo aire, la misma luz interior, una especie de fuego. —Miró al otro lado del vestíbulo, más allá de Monk, y por un momento clavó la mirada en el enorme retrato de su hermano, en el cual, hasta entonces, Monk sólo había reparado de manera vaga. El anciano torció el gesto y un torbellino de emociones asomó a su rostro: amor, odio, envidia, aversión, arrepentimiento, anhelo del pasado e incluso compasión—. Era un cerdo, ¿sabe?, a veces. —Hablaba poco más que en susurros, aunque le temblaba la voz—. Hamish, el guapo, mi hermano mayor, el coronel. Yo sólo era comandante, ¿sabe? Pero mejor soldado de lo que él nunca fue. Mi hermano tenía buena planta. Sabía cómo hablar con las damas. Lo adoraban. —Se dejó caer para sentarse en el peldaño más bajo—. Mary siempre fue la mejor. Caminaba con la espalda muy recta, la cabeza alta. Era lista Mary. Te hacía reír hasta que se te saltaban las lágrimas... Por las cosas más peregrinas.

Parecía a punto de echarse a llorar y, pese a su impaciencia, Monk sintió una punzada de compasión por él. Era un anciano que vivía de la generosidad de una generación más joven, a la cual no inspiraba sino desdén y cierto sentido del deber. Probablemente no mereciese nada más, pero eso constituía un pobre consuelo.

—Se equivocó —agregó Hector de repente al tiempo que volvía la vista hacia el retrato otra vez—. Metió la pata hasta el fondo. No debería haberle hecho eso, precisamente a ella.

A Monk todo aquello no le interesaba. Hamish Farraline llevaba muerto más de ocho años. Lo sucedido entonces no podía guardar ninguna relación con la defunción de Mary y sólo eso importaba. Lo devoraba la impaciencia. Empezó a alejarse.

—Vigile a McIvor —gritó Hector a sus espaldas.

Monk se dio la vuelta.

—¿Por qué?

—A ella le caía bien —se limitó a decir Hector, con los ojos muy abiertos—. Siempre se sabía cuándo a Mary le caía bien alguien.

—¿Ah, sí?

No iba a molestarse en esperar a McTeer. Seguramente el muy necio estaba durmiendo en la despensa. Tomó su abrigo y se dirigió a la puerta principal. Justo entonces, Alastair salió del salón y se disculpó por la ausencia de McTeer.

Monk volvió a desearle buenas noches, hizo un gesto de saludo a Hector, que seguía en la escalera, y salió. Había declinado el ofrecimiento de que le pidieran un cabriolé, así que echó a andar en dirección sur cuando vio una figura inconfundible pasar bajo el farol tan rápidamente que estuvo a punto de no reparar en ella. Sin embargo, nadie más podía poseer aquella gracia etérea ni esa melena encendida. La capucha de la capa le cubría casi toda la cabeza pero, cuando la figura se volvió hacia la luz,

Monk vio la frente pálida y el rojo cobrizo del cabello destacando encima.

¿Adónde diablos iba Eilish Fyffe, sola, a pie, a las once de la noche?

Aguardó hasta que se hubo alejado por el césped de la circunvalación hacia el extremo más alejado de Ainslie Place, donde desaparecería bien en dirección este, por St. Combe Street, bien en dirección sur, por Glenfinlas Street. Entonces echó a correr tras ella, rápidamente y sin hacer ruido, y llegó a la esquina justo a tiempo de verla pasar bajo un farol, al principio de Charlotte Square.

¿Tenía una cita? No parecía sólo la conclusión más evidente, sino la única. ¿Por qué otra razón iba a salir sola y con aquel aire tan sigiloso?

La mujer cruzó la plaza a paso vivo. A sólo dos pequeñas manzanas desembocaba en un gran cruce de donde partían Princes Street y Lothian Road, Shandwick Place y Queensferry Street. ¿Adónde demonios iba? Nunca le había prestado mucha atención, pero en aquel momento su opinión sobre ella dio un giro rápido y brusco a peor.

Cruzó sin mirar ni a derecha ni a izquierda, y aún menos hacia atrás, y apuró el paso por Lothian Road. A su izquierda estaban los jardines de Princes Street y sobre ellos se cernía, medieval e inquietante, el enorme montículo con el castillo recortado en lo alto.

Monk la persiguió en línea recta durante unos cien metros y estuvo a punto de perderla cuando ella torció a la izquierda y desapareció por Kings Stables Road. Conocía el camino. Se trataba de la ruta que él hubiera seguido para regresar andando a su alojamiento. Al poco llegarían a Grassmarket y después a Cowgate. Era imposible que ella se dirigiese hacia allí. ¿Qué podía buscar una mujer como Eilish en aquellos edificios oscuros y apretujados y en esos callejones angostos?

Aún estaba dando vueltas a las incoherencias de aquella expedición nocturna cuando de repente lo atenazó un dolor agudo e insoportable y un vacío negro se abrió ante él.

Seguía en la calle cuando recuperó el sentido. Se apoyó contra la pared y notó un terrible dolor de cabeza. Se sentía muerto de frío y estaba de un humor de perros. No se veía a Eilish por ninguna parte.

Al día siguiente volvió a Ainslie Place, furioso y desesperado, y se apostó de guardia en cuanto cayó la noche.

Sin embargo, no fue a Eilish a quien vio, sino a un hombre de aspecto desaliñado, vestido con ropas muy usadas, que se acercaba al número diecisiete con movimientos nerviosos, mirando a derecha e izquierda como si temiera que lo estuvieran espiando.

Monk se ocultó aún más en las sombras y se quedó inmóvil.

El hombre pasó bajo un farol y, por un momento, su rostro quedó iluminado. Era el mismo hombre que Monk viera unos días atrás no con Eilish, sino con Deirdra. El desconocido se sacó un reloj del bolsillo, le echó un vistazo y lo volvió a guardar.

Qué raro. No parecía el tipo de hombre que sabe leer la hora y aún menos que lleva reloj.

Transcurrieron varios minutos. El hombre se revolvía con gran incomodidad. Monk permanecía inmóvil, sin variar siquiera la posición de su cabeza. A lo largo de la acera, los faroles arrojaban pequeños charcos de luz. Entre ellos se extendía la tierra de nadie, poblada de niebla y sombras. Cada vez hacía más frío. En su inmovilidad, Monk empezaba a acusarlo. Penetraba en sus huesos y se le filtraba por la planta de los pies.

De repente, ahí estaba ella. Debía de haber dado un rodeo por el patio para salir a la calle por una puerta lateral; no era Eilish, sino la figura pequeña y nerviosa de Deirdra. Sin mirar calle abajo ni al centro de la plaza, se dirigió en línea recta hacia el hombre. Se quedaron de pie, muy cerca, durante varios minutos, con las cabezas gachas, hablando en voz tan queda que Monk, desde donde estaba, sólo alcanzaba a oír un murmullo.

De repente, Deirdra sacudió la cabeza enérgicamente. El hombre le tocó el brazo con suavidad, como para tranquilizarla, y ella se dio media vuelta y entró otra vez en la casa. Él se volvió por donde había venido.

Monk aguardó hasta mucho después de media noche, con el frío en los huesos, pero nadie más entró ni salió de casa de los Farraline. Se maldijo a sí mismo por no haber seguido al hombre.

Transcurrieron otros dos días de mucho frío durante los cuales Monk, cada vez más desesperado, no logró averiguar nada de utilidad, esto es, nada que no pudiera haber deducido por puro sentido común. Escribió una larga carta a Rathbone en la que le contaba todo lo que sabía hasta el momento. Cuando volvió a su habitación, hacia el mediodía de esa tercera jornada, encontró dos cartas esperándolo. Una era de Rathbone y en ella le resumía las disposiciones generales del testamento de Mary Farraline. Repartía sus muchas propiedades, tanto las de bienes raíces como las personales, entre sus hijos, más o menos a partes iguales. Alastair ya había heredado la casa y la mayor parte del negocio a la muerte de su padre. La segunda carta era de Oonagh, por la que lo invitaba a asistir a una gran cena oficial que se celebraba aquella noche y se disculpaba por haber tardado tanto en ponerse en contacto con él.

Monk aceptó. No tenía nada que perder. El tiempo corría en su contra y las noches dedicadas a vigilar la casa de los Farraline no habían dado fruto. Ni Deirdra ni Eilish volvieron a aparecer.

Se vistió para la ocasión, pero tenía el pensamiento demasiado absorto en repasar toda la información acumulada hasta el momento como para preocuparse por su elegancia o por estar presentable en sociedad. ¿Cómo se las arregló Hester para meterse en semejante lío? Había que ser idiota... Las pocas impresiones que ella le había transmitido no servían para nada. Tal vez Deirdra y Eilish tuviesen sendas aventuras amorosas con hombres de los barrios bajos. ¿Y qué? Una disputa familiar, por grave que fuese, no constituía motivo de asesinato, a no ser que el asesino fuera un lunático.

Si Eilish hubiera sido la víctima, la cosa habría estado clara. Tanto Quinlan como Baird McIvor tendrían un móvil excelente. Incluso Oonagh, si de verdad Baird estaba enamorado de Eilish.

No obstante, todo aquello carecía de lógica. No era posible que Eilish, en plena noche, caminara a hurtadillas por Kings Stables Road para encontrarse con Baird.

Llegó al enorme salón, donde se celebraba la cena, con la carta de Oonagh en la mano, listo para enseñársela a cualquier portero que cuestionase su derecho a estar allí, pero su aire de seguridad debió de bastar y nadie lo importunó.

Se trataba de una celebración por todo lo alto. Los techos resplandecían con la luz de los candelabros. Imaginó cómo los habrían bajado y unos criados con candelas se habrían pasado horas encendiéndolos antes de volver a izarlos. Hasta el último hueco de la maravillosa techumbre parecía estar en llamas. Los violinistas tocaban una vaga música de fondo mientras los invitados pululaban de un lado a otro saludando y sonriendo con la esperanza de que las personas adecuadas los reconocieran. Los criados trajinaban ofreciendo aperitivos, y un hombre ataviado con una librea resplandeciente anunciaba la llegada de aquellos a quienes la alta sociedad consideraba importantes.

Era fácil distinguir a Eilish. Incluso de negro parecía irradiar calor y luz. Su cabello constituía un adorno más suntuoso que las diademas de las duquesas, y su tez pálida parecía relucir al contraste con la tela negra del vestido.

Desde la galería donde estaba, Monk pronto divisó la cabeza clara de Alastair y, al cabo de un momento, la de Oonagh. Pese a que sólo alcanzaba a ver parte de la cara de la mujer, volvió a reparar en el aura de serenidad que la envolvía y en la sensación de poder e inteligencia que trasmitía.

¿Poseía Mary el mismo talante? Eso había insinuado Hector, el borrachín. ¿Por qué iba alguien a asesinar a una mujer así? ¿Por envidia del poder que ostentaba o de sus recursos? ¿Por celos, porque ella contaba con unas cualidades innatas que le otorgaban autoridad allá donde iba? ¿Por miedo, porque poseía una información fatal para otras personas, algo que amenazaba la felicidad de éstas e incluso su seguridad?

¿Pero qué? ¿Qué podía saber Mary? ¿Habría llegado la información a oídos de Oonagh, sin que ella supiese el peligro que tal conocimiento entrañaba para ella?

Gracias a Dios, Hector estaba ausente y también, por lo que Monk podía ver, Kenneth. No ganaba nada quedándose allí a solas. De mala gana, más nervioso de lo que le parecía lógico, irguió la espalda y bajó por la escalera hacia la multitud.

En la cena lo sentaron junto a una mujer imponente, ataviada con un vestido borgoña y negro y cuyas faldas eran tan enormes que no uno no se podía acercar a menos de metro y medio de ella. Claro que, de haber podido, Monk tampoco lo habría hecho. Incluso hubiese preferido quedar exento también de la obligación de conversar con ella, pero eso era más de lo que podía pedir.

Deirdra se encontraba sentada frente a él, al otro lado de la mesa, y en varias ocasiones intercambiaron miradas y sonrieron. Monk empezaba a pensar que estaba perdiendo el tiempo, aunque conocía por lo menos un motivo por el que Oonagh lo había invitado. Quería averiguar en qué gastaba Deirdra el dinero. ¿Acaso lo sabía ya y sólo recurría a él buscando pruebas con las que acusarla y quizá precipitar la trifulca que se quiso entrar con el asesinato de Mary?

Mirando el semblante simpático, inteligente y obstinado de Deirdra, Monk no dudó. Tal vez fuese lo que algunas personas llamarían inmoral y por lo visto gastaba demasiado, pero no creía que hubiese asesinado a Mary Farraline, desde luego no por algo de tan fácil solución como el despilfarro.

No obstante, se había equivocado otras veces, sobre todo en lo que concernía a las mujeres.

No... No era verdad. Se había equivocado en cuanto a su fuerza, a su lealtad, incluso a su capacidad para apasionarse o para mantener una postura, pero no respecto a su criminalidad. ¿Por qué dudaba tanto de sí mismo?

Porque le estaba fallando a Hester. Mientras él se encontraba allí, dando cuenta de una comida exquisita entre ruido de cubiertos, tintineo de copas, resplandor de luces y murmullo de voces, rumor de sedas y crujido de corsés, Hester se consumía en la cárcel de Newgate aguardando el juicio tras el cual, si la declaraban culpable, la ahorcarían.

Se sentía así porque le estaba fallando.

—... un vestido muy favorecedor, señora Farraline —le decía alguien a Deirdra—. Muy original.

—Gracias —respondió Deirdra, pero sin reflejar la satisfacción que, en opinión de Monk, cualquier otra persona habría demostrado ante semejante cumplido.

—Precioso —añadió la mujer gorda que estaba sentada junto a él, a la vez que hacía un gesto como de asco—. Precioso. Me gusta mucho el corte y las cuentas de azabache siempre me han parecido muy elegantes. Yo tuve uno muy parecido, casi igual en realidad. La forma de las mangas variaba un poco, si no recuerdo mal, pero el motivo del bordado era idéntico.

Un caballero la miró sorprendido. El comentario estaba fuera de lugar y era de bastante mal gusto.

—El año pasado —añadió con determinación la mujer.

Llevado por un impulso del momento, Monk hizo una pregunta imperdonable:

—¿Aún lo tiene, señora?

—No, me deshice de él.

—Muy inteligente —comentó Monk con repentina malicia—. El vestido que lleva ahora... —Echó una ojeada a su amplia figura—. Éste es mucho más apropiado para su... condición.

Había estado tan cerca de decir «edad» que el resto de los comensales así lo expresó para sus adentros.

La mujer se puso colorada, pero no dijo nada. Deirdra también se ruborizó un poco y Monk tuvo la certeza repentina, aunque aún no pudiera demostrarlo, de que, fuera lo que fuese en lo que la mujer empleaba el dinero, no era en ropa, como afirmaba. Compraba los vestidos de segunda mano y seguramente contaba con una modista discreta que se los ajustaba y les hacía algunos retoques para que no fueran del todo reconocibles.

Ella lo miró por encima de la crema de salmón, del pepino y de los restos del sorbete con expresión suplicante.

Monk sonrió y sacudió casi imperceptiblemente la cabeza, lo cual era absurdo. No tenía motivos para guardarle el secreto.

Cuando se encontró con Oonagh más tarde, la miró a los ojos y le dijo que estaba investigando el asunto, pero que aún no había encontrado pruebas concluyentes. La mentira no le provocó el menor remordimiento.

Con el correo de la mañana llegó una carta de Callandra. Monk la abrió y leyó:

Mi querido William:

Me temo que las noticias aquí son pésimas. He visitado a Hester tan a menudo como me ha sido permitido. Es muy valiente, pero creo que la tensión la está afectando profundamente. Yo albergaba la estúpida idea de que su estancia en el hospital de Scutari la hubiese inmunizado al menos contra algunas de las penurias que se encontraría en Newgate. Como es lógico, las diferencias son abismales. Los aspectos materiales no cuentan tanto. Lo peor es el sufrimiento mental, el tedio infinito que supone permanecer inactivo día tras día, sin poder hacer nada más que dejar correr la imaginación. El miedo te consume más que ninguna otra cosa.

En Scutari la necesitaban, la respetaban e incluso la amaban infinitamente. Aquí está ociosa y es objeto de odio y desdén por parte de las celadoras, que no albergan ninguna duda de su culpabilidad.

Me ha dicho Oliver que no hace usted progresos significativos en la cuestión de quién pudo matar a Mary Farraline. Ojalá yo pudiera ofrecerle alguna ayuda. Una y otra vez le pido a Hester que me cuente todos sus recuerdos e impresiones de aquel día, pero no se le ocurre nada que no haya dicho ya.

Me temo que la peor noticia de todas es algo que ya deberíamos haber previsto, aunque no lo hicimos. De todas formas, no podríamos haberlo evitado ni aunque lo hubiésemos pensado de entrada. Dado que el crimen fue cometido mientras el tren estaba en Escocia, quienquiera que sea el culpable, han exigido que Hester sea juzgada en Edimburgo. No podemos alegar nada para impugnar la decisión. Será procesada por el Tribunal Supremo de Edimburgo, y Oliver no podrá hacer nada más que ofrecer su ayuda personal. Dado que sólo está facultado para ejercer la ley inglesa, no puede comparecer representando a Hester.

Como es natural, me ocuparé de contratar al mejor abogado escocés que pueda encontrar, pero me inquieta sobremanera que Oliver no pueda defenderla, debo reconocerlo. Él tiene una ventaja sin parangón sobre todos los demás: cree a ciegas en su inocencia.

Sea como sea, no debemos darnos por vencidos. La lucha aún no ha terminado y, mientras sea así, no habremos perdido; no perderemos.

Mi querido William, no escatime nada para averiguar la verdad; ni el tiempo ni el dinero tienen la menor importancia. Escríbame si necesita cualquier cosa.

Atentamente,

CALLANDRA DAVIOT

Se quedó de pie bajo la triste luz del sol del otoño mientras el papel blanco se iba haciendo borroso ante sus ojos; estaba temblando. Rathbone no podía defenderla. Nunca había contemplado aquella posibilidad; no obstante, tras leer la carta de Callandra, se daba cuenta de que era obvio. Hasta ese momento no había comprendido cuánto confiaba en la habilidad de Rathbone, hasta qué punto, aun sin ser consciente de ello, tenía presentes las anteriores victorias del abogado, tanto que había esperado lo imposible. En aquel instante, de un plumazo, su esperanza se esfumaba.

Transcurrieron varios minutos antes de que volviese a pensar con claridad. Un carro se detuvo en la calle. El bodeguero gritó y el carretero lanzó una maldición. Por la ventana entornada, llegaron a sus oídos con toda nitidez el ruido de los cascos de los caballos contra los adoquines y el traqueteo de las ruedas.

Alguien de casa de los Farraline manipuló el medicamento de Mary con la intención de matarla. Alguien metió el broche de perlas en la bolsa de Hester. ¿Por codicia? ¿Por miedo? ¿Por venganza? ¿Por algún motivo que aún no habían considerado?

¿Adónde se dirigía Eilish por Kings Stables Road? ¿Quién era el hombre tosco y ordinario que esperaba a Deirdra y con quien ella mantuvo una conversación secreta y acalorada antes de volver a entrar en la casa? ¿Un amante? Seguro que no, no acudiría así vestido. ¿Un chantajista? Más probable. ¿Y con qué le hacía chantaje? Con el tema del dinero. ¿Jugaba, pagaba deudas, mantenía a un amante, a un pariente, a un hijo ilegítimo? ¿O gastaba tanto sólo porque pagaba al chantajista? Desde luego, no lo empleaba en comprar vestidos elegantes. Estaba claro que mentía respecto a eso.

No le hacía ninguna gracia, pero decidió seguirla, a ella o al hombre, para descubrir la verdad, fuera cual fuese. También debía seguir a Eilish. Si ésta tenía una aventura con el marido de su hermana o con otra persona, debía averiguarlo sin dejar lugar a dudas.

La primera noche no obtuvo ningún resultado. Ni Deirdra ni Eilish aparecieron. Sin embargo, la segunda noche, poco después de las doce, el hombre del gabán raído volvió. Aguardó un rato al abrigo del arco de luz de la farola con aire furtivo y echó un vistazo al reloj. Entonces hizo aparición Deirdra, que salió como una sombra por una puerta lateral. Tras un intercambio de palabras breve y vehemente, pero exento de cualquier gesto afectuoso, dejaron la casa atrás y, codo con codo, cruzaron el césped de la plaza a paso vivo y bajaron por Glenfinlas Street en dirección sur, la misma ruta exacta que había tomado Eilish.

Esa vez Monk los siguió de lejos, lo que no le resultó difícil porque avanzaban con gran rapidez. Para ser una mujer de corta estatura, Deirdra caminaba a un paso sorprendentemente vivo y no daba muestras de cansancio, como si al final la aguardara algo que la llenaba de energía y entusiasmo. Monk se detuvo varias veces para mirar atrás; quería asegurarse de que no lo seguían. Aún recordaba con desasosiego su anterior incursión por aquella zona, cuando caminaba en pos de Eilish.

No vio a nadie, salvo a dos jóvenes que caminaban en dirección contraria, un perro que hurgaba en la cuneta y un borracho apoyado contra una pared y que empezaba a resbalar hacia el suelo.

Soplaba una ligera brisa que transportaba un olor fétido y, en lo alto, unas nubes poco densas ensombrecían una luna en tres cuartos. Entre los charcos de luz que arrojaban las farolas, la penumbra se fundía con sombras impenetrables. A la izquierda, el castillo se cernía sobre ellos, y sus contornos irregulares y ya familiares se recortaban contra el color más claro del cielo.

Deirdra y el hombre torcieron a la izquierda por Grassmarket. Las aceras se estrechaban allí y los edificios de cinco pisos le daban a la calle el aspecto de un barranco muy profundo. Apenas se oía nada salvo los pasos, amortiguados por la humedad y el eco, el golpe de alguna puerta y, de vez en cuando, cuando pasaba algún viajero tardío, cascos de caballos.

Grassmarket ocupaba sólo algunos cientos de metros. Después desembocaba en Cowgate, que llegaba hasta la altura de South Bridge, en paralelo con Canongate, e iba a dar a Holyrood Road. A la derecha estaban Pleasance y Dumbiedykes, a la izquierda High Street, Royal Mile y, al final, el palacio de Holyrood. En medio se extendía un laberinto interminable de patios y callejones, pasajes entre casas, tramos de escaleras que subían y bajaban, un sinfín de recovecos y portales.

Monk apuró el paso. ¿Adónde demonios iba la esposa de Alastair? No había aminorado la marcha ni un ápice, y tampoco había vuelto la vista atrás.

Delante de él, Deirdra y el hombre cruzaron la calle y desaparecieron.

Lanzó una maldición y echó a correr. Tropezó con un adoquín y estuvo a punto de caerse. Un perro que dormía en un portal se revolvió, gruñó y volvió a agachar la cabeza.

Candlemaker Row. Dobló la esquina justo a tiempo de ver cómo Deirdra y el hombre pasaban junto al cementerio de la derecha, se detenían, dudaban apenas un instante y se internaban en uno de los edificios vastos y lúgubres de la izquierda.

Corrió tras ellos y llegó al lugar un par de minutos después de que hubiesen desaparecido. Al principio no vio ninguna entrada. Los muros que daban a la calle y los altos portalones de madera constituían una barrera infranqueable contra los intrusos.

Sin embargo, los había visto allí y ya no estaban. Tenía que haber una entrada. Paso a paso fue palpando la madera, empujando con suavidad hasta que una puerta cedió y se abrió lo justo para que pudiese colarse con dificultad. Fue a parar a un patio adoquinado, situado ante una construcción parecida a un granero. Una luz amarillenta se colaba por los resquicios de una puerta desvencijada y tan grande que, de estar abierta, dejaría pasar un caballo y un carro.

Avanzó con mucho cuidado, tanteando cada paso antes de apoyar todo el peso. No quería tropezar con algo y ponerlos sobre aviso. No tenía ni idea de dónde estaba ni de con qué se iba a encontrar, ni siquiera de quién más habría allí dentro.

En silencio, llegó a la puerta y miró por el gran intersticio. La visión a la que se enfrentó le pareció tan increíble, tan descabellada, que se quedó mirando varios segundos antes de que su mente la aceptase como real. Se trataba de una nave enorme, tan grande como para construir un barco en su interior, sólo que la estructura armada en mitad del suelo no había sido construida para navegar. Recordaba a un pollo en posición de correr, pero no tenía patas. El cuerpo era tan grande como para albergar a un hombre hecho y derecho sentado en el interior, y las alas del aparato estaban desplegadas como para echar a volar. Al parecer, estaba fabricado de lona y madera. La parte que habría albergado el corazón, de haber sido un pájaro de verdad, contenía algún tipo de maquinaria.

Pero lo más increíble, si es que algo podía superar aquello, fue ver a Deirdra Farraline ataviada con ropa vieja, con un delantal de piel por encima del vestido, las manos pequeñas y fuertes enfundadas en guantes de cuero y el cabello recogido para que no le cayese por la cara. Inclinada hacia delante y muy concentrada, trabajaba en el artefacto apretando tuercas con ademanes delicados y precisos. El hombre que había ido a buscarla se encontraba ahora en mangas de camisa y, al parecer, trataba de encajar otra pieza de la estructura en la parte trasera del pájaro, con lo cual la cola alcanzaría casi tres metros.

Monk tenía poco que perder. Empujó la puerta lo suficiente para pasar y entró. Ninguno de los dos advirtió su presencia, tan absortos estaban en su tarea. Deirdra inclinó la cabeza a un lado, con la lengua entre los dientes y el entrecejo fruncido, en un gesto de intensa concentración. Monk le miró las manos. Era rápida y muy segura. Sabía perfectamente lo que estaba haciendo, qué herramienta necesitaba y cómo usarla. El hombre también era hábil y meticuloso, pero todo parecía indicar que seguía las instrucciones de su compañera.

Transcurrieron cinco minutos enteros antes de que Deirdra alzara la vista y viera a Monk de pie junto a la puerta. Frunció el entrecejo.

—Buenas noches, señora Farraline —saludó él en voz baja, al tiempo que avanzaba unos pasos—. Le ruego disculpe mi ignorancia respecto a la técnica, pero ¿qué está haciendo?

Lo dijo en un tono tan normal, tan exento de reprobación o de sospecha, que bien podría haber estado hablando del tiempo en una reunión formal.

Ella clavó la vista en él y sus ojos oscuros escudriñaron el rostro del hombre buscando burla, ira, desdén, cualquiera de las emociones que esperaba encontrar, sin hallar ninguna.

—Una máquina de volar —contestó por fin.

La respuesta era tan absurda que no cabía ninguna explicación, ni siquiera una aclaración. Su compañero se quedó de pie con una llave inglesa en la mano, como aguardando a ver qué le requería ella, si apoyo, protección o silencio. Saltaba a la vista que se sentía violento, pero Monk adivinó que temía por la reputación de la mujer, no por la propia, y desde luego no lo avergonzaba la empresa.

Las preguntas se agolparon en la mente de Monk, aunque todas carecían de importancia en lo concerniente al problema de Hester.

—Debe de ser muy caro —comentó en voz alta.

Ella se sobresaltó. Abrió unos ojos como platos. Estaba lista para defender la posibilidad de volar, la importancia de intentarlo, para esgrimir las ideas y bocetos previos de Da Vinci o de Roger Bacon, pero lo último que esperaba era que le mencionasen el coste del asunto.

—Sí —dijo al fin—. Sí, claro que lo es.

—Más caro que unos cuantos vestidos elegantes —prosiguió él.

Al oír aquello, un rubor asomó a las mejillas de Deirdra. Había comprendido por dónde iba Monk.

—Sólo gasto mi dinero —alegó—. Lo ahorro comprando ropa de segunda mano y haciendo que me la arreglen. Nunca he tocado nada de la familia. Sé que alguien ha manipulado la contabilidad de la empresa, pero yo nunca he tocado ni un penique de allí. ¡Lo juro! Además, Mary estaba al corriente —continuó con precipitación—. No puedo demostrarlo, pero ella lo sabía. Pensaba que estaba loca de atar, pero le parecía divertido. Decía que era una locura maravillosa.

—¿Y su marido?

—¿Alastair? —se asombró ella—. Cielos, no. No. —Se acercó a Monk, con el rostro contraído por la preocupación—. ¡Por favor, no se lo diga! No lo entendería. Es una buena persona en muchos sentidos, pero no tiene imaginación y carece de..., de...

—¿Sentido del humor? —apuntó él.

La ira asomó al rostro de Deirdra por un instante, pero al cabo de un segundo se transformó en risa.

—Es verdad, señor Monk, sentido del humor tampoco tiene. Ríase si quiere, pero esta máquina volará algún día. Ahora quizá no lo entienda, pero algún día lo comprenderá.

—Comprendo su entrega —aseguró Monk con una sonrisa torva—. Incluso la obsesión. Comprendo el deseo de hacer algo tan grande que todo lo demás puede ser sacrificado.

El otro hombre avanzó un paso y aferró la llave inglesa con más fuerza, pero concluyó que, por el momento, Monk no constituía un peligro para la mujer y permaneció en silencio.

—Juro que no le hice daño a Mary, señor Monk, y que tampoco sé quién la mató. —Deirdra inspiró hondo y soltó el aire con un suspiro—. ¿Qué piensa hacer respecto a esto?

—Nada —contestó Monk, sorprendido de su respuesta. Había hablado antes de sopesar el asunto; se dejaba llevar por su intuición—. A cambio de que usted me ayude a averiguar quién mató a la señora Farraline.

Ella lo miró y Monk advirtió cómo se iba haciendo la luz en sus ojos. Por lo que podía apreciar, no estaba tan enfadada como sorprendida.

—Usted no viene de parte de la acusación, ¿verdad?

—No. Conozco a Hester Latterly desde hace mucho tiempo y nadie podrá convencerme de que envenenara a una paciente. Podría matar a alguien en un arrebato o en defensa propia, pero nunca con ánimo de lucro.

El rostro de Deirdra perdió el color; su mirada se ensombreció.

—Ya entiendo. Eso significa que lo hizo uno de nosotros..., ¿no?

—Sí.

—Y quiere que le ayude a averiguar quién.

Él titubeó, a punto de recordarle que aquél sería el precio de su silencio, pero consideró más inteligente no hacerlo. Ella ya lo había entendido.

—¿Usted no quiere saberlo? —preguntó en cambio.

—Sí.

Monk tendió la mano. Deirdra alargó la suya, enfundada en el guante de piel, y se la estrechó, accediendo en silencio.

7

Monk emprendió el regreso cansado, muerto de frío y enfrentado a un dilema. Había prometido que si averiguaba en qué gastaba Deirdra su dinero (o, más exactamente, el dinero de Alastair) se lo diría a Oonagh. Ahora que conocía la respuesta, su instinto y sus sentimientos le decían que no se lo contase a nadie; sobre todo, no a Oonagh.

Desde luego, toda aquella empresa era una locura, desprovista de cualquier conexión con la realidad, pero se trataba de una locura maravillosa y no hacía daño a nadie. ¿Y qué si Deirdra se gastaba el dinero en eso? A los Farraline les sobraba y mejor que lo empleara en un juguete absurdo e inocuo, como una máquina de volar, a que lo derrochara en apuestas, en un amante o en cubrirse de seda y joyas para parecer más rica o más hermosa que las otras mujeres. No podía detenerla.

Se sorprendió a sí mismo caminando a paso ligero y con la cabeza alta, y estuvo a punto de pasar de largo ante la fonda de «Wm. Forster, Habitaciones», tal era la euforia que lo embargaba.

Por la mañana, sin embargo, se dio cuenta de que debía haber aprovechado la ocasión para arrancarle un acuerdo mejor a Deirdra. Pudo intentar sonsacarle sobre los libros de contabilidad y preguntarle que si las insinuaciones de Hector tenían algún fundamento. Además, tenía que pensar en qué le diría a Oonagh. La mujer no iba a dar el tema por zanjado sin más. Por otra parte, para evitarla se vería obligado a dejar de ir a casa de los Farraline, lo cual era imposible.

Al pensar en ello, el recuerdo de Hester volvió a asaltarlo con una intensidad y un dolor sorprendentes. En lugar prioritario de su mente figuraba siempre la consideración de que Hester era inteligente y desde luego una colega de gran valía, aunque también una persona que le inspiraba sentimientos contradictorios. Respetaba sus cualidades, por lo menos algunas, pero había algo en ella que no le acababa de gustar. Muchas de sus manías y actitudes lo irritaban sobremanera. Estar con Hester era como tener un pequeño corte en la mano, un corte hecho con papel, que siempre estaba en peligro de abrirse. No se trataba de una herida propiamente dicha, pero constituía una molestia constante.

En aquellos momentos, sin embargo, se enfrentaba a la idea de que si no lograba demostrar quién era el verdadero asesino de Mary Farraline perdería a Hester. Nunca volvería a verla ni a hablar con ella, nunca volvería a contemplar sus espaldas anchas y su figura altiva y algo desgarbada cuando caminaba hacia él, lista para enzarzarse en una pelea o para entusiasmarse con algo, para mangonear a Monk o para expresar su opinión con pasión y una convicción ciega. Si él se enfrentaba a una causa perdida, nadie lucharía a su lado hasta el final e incluso después, cuando todo hubiese terminado, aunque la razón les dijese a ambos que la derrota ya era una realidad.

Mirando los adoquines de Grassmarket y los jirones de cielo nublado entre la maraña de tejados, lo abrumó un intenso sentimiento de soledad. La luz del día le parecía peor que la oscuridad, el aire mucho más frío. La idea de vivir sin ella le resultaba desoladora y, al mismo tiempo, comprender hasta qué punto era así lo enfurecía.

Echó a andar a paso vivo hacia Kings Stables Road y finalmente hacia Ainslie Place. En principio, el motivo de su visita era hablar con Hector Farraline y presionarlo para que le aclarara las vagas insinuaciones que hizo acerca de la contabilidad de la empresa. Si realmente alguien estaba falseando las cifras, habría dado con un móvil para el asesinato, en el caso de que Mary hubiera estado al corriente o a punto de enterarse.

Se presentaría con la excusa de decirle a Oonagh que seguía investigando a Deirdra pero que, hasta el momento, sólo había averiguado que no sabía regatear y que tendía a despilfarrar en su atuendo. Si ella le pedía más detalles, no sabría qué responder, pero estaba demasiado abrumado por la emoción para dedicar energía a tales consideraciones.

Hacía una mañana fresca, tras la helada de la noche anterior, pero remontando la cuesta a grandes zancadas hacia Princes Street la temperatura no resultaba en absoluto desagradable. Aún no conocía Edimburgo, salvo los alrededores inmediatos de Grassmarket, y ya le había tomado cariño a la ciudad. La parte vieja era escarpada y angosta, con edificios altos, infinidad de callejones, pasajes sin salida y tramos de escalera altos y empinados, patios insospechados y pasadizos, como los llamaban allí; sobre todo al este, hacia Royal Mile, en cuyo final se erguía el palacio de Holyrood.

Llegó a Ainslie Place y McTeer le abrió la puerta con su aire habitual de melancolía y aprensión.

—Buenos días tenga, señor Monk. —Se ocupó del sombrero y del abrigo—. Parece que va a seguir lloviendo, diría yo.

A Monk le apetecía discutir un poco.

—¿Seguir? —se extrañó abriendo mucho los ojos—. Fuera está completamente seco. De hecho, hace un tiempo muy agradable.

McTeer no se dio por vencido.

—No durará —vaticinó sacudiendo la cabeza—. Supongo que ha venido a ver a la señora McIvor.

—¿Sería posible? También me gustaría ver al comandante Farraline, si está disponible.

McTeer suspiró.

—No podría decirle si está disponible o no hasta que lo pregunte, señor, pero lo miraré en seguida. Si quiere sentarse en la sala de las visitas mientras tanto...

Monk aceptó y se quedó aguardando, en una habitación sombría de persianas entrecerradas y adornos de crespón, con sorprendente aprensión. Ahora que llegaba el momento de mentirle a Oonagh, le parecía aún más difícil de lo que había previsto.

La puerta se abrió y Monk se dio media vuelta. Tenía la boca seca. Ella lo miró con sus ojos serenos e inteligentes. En realidad no era hermosa, pero poseía una fuerza de carácter que no sólo le llamaba la atención, sino que también despertaba su admiración. Uno se cansaba en seguida de las formas y los colores sin más, por mucho que deslumbrasen a primera vista. La inteligencia, la fuerza de voluntad, la capacidad de sentir grandes pasiones y la valentía de luchar por ellas, eso sí perduraba. Por encima de todo, lo atraía el aire de misterio de aquella mujer, ese trasfondo que él no comprendía y que ella siempre se guardaría de revelar. De súbito, la imagen de Baird McIvor cruzó por su pensamiento. ¿Qué clase de hombre era, que tanto había agradado a Mary? Le concedían la mano de Oonagh en matrimonio y, sin embargo, se enamoraba de Eilish tan perdidamente que no podía ocultar sus sentimientos ni siquiera ante su esposa. ¿Cómo podía ser tan superficial... y tan cruel? Ella tenía que haberse dado cuenta. ¿Lo amaba tanto que le perdonaba su debilidad? ¿O soportaba la situación por amor a Eilish? Las profundidades de su alma eran insondables.

—Buenos días, señor Monk. —Oonagh interrumpió sus cavilaciones y él volvió a la realidad con un respingo—. ¿Tiene algo que contarme?

Las palabras eran poco más que corteses, pero la voz sonó alegre. Le hacía una pregunta a un amigo, no a un empleado.

Si titubeaba, se traicionaría a sí mismo. Era muy consciente de que tras aquellos ojos claros y serenos se ocultaba una intuición fuera de lo común.

—Buenos días, señora McIvor. No mucho, me temo, salvo que las averiguaciones realizadas hasta el momento indican que su cuñada no está involucrada en nada deshonroso. No creo que juegue ni que frecuente la compañía de personas con malas costumbres o de reputación dudosa. Estoy seguro de que no tiene un amante y también de que nadie la está presionando para sacarle dinero, ni por antiguas deudas ni amenazándola con revelar algún suceso desafortunado del pasado. —Sonrió mirándola a los ojos no con descaro, sino con aire informal. A veces los mentirosos se delatan por un exceso de confianza—. En realidad, se diría que es una mujer excéntrica que desconoce el valor del dinero y es incapaz de conseguir una ganga, incluso de pagar un precio razonable.

En alguna parte, al otro lado de la puerta, una criada soltó una risilla y alguien le hizo callar de inmediato.

Ella se lo quedó mirando, escudriñando sus ojos. Hacía muchos años que Monk no se enfrentaba a una mirada tan penetrante; daba la sensación de ser capaz de percibir el carácter de una persona e interpretar no sólo sus pensamientos sino también sus emociones, e incluso de captar los deseos y las debilidades del otro.

De repente, Oonagh sonrió y su rostro se iluminó.

—Me alivia mucho oírlo, señor Monk.

¿Le creía realmente, o era una manera educada de dar el tema por zanjado de momento?

—Me alegro —contestó él, sorprendido del alivio que sentía por haber superado aquel momento crítico.

—Gracias por decírmelo tan pronto.

Se internó en la habitación y, en un gesto maquinal, arregló un centro de mesa con flores secas. Parecían ajadas e hicieron pensar a Monk en los funerales.

Como si le leyera el pensamiento, o quizá la expresión, ella hizo una mueca de desagrado.

—No quedan bien aquí, ¿verdad? Pediré que las quiten. Preferiría flores frescas, ¿usted no?

Resultaba inquietante sentirse tan al descubierto. Se preguntó si la mujer también se había dado cuenta de su mentira y prefería no mencionarlo.

—No me gustan las flores artificiales —convino él, haciendo un esfuerzo para no dejar de sonreír.

—Debe de haber trabajado duro —siguió diciendo ella en tono casual.

Por un instante, Monk no supo a qué se refería. Después, sobresaltado, comprendió que hablaba otra vez de sus informes acerca de Deirdra. ¿Se había excedido en la información? ¿Cómo iba a demostrar sus afirmaciones si ella le pedía que las corroborase?

—¿Está usted completamente seguro de lo que ha dicho? —lo presionó. Había regocijo en sus ojos. ¿O lo miraba con perspicacia?

No podía hacer nada salvo recurrir al descaro. Adoptó idéntico aire risueño. No le fue difícil.

—Sí, estoy completamente seguro de no haber descubierto nada, aparte de que es una mujer algo despilfarradora, que no conoce la diferencia entre el precio solicitado y el que se debe pagar. Por lo demás, se trata de una mujer absolutamente respetable.

Oonagh estaba de pie, de espaldas a la ventana, y la luz se filtraba entre su cabello dándole el aspecto de una aureola.

—Hum... —Exhaló un pequeño suspiro—. Todo esto en tan poco tiempo, y sin embargo ya lleva varios días buscando pruebas que condenen a la señorita Latterly...

Debería haberlo previsto y no lo había hecho. Discurrió con rapidez.

—La señorita Latterly se empleó a fondo para ocultar cualquier prueba, señora McIvor. La señora Farraline, en cambio, no tiene nada que ocultar. El asesinato no se puede comparar con la tendencia a despilfarrar en ropa, sombreros, guantes, medias, botas, artículos de mercería, pieles, joyas o perfumes.

—¡Dios bendito! —La mujer se echó a reír y volvió el rostro hacia él—. ¡Qué cantidad de cosas! Sí, quizá empiezo a comprender. Sea como sea, le estoy muy agradecida, y también por haber sido tan amable de decírmelo en seguida. ¿Qué tal va su propia investigación?

—De momento no he logrado encontrar nada que la defensa pueda aprovechar —contestó con sinceridad—. Me gustaría mucho averiguar dónde consiguió el digital la acusada, pero o bien no lo compró en una farmacia de la zona o bien, si lo hizo, los farmacéuticos prefieren no decirlo.

—Supongo que no sería de extrañar. Una venta semejante, aun realizada con total inocencia, los convertiría en cómplices de asesinato —arguyó mirándolo a los ojos—. A la gente no le gusta que su reputación quede en entredicho, sobre todo si depende de una clientela. Perjudicaría su negocio.

—Así es. —Monk apretó los labios—. Sin embargo, me gustaría haber confirmado esa compra. La defensa alegará que la señorita Latterly apenas tuvo tiempo de abandonar la casa. Estaba en una ciudad desconocida para ella. No pudo ir muy lejos.

Oonagh tomó aliento como para decir algo, pero sólo exhaló un suspiro.

—¿Se ha dado por vencido, señor Monk? —Habló con un tono de desafío casi imperceptible, y también de decepción.

Estuvo a punto de contestar sin pensar. Cuando se disponía a negarlo apasionadamente, comprendió que la emoción lo traicionaría. Con cuidado, disfrazó sus sentimientos.

—Aún no —respondió con indiferencia—, pero estoy a punto. Pronto habré hecho todo lo que está en mi mano por asegurar que el asunto se resuelve a nuestro favor.

—Espero que venga a vernos antes de abandonar Edimburgo. —Su cara no reflejó emoción alguna. No precisaba artificios y lo sabía. Algo así habría sido indigno de ella.

—Gracias, me gustaría mucho. Ha sido usted muy amable conmigo.

Se preparó como para marcharse y, cuando ella hubo regresado a las habitaciones interiores de la casa, corrió con paso ligero hacia la escalera y subió en busca de Hector Farraline. Si aguardaba a McTeer, tendría que explicar por qué quería ver a Hector y, de buenas maneras, se lo impediría.

Conocía la disposición de la casa por sus visitas anteriores, cuando interrogó a los criados y le mostraron el dormitorio de Mary, el gabinete y el vestidor donde estuvieron las maletas y el botiquín.

Encontró la habitación de Hector sin más dificultad y llamó a la puerta. Hector la abrió de inmediato, con una impaciencia que explicó el súbito decaimiento de su expresión cuando vio a Monk; al parecer estaba esperando a otra persona, seguramente a McTeer con alguna bebida. Monk se había fijado en que la familia no ponía restricciones al consumo de líquido por parte de Hector, así como tampoco se empeñaba a fondo en que se mantuviese sobrio.

—Oh, otra vez el detective —exclamó Hector con mala cara—. ¡Aunque, para ser detective no ha averiguado una mierda en todo el tiempo que lleva aquí! Algún pobre imbécil le está pagando para nada.

Monk entró y cerró la puerta a sus espaldas. En otras circunstancias, un lenguaje semejante lo habría sacado de sus casillas, pero estaba demasiado concentrado pensando cómo abordar a Hector para sonsacarle.

—Sólo busco pruebas que la defensa pueda alegar para exculpar a la señorita Latterly —replicó mirando al anciano con candidez. Éste seguía teniendo mal aspecto, con los ojos rojos y la tez pálida, y caminaba arrastrando los pies.

—¿Por qué mató a Mary? —se lamentó Hector en un tono desconsolado, a la vez que se dejaba caer en una gran butaca de cuero situada junto a la ventana. No se molestó en invitar a Monk a sentarse. La habitación era muy masculina. En una de las paredes había una vitrina de roble con montones de libros, aunque estaban demasiado lejos para que Monk pudiera leer los títulos. Sobre la chimenea pendía una exquisita acuarela de un húsar napoleónico y, en la pared de enfrente, otra de un soldado de los Royal Scots Greys. Más abajo había un retrato de un oficial ataviado con el uniforme escocés. Se trataba de un hombre joven, guapo, de rasgos delicados, cabello rubio y espeso y ojos grandes. Pasaron varios minutos antes de que Monk identificara a Hector en el retrato, quizá veinte años más joven. ¿Qué diablos le había ocurrido en ese tiempo transcurrido para que se convirtiera en aquella ruina patética? Sin duda, algo más que tener celos de un hermano mayor con más carácter, más inteligente y más valiente. ¿Acaso la envidia y la sensación de fracaso eran unas enfermedades tan virulentas?—. ¿Por qué una mujer así lo iba a arriesgar todo por unas cuantas perlas? —preguntó en un tono súbitamente irritado—. No tiene sentido, hombre. La ahorcarán... No tendrán compasión con ella, ¿lo sabe?

—Sí —dijo Monk en voz muy baja y con la garganta seca—. Lo sé. El otro día dijo usted que alguien estaba falsificando la contabilidad de la empresa...

—Oh, sí. Es verdad —dijo Hector sin el menor titubeo y casi inexpresivamente.

—¿Quién?

Hector lo miró de hito en hito.

—¿Quién? —repitió, como si se extrañara de la pregunta—. No tengo ni idea. Quizá Kenneth. Él se encarga de la contabilidad..., pero sería un tonto si lo hiciera. Saltaría a la vista. Claro que muy listo no es.

—¿No?

Hector lo miró y se dio cuenta de que Monk le estaba haciendo una pregunta, no limitándose a contestar a un comentario intrascendente.

—No lo digo por nada en especial —dijo despacio—. Es sólo la opinión general.

Monk estaba seguro de que Hector mentía, y supo también que no tenía la menor intención de contarle a nadie qué había hecho Kenneth para merecer su desprecio.

—¿Cómo lo sabe? —preguntó, a la vez que se acomodaba en una butaca más pequeña y recta, situada frente a la del anciano.

—¿Qué? —Hector no parecía alterado—. Vivo en la misma casa que él, por el amor de Dios. Lo conozco desde hace años. ¿Qué le pasa, hombre?

Sorprendido, Monk volvió a advertir que el tono utilizado no lo irritaba.

—Comprendo por qué lo considera un tonto —comentó con calma—. Pero lo que no sé es en qué se basa para decir que alguien ha falsificado los libros de la contabilidad.

—Ah, ya entiendo.

—Bien, y ¿cómo lo sabe?

Hector miró al vacío.

—Por algo que dijo Mary. No recuerdo qué fue exactamente, pero estaba muy enfadada. Mucho.

Monk se echó hacia delante con brusquedad.

—¿Dijo que había sido Kenneth? ¡Piense, hombre!

—No, no lo dijo —contestó con el entrecejo fruncido—. Sólo estaba enfadada.

—¿Pero no avisó a la policía?

—No. —Abrió mucho los ojos y miró a Monk con

satisfacción—. Por eso pensé que había sido Kenneth. —Se encogió de hombros—. Sin embargo, Quinlan es un cabrón con mucho seso. Lo creo muy capaz. Es un arribista. Listo y con ambición, ávido de poder. Tiene dos caras. Nunca entendí por qué Oonagh lo trató tan bien. Yo no le habría dejado casarse con Eilish. Lo habría mandado por donde había venido, por mucho que al principio derrochase encanto.

—¿Incluso si ella lo amaba? —preguntó Monk lentamente.

Hector no contestó de inmediato y se quedó varios segundos mirando por la ventana.

—Sí, bueno, quizá si yo hubiera pensado que...

—¿No lo pensó?

—¿Yo? —Hector enarcó aquellas cejas rubias y arrugó el entrecejo—. ¿Qué sé yo de eso? Ella no me habla de esas cosas.

Adoptó una expresión apenada, tan intensa y súbita que Monk hubiera preferido no verla. Se trataba de una sensación que no experimentaba a menudo, sorprendentemente dolorosa. Por un instante, se quedó confundido y no supo qué decir ni qué hacer.

Pero Hector se había olvidado de él. Lo embargaba una emoción demasiado abrumadora y perentoria como para que le preocupase lo que los demás pudieran pensar de él.

—Pero me sorprendería que él hubiera hecho algún desfalco —soltó de repente—. Es un espabilado ese tipo, demasiado listo para robar.

—¿Y qué me dice del señor McIvor?

—¿Baird? —Volvió a alzar la vista y adoptó una expresión entre risueña y compasiva—. Quizá. Nunca he sabido de qué pie cojea ése. Es un misterio. Mary le tenía mucho cariño, pese a sus malas pulgas. Solía decir que era mejor persona de lo que pensábamos. Lo cual no es decir mucho, por lo que a mí concierne.

—¿Hace mucho que está casado con Oonagh?

Hector sonrió y el gesto produjo en su rostro un cambio sorprendente. Los años de mala vida se borraron de su semblante y Monk vio al hombre vestido de escocés que fuera treinta años antes. El parecido con el retrato de Hamish Farraline en el vestíbulo se hizo más evidente y, al mismo tiempo, menor en cierto sentido. El aire altivo recordaba al porte de Hamish, así como la solemnidad y la seguridad en sí mismo. Sin embargo, Hector poseía una vena humorística de la que su hermano mayor carecía y también, algo sorprendente considerando el estado actual del hombre, cierta serenidad.

—Estará pensando que hacen una pareja curiosa —fue la respuesta de Hector mientras miraba a Monk con complicidad—, y tiene razón. Ahora que me han dicho que Baird era muy apuesto al principio de llegar aquí, muy romántico. Melancólico y siniestro, lleno de pasiones ocultas. Debería haber sido escocés, no inglés. Oonagh rechazó a un abogado escocés para aceptar a Baird. Y era un buen partido el abogado, muy bueno.

—¿Había una suegra? —preguntó Monk.

Hector puso cara de incredulidad, como si de repente hubiera comprendido la verdad.

—¡Oh, sí! Había una suegra, ya lo creo. Una buena arpía. ¿Sabe?, no es usted tan tonto como yo creía. Eso tiene mucha lógica, ya lo creo que sí. No es difícil adivinar que Oonagh preferiría quedarse aquí, en esta casa, con un hombre como Baird McIvor antes que casarse con un tipo de Edimburgo que tuviese una madre, cualquiera que ésta fuese, y no digamos ya si la madre era Catherine Stewart. En ese caso no habría sido la señora de la casa ni hubiera podido seguir vinculada al negocio familiar.

—¿Aún lo está? Pensaba que Alastair dirigía la empresa.

—Sí, pero ella es el cerebro, junto con Quinlan, el diablo se lo lleve.

Monk se levantó. No quería que McTeer lo sorprendiera allí cuando llegara con la bebida para Hector ni que Oonagh lo descubriese en el vestíbulo tanto tiempo después de haberse despedido de ella.

—Gracias, comandante Farraline. Ha sido muy interesante hablar con usted. Creo que seguiré su consejo e intentaré averiguar quién ha manipulado la contabilidad de los Farraline. Que tenga un buen día.

Hector levantó una mano en ademán de saludo y volvió a hundirse en la butaca y a mirar por la ventana con tristeza.

Monk sabía ya muchas cosas sobre la empresa de los Farraline, entre ellas su emplazamiento. Así, en cuanto salió de Ainslie Place alquiló un coche de caballos en Princes Street para dirigirse a Leith Walk, el largo camino que conducía hasta el estuario de Forth y los astilleros de Leith. Desde el final de Princes Street, la vía se extendía a lo largo de unos tres kilómetros y la sede de la imprenta se hallaba a mitad del camino. Se apeó, pagó al conductor y fue a ver a Baird McIvor.

El edificio era grande, feo y absolutamente funcional. Estaba flanqueado a ambos lados por otras dos construcciones industriales, la mayor de las cuales, según el letrero de la entrada, era una fábrica cordelera. El interior lo constituía una gran nave, con la parte anterior despejada para dejar una especie de entrada, de la cual partía una escalera de hierro forjado hacia un descansillo. Se veían muchas puertas, seguramente despachos para los capataces de las distintas secciones, así como para los contables y otros empleados de las oficinas. El resto del espacio lo ocupaban los enseres propios de la imprenta: prensas, material de composición y anaqueles con tipos y tintas. En el extremo más alejado había balas de papel apiladas, junto con tela de encuadernar, hilo y más maquinaria. No se advertía ajetreo, sólo el zumbido constante del trabajo organizado.

Monk preguntó al empleado que lo recibió si podía hablar con el señor McIvor. No dijo para qué quería verlo y el hombre debió de dar por supuesto que iba por un asunto de negocios, porque no preguntó nada. Se limitó a guiarlo hasta la primera puerta de madera noble, llamó con los nudillos y la abrió.

—El señor Monk ha venido a verle, señor McIvor.

Monk le dio las gracias y entró antes de que Baird tuviera tiempo de negarle el paso. Miró por encima los bonitos estantes, la luminosa lámpara de gas que siseaba en la pared, los trozos de papel sueltos por el escritorio (que debían de estar allí para que McIvor comparara su calidad) y los libros apilados en el suelo, pero tenía la atención puesta en Baird, en la sorpresa y la alarma que reflejaba su rostro.

—¿Monk? —Se levantó a medias de la silla—. ¿Qué busca aquí?

—Sólo un poco de su tiempo —contestó Monk sin sonreír. Ya había concluido que no obtendría nada de Baird con meras preguntas. De haber tenido tiempo, habría recurrido a las indirectas o a la astucia, pero no lo tenía. Debía ponerlo entre la espada y la pared—. Tengo pruebas bastante concluyentes de que los libros de contabilidad de la empresa están falseados. Alguien ha estado malversando dinero.

Baird palideció y la ira asomó a sus ojos oscuros, pero, antes de que pudiera negarlo o protestar, Monk continuó. Aquella vez sonrió, sólo que al modo de un animal de presa. Se limitó a enseñar los dientes y el gesto no fue en absoluto reconfortante.

—Doy por supuesto que la defensa habrá contratado un abogado excelente. —Se trataba de una esperanza más que de una certeza, pero si aún no era verdad haría cuanto estuviese en su mano por hacerlo realidad—. No quiero que se enteren de esto y, con el fin de sembrar la duda respecto a la culpabilidad de la enfermera, sugieran al jurado que el verdadero móvil del asesinato de la señora Farraline guarda relación con el desfalco.

Baird se arrellanó en la silla y se lo quedó mirando. Se fue haciendo la luz en su semblante y el resentimiento lo abandonó.

—No... No, claro que no —aceptó de mala gana, con recelo.

Monk advirtió que una fina película de sudor bañaba su frente. Aguzó los sentidos y decidió seguir hasta el final.

—Al fin y al cabo, el fraude constituiría un móvil excelente para el asesinato. Supongo que la señora Farraline no habría permitido que semejante delito quedase impune, aunque el castigo no trascendiese del ámbito privado.

Baird titubeó, pero su rostro traslucía no sólo rabia y pesar, sino también un miedo manifiesto. Se trataba de un hombre más complejo de lo que Monk suponía en un principio, llevado por los recelos que le inspiraba alguien capaz de colocar a Eilish por delante de Oonagh en sus preferencias.

—No —reconoció Baird—. Habría intentado arreglar el desfalco de un modo u otro. Supongo que si el culpable hubiera sido un miembro de la familia, ella misma se habría encargado del asunto. En realidad, aun en el caso contrario, hubiese preferido no hacerlo público. Ese tipo de cosas perjudica la reputación de una empresa.

—Exacto. Sin embargo, el culpable no habría salido bien parado.

—Supongo que no. ¿Pero por qué cree que la contabilidad no está correcta? ¿Le ha dicho algo Kenneth? Oh... ¿Es de Kenneth de quien sospecha?

—No sospecho de nadie en particular —respondió Monk de tal modo que no se supiese si estaba diciendo la verdad o si escurría el bulto deliberadamente. El miedo es un catalizador de lo más eficaz, capaz de inducir a todo tipo de revelaciones.

Baird meditó la cuestión durante varios segundos antes de seguir hablando. Monk intentó dilucidar si sus reservas se debían a que era culpable o al deseo de no ser injusto con otra persona. Sopesando ambas posibilidades, se inclinaba por la culpa; la película de sudor seguía bañando la frente del hombre y su mirada, pese a ser firme y directa, tenía algo de huidiza.

—Bueno, no sé cómo puedo ayudarle —dijo por fin—. Tengo poco que ver con la parte financiera del negocio. Trabajo con el papel y el encuadernado. Quinlan se ocupa de lo que es la imprenta. Kenneth lleva la contabilidad. Alastair, cuando está aquí, toma las decisiones importantes: qué clientes se aceptan, qué negocios se emprenden, ese tipo de cosas.

—¿Y la señora McIvor? Si lo he entendido bien, ella también se ocupa de la dirección. He oído que tiene mucho talento.

—Sí. —Monk se sintió incapaz de interpretar la expresión de su rostro; tal vez fuese orgullo, resentimiento o quizá burla. Una docena de pensamientos cruzaron el rostro de Baird y desaparecieron con idéntica rapidez—. Sí —repitió—. Tiene un ojo excepcional para los negocios. Alastair a menudo le pide consejo, tanto para las decisiones comerciales como para las técnicas. Bueno, para ser más exactos, es Quinlan quien le pide consejo respecto al tipo de letra, el diseño y esas cosas.

—¿Entonces el señor Fyffe no tiene nada que ver con la contabilidad?

—¿Quinlan? No, nada en absoluto. —En la respuesta, primero hubo pesar, pero acabó conteniendo una ironía feroz.

A Monk, aquel hombre lo tenía cada vez más confundido. ¿Cómo era posible que alguien tan emocional, tan intuitivo e irónico estuviera enamorado de Eilish, que no parecía tener nada que ofrecer salvo un físico hermoso? Aquel tipo de amor era superficial, no perduraba. Incluso la criatura más encantadora del mundo acaba por aburrir cuando le falta sentido de la camaradería, humor, ingenio, imaginación, capacidad de corresponder al amor del otro e incluso, en ocasiones, de pinchar y criticar, de provocar enfrentamientos, peleas y cambios.

La idea le trajo a la mente el recuerdo de Hester, tan vívido como un dolor lacerante.

—Entonces será mejor que eche un vistazo a la contabilidad —sugirió con una cortesía que la conversación no justificaba en absoluto.

Baird no parecía convencido.

—Será mejor eso que pedir una auditoría —añadió Monk.

—Oh, desde luego —se precipitó a aceptar el otro—. Cómo no. Nos saldría muy caro, y la gente creería que tenemos motivos para pensar que algo va mal. Sí, examínela, por supuesto, señor Monk.

Éste esbozó una sonrisa, o quizá sería mejor decir un rictus. De modo que a Baird no lo preocupaba que Monk pudiera encontrar nada raro en los libros de contabilidad y, si descubría algo, no habría sido él quien lo había puesto ahí. Sin embargo, estaba asustado. ¿De qué?

—Gracias —le dijo, y se dio la vuelta para salir al pasillo, al tiempo que Baird se levantaba del asiento.

Pasó el resto del día en la imprenta de los Farraline y no encontró nada que apoyase sus sospechas. Si alguien había manipulado la contabilidad, él no tenía la habilidad necesaria para descubrirlo. Cansado, con dolor de cabeza y de muy mal humor, se marchó a las cinco y media y regresó a su habitación de Grassmarket, donde lo esperaba una carta de Rathbone. Carecía de buenas noticias, sólo le informaba de sus propios progresos, deplorablemente escasos.

Aquella noche, Monk pasó más de tres horas plantado en Ainslie Place, muerto de frío y cada vez más acongojado, a la espera de que Eilish hiciera otra incursión adondequiera que fuese, algún lugar situado más allá de Kings Stables Road. Sin embargo, la media noche llegó y pasó, y nadie salió del número diecisiete.

A la noche siguiente se apostó en el mismo lugar, envuelto en una penumbra gélida. Poco después de la medianoche la espera dio frutos. Una figura oscura salió, cruzó la zona despejada del centro, pasó a unos dos metros y medio de donde él aguardaba inmóvil, temblando de frío y de nervios, y una vez más echó a andar a paso vivo por Glenfinlas Street, y atravesó Charlotte Square, hacia el cruce.

Procuró dejar más o menos treinta metros de distancia entre ambos, salvo cuando la mujer se aproximaba a un cruce, pues si tomaba un desvío la perdería de vista. En aquella ocasión se cuidó de mirar por encima del hombro a intervalos regulares. No tenía ningunas ganas de que lo golpeasen por detrás, como la última vez, y encontrarse tendido en el suelo para descubrir que Eilish se había esfumado a Dios sabía dónde.

La noche era más fría que la anterior. En los adoquines se estaba formando una película de hielo y el aire le irritaba los labios y los pulmones. Agradecía tener que andar a buena marcha, aunque aquel paso vivo y ligero lo sorprendía en ella. No se esperaba que una mujer tan lánguida y perezosa poseyera tanta resistencia.

Como en la otra ocasión, Eilish recorrió todo Lothian Road, dejó atrás los jardines de Princes Street y torció a la izquierda por Kings Stables Road, casi bajo la sombra del castillo. Esa noche, los negros contornos, imponentes e irregulares, apenas destacaban contra el cielo nublado y sin estrellas.

La mujer cruzó Spittal Street y se dirigió hacia Grassmarket. Era imposible que tuviese una cita con alguien de por allí. En aquella zona sólo vivían comerciantes, posaderos y gente de paso como él. ¿Y qué pasaba con Baird McIvor? Si el sentimiento que creyera advertir entre ambos era en realidad un amor no correspondido, Monk había cometido el peor error de juicio de su vida.

No, eso no era verdad. Su facilidad para dejarse enredar por las mujeres, por las mujeres hermosas, no tenía límite. Recordó con disgusto a Hermione. Atribuyó su dulzura de palabra y de acto a la compasión, cuando en realidad sólo se debía a un intenso deseo de evitar cualquier cosa que pudiera lastimarla. Aquella mujer escogía el camino más fácil en todo, aún a costa de sacrificar lo que más anhelaba, porque no poseía el temple necesario para ponerse en peligro. Carecía por completo de pasión y también de la necesidad de dar o recibir. Tenía miedo de la vida. Monk no creía que nunca volviera a equivocarse tanto con nadie.

¿Acaso Eilish estaba engañando al crédulo de Baird y al mordaz de su marido por un igual? ¿Y Oonagh? ¿Tenía alguna idea de lo que su querida hermana pequeña estaba haciendo?

¿Lo supo Mary?

Aún había gente en Grassmarket. A la luz amarilla de las escasas farolas de gas, se los veía de pie o apoyados en la pared, tranquilamente, mirando a su alrededor. Las carcajadas ocasionales, vacuas y achispadas, daban cuenta del estado de aquellas personas. Una mujer ataviada con un vestido raído pasó por allí con aire despreocupado y un hombre le gritó algo. Ella le contestó en un dialecto tan cerrado que Monk no comprendió las palabras, aunque el significado estaba claro.

Eilish no los miró, pero se la veía tranquila y siguió andando sin acelerar el paso.

Monk no olvidaba volver la vista atrás, aunque no creía que nadie lo estuviese siguiendo. Veía gente, eso sí. Un hombre con abrigo negro caminaba sin prisas detrás de él, a ocho o nueve metros, pero nada indicaba que estuviese acechándolo a él y no pareció reparar en que el detective se detenía varios segundos antes de echar a andar otra vez. Para entonces, el otro casi había llegado a su altura.

Se estaban acercando a la esquina de Candlemaker Row, por donde Deirdra había torcido la noche anterior. Pronto llegarían a las barriadas lúgubres de Cowgate, con sus casas altas, y después a la escalera y pasajes que se extendían entre Holyrood Road y Canongate. Eilish llevaba recorridos más de dos kilómetros sin aminorar el paso y nada indicaba que se acercase a su destino. Lo que era aún más raro, parecía conocer bien la zona. Ni una sola vez titubeó o se paró a comprobar dónde estaba.

Cruzó el George IV Bridge. Tras ella, Monk alzó la vista hacia las hermosas casas victorianas con sus fachadas clásicas, al estilo de las construcciones del casco antiguo. Había pensado que quizá ella subiría hacia allí. Era el tipo de lugar donde podría vivir un amante, aunque ¿qué clase de amante esperaría, o incluso permitiría, que una mujer fuera a verlo a solas y por la noche, y no digamos ya andando?

Al fondo, a sólo cien metros, estaba Lawnmarket, cuna del infame Deacon Brodie, el apuesto dandi que tiempo atrás fuera un pilar de la alta sociedad de Edimburgo de día y un peligroso ladrón de noche. Según decían los rumores de las tabernas, que Monk había escuchado atentamente con la esperanza de averiguar algo sobre los Farraline, Deacon Brodie se había ganado la fama de pérfido porque de día inspeccionaba las viviendas que desvalijaba de noche. Vivía con toda respetabilidad, en Lawnmarket, y mantenía no sólo a una amante con su respectiva familia ilegítima, sino a dos. Cuando sus cómplices fueron arrestados, él logró escapar y huyó a Holanda, pero allí lo atraparon mediante un sencillo ardid y lo devolvieron a Edimburgo, donde fue ahorcado en 1788 con una mueca burlona en los labios

Sin embargo, Eilish no torció hacia Lawnmarket; siguió adelante y se internó en la mugrienta penumbra de Cowgate.

Monk la siguió sin titubear.

Allí, las farolas aún eran más escasas y la acera sólo medía medio metro de ancho. Los adoquines de la calle estaban dispuestos de manera irregular y el detective se veía obligado a caminar con cuidado para no torcerse el tobillo. Enormes casas de pisos se cernían sobre él, de cuatro y cinco plantas, con cada una de las habitaciones ocupada por una docena de personas que se apiñaban en el interior sin agua ni ninguna condición higiénica. Lo sabía porque la zona le recordaba mucho a Londres. El olor era idéntico: suciedad, dejadez y el fuerte hedor de los vertidos humanos.

De repente, la oscuridad fue total y lo acometió un terrible dolor tanto por delante como por detrás que le hizo perder el conocimiento.

Cuando despertó tenía el cuerpo entumecido por el frío, estaba tan rígido que los brazos y las piernas apenas lo obedecían y le dolía tanto la cabeza que hubiera dado algo por no tener que abrir los ojos. Un pequeño perro marrón le lamía la cara con actitud amistosa y algo entre curiosidad y esperanza. Aún era de noche y no se veía a Eilish por ninguna parte.

Se puso en pie con dificultad, se disculpó ante el perro por no tener nada para darle y, con amargura, echó a andar el corto trecho que lo separaba de Grassmarket.

No obstante, estaba decidido a no darse por vencido, y menos ante una mujer frívola e indigna como Eilish Fyffe. Tuvieran o no sus citas nocturnas alguna relación con la muerte de Mary, iba a averiguar adónde iba exactamente y por qué.

En consecuencia, a la noche siguiente la esperó, pero en aquella ocasión no en Ainslie Place, sino en la esquina donde Kings Stables Road se internaba en Grassmarket. Al menos, se ahorraría el paseo. Durante el día compró un bastón recio y un sombrero de copa muy bien armado que se plantó en la cabeza, aún magullada.

Había tomado la precaución de caminar hasta Cowgate de día para estar familiarizado con el trayecto cuando lo hiciese a la penumbra de las escasas farolas de gas. A la luz menguante del otoño, el panorama no resultaba agradable. Edificios destartalados, mampostería en ruinas, letreros caídos y medio borrados, paredes sucias y erosionadas, cunetas poco profundas, llenas de agua y desechos. Las callejas angostas que conducían a High Street se hallaban atestadas de gente, carros, ropa tendida y montones de verduras y basura.

Mientras aguardaba a Eilish en el portal de una ferretería, podía rememorar hasta el último centímetro del recorrido y estaba decidido a que no volvieran a pillarlo por sorpresa.

Pasaban veinte minutos de la medianoche cuando vio cómo la esbelta figura de Eilish salía de Kings Stables Road y se internaba en Grassmarket. Aquella vez avanzaba un poco más despacio, quizá porque acarreaba un gran paquete que, a juzgar por su paso, algo más torpe en esta ocasión, debía de pesar bastante.

Aguardó hasta que la mujer lo hubo sobrepasado no más de quince metros y entonces abandonó el refugio del portal y echó a andar tras ella, manteniéndose pegado a la pared y balanceando el bastón con indiferencia, aunque en realidad lo llevaba asido con fuerza.

Eilish atravesó todo Grassmarket, cruzó George IV Bridge sin mirar a derecha ni a izquierda y se internó en Cowgate. Al parecer no se había dado cuenta de que la estaban siguiendo. Ni una sola vez vaciló o volvió la vista atrás.

¿Adónde iba, en el nombre de Dios?

Monk redujo la distancia entre ambos. Llegaban a la zona lúgubre y cavernosa de Cowgate y no debía perderla de vista. En cualquier momento ella podía detenerse y entrar en uno de los edificios, y le costaría mucho volver a encontrarla. Todos tenían como mínimo cuatro o cinco plantas y el interior bien podía ser tan intrincado como una madriguera de conejos, llenos de pasajes y escaleras, rellanos, habitaciones y más habitaciones, todas atestadas de gente.

Además, debía tener en cuenta las escaleras y los callejones del exterior; Eilish podía tomar cualquiera de ellos.

¿Por qué no estaba asustada una mujer hermosa caminando a solas después de medianoche por semejante lugar? La única explicación razonable era que estuviese al tanto de que alguien la seguía para protegerla. ¿Baird McIvor? Qué absurdo. ¿Por qué diablos se iban a encontrar ahí? No tenía ninguna lógica. Ni aún haciendo un esfuerzo de imaginación, salvando la suposición de que ambos estuviesen locos, resultaba concebible que se citasen allí. Había infinidad de lugares más accesibles, románticos y seguros adonde podían ir, y no tan lejos de su casa.

Pasaron por el South Bridge y, por delante de Eilish, Monk atisbó una figura siniestra y de cuerpo encorvado que, con un saco atravesado sobre los hombros, salía corriendo de un callejón adyacente y se internaba en otro que conducía al hospital. Con un estremecimiento involuntario recordó los espantosos crímenes de Burke y Hare, como si acabara de ver un fantasma de treinta años atrás dirigirse al quirófano cargado con un cadáver reciente para ofrecérselo al enorme anatomista tuerto, el doctor Knox.

Echó un vistazo hacia atrás con aprensión, pero no vio a nadie sospechoso.

Se encontraban a la altura de Blackfriars Wynd y divisó, en una esquina, la casa destartalada del cardenal Beaton. Al informarse aquel mismo día, se había enterado de que fue construida a principios de 1500 por el entonces arzobispo de Glasgow y canciller de Escocia, durante la monarquía del rey Jaime V, antes de la unión de Inglaterra y Escocia.

A continuación estaba el Old Mint, un edificio ruinoso y con el portal tapiado, sobre el cual se leía la inscripción SEÑOR, TEN MISERICORDIA DE MÍ. Sabía, gracias a sus pesquisas previas, que había también un anuncio del deshollinador Allison y una pequeña imagen de otros dos deshollinadores corriendo, pero con aquella luz escasa no se veían.

Eilish prosiguió su camino y Monk aferró el bastón con más fuerza. No le gustaba llevarlo. La sensación de tenerlo en la mano le traía desagradables recuerdos de violencia, confusión y miedo, y por encima de todo un abrumador sentimiento de culpa. Sin embargo, el cosquilleo que notaba en la nuca procedía de un terror más básico y, contra su voluntad, Monk apretó más el puño. De vez en cuando se volvía a mirar atrás, pero sólo veía sombras vagas.

De repente, en St. Mary's Wynd, Eilish torció a la izquierda y Monk estuvo a punto de perderla de vista. Echó a correr y tuvo que frenar en seco para no chocar con ella. La mujer, sin soltar el paquete, estaba parada ante un portal.

Se dio la vuelta y lo miró, asustada por un instante. Después, cuando sus ojos acostumbrados a la oscuridad vieron algo detrás de él, gritó:

—¡No!

Monk se hizo a un lado, con el tiempo justo para levantar el bastón y desviar el golpe.

—¡No! —volvió a gritar Eilish en un tono fuerte y cargado de autoridad—. ¡Robbie, suelta eso! No es necesario...

A regañadientes, el hombre bajó la porra y se quedó esperando, listo para usarla.

—Es usted muy persistente, señor Monk —dijo Eilish en voz baja—. Será mejor que entre.

Monk vaciló. Allí en la calle tenía alguna posibilidad de luchar si lo atacaban, pero no tenía ni idea de cuántos hombres podía haber en el interior. En una zona como Cowgate lo despacharían sin dejar rastro y sin necesidad de dar explicaciones. Las espeluznantes visiones de Burke y Hare retornaron como una pesadilla una vez más.

La voz de Eilish sonó divertida, aunque, en la oscuridad, no podía verle la cara:

—No debe alarmarse, señor Monk. No se trata de una guarida de ladrones, sólo es una escuela de parias. Siento que lo golpeasen cuando me siguió las otras veces. Algunos de mis alumnos se toman muy a pecho mi seguridad. No saben quién es usted. Cuando me seguía a hurtadillas por Grassmarket daba usted una imagen muy siniestra.

—¿Una escuela de parias? —Monk no daba crédito a sus oídos.

Ella tomó su sorpresa por ignorancia.

—Hay mucha gente en Edimburgo que no sabe leer ni escribir, señor Monk. En realidad, no es una escuela en el sentido oficial. No enseñamos a niños. Otros lo hacen. Nuestros alumnos son adultos. Quizá no se haya dado cuenta de la desventaja que supone para una persona no saber leer en su propio idioma. La lectura es la puerta de entrada al resto del mundo. Si sabes leer, puedes acceder a los conocimientos de las mentes más brillantes de la actualidad, vivan donde vivan, ¡e incluso del pasado! —Alzó la voz con entusiasmo—. Puedes escuchar la filosofía de Platón o vivir aventuras con sir Walter Scott, ver el pasado desplegado ante ti, explorar Egipto o la India, puedes... —Calló de repente y siguió hablando en un tono más bajo—: Puedes leer los periódicos y saber lo que dicen los políticos y decidir por ti mismo si dicen o no la verdad. Puedes leer los carteles de las calles y de los escaparates, o las etiquetas de los medicamentos.

—Comprendo, señora Fyffe —admitió en voz baja, pero con una sinceridad nueva en él por lo que a ella concernía—. Ya sé lo que son las escuelas de parias. Es una explicación tan sencilla que no se me había ocurrido.

Eilish soltó una carcajada antes de decir:

—¡Qué ingenuo por su parte! ¿Pensaba que tenía una cita? ¿En Cowgate? ¡Hay que ver, señor Monk! ¿Con quién, si me permite preguntarlo? ¿O pensaba que yo era la jefa de una banda de ladrones que venía a repartirme el botín con mis cómplices? ¿Una especie de Deacon Brodie en mujer?

—No... —Hacía mucho que una mujer no le hacía sentirse tan ridículo, pero la honestidad lo obligaba a reconocer que lo tenía merecido.

—Será mejor que entre de todas formas. —Se volvió hacia la puerta—. A menos que eso fuera todo lo que quería saber. ¿O hubiera preferido que se tratara de algo deshonesto? —Lo dijo en tono de burla, pero por debajo se traslucía la emoción.

Aceptó la invitación y la siguió por el estrecho pasillo del local. Eilish subió por una escalera destartaladas y recorrió otro pasillo. Robbie iba unos peldaños más abajo, con la porra en el cinto. Subieron más escaleras y al fin llegaron a una gran sala con vistas a la calle. Estaba limpia, sobre todo teniendo en cuenta su emplazamiento, y Monk ya se había acostumbrado al olor de la zona. Carecía de muebles, salvo por una mesa reparada repetidas veces y sobre la que había un montón de libros y papeles, varios tinteros y una docena de plumas aproximadamente, un cortaplumas para afilar los plumines y varias hojas de papel secante. Los alumnos eran un grupo de trece o catorce hombres de todas las edades y condiciones, pero todos llevaban ropa limpia, aunque tan andrajosa como para justificar el epíteto de la escuela. Sus semblantes se iluminaron cuando vieron a Eilish, pero adoptaron una hosca expresión de recelo al advertir que Monk entraba tras ella.

—Todo va bien —los tranquilizó ella al instante—. El señor Monk es un amigo. Ha venido a ayudar esta noche.

Monk abrió la boca para protestar, pero cambió de idea y asintió con un movimiento de cabeza.

Circunspectos, se sentaron en el suelo, casi todos con las piernas cruzadas. Se apoyaron los libros en las rodillas, colocaron papeles encima y dejaron otros en el suelo. A continuación, despacio y con mucho esfuerzo, escribieron el alfabeto. Con frecuencia recurrían a Eilish en busca de ayuda y aprobación y ella, con toda solemnidad, les proporcionaba ambas cosas, haciendo una corrección aquí y regalando un elogio allá.

Tras dos horas escribiendo, pasaron a la lectura, su recompensa por el buen trabajo realizado. A trancas y barrancas, con denuedo y uno por uno, fueron leyendo un capítulo de *Ivanhoe*. La euforia que los embargaba al terminar, mientras le daban las gracias a Eilish y también a Monk, a las cuatro menos veinticinco de la mañana, compensó al detective de sobras el cansancio que sentía. A continuación abandonaron el aula en fila para dormir una hora antes de una larga jornada de trabajo.

Cuando el último de los hombres hubo partido, Eilish se volvió hacia Monk sin decir nada.

—¿Los libros? —preguntó él, aunque ya conocía la respuesta y no le importaba un comino si los libros se comían todos los beneficios de Farraline & Company.

—Sí, claro que son de los Farraline —respondió mirándolo directamente a los ojos—. Baird los saca para mí, pero si se lo dice usted a alguien lo negaré. No creo que haya pruebas. De todas formas, usted no haría eso. No tiene nada que ver con la muerte de madre y no ayudará a exculpar ni a condenar a la señorita Latterly.

—No sabía que Baird tuviera acceso a las cuentas de la compañía.

Aquello explicaba por qué el hombre se había puesto tan nervioso durante su visita.

—No lo tiene —corroboró ella con aire risueño—. Yo quiero libros, no fondos, y no robaría dinero ni aunque lo necesitase. Baird imprime libros de más o dice que la impresión se ha quedado corta. Las cuentas no las toca para nada.

Era lógico.

—Su tío Hector afirma que alguien está falsificando los libros de contabilidad.

—¿Ah, sí? —Parecía sólo un poco sorprendida—. Bueno, tal vez. Debe de ser Kenneth, aunque no sé por qué. De todos modos, el tío Hector bebe como una esponja y a veces dice cosas sin el menor sentido. Recuerda cosas que no creo que hayan sucedido nunca y confunde el pasado con el presente. Yo no le haría mucho caso.

Monk estaba a punto de decirle que no tenía más remedio si quería sacar adelante la acusación, pero estaba harto de mentiras, sobre todo de mentiras vanas, y aquélla no era la noche ideal para recurrir a ellas. A la fuerza, la opinión que tenía de Eilish había cambiado radicalmente. No tenía nada de superficial ni de perezosa y ni mucho menos era estúpida. Claro que dormía hasta altas horas de la mañana; sacrificaba casi toda la noche por unos hombres que no podían ofrecerle recompensa financiera o pública alguna. Pese a todo, saltaba a la vista que estaba más que satisfecha con lo que recibía a cambio. En aquella habitación desnuda, a la luz de los faroles, resplandecía con una dicha intensa. Monk acababa de comprender por qué caminaba con la cabeza alta y aire orgulloso, de dónde procedía la sonrisa secreta y por qué siempre parecía ajena a la conversación familiar.

También entendía por qué Baird McIvor la amaba más que a su esposa.

En realidad, supo en aquel momento que también a Hester le habría caído bien, incluso la admiraría.

—No estoy tratando de demostrar que la señorita Latterly mató a su madre —confesó llevado por un impulso—. Intento probar que no lo hizo.

Ella lo miró con extrañeza.

—¿Por dinero? No. ¿La ama?

—No. —En seguida se arrepintió de haberlo negado tan rápidamente—. No del modo al que usted se refiere —añadió, y notó que le ardía la cara—. Es una gran amiga mía, una amiga muy especial. Hemos compartido muchas experiencias juntos, defendiendo la justicia en otros casos. Ella...

Eilish estaba sonriendo. Una vez más asomó a sus ojos un leve atisbo de burla.

—No tiene que justificarse, señor Monk. De hecho, no lo haga, por favor. De todas formas no le creo. Sé lo que es amar cuando desearías de todo corazón no hacerlo. —Sin previo aviso, la burla desapareció totalmente de su expresión y fue reemplazada por una intensa tristeza. Quizá esa tristeza estuvo a flor de piel todo el tiempo—. Cambia tus planes y lo trastorna todo. Estás jugando en la orilla en un instante y al siguiente la marea te ha atrapado, y por mucho que te esfuerces ya no puedes volver a tierra firme.

—Está usted hablando de sus sentimientos, señora Fyffe. Yo soy amigo de la señorita Latterly. No siento nada de eso por ella, ni mucho menos—. Pronunció las palabras con claridad y vehemencia, pero supo, por la expresión de ella, que no le creía. Estaba enfadado y sentía un extraño ahogo. Sin saber por qué, se sentía desleal—. Es posible ser amigo de alguien sin experimentar nada de todo eso que usted describe —insistió.

—Claro que sí —convino ella mientras se dirigía hacia la puerta—. Le acompañaré andando hasta Grassmarket, para que no corra peligro.

Era ridículo. Un hombre fuerte, armado con un bastón, protegido por una mujer delgada, quince centímetros más baja que él y delicada como una flor. Le recordaba a un lirio al sol. Se echó a reír sin más.

Eilish empezó a bajar las lúgubres escaleras que conducían a la calle y le habló por encima del hombro:

—¿Cuántas veces le han golpeado viniendo hacia aquí, señor Monk?

—Dos, pero...

—¿Le dolió?

—Sí, pero...

—Le acompañaré a casa, señor Monk.

En los labios de la mujer apenas había un esbozo de sonrisa. Monk suspiró con fuerza.

—Gracias, señora Fyffe.

En Newgate, Hester oscilaba entre diversos estados de ánimo. Pese a que se aferraba a la esperanza con todas sus fuerzas, siempre acababa cayendo en la más absoluta desesperación para a continuación volver a remontar la escarpada cuesta de la confianza. El aburrimiento y la sensación de impotencia eran los peores males. El trabajo físico, aunque inútil, habría limado las aristas del dolor y la habría ayudado a dormir. Tal como estaban las cosas, yacía despierta en una oscuridad casi absoluta, temblando de frío, mientras su imaginación la torturaba con infinitas posibilidades; siempre acababa por volver a la misma, el corto paseo de la celda al barracón donde la aguardaría la horca. La propia muerte no la asustaba. Lo peor era darse cuenta, con un terror gélido, de que las convicciones que creía albergar sobre la vida después de la muerte no eran lo bastante fuertes para perdurar ante la cruda realidad. Estaba más asustada de lo que nunca había estado. Al menos, la muerte en el campo de batalla habría sido repentina, por sorpresa y sin tiempo para pensar. Además, al fin y al cabo, allí no estaba sola. Se enfrentaba al final con otras personas, la mayoría de las cuales sufría mucho más que ella. Tenía la mente ocupada con lo que podía hacer por ellos; no le quedaba espacio para pensar en sí misma. Ahora comprendía la suerte que eso suponía.

Las celadoras la seguían tratando con una frialdad y

un desdén sin parangón, pero se había ido acostumbrando y aquella pequeña molestia le proporcionaba un motivo de lucha, como cuando uno se clava las uñas en la palma de la mano para sobrellevar un dolor mayor.

Un día especialmente frío, la puerta de la celda se abrió y, tras el mínimo anuncio por parte de la celadora, su cuñada, Imogen, entró. A Hester le sorprendió verla, pues pensaba que Charles había dicho su última palabra y no esperaba que diese su brazo a torcer. Cuanto más negras eran las perspectivas, menos probabilidades había de que él transigiese.

Imogen iba vestida con elegancia, como si hubiera salido a tomar el té en sociedad, con una falda de mucho vuelo, un corpiño ajustado y las mangas adornadas con primor. Llevaba un sombrero decorado con flores.

—Lo siento —se disculpó al ver la expresión de Hester, mientras echaba un vistazo superficial a la celda desnuda—. He tenido que decirle a Charles que iba a visitar a las señoritas Begbie. Por favor, no le digas que he estado aquí, si no te importa. Yo... no podría soportar una pelea justo ahora. —Parecía avergonzada y hablaba en tono de disculpa—. Él... —Calló.

—Te ordenó que no vinieras —terminó Hester por ella—. No te preocupes, claro que no se lo diré.

Quería darle las gracias a Imogen por haber ido. En verdad estaba muy agradecida y sin embargo no le salían las palabras. Todo sonaba artificial, precisamente cuando más auténtico debería haber sido.

Su cuñada hurgó en su bolsito y sacó jabón aromático y una bolsita de lavanda seca, tan fragante que Hester la olía incluso a los dos metros de distancia que las separaban. Era un aroma tan femenino que las lágrimas, incontrolables, acudieron a sus ojos.

Imogen alzó la vista al instante; su expresión educada se esfumó y la emoción inundó su rostro. Llevada por un impulso, dejó caer el jabón y la lavanda, se acercó, estrechó a Hester entre sus brazos y la abrazó con una fuerza que la otra jamás hubiera sospechado en ella.

—¡Ganaremos! —la animó con vehemencia—. Tú no mataste a esa mujer y lo demostraremos. El señor Monk tal vez no sea muy simpático, pero es listo a rabiar, e implacable. Recuerda cómo resolvió el caso Grey cuando todo el mundo lo daba por perdido. Está de tu parte, querida. No pierdas la esperanza en ningún momento.

Hester se las había arreglado para guardar la compostura ante todos los visitantes anteriores, incluso ante Callandra, con gran esfuerzo; pero en aquel momento no pudo más. No podía seguir negando la realidad. Aferrada a Imogen, lloró en sus brazos hasta quedar exhausta y la invadió como una paz exenta de esperanza. Imogen había hablado para consolarla, pero sus palabras obligaron a Hester a mirar de frente la verdad contra la que llevaba luchando todo el tiempo desde que la trasladaran de Colbath Fields a aquel lugar. Todo lo que Monk o cualquier otra persona hiciese quizá no fuera bastante. A veces ahorcaban a personas inocentes. Incluso en el caso de que Monk o Rathbone averiguasen la verdad más tarde, a ella ya no le serviría de consuelo y, desde luego, tampoco de ayuda.

Sin embargo, en ese momento, aquella lucha interna, aquel debatirse contra el miedo y la injusticia se vio reemplazado por algo muy parecido a la aceptación. Tal vez fuese sólo cansancio, pero le parecía preferible al forcejeo desesperado. Traía consigo una especie de liberación.

Ya no quería que le hablasen de esperanza, la había rebasado. No obstante, hubiese sido una crueldad decírselo a Imogen, y aquella nueva calma le parecía demasiado frágil para confiar en ella. ¿Acaso algo en su interior seguía aferrándose a la irrealidad? No quería expresarlo en palabras.

Su cuñada dio un paso atrás y la miró. Debió de advertir o presentir algún cambio en ella, porque no volvió a hablar del tema; se agachó y recogió el jabón y la lavanda.

—No he preguntado si te los podía dar —le advirtió, como dando por hecho que no—. A lo mejor prefieres esconderlos.

Hester se sorbió y sacó el pañuelo para sonarse la nariz. Imogen esperó.

—Gracias —dijo Hester por fin mientras los aceptaba y se los metía por el escote del vestido. El jabón molestaba un poco, pero incluso aquella ligera incomodidad le proporcionaba cierta satisfacción.

Imogen se sentó en la cama y las faldas formaron un gran remolino en torno a ella, exactamente igual que si estuviera visitando a una dama de la alta sociedad. En realidad, desde la desgracia de su suegro, el señor Latterly, había dejado de frecuentar esos ambientes. Últimamente, a lo máximo que podía aspirar era a las señoritas Begbie.

—¿Ves a otras personas? —preguntó interesada—. Me refiero a otras que no sean esa espantosa mujer que me ha abierto la puerta. Es una mujer, supongo.

Hester sonrió a pesar de sí misma.

—Oh, sí. Si vieras cómo mira a Oliver Rathbone, no tendrías dudas.

—¿Lo dices en serio? —Imogen no se lo podía creer y parecía a punto de echarse a reír pese al lugar donde se encontraban y a las circunstancias—. Me recuerda a la señora MacDuff, la institutriz de mi prima. Le tomábamos el pelo de mala manera. Me sonrojo al pensar lo crueles que éramos. Los niños son de una sinceridad devastadora. A veces, es mejor no decir la verdad. Tal vez uno la sepa en el fondo de su corazón, pero se siente mucho mejor si no se ve obligado a afrontarla una y otra vez.

Hester sonrió con sarcasmo.

—Creo que estoy exactamente en esa situación, pero tengo pocas cosas más en las que pensar.

—¿Sabes algo del señor Monk?

—No.

Imogen pareció sorprendida y de repente Hester se sintió como si Monk le hubiera fallado. ¿Por qué no escribía? Tenía que saber lo mucho que significaba para ella recibir al menos una palabra de aliento. ¿Por qué era tan desconsiderado? Qué pregunta tan estúpida; ya conocía la respuesta. Era de natural poco tierno y la poca ternura que poseía la destinaba a mujeres como Imogen, amables, dulces, mujeres dependientes que complementaban las fuerzas del hombre, no mujeres como Hester, a las cuales consideraba, en el mejor de los casos, buenas amigas, camaradas y, en el peor, dogmáticas, brutas, autoritarias y un insulto para su propio sexo.

Sabía que el sentido de la lealtad y la justicia le exigía a Monk averiguar la verdad, pero si esperaba o buscaba consuelo en él acabaría por sentirse herida y tendría la sensación de haber sido traicionada.

Exactamente como en aquel momento.

Su cuñada la observaba con atención. Le leía el pensamiento como sólo otra mujer podía hacerlo.

—¿Estás enamorada de él? —preguntó.

Hester se horrorizó.

—¡No! ¡Claro que no! No llegaría al punto de decir que tiene todo lo que desprecio de un hombre, pero casi. Sin duda es inteligente, eso no se lo niego, pero a veces actúa de un modo arrogante y cruel y jamás, ni por un instante, se me ocurriría esperar de él un comportamiento delicado o cierta condescendencia ante la debilidad del prójimo.

Imogen sonrió.

—Querida mía, no te he preguntado si confías en él o si lo admiras, ni siquiera si te cae bien. Te he preguntado que si estás enamorada de él, lo cual es totalmente distinto.

—Pues no lo estoy. Y me cae bien... a veces. Y... —Ins-

276

piró hondo—. Y para ciertas cosas confiaría en él a ciegas. Cuestiones de honor, donde la justicia y el valor entran en juego. Monk lucharía contra viento y marea, sacrificándolo todo, por defender lo que cree justo.

Imogen la miró con una mezcla curiosa de ironía y tristeza.

—Me parece, querida, que le estás atribuyendo tus propias cualidades, pero no hay ningún mal en ello. Todos tendemos a hacerlo...

—¡Yo no!

—Si tú lo dices... —Dio el tema por zanjado, sin dar crédito a Hester—. ¿Y qué me dices del señor Rathbone? Me cae muy bien. Es todo un caballero y me dio la sensación de ser muy inteligente.

—Claro que lo es.

Nunca lo había dudado y, al decirlo, aquel momento de intimidad turbadora compartido con él volvió a su memoria como un instante cargado de sentimiento, aunque tal vez su imaginación lo hubiese distorsionado. Ya no estaba segura, pero ella jamás en la vida besaría a un hombre de esa manera si no lo hiciera de todo corazón. Sin embargo, no conocía a los hombres en ese sentido, quizá fueran distintos. Por lo que había podido observar, no concedían el mismo valor que las mujeres a ese tipo de gestos, de modo que prefería no conceder demasiada importancia al beso. Reparó en lo poco que sabía y en su interior se hizo un vacío doloroso cuando comprendió que probablemente iba a morir sin haber amado ni ser correspondida. La autocompasión creció en ella como una marea y, por mucho que la avergonzase, no podía detenerla.

—Hester —dijo su cuñada con gravedad—, te estás rindiendo. No es propio de ti mostrarte pusilánime y cuando todo esto termine te odiarás a ti misma por no haber estado a la altura de las circunstancias.

—Es muy fácil exigirle a otra persona que sea valiente —replicó Hester con una sonrisa torva—. La cosa cambia cuando eres tú quien se enfrenta a la posibilidad de la muerte. Entonces no hay un después.

Imogen se quedó muy pálida y a su mirada asomó una gran tristeza, pero no se dejó amilanar.

—¿Quieres decir que, por alguna razón, tu muerte sería distinta a la de otras personas? ¿Distinta a la de los soldados que cuidabas?

—No, no, claro que no. Pensar eso sería arrogante y absurdo.

A la mención de los soldados, volvió a su mente la imagen de los rostros agonizantes y los cuerpos destrozados. Ella moriría rápidamente, sin sufrir mutilaciones ni consumirse por la fiebre o la disentería. Debería avergonzarse de su cobardía. Muchos de ellos habían muerto más jóvenes de lo que ella era en el momento actual, disfrutaron menos de la vida.

Su cuñada se obligó a sonreír y se miraron a los ojos durante un largo instante. No fue necesario que Hester expresara su agradecimiento en palabras. Seguía mortalmente asustada, no sabía lo que la aguardaba en el barracón del verdugo ni en la repentina oscuridad, pero lo afrontaría con la misma dignidad que había observado en otros, estaría preparada para entrar a formar parte del vasto batallón de los que ya emprendieron el camino y lo haría con la cabeza alta y los ojos abiertos.

Imogen sabía cuándo llegaba el momento de marcharse y no iba a estropear las cosas quedándose y hablando de trivialidades. Dio a Hester un abrazo rápido y pidió que la dejaran salir. La celadora acudió y, con su rostro áspero y su cabello estirado hacia atrás, miró a Imogen con desdén. Ella le devolvió la mirada sin pestañear ni bajar los ojos. El desdén de la celadora se extinguió y fue reemplazado por algo que contenía envidia y una pizca de respeto. Mantuvo la puerta abierta y la mujer la cruzó majestuosamente, sin pronunciar una palabra.

La última visita que Hester recibió en Newgate fue la de Oliver Rathbone. Encontró a Hester mucho más tranquila que en las ocasiones anteriores. Se presentó ante él desprovista de todas aquellas emociones mal reprimidas de las otras veces y Rathbone, en lugar de sentir alivio, se alarmó.

—¡Hester! ¿Qué ha pasado? —preguntó. En cuanto la puerta de la celda se cerró y quedaron solos, fue directo hacia ella y le tomó las manos—. ¿Alguien ha dicho o hecho algo que la ha disgustado?

—¿Por qué? ¿Porque ya no estoy asustada? —replicó ella con un amago de sonrisa.

Rathbone comprendió que su amiga se había rendido y estuvo a punto de decirlo. La misma ausencia de angustia en su expresión significaba que ya no se debatía entre la esperanza y la desesperación. No iban a averiguar nada que la exculpase. A esas alturas, ya no sucedería. Hester debía de haber aceptado la derrota. Ni por un instante cruzó por su mente la idea de que hubiese matado realmente a Mary Farraline, ni voluntaria ni accidentalmente. Lo enfurecía que se hubiera rendido. ¿Cómo era posible, tras las batallas que habían librado juntos por otras personas y de las cuales salieron victoriosos? Hester había puesto su vida en peligro tanto como un soldado en el campo de batalla, había conocido horas interminables, apuros, privaciones, y lo superó todo con el ánimo y la pasión intactos. Se enfrentó a la ruina y a la muerte de sus padres y sobrevivió. ¿Cómo se atrevía a derrumbarse en aquellos momentos?

Pese a todo, la amarga verdad estaba ahí: Hester podía perder. Se le exigía el coraje de seguir adelante cuando ya no quedaban esperanzas, un coraje que no atendiese a razones, que desafiase cualquier lógica. ¿Cómo se le podía pedir eso a nadie?

Sólo que verla vilipendiada y anulada, ver su alma silenciada, saber que ya nunca más podría hablar con ella eran perspectivas que le provocaban una sensación de vacío insoportable. No pensó ni por un instante en el fracaso profesional que la condena de Hester supondría para él. Habría de pasar mucho tiempo antes de que reparase en ello, sorprendido.

—Tengo mucho tiempo para pensar —continuó ella con voz queda, interrumpiendo los pensamientos de Rathbone—. Todo el miedo del mundo no va a cambiar nada, sólo me va a despojar de lo poco que me queda. —Profirió una risa entrecortada—. Quizá sólo esté demasiado cansada para algo que me exige tanto esfuerzo mental.

Miles de palabras de aliento se agolparon en los labios del abogado: aún quedaba mucho tiempo, en el transcurso del cual podían averiguar algo que condenase a uno de los Farraline o, al menos, despertar dudas en el jurado; Monk era brillante e implacable y nunca se rendiría; Callandra había contratado al mejor abogado criminalista de Edimburgo y Rathbone se mantendría pegado a él durante todo el proceso; además, los fiscales a menudo metían la pata por un exceso de confianza y los testigos mentían, se asustaban, se acusaban unos a otros por miedo, resentimiento o codicia, se retractaban de las mentiras cuando se enfrentaban a la majestuosidad del tribunal, se contradecían o contradecían a los demás. No obstante, todas las palabras murieron antes de ser pronunciadas. Ambos sabían toda la verdad. Volver a expresar en palabras, cuando ya era demasiado tarde, lo que tantas veces habían pensado hubiese sido inútil y Hester creería que, después de todo, él no entendía nada.

—Saldremos pasado mañana —dijo en cambio.

—¿Hacia Edimburgo?

—Sí. No podemos viajar juntos; no lo permitirán. Pero iré en el mismo tren y mi corazón estará con usted.

Reparó por un instante en que las palabras habían sonado demasiado sentimentales, pero expresaban exactamente lo que sentía. Compartiría con ella todos sus sentimientos, incluidos el bochorno y la incomodidad física, porque la llevarían esposada y la celadora no la dejaría sola ni por un instante, ni siquiera para hacer sus necesidades más íntimas. También la acompañaría en un viaje infinitamente más trascendente, pues ambos sabían que aquél sería el último de Hester: se iría de Inglaterra para siempre.

—En la víspera de Waterloo, bailaron toda la noche —comentó Rathbone de repente por nada en particular, sólo porque los británicos ganaron aquella batalla histórica.

—¿Quién? —preguntó ella con una sonrisa irónica—. ¿Wellington, o el Emperador de Francia?

Él sonrió a su vez.

—Wellington, por supuesto. ¡Recuerde que es usted inglesa!

—¿La carga de la Brigada Ligera?

Él le sujetó las manos con fuerza.

—No, querida, bajo mi responsabilidad nunca. A veces he caído en la desesperación, pero nunca he sido insensato. Si debemos librar esta lamentable batalla, prefiero la Delgada Línea Roja. —Sabía que ambos conocían bien la historia de aquellas horas increíbles en que la infantería escocesa soportó carga tras carga de la caballería rusa. A veces, un solo hombre, sin nadie a sus espaldas, evitaba que la línea se quebrase, y cuando uno caía otro lo reemplazaba. Durante toda la terrible matanza, la línea no llegó a romperse y al final fue el enemigo quien se retiró. Hester hubiera cuidado a los soldados heridos de haber estado allí, quizás incluso habría presenciado el combate desde lo alto.

—Muy bien —asumió la mujer con voz entrecortada—. La Brigada Pesada entonces... A por todas.

8

Rathbone había escrito a Monk para decirle en qué tren llegaría, sin mencionarle que sería el mismo en el que trasladarían a Hester. En consecuencia, cuando aquella mañana gris llegaron a la estación Waverley de Edimburgo, esperaba ver a Monk en el andén. Una parte de él incluso tenía la esperanza de que acudiera con alguna noticia fresca, aunque fuera de poca importancia, algo que les proporcionara una nueva pista. El tiempo se les echaba encima y hasta el momento sólo contaban con unos cuantos posibles móviles, que cualquier fiscal competente desecharía por considerarlos fruto de la maledicencia y la desesperación. Tal vez fuesen fruto de la maledicencia o tal vez no, pero desde luego estaban desesperados. Bajó al andén, maleta en mano, y se dirigió hacia la puerta sin reparar en la gente que tropezaba con él.

No aguardaba con mucha ilusión el encuentro con el abogado escocés, James Argyll. El hombre tenía una reputación formidable. Incluso en Londres se mencionaba su nombre con admiración. Dios sabía cuánto le estaría pagando Callandra. No era nada probable que aceptase el consejo de Rathbone, y éste no tenía ni idea de si el abogado creía en la inocencia de Hester o simplemente deseaba encargarse de lo que sin duda sería un caso célebre, debido a la personalidad de la víctima, ya que no a la de la acusada. Era de Edimburgo. Debía de conocer a los Farraline, de nombre al menos, si no en persona. ¿Hasta qué punto se esforzaría? ¿Se entregaría a la causa con todo su fervor y toda su dedicación?

—¿Rathbone? Rathbone, ¿adónde diablos va?

El abogado se dio media vuelta y se encontró cara a cara con Monk, vestido de punta en blanco y con expresión hosca e irritada. Supo, sin necesidad de preguntar, que no traía buenas noticias.

—A ver al señor James Argyll —contestó Rathbone con aspereza—. Al parecer, es nuestra única esperanza. —Enarcó las cejas y abrió mucho los ojos—. A menos que haya descubierto algo y aún no me lo haya dicho. —Estaba siendo sarcástico y ambos lo sabían. Sin que mediaran palabras, Monk comprendía tan bien como él que ninguno de los dos poseía ninguna idea de utilidad, e idéntica desesperación hizo presa en ellos, el mismo pánico los abrumó y les cortó la respiración. Ambos sentían el impulso de lastimar al otro, de echarle la culpa. Era una de las muchas máscaras del miedo. Tras ellos, en el andén, había un tumulto de gente que se empujaba y estiraba el cuello para mirar no hacia delante, como sería de esperar, sino hacia el final del andén, donde estaba parado el furgón de equipajes.

—¡Oh, Dios! —se lamentó Rathbone.

—¿Qué? —preguntó Monk, con la tez pálida.

—Hester...

—¿Qué? ¿Dónde?

—En el furgón de equipajes. La han traído —dijo Rathbone.

Monk lo miró como si estuviera a punto de golpearlo.

—Siempre se hace así —añadió Rathbone entre dientes—. Ya debería saberlo. No tiene sentido que nos quedemos aquí con la boca abierta entre el gentío. No podemos ayudarla.

Monk titubeó. No le hacía ninguna gracia marcharse. Los gritos y los abucheos empeoraban por momentos.

Rathbone recorrió el andén con la mirada en dirección a la salida; después otra vez hacia atrás, donde la multitud se iba agrupando. Lo atormentaba la indecisión.

—¡La asesina del tren a juicio! —voceó un vendedor de periódicos—. Lean todo sobre el caso. Eh, señor, ¿quiere uno? Un penique, señor.

Un policía se abría paso hacia ellos mientras gritaba al gentío que se hiciera a un lado.

—¡Vamos, vamos! Cada cual a lo suyo. No hay nada que ver. Sólo es una pobre mujer a la que van a juzgar. Ya se sabrá todo entonces. ¡Circulen, por favor! Vamos, muévanse.

Rathbone se decidió, dio media vuelta y echó a andar hacia la salida.

—¿Cuándo empieza el juicio? —quiso saber Monk, caminando junto a él a grandes zancadas para acompasar su paso al del otro y obligando a los demás pasajeros a hacerse a un lado para no ser arrollados, con el consiguiente enfado por parte de éstos.

—¡Insolente! —gritó un anciano con furia, pero ni Monk ni Rathbone le oyeron—. ¡Mire por dónde va, señor! Realmente no sé... Como si no tuviéramos bastante con la policía. Ya no se puede andar por ahí tranquilo...

—¿En qué va a basar la defensa? —se interesó Monk mientras él y Rathbone cruzaban la entrada y salían a la calle—. Por allí. —Señaló los peldaños que subían hacia Princes Street.

—En nada —contestó Rathbone con amargura—. Todo está en manos de Argyll.

Monk recordaba la carta y la explicación de por qué había de ser así, pero eso no disminuía sus temores.

—Por el amor de Dios, ¿es que Hester no tiene nada que decir al respecto? —se impacientó mientras salían a Princes Street. Estuvieron a punto de chocar con una mujer muy guapa que llevaba un niño a cuestas.

—Le ruego que me perdone —le soltó Rathbone en tono brusco—. No mucho, supongo. Aún no conozco a ese hombre. Sólo me he carteado con él y nos hemos atenido a las formalidades. Ni siquiera sé si cree en su inocencia.

—¡Maldito incompetente! —estalló Monk a la vez que se plantaba ante él—. ¿Quiere decir que ha encargado su defensa a un abogado sin saber siquiera si cree en ella?

Asió a Rathbone por las solapas con el rostro contraído de furia.

El abogado lo apartó de un empujón, con una agresividad sorprendente.

—¡Yo no lo he contratado, ignorante! Lo hizo lady Callandra Daviot. Además, creer en su inocencia es muy bonito, pero en estas condiciones tan lamentables quizá sea un lujo que no nos podamos permitir. Para empezar, tal vez la presunción de inocencia no exista en Edimburgo.

Monk abrió la boca para replicar, pero en seguida comprendió cuánta verdad había en aquellas palabras y lo soltó.

Rathbone se alisó las solapas.

—Bueno, ¿qué hace aquí parado? —dijo Monk con ironía—. Vayamos a ver a ese tal Argyll y averigüemos si tiene algo que ofrecernos.

—De poco sirve hacerse francotirador si uno no tiene balas —sentenció Rathbone con amargura, a la vez que daba la vuelta para reanudar la caminata. Sabía que el domicilio de Argyll estaba en la misma Princes Street y le habían dicho que desde la estación sólo era un paseo—. Si no tiene ni idea de quién mató a Mary Farraline, al menos dígame quién pudo hacerlo y por qué. Supongo que se habrá enterado de algo desde que me escribió la última vez. Hace tres días.

Monk tenía la cara tensa y muy pálida cuando acompasó su paso al de Rathbone otra vez. Durante varios segundos, caminaron en silencio y cuando al fin habló lo hizo con voz ronca:

—He vuelto a visitar las farmacias. No consigo averiguar de dónde salió el digital, ni para Hester ni para nadie...

—Eso me escribió.

—Al parecer, hace unos meses envenenaron a alguien con digital aquí en Edimburgo. El caso tuvo cierta repercusión. Tal vez le diera la idea a nuestro asesino.

Rathbone abrió unos ojos como platos.

—Es interesante. No es mucho, pero tiene razón, la noticia pudo sugerirle la idea. ¿Qué más?

—Nuestra mejor apuesta sigue siendo el contable. Kenneth Farraline tiene una amante...

—No es nada raro —gruñó Rathbone— y tampoco un delito. ¿Por qué lo menciona?

Monk se las arregló para no perder los estribos.

—Le sale cara y es el contable de la empresa. El viejo Hector Farraline dice que alguien ha manipulado la contabilidad...

Rathbone se detuvo y lo miró.

—¿Y por qué, en el nombre de Dios, no me lo había dicho antes?

—Porque sucedió hace algún tiempo y Mary ya lo sabía —respondió Monk.

El abogado lanzó una maldición.

—Muy útil —se burló Monk.

Rathbone lo fulminó con la mirada.

Monk echó a andar otra vez.

—El punto débil del caso radica en la sincronización. Hester no pudo comprar el digital en Edimburgo. Al menos, es casi imposible. Y no pudo ver el broche de perlas hasta que estuvo a bordo del tren. Sólo pudo hacerlo si se había llevado el digital de Londres, lo cual es absurdo.

—Claro que es absurdo —refunfuñó Rathbone—. Pero he visto ahorcar a gente a partir de pruebas mucho más endebles cuando el odio de la opinión pública es bastante intenso. ¿Es que no piensa, hombre?

Monk se paró y lo miró a la cara.

—Entonces tendrá usted que cambiar la opinión pública, ¿no? —No era una pregunta sino una orden—. Para eso le pagan. Haga que vean a Hester como una heroína, una mujer que renunció a su familia y a su felicidad para atender enfermos. Retrátela en Scutari, pasando la noche en vela entre las filas de heridos con una lámpara en la mano, enjugando frentes, consolando a los moribundos, rezando... Lo que quiera. Deje que la vean exponerse a las balas y a las granadas para llegar hasta los heridos, sin pensar en sí misma..., y volver luego a casa para luchar por mejorar las condiciones de los hospitales ingleses..., y perder entonces el empleo por su impertinencia, obligada así a buscar trabajo en casas privadas, cambiando de puesto cada dos por tres.

—¿Es así como ve a Hester? —preguntó Rathbone. Estaba de pie en mitad de la acera, delante del detective, con los ojos muy abiertos y un amago de sonrisa en los labios.

—¡No, claro que no! Es una mujer dogmática y obstinada que hace lo que le viene en gana, pero ésa no es la cuestión.

Un leve rubor le teñía las mejillas y a Rathbone se le ocurrió que había más de verdad en las palabras de Monk de lo que éste estaba dispuesto a admitir. También se dio cuenta, con un estremecimiento de sorpresa, de que él mismo podría haber retratado a Hester de idéntico modo sin pensarlo demasiado.

—No puedo —se lamentó—. Por lo visto, olvida que esto es Escocia.

Monk maldijo de mala manera y con varias palabras que Rathbone nunca había oído.

—Oh, muy útil —se burló el abogado, imitando el mismo tono exacto que el otro había empleado antes—. Sea como sea, haré lo que pueda por asegurarme de que Argyll le saca el mayor partido posible a todo eso. He conseguido una cosa. —Intentó que su voz sonara indiferente y sin demasiada vanidad.

—Qué bien —se mostró sarcástico Monk—. Si es importante, me gustaría saberlo.

—¡Pues cierre el pico un momento y se lo diré! —Habían echado a andar otra vez y Rathbone apuró el paso—. Florence Nightingale en persona vendrá a testificar en favor de Hester.

—¡Es maravilloso! —exclamó Monk, con tal vehemencia que dos transeúntes pusieron mala cara y sacudieron la cabeza, pensando que estaba borracho—. Eso ha sido fantástico por su parte..., es...

—Gracias. Hemos establecido que, materialmente, cualquier persona de la casa pudo matar a Mary Farraline. ¿Qué me dice de los móviles?

La euforia se esfumó del semblante de Monk.

—Creí haber encontrado dos...

—¿Y no me lo dijo?

—Se esfumaron cuando los investigué.

—¿Está seguro?

—Del todo. La mujer de Alastair gasta mucho y sale por la noche a encontrarse con un tipo desaliñado, vestido con ropa de trabajo y que lleva un reloj de bolsillo.

Rathbone se detuvo y lo miró con incredulidad.

—¿Y eso no es un móvil?

Monk resopló.

—Está construyendo una máquina de volar.

—¿Perdón?

—Está construyendo una máquina enorme, tan grande como para albergar un pasajero, con la esperanza de hacerla volar —explicó Monk—. En un viejo almacén de los barrios bajos. Sí, ya sé, es un poco excéntrica...

—¿Excéntrica? ¿Usted lo llama así? Yo habría dicho que está loca.

—Casi todos los inventores son un poco raros.

—¿Un poco? ¿Una máquina de volar? —Rathbone hizo una mueca—. Vamos, hombre, la encerrarán si alguien se entera.

—Probablemente por eso lo hace en secreto y a medianoche —convino Monk, echando a andar una vez más—. Pero, por lo que sé de Mary Farraline, a ella le habría divertido la idea. Sin duda no la hubiese internado en un manicomio.

Rathbone guardó silencio.

—La otra es la hija mediana, Eilish —prosiguió Monk—. También sale de noche en secreto, pero sola. La seguí. —Se guardó de mencionar que por dos veces lo habían dejado sin sentido antes de averiguar nada—. Y descubrí adónde va: a Cowgate, que es un barrio bajo con bloques de pisos.

—No estará construyendo otra máquina de volar, ¿verdad? —se burló Rathbone.

—No, hace algo mucho más sencillo —contestó Monk, en un tono como de tener preparada una sorpresa—. Dirige su propia escuela nocturna para adultos.

Rathbone frunció el entrecejo.

—¿Y por qué en plena noche? En principio es una ocupación encomiable.

—Porque es de suponer que sus alumnos trabajan durante el día —respondió sarcástico—. Aparte de eso, ha convencido a su cuñado, que está enamorado de ella, de que le proporcione libros de la empresa familiar para sus alumnos.

—¿Quiere decir que los hurta? —Rathbone prefirió pasar por alto el sarcasmo anterior.

—Puede llamarlo así. Pero una vez más estoy seguro de que Mary lo hubiese aprobado de todo corazón de haberlo sabido. Tal vez lo supiese.

Rathbone enarcó las cejas.

—¿No se le ocurrió preguntarlo?

—¿A quién? —se extrañó Monk—. Eilish habría dicho que sí, aunque no fuese cierto, si pensara que tenía alguna importancia... La única persona que podría responder a eso, aparte de Eilish, era Mary.

—¿Y eso es todo?

—Lo único que queda son los libros de contabilidad.

—No podemos demostrarlo —observó Rathbone—. Usted dice que Hector Farraline está como una cuba la mayor parte del tiempo. Sus divagaciones de borracho, aunque esté en lo cierto, no bastan para exigir una auditoría. ¿Está en condiciones de comparecer como testigo?

—Dios sabe.

Se habían detenido, puesto que estaban ya ante el edificio que albergaba el despacho de James Argyll.

—Entraré con usted —dijo Monk al abogado.

—La verdad, no creo que... —empezó a decir Rathbone, pero Monk echó a andar, cruzó la entrada y comenzó a subir la escalera, por lo que no tuvo más remedio que seguirlo.

El despacho era bastante pequeño y no tan imponente como Rathbone había esperado. Tres de las paredes se hallaban repletas de libros muy gastados y la cuarta, en la que había un pequeño hogar donde ardía un fuego vivo, estaba recubierta de alguna madera de origen africano.

Del hombre, en cambio, no se podía decir lo mismo. Se trataba de un tipo alto y de hombros anchos y cuerpo musculoso, pero era su rostro lo que más llamaba la atención. En su juventud debió de ser muy moreno, lo que se conocía vulgarmente como un celta negro, de ojos penetrantes y tez cetrina. Ahora, el pelo que le quedaba era de un gris entrecano y su rostro, surcado de arrugas, reflejaba gran inteligencia y sentido del humor. Cuando sonreía, dejaba a la vista una dentadura perfecta.

—Usted debe de ser Oliver Rathbone —los recibió mirándolo por encima de Monk. Poseía una voz profunda y se regodeaba en su acento, como si estuviera orgulloso de ser escocés. Tendió la mano—. James Argyll a su servicio, señor. Tengo la sensación de que nos enfrentamos a un gran reto. He recibido su carta, donde me decía que la señorita Florence Nightingale está dispuesta a venir a Edimburgo para testificar en favor de la defensa. Excelente, excelente. —Señaló con un gesto las butacas de piel y Monk se sentó. Sin que se lo indicaran con palabras, Rathbone ocupó la otra y Argyll tomó asiento también—. ¿Ha tenido un viaje agradable? —preguntó mirando a Rathbone.

—No hay tiempo para charlas —lo interrumpió Monk—. Las únicas armas con las que contamos son la reputación de la señorita Latterly y lo que nos pueda aportar la señorita Nightingale. Supongo que está al corriente del papel que tuvo en la guerra y de lo bien considerada que está. Si antes no lo sabía, ya debe de haberse informado.

—Lo sé, señor Monk —repuso Argyll sin disimular su regocijo—, y también soy consciente de que, de momento, no tenemos más armas. Supongo que todavía no ha descubierto nada de importancia en casa de los Farraline, ¿verdad? Como es natural, tendremos en cuenta el posible valor de las insinuaciones y las indirectas, pero ya debe de estar al corriente, si antes no lo estaba, de que la familia goza de muy buena fama en Edimburgo. La señora Mary Farraline era toda una personalidad y el señor Alastair es el fiscal procurador, un cargo muy parecido a su fiscal de la Corona.

Monk captó la ironía y supo que la tenía bien merecida.

—¿Está diciendo que un ataque sin una base sólida actuaría en contra nuestra?

—Sí, sin duda.

—¿Podemos pedir que se revise la contabilidad de la empresa? —Monk se inclinó hacia delante.

—Lo dudo, a menos que tenga usted alguna prueba de que se ha producido un desfalco y que podría estar relacionado con el asesinato de la señora Farraline. ¿La tiene?

—No... Ni siquiera me puedo fiar de las divagaciones del viejo Hector.

Argyll se puso alerta.

—Cuénteme más cosas del viejo Hector, señor Monk.

Con gran detalle y sin interrumpirse, Monk narró lo que Hector le contara.

Argyll escuchó con atención.

—¿Lo hará testificar? —terminó Monk.

—Sí... Creo que sí —contestó el escocés con ademán pensativo—. Si me las puedo arreglar para pillarlo por sorpresa.

—Entonces tal vez esté demasiado borracho para ser de ninguna utilidad —objetó Rathbone, al tiempo que se erguía en el asiento.

—Claro, pero si aviso a la familia se asegurarán de que esté demasiado borracho para sostenerse en pie —arguyó Argyll—. No, la sorpresa es nuestra única baza. No es la mejor, se lo concedo, pero sí la única.

—¿Qué piensa hacer? —preguntó Rathbone—. ¿Sacar a relucir algo que haga necesaria su presencia como si no lo hubiera premeditado?

Una sonrisa de satisfacción bailó en las comisuras de los labios de Argyll.

—Exacto. Además, tengo entendido que ha conseguido usted que otro colega de Crimea hable en favor de la señorita Latterly.

—Sí, un médico cantará sus alabanzas.

Monk se levantó con impaciencia y empezó a pasearse por la habitación.

—Nada de todo eso es de ninguna utilidad si no podemos señalar a otra persona como el posible asesino de la señora Farraline. No murió por accidente y no se suicidó. Alguien le administró una dosis letal del medicamento y metió el broche de perlas en el equipaje de Hester, a todas luces para culparla. Nadie dudará de la culpabilidad de Hester a menos que usted señale a otra persona.

—Lo sé perfectamente, señor Monk —convino Argyll en voz baja—. Por eso debemos recurrir a usted. Creo que podemos dar por sentado, sin temor a equivocarnos, que fue un miembro de la familia. Los criados quedan descartados, ¿verdad? Eso me ha dicho el señor Rathbone.

—Sí, todos pueden justificar sus movimientos —asintió Monk—. Y, lo que es más importante, no parece haber ninguna razón de peso para que ninguno de ellos matara a la señora Farraline. —Se llevó las manos a los bolsillos con furia—. Fue un miembro de la familia, pero, hoy por hoy, no tengo más idea de quién que cuando me bajé del tren, aunque no creo que fuera Eilish. En realidad, todo apunta a Kenneth. Tiene una amante que la familia no aprueba y es el contable de la empresa. También es uno de los más débiles. Si sabe usted hacer su trabajo, debería ser capaz de ponerlo en un aprieto cuando suba al estrado.

Rathbone dio un respingo al oír el último comentario, pero compartía los sentimientos de Monk. Si lo hubiesen dejado, le habría tendido a Kenneth la encerrona de su vida. ¡Malditas fueran las diferencias entre la ley inglesa y la escocesa! La frustración se abatía sobre él con tal violencia que le costaba estarse quieto. No podía culpar a Monk por su impaciencia o sus maneras.

Argyll se arrellanó en la silla, unió las yemas de los dedos y miró a Monk sin rencor.

—Trabajaré mejor, señor Monk, si me encuentra un motivo para hacer revisar esa contabilidad. Creo que el joven señor Kenneth bien puede haber sisado un penique aquí y otro allá para mantener a su amante... Sin embargo, necesitamos algo más que una suposición si queremos que el Tribunal Supremo de Edimburgo nos escuche.

—Lo encontraré —prometió Monk.

Argyll enarcó sus cejas negras.

—Legalmente, se lo ruego. De otro modo no serviría.

—Ya lo sé —masculló el detective—. No le dejaré señales ni tendrá motivo alguno de queja. Usted limítese a hacer la parte que le corresponde.

Rathbone volvió a dar un respingo.

Monk miró a Argyll una vez más y sin más comentarios abrió la puerta y se marchó.

Hester viajó de Londres a Edimburgo en el furgón de equipajes. Su estado, pese a que no dormía ni experimentaba nada parecido al descanso que el letargo trae consigo, se parecía mucho al del sueño. Tenía perdido el sentido de la orientación; tanto podía estar viajando en dirección norte como sur, y además esta vez no disponía de calientapiés. Iba esposada a la celadora, que viajaba sentada a su lado con el cuerpo envarado por la inquietud y la cara petrificada, inexpresiva. Cada vez que Hester cerraba los ojos esperaba ver a Mary Farraline cuando los volviese a abrir, oír aquella voz suave y cultivada, con la entonación propia de Edimburgo y contándole algún recuerdo del pasado, una voz preñada de regocijo y sentido del humor.

Fue la última en apearse del tren y, para cuando ella y la celadora bajaron al andén, la mayoría de los pasajeros ya avanzaba hacia las puertas de salida.

La escolta policial estaba allí, cuatro agentes fornidos, armados con cachiporras, que miraban nerviosos a derecha e izquierda.

—¡Vamos, Latterly! —gruñó la celadora a la vez que tiraba de las manos esposadas de Hester—. ¡No te quedes ahí parada!

—¡No voy a escapar! —dijo Hester con ironía y desdén.

La celadora la miró de arriba abajo y pasaron unos segundos antes de que Hester comprendiera por qué. Cuando los policías la rodearon y alguien gritó un improperio desde algunos metros más allá, entendió de repente lo que pasaba. No estaban allí para impedir que escapara, sino para protegerla.

Una mujer chilló.

—¡Asesina! —la insultó alguien con voz ronca.

—¡Que la cuelguen! —gritó otro.

Una oleada de cuerpos empujó a los agentes. Se tambalearon hacia delante y estuvieron a punto de derribar a Hester sin querer.

Unos diez metros más allá, un vendedor de periódicos anunciaba el juicio a gritos.

—¡Que la quemen! —gritó una voz con una claridad escalofriante, una voz de mujer, crispada por el odio—. ¡Quemad a esa bruja! ¡Arrojadla a las llamas!

Un frío glacial invadió a Hester. Era espeluznante notar una aversión tan palpable en el ambiente, algo parecido a un delirio. Carecía de sentido común, de lógica, de compasión. Ni siquiera la habían juzgado aún.

Un objeto pasó volando junto a su mejilla y se estrelló contra la puerta del vagón.

—¡Vamos, vamos! —la apremió un agente, dejando traslucir un pánico mal disimulado—. Circulen. No tienen nada que hacer aquí. Circulen o les arrestaré por alterar el orden. Dejen que el tribunal haga su trabajo. Ya habrá tiempo para colgar a quien sea. Circulen...

—¡No te quedes embobada, estúpida! —la reprendió la celadora, a la vez que volvía a tirar de Hester. Las esposas se le clavaron en las muñecas y le magullaron la carne.

—Vamos, señorita, no nos podemos quedar aquí —dijo el policía más corpulento, con cierta amabilidad—. Tenemos que ponerla a salvo.

A toda prisa, se abrieron paso a duras penas entre la ceñuda multitud, que los seguía empujando, dejaron atrás el andén y salieron a la calle.

Los llevaron en un carruaje cerrado directamente a la cárcel, donde la aguardaban más celadoras de rostro severo y ojos airados.

Hester no dijo nada, no preguntó nada, y entró en la celda en silencio, con la cabeza alta y el pensamiento ajeno a ellas. Se quedó allí hasta media mañana, cuando la escoltaron a otra sala pequeña, vacía salvo por una mesa de madera y dos sillas rígidas, también de madera.

Allí la esperaba un hombre alto y de espaldas anchas. A juzgar por el pelo y la barba canosos y las arrugas que cercaban su boca, andaba más cerca de los sesenta que de los cincuenta, pero poseía una vitalidad tan palpable que, pese a que él no hizo ningún movimiento, parecía desplegarse por toda la habitación.

—Buenas tardes, señorita Latterly —la saludó con cortesía, y la ironía del saludo asomó a sus ojos negros—. Soy James Argyll. Lady Callandra me ha contratado para que la represente, dado que el señor Rathbone no puede ejercer en Escocia.

—Encantada —contestó Hester.

—Por favor, siéntese, señorita Latterly. —Señaló las sillas de madera y, en cuanto ella hubo tomado asiento en una, él se acomodó en la otra.

La observaba con curiosidad y cierta sorpresa. Hester se entretuvo imaginando con quién habría esperado encontrarse. Quizá con una mujer grande y huesuda, de fuerza física suficiente para llevar a cuestas a los heridos y sacarlos del campo de batalla, como Rebecca Box, la esposa de un soldado, que, desafiando los disparos, caminó entre las líneas de fuego y rescató a los caídos cargándolos sobre los hombros. O quizá se esperaba una borracha o una fulana o una mujer ignorante, incapaz de encontrar un trabajo mejor que vaciar orinales y poner vendajes.

Le dio un vuelco el corazón y le costó mantener a raya su desesperación para que no se le notase en la cara o se derramase en forma de lágrimas por sus mejillas.

—Ya he hablado con el señor Rathbone —le estaba diciendo Argyll.

Con un esfuerzo tremendo, Hester consiguió dominarse y le devolvió una mirada tranquila.

—Me ha dicho que la señorita Nightingale está dispuesta a testificar en su favor —añadió Argyll.

—¿Sí? —El corazón le dio un brinco en el pecho y, sin previo aviso, la esperanza renació acompañada de un dolor absurdo. Todo tipo de cosas por las que sentía un gran apego volvieron a su pensamiento, cosas de las que ya se había despedido, al menos mentalmente: personas, imágenes, sonidos, incluso la costumbre de pensar en el mañana o el darse tiempo para hacer planes. Se dio cuenta de que estaba temblando; tenía las manos sobre la mesa y, para que el hombre no advirtiera el temblor, tuvo que unirlas con tanta fuerza que se clavó las uñas en la carne—. Es una buena noticia...

—Oh, es excelente. —Él asintió—. Sin embargo, demostrar sus buenas cualidades no bastará si no podemos probar también que alguien tuvo motivos y ocasión para asesinar a la señora Farraline. De todas formas, al comentarlo con el señor Monk...

Era absurdo que a la sola mención de su nombre se le encogiera el estómago y se le hiciera un nudo en la garganta.

Él continuó como si no hubiera advertido nada.

—... parece como si el señor Kenneth Farraline hubiera manipulado la contabilidad de la empresa para financiar su aventura con alguien a quien, evidentemente, la familia no aprueba. Hasta qué punto merece desaprobación y por qué, en qué grado está comprometido con ella, si hay un niño por medio o no, qué poder tiene la mujer sobre él..., todo eso aún tenemos que averiguarlo. He enviado al señor Monk a que lo descubra de inmediato. Si es tan brillante como asegura el señor Rathbone, no debería tardar más de un par de días, aunque confieso que no entiendo por qué no se ha preocupado de averiguarlo antes.

Hester tenía el corazón en un puño.

—Porque, a menos que usted pueda demostrar que ha malversado dinero de la empresa, el hecho de que tenga una amante es irrelevante —argumentó muy seria—. Muchos hombres las tienen, sobre todo los jóvenes, hombres de buena familia que no mantienen otras relaciones. En realidad, me atrevería a suponer que abundan más los hombres con amantes que sin ellas.

Argyll abrió mucho los ojos con momentánea sorpresa y después con visible admiración por la franqueza y el valor de aquella mujer, y no era un hombre cuya admiración se despertase fácilmente.

—Tiene toda la razón, señorita Latterly, y de eso me encargaré yo. Utilizaré un requerimiento legal para obtener una auditoría de la contabilidad de la empresa y me propongo hacer subir a Hector Farraline al estrado para conseguirlo. Ahora, si es tan amable, repasaremos el orden de los testigos que el señor Gilfeather llamará por parte de la acusación y lo que suponemos que dirán.

—Muy bien.

El abogado frunció el entrecejo.

—¿Ha asistido a algún proceso criminal, señorita Latterly? Habla como si conociera bien el procedimiento. Su serenidad me parece admirable, pero no es momento de inducirme a engaño, ni aunque sea por dignidad.

Un amago de alegría asomó al rostro de ella.

—Sí, señor Argyll, he asistido a varios debido a que de vez en cuando ayudaba al señor Monk.

—¿Ayudaba al señor Monk? —se extrañó él—. ¿Acaso han omitido contarme algo importante?

—No creo que sea importante. —Hester hizo una pequeña mueca—. No creo que ni al jurado ni al público les parezca muy respetable y desde luego no lo considerarán un atenuante.

—Cuénteme —ordenó él.

—Conocí al señor Monk cuando él estaba investi-

gando el asesinato de un oficial de Crimea llamado Jos-
celin Grey. Debido a la relación del señor Grey con mi
difunto padre, pude prestar cierta ayuda al señor Monk
—explicó obediente, aunque advirtió que le temblaba
la voz.

Era curioso con cuánta ternura recordaba aquellos
momentos. Las peleas, vistas desde la perspectiva actual,
se convertían en episodios casi divertidos. Ya nunca volvería
a sentir la ira o el desdén que Monk le inspirara entonces.

—Continúe —la instó Argyll—. Habla como si no
hubiera sido un episodio aislado.

—No lo fue. Utilicé mi experiencia como enfermera
para conseguir un puesto en casa de sir Basil Moidore
cuando el señor Monk investigaba la muerte de la hija de
sir Basil.

Argyll enarcó sus negras cejas.

—¿Para ayudar al señor Monk? —preguntó sin molestarse en ocultar su sorpresa—. No me había dado cuenta de que su afecto por él fuera tan grande.

Ella notó cómo una oleada de calor le subía a las mejillas.

—No fue por afecto al señor Monk —replicó tajante—. Fue por el deseo de que se hiciera justicia. Por otro
lado, mi afecto por lady Callandra fue lo que me llevó a
conseguir un puesto en el Royal Free Hospital para averiguar más cosas sobre la muerte de la enfermera Barrymore. En realidad, la había conocido en Crimea y la tenía en muy buen concepto. Me involucré en la muerte del
general Carlyon porque su hermana, que es amiga mía, me
lo pidió.

Lo miró directamente a los ojos, desafiándolo a poner en duda sus palabras.

Un rubor casi imperceptible tiñó las mejillas de Argyll,
pero no perdió su aire risueño.

—Ya veo. ¿De modo que conoce bien el funciona-
miento de los testimonios y el procedimiento del juicio?

—Sí..., creo que sí.

—Muy bien, perdóneme por haberle dado la sensación de que la trataba con condescendencia, señorita Latterly.

—Por supuesto —rechazó ella con gentileza—. Por favor, continúe.

Al día siguiente, Monk se pasó desde el alba hasta muy poco antes de la medianoche investigando a Kenneth Farraline y escribiendo sus descubrimientos para presentárselos a James Argyll, una actividad que le parecía de poca utilidad.

Rathbone tuvo un día terrible. Apenas podía hacer nada. Nunca le había importado tanto el resultado de un caso ni había tenido tan poca participación en ninguno. Una docena de veces estuvo a punto de ir a ver a Argyll otra vez, y siempre se reprimió con dificultad, diciéndose que no serviría de nada. Pero sólo la afrenta a su orgullo que suponía andar detrás de otro abogado, sobre todo cuando éste ocupaba su lugar, y la certeza de que Argyll se daría cuenta de su nerviosismo, como si lo llevara escrito en la frente, lo detuvieron finalmente.

Sabía que Callandra Daviot estaría en Edimburgo para el juicio, el cual empezaba a la mañana siguiente, así que llegaría en el tren de aquel mismo día, a menos que se le hubiera adelantado y estuviese ya en la ciudad. Hacia media tarde, había caído en un estado de desesperación. Tras picotear sin apetito lo que debía de ser un almuerzo excelente, se pasó la tarde deambulando por la habitación sin ningún propósito.

Por la noche estaba cansado, pero se sentía incapaz de relajarse lo suficiente para dormir. Alguien llamó a la puerta de la habitación del hotel. Se dio media vuelta.

—¡Adelante! —gritó a la vez que avanzaba a grandes zancadas hacia la entrada.

La puerta se abrió en sus narices y apareció Callandra seguida de Henry Rathbone, el padre de Oliver. Como es natural, él mismo le había contado todo el asunto antes de que lo leyera en los periódicos. Su padre había visto a Hester en varias ocasiones y le tenía cariño. Al ver aquella figura alta, algo cargada de espaldas, de rostro ascético y expresión benévola, sintió un alivio absurdo. Al mismo tiempo, la presencia de su padre despertó en el joven sentimientos tanto de dependencia como de violenta autodefensa, que hubiese preferido no tener que afrontar en aquellas circunstancias.

—Por favor, perdóneme, Oliver —se disculpó Callandra sin perder tiempo—. Ya sé que es tarde y posiblemente lo estemos interrumpiendo, pero no podía esperar hasta mañana.

Entró mientras él retrocedía para cederle el paso, sonriendo a pesar de sí mismo. Henry Rathbone hizo lo propio y escudriñó el rostro de su hijo.

—Pasen —los invitó Oliver y cerró la puerta. Estuvo a punto de decir que no interrumpían nada en absoluto, pero el orgullo le impidió reconocerlo ante ellos—. ¡Padre! No le esperaba. Me alegro de que haya venido.

—No digas tonterías. —Henry Rathbone sacudió la cabeza como para quitarle importancia a la cuestión—. Claro que he venido. ¿Cómo está ella?

—No la he visto desde la noche antes de que abandonara Londres. Aquí en Edimburgo no soy su abogado. Ahora sólo permiten entrar a Argyll.

—¿Y qué está haciendo usted mientras tanto? —preguntó Callandra, demasiado inquieta para sentarse en ninguno de los cómodos sillones.

—Esperar —contestó con amargura—. Preocuparme. Estrujarme los sesos pensando si nos hemos dejado algo por hacer, si existe alguna posibilidad de que se nos haya pasado algún detalle por alto.

Callandra tomó aire para hablar, pero cambió de idea.

Henry Rathbone se sentó y cruzó las piernas.

—Bueno, ponernos nerviosos no va a servir de nada. Lo mejor será abordar el asunto desde un punto de vista lógico. Supongo que no hay ninguna posibilidad de que el veneno fuera administrado por accidente o de que la propia señora Farraline se lo tomara adrede. Bueno, no hace falta que pierdas los estribos, Oliver. Hay que establecer los hechos.

Oliver le lanzó una mirada y contuvo su impaciencia con dificultad. De sobras sabía que su padre no carecía de sentimientos ni de interés, en realidad estaba tan preocupado como el que más; pero su capacidad para reprimir sus emociones y concentrarse lo irritaba, porque él no poseía ni de lejos tanto control sobre sí mismo.

Callandra se acomodó en la otra silla y, esperanzada, clavó la vista en Henry.

—¿Y los criados? —continuó éste.

—Monk los ha descartado —respondió Oliver—. Fue uno de la familia.

—Vuelve a recordarme quiénes son —le pidió su padre.

—Alastair, el hijo mayor, que es el procurador fiscal; su mujer, Deirdra, que está construyendo una máquina de volar...

Henry alzó la vista y aguardó una explicación. Sus ojos azules reflejaban afabilidad y confusión.

—Es un poco excéntrica —asintió Rathbone—, pero Monk está convencido de que, por lo demás, es inofensiva.

Henry hizo una mueca.

—La hija mayor, Oonagh McIvor —prosiguió Rathbone—; su marido, Baird, que al parecer está enamorado de su cuñada, Eilish, y saca libros de la empresa para que ella los use en la escuela nocturna donde da clases. El marido de Eilish, Quinlan Fyffe, que ha entrado a formar parte de la familia y del negocio. Inteligente y antipático, pero Monk no conoce ningún motivo por el que pudiera querer ver muerta a su suegra. Y el hijo menor, Kenneth, que parece nuestra mejor apuesta de momento.

—¿Y qué me dices de la hija de Londres? —preguntó Henry.

—No puede ser culpable —replicó Oliver en un tono algo crispado—. No se acercó a Edimburgo ni a Mary ni a la medicina. Podemos descartarlos a ella y a su marido.

—¿Por qué iba a visitarla Mary? —se interesó Henry, pasando por alto el tono de su hijo.

—No lo sé. Algo relacionado con la salud de la muchacha. Está esperando su primer hijo y se siente muy nerviosa. Es natural que requiriese la presencia de su madre.

—¿No sabes nada más?

—¿Cree que es importante? —quiso saber Callandra con ansiedad.

—No, claro que no. —Oliver desestimó el asunto agitando la mano con brusquedad. Estaba de pie, un poco apoyado en la mesa; seguía sin querer sentarse.

Henry hizo caso omiso de la respuesta.

—¿Se te ha ocurrido preguntarte por qué asesinaron a la señora Farraline en ese preciso momento y no en cualquier otro? —preguntó.

—La ocasión —contestó Rathbone—. Era la ocasión perfecta para echarle la culpa a otra persona. Me parece que es obvio.

—Quizá —convino Henry poco convencido. Apoyó los codos en los brazos del sillón y unió las yemas de los dedos—. Pero también es posible que algo provocase el crimen en ese preciso momento. Nadie mata a otra persona sólo porque se le presenta una buena ocasión.

Oliver se irguió. Al fin una chispa brillaba en su interior.

—¿Se le ha ocurrido algo?

—Creo que valdría la pena investigar si pasó algo tres o cuatro días antes de que la señora Farraline partiese hacia Londres —sugirió Henry—. Tal vez al asesino se le presentase la oportunidad de actuar tras varios años de desearlo, pero también pudo suceder algo que precipitase el asesinato.

—Desde luego que sí —asintió su hijo, a la vez que se alejaba de la mesa—. Gracias, padre. Al menos tenemos otra vía para explorar. O sea, si Monk no lo ha hecho ya y ha salido con las manos vacías. Pero no me dijo nada al respecto.

—¿Está seguro de que no puede ver a Hester? —preguntó Callandra en seguida.

—Sí, estoy seguro, pero asistiré al juicio, por supuesto, y tal vez me permitan hablar con ella unos instantes entonces.

—Por favor...

Callandra estaba muy pálida. De repente, toda la emoción que tanto se habían esforzado por reprimir mediante la acción, la reflexión y el autocontrol se desbordó en el silencio de aquella habitación cálida y desconocida, con su mobiliario anónimo y aquel olor a abrillantador.

Oliver clavó la mirada en Callandra y después en su padre. No hicieron falta palabras; todo el miedo, el cariño, la conciencia de la pérdida se cernía sobre ellos; su sensación de impotencia era tan clara que no hacía falta expresarla.

—Claro que se lo diré —prometió Oliver, sereno—, pero ya lo sabe.

—Gracias —dijo Callandra.

Henry asintió con un movimiento de la cabeza.

La mañana del juicio amaneció fría y desapacible. Amenazaba lluvia. Oliver Rathbone salió andando a paso vivo de las habitaciones que había alquilado en una bocacalle de Princes Street, subió la escalera del montículo que conducía al castillo, luego por Bank Street y torció a la izquierda por High Street. Casi de inmediato se encontró cara a cara con la gran catedral de St. Giles, que ocultaba a medias Parliament Square, en cuya parte más alejada estaban la sede del Parlamento, que no se usaba desde el Acta de Unión, y el Tribunal Supremo de Justicia.

Cruzó la plaza. Nadie lo reconoció. Pasó junto a vendedores de diarios que no sólo anunciaban las noticias del día, sino que prometían todo tipo de escándalos y revelaciones en el número siguiente. Iban a juzgar a la asesina de Mary Farraline. Léanlo todo al respecto. Entérense de los secretos que sólo unos pocos conocen. Historias increíbles por el módico precio de un penique.

Impaciente, los dejó atrás. Ya había oído todo aquello antes, pero no le hacía daño cuando sólo se trataba de un cliente. Era lo habitual y lo pasaba por alto. Sin embargo, tratándose de Hester, poseía la capacidad de herirlo hasta extremos insospechados.

Subió la escalera. Incluso allí, entre abogados ataviados con la toga negra, pasó desapercibido. Le producía una turbación sorprendente. Estaba acostumbrado a que lo reconocieran, incluso a que le demostrasen un respeto considerable, a que los jóvenes se apartasen a un lado con deferencia a su paso mientras murmuraban sobre sus éxitos anteriores con la esperanza de poder emularlos algún día.

Allí sólo era un espectador más, aunque le dejarían sentarse cerca del estrado y pasar alguna que otra nota al abogado defensor.

Tras llevar a cabo los trámites necesarios, había obtenido permiso para ver a Hester unos instantes antes de que se iniciara la sesión. Prefijaron una hora muy precisa. Llegó exactamente dos minutos antes.

—Buenos días, señor Rathbone —lo saludó el funcionario con fría formalidad—. Si viene por aquí, señor, veré si puede hablar un momento con la acusada.

Sin esperar a que Rathbone asintiese, dio media vuelta y echó a andar hacia la escalera angosta y empinada que bajaba a las celdas donde se encerraba a los prisioneros antes del juicio, y también después, cuando esperaban a ser transportados a una prisión más permanente.

Encontró a Hester de pie en el interior de una pequeña celda, pálida. Llevaba el sencillo vestido gris azulado de faena y tenía mala cara. El infierno vivido había hecho mella en su salud. Nunca fue una mujer de grandes curvas, pero ahora se la veía mucho más delgada, con los hombros rígidos y frágiles, las mejillas hundidas y bolsas bajo los ojos. Rathbone supuso que en los peores días de la guerra debía de ofrecer ese mismo aspecto, hambrienta, muerta de frío, extenuada y atormentada por el miedo y la compasión.

Durante una milésima de segundo, una chispa de esperanza asomó a los ojos de Hester, pero al ver la expresión del hombre el sentido común se impuso en ella. De momento, no había indulto. Le dio vergüenza que el hombre hubiera leído en su cara la idea insensata que la había asaltado.

—Bu... buenos días, Oliver —dijo con voz casi monocorde.

¿Cuántas veces más podría hablar a solas con ella? Después de esta vez quizá se separasen para siempre. Hubiera querido decirle montones de cosas, hablarle de sus sentimientos, del cariño que sentía por ella, de lo muchísimo que la echaría de menos, del lugar que ocupaba en su vida y que nadie más podría ocupar y menos aún colmar. No estaba seguro de qué significaba todo aquello, en un sentido romántico, pero no albergaba ninguna duda respecto al amor entre amigos, cuyas posibilidades no se debían subestimar.

—Buenos días —contestó—. He conocido al señor Argyll y me ha impresionado mucho. Creo que hace honor a su reputación. Podemos confiar en él a ciegas. —Qué formal y deprimente, cuán distinto a lo que estaba pensando en realidad.

—¿Lo dice en serio? —preguntó ella mirándolo a los ojos.

—Sí. Supongo que le habrá dado las instrucciones pertinentes respecto a cómo debe actuar y qué le debe responder a él o al señor Gilfeather.

Tal vez fuese mejor no hablar de nada salvo de temas profesionales. Hester no estaba en condiciones de soportar la emotividad.

Ella hizo un esfuerzo por sonreír.

—Sí, pero ya las conocía. Se las había oído a usted. Contestaré sólo cuando me pregunten, hablaré en tono claro y respetuoso y no miraré demasiado fijamente a nadie...

—¿Eso le ha dicho?

—No..., pero usted me lo habría dicho, ¿no?

La sonrisa de Rathbone fue insegura, incluso apesadumbrada.

—Se lo habría dicho... a usted. A los hombres no les gustan las mujeres demasiado seguras.

—Ya lo sé.

—Sí... —Tragó saliva—. Claro que lo sabe.

—No tema. Seré mansa como un corderito —lo tranquilizó—. También me ha advertido de lo que supuestamente dirán los otros testigos y que el público será hostil. —Exhaló un suspiro entrecortado—. Supongo que era de esperar, pero resulta una idea muy desagradable pensar que ya me han juzgado y condenado.

—Les haremos cambiar de idea —la animó con vehemencia—. Aún no han oído su testimonio; sólo conocen el punto de vista del fiscal.

—Yo...

No pudo continuar la frase. Alguien llamó enérgicamente a la puerta, que se abrió para ceder el paso a la celadora.

—Lo siento, señor, pero tendrá que marcharse. Tengo que llevar arriba a la prisionera.

No hubo tiempo para nada más. Rathbone echó una mirada a Hester, se forzó a esbozar una sonrisa y, obedeciendo la orden, se retiró.

El Tribunal Supremo de Justicia de Edimburgo no se parecía al Old Bailey, y Monk sufrió un desagradable sobresalto al recordar, una vez más, que estaban en otro país. Aunque unidos por muchos vínculos y gobernados por la misma Reina y el mismo Parlamento, la ley allí era distinta, la historia y el patrimonio cultural diferían y, hasta una época muy reciente de la larga memoria nacional, ambos países habían sido amigos tan a menudo como enemigos. Las fronteras estaban empapadas de sangre a ambos lados y la Alianza Auld no era con Inglaterra sino con Francia, la enemiga histórica de Inglaterra.

Los cargos tenían distintas denominaciones, las ropas variaban un poco, y no había doce hombres en el jurado, sino quince. Sólo la inexorabilidad de la ley era la misma. El jurado ya había sido formado, la prisionera estaba acusada y los procedimientos habían empezado.

El fiscal era un hombre grande y despistado, de voz suave y alborotado pelo gris. Ostentaba una expresión afable y las luces se reflejaban en su coronilla calva. Instintivamente, Monk supo que aquella cordialidad y el simpático aire de despiste eran puro teatro. Aquella sonrisa escondía un cerebro preciso como un escalpelo.

En el otro banco, igual de cortés, pero con una actitud totalmente distinta, estaba James Argyll. Recordaba a un viejo oso, entrecano y peligroso. Los ojos negros y las cejas prominentes acentuaban su aire de intensa concentración, y la impresión en el observador externo de que no temía nada ni que nadie lo podía engañar.

¿Hasta qué punto se trataba de una cuestión personal

entre ellos, una batalla donde el premio era la vida o la muerte de Hester? Aquellos dos hombres debían de haberse visto muchas veces antes. Debían de conocerse como sólo se conoce a un adversario cuyas fuerzas se han medido hasta el límite. A un amigo nunca se lo conoce en ese sentido.

Monk miró a Hester, que estaba sentada en el banquillo de los acusados. Se la veía muy pálida y tenía los ojos perdidos en la lejanía, como si estuviera aturdida. Quizá sí. Se enfrentaba a una realidad más intensa que ninguna otra y, precisamente por eso, debía de tener sensación de irrealidad. En ocasiones, tendría los sentidos tan aguzados que vería hasta la última veta de la madera de la barandilla y, sin embargo, no escucharía lo que se estaba diciendo. Tal vez oiría el mínimo suspiro del funcionario sentado ante ella o de la celadora situada a sus espaldas, y en cambio no vería al público ni aunque la gente se moviera o se empujase para ver mejor.

El juez se encontraba sentado ante ellos, un anciano de cara caballuna e inteligente con los dientes torcidos, la nariz larga y el pelo ralo. En su juventud, debió de ser bien parecido. En la actualidad, su personalidad le había dejado profundas huellas en el rostro y su genio vivo estaba grabado en sus facciones.

El primer testigo de la acusación era Alastair Farraline. Cuando se pronunció su nombre, la sala al completo guardó silencio y luego volvió a respirar poco a poco. Todo el mundo sabía que era el fiscal procurador, un título que suscitaba tanto miedo como respeto. Una mujer del público profirió un pequeño grito de pura emoción reprimida cuando el hombre subió al estrado, y el juez la fulminó con la mirada.

—Contrólese, señora, o tendré que pedirle que abandone la sala —advirtió con gravedad.

La mujer se llevó ambas manos a la boca.

—Proceda —ordenó el juez.

Gilfeather le dio las gracias y se volvió hacia Alastair con una sonrisa.

—En primer lugar, señor Farraline, quiero expresarle el más sentido pésame de todo el tribunal por la muerte de su madre. Una dama a la que todos teníamos en gran aprecio.

Alastair, pálido y muy erguido, con reflejos de luz en el cabello, trató de sonreír y no lo consiguió.

—Gracias —se limitó a decir.

Monk echó una ojeada a Hester, que permanecía inmóvil con la vista clavada en Alastair.

Justo detrás de Argyll, Oliver Rathbone estaba tan rígido que, incluso desde el otro lado de la sala, Monk podía ver la tela de su chaqueta tirante por la parte de los hombros.

—Veamos, señor Farraline —continuó Gilfeather—. Cuando su madre planeó aquel viaje a Inglaterra, ¿desde el principio tuvo la intención de contratar a alguien para que cuidara de ella?

—Sí.

—¿Por qué, señor? ¿Por qué no una criada? Tiene criados suficientes, ¿no es verdad?

—Por supuesto. —Alastair parecía confuso y apenado—. La doncella de madre nunca había viajado y no deseaba hacerlo. Temíamos que su nerviosismo hiciera de ella una compañía inapropiada y posiblemente ineficaz, sobre todo si tenía que enfrentarse a alguna dificultad o inconveniente que surgiese durante el viaje.

—Desde luego —convino Gilfeather, a la vez que asentía con la cabeza con conocimiento de causa—. Deseaba contar con alguien competente, que pudiera ocuparse de cualquier contingencia, esto es, una mujer que hubiera viajado antes.

—Y que fuera enfermera —añadió Alastair—. Por si... —Tragó saliva. Parecía sentirse muy desdichado—. Por si la tensión del viaje le sentaba mal a madre.

El juez apretó los labios. Se levantó un rumor entre el público.

Oliver Rathbone se estremeció. Argyll seguía sentado con el semblante inexpresivo.

—¿Así que pusieron ustedes un anuncio? —apuntó Gilfeather.

—Sí. Nos contestaron dos o tres personas, pero la señorita Latterly nos pareció la más cualificada y la más apropiada.

—Les daría referencias, supongo.

—Por supuesto. Nos pareció una persona excelente.

—¿En algún momento tuvo usted motivos para dudar de que habían hecho una buena elección antes de acompañarla a la estación de Edimburgo, donde tomarían el tren a Londres?

—No. Me pareció una joven muy competente —contestó Alastair. En ningún momento miró en dirección a Hester, sino que se cuidó de mantener la vista apartada de ella.

Gilfeather le hizo unas cuantas preguntas más, todas bastante triviales. Monk desvió su atención del interrogatorio. Buscó la cabeza rubia de Oonagh y no la encontró, pero no le costó localizar a Eilish y a Deirdra. Lo sorprendió advertir que Deirdra lo miraba directamente a los ojos con una expresión de lástima y algo parecido a la complicidad.

Quizá fuese sólo el reflejo de las lámparas.

Gilfeather se sentó entre un murmullo nervioso procedente del público. James Argyll se levantó.

—Señor Farraline...

Alastair lo miró con una expresión de disgusto cortés y prolongada.

—Señor Farraline. —Argyll no sonrió—. ¿Por qué escogió a alguien de Londres y no de Edimburgo? ¿En Escocia no hay buenas enfermeras?

El semblante de Alastair se tensó perceptiblemente.

—Supongo que no, señor. Ninguna contestó a nuestro anuncio. Queríamos contratar a la mejor que pudiéramos encontrar. Pensamos que una mujer que había trabajado con Florence Nightingale ofrecería todas las garantías.

Se levantó un murmullo en la multitud, preñado de sentimientos encontrados: el orgullo patriótico que les inspiraba Florence Nightingale y todo lo que ella representaba, el miedo a que su reputación pudiera quedar mancillada e incluso, de refilón, sorpresa, duda y expectación.

—¿De verdad consideraron que semejante requisito era necesario para una tarea tan sencilla como administrar una dosis de preparado a una mujer tan inteligente y en plena posesión de sus facultades? —preguntó Argyll con curiosidad—. Los miembros del jurado tal vez se pregunten por qué una escocesa de buena reputación no podía hacerlo igual de bien y por mucho menos dinero si tenemos en cuenta los gastos de desplazamiento que generaría una forastera procedente de Londres.

Aquella vez, los murmullos fueron de aprobación.

Monk cambió de postura con impaciencia. Era una cuestión tan insignificante que difícilmente podía servir para nada, un detalle demasiado sutil para que el jurado lo tuviese en cuenta y menos aún lo recordase en el momento apropiado.

—Queríamos contratar a alguien acostumbrado a viajar —se reafirmó Alastair. Estaba ruborizado, aunque resultaba difícil discernir qué sentimientos se ocultaban tras aquellas mejillas arreboladas y la mirada triste. Tal vez sólo fuese pena, y sin duda azoramiento por haber tenido que comparecer públicamente ante una multitud que lo contemplaba con curiosidad morbosa. Sólo estaba acostumbrado al respeto, a la estima e incluso a la reverencia. En aquellos instantes, veía expuestos sus asuntos privados, su familia y sus emociones, y no tenía armas para defenderse.

—Gracias —dijo Argyll en un tono cortés que no dejaba traslucir si le creía o no—. ¿Dudó en algún momento de la eficiencia de la señorita Latterly mientras ésta estuvo en su casa?

Alastair no habría podido responder afirmativamente ni aunque hubiese querido, pues, de hacerlo, parecería que, pese a intuir las malas consecuencias de su decisión, prefirió pasarlas por alto.

—No, claro que no —contestó con aspereza—. Jamás habría permitido que mi madre viajara con alguien sospechoso.

Argyll asintió con la cabeza y sonrió.

—En realidad, ¿no es verdad que su madre hizo muy buenas migas con la señorita Latterly?

Alastair adoptó una expresión hosca.

—Sí... Eso me pareció. Fue sorprendente... —Se interrumpió.

Argyll esperó. El juez miró a Alastair inquisitivamente. Los miembros del jurado tenían la vista clavada en el testigo.

Alastair se mordió el labio. Al parecer, se había pensado mejor lo que iba a decir.

En la sala se levantó un murmullo compasivo. Las facciones de Alastair se tensaron; no le hacía ninguna gracia que lo compadeciesen.

Argyll sabía cuándo empezaba a llevar las de perder, muchas veces sin poder decir por qué.

—Gracias, señor. No hay más preguntas.

Gilfeather asintió con afabilidad y el juez indicó a Alastair que podía retirarse, después de expresarle una vez más su pésame y su respeto, palabras que él aceptó en silencio.

El siguiente testigo en comparecer fue Oonagh McIvor. Provocó un revuelo aún mayor que Alastair. No tenía título ni posición pública, pero su aire de dignidad y pasión reprimida habría despertado la atención y el respeto incluso de alguien que no supiese quién era. Como es natural, iba de negro de los pies a la cabeza, pero el atuendo no mermaba la elegancia de la mujer. Su piel blanca se veía sonrosada y delicada y el pelo le brillaba bajo el sombrero negro.

Subió los peldaños con parsimonia y pronunció el juramento sin titubear. A continuación, aguardó a que Gilfeather la interrogase. Ninguno de los quince miembros del jurado apartaba los ojos de ella.

—Señora McIvor, ¿aprobó la decisión de su hermano de contratar a una enfermera londinense para cuidar de su madre?

—Sí, lo hice —respondió despacio y con tranquilidad—. Reconozco que me pareció una idea excelente. Pensé que, aparte de estar bien preparada y de haber viajado con anterioridad, sería una compañía interesante para mi madre. —Se diría que estaba pidiendo disculpas—. Madre viajó mucho en su juventud y creo que a veces echaba de menos la emoción del cambio. Pensé que una mujer así podría hablar con ella de sus experiencias en el extranjero y que sin duda sabría entretenerla.

—Es comprensible —reconoció Gilfeather—. Creo que yo habría pensado lo mismo en su lugar. Supongo también que, en parte, sus expectativas se vieron cumplidas.

Oonagh sonrió con tristeza pero no contestó.

—¿Estaba usted presente cuando llegó la señorita Latterly, señora McIvor? —continuó Gilfeather.

Las preguntas se sucedieron tal como Monk había previsto. Gilfeather preguntaba y Oonagh contestaba, y el tribunal escuchaba absorto; todos menos Monk, que miraba a su alrededor, primero a una cara, luego a otra. El propio Gilfeather parecía satisfecho, incluso ufano. Al mirarlo, el jurado debía de tener la impresión de que lo tenía todo bajo control y de que no albergaba duda alguna del resultado.

Monk observaba la situación con amargura, aunque admiraba la profesionalidad de aquel hombre. No conseguía recordar el juicio de su mentor, celebrado muchos años atrás. Ni siquiera sabía en qué tribunal se llevó a cabo, pero la impotencia que sentía en ese momento trajo oleadas de antiguas emociones a su recuerdo. En aquel entonces sabía la verdad y contempló, sin poder hacer nada, cómo a alguien a quien amaba y admiraba se lo condenaba por un crimen que no había cometido. Monk era joven y presenció con incredulidad aquel acto de injusticia, resistiéndose a creer, hasta el último momento, que algo así pudiera suceder realmente. Después se quedó estupefacto. En el momento presente, todo aquello ya no lo sorprendía, como si le arrancaran el tejido cicatrizado de una vieja herida y apareciera la infección debajo, atacando de nuevo.

En la mesa de la defensa, James Argyll esperaba con gesto de profunda concentración. El suyo era un semblante amenazador, repleto de fuerza y de sutileza, pero el hombre carecía de armas. Monk le había fallado. Deliberadamente, repetía la palabra para sí una y otra vez. Fracaso. Alguien asesinó a Mary Farraline y él no había descubierto el menor indicio de quién lo hizo ni de por qué sucedió. Se había pasado semanas investigando para averiguar tan sólo que Kenneth tenía una amante muy guapa, de pelo largo y muy rubio y piel blanca, decidida a no volver a pasar hambre ni frío y dispuesta a dormir en el lecho de cualquier extraño porque carecía de uno propio.

En realidad, a Monk le caía mejor ella que Kenneth, quien se había visto obligado a obsequiarla con regalos más caros de lo que hubiera deseado para seguir gozando de sus favores.

Sin embargo, a menos que alguien pudiese levantar las suficientes sospechas de desfalco como para exigir una auditoría de la contabilidad de la empresa y quedase demostrado que la malversación había tenido lugar, aquel asunto tal vez provocase un escándalo, aunque no era probable, pero sin duda no constituía un móvil para el asesinato.

Monk miró a Rathbone y, a pesar de sí mismo, sintió una punzada de compasión. Cualquier desconocido pensaría que sólo estaba escuchando, con la cabeza algo inclinada a un lado, el ademán pensativo y los ojos entornados como si toda su atención estuviera puesta en lo que se decía. Pero Monk, que lo conocía desde hacía tiempo y lo había visto bajo presión en otras ocasiones, advertía la posición de sus hombros, encorvados bajo la hermosa chaqueta, la rigidez del cuello y cómo abría y cerraba despacio la mano sobre la mesa. Adivinó la frustración que bullía en su interior. Fueran cuales fueren sus pensamientos o las emociones que se debatían en su corazón, ya no podía hacer nada. Tal vez él hubiera adoptado otra estrategia, o quizá sólo habría variado algo tan insignificante como una entonación o un gesto, pero en aquellos instantes debía limitarse a permanecer sentado en silencio y escuchar.

Oonagh estaba contestando a la pregunta de Gilfeather sobre los preparativos del viaje de Mary.

—¿Y quién preparó la maleta de su madre, señora McIvor?

—La doncella.

—¿Quién le dio las instrucciones?

—Yo. —Oonagh titubeó tan sólo una fracción de segundo, el semblante pálido, la cabeza alta. Nadie se movía en la sala—. Yo confeccioné una lista con lo que debía guardar para que madre tuviera todo lo necesario y..., y para que no llevara demasiados vestidos de noche y sí vestidos sencillos y faldas. No era..., no era una visita social... En realidad no.

En la sala se levantó un murmullo de compasión, como un soplo de viento. Los detalles personales hacían más vívida la realidad de la muerte.

317

Gilfeather aguardó un par de segundos para dar tiempo a que la emoción calase hondo.

—Entiendo. Y como es natural ¿incluyó las joyas apropiadas en la lista?

—Sí, por supuesto.

—¿Y metió la lista en la maleta?

—Sí. —Un amago de sonrisa asomó a su rostro—. Así, la criada que hiciera la maleta a su vuelta podría asegurarse de que lo guardaba todo y no se dejaba nada por despiste. A veces es muy pesado...

No hizo falta que terminara la frase. Una vez más, el fantasma de la mujer muerta planeó por la sala. Alguien del público estaba llorando.

—Lo que nos lleva a otra cuestión, señora McIvor —siguió Gilfeather transcurridos unos instantes—. ¿Exactamente por qué emprendió su madre el largo viaje a Londres? ¿No habría sido más sensato que su hermana acudiera a Edimburgo para así, de paso, visitar a toda la familia?

—Normalmente sí, claro —convino Oonagh recuperando el tono tranquilo y juicioso—, pero mi hermana se ha casado hace poco y está esperando su primer hijo. No podía viajar y sentía una gran necesidad de ver a madre.

—¿Ah, sí? ¿Y sabe por qué razón?

—Sí... Estaba preocupada... La inquietaba que su hijo naciera con problemas, que pudiera estar afectado de alguna enfermedad hereditaria...

Las palabras, escogidas con cuidado, fueron cayendo una por una en un mar de expectación. Se oyeron gritos sofocados en la sala.

El jurado permanecía inmóvil. El juez se volvió bruscamente hacia la testigo.

Rathbone levantó la cabeza con expresión tensa.

Los ojos de Argyll escudriñaron el rostro de Oonagh.

—Claro está —comentó Gilfeather en voz muy baja—. ¿Y qué se proponía hacer su madre respecto a esos miedos, señora McIvor? —No preguntó de qué enfermedad se trataba y Monk oyó un susurro procedente de la multitud cuando cien personas suspiraron a la vez, liberando la tensión expectante.

Oonagh palideció un poco. Sabía lo que la gente estaba pensando.

—Iba a asegurarle que mi padre murió de una enfermedad contraída mucho después de que ella naciese y que ni mucho menos era hereditaria. —Hablaba en tono claro y desapasionado—. Mientras servía en el ejército, en el extranjero, enfermó de unas fiebres que le destruyeron los órganos internos y al final le causaron la muerte. Griselda era muy pequeña entonces, no lo recuerda con exactitud y supongo que cuando padre murió nadie se lo explicó. Nadie pensó que a ella pudiera afectarla. —Titubeó—. Siento decir esto, pero Griselda se preocupa por su salud mucho más de lo que sería normal y necesario.

—¿Está diciendo que se preocupa sin motivo? —concluyó Gilfeather.

—Sí. Sin ningún motivo. Ella no lo creía así y madre decidió ir a Londres para convencerla en persona.

—Ya veo. Es lógico. Estoy seguro de que cualquier madre haría lo mismo.

Oonagh asintió con un movimiento de la cabeza, pero no dijo nada.

Se respiraba cierto ambiente de decepción en la sala. Algunas personas empezaban a distraerse.

Oonagh carraspeó.

—¿Sí? —preguntó Gilfeather al instante.

—No sólo faltaba el broche de perlas gris de mi madre —anunció con prudencia—. Ése, desde luego, lo hemos recuperado.

En aquel momento, volvió a acaparar toda la atención. Nadie volvió a revolverse en la silla.

—¿De verdad? —Gilfeather parecía interesado.

—También había un broche de diamantes de mucho

más valor —denunció Oonagh en un tono grave—. Se le encargó al joyero de la familia, pero no se encontraba entre los efectos de mi madre.

En el banquillo, Hester se irguió de repente y se inclinó hacia delante con expresión sorprendida.

—Ya veo. —Gilfeather miró fijamente a Oonagh—. ¿Y el valor aproximado de ambas joyas, señora McIvor?

—Bueno, unas cien libras el broche de perlas y quizá un poco más el de diamantes.

Sonaron varios gritos sofocados procedentes del público. El juez frunció el entrecejo y se apoyó en la mesa.

—Una suma considerable —apuntó Gilfeather—. Suficiente para que una mujer que carece de empleo fijo se permita muchos lujos.

El rostro de Rathbone se crispó, tan imperceptiblemente que quizá sólo Monk se dio cuenta, pero el detective comprendió muy bien por qué.

—¿Y ese broche de diamantes estaba en la lista de cosas que su madre iba a llevarse a Londres?

—No. Si madre se lo llevó fue por decisión propia y en el último momento.

—Ya veo. ¿Pero no estaba entre sus efectos?

—No.

—Gracias, señora McIvor.

Gilfeather retrocedió y, con un gesto elegante, indicó a Argyll que podía proceder.

Argyll le dio las gracias y se levantó.

—Esa segunda joya, señora McIvor, no la había mencionado hasta ahora. En realidad, es la primera vez que alguien habla de ella. ¿A qué se debe?

—Porque antes no nos habíamos dado cuenta de que faltaba —contestó Oonagh con mucha lógica.

—¡Qué raro! Lo normal sería guardar una pieza tan valiosa en un lugar seguro, un joyero cerrado con llave o algo por el estilo.

—Supongo.

—No lo sabe.

Ella pareció dudar.

—No. Era de mi madre, no mío.

—¿Cuántas veces la vio llevarlo?

—Yo… —Lo observó con la misma mirada clara y directa con que había mirado a Monk otras veces—. No recuerdo habérselo visto puesto nunca.

—¿Cómo sabe que lo tenía?

—Porque fue encargado al joyero de la familia, pagado y recogido.

—¿Por quién?

—Ya veo adónde quiere ir a parar, señor Argyll —dio por sentado—, pero no es mío ni de mi hermana, y tampoco pertenece a mi cuñada. Sólo podía ser de mi madre. Me atrevo a decir que se lo puso en alguna ocasión cuando yo no estaba presente, de modo que no llegué a verlo.

—¿No sería posible, señora McIvor, que fuese un regalo para otra persona y no perteneciese a un miembro de su familia? Eso explicaría por qué nadie lo ha visto y por qué ahora no está en su sitio, ¿verdad?

—Si fuera así, sí —reconoció Oonagh con indiferencia—. Sin embargo, era demasiado caro para regalárselo a alguien que no fuera un miembro de la familia. Somos generosos, o eso creo, pero no despilfarradores.

Varias cabezas hicieron gestos de asentimiento. Una mujer sofocó una risilla, y el hombre que estaba sentado a su lado la fulminó con la mirada.

—Me está diciendo, señora McIvor, que el broche fue encargado pero que, aunque lo pagaron, nadie lo ha visto, ¿me equivoco? No está insinuando que posea pruebas de que la señorita Latterly lo tenga en su poder o llegara a tenerlo en algún momento.

—La señorita Latterly tenía el broche de perlas —señaló Oonagh—. Ni siquiera ella lo ha negado.

—No, claro que no —convino Argyll—. Hizo todo lo posible por devolverlo en cuanto lo encontró. Sin embargo, ha visto el broche de diamantes tantas veces como usted.

Oonagh se sonrojó. Abrió la boca para hablar, pero enseguida cambió de idea y guardó silencio.

Argyll sonrió.

—Gracias, señora McIvor. No hay más preguntas.

Era otro pequeño tanto a su favor, pero sólo suponía un triunfo momentáneo. Gilfeather parecía divertido. Se lo podía permitir.

La acusación llamó al revisor del tren en el que viajaron Mary Farraline y Hester. Dijo justo lo que era de esperar. Nadie más, por lo que él sabía, entró en el compartimiento. Las dos mujeres viajaron solas durante todo el viaje. Sí, la señora Farraline salió al menos una vez para atender sus necesidades. Sí, la señorita Latterly, muy consternada, lo llamó para informarle de la muerte de la anciana. Él fue a comprobarlo y, sí, lamentaba mucho decirlo, pero la mujer estaba muerta. Cumplió con su deber en cuanto llegaron a Londres. Todo había sido muy triste.

Argyll sabía muy bien que si cuestionaba lo que ya estaba establecido, pondría al jurado en su contra. Interrogarlo sólo serviría para presionar a un pobre hombre que se limitó a hacer su trabajo. Con un gesto de la mano y una inclinación de la cabeza, renunció a contrastar la declaración del testigo.

El jefe de estación se limitó a decir también lo que era de prever, si bien en algunos momentos se dio excesiva importancia o tendió a mostrarse nervioso y melodramático.

Una vez más, Monk desvió su atención a los rostros que lo rodeaban. Pudo contemplar a Hester unos instantes, aprovechando que ella tenía vuelta la mirada hacia el estrado. La observó con curiosidad. No era hermosa, pero la tensión y el miedo que la abrumaban en aquellos momentos le otorgaban una gracia muy próxima a la belleza. Despojada de toda afectación o fachada, incluso de la máscara habitual de buenas maneras, transmitía una honestidad que llegaba al corazón. Le sorprendió advertir lo cerca de ella que se sentía, como si conociera hasta el último detalle de su ser, cada amago de expresión que pudiera cruzar su semblante. Creyó saber lo que la mujer estaba experimentando, pero él no se encontraba en posición de ayudarla en nada.

Lo abrumaba una sensación de impotencia tan intensa que tenía el corazón en un puño. Sin embargo, no habría podido decirle nada a Hester que ella no supiera ya. Quizá una mentira la ayudase, pero nunca lo sabría, porque no podía mentirle. No lo haría bien, y hacerlo mal sólo serviría para erigir un muro entre ambos, lo cual empeoraría las cosas.

Oonagh permanecía en la sala del tribunal. Monk veía el nacimiento de su cabello rubio en lo alto de la frente, bajo el borde del sombrero negro. Parecía tranquila y resuelta, como si se hubiera pasado horas sumida en profunda reflexión y practicando el autocontrol, antes de salir de Ainslie Place para comparecer ante el tribunal, y en aquellos instantes nada pudiera hacerle perder la compostura.

¿Sabía quién asesinó a su madre? ¿Acaso lo suponía, dado lo bien que conocía a sus hermanos? Observó sus facciones, la frente despejada, la mirada imperturbable, la nariz larga y recta, los labios gruesos, de contornos casi perfectos. Todos los rasgos eran bonitos y, sin embargo, el conjunto transmitía demasiada autoridad como para resultar hermoso en el sentido ordinario. ¿Había asumido el liderazgo del clan a la muerte de Mary? ¿Estaba protegiendo el honor de la familia o encubriendo la debilidad o la maldad de uno de sus miembros?

Tal vez Monk nunca lo supiese, aunque averiguara quién era el culpable.

¿Aunque llegase a averiguarlo?

El frío se abatió sobre él. Sin querer, acababa de expresar el miedo que tanto se había esforzado por negar desde que llegó a Edimburgo. Enojado, lo rechazó.

El culpable era uno de los Farraline. Seguro.

Apartó la vista de Oonagh y se fijó en Alastair. Sentado junto a su hermana, tenía la mirada clavada en el jefe de estación, que ofrecía su testimonio. Parecía absorto, como si el peso de ver la tragedia familiar sometida a un juicio público fuese más de lo que podía soportar. Como Monk advirtiera ya en un par de ocasiones, parecía buscar apoyo en su hermana más que en su esposa. Deirdra estaba presente, desde luego, sentada junto a él, pero Alastair tenía el cuerpo inclinado a la izquierda, hacia Oonagh, y el hombro derecho un poco girado, como excluyendo a Deirdra.

Su esposa miraba al frente, no tanto en actitud de ignorar a Alastair como de estar interesada en el proceso. No se advertían señales de preocupación en su semblante; la frente serena, la nariz respingona, la barbilla prominente. Si temía alguna tragedia inminente, era una actriz consumada.

Kenneth no se encontraba en la sala y Monk tampoco lo esperaba. Lo llamarían a testificar, de modo que aún no se le permitía entrar por si oía algo que pudiera alterar su declaración. Era la ley. Eilish sí estaba, como una llama silenciosa. Baird, sentado al otro lado de Oonagh, también se mantenía un poco aparte, no de manera manifiesta, sólo como si estuviera ensimismado. No miraba a Eilish, pero incluso desde el otro lado de la sala notaba Monk el control férreo que ejercía sobre sí mismo para reprimirse de hacerlo.

Quinlan Fyffe se hallaba ausente, seguramente porque iban a llamarlo también.

El jefe de estación concluyó su testimonio y Argyll rehusó interrogarlo. El testigo se retiró y lo reemplazó el médico que certificó la muerte de Mary Farraline. Gilfeather lo trató con mucha amabilidad y procuró no azorarlo por haber diagnosticado que Mary había fallecido de muerte natural, por un ataque al corazón, y que no valía la pena investigar más. Aun así, el hombre parecía incómodo y respondió con monosílabos.

Argyll se levantó y le sonrió. A continuación volvió a sentarse sin pronunciar una palabra.

La tarde estaba llegando a su fin y se suspendió el juicio hasta el día siguiente.

Monk salió de inmediato y se apresuró a hablar con Rathbone para conocer su opinión de cómo había ido la sesión. Lo vio en la escalera y lo alcanzó justo cuando el abogado y Argyll partían en un cabriolé.

Se detuvo junto al bordillo y maldijo de todo corazón. Sabía, por pura lógica, que Rathbone no le iba a decir nada que no supiese ya, pero de todos modos estaba furioso por no haber hablado con él. Permaneció inmóvil varios segundos, demasiado enfadado para decidir qué hacer a continuación.

—¿Estaba buscando a Oliver, o sólo un coche, señor Monk?

Se dio la vuelta al instante y vio a Henry Rathbone a pocos pasos de él. Algo en la preocupación de su semblante afable, en la vulnerabilidad que transmitía, lo despojó de la rabia, dejando sólo el miedo y la necesidad de compartirlo.

—A Oliver —contestó—, aunque no creo que pudiera decirme nada que no haya visto por mí mismo. ¿Ha asistido usted al juicio? No le he visto.

—Estaba detrás de usted —le aclaró Henry esbozando una sonrisa—. De pie. He llegado demasiado tarde para sentarme. —Echaron a andar y Monk acomodó su paso al del señor Rathbone—. No creí que el caso despertaría el interés público hasta tal punto. Es el aspecto menos atractivo de la gente, me parece. Prefiero a las personas por separado; en masa, a menudo sacan lo peor unos de otros. Instinto de manada, supongo. Reaccionan al olor del miedo, de las heridas... —Se interrumpió de repente—. Lo siento.

—Tiene razón —convino Monk con tristeza—. Además, Gilfeather es bueno.

No terminó de decir lo que estaba pensando. Era innecesario.

Caminaron varios metros en un silencio cordial. Monk estaba sorprendido. Aquel hombre era el padre de Oliver Rathbone y, sin embargo, se sentía tan unido a él como si lo conociera desde hacía años. Se sentía muy a gusto en su compañía y, en lugar de molestarlo el cariño que Hester le profesaba, le agradaba. Había algo en el rostro de Henry Rathbone, en su porte desgarbado, en sus piernas largas y no del todo rectas, que le traía recuerdos lejanos y vagos de cuando Monk era joven y sentía gran admiración por su mentor, una confianza casi ciega. En aquella época era muy ingenuo. Al recordarlo, le parecía estar pensando en otro hombre, cuya inocencia lo sorprendía; sólo le quedaba el sentimiento, por unos instantes, de una intensidad avasalladora.

Vieron un mendigo sin piernas sentado en la acera, un veterano de alguna guerra, olvidado por todos. Vendía ramilletes de brezo blanco de la buena suerte.

De repente, los ojos de Henry Rathbone se llenaron de lágrimas de lástima y desesperación. Sin decir nada, sonrió al hombre y le ofreció una moneda de seis peniques por dos ramilletes. Los tomó y siguió andando unos pasos más en silencio antes de ofrecerle uno a Monk.

—No pierda la esperanza —le reprochó de pronto, mientras bajaban el bordillo y cruzaban la calle—. Argyll también es inteligente. Un miembro de la familia lo hizo. ¡Piense lo que debe de estar sintiendo esa persona! Considere el sentimiento de culpa, fuera cual fuese la pasión que lo llevó a cometer un crimen semejante, sea el miedo, la codicia o el resentimiento nacido de alguna injusticia real o imaginaria. Cualquier persona en su sano juicio no podría alejar de sí el terror por haber dado un paso tan irreversible.

Monk no dijo nada. Siguió andando mientras los pensamientos se arremolinaban en su mente. Lo que Henry Rathbone había dicho era verdad. Alguien se debatía entre sentimientos arrolladores que debían de incluir el miedo y la culpa.

—Y quizá también sienta algo parecido a la euforia —prosiguió Henry—. El culpable debe de pensar que ha ganado o que está a un paso de la victoria.

Monk gruñó.

—¿Qué clase de victoria? ¿Va a conseguir algo o va a escapar de algún peligro? ¿Es euforia o alivio?

Henry sacudió la cabeza con expresión atribulada. El patetismo de todo aquello lo apenaba, tanto por Mary Farraline como por cualquiera de sus hijos o hijos políticos que la hubiera asesinado.

—La presión es la clave —sentenció, sin dejar de sacudir la cabeza—. El proceso legal puede hacerles perder los papeles, ¿sabe? Eso haría Oliver. Interrogar. Sonsacarles. Hacerles dudar a unos de otros. Espero que Argyll haga lo mismo.

Ninguno de ambos mencionó a Hester, pero Monk sabía que Henry Rathbone también estaba pensando en ella. No querían hablar de ganar o perder. La idea persistía bajo la superficie de cada palabra, demasiado desoladora para sacarla a la luz.

Siguieron andando juntos, en silencio, por Lawnmarket.

9

Hester se sentía más extraña que nunca mientras aguardaba en una jaula en la celda a que la izaran mediante el elevador que la llevaría a la sala del tribunal sin tener que pasar entre la multitud. Hacía un frío terrible y allí, bajo la sala, no había ninguna fuente de calor. Temblaba de un modo incontrolable y se dijo, en un destello de humor, que sus temblores nada tenían que ver con el miedo.

Sin embargo, cuando llegó la hora y fue izada a aquella sala atestada, ni siquiera el calor de los dos fuegos de carbón y de la multitud expectante, que se apiñaba hasta en el último rincón, consiguió hacerla entrar en calor y detener el temblor, o al menos aliviar la rigidez de sus músculos.

No miró al público para buscar a Monk, Callandra o Henry Rathbone. Le dolía demasiado. Le hacía pensar en aquello que más quería y que podría perder muy pronto. Las cosas tomaban peor cariz a medida que iban compareciendo los testigos. Se había percatado de las pequeñas victorias de Argyll y desde luego estaba satisfecha, pero nadie, salvo un tonto, concebiría esperanzas a partir de ellas. Mantenían viva la batalla, por perdida que estuviese hasta el momento. Impedían la rendición, pero no la derrota.

El primer testigo del día fue Connal Murdoch. Lo había visto por última vez en la estación de ferrocarril de Londres. Aquel día estaba estupefacto por la noticia de la muerte de Mary, confundido y preocupado por la salud física y mental de su esposa. Ahora ofrecía un aspecto totalmente distinto. Había perdido aquel aire frenético y algo desmelenado. Iba vestido de negro, con un traje correcto y bien cortado, pero poco original, caro sin ser elegante, seguramente porque él mismo carecía de gusto; sólo lo preocupaba que su atuendo le sentase bien.

No obstante, Hester no podía negar la inteligencia que dejaba traslucir aquel rostro de mirada adormilada, la boca nerviosa y la calvicie incipiente.

—Señor Murdoch —empezó diciendo Gilfeather con expresión afable—. Permita que repase los acontecimientos del día de la tragedia, tal como usted los vivió. ¿Usted y su esposa estaban esperando a la señora Farraline, que debía llegar en el tren nocturno procedente de Edimburgo?

—Sí. —Murdoch pareció un poco sorprendido, aunque era de suponer que Gilfeather habría ensayado con él las preguntas antes de iniciar la sesión.

—Al leer sus cartas, ¿algo le había hecho pensar que estuviera preocupada por su propia seguridad?

—Desde luego que no.

—¿No mencionaba algún problema familiar, alguna pelea o algo que la tuviese inquieta?

—¡Nada en absoluto! —Murdoch hablaba en un tono cada vez más brusco. La idea lo repugnaba y fue patente su disgusto porque Gilfeather la plantease.

—Así que, mientras se dirigía a la estación a buscarla, ¿no presintió ni pensó en ningún momento que pudiera encontrarse con alguna sorpresa desagradable?

—No, señor, ya le he dicho que no.

—¿Cuál fue el primer indicio que tuvo de que las cosas no iban bien?

Se levantó un rumor en la sala. El público empezaba a interesarse por fin.

A pesar de sí misma, Hester miró a Oonagh y vio su tez pálida y su precioso cabello. Una vez más, estaba sentada junto a Alastair; los hombros de ambos casi se rozaban. Por un instante, Hester lo sintió por ella. Sin venir a cuento recordó con toda claridad el momento en que abrió la carta de Charles donde éste le comunicaba la muerte de su madre. Hester se encontraba en el muelle de Scutari, expuesta a la fuerte luz del sol. El barco correo había llegado durante sus horas de descanso, y ella y otra enfermera caminaron hasta la costa. Muchos de los hombres estaban embarcando ya con destino a su hogar. La guerra casi había terminado. Lo peor de la batalla ya había pasado. Fue entonces cuando, por primera vez, se hizo posible ver con toda claridad el coste de la guerra, se podían contar los heridos y los muertos; la victoria era triste y uno tenía la sensación de haber participado en un gran sin sentido. Algún día se recordaría el heroísmo de las batallas, pero en aquella circunstancia todo parecía sólo una cuestión de dolor.

Desde allí, Inglaterra era un sueño de valores extrañamente entremezclados: la calma de la vieja cultura, una tierra de paz, avenidas tranquilas y campos fértiles con árboles inclinados, la gente ocupada en sus tareas sin cuestionárselas en ningún momento. Al mismo tiempo era también un conjunto de viejas construcciones de inefable elegancia donde vivían hombres que, desde la comodidad de sus vidas anodinas, habían cometido la estupidez de enviar a la muerte a un número incalculable de jóvenes con toda tranquilidad, ajenos aún al sentimiento de culpa que, según Hester, en justicia debían albergar.

Abrió, pues, la carta con impaciencia y después se quedó mirando cómo las palabras negras bailaban en el papel blanco. Las leyó una y otra vez como si acariciara la esperanza de que en alguna de las lecturas hubieran cambiado y dijesen algo distinto. El viento la dejó helada hasta los huesos sin que se diera cuenta.

¿Sería así como se sintió Oonagh McIvor cuando le llegó la carta donde le decían que Mary había muerto?

Imposible deducirlo por su expresión. Todas sus energías parecían concentradas en apoyar a Alastair, que estaba lívido. Eran los dos hijos mayores. ¿Habían estado más cerca de Mary que ningún otro? Recordó lo que la anciana le contó de cómo se consolaban mutuamente en la infancia.

Connal Murdoch estaba relatando que él fue el primero en recibir la noticia y después se lo dijo a su esposa. Era un buen testigo; transmitía sosegada dignidad y discreta emoción. La voz le temblaba sólo de vez en cuando y nadie habría podido decir si de pena o de rabia, o de alguna otra emoción intensa.

Hester buscó con la mirada a Kenneth Farraline, pero no lo vio. ¿Había sustraído dinero de la empresa y cuando su madre lo descubrió la asesinó? Muchos hombres débiles caían en cosas así, sobre todo si estaban perdidamente enamorados. Después, asustados de las consecuencias de su acto irreflexivo, hacían algo aún más desesperado para ocultarlo.

¿Lo protegería Oonagh?

Hester se quedó mirando aquel semblante extraño y poderoso y se sintió incapaz de adivinarlo.

Connal Murdoch narraba el encuentro con Hester en la oficina del jefe de estación. Producía una sensación muy extraña estar allí oyendo la versión de otra persona y no poder contradecir sus mentiras ni corregir sus errores.

—Oh, desde luego —decía—. Estaba muy pálida, pero en ningún momento perdió la calma. Por supuesto, entonces no teníamos ni idea de que ella era la responsable de la muerte de mi suegra.

Argyll se levantó.

—Sí, sí, señor Argyll —asintió el juez con impaciencia. Se volvió a mirar al testigo—. Señor Murdoch, sean cuales sean sus opiniones, el tribunal presupone la inocencia de una persona hasta que el jurado emite un veredicto de culpabilidad. Le ruego que se atenga a ello al responder.

Murdoch pareció desconcertado.

Saltaba a la vista que Argyll estaba deseando reprenderlo con sus propias palabras, mucho más duras que las del juez, pero no se lo iban a permitir. Tras él, Oliver Rathbone permanecía en actitud tensa, inmóvil salvo por los dedos de la mano izquierda, con los que tamborileaba sobre unas hojas de papel.

Hester miró al resto de los Farraline. Uno de ellos había matado a Mary. Era absurdo tener que permanecer allí, luchando por su vida, y poder mirar sus rostros uno tras otro sin saber quién había sido, ni siquiera en aquellos momentos.

¿Lo sabían todos, o sólo el culpable?

El viejo Hector no se encontraba presente. ¿Significaba eso que estaba borracho como de costumbre, o que Argyll pensaba llamarlo? El abogado no le había dicho nada al respecto.

A ratos se sentía mejor dejando que otra persona planease la defensa y dirigiese la batalla. Otras veces la sensación de impotencia era tan angustiosa que habría dado cualquier cosa por poder levantarse y hablar por sí misma, interrogar a los testigos, obligarlos a decir la verdad. Aún no había acabado de formular esa idea cuando comprendió que sería del todo inútil.

Gilfeather terminó el interrogatorio y se sentó con una sonrisa. Parecía cómodo, satisfecho de su situación, y con razón. El jurado lo observaba todo en un silencio solemne y desaprobador, la expresión hosca, las ideas claras. Ni uno sólo miró hacia el banquillo de los acusados.

Argyll se levantó, pero poca cosa tenía que decir y nada en absoluto que refutar.

A su espalda, Oliver Rathbone echaba chispas de impaciencia. Cuanto más duraran las declaraciones, más enraizada quedaría la idea de la culpabilidad de Hester en la mente de los miembros del jurado. A las personas les cuesta cambiar las decisiones una vez tomadas. Gilfeather lo sabía tan bien como él. Cerdo astuto.

El juez también tenía una expresión dura y taciturna. Tal vez sus palabras expresasen la incertidumbre que cabía esperar de la ley, pero bastaba mirarlo para saber cuál era su veredicto.

Argyll se sentó casi de inmediato y Rathbone exhaló un suspiro de alivio.

El siguiente testigo en declarar fue Griselda Murdoch. Su testimonio constituyó una muestra de manipulación emocional. Había dado a luz recientemente y se la veía pálida y muy cansada, como si se hubiera desplazado a costa de su salud sólo para tan trágico acontecimiento. La compasión de la multitud se palpaba en el aire. El odio que sentían hacia Hester aumentó perceptiblemente, hasta el punto de cargar el ambiente, como un mal olor en un sitio cerrado.

Rathbone se sentía como en una pesadilla. No sabía qué habría hecho él en el lugar de Argyll, si ensañarse con ella para impedir que se afianzase la simpatía del público o abstenerse, dado que semejante actitud podía empeorar las cosas hasta límites irreversibles. Casi se alegraba de no tener que tomar la decisión.

Sin embargo, le resultaba insoportable permanecer allí sentado sin poder hacer nada. Miró a Argyll y no supo adivinar lo que estaba pensando. Con gesto enfurruñado, observaba fijamente a Griselda Murdoch, pero tal vez sólo estuviese escuchando concentrado, o quizá no, a lo mejor estaba planeando cómo atraparla, desacreditarla, poner en duda su carácter, su credibilidad o cualquier otro aspecto que pudiese modificar la opinión del jurado.

—Señora Murdoch. —Gilfeather se dirigió a ella con dulzura, como si se tratara de una inválida o una niña—. Somos muy conscientes de lo valiente que ha sido al venir a testificar sobre este trágico asunto y de lo duro que debe de haber sido para usted desplazarse hasta tan lejos en su actual estado de salud.

En la sala se levantó un murmullo de simpatía y alguien expresó su aprobación en voz alta.

El juez hizo caso omiso.

—No voy a angustiarla pidiéndole que cuente lo que sintió en la estación de ferrocarril, señora Murdoch —continuó Gilfeather—. Sólo serviría para entristecerla y nada más lejos de mi intención. Me gustaría que, si es tan amable, nos contase lo que sucedió cuando volvió a casa con su marido, tras enterarse de que su madre había muerto. No tenga prisa y escoja las palabras a su conveniencia.

—Gracias, es usted muy amable —dijo ella con voz trémula.

Monk, al mirarla, pensó en lo poco que se parecía a sus hermanas. Carecía de la valentía de cualquiera de las dos, y también de su fuerza de carácter. A un hombre debía de resultarle más fácil convivir con Griselda, pues ésta se mostraría menos exigente y pondría menos a prueba la paciencia, pero también sería infinitamente menos interesante. Se la veía insegura, tímida y había en ella una vena autocompasiva que Oonagh seguramente encontraba intolerable.

¿O acaso se trataba de una actuación, una máscara adoptada para despertar las simpatías del tribunal? ¿Sabía ella quién había asesinado a su madre? ¿No era concebible incluso, dejando volar la imaginación, que todos se hubiesen confabulado para asesinar a Mary Farraline?

No, aquello era absurdo. Estaba perdiendo el norte.

Griselda le estaba contado a Gilfeather cómo deshizo el equipaje de Mary y vio la ropa y la lista de artículos, pero no encontró el broche de perlas grises.

—Ya veo —asintió Gilfeather con aire comprensivo—. ¿Y esperaba encontrarlo?

—Claro. La nota decía que debía estar ahí.

—¿Y qué hizo, señora Murdoch?

—Hablé con mi marido. Le dije que no encontraba el broche y le pedí consejo.

—¿Y qué le aconsejó él?

—Bueno, como es natural, lo primero que hicimos fue volver a revisarlo todo, pero no apareció por ninguna parte.

—Exacto. Sabemos ahora que la señorita Latterly lo tenía. No hay discusión al respecto. ¿Qué pasó después?

—Bueno... Connal, el señor Murdoch, temía que lo hubiesen robado y... —Tragó saliva, nerviosa, y tardó varios segundos en recuperar la compostura. El tribunal guardó un silencio respetuoso.

Detrás de Argyll, Rathbone maldijo entre dientes.

—¿Sí? —la animó Gilfeather.

—Dijo que sería sensato llamar a nuestro médico para que nos diese una segunda opinión de cómo había muerto mi madre.

—Ya. ¿E hicieron exactamente eso?

—Sí.

—¿Y a quién llamaron, señora Murdoch?

—Al doctor Ormorod, de Slingsby Street.

—Entiendo. Gracias. —Se volvió hacia Argyll con una sonrisa deslumbrante—. Su turno, caballero.

—Gracias, muchas gracias.

Argyll se despegó con dificultad de la silla donde estaba sentado y se levantó.

—Señora Murdoch...

Ella lo miró con recelo, como si diera por supuesto que estaba contra ella.

—¿Sí, señor?

—Esas ropas y efectos de su madre, que sacó de las maletas... Doy por supuesto que se encargó de la tarea usted misma y no una criada. Tendrá una criada, supongo.

—¡Claro que sí!

—¿Pero en aquella ocasión, quizá debido a las circunstancias excepcionalmente trágicas, prefirió deshacer el equipaje en persona?

—Sí.

—¿Por qué?

Se levantó un murmullo de desaprobación en la sala. Uno de los miembros del jurado emitió una tos seca. El juez frunció el entrecejo e hizo ademán de decir algo, pero en el último momento renunció.

—¿Po... por qué? —Parecía anonadada—. No le entiendo.

—Sí, señora Murdoch —Argyll permanecía inmóvil ante ella, intimidante. Todas las miradas estaban clavadas en él—. ¿Por qué deshizo usted el equipaje de su madre?

—Yo... No quería que la criada lo hiciera —respondió la mujer con un hilo de voz—. Ella... Ella era...

Se interrumpió, consciente de que iba a perder el favor del tribunal.

—No, señora, no me ha entendido bien —le atajó Argyll, midiendo las palabras—. No le pregunto por qué se encargó usted misma de la tarea. La respuesta a esa cuestión, estoy seguro, todos la hemos entendido perfectamente y sin duda en su lugar nos habríamos sentido igual. Lo que le pregunto es: ¿por qué deshizo el equipaje? ¿Por qué no dejó las pertenencias de su madre tal cual, listas para devolverlas a Edimburgo? Por desgracia, era evidente que su madre ya no iba a necesitarlas en Londres.

—Oh. —Griselda exhaló el aliento con un suspiro. Estaba muy pálida, salvo por el leve rubor que le teñía las mejillas.

—Resulta extraño que sacara sus cosas con tanto cuidado cuando ya no tenía ninguna importancia. Yo, en su lugar, no lo habría hecho. —Argyll bajó la voz hasta convertirla en un murmullo, pero aún se distinguían las palabras con toda claridad—: A menos, claro está, que estuviese buscando algo.

La mujer no dijo nada, pero su turbación saltaba a la vista.

Argyll se relajó un poco y se inclinó hacia delante.

—¿Estaba el broche de diamantes en la lista de artículos, señora Murdoch?

—¿El broche de diamantes? No. No, no había ningún broche de diamantes.

—¿Está segura?

—Sí... Cla... claro que estoy segura. Sólo estaban el broche de perlas, el de topacios y un collar de amatistas. El único que faltaba era el de perlas.

—¿Aún tiene la lista, señora Murdoch?

—No... No. No, no la tengo. Yo... No sé qué hice con ella. —Tragó saliva—. ¿Qué más da? Ya sabemos que la señorita Latterly tenía el broche. La policía lo encontró entre sus pertenencias.

—No, señora Murdoch —la corrigió Argyll—. Eso no es verdad. La policía lo encontró en casa de lady Callandra Daviot, donde la señorita Latterly lo descubrió y se lo entregó a su anfitriona para que lo guardara hasta que pudieran devolverlo a Edimburgo. Había informado del asunto a su abogado y le pidió consejo.

Griselda parecía confundida y bastante nerviosa.

—Yo no sé nada de eso. Sólo sé que el broche no se encontraba entre los efectos de mi madre y que la señorita Latterly lo tenía. No sé qué más quiere que diga.

—No quiero que diga nada, señora. Ha contestado a mis preguntas de un modo admirable y con mucha sinceridad.

El tono sarcástico fue casi imperceptible, pero la duda estaba sembrada. Con eso bastaba. Todo el mundo se estaba preguntando por qué razón Griselda Murdoch inspeccionó las pertenencias de su madre y muchos creían conocer la respuesta. No la dejaba en muy buen lugar. Había quedado al descubierto la primera brecha en la solidaridad familiar, el primer indicio de que la codicia o la desconfianza pudieran existir entre ellos.

Argyll se sentó con aire de satisfacción.

Tras él, Rathbone se sentía como si hubieran respondido al fuego por primera vez. Habían dado en el blanco, pero los daños eran insignificantes, y Gilfeather lo sabía tan bien como ellos. Sólo el público había visto la sangre y en el aire flotaba otra vez el olor acre de la batalla.

El último testigo de aquel día fue la doncella de Mary Farraline, una mujer abatida y silenciosa, vestida de luto riguroso. Ni siquiera lucía una joya sencilla.

Gilfeather fue muy educado con ella.

—Señorita McDermot, ¿preparó usted las maletas que su difunta señora iba a llevarse a Londres?

—Sí, señor, así es.

—¿Tenía una lista con todo lo que contenían las maletas para que la señora Murdoch se la entregara a su propia doncella a la hora de hacer el equipaje otra vez?

—Sí, señor. La señora McIvor me la escribió para facilitarme el trabajo.

—Sí, comprendo. ¿Estaba incluido en la lista un broche de diamantes?

—No, señor, no lo estaba.

—¿Está usted completamente segura?

—Sí, señor, podría jurarlo.

—Muy bien. Pero sí aparecía un broche de perlas grises de diseño poco usual.

—Sí, señor.

Gilfeather titubeó.

Rathbone se puso tenso. ¿Estaba a punto de preguntarle si el equipaje de Mary había regresado íntegro de Londres? Libraría a Griselda de las sospechas.

Pero no lo hizo. Quizá él tampoco estaba seguro de que la hija no se hubiese quedado con algo. De haber faltado el más mínimo objeto, aquella multitud en vilo, ansiosa de desgracias y culpas de cualquier tipo, lo consideraría un robo.

Rathbone se arrellanó en la silla y, por primera vez, sonrió. La acusación acababa de cometer un error. Al fin y al cabo, era vulnerable.

—Señorita McDermot —continuó Gilfeather—. ¿Vio a la señorita Latterly aquel día cuando ella visitó la casa de

339

Ainslie Place antes de acompañar a la señora Farraline a Londres?

—Claro, señor. Le enseñé el botiquín de la señora Farraline para que supiera lo que tenía que hacer.

El tribunal se reanimó al instante. Tres jurados que se habían relajado se irguieron de repente. Alguien del público lanzó un pequeño grito y fue censurado al instante.

—¿Le enseñó el botiquín, señorita McDermot?

—Sí, lo hice. ¡No podía saber que iba a envenenar a la pobrecilla! —Habló con tono angustiado y parecía al borde de las lágrimas.

—Claro que no, señorita McDermot —la tranquilizó Gilfeather—. Nadie la culpa por su papel en todo esto. Era su deber enseñarle el botiquín y lo hizo con toda inocencia. Supuso que se hallaba ante una buena enfermera que, como es lógico, conocía las necesidades de su paciente y cómo satisfacerlas. Sin embargo, el tribunal debe asegurarse de lo que pasó con toda exactitud. ¿Le enseñó el botiquín y las ampollas y le dijo lo que contenían y cuándo administrar la dosis?

—Sí, lo hice.

—Gracias. Eso es todo, señorita McDermot.

Ella hizo ademán de marcharse. Se dio la vuelta en el estrado, sólo para volver a sentarse con torpeza.

Argyll se levantó.

—No..., señorita McDermot. ¡Concédame unos minutos de su tiempo, por favor!

Ella sofocó un grito, se puso como la grana y se volvió hacia él con la barbilla alta y la mirada aterrorizada.

Argyll sonrió, pero su gesto no hizo sino empeorar las cosas. La mujer parecía al borde del desmayo.

—Señorita McDermot —empezó diciendo con suavidad. Su voz recordaba al gruñido de un oso adormilado—, ¿le enseñó a la señorita Latterly las joyas de su señora?

—¡Claro que no! No soy... —Se lo quedó mirando con ojos desorbitados.

—No es tonta —terminó él—. No, nunca he pensado que lo fuera. Supongo que no se le pasaría por la cabeza enseñar las joyas de su señora a prácticamente una desconocida ni, en realidad, a nadie. Al contrario, guardaría la máxima discreción al respecto, ¿no es así?

Gilfeather se incorporó a medias y comenzó su protesta:

—Señoría...

—Sí, señor Gilfeather —le cortó el juez con brusquedad—. Ya sé lo que va a decir. Señor Argyll, está usted manipulando a la testigo. Pregunte lo que quiera pero no presuponga las respuestas.

—Lo siento, señoría —se excusó Argyll con fingida humildad—. Veamos, señorita McDermot. Por favor, explíquele al tribunal cuáles son los deberes de una buena doncella. ¿Qué habría dicho su señora si hubiera enseñado sus joyas o cualquier otro objeto de valor a alguien que no fuera de la familia? ¿Alguna vez la instruyó al respecto?

—No, señor. No era necesario. Ningún sirviente haría algo así si quiere conservar el puesto.

—¿De modo que está totalmente segura de que no le enseñó el broche de perlas, ni ninguna otra joya, a la señorita Latterly?

—Sí, estoy completamente segura de que no lo hice. La señora guardaba sus joyas en un joyero en su dormitorio, no en el vestidor, señor, y yo no tenía llave.

—Entiendo. Gracias. En ningún momento he dudado de usted, señorita McDermot. Supongo que los Farraline se pueden permitir tener los mejores criados de Edimburgo y no contratarían a nadie que ignorase una regla tan básica.

—Gracias, señor.

—Pasemos al botiquín. Por favor, piénselo con cuidado, señorita McDermot. ¿Cuántas ampollas de medicamento contenía?

—Doce señor —respondió mirándolo con recelo.

—Y cada una contenía una dosis completa.

—Sí, señor, así es.

—¿Cómo iban dispuestas, señorita McDermot?

—En dos filas de seis.

—¿Una al lado de la otra, una encima de otra, en dos bandejas? Por favor, descríbanoslo —pidió.

—Una encima de la otra, en la misma bandeja..., como..., como las dos mitades de un libro..., no como cajones —contestó. Parecía algo más tranquila.

—Ya veo. Una descripción muy exacta. ¿Renuevan las ampollas a cada receta?

—Oh, no. Sería un desperdicio. Son de cristal, con un tapón. Se cierran herméticamente.

—Su sentido del ahorro es encomiable. ¿De modo que el farmacéutico se encargaba de rellenar las ampollas con la medicina?

—Sí, señor.

—¿Sobre todo si proyectaban salir de viaje?

—Sí.

—¿Y cuando la señora Farraline estaba en casa?

—También llegaban de la farmacia ya preparadas, señor. La dosis debe ser muy exacta o podría resultar... —Tragó saliva con fuerza—. Podría ser fatal, señor. Nosotros nos encargamos de añadir el líquido para que sea más agradable al gusto, al menos...

—Ya veo, sí, está claro. ¿Entonces, aquella remesa era nueva, una docena de ampollas para el viaje de la señora Farraline?

—Sí, señor. Si hubiera estado fuera más de seis días habría bastado con ir a una farmacia de Londres para comprar más.

—Una decisión muy práctica. Supongo que la señora Farraline se llevó la receta.

—Sí, señor.

—¿No le daba miedo quedarse sin medicina?

—N... no...

Gilfeather se revolvió en el asiento. Estaba impaciente, y de haber tenido un contrincante de menos altura habría considerado aquel interrogatorio una pérdida de tiempo.

—Señor Argyll —intervino el juez irritado—, ¿sabe adónde quiere ir a parar? Si lo sabe, ya va siendo hora de que vaya al grano.

—Sí, señoría —dijo Argyll con tono suave. Se dio la vuelta hacia el estrado—. Señorita McDermot, ¿habría tenido alguna importancia si, con el ajetreo de los preparativos del viaje, aquella mañana, en lugar de preparar una ampolla nueva, le hubiera dado a la señora Farraline una de las que debía llevarse? Sólo le pregunto si habría tenido importancia, no si lo hizo.

Ella se lo quedó mirando como si de repente hubiera visto una serpiente.

—¿Señorita McDermot? —insistió el abogado.

—Debe responder —le informó el juez.

La mujer tragó saliva.

—No... No, señor, en realidad no habría tenido importancia —respondió.

—¿No habría puesto en peligro a la señora?

—No señor. En absoluto.

—Comprendo. —La miró como si la respuesta lo dejase plenamente satisfecho—. Gracias, señorita McDermot. Eso es todo.

Gilfeather se levantó al instante. Se oyó un murmullo nervioso en la sala, como una ráfaga de viento por un maizal. El hombre abrió la boca.

La señorita McDermot lo miró fijamente.

El acusador miró a Argyll.

La sonrisa del defensor no se alteró lo más mínimo.

Rathbone cerró los puños con tanta fuerza que se clavó las uñas en las palmas. ¿Se atrevería Gilfeather a preguntarle a la doncella si había usado la primera ampolla?

Si ella lo admitía, la acusación saldría perjudicada, muy perjudicada. Contuvo el aliento.

Gilfeather no se atrevió. Tal vez la doncella la hubiese empleado y quizá no tuviese bastante sangre fría para negarlo bajo juramento. Volvió a sentarse.

En la sala se oyeron crujidos de telas y un suspiro generalizado cuando todo el mundo se relajó, decepcionado. Uno de los jurados maldijo entre dientes, articulando las palabras con los labios.

Cuando la señorita McDermot llegó al fondo de la escalera, tambaleándose de puro alivio, hubo de ser asistida.

En los labios de Argyll seguía dibujada la misma sonrisa.

Rathbone elevó al cielo una oración de gracias.

El siguiente testigo de Gilfeather fue el doctor a quien Connal Murdoch había llamado, un hombre rechoncho con el pelo negro y bigote elegante.

—Doctor Ormorod —empezó diciendo con suavidad, en cuanto se comprobaron las credenciales del médico—, a usted le llamó el señor Connal Murdoch para que se ocupara de la difunta, la señora Mary Farraline, ¿no es verdad?

—Sí, señor, así es. A las diez y media de la mañana del siete de octubre de este año de nuestro Señor.

—¿Acudió de inmediato?

—No, señor. Estaba atendiendo a un niño gravemente enfermo de tos ferina. Me informaron de que la señora Farraline había fallecido. No lo consideré urgente.

Se oyó una risilla nerviosa procedente del público. Uno de los jurados, un hombre corpulento y con una melena blanca, lanzó una mirada asesina al irreverente.

—¿Le explicaron el motivo de la llamada, doctor Ormorod? —preguntó Gilfeather—. Era una petición poco frecuente, ¿no es verdad?

—En realidad no, señor. En aquel momento pensé

344

que sobre todo me llamaban para que asistiese a la señora Murdoch. La impresión provocada por una defunción puede ocasionar trastornos.

—Sí... Lo comprendo. ¿Y qué se encontró cuando llegó a la residencia de la señora Murdoch?

—La señora Murdoch, pobrecilla, se hallaba en un estado bastante lamentable, lo cual resulta comprensible, pero el motivo de la llamada no fue exactamente el que yo esperaba. —El médico iba tomando conciencia de que era el centro de atención. Se irguió aún más en el asiento y levantó la barbilla al tiempo que pronunciaba las palabras como un actor que recita un largo monólogo—. Como es natural, se hallaba profundamente apenada por la muerte de su madre, pero estaba aún más alterada por las posibles circunstancias que la acompañaban. A la vista de la desaparición de las joyas, temía, señor, que la defunción no se debiese a causas naturales.

—¿Eso fue lo que le dijo?

—Exacto, señor, eso fue.

—¿Y qué hizo usted, doctor Ormorod?

—Bueno, al principio no acababa de creerla, lo reconozco. —Hizo una mueca y miró al jurado. Saltaba a la vista que un par de ellos simpatizaba con el médico. Hacían gestos de asentimiento. Al menos en dos terceras partes, el jurado estaba constituido por caballeros de buena reputación, cuyas edades iban de la mediana a la avanzada, y que estaban acostumbrados a las manías de las mujeres, sobre todo de las jóvenes que se hallaban en un estado delicado.

—¿Pero qué hizo, señor? —insistió Gilfeather.

Ormorod volvió a concentrarse en el asunto.

—Realicé un examen, señor, bastante minucioso.

De nuevo se interrumpió para lograr un efecto dramático.

Gilfeather no perdió la compostura.

Rathbone maldijo entre dientes.

Argyll suspiró en silencio, pero su expresión hablaba por sí sola.

El rostro de Ormorod se endureció. No era aquella la reacción que pretendía suscitar.

—Tardé un buen rato —agregó, algo molesto—, y tuve que realizar una autopsia completa, sobre todo del contenido del estómago de la difunta. Finalmente concluí, sin sombra de duda, que la señora Farraline había fallecido como resultado de la ingestión de una sobredosis de su medicamento habitual, un destilado de digital.

—¿Qué sobredosis, caballero? ¿Podría decirlo?

—Al menos el doble de lo que cualquier médico responsable recetaría.

—¿Y no alberga ninguna duda al respecto?

—Ninguna en absoluto. Además, no soy el único que sostiene esta opinión. El médico de la policía le habrá dicho lo mismo.

—Sí, señor. Su declaración consta entre las pruebas —le aseguró el fiscal—, y confirma lo que usted dice.

Ormorod sonrió y asintió con la cabeza.

—¿Tiene alguna opinión de cómo le fue administrado?

—Por vía oral, señor.

—¿A la fuerza?

—Nada lo hacía pensar, señor. Yo diría que fue ingerido de manera voluntaria. Supongo que la difunta no imaginaba que le haría daño.

—¿Pero no alberga ninguna duda de que ésa fue la causa de la muerte?

—Ninguna en absoluto.

—Gracias, doctor Ormorod. No le haré más preguntas.

Argyll le dio las gracias a Gilfeather y se encaró con el médico.

—Señor, su testimonio ha sido de una claridad admirable y muy conciso. Sólo tengo una pregunta para usted.

Es la siguiente. Supongo que examinaría usted el botiquín del cual fue extraída la dosis del medicamento. Sí. Claro que sí. ¿Cuántas ampollas contenía, señor..., tanto llenas como vacías?

Ormorod lo pensó un instante, frunciendo el entrecejo.

—Había diez ampollas llenas, señor, y dos vacías.

—¿Está usted completamente seguro?

—Sí... Sí, estoy seguro.

—¿Podría describirnos el aspecto de las mismas, señor?

—¿El aspecto? —Saltaba a la vista que Ormorod no entendía a qué venía aquella pregunta.

—Sí, doctor. ¿Cómo eran?

Ormorod tendió la mano y separó el índice y el pulgar.

—Medirían entre cinco y seis centímetros de largo y apenas un par de centímetros de diámetro, señor. Unas ampollas normales y corrientes.

—¿De cristal?

—Eso he querido dar a entender.

—¿De cristal transparente?

—No, señor, de cristal azul oscuro, como es habitual cuando el contenido es una sustancia venenosa o se quiere evitar una ingestión accidental.

—¿Es fácil ver si la ampolla está llena o vacía?

Por fin, Ormorod comprendió adónde quería ir a parar el abogado.

—No, señor. Si está medio llena, quizá, pero del todo llena o del todo vacía su aspecto es el mismo, no se ve la línea del líquido.

—Gracias, doctor. Podemos suponer que la señorita Latterly había usado una la noche anterior. En cuanto a la otra, nunca sabremos qué pasó..., a menos que la señorita McDermot nos lo quiera decir.

—¡Señor Argyll! —lo reconvino el juez, enfadado—.

Puede suponer lo que quiera, pero en mi tribunal no quiero que lo haga en voz alta. Aquí nos basamos sólo en los testimonios y la señorita McDermot no ha dicho nada al respecto.

—Sí, señoría —se sometió Argyll, sin parecer en absoluto arrepentido. El daño ya estaba hecho y todos lo sabían.

Ormorod guardó silencio.

Argyll le dio las gracias y le dijo que podía retirarse. El médico se marchó de mala gana. Le hubiera gustado seguir siendo el centro de atención un rato más.

Al tercer día, Gilfeather llamó al médico personal de Mary Farraline. Le pidió que describiera la enfermedad de la difunta, la índole y duración de la misma y que jurase que, pese a su dolencia, podría haber vivido varios años más plena y felizmente. Se oyeron los consiguientes murmullos compasivos. El médico describió el medicamento que había prescrito y la dosificación.

Argyll no hizo preguntas.

A continuación declaró el farmacéutico que había preparado la medicina, quien explicó con detalle cómo preparó el específico.

Una vez más, Argyll no dijo nada, salvo para dejar claro que el medicamento se podía haber destilado en una concentración mayor y, en consecuencia, ser dos veces más potente, sin alterar el volumen del líquido, y que no eran necesarios los conocimientos médicos de una enfermera ni su preparación para llevarlo a cabo. Todo como cabía esperar.

Hester, sentada en el banquillo de los acusados, observaba y escuchaba. Una parte de ella deseaba que todo aquello terminase. Parecía una danza ritual, sólo que en palabras, donde cada cual hacía un papel predeterminado y ensayado. Se sentía como en una pesadilla porque debía limitarse a observar. No podía participar, aunque era su vida lo que estaba en juego. Ella era la única que no podría volver a casa al terminar la función, ni volvería a presenciarla a la semana siguiente ni al mes siguiente, cuando la trama fuese otra y distintos actores entrasen y saliesen de escena.

Quería acabar con la incertidumbre, que se fallase la sentencia.

Sin embargo, cuando eso sucediese, probablemente todo habría terminado. La condenarían. Ya no albergaría esperanzas, por remotas que fueran, por poco que pudiera aferrarse a ellas. Creía haberse resignado, ¿pero cómo podía estar segura? Cuando llegase el momento de la verdad y ya no fuese cosa de su imaginación que el juez se pusiese el birrete y pronunciase la sentencia, ¿sería capaz de mantenerse erguida, con todo su peso, sin que le flaqueasen las piernas? ¿Empezaría a dar vueltas la sala a su alrededor y se le revolvería el estómago por la angustia? Quizás, al fin y al cabo, necesitaba algo más de tiempo para prepararse.

El siguiente testigo era Callandra Daviot. De algún modo, había corrido la voz y todo el público sabía ya que era amiga de Hester, por lo que la aguardaban con hostilidad. Todos esperaban presenciar una lucha de intelectos y casi se habría dicho que el olor de la sangre ya flotaba en el ambiente. La gente estiró el cuello para ver su figura envarada, de caderas generosas, recorrer la sala y subir la escalera hasta el estrado de los testigos.

Al mirarla, a Monk lo asaltó una sensación de familiaridad casi escalofriante. Fue como si no sólo estuviera contemplando a una mujer que conocía desde hacía año y medio, que lo había ayudado económicamente, una dama cuyo coraje admiraba tanto como su intelecto, sino también una parte de su propia vida anímica. No era hermosa; incluso en su juventud, en el mejor de los casos se la habría podido calificar de encantadora. Tenía la nariz demasiado larga, la boca algo peculiar, el cabello rizado en exceso y con tendencia a encresparse y a salir disparado en direcciones nada favorecedoras. No se habían inventado horquillas que le permitieran lucir un peinado elegante. En su figura destacaban las caderas anchas y los hombros algo caídos. Sin embargo, el conjunto transmitía una dignidad y una franqueza que superaban la elegancia de otras damas de sociedad, un mundo donde imperaba lo artificial. Monk hubiera dado cualquier cosa por poder ayudarla, sabiendo que era imposible, y le asqueaba su propio sentimentalismo.

Sentado con el cuerpo rígido y todos los músculos en tensión, se dijo que era un necio, que en realidad todo aquello no le importaba tanto, que su vida seguiría más o menos igual en los aspectos más importantes pasara lo que pasase allí, pero no se sintió ni un ápice mejor al pensarlo.

—Lady Callandra. —Gilfeather adoptó una actitud educada, pero distante. No era tan ingenuo como para suponer que podía ganársela o hacerle creer al jurado que gozaba de su simpatía. En ocasiones había sobrestimado la perspicacia de un jurado, pero nunca se equivocaba en el sentido contrario—. ¿Cuánto tiempo hace que conoce a la señorita Hester Latterly?

—Desde el verano de 1856 —contestó Callandra.

—¿Y han mantenido una relación cordial, incluso de amistad?

—Sí. —Callandra no tenía otra alternativa que reconocerlo. Una negativa tal vez sirviese para dar peso a sus afirmaciones cuando defendiese la honradez de Hester, pero la obligaría a explicar por qué las relaciones eran frías. Tanto ella como Gilfeather lo sabían, y el jurado la observaba con creciente conciencia de que tanto lo que dijera como lo que dejara de decir estaría plagado de matices.

—¿Sabía usted que tenía intención de ocupar el puesto ofrecido por la familia Farraline?

—Sí.

—¿Le informó ella?

—Sí.

—¿Qué le dijo al respecto? Por favor, no se vaya por las ramas, lady Callandra. Estoy seguro de que recuerda que está bajo juramento.

—Claro que lo recuerdo —respondió ella con aspereza—. Aparte de eso, no tengo ni ganas ni necesidad de divagar.

Gilfeather asintió con un movimiento de la cabeza, pero no dijo nada.

—Proceda —ordenó el juez.

—Me dijo que le apetecía hacer el viaje y que nunca había estado en Escocia, así que sería un placer también en ese sentido.

—¿Conoce la situación económica de la señorita Latterly? —preguntó Gilfeather, con las cejas arqueadas y el cabello disparado por donde se lo había atusado.

—No, no la conozco.

—¿Está usted segura? —insistió, adoptando una expresión de sorpresa—. Lo normal es que como amiga, una amiga que goza de buena posición económica, le preguntase a la señorita Latterly de vez en cuando que si necesitaba su ayuda.

—No. —Callandra le devolvió una mirada fija, desafiándolo a poner en duda su respuesta—. Hester tiene amor propio y recursos de sobra para vivir por sus propios medios. Espero que si se encontrase en apuros confiaría en mí lo suficiente como para decírmelo si yo no me había dado cuenta. Esa situación nunca se ha presentado. No es persona que conceda gran importancia al dinero, siempre que pueda afrontar sus responsabilidades. Tiene familia, ¿sabe? Ellos le ofrecerían encantados un hogar permanente, si así lo desease. Si intenta retratarla como una mujer que vive a salto de mata, se equivoca por completo.

—No era ésa mi intención —le aseguró Gilfeather—. Estaba pensando en algo menos penoso al tiempo que comprensible, lady Callandra: simple codicia. Una mujer que carece de cosas bonitas ve un broche que le gusta y, en un momento de debilidad, se apropia de él. Después se ve obligada a encubrir su crimen mediante otro infinitamente peor.

—¡Pamplinas! —exclamó Callandra con furia. Le ardía el rostro de rabia y repugnancia—. ¡Todo eso no son más que tonterías! Sabe usted muy poco de la naturaleza humana, caballero, si la juzga de ese modo y es incapaz de ver que la mayoría de los asesinatos los cometen o criminales consumados o miembros de la familia de la víctima. Éste, me temo, pertenece al segundo grupo. Me doy perfecta cuenta de que su deber profesional es convencer al jurado y no averiguar la verdad, lo cual es una lástima, desde mi punto de vista, pero...

—¡Señora! —El juez dio un golpe con el mazo que sonó como un disparo—. El tribunal no va a tolerar que exprese sus opiniones sobre el sistema legal escocés o sobre las que usted considera sus deficiencias. Se limitará a responder a las preguntas del fiscal sin añadir nada de su cosecha. ¡Señor Gilfeather, le sugiero que intente no sacar a la testigo de sus casillas, sea hostil o no!

—Sí, señoría —admitió Gilfeather con humildad, pero no estaba tan furioso como cabía esperar—. Bueno, señora, permítame volver al asunto que nos ocupa. ¿Sería tan amable de contarle al tribunal con toda exactitud qué pasó cuando la señorita Latterly se presentó en su casa al volver de Edimburgo, tras la muerte de la señora Farraline? Por favor, empiece por la llegada de la acusada a su casa, se lo ruego.

—Parecía muy alterada —contestó Callandra—. Debían de ser las once menos cuarto de la mañana, por lo que recuerdo.

—Pero el tren llega a Londres mucho más temprano...

—Mucho antes —asintió ella—. Había tenido que atender los asuntos relacionados con la muerte de la señora Farraline; avisar al revisor, al jefe de estación y finalmente hablar con el señor y la señora Murdoch. Vino a mi casa directamente de la estación, cansada y muy compungida. Le caía bien la señora Farraline, pese a lo poco que la conocía. Se trataba, según Hester, de una mujer encantadora, muy inteligente y con mucho sentido del humor.

—Sí, eso creo —dijo Gilfeather con sequedad, miró al jurado y después otra vez a Callandra—. Todo el mundo la echa mucho en falta. ¿Qué le contó la señorita Latterly de lo sucedido?

Callandra contestó procurando no omitir ningún detalle y, mientras ella hablaba, nadie se movió ni hizo el menor ruido. A indicación de Gilfeather, siguió contando que Hester fue al piso de arriba a asearse y regresó con el broche de perlas grises, y todo lo que aconteció después. Gilfeather hizo lo posible por obligarla a responder con brevedad, por interrumpirla y por plantear las preguntas de modo que tuviese que contestar con monosílabos, pero Callandra no se dejaba manipular.

Rathbone, sentado detrás de Argyll, asimilaba cada una de sus palabras, pero la mitad del tiempo tenía los ojos puestos en el jurado. Advirtió que Callandra les inspiraba respeto y les caía bien, pero también sabían que la testigo estaba predispuesta a favor de la prisionera.

¿Hasta qué punto perdía credibilidad por ese motivo? Imposible saberlo.

Se volvió a mirar a los Farraline. Oonagh permanecía serena, con el semblante tranquilo, y miraba a Callandra con interés no exento de respeto. A su lado, Alastair parecía compungido, demacrado su rostro aquilino, como si hubiera dormido mal, lo cual era bastante probable. ¿Sabía que alguien estaba manipulando la contabilidad de la empresa? ¿Había iniciado sus propias investigaciones tras la muerte de su madre? ¿Sospechaba de su hermano menor, consciente de sus debilidades?

¿Qué disputas se producían en aquella familia a puertas cerradas, cuando el mundo exterior y la opinión pública no los veían ni les oían?

No era de extrañar que ninguno de ellos mirase a Hester. ¿Sabían, o al menos creían, que era inocente?

Se echó hacia delante y tocó el hombro de Argyll. Muy despacio, el abogado se inclinó hacia atrás para oír lo que Rathbone le susurraba.

—¿Va a tratar de implicar a la familia? —susurró—. Es muy probable que alguno de ellos sepa quién ha sido y por qué.

—¿Cuál?

—Alastair, diría yo. Es el cabeza de familia y parece muy abatido.

—No se derrumbará mientras su hermana esté ahí para apoyarlo —objetó Argyll, en voz tan queda que Rathbone tuvo que emplear toda su concentración para oírle—. Si pudiera crear una mínima discordia entre esos dos, lo haría, pero aún no sé cómo y, si lo intentase y fallase, sólo lograría unirlos aún más. No tengo más que una oportunidad. Oonagh McIvor es una mujer formidable.

—¿Está protegiendo a su marido?

—Lo haría de ser necesario, me parece a mí, ¿pero por qué? ¿Por qué iba a querer Baird McIvor matar a su suegra?

—No lo sé —confesó Rathbone.

El juez lo fulminó con la mirada y, durante un rato, el abogado se vio obligado a guardar silencio, hasta que Callandra dijo algo fuera de lugar y el magistrado devolvió la atención a la mujer.

—Miedo —siguió susurrando.

—¿De quién? —preguntó Argyll sin modificar su expresión.

—Explote el miedo —respondió Rathbone—. Escoja al más débil y llámelo a testificar, y haga que los otros teman ser delatados por él, sea por miedo, por torpeza o para salvar su propio pellejo.

Argyll guardó silencio tanto rato que Rathbone creyó que no le había oído.

Se echó hacia delante otra vez y estaba a punto de repetir la frase cuando Argyll contestó:

—¿Quién es el más débil? ¿Una de las mujeres? ¿Eilish, con su escuela nocturna, o Deirdra, con su máquina de volar?

—No, las mujeres no —replicó Rathbone, con una seguridad que lo sorprendió incluso a sí mismo.

—Bien —dijo Argyll con un amago de sonrisa en los labios—, porque no pensaba llamarlas.

—Muy galante por su parte —comentó Rathbone con mordacidad—, pero maldita la falta que nos hace ahora la galantería.

—No es por galantería —repuso Argyll entre dientes—. Sólo soy realista. Al jurado le encantará Eilish; es buena y hermosa. ¿Qué más se puede pedir? En cuanto a Deirdra, les parecerá mal que engañe a su marido, pero en el fondo les caerá bien. Es pequeña y bonita y tiene mucho valor. Está como una cabra, pero eso no cambiará las cosas.

A Rathbone lo alivió comprender que Argyll no era tan necio como había temido. El asunto tenía demasiada importancia para precipitarse.

—Vaya a por Kenneth —le propuso, contestando a la pregunta anterior—. Él es el punto débil, y tal vez el asesino. Monk ha hecho averiguaciones sobre su amante. Traiga al viejo Hector, si está lo bastante sobrio. Eso bastará para sacar a la luz el asunto de la contabilidad.

—Gracias, señor Rathbone —dijo Argyll, molesto—. Ya se me había ocurrido.

—Sí, claro —reconoció Rathbone—. Lo siento —añadió como si se hubiera dado cuenta tarde.

—Acepto las disculpas —murmuró Argyll—. Soy consciente de que está usted personalmente comprometido con la acusada, en otro caso no las aceptaría.

Rathbone notó que le ardía la cara. No había pensado en su relación con Hester como un «compromiso personal».

—Su testigo, señor Argyll —anunció el juez con brusquedad—. Si es tan amable de prestarnos atención, señor.

Argyll se levantó, con el rostro rojo de rabia. No contestó al juez. Quizá no confiaba en poder hacerlo con moderación.

—Lady Callandra —dijo con cortesía—. Sólo para asegurarnos de que la hemos comprendido bien. ¿Cuando la señorita Latterly le trajo el broche, estaba usted en la planta baja? ¿Usted no lo encontró en su equipaje, ni ninguno de sus criados?

—No. Lo encontró ella cuando fue a asearse antes de comer. Ninguno de mis criados habría mirado en su maleta, y tampoco ella, de no haber decidido quedarse a comer conmigo.

—Muy bien. Y su reacción inmediata fue llevárselo a usted.

—Sí. Ella sabía que no era suyo y se temió algo raro.

—Un temor muy fundado, por desgracia. ¿Y usted se mostró partidaria de pedir consejo a un abogado para que la joya les fuera devuelta a los Farraline?

—Sí. Fue a ver al señor Oliver Rathbone.

—¿Le llevó el broche, lady Callandra, o sólo le consultó el tema?

—Sólo le consultó el tema. Dejó el broche en mi casa. Ojalá se lo hubiera llevado.

—Dudo que eso hubiera resuelto esta desagradable situación, señora. El plan había sido trazado con cuidado. Ella hizo todo lo que habría hecho cualquier persona sensata, pero fue en vano.

—Señor Argyll —le espetó el juez—, es la última vez que lo aviso.

Argyll inclinó la cabeza con cortesía.

—Gracias, lady Callandra. No hay más preguntas.

El último testigo por parte de la acusación fue el sargento Daly, quien contó que el doctor Ormorod lo había llamado y todos los trámites que siguió hasta el momento de arrestar a Hester y, finalmente, acusarla de asesinato. Habló en tono ecuánime, midiendo sus palabras y sacudiendo la cabeza de vez en cuando con tristeza. Franco y afable, miraba a toda la sala con un interés benévolo.

Gilfeather le dio las gracias.

Argyll rehusó interrogarlo. No había nada que decir, nada que refutar.

Gilfeather sonrió. La acusación había terminado.

Los miembros del jurado se miraron unos a otros en silencio, haciendo gestos de asentimiento, seguros ya de su veredicto.

10

La defensa empezó a la mañana siguiente. La multitud que llenaba la sala estaba de un humor raro. Se movían y susurraban entre sí con una extraña mezcla de apatía y súbito interés después, cambiando de talante a cada momento. Algunos pensaban que todo había terminado ya y que la defensa era un mero trámite legal para que no se pudiese apelar alegando incumplimiento de la ley. Otros tenían cierta esperanza de presenciar una batalla de intelectos, aunque ya decidida. Los primeros eran admiradores de Gilfeather, los segundos de James Argyll. Casi todos apoyaban a uno u otro; los que no sentían ningún interés por los contendientes estaban seguros de cuál sería el resultado y no se molestaron en acudir.

Rathbone estaba tan nervioso que no paraba de carraspear y en aquellos momentos le dolía la garganta. No se había dormido hasta casi la hora de levantarse; entonces lo atormentaron las pesadillas y le costó despertar. La noche anterior pasó un rato con su padre. Después, al darse cuenta de que tenía los nervios de punta, prefirió no pagarlo con nadie, sobre todo, no con Henry. Estuvo desde pasadas las ocho y media hasta casi la medianoche a solas, repasando mentalmente el caso una y otra vez, enumerando hasta el último indicio de prueba con que contaban y, cuando comprendió que aquello no conducía a nada, revisó cuanto recordaba de los testimonios presentados por Gilfeather. No eran concluyentes, claro que no. ¡Hester no era culpable! No obstante, había tenido oportunidad de matar a Mary Farraline, y a falta de nada que sugiriese quién más podía haberlo hecho, de un indicio verosímil y contundente, el jurado la condenaría.

Tal vez Argyll fuese el mejor abogado de Escocia, pero la habilidad ya no bastaba, y mientras esperaba en aquella sala atestada y expectante no se atrevió a mirar a Hester. Podría advertir la desesperación en su rostro y eso, al menos, se lo podía ahorrar.

Tampoco buscó la cabeza oscura y lisa de Monk entre el público. Tenía la esperanza de que no estuviera allí. Quizá hubiera ido en pos de algo, tal vez se le hubiera ocurrido algo nuevo. ¿Había preguntado en las farmacias si alguien más compró digital? Sí, seguro que sí. Era básico. Monk jamás se limitaría a defenderse. Atacaría; era su naturaleza. Dios bendito, constituía su misma esencia.

Tampoco miró a su padre; evitó el auditorio al completo. Su actitud no se debía sólo a cobardía anímica —o, por decirlo de un modo más suave, a instinto de conservación—, sino también a una cuestión práctica. A esas alturas, los sentimientos no servían para nada; se requería pensar con lógica, tener la mente clara y el cerebro alerta.

La actitud del juez era fría y displicente. Desde su punto de vista, no se trataba de un caso difícil. Estaba seguro de la condena. Sentenciar a una mujer a la horca tal vez fuese desagradable, pero lo había hecho antes y sin duda lo volvería a hacer. Después se iría a casa, con su familia, y cenaría tranquilamente. Al día siguiente, se ocuparía de un nuevo caso.

La opinión pública le aplaudiría. Los ánimos estaban crispados. Existían personas a las que la sociedad tenía en gran consideración, que gozaban de ciertos privilegios y a quienes se les atribuían sentimientos más nobles que a los demás mortales. Tal era el caso de los individuos pertenecientes a los ámbitos médico y religioso. Estaban mejor considerados que el resto de la gente y se les exigía más a cambio. Cuando caían, lo hacían desde más arriba. La condena arrastraba consigo desilusión y un desmoronamiento de valores. Provocaba la angustia que trae el miedo, así como rabia y autocompasión porque se atentaba contra algo de gran valor.

Mary Farraline no era la única víctima. Si no se podía confiar en una enfermera, el mundo entero quedaba en entredicho. La seguridad general estaba amenazada. Semejante crimen merecía un castigo terrible.

Los rostros del jurado reflejaban también aquel sentimiento. El juicio estaba teñido de miedo, y los hombres no perdonan a quienes los asustan.

El juez pidió orden en la sala. James Argyll se levantó. Hubo un silencio total. No se oía ni un alma.

—Con la venia, señoría, caballeros del jurado —empezó diciendo—. Hasta ahora, han escuchado los testimonios objetivos de cómo murió Mary Farraline e indicios de qué causas pudieron provocar su muerte. También han oído hablar de la clase de mujer que era. Lo último que desea la defensa es cuestionar lo que se ha dicho de ella. En realidad, habríamos dicho más. Era una mujer encantadora, inteligente, cortés, honorable; poseía cualidades tan difíciles de encontrar como son la generosidad y el sentido del humor. No vamos a sostener que fuera perfecta —quién de nosotros, vulgares mortales, lo es—, pero no sabemos que albergase ningún mal sentimiento y nada podemos decir de ella salvo alabanzas. Su familia no es la única en lamentar su muerte.

El juez exhaló un sonoro suspiro, pero todo el auditorio tenía la mirada clavada en Argyll. Un par de miembros del jurado frunció el entrecejo, preguntándose adónde quería ir a parar el abogado.

Argyll los miró con gravedad.

—Sin embargo, se nos ha dicho muy poco del carácter de la acusada, la señorita Hester Latterly. Sabemos por la familia Farraline que cumplía todos los requisitos necesarios para desempeñar la breve tarea que le encargaron, pero eso es todo. Fue su empleada durante menos de un día, poco tiempo para llegar a conocer a una persona.

El juez se inclinó hacia delante como si fuera a hablar, pero después cambió de idea. Miró a Gilfeather, pero el fiscal parecía tranquilo, con el pelo alborotado y de punta, y la sonrisa amistosa y del todo despreocupada.

—Me propongo llamar a dos testigos a este respecto —prosiguió Argyll—. Sólo por si les parece que presentar sólo uno conllevaría un riesgo de parcialidad. Para empezar, llamo al doctor Alan Moncrieff.

El público se revolvió inquieto cuando el ujier repitió el nombre. A continuación se levantó un nítido murmullo mientras la gente estiraba el cuello para ver cómo se abría la puerta y un hombre de rostro afilado, inusualmente bien parecido, recorría el espacio que separaba el auditorio del estrado de los testigos y subía los peldaños. Pronunció el juramento y miró a Argyll en espera de sus preguntas.

—Doctor Moncrieff, ¿conoce usted a la acusada, la señorita Hester Latterly?

—Sí, señor, la conozco muy bien.

Pese a su apellido escocés, tenía un acento exquisitamente modulado y muy inglés.

Rathbone juró por lo bajo. ¿No podía Argyll haber encontrado a un hombre que pareciera más nativo, menos extranjero? Moncrieff tal vez hubiese nacido y se hubiese criado en Edimburgo, pero nadie lo habría dicho. Lamentó no haber comprobado aquel detalle en persona. Debería haberse asegurado. Ya era tarde.

—¿Podría decirle al tribunal en qué circunstancias la conoció? —pidió Argyll.

—Serví en el cuerpo médico del ejército durante la guerra de Crimea —contestó Moncrieff.

—¿En qué regimiento, señor? —preguntó Argyll con inocencia y abriendo mucho los ojos.

—En los Scots Greys, señor —respondió Moncrieff levantando la barbilla e irguiendo la espalda con un gesto casi imperceptible.

Se produjo un segundo silencio y la media docena de personas que conocía la historia militar escocesa contuvo el aliento. Los Scots Greys, los Inniskilling Dragoons y los Dragoon Guards, apenas ochocientos hombres en total, se agruparon en el campo de batalla del desastre de Balaolava y soportaron una carga de la caballería rusa, compuesta por tres mil soldados. Tras ocho minutos sangrientos, los rusos se dispersaron y se fueron por donde habían venido.

Un hombre del jurado se sonó la nariz con fuerza y otro se enjugó los ojos a la vista de todo el mundo.

Alguien del público gritó:

—¡Dios salve a la Reina!

Después se hizo el silencio.

Argyll permaneció impasible, como si no hubiera oído nada.

—Extraña decisión proviniendo de un inglés —comentó.

Gilfeather parecía petrificado.

—Estoy seguro de que no tiene intención de ofender, señor —repuso Moncrieff en voz muy baja—, pero nací en Stirling y estudié medicina en Aberdeen y Edimburgo. He pasado algún tiempo en Inglaterra, y también en el extranjero. La culpa de mi acento la tiene mi madre.

—Le pido mil perdones, señor —se excusó Argyll con vehemencia—. Me he precipitado en mis conclusiones, basadas en las apariencias; o, más bien, en el acento. —No añadió nada respecto a la estupidez de tales prejuicios. Hubiera sido una torpeza. El jurado ya se había dado por aludido.

Se levantó un murmullo de aprobación entre el público.

El juez frunció el entrecejo.

Rathbone sonrió a pesar suyo.

—Por favor, continúe, señor Argyll —ordenó el magistrado en un tono exageradamente hastiado—. Dondequiera que el doctor haya nacido no viene ahora al caso. ¿Va a decirnos que conoció en esos lugares a la señorita Latterly? No, ya me lo imaginaba. Siga con lo que nos ocupa.

Argyll no pareció molestarse lo más mínimo. Sonrió al juez y se volvió hacia Moncrieff.

—¿Y usted conoció a la señorita Latterly en Crimea, durante la guerra?

—Sí, señor, coincidimos en varias ocasiones.

—¿Durante el ejercicio de su mutua profesión?

El juez se echó adelante y un profundo entrecejo, que le hacía el rostro aún más alargado, se marcó en su frente cuando lo reprendió:

—Señor, este tribunal le exige que sea usted preciso. Está induciendo a error al jurado. El doctor Moncrieff y la señorita Latterly no comparten profesión, como bien sabe; y, si no lo sabe, deje que le informe. El doctor Moncrieff es médico, practica el arte de la medicina. La señorita Latterly es enfermera y, como tal, está al servicio de los médicos para cuidar a los enfermos, poner vendas, hacer camas y llevar y traer cosas. No diagnostica enfermedades, no receta medicinas y no realiza operaciones por sencillas que sean. Hace lo que le dicen, nada más. ¿Me explico con claridad? —Se volvió a mirar al jurado—. ¿Caballeros?

Por lo menos la mitad de los miembros del jurado meneó la cabeza asintiendo con conocimiento de causa.

—Doctor —prosiguió Argyll con suavidad, dirigiéndose a Moncrieff—. No pretendo que entre en cuestiones de jurisprudencia. Por favor, limítese a la medicina como su competencia y a la señorita Latterly como su objeto de observación.

Se oyeron risas disimuladas, que fueron ahogadas a toda prisa. Un hombre del público lanzó una carcajada y alguien chilló alarmado.

El juez estaba rojo como la grana, pero los acontecimientos lo habían superado. Buscó algo que decir y no lo encontró.

—Por supuesto, señor —se apresuró a acatar Moncrieff—. No sé nada de leyes, no más que cualquier profano.

—¿Trabajó con la señorita Latterly, señor?

—Con frecuencia.

—¿Qué opina de su capacidad profesional?

Gilfeather se levantó para protestar:

—Nadie pone en duda la capacidad profesional de la acusada, señoría. La acusación no le imputa ningún error de procedimiento. Estamos seguros de que todos sus actos fueron ejecutados con precisión y con plena conciencia de las consecuencias... Al menos, desde el punto de vista médico.

Se oyó otra risita, que fue sofocada al instante.

—Continúe con los aspectos relevantes, señor Argyll —dispuso el juez—. El tribunal está esperando oír el testimonio del doctor Moncrieff respecto al carácter de la acusada. Sea o no relevante, la acusada tiene derecho a que sea escuchado.

—Señoría, creo que ser competente en el cumplimiento del deber y colocar el cuidado de los otros por encima de la propia seguridad, corriendo un gran peligro, constituyen aspectos importantes del carácter de una persona —manifestó Argyll con una sonrisa.

Se hizo un silencio largo y tenso. Nadie se movía en el auditorio.

A su pesar, Rathbone echó una ojeada a Hester. Tenía la vista fija en Argyll, la tez pálida; un amago de esperanza se debatía en sus ojos.

Lo abrumó una terrible sensación de desesperación,

tan absoluta que por un instante apenas pudo tomar aliento. Fue como si alguien le hubiera cortado la respiración de golpe.

Quizá se debiese también a que era Argyll quien estaba llevando el caso. Había dejado bien claro que él estaba al mando.

El jurado aguardaba. Quince caras se volvieron hacia el juez. Aquella vez, los ánimos estaban con Argyll; saltaba a la vista.

—Continúe —dijo el juez con tono cortante.

—Gracias, señoría. —Argyll inclinó la cabeza y se volvió hacia Moncrieff—. Doctor Moncrieff, se lo vuelvo a preguntar, ¿qué opinión tiene de la capacidad profesional de la señorita Latterly, ateniéndose a aquellos aspectos con los que usted está familiarizado y que se siente capacitado para juzgar?

—Una opinión excelente —respondió Moncrieff sin dudarlo—. Demostró un valor extraordinario en el campo de batalla, en plena escaramuza, y se ocupaba de los heridos poniendo en peligro su vida. Trabajaba muchas horas seguidas, a menudo todo el día y la mitad de la noche, sin prestar atención al cansancio, el hambre o el frío. —Un amago de regocijo asomó al rostro apuesto de Moncrieff—. Y demostró tener una iniciativa fuera de lo común. En ocasiones llegué a pensar que era una desgracia no poder preparar mujeres para el ejercicio de la medicina. Más de una enfermera, si no estaba disponible ningún médico, ha llevado a cabo con éxito operaciones como la extracción de balas o de metralla e incluso la amputación de miembros destrozados. La señorita Latterly era una de ellas.

El rostro de Argyll reflejó la sorpresa pertinente.

—¿Me está diciendo, señor, que hizo de cirujano... en Crimea?

—En última instancia, sí. La cirugía requiere pulso firme, buena vista, conocimientos de anatomía y mucho temple, cualidades que tanto puede poseer un hombre como una mujer.

—¡Puro cuento! —gritó alguien del público.

—¡Por Dios, señor! —estalló un miembro del jurado, y después se puso rojo como la grana.

—Esa opinión no es muy frecuente, señor —observó Argyll pronunciando las palabras con claridad.

—La guerra es una ocupación poco frecuente, gracias a Dios —replicó Moncrieff—. Si fuera más habitual, me temo que la raza humana muy pronto se aniquilaría a sí misma. Sin embargo, por sorprendente que resulte, de vez en cuando saca a la luz cualidades que de otro modo no sabríamos que poseemos. Tanto hombres como mujeres alcanzan unas cotas de valor e ingenio que en tiempos de paz nunca saldrían a relucir.

»Me ha llamado para que exponga ante el tribunal lo que sé del carácter de la señorita Latterly, señor. Si he de ser sincero, sólo puedo decir que me pareció una persona valiente, honrada, dedicada a su vocación y compasiva sin caer en sentimentalismos.

»En cuanto a los aspectos negativos, para que no me acusen de parcialidad, era dogmática, y en ocasiones juzgaba con precipitación a quienes consideraba incompetentes... —Sonrió con pesadumbre—. Para esto último, lamento decirlo, solía tener motivos. También, a veces su sentido del humor pecaba de falta de discreción. Podía mostrarse dictatorial y arbitraria y, cuando estaba cansada, malhumorada. Ahora bien, no conozco a nadie que sorprendiera jamás en ella un solo acto de codicia o de venganza, en ninguna circunstancia. Y tampoco era vanidosa. ¡Por Dios, hombre, mírenla! —Se inclinó por encima de la barandilla del estrado y señaló el banquillo con un movimiento del brazo. Todas las cabezas de la sala se volvieron a mirar—. ¿Tiene el aspecto de ser una mujer que asesinaría para hacerse con un objeto de adorno personal?

Incluso Rathbone se volvió a mirar a Hester, demacrada, lívida, con el pelo recogido hacia atrás y ataviada con un vestido gris azulado, tan sencillo como un uniforme.

Argyll sonrió.

—No, señor, en absoluto. Lo reconozco, tiene usted razón; un toque de vanidad personal le sentaría bien. En ella, la austeridad más bien parece un defecto, creo yo.

Se produjo un revuelo en la sala. Entre el público, una mujer puso la mano en el brazo de su marido. Henry Rathbone esbozó una sonrisa lánguida. Monk hizo rechinar los dientes.

—Gracias, doctor Moncrieff —concluyó Argyll de inmediato—. Eso es todo lo que quería preguntarle.

Gilfeather se puso en pie despacio, casi con parsimonia.

Moncrieff lo miró a los ojos. No era tan ingenuo como para creer que los siguientes minutos iban a ser fáciles. Se daba cuenta de que había cambiado, si no la suerte de la batalla, al menos sí la intensidad de la lucha. Con Argyll, se las había visto con un amigo; Gilfeather era el enemigo.

—Doctor Moncrieff —empezó el fiscal, con suavidad—. Supongo que pocos de los que estamos aquí podemos llegar a imaginar el horror y los sufrimientos a los que usted y los otros trabajadores del sector médico tuvieron que enfrentarse durante la guerra. Debió de ser espantoso. Ha hablado de hambre, de frío, de agotamiento y de miedo. ¿Es eso exacto, no se habrá dejado llevar por el dramatismo?

—En absoluto —negó Moncrieff con cautela—. Tiene usted razón, señor. Se trata de una experiencia difícilmente imaginable.

—Las personas que pasan por ella deben de estar sometidas a una presión increíble.

—Sí, señor.

—Doy por supuesto que usted no podría compartirla conmigo, por ejemplo, salvo de un modo muy superficial e insatisfactorio.

—¿Eso es una pregunta, señor?

—No, a menos que esté en desacuerdo conmigo.

—No, estoy de acuerdo. Uno sólo puede compartir aquellas experiencias para las que existe un lenguaje o una conciencia común. No se puede describir el amanecer a alguien que no puede ver.

—Precisamente. Eso debe de provocar cierto sentimiento de soledad.

Moncrieff guardó silencio.

—Y debe de crear un vínculo muy fuerte con aquellos con quienes se ha compartido momentos tan intensos y terribles —prosiguió Gilfeather.

Moncrieff no podía negarlo, aunque a juzgar por su expresión se daba cuenta de adónde quería llevarlo.

Los miembros del jurado se echaron hacia delante, escuchando con atención.

—Por supuesto —admitió el médico.

—Y, como es natural, cierta impaciencia ante la indiferencia y la incomprensión, incluso la inutilidad, de ciertas mujeres que desconocen nada más peligroso o arduo que el gobierno de una casa.

—Esas son sus palabras, señor, no las mías.

—¿Pero son certeras, señor? Vamos, está usted bajo juramento. ¿No siente el anhelo de compartir ese pasado del que ahora habla con tanta pasión?

Moncrieff no se inmutó lo más mínimo.

—No tengo necesidad de hacerlo, señor. Compartirlo está fuera de mi alcance, o del de cualquiera, como no sea con los términos que utilizan los mezquinos para que se los crean los ignorantes. —Se inclinó hacia delante, con las manos aferradas a la barandilla—. Sin embargo, no desprecio a las mujeres que se quedaron en casa cuidando de sus hogares y de sus hijos. Cada cual tiene sus desafíos, y sus virtudes. Hacer comparaciones es demasiado fácil y no creo que lleve a nada. Igual que las mujeres encargadas de llevar la economía doméstica no comprenden a las que fueron a Crimea, quizá aquellas que se marcharon tampoco entiendan, ni aspiren a entender, a las que se quedaron en casa.

—Muy bien, señor. Su cortesía le honra —hubo de admitir Gilfeather, aunque entre dientes. La sonrisa había desaparecido de su rostro—. Pese a todo, la proximidad está ahí. ¿No es un alivio compartir lo que todavía ahora le provoca tanta emoción?

—Por supuesto.

—Dígame, señor, ¿la señorita Latterly siempre tuvo un aspecto tan desaliñado como el que ofrece hoy? Es una mujer joven y sus formas y facciones no son desagradables. Todo este asunto debe de haber sido un infierno para ella. Primero estuvo presa en la cárcel de Newgate, en Londres, y después la han encerrado aquí, en Edimburgo. Se enfrenta a un juicio en el que está en juego su vida. En justicia, no podemos estimar sus encantos por su apariencia actual.

—Es verdad —asintió Moncrieff con cuidado.

—¿Ella le gustaba, doctor?

—Había poco tiempo para hacer amistades, señor Gilfeather. Su pregunta ilustra a la perfección su afirmación anterior de que quienes no estuvieron allí no pueden comprender cómo fue aquello. La admiraba y era un placer trabajar con ella, como ya he dicho.

—¡Vamos, señor! —insistió Gilfeather en un tono súbitamente alto y duro—. ¡No me tome el pelo! ¿Espera que creamos que, a lo largo de dos años, estuvo usted tan absorto en su trabajo día y noche que los instintos naturales de un hombre nunca surgieron en usted? —Abrió los brazos, con el rostro sonriente—. ¿Ni una vez, en los momentos de calma, cuando el sol brillaba en los campos y había tiempo para comer al aire libre...? ¡Oh, sí, no ignoramos del todo lo que sucedió allí! Había corresponsales de guerra, ¿sabe...? ¡Incluso fotógrafos! ¿Espera que creamos, señor, que nunca miró a la señorita Latterly como a una mujer joven y dotada de encantos?

Moncrieff sonrió.

—No, señor, no le pido eso. Nunca había pensado en ello, pero, ya que lo menciona, se parece bastante a mi esposa, quien posee cualidades similares, como el valor y la honradez.

—¡Pero que no fue enfermera en Crimea y, en consecuencia, no puede compartir sus sentimientos, señor!

El médico volvió a sonreír.

—Se equivoca, señor. Desde luego que estuvo en Crimea y comprende mis sentimientos mejor que ninguna otra persona.

Gilfeather había perdido, y lo sabía.

—Gracias, doctor. No hay más preguntas. A menos que mi eminente colega tenga algo que añadir, puede retirarse.

—No, gracias —Argyll declinó el ofrecimiento—. Gracias, doctor Moncrieff.

El tribunal levantó temprano la sesión para ir a comer. Los corresponsales de prensa salieron corriendo para enviar mensajeros con las últimas noticias, empujándose unos a otros e incluso embistiendo a la gente de lo nerviosos que estaban. El juez se retiró de bastante mal humor.

Rathbone deseaba decirle a Argyll cien cosas distintas pero, cuando las tenía en la punta de la lengua, cambiaba de idea; expresadas con palabras, todas resultaban demasiado obvias, innecesarias, un mero reflejo de sus miedos.

No creía tener hambre y, sin embargo, en el comedor de la fonda se comió todo el almuerzo sin darse cuenta. Bajó la vista y descubrió el plato vacío.

Al final, no pudo resistirlo más.

—Esta tarde, la señorita Nightingale —manifestó en voz alta.

Argyll alzó la vista, aún con el tenedor en la mano.

—Sí —asintió—. Una mujer formidable, por lo que he podido comprobar, que no ha sido mucho, sólo hemos intercambiado unas palabras esta mañana. Lo reconozco, no estoy seguro de si dirigirla o limitarme a señalar la dirección correcta y dejar que sea ella quien destruya a Gilfeather, si él comete la imprudencia de arremeter contra ella.

—Tendrá que hacerle decir algo que obligue a Gilfeather a pasar a la ofensiva —sugirió Rathbone con tono apremiante, a la vez que dejaba el tenedor y el cuchillo en la mesa—. Tiene demasiada experiencia como para meterse con ella, a menos que usted lo obligue a hacerlo. No querrá verla en el estrado ni un minuto más de lo estrictamente necesario, a no ser que usted consiga que ella diga algo que él no pueda pasar por alto.

—Sí... —convino Argyll con ademán pensativo, renunciando a la poca comida que le quedaba en el plato—. Creo que tiene razón. ¿Pero qué? No es un testigo presencial de nada de lo sucedido aquí, en Edimburgo. Es de suponer que nunca haya oído hablar de los Farraline. No sabe nada de lo sucedido. Sólo puede testificar que Hester Latterly es una enfermera competente. El único valor que tiene para nosotros es su reputación, el afecto que despierta. Gilfeather no va a cuestionar eso.

Rathbone trató de discurrir. Los pensamientos se arremolinaban en su cabeza. Florence Nightingale no era una mujer susceptible de ser manipulada, ni por Argyll ni por Gilfeather. ¿Qué podían hacerle decir que fuera pertinente para el caso y que Gilfeather se viera obligado a refutar? La valentía de Hester no estaba en entredicho, tampoco su capacidad como enfermera.

Entonces, una idea empezó a despuntar en su mente, apenas un esbozo. Despacio, tratando de perfilarla, se la explicó a Argyll, con inseguridad al principio; después, al ver cómo se iluminaban los ojos del otro, con más seguridad.

Cuando empezó la sesión de la tarde, Rathbone estaba sentado detrás de Argyll en la misma postura exacta que antes, pero con una chispa de emoción en los ojos, algo que se podría haber tomado por esperanza. Sin embargo, procuró no mirar al público y sólo se permitió echar un breve vistazo a Hester.

—Llamo a Florence Nightingale —retumbó la voz del ujier, y varias personas contuvieron el aliento en la sala.

Una mujer del público lanzó un breve grito y se llevó la mano a la boca para sofocarlo.

El juez dio un golpe con el mazo.

—¡Orden en la sala! Otro arrebato como ése y mandaré desalojar. ¿Queda claro? Esto es un tribunal de justicia, no un espectáculo público. Señor Argyll, espero que este testigo sea relevante para el caso y no un mero ardid exhibicionista y un intento de ganarse al público. De ser así, le aseguro que no lo voy a permitir. ¡Se está juzgando a la señorita Latterly y la reputación de la señorita Nightingale es irrelevante!

Argyll se inclinó con gravedad y no dijo nada.

Todas las miradas estaban puestas en la entrada, los cuellos se estiraron y los cuerpos se giraban para ver cómo una figura esbelta y de espalda erguida entraba, cruzaba la sala sin mirar a derecha ni izquierda y subía los peldaños del estrado. No era imponente. En realidad, se trataba de una mujer normal y corriente, de pelo castaño, liso y recogido con severidad, cejas muy planas y rasgos regulares. El conjunto de su semblante mostraba demasiada determinación como para resultar bonito y carecía de la luz interior y la serenidad que infunde la belleza. No se trataba de una cara fácil; incluso amedrentaba un poco.

Pronunció el juramento, incluidos su nombre y lugar de residencia, con voz clara y firme y se quedó esperando a que Argyll empezara.

—Gracias por recorrer tan larga distancia y abandonar un trabajo tan importante como el suyo para venir a declarar en este caso, señorita Nightingale —la recibió con gravedad.

—La justicia también es importante, señor —contestó mirándolo a los ojos—. Y, en este caso, también una cuestión de vida... o muerte —concluyó tras un titubeo.

—Tiene toda la razón.

Rathbone había advertido a Argyll con vehemencia del peligro de tratarla con condescendencia, aunque fuera mínimamente, o de insistir en lo evidente. ¡Rogaba al cielo que no lo olvidase!

—Todos somos conscientes de que desconoce los detalles del caso, señora —prosiguió Argyll—, pero tuvo tratos usted con la acusada, Hester Latterly, en el pasado, ¿no es verdad?, y se halla en posición de hablar de su carácter.

—Conozco a Hester Latterly desde el verano de mil ochocientos cincuenta y cuatro —confirmó Florence—, y estoy dispuesta a contestar a cualquier pregunta que deseen hacerme sobre su carácter.

—Gracias. —Argyll adoptó una postura relajada, con la cabeza algo inclinada a un lado—. Señorita Nightingale, se ha especulado sobre los motivos que podrían llevar a una mujer de buena familia a escoger una ocupación, como la de enfermera, que anteriormente solían ejercer mujeres de baja condición y, con franqueza, de costumbres algo disipadas.

Detrás de Argyll, Rathbone estaba sentado en el borde de la silla, con todo el cuerpo en tensión. En la sala reinaba el silencio. Los jurados miraban a Florence como si fuera el único ser vivo presente.

—En realidad, antes de que usted asumiera la misión de dignificar este trabajo —continuó Argyll—, acostumbraban a desempeñarlo mujeres que no podían encontrar un puesto respetable en el servicio doméstico. Por ejemplo, si me permite que se lo pregunte, ¿por qué decidió usted dedicarse a algo tan arduo y peligroso? ¿Su familia aprobó su decisión de trabajar en algo así?

—¡Señor Argyll! —lo reprendió el juez, enfadado y echándose hacia delante con un movimiento brusco.

—No, señor, no la aprobaron —contestó Florence haciendo caso omiso del juez—. Hallé una oposición considerable y me costó muchos años y muchas súplicas convencerlos. En cuanto a los motivos que me llevaron a perseverar incluso en contra de su voluntad, he de decir que existe un deber aún más importante que el que nos obliga con la familia, y que nos exige mayor obediencia.

Una convicción ciega y llana iluminaba su expresión, e incluso el juez renunció a expresar su protesta. Todos los hombres y las mujeres de la sala, tanto los jurados como los espectadores, escuchaban con atención. Si el juez hubiera dicho algo, nadie le habría hecho caso, y no iba a colocarse en esa situación. Habría sido intolerable.

Argyll aguardó con actitud expectante y sus ojos negros muy abiertos.

—Creo que Dios me ha llamado —siguió hablando la enfermera—, y consagraré mi vida a esa labor. —Hizo un ademán de impaciencia—. En realidad, soy injusta conmigo misma y peco de cobardía al expresarlo así. Sé que Él me ha llamado. Creo que otras personas sienten el mismo impulso de ayudar a sus semejantes y albergan la convicción de que cuidar enfermos es el mejor modo de hacerlo. No puede existir una vocación más noble y más necesaria en estos tiempos que aliviar el sufrimiento, así como, dentro de lo posible, devolver la salud y preservar la vida de hombres que han luchado por su país. ¿Lo duda usted, señor?

—No, señora, jamás se me ocurriría dudarlo —dijo Argyll con sinceridad.

Gilfeather se revolvió en el asiento como si quisiera intervenir, pero sabía que aún no había llegado el momento y se contuvo con cierta dificultad.

Con un esfuerzo supremo de autocontrol, Rathbone también permaneció inmóvil.

—¿Y Hester Latterly sirvió en el hospital de Scutari? —preguntó Argyll con el rostro inexpresivo, salvo por un afable interés. Si en su interior albergaba algo parecido a la euforia o a la ilusión, nada en su semblante lo daba a entender.

—Sí, era una de las mejores enfermeras de allí.

—¿En qué sentido, señora?

—Por su dedicación, y por su competencia. Había pocos cirujanos y muchos pacientes. —Hablaba en tono tranquilo y seguro, pero el sentimiento que transmitía su voz tenía en vilo a toda la sala—. A menudo las enfermeras debían actuar como creían que lo habría hecho el cirujano si querían salvar la vida de un hombre que, de otro modo, moriría.

Alguien del público ahogó una exclamación, indignado ante la arrogancia de una actitud semejante.

El juez puso cara de haberse dado cuenta.

Florence no hizo más caso que si se hubiera tratado de una mosca golpeteando en el cristal de la ventana.

—Hester poseía tanto el valor como los conocimientos para actuar así —siguió diciendo—. Hoy en día hay muchos hombres vivos en Inglaterra que estarían enterrados en Crimea de no ser por ella.

Argyll esperó varios segundos para dejar que toda la fuerza de aquellas palabras calase en las mentes de los miembros del jurado. En sus rostros se debatían emociones contradictorias: un profundo respeto por Florence, próximo a la reverencia religiosa; y recuerdos de la guerra y de las pérdidas sufridas, hermanos e hijos enterrados en el lugar de la matanza, o quizá vivos gracias a los esfuerzos de aquellas mujeres. Mezclada con esos sentimientos estaba la indignación ante la afrenta a siglos de supremacía masculina y a un orden nunca antes cuestionado. La confusión era dolorosa, las dudas y los miedos, profundos.

—Gracias —dijo Argyll por fin—. ¿Y también le pareció una persona honrada, y tan sincera como respetuosa con los derechos y las posesiones de los demás?

—Totalmente y sin excepción —respondió Florence.

Argyll titubeó.

La tensión era insoportable. Rathbone apenas se atrevía a respirar. De la decisión que Argyll tomara en aquel instante dependía que ganaran o perdieran, suponía la diferencia entre la vida y la horca. Sólo Argyll y él sabían cuánto se jugaban en aquel instante. Si la maniobra para hacer que Gilfeather contrainterrogase a Florence salía bien, ella respondería con una pasión y una fuerza emocional que invalidaría de un plumazo todas las sutilezas y argumentos empleados por la acusación. Por otra parte, si el fiscal tenía el buen juicio de retirarse y no interrogarla, Hester no sacaría partido de aquel testimonio.

¿Había bastado? ¿Había azuzado Argyll a Gilfeather lo suficiente? ¿Se habría tragado el anzuelo?

Muy despacio, Argyll sonrió a Florence Nightingale, volvió a darle las gracias por haber acudido y se sentó.

Rathbone tenía el corazón en un puño. La sala parecía oscilar a su alrededor. Los segundos se hacían eternos.

Arrastrando la silla, Gilfeather se levantó.

—Es usted una de las personas más queridas y respetadas de nuestro país, señora, y en absoluto desearía desmerecerla en ese sentido —dijo, midiendo mucho las palabras—. Sin embargo, la justicia está por encima de los individuos y debo hacerle algunas preguntas.

—Por supuesto —aceptó ella mirándolo a los ojos.

—Señorita Nightingale, ha dicho usted que la señorita Latterly es una enfermera excelente, aún más, que demostró poseer cualidades equiparables a las de muchos cirujanos cuando se enfrentaba a casos urgentes.

—Es verdad.

—Y que es diligente, honrada y valiente.

—Sí.

No había duda en su voz, ni la más mínima inseguridad.

Gilfeather sonrió.

—Entonces, señora, ¿cómo se explica que se vea obligada a ganarse la vida no en un puesto de responsabilidad en algún hospital, donde podría emplear a fondo esas magníficas cualidades, sino viajando en un tren nocturno de Edimburgo a Londres para administrar una simple dosis de medicina a una anciana cuya salud no es peor que la de muchas personas de su edad? Está claro que cualquier doncella podría haber hecho lo mismo sin mayor problema.

Incluso la postura de su cuerpo, de sus hombros rectos, transmitía desafío y euforia.

Rathbone cerró los puños con tanta fuerza que se clavó las uñas en la palma de la mano, casi incapaz de soportar la tensión. ¿Respondería Florence como él esperaba, como había previsto?

Delante de él, Argyll estaba rígido; sólo un pequeño músculo palpitaba en su sien.

El rostro de Florence se endureció al mirar a Gilfeather con disgusto.

Por favor... Por favor... Rathbone rezaba mentalmente.

—Porque es una mujer sin pelos en la lengua, con más valor que tacto, gracias a Dios —respondió la mujer en tono seco—. No le gusta el ambiente de los hospitales ni tener que obedecer las órdenes de quienes a veces saben menos que ella y, sin embargo, son demasiado arrogantes para dejarse aconsejar por alguien a quien consideran inferior. Quizá sea un defecto, pero legítimo.

Los miembros del jurado sonrieron.

Alguien del público aplaudió, pero en seguida volvió a quedarse en silencio.

—E impulsiva —añadió Gilfeather a la vez que daba un paso adelante—. E incluso, quizá, demasiado indulgente consigo misma, ¿no cree, señorita Nightingale?

—No.

—¡Oh, yo sí! Demasiado indulgente consigo misma y de una arrogancia incuestionable. Es la típica debilidad, el típico defecto, de las mujeres que se creen superiores a los demás, que ponen su criterio por encima del juicio de hombres preparados y cualificados para ejercer su profesión, una profesión a la que ella aspira quizá, pero para la cual no posee ninguna preparación salvo la práctica en unas circunstancias extraordinarias...

—Señor Gilfeather —lo interrumpió ella con autoridad. Tenía fuego en los ojos y le temblaba el cuerpo por la intensidad de su emoción—. O está intentando hacerme enfadar, señor, o es usted más ingenuo de lo que un hombre de su posición puede permitirse. ¿Tiene usted la menor idea de cuáles son las «circunstancias extraordinarias» a las que se refiere tan alegremente? Va usted bien vestido. Parece gozar de perfecta salud. ¿Cuántas veces se queda sin cenar? ¿Sabe siquiera lo que es tener tanta hambre que te conformarías con cocer los huesos de una rata?

Se oyeron exclamaciones ahogadas en la sala. Una mujer del público se deslizó hacia delante en el asiento. El juez puso cara de disgusto.

—Señora... —protestó Gilfeather, pero ella casi ni lo oyó.

—Usted tiene vista, señor, y los miembros intactos. ¿Alguna vez ha visto un hombre que acaba de perder las piernas? ¿Sabe usted lo rápido que hay que actuar para evitar que se desangre hasta morir? ¿Podría encontrar las arterias entre toda esa sangre y salvarlo? ¿Lo soportarían sus nervios y su estómago?

—Señora... —volvió a decir el fiscal.

—Estoy segura de que sabe mucho de su profesión —continuó embalada, sin inclinarse hacia la barandilla como habría hecho cualquier otro, sino erguida, con la cabeza alta—, ¿pero cuántas veces ha trabajado día y noche, durante días y días? ¿O se limita a volver a casa donde le espera una cama cómoda y caliente en la que descansar con toda tranquilidad hasta la mañana siguiente? ¿Alguna vez se ha acostado en el suelo, encima de una lona, oyendo los gemidos de los moribundos y sin poder alejar de su pensamiento los últimos estertores de los que ya han muerto, sabiendo que mañana y pasado mañana y al otro habrá más y que nada puede hacer por ellos salvo aliviar su dolor un poco, sólo un poco?

La sala al completo guardaba un silencio absoluto.

El juez sacudió las manos para indicarle a Gilfeather que hiciera algo. Éste se encogió de hombros.

—¿Y, cuando está enfermo, señor, vomitando y con una diarrea de muerte, alguien le sostiene una palangana, lo asea, le trae agua fresca y le cambia las sábanas? Espero que esté agradecido por tener algo así, señor, porque, bien lo sabe Dios, muchas personas carecen de eso y ello se debe a que muy pocos de nosotros estamos dispuestos a hacerlo o tenemos el corazón y el estómago necesarios. Sí, Hester Latterly es una mujer extraordinaria, formada por circunstancias que la mayoría de gente no alcanza a imaginar. Sí, es cabezota, arrogante a veces, capaz de tomar decisiones que aterrorizarían a espíritus menos valientes, menos apasionados, menos guiados por una compasión infinita. —Tomó aire apenas—. Y, antes de que me lo pregunte, estoy dispuesta a creer que mataría a alguien por salvar su propia vida o la de un paciente a su cargo. Prefiero pensar que no mataría por venganza, por muy grave o intolerable que fuera la ofensa, pero no lo afirmaría bajo juramento. —En aquel momento, por fin, se echó hacia delante y fulminó a Gilfeather con la mirada—. Sin embargo, juraría ante Dios que no envenenaría a una paciente para quedarse con una joya y devolverla después sin que se la pidiesen. Si usted cree eso, señor, sabe tan poco de la naturaleza humana que deberían negarle el derecho a desempeñar el cargo que ocupa.

Gilfeather abrió la boca y volvió a cerrarla. Lo habían derrotado con todas las de la ley y lo sabía. Se había enfrentado a una fuerza de la naturaleza y la tormenta había caído sobre él.

—No tengo más preguntas —renunció con tono grave—. Gracias, señorita Nightingale.

Rathbone tenía los ojos clavados en la mujer.

—Vaya a ayudarla —le susurró a Argyll.

—¿Qué?

—¡Ayúdela! —insistió Rathbone con vehemencia—. ¡Mírela, hombre!

—Pero es una mujer... —empezó a decir Argyll.

—¿Fuerte? ¡No, no lo es! ¡Vamos!

Rathbone habló con una cólera tal que el otro se levantó. Se acercó a toda prisa justo cuando Florence llegaba al final de la escalera y se tambaleaba, a punto de desmayarse.

La gente del público estiraba el cuello preocupada. Un hombre hizo ademán de levantarse, como para dejar su asiento.

—Permítame, señora —se ofreció Argyll a la vez que agarraba a Florence del brazo para sostenerla—. Me parece que, por ayudarnos, se ha quedado usted agotada.

—No es nada —contestó ella, pero se aferró al brazo del abogado y descargó en él gran parte de su peso—. Sólo un pequeño ahogo. Quizá no estoy tan en forma como creía.

Muy despacio y sin pedir permiso al tribunal, Argyll la acompañó hasta la salida. Todos los hombres y las mujeres de la sala lo observaban conteniendo la respiración. A continuación, entre un suspiro general de aprobación y respeto, volvió a su puesto.

—Gracias, señoría —se dirigió al juez solemnemente—. La defensa llama a continuación a la acusada, la señorita Hester Latterly.

—Se está haciendo tarde —objetó el juez de malas maneras, con el rostro descompuesto por una ira mal reprimida—. El tribunal suspende la sesión por hoy. Puede llamar a su testigo mañana, señor Argyll.

Dio un golpe con el mazo, tan fuerte como si quisiera romper el mango.

Hester subió los peldaños del estrado y se volvió para mirar al tribunal. Había dormido poco, y durante los breves ratos de descanso estuvo atormentada por pesadillas. Se encontraba por fin ante el momento de la verdad y le parecía irreal. Notaba la barandilla bajo las manos, la madera desgastada por el contacto de miles de dedos prietos y nudillos blancos; el juez, con su cara alargada y sus ojos hundidos, parecía también sacado de un mal sueño. Un incomprensible fragor, sin forma ni contenido, le saturaba los sentidos a Hester. ¿Era la gente del público, que hablaban unos con otros, o sólo la sangre, que corría estrepitosamente por sus venas y anulaba imágenes y sonidos perceptibles para todos los demás?

Pese a todas las promesas que se había hecho, sus ojos buscaron la cara tersa y adusta de Monk entre el público, pero en cambio divisó a Henry Rathbone. La estaba mirando y, aunque a aquella distancia no lo veía con claridad, en su imaginación sus ojos azules eran más nítidos que nunca, y reflejaban tanta bondad y compasión que la embargó una oleada de emoción incontrolable. Casi no lo conocía. Sólo había pasado un rato con Oliver en casa de Henry, en Primrose Hill: una cena tranquila (recalentada porque era tarde), el atardecer estival en el jardín, el cielo estrellado sobre los manzanos, la fragancia de la madreselva entre el césped. Todo le parecía tan cercano, tan dulce... Le producía un dolor casi insoportable. Deseó no haber visto al hombre y, sin embargo, no podía apartar los ojos de él.

—¡Señorita Latterly!

La voz de Argyll la trajo de vuelta a la realidad y a la sesión, que por fin empezaba.

—¿Sí..., señor?

Aquélla era su última oportunidad de defenderse, la única que tendría antes del veredicto. No podía equivocarse. No podía permitirse error alguno de ningún tipo ni una palabra, una mirada o un gesto susceptibles de ser mal interpretados. Su vida o su muerte dependían de aquellos detalles.

—Señorita Latterly, ¿por qué respondió al anuncio del señor Farraline donde solicitaba a alguien para acompañar a su madre de Edimburgo a Londres? Era un trabajo de corta duración y muy por debajo de su capacidad. ¿Ofrecían un sueldo excepcional? ¿O se encontraba usted tan necesitada de fondos que cualquier cosa le venía bien?

—No, señor, lo acepté porque pensé que sería un viaje interesante y agradable. Nunca había ido a Escocia y todo lo que oía del país eran alabanzas. —No tuvo más remedio que sonreír con languidez al recordarlo—. He cuidado a muchos hombres de los regimientos escoceses y siempre me inspiraban un respeto extraordinario.

Notó la oleada de emoción que recorría la sala, pero no estaba segura de interpretarla bien. No era momento de ponerse a pensar en eso. Debía concentrarse en Argyll.

—Entiendo —dijo él con suavidad—. ¿Y la remuneración era alta?

—Era generosa, si tenemos en cuenta lo sencillo de la tarea —respondió con sinceridad—, pero quizás estuviese justificada por el hecho de que, para aceptar el trabajo, uno tendría que renunciar a otros contratos, posiblemente de más duración. No era excesiva.

—Claro. Pero usted no se hallaba en una situación apurada, ¿verdad?

—No. Acababa de terminar un trabajo muy satisfactorio con una paciente que estaba bastante recuperada y ya no necesitaba mis cuidados, y debía incorporarme a otro puesto poco tiempo después. Era el trabajo ideal para el intervalo.

—Sólo contamos con su palabra a ese respecto, señorita Latterly.

—No les costará nada corroborarlo, señor. Mi paciente...

Él levantó las manos y Hester calló.

—Sí, ya lo he hecho. —Se volvió hacia el juez—. Hay una disposición para la paciente anterior de la señorita Latterly y otra de la dama que la estaba esperando, quien como es lógico ha tenido que contratar a otra persona. Sugiero que se incluyan entre las pruebas.

—Sí, sí, por supuesto —aceptó el juez—. Continúe, por favor.

—¿Alguna vez había oído hablar de la familia Farraline, antes de aceptar el empleo?

—No, señor.

—¿La recibieron con amabilidad?

—Sí, señor.

Poco a poco, con todo detalle, el abogado le fue haciendo preguntas sobre el día que pasó en casa de los Farraline, sin mencionar a los miembros de la familia salvo en lo referente a los movimientos de Hester. Le preguntó por el vestidor donde la doncella estaba haciendo el equipaje y le pidió que describiera todo lo que podía recordar, incluidos el botiquín, las ampollas que le enseñaron y las instrucciones exactas. El esfuerzo de memoria mantenía su mente demasiado ocupada para que su voz dejase traslucir el miedo. Permanecía bajo la superficie como una gran ola, siempre ondulante, pero sin cobrar la fuerza suficiente para romper y ahogarla.

A continuación pasaron a hablar del viaje en tren. A trancas y barrancas, abrumada por la tristeza, con los ojos fijos en el abogado y sin mirar al resto de la sala, le narró la conversación que mantuvieron Mary y ella, los recuerdos de juventud que la mujer le contó, la gente, las risas, los ambientes, las cosas que le gustaban. Le dijo que Mary tenía pocas ganas de dar por terminada la velada y que fue la advertencia de Oonagh, sobre las tendencias noctámbulas de la mujer, lo que la llevó a ella a insistir al respecto. En voz baja y calmada, muy cerca del llanto, explicó que al abrir el botiquín descubrió que había ya una ampolla vacía. Le dio la segunda a Mary y ella misma se retiró a dormir.

Con la misma voz y un titubeo casi imperceptible, contó que cuando despertó por la mañana se encontró a Mary ya muerta.

Llegados a aquel punto, Argyll la interrumpió.

—¿Está usted absolutamente segura de que no cometió ningún error al darle a la señora Farraline su medicina, señorita Latterly?

—Completamente. Le di el contenido de una ampolla. Era una mujer muy inteligente, señor Argyll, y ni corta de vista ni distraída. De haber hecho yo algo raro, seguro que ella se hubiese dado cuenta y no habría tomado el medicamento.

—¿El vaso que usó, señorita Latterly, se lo proporcionaron para tal efecto?

—Sí, señor, iba dentro del botiquín, junto con las ampollas.

—Entiendo. ¿Con capacidad para el contenido de una sola ampolla, o para más?

—Para una ampolla, señor. Estaba hecho con ese objeto.

—Perfecto. ¿Habría tenido que llenarlo dos veces para administrar más?

—Sí, señor.

No era necesario añadir nada más. Por la expresión de los jurados, Argyll vio que habían captado el mensaje.

—Y el broche de perlas grises —siguió diciendo—, ¿lo había visto antes de encontrarlo en su equipaje cuando llegó a casa de lady Callandra Daviot?

—No, señor. —Estuvo a punto de añadir que Mary le habló de él, pero se contuvo justo a tiempo. Al pensar lo cerca que había estado de cometer tamaño error le subió la sangre a la cara y le ardieron las mejillas. ¡Cielos, iban a pensar que estaba mintiendo!—. No, señor. El equipaje de la señora Farraline iba en el furgón de mercancías, como el mío. No volví a ver sus cosas una vez hube abandonado el vestidor de Ainslie Place. Aun entonces sólo vi los vestidos de arriba del montón de ropa extendida.

—Gracias, señorita Latterly. Por favor, quédese donde está. Mi eminente colega sin duda querrá interrogarla también.

—Desde luego que sí.

Gilfeather se levantó con presteza. Sin embargo, antes de que pudiera empezar, el juez suspendió la sesión hasta después de comer y tuvo que esperar a la tarde para lanzarse al ataque. Y fue un ataque en toda regla. Cuando avanzó hacia el estrado, su pelo alborotado formaba una aureola alrededor de su cabeza. Era un hombre grande y arrastraba los pies como un oso recién despierto, pero la luz de la batalla encendía sus ojos.

Al enfrentarse a él, a Hester le latía el corazón con tanta fuerza que le temblaba el cuerpo y le costaba tanto respirar que tuvo miedo de atragantarse cuando tuviera que hablar.

—Señorita Latterly —empezó con suavidad—. La defensa la ha retratado como una persona virtuosa, heroica y sacrificada. Dadas las circunstancias que la han traído aquí, me permitirá que dude de la exactitud de tal descripción. —Torció un poco el gesto—. Las personas como la que ha presentado mi eminente colega no se rebajan a asesinar, y desde luego no a asesinar a una mujer colocada a su cargo, por hacerse con unas cuantas perlas ensartadas en un broche. ¿Estará de acuerdo?

»En realidad —continuó, mirándola con ademán concentrado—, supongo que el peso del argumento de la defensa radica en la imposibilidad de que la naturaleza de una persona cambie de un modo tan radical, de ahí que usted no pueda ser culpable. ¿No es así?

—Yo no preparé la defensa, señor, y no puedo hablar en nombre del señor Argyll —replicó ella en tono desapasionado—, pero supongo que tiene usted razón.

—¿Está de acuerdo con la hipótesis, señorita Latterly? —Habló en tono imperioso, exigiendo una respuesta.

—Sí, señor, estoy de acuerdo, aunque a veces se puede juzgar mal a las personas o interpretar mal sus intenciones. De no ser así, nunca nos pillarían por sorpresa.

Se oyó una cascada de risas en la sala. Un par de hombres asintieron con la cabeza, dándole la razón.

Rathbone contuvo el aliento, muerto de aprensión.

—Un argumento muy sutil, señorita Latterly —reconoció Gilfeather.

Hester había visto la cara de Rathbone y sabía por qué la miraba con expresión de súplica. No debía olvidarse de corregir al letrado.

—No, señor —rechazó con humildad—. Es puro sentido común. Creo que cualquier mujer le habría dicho lo mismo.

—Llámelo como quiera, señora —concedió Gilfeather—. Sin embargo, comprenderá por qué me veo obligado a rebatir la alta opinión que tienen de usted.

Hester aguardó en silencio a que lo hiciera.

Él asintió con un movimiento de cabeza e hizo una pequeña mueca.

—¿Por qué fue usted a Crimea, señorita Latterly? ¿Por el mismo motivo que la señorita Nightingale, en respuesta a una llamada divina?

El tono de la pregunta no dejaba traslucir el menor sarcasmo o condescendencia, tanto su voz como su expresión eran inocentes, pero el público estaba a la espera, listo para dudar de la respuesta.

—No, señor. —Seguía hablando en voz baja y con el tono más amable del que era capaz—. Pretendía servir a mis compatriotas del modo más adecuado a las capacidades que poseo, y me parecía una buena acción y una empresa audaz. Sólo tengo una vida, y prefiero vivirla con un objetivo a mirar atrás un día y arrepentirme de todas las oportunidades perdidas o lamentarme de lo que podría haber llegado a ser.

—¿De modo que es usted una mujer que asume riesgos? —aventuró Gilfeather sin poder ocultar su sonrisa.

—Riesgos físicos, señor, no morales. Creo que quedarme en casa, a salvo y sin hacer nada, habría sido un riesgo moral que no estaba dispuesta a asumir.

—Sus argumentos son excelentes, señora.

—Estoy luchando por mi vida, señor. ¿Acaso esperaba menos de mí?

—No, señora. Ya que lo pregunta, esperaba que usara todo su arte de persuasión, todas las sutilezas y argumentos que su mente pudiera idear y su desesperación engendrar.

Hester lo miró con odio. Todas las advertencias de Rathbone sonaron en su cabeza con tanta claridad como si se las estuviera diciendo en ese mismo momento, pero la emoción fue más fuerte. Iba a perder de todos modos. Lo haría con honestidad y con tanta dignidad como fuera posible.

—Por el modo en que lo dice, señor, se diría que somos dos animales luchando por subyugar al otro, no seres racionales tratando de averiguar la verdad y empleándose a fondo por hacer justicia. ¿Quiere saber quién mató a la señora Farraline, señor Gilfeather, o sólo desea ahorcar a alguien, y yo le sirvo?

Por un instante, Gilfeather se quedó estupefacto. Le habían plantado cara otras veces, pero nunca en aquellos términos.

Se oyeron gritos ahogados y suspiros cuando la gente contuvo el aliento. A un periodista se le rompió el lápiz. Un jurado se atragantó.

—¡Dios mío! —exclamó Rathbone con un tono de voz inaudible.

El juez echó mano a su mazo, pero no calculó bien las distancias y los dedos se cerraron en el vacío.

Entre el público, Monk sonrió, pero se le hizo un nudo en el estómago temiéndose lo peor.

—Sólo me sirve el verdadero culpable, señorita Latterly —replicó Gilfeather contrariado y con el pelo de punta—, pero todas las pruebas apuntan a usted. Si no es así, le ruego que me diga quién lo hizo.

—Si lo supiera, señor, ya se lo habría dicho —le contestó Hester.

Argyll se puso en pie por fin para protestar.

—Señoría, si mi eminente colega tiene preguntas para la señora Latterly, debería hacérselas. Si no..., aunque ella parece muy capaz de defenderse sola, este acoso no procede y no es el propósito de este tribunal.

El juez lo miró con cara de pocos amigos y se giró hacia el fiscal.

—Señor Gilfeather, por favor, vaya al grano, señor. ¿Qué desea preguntar?

El acusador fulminó con la mirada primero a Argyll y luego al juez. Por último devolvió la atención a Hester.

—La señorita Nightingale la ha retratado como un ángel de bondad, que se ocupa de los enfermos sin pensar en su propio sufrimiento. —Aquella vez no pudo reprimir del todo el deje sarcástico—. Ha querido que la imagináramos paseando con delicadeza entre las camas del hospital, enjugando una frente febril, curando una herida; o bien lanzándose al campo de batalla para llevar a cabo operaciones por sí misma a la luz precaria de una tea. —Alzó la voz—. ¿Pero no es verdad, señora, que pasaba la mayor parte del tiempo en compañía de los soldados y sus acompañantes, mujeres de baja condición y moral relajada?

Vívidos recuerdos acudieron entonces a la mente de Hester.

—Muchas de esas acompañantes son las esposas de los soldados, señor, y su origen es tan humilde como el de sus maridos —le reprochó enfadada—. Trabajan y lavan para ellos, y los cuidan cuando caen enfermos. Alguien tiene que hacerlo. Si esos hombres se prestan a morir por nosotros en nuestras malditas batallas, merecen nuestro apoyo cuando nos encontramos a salvo en nuestras casas. Y, si usted está sugiriendo que la señorita Nightingale, o cualquiera de sus enfermeras, eran putas del ejército, entonces...

Se levantó un rugido de indignación entre el público. Un hombre se puso en pie y blandió el puño en dirección a Gilfeather.

El juez golpeó con el mazo, furioso, y nadie le hizo el menor caso.

Rathbone enterró la cabeza entre las manos y se hundió aún más en el asiento. Argyll se dio media vuelta y le dijo algo en tono acusatorio, con una expresión de incredulidad en el rostro. El otro cerró los ojos y elevó al cielo una oración silenciosa.

Gilfeather renunció por completo a aquella línea de interrogatorio e intentó atacar por otro flanco.

—¿Cuántos hombres ha visto morir, señorita Latterly? —gritó por encima del alboroto general.

—¡Silencio! —exclamó el juez, enfadado—. ¡Orden en la sala! ¡Silencio o haré que la desalojen!

El ruido cesó al instante. Nadie quería abandonar la sala.

—¿Cuántos hombres, señorita Latterly? —repitió Gilfeather cuando el griterío se hubo apagado al fin.

—Debe contestar —le advirtió el juez antes de que ella tuviera tiempo de responder.

—No lo sé, nunca se me ocurrió contarlos. Para mí eran personas, no números.

—¿Pero fueron muchos? —insistió Gilfeather.

—Sí, me temo que sí.

—De modo que está usted acostumbrada a la muerte; ¿no la asusta, no la horroriza, como a la mayoría de la gente?

—Todas las personas que cuidan enfermos acaban por acostumbrarse a la muerte, señor, pero el dolor siempre es el mismo.

—¡Parece que le guste llevar la contraria, señora! ¡Carece usted de la delicadeza, el tacto y la humildad que honran a su sexo!

—Quizá —se defendió ella—, pero está usted intentando hacer creer a la gente que me tomo la vida a la ligera, que la muerte del prójimo no me afecta, y eso no es verdad. No maté a la señora Farraline ni a nadie. Me apena mucho más su pérdida que a usted.

—No la creo, señora. Ha demostrado ante el tribunal la clase de mujer que es. No conoce el miedo, carece de sentido del decoro y de humildad. Sin duda el tribunal habrá de considerarla una mujer que toma de la vida lo que desea y no permite que nadie se interponga en su camino. La pobre Mary Farraline, una vez usted hubo tomado su decisión, no tenía la más mínima oportunidad.

Hester se limitó a mirarlo.

—¡Eso es todo! —añadió Gilfeather con impaciencia. Agitó la mano en un gesto despectivo—. No es muy edificante para el jurado oír cómo le hago pregunta tras pregunta mientras usted está ahí negándolo todo. Daremos por terminado el interrogatorio. ¿Quiere volver a interrogar a su testigo, señor Argyll?

El defensor le dio las gracias con algo más que un atisbo de sarcasmo y se volvió hacia Hester.

—¿La señora Farraline era una pobre ancianita a la que se intimidaba con facilidad?

—Ni lo más mínimo —contestó Hester con cierto alivio—. Era todo lo contrario: inteligente, con facilidad de expresión y gran dominio de sí misma. Había tenido una vida muy interesante, viajó mucho y conoció gente extraordinaria. —Asomó a sus labios la sombra de una sonrisa—. Me contó que participó en el baile celebrado la noche anterior a la batalla de Waterloo. Me pareció valiente, sabia y divertida... y... yo la admiraba.

—Gracias, señorita Latterly. Sí, ésa es la idea que me había formado de ella. Supongo que ella también la consideró a usted merecedora de su admiración. No tengo más preguntas. Puede volver al banquillo, de momento.

El juez suspendió la sesión. Los periodistas se empujaban unos a otros en su esfuerzo por ser los primeros en llegar a la puerta. La sala estalló en una algarabía y las celadoras, situadas a ambos lados de Hester, se pegaron a ella y pidieron que la bajaran con el elevador a las entrañas del edificio para que estuviera encerrada y a salvo antes de que los disturbios alcanzasen extremos peligrosos.

Monk se dedicó a recorrer las calles. Rathbone y Argyll se quedaron charlando hasta mucho después de medianoche. Callandra estuvo con Henry Rathbone y hablaron de cualquier cosa que se les ocurrió. Todos sus pensamientos, sin embargo, estaban puestos en Hester y en lo que le depararía el día siguiente.

Argyll se puso en pie.

—Llamo a Hector Farraline al estrado —anunció.

El público oyó la llamada con asombro. Alastair se levantó para protestar, pero le hicieron sentarse a la fuerza. Era inútil, y Oonagh al menos lo había entendido. El hombre se quedó mirando ante sí, impotente, abrumado por el embarazo.

Apareció Hector caminando muy despacio, el paso inseguro, la mirada perdida. Llegó hasta el pie de la escalera que subía al estrado.

—¿Necesita ayuda, señor Farraline? —le preguntó el juez.

—¿Ayuda? —preguntó Hector frunciendo el entrecejo—. ¿Para qué?

—Para subir la escalera, señor. ¿Se encuentra usted bien?

—Muy bien, señor. ¿Y usted?

—Entonces ocupe su lugar, señor, para que le tomen juramento. —El juez miró a Argyll con manifiesta contrariedad—. Supongo que esto será necesario, señor.

—Lo es —le aseguró Argyll.

—¡Muy bien, adelante!

Hector subió la escalera, le tomaron juramento y aguardó a que Argyll procediera.

Gilfeather lo observaba todo sin perder detalle.

—Comandante Farraline —dijo Argyll con deferencia—, ¿estaba usted en la casa cuando llegó la señorita Latterly?

—¿Qué? Oh, sí. Claro que estaba. Vivo allí.

—¿La vio llegar?

Gilfeather se levantó y protestó:

—Señoría, no se cuestiona la llegada de la señorita Latterly. Me parece un punto irrelevante y una pérdida de tiempo para el tribunal.

El juez miró a Argyll con las cejas enarcadas.

—En seguida iré al grano, señoría, si mi eminente colega me lo permite —repuso Argyll.

—Pues dese un poco más de prisa, se lo ruego —ordenó el juez.

—Señoría. Comandante Farraline, ¿vio a la señorita Latterly desplazarse por la casa aquel día?

Hector se despistó.

—¿Desplazarse? ¿A qué se refiere..., a si bajó y subió la escalera y ese tipo de cosas?

Gilfeather volvió a protestar.

—Señoría, salta a la vista que este testigo no está..., ¡no está en condiciones! No se encuentra en situación de decirnos nada de importancia. Claro que la señorita Latterly se desplazó por la casa. ¿Cómo iba a quedarse encerrada en un sitio sin que nadie la viese en todo el día? Mi eminente colega está perdiendo el tiempo.

—Es usted quien me está haciendo perder tiempo —replicó Argyll—. Podría llegar al quid de la cuestión mucho más rápidamente si usted no me interrumpiese una y otra vez.

—Pues hágalo de inmediato —dispuso el juez—, antes de que yo también pierda la paciencia. Me inclino a coincidir en la opinión de que el comandante Farraline no posee el suficiente dominio de sí mismo para ofrecer nada de utilidad.

Argyll hizo rechinar los dientes.

Rathbone estaba inclinado hacia delante con los puños apretados.

—Comandante Farraline —siguió Argyll—. ¿Habló con la señora Latterly a solas, en el vestíbulo, aquel día, y mantuvo una conversación con ella sobre el negocio de la familia Farraline y su patrimonio?

—¿Qué?

—¡Oh, por favor! —estalló Gilfeather.

—Sí —contestó entonces Hector en un momento de lucidez—. Sí. En la escalera, por lo que recuerdo. Estuvimos hablando un rato. Una chica simpática. Me cayó bien. Qué lástima.

—¿Le dijo usted que alguien estaba malversando dinero de la contabilidad de la empresa?

Hector se lo quedó mirando de hito en hito.

—No... No, claro que no. —Desvió la mirada de Argyll

y dirigió la vista hacia el público. Divisó a Oonagh y la miró con expresión suplicante. La mujer estaba pálida y tenía los ojos muy abiertos.

—Comandante Farraline —dijo Argyll en tono autoritario.

—Señoría, esto es intolerable —protestó Gilfeather.

Argyll no le hizo caso.

—Comandante Farraline, es usted un oficial de uno de los regimientos de Su Majestad con más honores y de más renombre. ¡No lo olvide, señor! ¡Está usted bajo juramento! ¿No le dijo a la señorita Latterly que alguien había malversado dinero de la imprenta de los Farraline?

—Esto es escandaloso —exclamó Gilfeather a la vez que agitaba los brazos con furia—, y del todo irrelevante. Se está juzgando a la señorita Latterly por el asesinato de Mary Farraline. Esto no tiene nada que ver con el caso en cuestión.

Alastair hizo ademán de levantarse, pero enseguida se hundió otra vez, con expresión angustiada.

—No, no lo hice —negó Hector, en otro destello repentino de lucidez—. Ahora lo recuerdo. Fue al señor Monk a quien se lo dije. Interrogó a McIvor al respecto, pero no consiguió sacarle nada. Pobre tonto. Yo le podría haber dicho que no sacaría nada en claro. A estas alturas, ya lo han tapado todo.

Hubo un momento de silencio absoluto.

Rathbone dejó caer su cabeza sobre la mesa, presa de un alivio devastador.

Una sonrisa se dibujó en el rostro moreno de Argyll. El juez parecía furioso.

Monk empezó a propinarse un puñetazo tras otro en la palma de la mano hasta que se le enrojeció la piel.

—Gracias, comandante Farraline —concluyó Argyll en voz baja—. Estoy seguro de que tiene razón. Debió de decírselo al señor Monk y no a la señorita Latterly. Soy yo quien se ha equivocado, lo siento.

—¿Eso es todo? —quiso saber Hector con curiosidad.

—Sí, gracias.

Gilfeather se volvió en redondo y miró al público, al jurado y, por último, a Hector.

A Hector se le escapó un hipo discreto.

—Comandante Farraline, ¿cuántos vasos de whisky se ha bebido esta mañana? —preguntó Gilfeather.

—No tengo ni idea —contestó Hector en tono educado—. No creo que haya usado un vaso. Tengo una de esas petacas, ya sabe. ¿Por qué lo pregunta?

—Da igual, señor. Eso es todo. Gracias.

Hector empezó bajar la escalera a trompicones.

—Eh... —dijo Gilfeather de repente.

Hector de detuvo a tres peldaños del final, aferrado a la barandilla.

—¿Se ocupa usted de llevar la contabilidad de la empresa, comandante Farraline? —inquirió Gilfeather.

—¿Yo? No, claro que no. El joven Kenneth la lleva.

—¿La ha visto últimamente, comandante? Digamos, ¿durante las últimas dos semanas?

—No. Me parece que no.

—¿Sabe interpretar las cuentas de una empresa, señor?

—Nunca lo he intentado. No me interesa.

—Muy bien. ¿Necesita ayuda para bajar la escalera, señor?

—No, señor, puedo bajar solo.

Tras decir eso, tropezó y resbaló durante los últimos tres peldaños para aterrizar de mala manera al final. Se incorporó y caminó por sus propios medios y con paso bastante seguro hacia el auditorio, donde le cedieron un asiento.

—Señoría. —Argyll se volvió hacia el juez—. Oído el testimonio del comandante Farraline, me gustaría llamar a Kenneth Farraline.

Gilfeather estaba de pie. Titubeó, a punto de proferir una protesta.

El juez suspiró y le preguntó al fiscal:

—¿Tiene alguna objeción, señor Gilfeather? Se ha planteado la posibilidad de un desfalco, real o imaginario.

Argyll sonrió. Si Gilfeather se llevaba la impresión de que no le importaba en absoluto que le denegasen la posibilidad de interrogar a Kenneth, dejando al jurado con la duda, o si presentaba una objeción, tanto mejor.

—Ninguna objeción, señoría —dijo Gilfeather—. Sería conveniente para disipar todas las dudas.

Miró a Argyll con una pequeña sonrisa.

Éste inclinó la cabeza en señal de agradecimiento.

Se llamó a Kenneth Farraline, que ocupó el estrado con una actitud muy compungida. Notaba la tensión turbadora, casi violenta, del tribunal, y vio cómo Argyll avanzaba hacia él como un oso que entra a matar.

—Señor Farraline, su tío, el comandante Hector Farraline, nos ha dicho que usted se encarga de llevar la contabilidad de la empresa. ¿Es cierto?

—La pregunta es irrelevante, señoría —protestó Gilfeather.

El juez titubeó.

—Señoría, si existe un desfalco en la contabilidad de la empresa y la cabeza de familia ha sido asesinada, dudo que sea irrelevante —arguyó Argyll—. Apunta a un móvil excelente, que no guarda ninguna relación con la señorita Latterly.

El juez aceptó el argumento, pero de mala gana:

—Aún no lo ha demostrado, señor. Hasta el momento se trata sólo de una sugerencia, en realidad son divagaciones de un hombre que está bebido. Si no es usted capaz de aportar algo más sustancial, tendré que desestimar el testimonio la próxima vez que el señor Gilfeather proteste.

—Gracias, señoría. —Argyll se volvió hacia Kenneth—. Señor Farraline, ¿su madre conocía la opinión del comandante Farraline de que alguien había manipulado la contabilidad?

—Yo... Yo... —Kenneth parecía desconsolado. Miraba a Argyll con los ojos desenfocados, como si deseara estar mirando a cualquier otra parte.

—¿Señor? —insistió Argyll.

—No tengo ni idea —respondió con malos modos—. Son... —Tragó saliva con dificultad—. Tonterías. Nada más que tonterías. —Se encaró con Argyll—. No falta dinero en ninguna parte.

—Y usted lleva la contabilidad, de modo que si faltara algo se habría dado cuenta.

—Exactamente.

—¿Y, si existiera desfalco, usted estaría en la posición ideal para ocultarlo?

—Eso... —Kenneth tragó saliva—. Eso es una calumnia, señor, y un comentario muy injusto.

Argyll aparentó inocencia.

—¿No estaría en la posición ideal?

—Sí... Sí, claro, pero no falta nada, nada en absoluto.

—¿Y su madre no ponía en duda esa afirmación?

—¡Ya le he dicho que no!

Corrió un murmullo de incredulidad por la sala.

Gilfeather se levantó.

Argyll sonrió. Kenneth era un testigo lastimoso. Parecía mentir aun cuando no lo hiciera.

—Muy bien, pasemos a otro tema. ¿Está usted casado, señor Farraline?

—¡Eso es irrelevante, señoría! —protestó Gilfeather.

—Señor Argyll —lo censuró el juez con hastío—. No voy a tolerar más divagaciones. Le he permitido tomarse muchas libertades, pero usted está abusando.

—Es relevante, señoría, se lo aseguro.

—No entiendo por qué.

—¿Está usted casado, señor Farraline? —repitió Argyll.

—No.

—¿Tiene novia, señor?

Kenneth titubeó. Tenía el rostro enrojecido y le brillaba el sudor encima del labio. Sus ojos escudriñaron el auditorio hasta dar con Oonagh.

—No... No...

—¿Tiene una amante entonces? ¿Una a quien su familia desaprueba?

Gilfeather hizo ademán de levantarse, pero enseguida comprendió la inutilidad del gesto. Toda la sala estaba esperando la respuesta. Una mujer se movió y el crujido de su corsé resonó en el silencio. Un carbón se asentó en uno de los fuegos.

Kenneth tragó saliva.

—No.

—Si llamara a la señorita Adeline Barker al estrado, ¿diría lo mismo que usted, señor Farraline?

La cara de Kenneth se puso escarlata.

—Sí... O sea, no. Yo... Maldita sea, no es asunto suyo. ¡Yo no maté a mi madre! Ella... —Se interrumpió con idéntica precipitación.

—¿Sí? ¿Ella lo sabía? —dijo Argyll—. ¿O no lo sabía?

—No tengo nada más que decir. Yo no maté a mi madre y todo lo demás no es asunto suyo.

—Una dama de gustos caros —siguió diciendo Argyll—. No es fácil tenerla satisfecha, y ser generoso, y leal, con el simple sueldo de un contable, aunque se sea el contable de la empresa Farraline.

—No falta dinero —negó Kenneth de mal humor—. ¡Compruébelo usted mismo!

Había adquirido confianza; hablaba en un tono altisonante, como si supiera que no iban a encontrar nada.

Argyll también se percató.

—Me parece que ahora ya no falta nada, ¿pero siempre ha sido así?

La confianza desapareció de su voz. Pasó a hablar a la defensiva:

—Desde luego, ya se lo he dicho, yo no me he llevado nada y no fui responsable de la muerte de mi madre. Por lo que sé, la mató la señorita Latterly para hacerse con el broche de perlas.

—Eso dice usted, señor, eso dice usted. —Argyll esbozó una sonrisa educada—. Gracias, señor Farraline, no hay más preguntas.

Gilfeather se encogió de hombros.

—No tengo nada que preguntar al testigo, señoría. Por lo que he visto, no guarda ninguna relación con el caso.

Rathbone volvió a echarse hacia delante y agarró a Argyll por el hombro.

—Llame a Quinlan Fyffe —susurró con violencia.

Argyll no se volvió a mirarlo.

—No tengo nada que preguntarle —susurró—. Si parezco desesperado, debilitaré mi argumentación.

—Piense en algo —insistió Rathbone—. Súbalo ahí...

—¡No tiene sentido! Aunque sepa quién la mató, no va a decirlo. Es un hombre inteligente y con gran dominio de sí mismo. No va a derrumbarse. No es Kenneth. De todas formas, no tengo nada con que ponerlo nervioso.

—Sí que lo tiene. —Rathbone se acercó aún más a él, consciente de que el juez lo miraba con cara de pocos amigos y de que el jurado estaba esperando—. Juegue con sus sentimientos. Es un hombre orgulloso, vanidoso. Tiene una mujer hermosa y un cuñado que está enamorado de ella. Odia a McIvor. Use sus celos.

—¿Con qué?

Rathbone discurrió a toda prisa.

—Las cuentas de la empresa. Eilish ha estado sacando libros sistemáticamente con ayuda de McIvor para su escuela nocturna. Me apuesto algo a que Fyffe no lo sabe. Por el amor de Dios, hombre, se supone que es usted el mejor abogado de Escocia. Retuérzalo. Use sus emociones contra él.

—¿Y traicionar a Eilish? —preguntó Argyll—. Monk se pondrá furioso.

—¡Al diablo Eilish! —dijo Rathbone—. ¡Y al diablo Monk! ¡La vida de Hester está en juego!

—Señor Argyll —dijo el juez en tono alto—. ¿Ha terminado su defensa, o no?

—No, señoría. La defensa llama a Quinlan Fyffe, con la venia del tribunal.

El juez frunció el entrecejo.

—¿Para qué, señor Argyll? Señor Gilfeather, ¿estaba informado acerca de esto?

Gilfeather pareció sorprendido, pero interesado, y no demostró disgusto. El juez lo miró. Él levantó los hombros apenas, en un leve gesto de indiferencia.

—No, señoría, pero, si el tribunal está dispuesto a esperar a que avisen al señor Fyffe, no tengo ninguna objeción. Creo que su aportación a la defensa será tan inútil como la del señor Farraline.

—¡Llamo a Quinlan Fyffe! —exclamó el ujier. El secretario judicial apostado a la puerta repitió las palabras y un mensajero partió en su busca.

Entre tanto, se aplazó la sesión hasta después de la comida.

Cuando el mensajero regresó con el testigo, una hora más tarde, Quinlan subió al estrado y le tomaron juramento. Miró de frente a Argyll con maneras educadas, pero con una frialdad que rozaba la insolencia.

—Señor Fyffe —empezó Argyll con tiento, midiendo las palabras—. Es usted uno de los principales directivos de la imprenta Farraline, ¿no es verdad?

—Así es, señor.

—¿En qué calidad?

Gilfeather hizo ademán de levantarse y después cambió de idea.

—¿Es una cuestión relevante, señor Argyll? —preguntó el juez con un suspiro—. Si se propone volver a sacar el tema de las cuentas de la empresa, le advierto que, a menos que aporte pruebas concretas de que se ha producido un desfalco, no le dejaré seguir.

Argyll titubeó.

—Los libros de Eilish —susurró Rathbone con vehemencia a sus espaldas.

—No, señoría —dijo Argyll en un tono suave y mirando al juez con una sonrisa inocente—. En este momento no me propongo entrar en ese tema.

El juez volvió a suspirar y pareció incomodarse.

—Entonces no sé qué quiere. Pensaba que había llamado a este testigo para eso.

—Sí, señoría, pero después he dado con el enfoque apropiado.

—Entonces proceda, señor Argyll, proceda —cedió el juez, contrariado.

—Gracias, señoría. Señor Fyffe, ¿en calidad de qué trabaja usted para la empresa Farraline?

—Me encargo de controlar la impresión y tomo todas las decisiones relacionadas con ésta —contestó Quinlan.

—Ya veo. ¿Está usted al tanto, señor, de que le han estado sustrayendo libros desde hace un año o más?

En la sala se levantó un revuelo de curiosidad. La expresión de Quinlan era de incredulidad.

—No, señor, no estaba al tanto. A decir verdad, tampoco ahora me inclino a creerlo. Una pérdida semejante saltaría a la vista.

—¿Quién habría reparado en ella, señor? ¿Usted?

—No, yo no, pero sin duda... —Titubeó apenas un segundo, pero una chispa asomó a sus ojos, como si una idea hubiera cruzado su mente—. Baird McIvor sí. Dirige esa sección de la empresa.

—Precisamente —asintió Argyll—. ¿Y no le informó de la pérdida?

—¡No, señor, no lo hizo!

Una vez más, Gilfeather estuvo a punto de levantarse, pero el juez le indicó por gestos que volviera a sentarse.

—¿Le interesaría saber —planteó Argyll con cautela— que fue su esposa quien los sacó, señor, con ayuda del señor McIvor?

Sonaron exclamaciones ahogadas procedentes del público. Varios jurados se volvieron hacia Eilish y después hacia Baird.

Quinlan permaneció inmóvil. La sangre se le agolpó en el rostro, que adquirió un tono escarlata; después perdió el color y se quedó lívido. Empezó a decir algo, pero se quedó sin voz.

—Usted no lo sabía —estableció Argyll sin necesidad—. A primera vista, el hurto parece absurdo, pero ella tenía una razón excelente para hacer algo así...

La sala al completo suspiró. Después se hizo un silencio absoluto.

Quinlan tenía la vista clavada en Argyll.

El abogado sonrió, apenas un movimiento de la comisura de los labios. Tenía los ojos brillantes.

—Su esposa enseña a leer —manifestó con voz clara—. A adultos que trabajan de día y acuden de noche a que ella les enseñe a leer y escribir sus nombres, a leer los letreros de las calles, los avisos, las instrucciones, quién sabe, quizá con el tiempo incluso obras literarias y la Santa Biblia.

Entre el público se levantó un rumor de movimientos bruscos. Eilish estaba en su asiento pálida y con los ojos muy abiertos.

El juez se inclinó hacia delante, con el entrecejo fruncido.

—Supongo que tendrá alguna prueba de esa extraordinaria acusación, señor Argyll —lo conminó.

—No estoy muy de acuerdo con la palabra «acusación», señoría. —Argyll alzó la vista hacia la mesa del tribunal—. No veo nada reprobable en el asunto. Creo que se trata de una labor digna de encomio.

Quinlan, aferrado a la barandilla, se asomó desde el estrado.

—Lo sería si eso fuera todo —soltó con rabia—, pero la actitud de McIvor es inexcusable. Siempre he sabido que andaba detrás de ella. —Hablaba en un tono de voz cada vez más alto—. Intentó que ella renunciase a todo sentido de la moral y del decoro. Que haya recurrido a esta excusa para seducirla, y también para corromper su honradez, no tiene perdón.

Se oyeron susurros en la sala. El juez dio un golpe seco con el mazo.

Argyll intervino antes de que el magistrado pudiera dar alguna instrucción o de que Gilfeather pudiera protestar.

—¿No se está precipitando en sus conclusiones, señor Fyffe? —preguntó con un tonillo de sorpresa, adoptado en honor del juez—. Yo no he dicho que el señor McIvor hiciera nada más que proporcionarle los libros.

La cara de Quinlan aún seguía blanca y sus ojos estaban tan entrecerrados que ya sólo eran dos rendijas refulgentes. Contempló a Argyll con desdén.

—Ya sé lo que ha dicho. ¿Me toma por idiota, señor? Hace años que lo observo, mirándola, buscando excusas para estar con ella, los susurros, las risas, los súbitos silencios, los cambios de humor y la depresión cuando ella no le hace caso, la repentina euforia cuando se lo hace. —Volvía a hablar con voz chillona—. Sé cuándo un hombre está enamorado de una mujer y cuándo el deseo lo consume sin que pueda evitarlo. Por fin ha maquinado un modo de ganarse su confianza... ¡y sabe Dios qué más!

—Señor Fyffe... —empezó a decir Argyll, pero sin poner mucho empeño en hacerle callar.

—Claro que ahora veo lo que debía haber adivinado

antes —continuó Quinlan, con la mirada clavada en Argyll y sin hacer caso al resto del tribunal—. Es sorprendente lo ciego que puedes estar hasta que alguien te obliga a mirar de frente algo doloroso.

Por fin Gilfeather se puso en pie y protestó:

—Señoría, esto es lamentable y estoy seguro de que el tribunal se siente consternado e impresionado ante el testimonio del señor Fyffe, pero su declaración no guarda ninguna relación con la cuestión de quién asesinó a Mary Farraline. Mi eminente colega sólo está perdiendo el tiempo e intentando distraer la atención del jurado del asunto que nos ocupa.

—Estoy de acuerdo —convino el juez, y apretó los labios, contrariado.

Sin embargo, antes de que pudiera añadir nada al respecto, Quinlan se volvió hacia él con los ojos en llamas.

—No es irrelevante, señoría. El comportamiento de Baird McIvor es muy relevante.

Gilfeather hizo ademán de volver a protestar. Argyll gesticuló con las manos, pero sus señas fueron deliberadamente ineficaces.

Rathbone recitó una oración por lo bajo. Tenía los puños cerrados y le dolía el cuerpo por la tensión. Se atrevió a mirar a Hester. Había olvidado a Monk, como si nunca hubiera existido.

En el estrado, Quinlan permanecía erguido, con la cara blanca y dos arrugas profundas en el puente de la nariz.

—El abogado de la familia me pidió que revisara ciertos documentos de la señora Farraline relativos a su patrimonio...

—¿Sí, señor? —le interrumpió el juez.

—Con frecuencia me ocupaba de sus asuntos financieros —explicó Quinlan—. Mi cuñado Alastair está demasiado ocupado con sus compromisos.

—Entiendo. Continúe.

—He descubierto algo que me sorprendió y me dejó horrorizado. También explica muchas circunstancias que antes no lograba comprender.

Tragó saliva con fuerza. Todas las personas estaban pendientes de él y lo sabía.

Gilfeather frunció el entrecejo, pero no intentó interrumpirlo.

—¿Y ese descubrimiento, señor Fyffe? —le instó Argyll.

—Mi suegra poseía en el norte una propiedad, herencia de familia, una pequeña granja, un minifundio, para ser exactos, en Rosshire. No tiene mucho valor, sólo son unas diez hectáreas y una casa, pero basta para proporcionar a un par de personas un aceptable nivel de vida.

—No veo qué tiene de sorprendente ni de horrible —dijo el juez en tono de desaprobación—. Le ruego que se explique, señor.

Quinlan lo miró y después devolvió la vista a la sala.

—La finca está en arriendo desde hace al menos seis años, a través de Baird McIvor, pero en las cuentas de la señora Farraline jamás ha entrado cantidad alguna de dinero por el pago de ésta.

Se oyeron exclamaciones ahogadas y alguien gritó. Un jurado se echó bruscamente hacia delante. Otro buscó con la mirada a Baird McIvor. Un tercero se mordió el labio y alzó la vista hacia Hester.

—¿Está seguro de eso, señor Fyffe? —preguntó Argyll, procurando que el tono de voz no delatase su nerviosismo creciente—. Supongo que tiene pruebas, o no haría una acusación semejante.

—Claro que las tengo —repuso Quinlan—. Los documentos están ahí, para quien quiera verlos. Baird le llevaba el asunto y ni siquiera él lo negaría. No puede. Las rentas que proporciona la finca constituyen un misterio, sean cuales fueren. La propiedad vale varias libras al año.

Nada se ha ingresado en las cuentas de Mary jamás. Para ella era como si nunca hubiera existido.

—¿Ha interrogado a su cuñado al respecto, señor Fyffe?

—¡Claro que sí! Dijo que se trataba de un acuerdo privado entre mi suegra y él y que no era asunto mío.

—¿Y esa explicación no le satisfizo?

Quinlan lo miró con incredulidad.

—¿Le satisfaría a usted, señor?

—No —convino Argyll—. No, desde luego. Todo parece muy irregular, por expresarlo del modo más suave posible.

El otro hizo una mueca de desdén.

—¿Y qué circunstancias quedaban explicadas a partir de este hecho? —siguió preguntando el abogado—. Usted ha hablado de ciertas circunstancias que antes no entendía.

—Su relación con la señora Farraline —contestó Quinlan con una mirada penetrante y brillándole los ojos—. Poco antes de que obtuviese el derecho a gestionar el asunto de la granja, parecía muy deprimido. Estaba sumido en la melancolía y de mal humor. Pasaba muchas horas solo, en un estado próximo a la desesperación.

Ni una sola persona se movió o dejó escapar un susurro.

—Entonces, de repente, cambió de humor —siguió Quinlan—. Tras muchas charlas con la señora Farraline. Ahora veo con toda claridad que él la convenció para que le dejara cobrar las rentas a su nombre y que utilizó éstas para librarse del problema que lo atormentaba, fuera cual fuese.

Gilfeather se puso en pie.

El juez le hizo un gesto de asentimiento y se volvió hacia Quinlan.

—Señor Fyffe, acaba de expresar una conclusión que puede o no ser cierta. Sea como sea, no le corresponde a usted sacarla, sólo presentar al jurado las pruebas tangibles que posea.

—Documentos, señoría —contestó—. La escritura de propiedad de la granja, el permiso escrito de la señora Farraline por el que el señor McIvor puede cobrar la renta en su nombre y el hecho de que ella nunca recibió de él ni un penique, ni por la casa ni por ninguna otra cosa. ¿No basta con eso?

—Bastaría para la mayoría de la gente —reconoció el juez—. Sin embargo, no me corresponde a mí, sino al jurado, sacar las conclusiones pertinentes.

—Eso no es todo —continuó Quinlan, con la expresión de un hombre que mira de frente a la muerte—. Yo creía, como todo el mundo, que fue la enfermera, la señorita Latterly, quien asesinó a mi suegra para ocultar el robo de un broche de perlas grises. Sin embargo, cada vez me cuesta más seguir convencido de ello. Parece una mujer de valor y honradez extraordinarios, cualidades que antes, como es natural, no le conocía. —Se interrumpió para respirar hondo—. Y no había vuelto a pensar en la imagen de mi cuñado, Baird McIvor, en la lavandería, el día libre de la criada, toqueteando frascos y ampollas y trasladando el líquido de unos a otros.

En la sala se vivió un momento de tensión. Baird se puso en pie de un salto, con la cara lívida. Oonagh intentó impedirlo asiéndolo del brazo. Alastair profirió un grito de sorpresa.

Eilish seguía sentada con los nudillos blancos, petrificada.

—En aquel momento no tenía ni idea de lo que estaba haciendo y tampoco me interesaba —siguió hablando Quinlan, con voz clara e implacable—. Ahora me temo que quizá presencié algo terrible, y mi descuido al no captar el significado de aquello le ha costado a la señorita Latterly la más terrible de las experiencias imaginables, ser acusada del asesinato de una paciente y ser juzgada de vida o muerte.

Argyll parecía sofocado, casi aturdido.

—Ya veo —dijo con voz entrecortada—. Gracias, señor Fyffe. Debe de haber sido muy difícil para usted revelar esto, dado que perjudica a su familia. El tribunal le agradece su sinceridad.

Si había sarcasmo en su mente, apenas rozó sus labios.

Quinlan no dijo nada.

Gilfeather se levantó de inmediato para proceder al contrainterrogatorio. Arremetió contra Quinlan, contra la exactitud de sus palabras, contra sus motivos y su sinceridad, pero no consiguió nada. El hombre se mostraba tranquilo, firme e inquebrantable; si acaso, cobró más aplomo. Gilfeather comprendió pronto que persistiendo en su postura sólo él salía perjudicado y, con un único gesto contrariado, volvió a sentarse.

Rathbone apenas podía reprimirse. Quería darle a Argyll cientos de consejos para el alegato final, qué decir y, por encima de todo, qué evitar. Era muy sencillo. Apelar a los sentimientos, al amor por el coraje y el honor, no exagerar con las referencias a la señorita Latterly. Pero no tuvo ocasión de aconsejarle nada y, bien pensado, tal vez fuera mejor así. Argyll ya sabía todo eso.

Fue magistral. Todo el sentimiento estaba allí, pero implícito, latente más que manifiesto. El jurado se sumió en sus propias pasiones, no en las de él. Cuando se sentó, no se oyó ni un alma en la sala, salvo un crujido cuando el juez se inclinó hacia delante y ordenó al jurado que se retirara a deliberar el veredicto.

Entonces empezó el período de tiempo más largo y más corto que se pueda imaginar, el transcurrido entre el instante en que se tira el dado y el momento en que cae.

Fue una hora exasperante e insoportable.

Volvieron a entrar en fila, con la cara pálida. No miraron a nadie, ni a Argyll ni a Gilfeather, y tampoco, lo que puso el alma de Rathbone en vilo, a Hester.

—¿Ya tienen su veredicto, caballeros? —preguntó el juez al presidente del jurado.

—Lo tenemos, señoría —contestó éste.

—¿El veredicto es unánime?

—Lo es, señoría.

—¿Cómo declaran a la acusada, culpable o inocente?

—Señoría, desestimamos el caso por falta de pruebas.

Se hizo un silencio atronador, un vacío que resonaba en los oídos.

—¿Lo desestiman? —preguntó el juez con tono de incredulidad.

—Sí, señor, lo desestimamos.

Despacio, el juez se volvió a mirar a Hester con expresión de resentimiento.

—Ya ha oído el veredicto, señorita Latterly. No ha quedado usted exculpada, pero queda en libertad.

11

—¿Qué significa? —preguntó Hester mirando a Oliver Rathbone de hito en hito.

Se encontraban en la salita de las habitaciones que Callandra ocupaba mientras permanecía en Edimburgo para el juicio. Hester se quedaría con ella aquella noche. Al día siguiente, ya vería qué hacía. Oliver se había sentado en un silla recta, demasiado atribulado para acomodarse en una butaca y relajarse. Monk estaba de pie junto a la chimenea, apoyado a medias en la repisa, con cara de pocos amigos y el entrecejo fruncido en un gesto concentrado. Callandra en cambio parecía más tranquila. Ella y Henry Rathbone ocupaban el sofá, cada uno un extremo, y escuchaban en silencio.

—Significa que no es usted ni inocente ni culpable —contestó Oliver haciendo una mueca—. En Inglaterra no existe ese veredicto. Argyll me lo ha explicado.

—Creen que soy culpable, pero en el fondo no están lo bastante seguros para ahorcarme —interpretó Hester con voz entrecortada—. ¿Pueden volver a juzgarme?

—Significa que la consideran culpable, maldita sea, pero que no pueden demostrarlo del todo —terció Monk con amargura. Se volvió a mirar a Oliver torciendo el gesto—. ¿Pueden volver a juzgarla?

—No. En ese sentido, es como si la hubieran declarado inocente.

—Pero la gente siempre dudará —concluyó Hester en tono triste. Estaba muy pálida. Sabía bien lo que aquello significaba. Había visto la expresión del público, incluso de aquellos que dudaban sinceramente de su culpabilidad. ¿Quién iba a contratar a una enfermera sospechosa de asesinato? El hecho de que su culpabilidad no hubiese quedado demostrada no constituía muy buena recomendación.

Nadie dijo nada de inmediato. Hester miró a Monk no porque esperase consuelo de su parte, sino quizá por lo contrario. Su cara reflejaría lo peor que se podía esperar, la pura y amarga verdad.

Él le devolvió una mirada tan encendida de furia que por un momento Hester se asustó. Ni siquiera durante el juicio de Percival en el caso Modoire había visto en él una rabia tan desbordante.

—Ojalá pudiera decir otra cosa —se lamentó Oliver en voz baja—, pero es un veredicto que me parece muy insatisfactorio.

Callandra y Monk empezaron a hablar a la vez, pero la voz de ella quedó ahogada por la del hombre, dura, furiosa e infinitamente más penetrante. Ni siquiera llegaron a oír lo que ella había dicho.

—No es un veredicto. Por el amor de Dios, ¿en qué están pensando? —Los fulminó a todos con la mirada, pero sobre todo a Oliver y a Hester—. ¡No sabemos quién mató a Mary Farraline! ¡Debemos averiguarlo!

—Monk... —empezó a decir Oliver, pero de nuevo Monk le cortó con un gruñido desdeñoso.

—Fue uno de la familia.

—¿Baird McIvor? —preguntó Callandra.

—No lo veo claro —opinó Oliver—. Parece...

—¿Insatisfactorio? —apuntó Monk con sarcasmo, imitando a Oliver—. Mucho. Sin duda lo desestimarán también «por falta de pruebas», si es que se llega a celebrar otro juicio. Eso espero. Yo creo que fue ese llorica de Kenneth. Manipuló la contabilidad de la empresa y su madre lo descubrió.

—Si ha borrado las huellas, y dada la confianza que demostró en ese tema no dudo de que lo hizo —arguyó Oliver—, nunca podremos demostrarlo.

—Bueno, no lo demostrará si se larga corriendo a Londres y deja que juzguen a McIvor... y quizá que lo cuelguen —le espetó Monk—. ¿Es eso lo que se propone?

Por un momento, Oliver se quedó anonadado. Miró a Monk con palpable disgusto.

—¿Debemos deducir de su comentario que usted tiene la intención de quedarse, señor Monk? —preguntó Henry Rathbone, con su afable rostro mostrando preocupación—. ¿Acaso porque cree poder descubrir algo que no ha podido hallar hasta el momento?

Un leve rubor de rabia y vergüenza tiñó las mejillas enjutas de Monk.

—Contamos con muchas más pistas de las que teníamos ayer. Me voy a quedar aquí hasta averiguar la solución de todo esto. —Miró a Hester con una expresión ambigua en el rostro—. No sé por qué está tan asustada. Puedan o no demostrarlo, acusarán a otra persona.

Parecía enfadado.

Sin saber por qué, Hester se sintió herida. Era injusto. Monk parecía culparla de que el asunto no se hubiera resulto; ella tenía miedo y se veía obligada a hacer tremendos esfuerzos para no echarse a llorar. Lo peor ya había pasado, pero aquel sentimiento de decepción, la confusión, el alivio y la tensión constante eran más de lo que podía soportar. Quería estar sola, dejar de fingir y no tener que preocuparse lo más mínimo de lo que pensaran los demás. Al mismo tiempo deseaba estar acompañada, quería que alguien la abrazase con fuerza y no la soltase. Necesitaba notar el calor de alguien, los latidos de su corazón, la ternura. Desde luego no tenía ganas de discutir, y con Monk menos que con nadie.

Sin embargo, se sentía una presa fácil y por eso estaba furiosa con él. La única defensa era el ataque.

—No sé por qué está usted tan disgustado —le reprochó—. ¡Nadie le acusa de nada, salvo quizá de incompetencia! ¡Pero a uno no lo ahorcan por eso! —Se volvió hacia Callandra—. Yo también me voy a quedar. Debo averiguar quién mató a Mary Farraline, por mí y por los demás. En verdad...

—¡No diga tonterías! —le interrumpió Monk—. Usted no tiene nada que hacer aquí y más bien constituiría un estorbo.

—¿Para quién? —se irritó ella. Era mucho más fácil enfadarse que hacer frente a la ansiedad que sentía en realidad—. ¿Para usted? A juzgar por su actuación hasta el momento, habría jurado que agradecería contar con cualquier ayuda posible. No sabe si fue Baird McIvor o Kenneth. Acaba de decirlo. Al menos, yo conocía a Mary; usted no.

Monk enarcó las cejas.

—¿Y qué ayuda es ésa? Si Mary le reveló algo de utilidad, no me diga que ha esperado hasta ahora para decírmelo.

—¡No sea estúpido! Claro que...

—Esta conversación no nos favorece en nada —intervino Henry Rathbone—. Me parece, si me permiten que se lo diga, que ya va siendo hora de que usemos un poco más la cabeza y nos dejemos llevar menos por los sentimientos. Es natural que después de pasar por una experiencia tan terrible todos estemos un poco alterados, pero todo esto no nos ayudará a averiguar quién fue el responsable de la muerte de Mary Farraline. Quizá deberíamos irnos a dormir y reanudar la discusión por la mañana.

—Una idea excelente. —Callandra se levantó—. Todos estamos demasiado cansados para pensar con claridad.

—No hay nada que decidir —resolvió Monk irritado—. Volveré a casa de los Farraline y seguiré con la investigación.

—¿Y qué les va a decir? —quiso saber Oliver torciendo el gesto—. No creo que la curiosidad personal les parezca una excusa aceptable.

Monk lo miró con odio.

—En estos momentos son muy vulnerables —contestó despacio, con un tono paciente y teñido de sarcasmo—. Todo el mundo sabe ahora que uno de la familia es culpable. Se señalarán los unos a los otros. No me resultará difícil convencer por lo menos a uno de ellos de que contrate mis servicios.

Oliver levantó las cejas con un gesto exagerado.

—¿Por lo menos a uno? ¿Se propone trabajar para varios? ¡Eso provocaría una situación interesante, por expresarlo con delicadeza!

—Muy bien... A uno de ellos —aceptó Monk con tono mordaz—. Estoy seguro de que Eilish no es culpable y tendrá muchas ganas de demostrar que McIvor tampoco lo es, dado que está enamorada de él. Incluso sería capaz de sacrificar a su hermano por él, si se viera obligada a escoger.

—¿De lo cual se encargaría usted?

—¡Qué perspicacia!

—No tanta. Lo ha dejado bien claro.

Monk abrió la boca para replicar.

—¡William! —se enfadó Callandra—. Le agradecería mucho que se fuera. De usted depende si vuelve o no a su habitación de Grassmarket, pero salta a la vista que necesita una buena noche de sueño. —Se dirigió a Henry Rathbone con afecto—: Estoy segura de que tiene ganas de retirarse, como yo. Buenas noches, señor Rathbone. Ha sido usted un gran apoyo para mí en estos momentos tan difíciles y le estoy inmensamente agradecida. Espero que mantengamos esta amistad cuando estemos de regreso en Londres.

—Siempre a su servicio, señora —respondió él con una sonrisa que le iluminó todo el rostro—. Buenas noches.

Vamos, Oliver. No abusemos más de la hospitalidad de lady Callandra.

—Buenas noches, lady Callandra —dijo Oliver con cortesía. Se volvió hacia Hester e hizo caso omiso de Monk. La ira desapareció de su semblante y fue reemplazada por una inmensa ternura—. Buenas noches, querida. Esta noche es usted libre, y encontraremos la solución al tema de un modo u otro. No volverá a estar en peligro.

—Gracias —contestó ella. Una súbita oleada de emoción le enronqueció la voz—. Sé cuánto ha hecho ya por mí y le estoy infinitamente agradecida. No puedo expresar...

—No lo haga —le interrumpió Oliver—. Limítese a dormir bien. Mañana habrá tiempo para pensar cuál debe ser el siguiente paso.

Ella inspiró hondo.

—Buenas noches.

El hombre sonrió y se dirigió hacia la puerta. Henry Rathbone lo siguió y, tras sonreír a Hester, se marchó sin decir nada más.

Monk titubeó, frunció el entrecejo y después pareció cambiar de idea respecto a lo que iba a decir.

—Buenas noches, Hester, lady Callandra.

El detective ya se había ido, tras cerrar la puerta a sus espaldas, cuando Hester se dio cuenta de que era la primera vez que recordaba haberle oído llamarla por su nombre de pila. Sonaba raro en sus labios, y se sintió dividida entre el alivio de que se hubiera marchado y el deseo de que se quedara. Qué absurdo. Estaba demasiado cansada y trastornada para entenderse siquiera a sí misma.

—Creo que me voy a ir a la cama, si no le importa —le dijo a Callandra—. Estoy realmente...

—Agotada —terminó Callandra con dulzura—. Claro que lo está, querida. Le pediré a la posadera que nos suba leche caliente con un chorrito de coñac para las dos. Creo que yo lo necesito casi tanto como usted. Puedo confesarle ahora que estaba aterrorizada pensando que podría perder a una de mis mejores amigas. El alivio es más de lo que puedo resistir sin venirme abajo. Estoy deseando irme a dormir.

Tendió la mano y, sin dudarlo un instante, Hester se la estrechó. Se hundió en los brazos de Callandra y la abrazó con toda la fuerza de la que fue capaz; no se movió hasta que la posadera llamó a la puerta.

A primera hora de la mañana siguiente, todo el mundo estaba un poco avergonzado de las salidas de tono de la noche anterior. Nadie las mencionó. Henry Rathbone se disponía a regresar a Londres y pasó un momento por el alojamiento de Callandra para hablar con Hester. Cuando la tuvo delante, no supo encontrar las palabras para expresar lo que quería decir. No importó lo más mínimo. No hizo falta decir nada.

Callandra también se marchó, convencida de que su presencia allí ya era inútil.

Oliver Rathbone anunció que iba a hablar con Argyll una vez más y que sin duda volvería a ver a Hester y a Monk antes de regresar a su vez a Londres. Como es natural, tenía otros casos que lo estaban esperando. No le mencionó nada a Monk sobre lo que éste se proponía hacer en Ainslie Place y sólo charló unos instantes con Hester, guardando la compostura. Ella volvió a darle las gracias por su trabajo y él dio muestras de sentirse violento, así que Hester no dijo nada más.

A las nueve, Hester y Monk estaban solos. Todos los demás habían partido en el tren de la mañana con destino al sur. Hacía un día ventoso, pero no desagradable, y el sol lucía radiante a ratos, nada acorde con el estado de ánimo de ambos. Se quedaron el uno al lado del otro en Princes Street, mirando la larga cuesta que conducía a la parte alta, donde estaba Ainslie Place.

—No sé dónde piensa quedarse —comentó Monk con entrecejo—. Grassmarket no es un lugar muy recomendable y no se puede permitir usted pagar el hotel donde se alojaba Callandra.

—¿Qué le pasa a Grassmarket?

—No es el sitio ideal para una mujer sola —contestó en tono contrariado—. ¡Por el amor de Dios, pensaba que tenía usted sentido común! Es un barrio peligroso y, en su mayor parte, bastante sucio.

Hester lo fulminó con la mirada.

—¿Peor que Newgate?

—Le ha tomado gusto, ¿eh? —se burló él, y se cerró en banda.

—Ya me ocuparé yo de mi alojamiento —resolvió ella para zanjar el tema—. Vamos de una vez a Ainslie Place.

—¿Por qué dice «vamos»? ¡No pienso llevarla!

—No le estoy pidiendo que me lleve. Puedo llegar por mi propio pie. Creo que iré andando. No hace mal día y me vendrá bien un poco de ejercicio. Últimamente no he podido hacer mucho.

Monk se encogió de hombros y echó a andar a paso vivo, tan rápido que Hester casi tuvo que correr para mantenerse a su altura. No le quedaba aliento para continuar la conversación.

Llegaron pasadas las diez, Hester con los pies doloridos y demasiado acalorada para sentirse a gusto. Ya no estaba de tan buen humor. ¡Maldito Monk! Él, por el contrario, parecía bastante satisfecho de sí mismo.

Como siempre, McTeer abrió la puerta del número diecisiete. Su expresión taciturna decayó aún más cuando vio a Monk y alcanzó proporciones catastróficas cuando atisbó a Hester detrás del detective.

—¿A quién quieren ver? —preguntó despacio y en un tono altisonante, como si estuviese pronosticando una desgracia—. ¿Han venido a buscar al señor McIvor?

—No, claro que no —respondió Monk—. No estamos facultados para venir a buscar a nadie.

McTeer resopló.

—Pensaba que tal vez viniesen ustedes de parte de la policía...

A Monk aún le costaba hacerse a la idea de que ya no era policía y que, por lo tanto, no tenía ningún poder en ese sentido. Su nueva posición le otorgaba más libertad y al mismo tiempo le arrebataba la mitad de las posibilidades de usarla como le viniese en gana.

—Entonces querrán ver a la señora McIvor, sin duda —decidió McTeer por ellos—. El señor Alastair no se encuentra en casa a esta hora.

—Claro que no —convino Monk—. Le agradecería mucho poder hablar con quien fuera.

—Sí, sí, me lo figuro. Bueno, será mejor que pasen. —A regañadientes, McTeer abrió la puerta lo suficiente para cederles el paso al vestíbulo, donde lucía el enorme retrato de Hamish Farraline en primer plano.

Mientras McTeer se retiraba, Hester observó la pintura con curiosidad. Monk aguardaba impaciente.

—¿Qué va a decir? —le preguntó ella.

—No lo sé —contestó con laconismo—. No me puedo prescribir y administrar a mí mismo como si fuera un medicamento.

—Los medicamentos no se prescriben y administran de manera fija —lo contradijo ella—. Observas el progreso del paciente y haces lo que te parece conveniente según su reacción.

—No sea pedante.

—Bueno, si no lo sabe, será mejor que piense algo rápidamente —insistió ella—. Oonagh llegará dentro de un momento, a menos que se niegue a recibirlo.

Él le dio la espalda, pero no se separó de ella. Hester tenía razón y eso le irritaba sobremanera. Las emociones de las últimas semanas habían sido excesivas y estaba muy perturbado. Detestaba albergar sentimientos que escapaban a su control. La ira le trajo al pensamiento recuerdos que lo asustaban, memorias de confusión y miedo. La posibilidad del fracaso era otro recuerdo reciente que se esforzaba por mantener a raya. La idea de que ella podía haber muerto le provocaba un tumulto de sentimientos tan hondos e intensos que prefería no pensar en ello. Si se empeñaba lo bastante, podría enterrarlo con los otros recuerdos ya sepultados.

Hester no volvió a interrumpir el hilo de los pensamientos de Monk y por fin regresó McTeer para decir que los esperaban en la biblioteca. No dijo quién.

Cuando el mayordomo abrió la puerta de la sala y los anunció, las tres mujeres estaban allí: Eilish, pálida como un fantasma, con los ojos oscurecidos por el miedo; Deirdra, tensa y acongojada, echando ojeadas constantes a Eilish; y Oonagh, seria y serena, con cierto aire de arrepentimiento. Fue ella quien se acercó para saludar primero a Hester y luego a Monk. Como siempre, dio con las palabras precisas:

—Señorita Latterly, ninguna expresión de arrepentimiento puede compensarla por lo que ha sufrido, pero le aseguro que lo sentimos de todo corazón y, por la parte que nos toca, le presentamos nuestras más sinceras disculpas.

Fue un discurso muy noble, sobre todo considerando que, en ese momento, todas las sospechas apuntaban a su marido.

Eilish parecía destrozada y Monk sintió una oleada de compasión por ella, sentimiento que no lo asaltaba con frecuencia. El comportamiento de Quinlan debió de resultarle de lo más vergonzoso.

Hester respondió con generosidad, fueran cuales fuesen las emociones que albergaba en su interior:

—No tiene por qué disculparse, señora McIvor. Acababa de perder a su madre en unas circunstancias terribles.

Creo que actuó usted con dignidad y prudencia. Ojalá yo hubiera tenido su entereza.

Una leve sonrisa rozó los labios de Oonagh.

—Es usted muy cortés, señorita Latterly, más de lo que yo lo hubiese sido en su lugar. —La sonrisa se le ensanchó por un instante al decir esto último.

A Eilish se le escapó un grito ahogado, como si se hubiese atragantado.

Deirdra se volvió hacia ella, pero Oonagh no hizo caso de la interrupción y se dirigió a Monk.

—Buenos días, señor Monk. McTeer no nos ha dicho cuál es el motivo de su visita. ¿Ha venido simplemente para acompañar a la señorita Latterly y darnos la oportunidad de disculparnos ante ella?

—No he venido para que se disculpen —se adelantó Hester antes de que él pudiera hablar—. He venido a decirles lo mucho que apreciaba a su madre. A pesar de todo lo que ha sucedido desde la última vez que nos vimos, su pérdida me parece irreparable.

—Es muy atento por su parte —agradeció Oonagh—. Sí, era una persona extraordinaria. Se la echará mucho en falta, tanto fuera de la familia como dentro.

De nuevo parecía llegado el momento de que los acompañasen a la salida y Monk seguía sin preguntar nada en absoluto.

—Yo ya les expresé mis condolencias, hace mucho —dijo con cierta brusquedad—. He venido a preguntarles que si les gustaría contratar mis servicios. El caso no está resuelto, ni mucho menos, y la policía no lo va a dejar así. No puede.

—¿Como detective privado? —Las cejas rubias de Oonagh se alzaron en un gesto de curiosidad—. ¿Para ayudarnos a obtener otro veredicto de «absuelto por falta de pruebas»?

—¿Creen que el señor McIvor es culpable?

Fue una pregunta sorprendente. Las tres se quedaron

mudas del asombro, incapaces de respirar. Incluso Hester contuvo el aliento y se mordió el labio. Un carbón se asentó en el hogar y un perro ladró al otro lado de la ventana.

—¡No! —contestó Eilish por fin, a punto de prorrumpir en llanto—. ¡No, claro que no!

Monk no tuvo compasión.

—Entonces habrá que demostrar que fue otra persona, o alguien ocupará el lugar de la señorita Latterly en la soga.

—¡Monk! —estalló Hester—. ¡Por el amor de Dios!

—¿Le molesta oír la verdad? —replicó él—. Habría jurado que precisamente usted, de entre todas las personas, no intentaría cerrar los ojos a la realidad.

Hester no respondió. Monk podía notar su indignación como algo tangible que irradiase de ella. No lo perturbó lo más mínimo.

Un pálido rayo de sol se coló entre las nubes e iluminó un anaquel.

—Me temo que tiene usted razón, señor Monk —convino Oonagh, contrariada—, por muy crudamente que lo haya expresado. Las autoridades no van a dejar que el asunto quede sin resolver. Todavía no han venido, pero sin duda es cuestión de tiempo. Si no es hoy, será mañana. No conozco a nadie más que nos pueda ayudar a averiguar la verdad. Tenemos abogados, como es natural, en caso de que los necesitemos. ¿Qué propone?

No mencionó la cuestión del dinero. Habría sido una vulgaridad, y contaba con recursos suficientes para afrontar cualquier cantidad que él solicitase. Seguramente sacaría el dinero del presupuesto para gastos menores de la casa.

Se trataba de una pregunta imposible de responder. Monk quería averiguar la verdad sólo para dejar demostrada de una vez por todas la inocencia de Hester. Las únicas alternativas imaginables apuntaban a los miembros de la familia Farraline. Al mirar el rostro de Oonagh, vio la intensidad de sus ojos, el sarcasmo oculto en su mirada, y supo que ella lo había comprendido tan bien como él.

—Descubrir quién de ustedes fue, señora McIvor —respondió en voz baja—. Al menos, que ahorquen al culpable, o a la culpable. ¿O preferiría usted que colgasen a un chivo expiatorio?

A Hester se le escapó un gemido de angustia.

Oonagh no perdió la compostura.

—Nadie podría acusarlo de andarse con rodeos, señor Monk, pero tiene razón. Preferiría que lo pagase el culpable, ya sea mi marido o uno de mis hermanos. ¿Cómo se propone empezar? Debe de saber muchas cosas ya, pero no creo que haya sacado ninguna conclusión, pues sin duda la habría usado para favorecer a la señorita Latterly.

Monk se quedó tan anonadado como si lo hubiesen abofeteado. Una vez más, el respeto que sentía por Oonagh aumentó. Era distinta de todas las mujeres que había conocido y se le ocurrían pocos hombres, si es que existía alguno, capaces de igualar aquella sangre fría y esa compostura prodigiosa.

—Sé mucho más de lo que sabía entonces, señora McIvor. Creo que todos sabemos más —repuso con sarcasmo.

—¡Y usted lo cree! —Eilish no pudo controlarse por más tiempo—. Usted cree todo lo que dijo Quinlan sólo porque estaba...

—¡Eilish! —Oonagh la interrumpió con tono autoritario y la redujo a un silencio compungido. Los ojos brillantes de la joven se clavaron en Monk. Oonagh se volvió hacia él—. Estoy segura de que alberga dudas al respecto o no se habría molestado en venir. Supongo que, pese a lo que la estrategia o la cortesía le exijan decir, en realidad ha venido para limpiar el nombre de la señorita Latterly. No, no hace falta que conteste a eso. Por favor, no proteste, sería humillante para usted y para mí.

—No iba a protestar —se limitó a decir él—. Tal como yo lo veo, hay por lo menos dos campos por explorar en el terreno de las pruebas, tanto de las antiguas como de las nuevas.

—La propiedad de madre en Rosshire —señaló Oonagh—. ¿Cuál es el otro?

—El broche de diamantes que, al parecer, usted nunca llegó a ver.

Ella se quedó un poco sorprendida.

—¿Cree que es importante?

—No tengo ni idea, pero lo averiguaré. ¿Quién es su joyero?

—Arnott y Dunbar, en Frederick Street.

—Gracias. —Titubeó sólo un instante—. ¿Sería posible saber algo más sobre la propiedad de...?

—Rosshire —terminó Oonagh por él con los ojos muy abiertos—. Si lo desea... Quinlan, como es lógico, ha entregado la documentación a la policía. Se la llevaron ayer por la tarde. No obstante, el hecho es irrefutable. Madre heredó una pequeña granja en Easter Ross. Dejó el arriendo en manos de Baird y, por lo que parece, no se ha realizado ningún ingreso...

—¡Seguro que hay alguna explicación! —saltó Eilish desesperada—. ¡Baird nunca lo habría robado sin más!

—Sea lo que sea, seguro que hay más —sentenció Oonagh con sarcasmo—. Pero por supuesto, querida, todos queremos pensar que el asunto no es lo que parece, y nadie más que yo.

Eilish se sonrojó y después palideció.

—¿Dónde está Easter Ross? —Monk no recordaba el condado, si es que alguna vez había oído hablar de él. Era de suponer que estuviese al este, ¿pero al este de dónde?

—Oh, pasado Inverness, me parece —contestó Oonagh con aire distraído—. La verdad es que está muy al norte. Saint Colmac, Port of Saint Colmac o algo así. De verdad, todo esto me parece absurdo; no creo que el arriendo reporte más que unas cuantas libras al año. ¡Nadie mataría por tan poca cosa!

—Algunas personas han sido asesinadas por una mano de cartas —comentó Monk con amargura. Al advertir que Hester le dirigía una mirada, se preguntó de repente cómo sabía él eso. No era consciente de saberlo y, sin embargo, lo había dicho con toda certidumbre. Se trataba de otro relámpago de información como los que lo asaltaban de vez en cuando, sin previo aviso y sin ningún recuerdo asociado.

—Supongo que sí. —La voz de Oonagh era poco más que un susurro. Miró hacia la ventana—. Me enteraré de la dirección exacta, si así lo desea. ¿Quizá se la podría dar esta noche, a la hora de la cena?

—Gracias —contestó Monk, y de repente se preguntó si Hester estaba incluida en la invitación.

—Gracias —aceptó ella, antes de que nadie pudiera aclarar la duda—. Es muy generoso por su parte, sobre todo teniendo en cuenta las circunstancias.

Oonagh tomó aire para hablar, pero prefirió no discutir y se limitó a sonreír.

Fue un modo de despedirlos, y Monk y Hester esperaban ya en el vestíbulo a que el sepulcral McTeer los acompañase a la puerta cuando Eilish apareció corriendo. Asió a Monk por el brazo, sin hacer caso de Hester.

—¡Señor Monk! No fue Baird. Nunca le habría hecho daño a madre, digan lo que digan. Ni siquiera le importa mucho el dinero. Tiene que haber otra explicación para todo esto.

Monk sentía una gran piedad por ella. Conocía bien la amargura de la desilusión, el momento en que uno comprende que el hombre o la mujer a quien ama con toda su alma no sólo es imperfecto, sino que está cargado de defectos y se convierte en alguien horrible, vacuo y ajeno. No sólo porque cometa un error, susceptible de perdón; en realidad, porque nunca fue la persona que uno había pensado. Toda la relación se convierte en un espejismo, una mentira, involuntaria quizá, pero una mentira al fin y al cabo.

—¿Se lo ha preguntado? —se interesó con amabilidad.

Ella se quedó blanca.

—Sí. Sólo dice que él no robó nada pero que no puede hablar del tema. Yo... Yo le creo, por supuesto, pero no sé qué pensar. ¿Por qué no quiere hablar de ello cuando Quinlan lo está acusando de algo tan terrible? ¿Qué sentido tiene persistir en su actitud cuando su..., su vida está en juego? —terminó después de tragar saliva.

La única respuesta que se le ocurría a Monk era que tal vez ocultase un secreto aún más espantoso que la acusación, o uno que la apoyaba. No se lo dijo.

—No lo sé, pero prometo hacer todo lo posible por averiguarlo. Si Baird es inocente, lo demostraremos.

—¿Kenneth? —susurró ella—. Tampoco soporto la idea.

Hester se mantuvo callada, aunque Monk sabía que se moría por intervenir. Quizá por una vez tampoco se le ocurría nada que no empeorase las cosas.

McTeer hizo aparición, con un presagio de desastre inminente escrito en el rostro. Al instante, Eilish dio un paso atrás y pronunció una despedida formal. Monk respondió en consonancia y se dio media vuelta para marcharse, pero se encontró con que Hester estaba hablando con Eilish sin importarle en absoluto la presencia de McTeer. No podía oír lo que le estaba diciendo, pues se dirigía a ella en susurros, pero Eilish la miró con infinita gratitud. Al cabo de un momento, ambos salieron a la calle.

—¿Qué le ha dicho? —preguntó—. No tiene sentido darle esperanzas. Bien puede haber sido McIvor.

—¿Por qué? —dijo ella, a la defensiva, con la barbilla alta—. ¿Por qué demonios iba a hacer una cosa así? Le caía bien Mary, y no creo que la matase por algo tan nimio como el alquiler de una granja.

Exasperado, Monk se rindió y echó a andar a paso vivo hacia Princes Street, camino de la joyería. Hester era demasiado ingenua para comprenderlo, y tan terca que no se lo podía decir.

Aquella noche, Monk llegó a la cena con un atuendo tan inmaculado como de costumbre. Hester, en opinión de Monk, apareció hecha un espantajo, por cuanto allí no tenía más que el vestido azul grisáceo con el que compareció ante el tribunal. Iban provistos de una información que lo alteraba todo respecto a Baird McIvor y Kenneth. El joyero les había informado de que no fue Mary Farraline quien encargó el broche de diamantes, pese a que lo cargaran a su cuenta, sino Kenneth. El hombre había dado por supuesto que se trataba de un recado y no preguntó nada, lo cual lamentó más tarde, cuando se enteró por la propia Mary de que ella no había solicitado la joya y que, en realidad, ni siquiera llegó a verla. El asunto, por lo que a él concernía, ya estaba arreglado. No tenía ni idea de lo que había pasado entre Kenneth Farraline y su madre.

Como de costumbre, McTeer los recibió en la puerta y los hizo pasar al salón, donde, en aquella ocasión, estaba reunida la familia al completo, como si supieran que los aguardaba una revelación importante; aunque, quizá, dadas las circunstancias, fuera la actitud más lógica. Hester había sido liberada, si no exculpada de los cargos, y Quinlan había acusado abiertamente a Baird McIvor. Era inconcebible que el caso pudiera quedar así. Aun suponiendo que la policía no insistiese en el asunto, era de esperar que los Farraline no dejarían las cosas como estaban.

Como siempre, fue Oonagh la primera en saludarlos, pero Alastair, pálido y con expresión sombría, no se hizo esperar.

—Buenas noches, señorita Latterly —dijo con afectación—. Es muy generoso por su parte haber venido. Una mujer menos entera nos guardaría rencor.

A Monk lo asaltó la idea de que el comentario tal vez fuese una pregunta tanto como una afirmación. En las profundidades de los ojos de Alastair se agazapaba la angustia, sentimiento comprensible puesto que sabía que o bien su hermano o bien el marido de su hermana favorita eran culpables de asesinato; del asesinato de su madre, nada menos. Monk no lo envidiaba. Al verlo en aquella bonita sala con altos ventanales y espesos cortinajes, con el fuego ardiendo en el hogar, entre recuerdos y adornos familiares de varias generaciones, el detective sintió una punzada de compasión por Alastair. ¿Y si el culpable era Baird McIvor? Alastair y Oonagh habían crecido juntos, compartieron sueños y miedos al margen de los otros hermanos. Si el culpable era el marido de Oonagh, Alastair lo sentiría casi tanto como ella. Además, él sería la única persona ante quien la mujer destaparía su dolor, la desilusión, la vergüenza insoportable. Con razón no se separaba de ella, como si quisiera tocarla, cosa que habría hecho de no haber sido el gesto tan evidente, tan indiscreto; el dolor, al fin y al cabo, aún no se había manifestado.

Hester, generosa, ya había soslayado la cuestión optando por tomársela como un mero comentario. Los invitaron a entrar y les ofrecieron vino. Eilish cruzó una mirada con Monk. Parecía atormentada por la vergüenza de saber que al menos algunas personas la asociarían con las acusaciones de su marido. Por mortificantes que fuesen para Eilish, Hester seguramente debía su libertad a los comentarios de Quinlan, aunque fuera Argyll quien los había suscitado.

Quinlan estaba de pie en el extremo más alejado de la sala, con un ademán meditabundo en su rostro enjuto de nariz larga y labios bien perfilados. Observaba a Hester con ojos divertidos. Quizá se estuviese preguntando cómo lo abordaría ella, qué le diría. A Monk lo acometió una oleada de odio hacia el hombre no por Hester, que era muy capaz de cuidar de sí misma y, si no, peor para ella por estar allí, sino por Eilish, que no podía escapar.

Baird se encontraba junto a la chimenea, lo más alejado posible de Quinlan. Estaba pálido, como si no hubiera comido ni dormido, y tenía un aire desesperado, como alguien que se prepara para luchar sin ninguna esperanza de salir victorioso.

Kenneth, sentado en el brazo de un sillón, observaba a Hester con interés manifiesto.

Durante un rato prefirieron mantener una conversación intrascendente, pero se diría que el silencio implícito chisporroteaba en la sala, a la espera de que alguien sacara a relucir el único tema que importaba. Por fin, fue Alastair quien lo hizo.

—Oonagh dice que ha ido usted a averiguar qué fue del broche que nadie ha visto. No entiendo por qué. —Una expresión rara asomó a sus ojos, duda, incredulidad, esperanza—. No creerá que sea cosa de la servidumbre... ¿verdad? ¿No será que se ha perdido? Parece ser que madre era un poco descuidada...

Dejó la frase suspendida en el silencio. Lo sucedido con el broche de perlas grises estaba por explicar y sería una falta de delicadeza mencionar el tema delante de Hester.

—No, no se ha perdido —negó Monk con firmeza—. Lo siento, señor Farraline, pero la explicación del asunto del broche es muy sencilla. Su madre nunca llegó a tenerlo. Lo encargó su hermano, Kenneth, supongo que para regalárselo a su amiga, que está decidida a no volver a ser pobre. Una decisión muy comprensible, quizá no para usted, pero desde luego sí para alguien que se pasa despierto toda la noche porque el hambre o el frío no lo dejan dormir.

Alastair hizo una mueca de desagrado y, despacio, se

volvió a mirar a su hermano, Kenneth se ruborizó y adoptó una expresión tensa y desafiante.

Monk miró a Eilish. En su rostro se leía una mezcla lastimosa de angustia y esperanza, como si no hubiera esperado que la culpabilidad de Kenneth la apenase y, cuando la verdad estaba a punto de salir a la luz, la pillara por sorpresa y la hiciese sentirse herida y avergonzada. La mujer echó una ojeada a Baird, pero éste seguía sumido en la melancolía.

Oonagh miró a su hermano pequeño con expresión inquisitiva.

—¿Y bien? —le reclamó Alastair—. No te quedes ahí frunciendo el entrecejo, Kenneth. Esto exige una buena explicación por tu parte. ¿Reconoces que compraste esa joya y la cargaste a la cuenta de madre? La verdad es que no tiene sentido que lo niegues; la prueba está ahí.

—Lo reconozco —asumió Kenneth con voz entrecortada, aunque en un tono más rabioso que asustado—. Si me pagaras un sueldo decente, no tendría que...

—¡Te pago lo que te mereces! —lo cortó Alastair, cuyas mejillas enrojecían por momentos—. Y aunque no te pagara nada en absoluto, aparte de la manutención, no tenías ningún derecho a comprar regalos para tu amante a cuenta de madre. Dios mío, ¿qué más has hecho? ¿Tiene razón el tío Hector? ¿Has malversado dinero de la empresa?

Toda la sangre desapareció del rostro de Kenneth, pero su actitud era mucho más desafiante que temerosa y nada en él indicaba que lo atormentase algún tipo de remordimiento.

Cosa rara, fue Quinlan quien dio un paso adelante para hablar y no el propio Kenneth.

—Sí, lo hizo, hace unos meses, casi un año ya, y madre lo supo desde el principio. Ella repuso el dinero.

Alastair estalló, sin poder dar crédito a sus oídos.

—¡Oh, de verdad, Quin! No esperes que me crea todo eso. Ya sé cómo te sientes con lo de Baird, pero esto es absurdo. ¿Por qué diablos iba madre a encubrir el desfalco de Kenneth y a reponer todo el dinero? Supongo que no estamos hablando de unos cuantos peniques. Eso apenas le habría servido para financiar la vida que lleva y para cubrir a su amante pobre de esos diamantes que, al parecer, tanto le gustan.

—Claro que no —convino Quinlan torciendo el gesto—. Si miras el testamento de madre, verás que a Kenneth no le deja nada. Empleó su parte para saldar la deuda, tanto la generada por el desfalco como, supongo yo, por el broche. También estaba al corriente de eso.

Miraba a Alastair a los ojos, tan fijamente que Monk se preguntó si aquello último sería mentira.

Alastair no contestó.

Quinlan sonrió, antes de proseguir:

—Vamos, Alastair. Eso es lo que habría hecho madre y lo sabes. Nunca denunciaría a su propio hijo, con el escándalo consiguiente. Todos lo sabemos bien, incluso Kenneth. No cuando tenía una solución tan sencilla a mano. —Hizo ademán de encogerse de hombros—. Como es natural, lo castigó, y reparó la deuda al mismo tiempo. Si Kenneth lo hubiera vuelto a hacer, se lo habría hecho pagar con sudor; lo habría tenido trabajando día y noche hasta que se ganara el dinero. Casi me atrevería a decir que ella, en sus tiempos, también recibió algún que otro regalo...

—¿Cómo te atreves...? —empezó a decir Alastair, furioso.

Oonagh lo interrumpió.

—Supongo que los abogados estarán al tanto de todo esto —dijo con voz calma.

—Por supuesto —asintió Quinlan—. En el testamento no se menciona el motivo de la omisión, sólo que el propio Kenneth comprenderá por qué no comparte la herencia y que no protestará.

—¿Cómo sabe usted todo eso mientras que el resto de la familia lo ignora? —preguntó Monk.

Quinlan enarcó las cejas.

—¿Yo? Porque, como ya dije, me ocupaba de muchos de sus asuntos. Los negocios se me dan muy bien, sobre todo las inversiones, y mi suegra lo sabía. Además, Alastair está demasiado ocupado, Baird no tiene ojo para eso y, como bien sabemos, habría sido una tonta rematada si hubiera confiado en Kenneth.

—Si tanto sabes de sus asuntos —lo desafió Eilish con voz entrecortada—, ¿cómo es que no sabías nada de las tierras de Easter Ross y de que no se estaban cobrando las rentas?

Kenneth pasó al olvido, al menos de momento. Todos los ojos se volvieron hacia Eilish y después hacia Baird. Nadie hacía el menor caso de Monk ni de Hester.

Baird los miró a todos con la cara descompuesta.

—Mary sabía todo lo que yo hacía, y contaba con su permiso —afirmó en tono tranquilo—. No pienso decir nada más.

—Bueno, pues no basta. —Alastair se volvió del todo hacia él, desesperado—. ¡Por Dios, hombre! Madre ha muerto, alguien la envenenó. La policía no va a aceptar esa respuesta. ¡Si la señorita Latterly no lo hizo, tuvo que hacerlo uno de nosotros!

—Yo no fui. —La voz de Baird era apenas un susurro entre sus labios—. Amaba a Mary más que a ninguna otra persona... excepto... —Se interrumpió. Pocos de los presentes dudaron de que iba a decir «Eilish» y no «Oonagh».

Oonagh estaba muy pálida, pero no perdió la compostura. Fueran cuales fuesen los sentimientos que le despertaba la realidad de aquella situación, el paso del tiempo, la familiaridad o el valor a secas los tenía enterrados demasiado hondo para que surgiesen en aquel instante.

—Por supuesto —convino Alastair con tono amargo—. Nadie esperaba oírte decir menos; pero las palabras no importan ahora, sólo los hechos.

—Nadie conoce los hechos —objetó Quinlan—. Sólo sabemos lo que dicen los documentos de Mary, lo que dicen los banqueros y las excusas de Baird. No sé a qué hechos te refieres.

—Supongo que a la policía le bastará con eso —intervino Monk—. Al menos para celebrar un juicio. Si necesitan algo más, o lo descubren, es cosa suya.

—¿Es eso lo que vais a hacer? —Eilish estaba desesperada; lo reflejaban la expresión angustiada de su rostro y el tono cada vez más alto de su voz—. ¿Acusarlo y dejar el asunto en manos de la policía? Hemos vivido con él en esta casa, lo conocemos desde hace muchos años, hemos compartido nuestros sueños y nuestras esperanzas con él. No podéis limitaros a…, a decir que es culpable y abandonarlo. —Frenética, iba mirando a uno y a otro, a todos excepto a Quinlan. Por fin, posó la vista en Oonagh, quizá la persona a la que siempre había recurrido en momentos de apuro.

—No vamos a abandonarlo, querida —la tranquilizó Oonagh con calma—. Pero no tenemos más remedio que afrontar la verdad, por terrible que nos parezca. Uno de nosotros asesinó a madre.

Sin querer, Eilish volvió a mirar a Hester y después se puso como la grana.

—Eso no funcionará, cariño —le advirtió Quinlan en tono desagradable—, aunque siga existiendo la posibilidad. La absolución por falta de pruebas es un veredicto ambiguo, pero no pueden volver a juzgarla, piensen lo que piensen. Enfrentémonos a los hechos, su móvil no puede competir con el de Baird. Él bien pudo ser quien metiera el broche en su bolsa de viaje, y es difícil que ella se apropiara de las rentas de madre.

—Por Dios, Baird, ¿por qué no dices algo? —estalló Deirdra, tras su largo silencio. Se acercó a Eilish y la rodeó con el brazo—. ¿No te das cuenta del daño que esto nos hace a todos?

—Deirdra, por favor, vigila tu lenguaje —la reprendió Alastair casi sin pensar.

A Monk le hizo gracia. Si Alastair tuviera la más mínima idea de cuáles eran las actividades nocturnas de su esposa, daría las gracias de que se expresase en términos relativamente suaves. Monk estaba seguro de que la mujer había aprendido expresiones mucho más pintorescas de su amigo mecánico.

—Sólo parece haber una salida. —Hester hablaba por primera vez desde que se había lanzado la acusación contra Baird. Todo el mundo la miró con cierta sorpresa.

—No sé cuál puede ser. —Alastair frunció el entrecejo—. ¿Sabe algo que nosotros ignoramos?

—No digas tonterías —le espetó Quinlan—. Madre no iba a hacerle confidencias a la señorita Latterly el primer día de conocerla. Desde luego no le contaría nada que no supiera ya Oonagh o incluso todos nosotros.

—¿Señorita Latterly? —insistió Alastair, girándose hacia ella.

—Alguien tiene que ir a la granja de Rosshire a enterarse de lo que ha pasado con las rentas —contestó ella—. No tengo ni idea de lo lejos que está, pero da igual. Hay que ir.

—¿Y a quién le va a confiar el encargo? —quiso saber Deirdra con sarcasmo—. No se me ocurre nadie.

—A Monk, por supuesto —respondió Hester—. A él le da igual en qué sentido se resuelvan las cosas.

—Siempre que usted no salga perjudicada —añadió Quinlan—. Creo que sus intereses en el asunto han quedado muy claros. Al principio vino aquí contando una verdad a medias, por expresarlo con delicadeza; lo que hizo en realidad fue contar un montón de mentiras.

—¿Habría colaborado usted si le hubiera dicho la verdad? —preguntó ella.

Quinlan sonrió.

—Claro que no. No lo estoy criticando, me limito a señalar que el señor Monk no es el ejemplo de honestidad que usted parece creer.

—Yo no creo nada —replicó Hester, enojada—. Sólo digo que a él le da igual cuál de ustedes está mintiendo o qué pasó con las rentas.

—Tiene usted una labia exquisita.

Hester se puso como la grana.

—¡Por favor! —los interrumpió Deirdra a la vez que se volvía hacia Monk—. Todo eso no importa ahora. Señor Monk, ¿podría enterarse de los detalles por Quinlan y viajar a Easter Ross para encontrar a la persona que alquila la granja y averiguar qué pasa con la renta, a quién se la paga? Supongo que será necesario que se lleve pruebas, documentos, lo que haya. Seguramente con una declaración jurada...

—Un affidávit —apuntó Alastair—. Supongo que habrá notarios o jueces de paz incluso allí arriba.

—Sí —aceptó Monk de inmediato, aunque molesto por no haber tenido él la idea. Después se preguntó cómo pagaría el billete. Vivía en precario. Callandra lo ayudaba en los malos tiempos, cuando tenía pocos clientes o éstos eran pobres, a cambio de que compartiese con ella los casos interesantes. Lo hacía por amistad y por filantropía, aparte de que los casos le proporcionaban alguna que otra emoción al tiempo que daban un toque de peligro a su vida. Pero Callandra se había vuelto a casa y él no podía pedirle una contribución para aquello. Ya le había pagado a Monk por su aportación a la defensa de Hester, suficiente para que él se desplazase a Escocia y pagase el alojamiento, tanto el de allí como el de Londres durante su ausencia. Ella no podía saber que sería necesario hacer un viaje tan largo—. ¿Está muy lejos? —preguntó en voz alta. Le dio mucha rabia tener que preguntar.

Alastair abrió los ojos con desmesura.

—No tengo ni idea. ¿A trescientos kilómetros? ¿A cuatrocientos?

—No tanto —opinó Deirdra—. A trescientos como mucho. Nosotros le pagaremos el billete, señor Monk. Al fin y al cabo, usted va allí por cuenta nuestra. —No hizo caso del entrecejo de Alastair ni de la expresión de leve sorpresa de Oonagh, que apareció acompañada de un destello de burla. Sabía que Monk deseaba desplazarse para despejar las últimas dudas respecto a la inocencia de Hester y no para ayudar a McIvor ni a ninguno de los Farraline—. Supongo que habrá un tren hasta Inverness —siguió diciendo Deirdra—. Después quizá tenga que ir a caballo, no lo sé.

—En ese caso, en cuanto tenga la información y una nota suya autorizándome —decidió Monk, pidiendo por primera vez la aprobación de Quinlan, y no la de Oonagh—, recogeré mis pertenencias y tomaré el primer tren que vaya al norte.

—¿Usted también irá? —preguntó Eilish a Hester.

—No —rechazó Monk al instante.

Hester había abierto la boca para hablar, pero nadie supo lo que iba a decir. Miró a Monk a la cara, paseó la vista por todos los reunidos y cambió de idea.

—Me quedaré en Edimburgo —aceptó obediente. De haber estado Monk menos pendiente de su inmediata tarea, habría sospechado de aquella súbita mansedumbre, pero tenía los pensamientos en otra parte.

Se quedaron a cenar: una buena comida, servida con esmero. Sin embargo, pesaba sobre toda la casa un ambiente aciago no sólo por la cercanía de la muerte de la madre, sino por el miedo recién germinado, y la conversación era forzada e inconsistente. Hester y Monk se marcharon pronto, sin necesidad de excusas ni fingimientos.

A Monk, el viaje al norte se le hizo largo y pesado en extremo, por cuanto no lo seducía en absoluto. Nadie en todo Edimburgo supo decirle cómo podría llegar a Easter Ross una vez en Inverness. Por lo que le comentó el taquillero de la estación, se trataba de una tierra desconocida, fría, peligrosa, virgen, y ninguna persona sensata querría ir a ese lugar. Stirling, Deeside y Balmoral constituían sitios excelentes para pasar las vacaciones. Aberdeen, la ciudad granítica del norte, tenía sus cualidades, pero más allá de Inverness se extendía la tierra de nadie y si uno iba allí era por su cuenta y riesgo.

El largo viaje duró casi todas las horas de sol, y estaban en pleno otoño. Monk, sentado con aire taciturno, le daba vueltas y más vueltas a todo lo que sabía sobre la muerte de Mary Farraline, así como a las pasiones y los caracteres de los miembros de la familia. No llegó a ninguna conclusión, sólo se afianzó en su idea de que uno de ellos la había matado; casi con toda seguridad Baird McIvor, porque había malversado la renta de la granja. Sin embargo, aquel móvil parecía tan fútil, tan insignificante para un hombre capaz de emociones mucho más profundas... Además, si amaba a Eilish, como todo parecía indicar, ¿cómo iba a llegar al punto de matar a la madre de la muchacha, por muchas tentaciones que tuviera?

Cuando se apeó en Inverness ya era demasiado tarde para pensar en proseguir hacia el norte aquella noche. De mal humor, buscó una habitación y de inmediato preguntó al patrón cómo podía viajar a Port of Saint Colmac al día siguiente.

—Oh —dijo éste con ademán pensativo. Se trataba de un hombre pequeño que se hacía llamar MacKay—. Ah, sí, ¿Portmahomack, quiere decir? Tendrá que ir en el transbordador, digo yo.

—¿El transbordador? —preguntó Monk con recelo.

—Sí, tendrá que ir a la isla Negra y después cruzar el estuario de Cromarty hasta Alness y tirar hacia Tain. Es un camino muy largo, ojo. ¿No podría arreglar sus asuntos en Dingwall, quizá?

—No —contestó Monk a regañadientes. Ni siquiera recordaba si sabía montar a caballo y aquél era un modo muy duro de averiguarlo. La imaginación ya lo estaba atormentando.

—Bueno, a la fuerza ahorcan —repuso MacKay con una sonrisa—. Tarbet Ness le pilla de paso. Un bonito faro hay allí. Se ve a kilómetros de distancia en una noche oscura, ya lo creo.

—¿Puedo llevar un caballo en el transbordador? —Nada más hacer la pregunta y por la cara de MacKay, reparó en la tontería que había dicho—. Ya, ¿puedo alquilar uno al otro lado? —agregó antes de que el otro pudiera contestar.

—Sí, claro que puede. Y desde aquí puede ir andando hasta el transbordador que lo llevará a la isla Negra. Por la costa, un poco más arriba. Es usted del sur ¿verdad?

—Sí. —Monk no dio más detalles. El instinto le decía que un fronterizo de Northumberland como él, nativo de un lugar cuyos habitantes habían mantenido escaramuzas contra los escoceses durante cerca de cien años, no sería bien recibido ni siquiera en un lugar situado tan al norte como aquél.

MacKay asintió con un movimiento de cabeza.

—Tendrá hambre —dijo con aire comprensivo—. Desde Edimburgo hay un buen trecho, o eso dicen. —Torció el gesto. Hablaba de una tierra desconocida, y por él podía seguir siendo así.

—Gracias —aceptó Monk.

Le sirvieron una comida de arenques frescos, rebozados con harina de avena y fritos, acompañados con pan recién sacado del horno, mantequilla y un queso cubierto de harina de avena y llamado Caboc, que estaba delicioso. Se fue a la cama y durmió a pierna suelta, sin que apenas lo perturbasen los sueños.

Amaneció un día ventoso y radiante. Se levantó de inmediato y, en lugar de desayunar en el hostal de Mac-Kay, se llevó algo de pan con queso y partió para ir hasta el transbordador que lo llevaría a la Isla Negra, la cual, según le habían informado, no era una isla en realidad, sino un gran istmo.

La travesía no era larga, tal vez algún día incluso llegaran a tender un puente, pero la corriente entraba con fuerza en el estuario de Beauly, procedente del gran estuario de Moray, y la amplia bahía del interior se extendía a la izquierda hasta perderse de vista.

El barquero dudó cuando Monk le pidió que lo llevara al otro lado.

—Hace bastante viento, precisamente hoy.

Miró hacia el este con los ojos entornados y frunció el entrecejo.

—Yo le ayudaré —se ofreció Monk al instante, y después deseó haberse mordido la lengua. No tenía ni idea de si sabía remar o no. No guardaba ningún recuerdo en absoluto de agua ni de barcos. Ni siquiera cuando regresó a Northumberland, al poco de salir del hospital después del accidente, y se despertó en mitad de la noche justo cuando su cuñado partía con el bote salvavidas, había bullido en su mente ningún pensamiento relacionado con barcos.

—Sí, buena falta que hará —asintió el barquero sin moverse del sitio.

Monk no podía permitirse discutir con aquel hombre. Tenía que cruzar el estrecho ese mismo día; la cabalgada a lo largo de la costa por Beauly, Muir-of-Ord, Conon Bridge y Dingwall le ocuparía toda la jornada.

—¿Entonces nos ponemos en marcha? —propuso Monk impaciente—. Tengo que llegar a Tarbet Ness esta noche.

—Va a tener que cabalgar un buen trecho. —El barquero sacudió la cabeza, miró al cielo y después otra vez a Monk—. Pero tal vez lo consiga. Hace buen día, a pesar del viento. A lo mejor amaina cuando cambie la marea. A veces pasa.

Monk tomó aquello por un sí y se dispuso a subir a bordo.

—¿No quiere esperar a ver si viene alguien más, pues? —preguntó el barquero—. Le costará la mitad, si además está dispuesto a echar una mano.

De haber estado más cerca de casa, Monk habría argumentado que, con más pasajeros o sin ellos, la tarifa debería ser más baja si él se prestaba a remar, pero no quería enemistarse con el hombre.

—Bien, en marcha, pues. —El barquero tendió la mano para ayudar a Monk—. Será mejor que vayamos saliendo. A lo mejor hay alguien en la Isla Negra que quiere venir a Inverness.

Monk asió la mano tendida y subió a la pequeña embarcación. En cuanto su pie tocó los maderos del fondo y aquello empezó a mecerse con el peso añadido, lo asaltó un recuerdo tan intenso que se detuvo a mitad del movimiento, a caballo entre el barco y el muelle. No fue una imagen sino una sensación; miedo, impotencia y vergüenza. Lo impresionó tanto que estuvo a punto de echarse atrás.

—¿Qué le pasa? —El barquero lo miró con recelo—. No se estará mareando, ¿eh? ¡Ni siquiera hemos zarpado aún!

—No, no estoy mareado —replicó Monk con tono brusco. Se abstuvo de dar ninguna explicación.

—Bueno, si se marea —lo amonestó el barquero sin fiarse—, por favor, vomite por la borda.

—No estoy mareado —repitió Monk con la esperanza de que fuera verdad. Subió del todo y se dejó caer en la popa con todo su peso

—Bueno, si va a echarme una mano, no se siente ahí. —El barquero frunció el entrecejo—. ¿Nunca ha ido en barco antes? —Lo miró como si tuviera serias dudas al respecto.

Monk, a su vez, lo miró a él fijamente.

—Ha sido el recuerdo de mi último viaje en barco lo que me ha hecho dudar. El recuerdo de la gente que conocía entonces —añadió, por si el hombre pensaba que estaba asustado.

—¿Ah, sí? —Le hizo un sitio en el asiento. Monk se puso a su lado y agarró el otro remo—. Debo de ser bobo para hacer algo así. —Sacudió la cabeza—. Espero no tener que arrepentirme cuando estemos a merced de la corriente. Entonces procure no moverse o los dos acabaremos en el agua. ¡Y yo no sé nadar!

—Bueno, si me toca salvarlo, espero que me devuelva el dinero —bromeó Monk.

—No si es usted el que nos hace volcar. —El barquero lo miró a los ojos—. Ahora, cállese, doble el espinazo y dele al remo.

Monk obedeció, sobre todo porque seguir los movimientos del otro le requería toda la atención y se había propuesto no hacer más el ridículo.

Durante más de diez minutos remaron a un ritmo constante y el detective empezó a sentirse satisfecho de sí mismo. La pequeña embarcación se deslizaba por el agua cada vez con más soltura. Monk se estaba divirtiendo. Usar el cuerpo suponía un cambio agradable tras la angustia de las últimas semanas, durante las cuales había tenido que permanecer sentado en aquella sala atestada sin poder hacer nada. Esto otro no era tan difícil. El día era radiante y la luz del sol relucía en el agua, fundiendo el cielo y el agua en un solo resplandor azul que producía una extraña sensación de liberación, como si su misma infinitud fuera un consuelo y no un motivo de temor. El viento soplaba frío en el rostro, pero seco y limpio, y el olor a sal resultaba placentero.

Entonces, de improviso, abandonaron el abrigo del

cabo y quedaron a merced de la corriente y la marea impulsadas con fuerza desde el estuario de Moray hacia el de Beauly. Monk estuvo a punto de perder el remo. Sin querer, captó la cara del barquero y la expresión sardónica de sus ojos.

Soltó un gruñido y aferró el remo con más firmeza. Dobló la espalda y se puso a tirar con todas sus fuerzas. Le extrañó descubrir que, en lugar de rebasar al barquero y hacer girar la embarcación, se mantenía a la par con él y el barco surcaba las aguas a través de la corriente hacia la costa distante de la isla Negra.

Intentó poner en orden las ideas y pensar qué podría encontrarse cuando llegara a la granja de Mary Farraline. No parecía haber muchas posibilidades. O bien no existía ningún arrendatario, y en consecuencia no había rentas, con lo cual Baird McIvor sólo habría pecado de pereza o de incompetencia; o bien el arrendatario estaba allí y Baird nunca había cobrado la renta. O tal vez sí, y por alguna razón nunca se la entregó a Mary.

En ese caso, se la había quedado o quizá la usaba para pagar alguna deuda deshonrosa, que no podía saldar abiertamente con el dinero de su cuenta. Se le ocurrió la posibilidad de que existiese otra mujer, pero ¿cómo iba a amar a otra, si ya estaba Eilish? ¿Habría cometido alguna indiscreción en el pasado y estaba pagando para que no llegase a oídos ni de Oonagh ni de Eilish? Aquella explicación tenía visos de verdad pero, cosa rara, le desagradaba. ¿Por qué, por el amor de Dios? Alguien había matado a Mary. Demostrando la culpabilidad de Baird McIvor, todas las dudas respecto a Hester quedarían despejadas.

Estaban a mitad de camino y la corriente era más fuerte. Tenía que tirar del remo con todo su empeño y echar todo el peso después a cada palada, empujando con los pies los tablones del fondo. El barquero seguía remando a un ritmo lento y holgado que otorgaba naturalidad y fluidez a sus movimientos, mientras que a Monk le empezaban a doler los hombros. El otro, sin embargo, aún exhibía aquella sonrisa sutil. Los ojos de ambos se encontraron un instante, después Monk desvió la vista.

Empezó a marcarse un ritmo interior para olvidar el dolor que le atravesaba la espalda a cada golpe de remo. Debía de estar perdiendo fuerzas, si aquello le provocaba tantas molestias. ¿Desde hacía poco? ¿Había sido distinto antes del accidente? ¿Montaba a caballo, quizás, o remaba en el Támesis o practicaba algún deporte? Nada en su vivienda apuntaba a ello. Sin embargo, no tenía ni un gramo de grasa de más y era fuerte. Se fatigaba sólo porque se trataba de un ejercicio desacostumbrado.

Sin darse cuenta, se puso a pensar en Hester. No tenía sentido, bien lo sabía, pero estaba enfadado con ella. Su pérdida le habría dolido mucho más de lo que hubiera deseado. Lo hacía vulnerable y eso lo enojaba. El valor como concepto estaba muy bien, podía pensar en él con lucidez. Era la virtud que admiraba por encima de cualquier otra. La consideraba la piedra angular sobre la que descansaban todas las cualidades. Sin eso, todo lo demás se tambaleaba, peligraba ante los cambios de fortuna. ¿Cuánto podía resistir la justicia si faltaba el coraje de luchar por ella? Se convertía en una farsa, una hipocresía, un mentira inútil y vacía. ¿Qué era la humildad, a menos que uno poseyese el valor de admitir el error o la ignorancia, que contase con la fuerza para desdecirse y empezar de nuevo? ¿Qué peso tenía nada —la generosidad, el honor, la esperanza e incluso la compasión— sin el coraje de ponerlos en práctica? El miedo podía devorar la misma alma.

De todos modos, la soledad y el dolor estaban ahí, y el tiempo constituía una dimensión demasiado fácil de pasar por alto. Lo que resultaba soportable durante un día, o dos, se convertía en algo monstruoso cuando no tenía fin. ¡Maldita Hester!

De repente, notó agua en la cara.

—Ha fallado con el remo —comentó el barquero con aire risueño—. ¿Está cansado?

—No —mintió lacónicamente, aunque se sentía exhausto. Le dolía la espalda, tenía ampollas en las manos y sentía los hombros a punto de reventar.

—¿Ah, no? —desconfió el barquero, pero no aminoró el ritmo.

El remo de Monk volvió a patinar, en lugar de hundirse en el agua, y les cayeron salpicaduras a la cara. Notó el líquido frío y salado en los ojos y en los labios.

De repente, le asaltó un recuerdo tan vívido como un destello de clarividencia, salvo que la parte visual —el mar gris, espejeante, y el brillo de las olas— desapareció casi antes de que a su mente le diera tiempo a aprehenderla. Fue el frío y la sensación de peligro inminente lo que quedó. Era un sentimiento de terror, y ese mismo dolor en los hombros, sólo que él era más joven entonces, mucho más joven, quizá sólo un crío. El barco tranqueteaba por todas partes, azotado por olas violentas cuyas crestas se rizaban blancas de espuma. ¿Por qué diablos alguien se haría a la mar con tan mal tiempo? ¿De qué tenía él tanto miedo? No eran las olas, era algo más.

Sin embargo, no conseguía rescatar el recuerdo. No había más, sólo el frío, la violencia del agua y una angustiosa sensación de urgencia.

De repente chocaron con algo. Se encontraban al abrigo de la isla Negra y el barquero estaba sonriendo.

—Es usted testarudo —dijo mientras se deslizaban hacia la orilla—. Mañana no podrá volver a hacerlo, se lo digo yo. Le va a doler todo el cuerpo.

—Puede ser —reconoció Monk—. Quizá la corriente cambie de dirección y el viento no sople en contra con tanta fuerza.

—Todo es posible. —El barquero tendió la mano y Monk le pagó el viaje—. Pero el tren al sur no lo esperará.

Monk le dio las gracias y fue a alquilar un caballo para recorrer varios kilómetros por los montes de la isla Negra hasta casi el norte exacto, dónde subiría a otro transbordador para cruzar el estuario de Cromarty.

Consiguió el animal y se puso en marcha a un paso constante. Montar le producía una sensación agradable, familiar. Descubrió que sabía cómo guiar al animal con un mínimo esfuerzo. Se sentía a sus anchas, aunque no tenía ni idea de cuánto tiempo había transcurrido desde que cabalgara por última vez.

El paisaje era hermoso y se perdía hacia el norte en suaves laderas, algunas pobladas de árboles de hoja caduca, otras de pinos, lo demás eran praderas salpicadas de ovejas y alguna que otra vaca. Su vista abarcaba al menos veinticinco o treinta kilómetros, por decir algo.

¿De dónde procedía el recuerdo que lo había perturbado en el barco? ¿De verdad quería saberlo? Faltaba algo al fondo de la escena, algo más horrible y doloroso. Quizá fuese mejor no hurgar en ello. A veces el olvido es una bendición.

Era duro cabalgar ladera arriba. Se había destrozado la espalda remando por el estuario, pero no le sentaría mal caminar un poco. Desmontó y le dio un respiro al caballo. Juntos, llegaron a la cima y vieron la majestuosidad del Ben Wyvis ante ellos. Las primeras nieves invernales ya coronaban su extensa cumbre. Bajo los rayos del sol, parecía suspendido en el cielo. Siguió andando tranquilamente, aún a pie. Se abrió una ladera a su izquierda y pudo ver montaña tras montaña, casi hasta el corazón de Escocia: azul, morado y blanco reluciente en las cumbres contra un cielo azul cobalto. Se detuvo, sin aliento no por cansancio, sino por la absoluta maravilla de lo que estaba viendo. Era inmenso. Se sentía como si su visión no tuviese límites. Debajo de él estaba el estuario de Cromarty, que brillaba como acero pulido. Se extendía hacia el mar en dirección este hasta perderse de vista. Al oeste, a lo lejos, se divisaba una sierra tras otra. El sol le calentaba la cara y, sin darse cuenta, la levantó al viento y al silencio.

Se alegraba de estar solo. Habría vivido la compañía humana como una intrusión. Las palabras serían una blasfemia en aquel lugar.

Por otra parte, le habría gustado tener a alguien con quien compartirlo, alguien capaz de captar aquella perfección y guardársela en el alma para recuperarla una y otra vez en momentos de necesidad. Hester lo habría comprendido. Sabría mirar, y sentir, sin decir nada. No se podía comunicar aquella sensación, sólo compartirla a través de una mirada, un contacto y la conciencia de la misma.

El caballo resopló y el sonido lo devolvió al presente y al paso del tiempo. Aún le quedaba un largo trecho por recorrer. El animal estaba fresco otra vez. Debía bajar hacia la orilla.

Le costó todo el día y muchas preguntas llegar a Portmahomack, nombre actual de Saint Colmac, y hacía mucho que el atardecer había cedido el paso a la noche cerrada cuando por fin puso los pies en la herrería de Castle Street y preguntó dónde podía dejar el caballo y encontrar alojamiento para pasar la noche. El herrero acogió encantado al animal, que conocía de viajeros anteriores, pero a Monk sólo pudo sugerirle que se dirigiera a la fonda más cercana, situada a unos metros ladera abajo, cerca de la costa.

Por la mañana caminó un kilómetro y medio aproximadamente, junto a la costa pálida primero, colina arriba después, buscando la granja de Mary Farraline, que, al parecer, tenía en arriendo un hombre llamado Arkwright. En el pueblo lo conocían bien pero, por el tono de las respuestas, no lo tenían en mucho aprecio. Tal vez fuese porque, a juzgar por su nombre, no era oriundo de las tierras altas y quizá ni siquiera de Escocia; aunque a Monk todo el mundo lo recibía con la mayor cortesía, pese a su marcado acento inglés.

Había llegado de noche, pero la mañana volvía a ser brillante, tan clara como el día anterior. La caminata no era larga, apenas un kilómetro y medio como máximo, y en lo alto de la colina la carretera estaba flanqueada por sicomoros y fresnos. A la izquierda avistó un enorme granero de piedra, o tal vez algún tipo de establo, y a la derecha una casa más pequeña, que debía de ser la granja de Mary Farraline. Por encima de los tejados divisó las chimeneas de un edificio mayor, seguramente una casa solariega, pero aquélla no podía ser la que estaba buscando.

Tenía que poner en orden sus ideas y pensar qué iba a decir. Se detuvo bajo los árboles, giró sobre sus talones... y se le cortó la respiración. El mar se extendía por debajo de él como una capa de un azul plata satinado. A lo lejos despuntaban las montañas de Sutherland, con los picos más altos cubiertos de nieve. Al este, una franja de arena relucía pálida a la luz del sol, y más allá el agua azul invadía la tierra hacia unas colinas azules y se fundía con el violeta del horizonte a lo largo de cien kilómetros o más. El cielo estaba casi inmaculado y una bandada de gansos salvajes surcaba el cielo con calma, siguiendo la ruta hacia el sur.

Se dio la vuelta despacio, contemplando el paso de los pájaros y mientras cavilaba sobre el milagro que estaba presenciando, hasta que los perdió de vista. Vio el mar que se extendía al sur también, de un color plata brillante al sol de la mañana, y el perfil oscuro de un castillo solitario recortado contra la luz.

Si su estado de ánimo hubiera sido otro, se habría enfadado al pensar en el horrible asunto que lo había llevado allí. Aquel día sólo podía sentir el peso de la tristeza.

Recorrió los últimos metros de su viaje y llamó a la puerta.

—¿Sí?

El hombre que acudió a abrir era bajo y recio, con una cara tersa que no se esforzaba en ocultar su aversión por los extraños.

—¿El señor Arkwright?

—Sí, soy yo. ¿Quién es usted y qué viene a buscar aquí?

Tenía acento inglés, pero Monk tardó un poco en identificar el deje. Era mixto, suavizado por los tonos de las tierras altas.

—Vengo de Edimburgo... —empezó a decir Monk.

—Usted no es escocés —le rebatió Arkwright con aire tétrico, a la vez que retrocedía un paso.

—Ni usted tampoco —contraatacó Monk—. He dicho que vengo de Edimburgo, no que naciera allí.

—Y qué. Me da igual de dónde sea usted.

¡Yorkshire! Ésa era la cadencia de su voz, la forma de vocalizar. Baird McIvor procedía de Yorkshire. ¿Una coincidencia?

La mentira acudió a los labios de Monk de inmediato.

—Soy el abogado de la señora Mary Farraline. He venido a encargarme de sus asuntos. No sé si le habrán informado de su reciente muerte.

—Nunca he oído hablar de ella —aseguró Arkwright sin desviar la mirada, pero una sombra asomó a sus ojos. Él también estaba mintiendo.

—Me extraña —replicó Monk con una sonrisa, no amistosa sino satisfecha—, porque vive usted en su casa.

Arkwright palideció, pero su cara permaneció inescrutable. Daba la sensación de cargar con montones de duras refriegas a sus espaldas. Sabía luchar y Monk supuso que no tenía muchas manías respecto a las armas. Había algo peligroso en aquel hombre. Se preparó para reaccionar. ¿Qué hacía un forastero como él en aquel lugar inmenso, agreste y puro?

Arkwright tenía la mirada clavada en Monk cuando dijo:

—No sé qué nombre figura en las escrituras, pero yo se la alquilo a un tipo llamado McIvor y eso no es asunto suyo, señor Crow.

Monk no se había presentado, pero sabía que era así como solía denominarse a los abogados en argot.

Enarcó las cejas con aire escéptico.

—¿Le paga el alquiler al señor McIvor?

—Sí. Eso es. —La actitud de Arkwright era agresiva, pero seguía transmitiendo cierta inseguridad.

—¿Cómo? —lo presionó Monk, aún a una distancia prudencial.

—¿Qué significa «cómo»? En dinero, claro. ¿Qué pensaba, en patatas?

—¿Qué hace, se desplaza hasta Inverness y mete un monedero en el tren nocturno a Edimburgo? ¿Cada semana? ¿Cada mes? Debe de tardar un par de días.

Lo había pillado, y los ojos de Arkwright echaron chispas al darse cuenta. Por un segundo, pareció a punto de pegarle un puñetazo a Monk. Después observó la postura de éste, su cuerpo fibroso, y decidió no hacerlo.

—No es asunto suyo —gruñó—. Le rindo cuentas al señor McIvor, no a usted. De todas formas, no tiene pruebas que demuestren su identidad ni que esa Mary Comosellame haya muerto. —Un destello de triunfo asomó a sus ojos—. Podría ser cualquiera.

—Podría —asintió Monk—. Podría ser de la policía.

—¿Un polizonte? —Sin embargo, su rostro palideció—. ¿Y qué hace aquí? Llevo una granja. Eso no tiene nada de ilegal. ¡Usted no es un poli, sólo un cabrón entrometido que se está buscando problemas!

—¿Le interesaría saber, o le sorprendería, que el señor McIvor nunca ha recibido el dinero que usted le envía por tren? —preguntó Monk con sarcasmo.

Arkwright intentó esbozar una sonrisa burlona, pero en su gesto no había ni asomo de risa, sólo un amago de inquietud.

—Bueno, ése es su problema, ¿no?

En aquel momento, Monk comprendió que McIvor no podía traicionar a Arkwright y que éste no tenía ninguna duda al respecto. De todos modos, si Baird perdía sus poderes sobre la granja, Arkwright se quedaría sin ella. Chantaje. Aquélla era la única respuesta razonable. ¿Por qué? ¿Con qué? ¿Cómo aquel hombre había llegado a trabar conocimiento con un caballero, al menos en apariencia, como Baird McIvor? Arkwright, en el mejor de los casos, rozaba la criminalidad; en el peor, era un profesional hecho y derecho.

Monk se encogió de hombros con indiferencia deliberada e hizo ademán de marcharse.

—McIvor me lo contará todo —observó con aire de suficiencia—. Él lo delatará.

—¡No, no lo hará! —exclamó Arkwright triunfante—. Si lo hace, está aviado.

—¡Pamplinas! Su palabra no vale nada contra la de él. Lo delatará. Por lo del dinero.

—Todo el que sepa leer me creerá —insistió el otro con desdén—. Todo consta por escrito. Y aún tiene las marcas del abejorro en la espalda.

La cárcel. Así que era eso. Baird McIvor había cumplido condena en alguna parte. Seguramente Arkwright lo sabía porque él también estaba allí. Quizás habían marchado juntos en el «abejorro», aquella terrible máquina denominada con más propiedad el molino de disciplina, donde se encerraba a los presos durante un cuarto de hora en cada ocasión. Allí, tenían que caminar por una rueda de veinticuatro travesaños prendida a un largo eje y a un ingenioso mecanismo de veletas que siempre giraban a la velocidad exacta para provocar el máximo ahogo, sofoco y agotamiento. La palabra de argot venía de la agonía provocada por el arnés de piel, que raspaba la carne constantemente.

¿Habría estado Mary Farraline al corriente de todo

aquello? ¿La mataría McIvor para que no revelara aquel terrible secreto y pagaría a Arkwright con una granja libre de rentas para que lo guardase? Era tan probable que no encontraba argumentos en contra.

¿Y por qué le dolía tanto? ¿Porque quería que el culpable fuera Kenneth? Qué absurdo.

Sin embargo, por algún motivo, la reluciente bahía no le pareció tan cálida cuando emprendió el regreso y bajó por la suave ladera, entre los setos, hacia el herrero y el caballo, para acometer la larga y dura cabalgada de vuelta a Inverness.

Ya había cruzado Cromarty y la isla Negra, y se encontraba en el transbordador atravesando Beauly. Le dolía la espalda; el dolor le traspasaba los hombros cada vez que tiraba del remo con furia. Estaba decidido a desahogar su ira como fuese, a pesar de la sonrisa del barquero y de su oferta de remar él solo. De repente, sin venir a cuento, recordó el momento de su infancia que en la travesía anterior se asomó a su mente acompañado de tanto dolor. Ya sabía cuál era la emoción que faltaba, aquella que se agazapaba en los linderos del recuerdo, oscura e indistinta. Era un sentimiento de culpa. Culpa porque volvían de un rescate en el mar y había tenido miedo. Se había asustado tanto al ver aquel inmenso abismo de agua, entre el bote salvavidas y el barco desventurado, que se quedó helado de terror y no acertó a lanzar la cuerda. Demasiado tarde, la vio desenrollarse y caer por la borda al agua. Volvieron a lanzarla, claro, pero se perdieron unos segundos preciosos y con ellos la posibilidad de salvar una vida.

El sudor brotó de su piel mientras doblaba la espalda y hundía el remo con furia en el agua brillante del estuario de Beauly. Todo lo que veía en su imaginación era la inmensidad del agua a los costados del bote, tantos años atrás. Notaba el gusto de la vergüenza como si sólo hubieran transcurrido unos minutos, y las lágrimas del orgullo herido aún le escocían en los ojos.

¿Por qué rememoraba aquello? Debía de haber montones de recuerdos felices, momentos compartidos con su familia, sin duda había logros, éxitos en su pasado. ¿Qué lo llevó a rescatar precisamente aquella parte de su memoria y con tanta nitidez? ¿Acaso aún estaba incompleto, faltaba algo, aún más horrible, que todavía no conseguía recordar?

¿No sería que el orgullo le impedía aceptar cualquier tipo de fracaso y se aferraba a las viejas heridas porque la espinita seguía allí clavada, agriando todo lo demás? ¿Realmente era una persona tan obsesiva?

—Hace un día rarillo, hoy —comentó el barquero—. ¿No ha encontrado lo que buscaba, allá en el puerto?

—Sí..., sí, lo he encontrado —contestó Monk a la vez que tiraba del remo—. Era lo que esperaba.

—Pues, a juzgar por la cara que trae, no es de su gusto.

—No..., no lo es.

El barquero asintió con un movimiento de la cabeza y guardó silencio.

Llegaron al otro lado. Monk bajó a toda prisa, pagó al hombre y se marchó. Le dolía el cuerpo horrores. Lo tenía bien merecido, por orgulloso. Debería haber dejado remar al barquero.

Llegó a Edimburgo cansado y en absoluto satisfecho de su descubrimiento. Decidió ir andando, a pesar del viento racheado que le azotaba el rostro y del aguanieve que caía de vez en cuando de un cielo gris. Cruzó a paso vivo Waverley Bridge, bajó hacia Market Street, subió por Bank Street, tomó George IV Bridge y se internó en Grassmarket. Fue a parar a la fonda donde se alojaba Hester sin haberse parado a pensar en ningún momento por qué iba allí y no a Ainslie Place. Quizá, en cierto modo pensaba que ella se merecía saber la verdad antes que los Farraline, o estar presente cuando se la comunicara a la familia. Ni siquiera se planteó la crueldad de lo que iba a hacer. A Hester le caía bien Baird, o al menos eso le parecía a Monk.

452

Ya había llegado a su puerta e iba a llamar cuando comprendió que, sencillamente, necesitaba compartir su propia desilusión no con cualquiera, aunque no había nadie más, sino con ella. Al darse cuenta, dejó la mano suspendida en el aire.

Sin embargo, ella ya había oído los pasos en el pasillo sin alfombrar y abrió la puerta con una expresión expectante, no exenta de miedo. Leyó la desilusión en los ojos de Monk antes de que él abriese la boca.

—Fue Baird... —Era casi una pregunta, pero no del todo. Mantuvo abierta la puerta para cederle el paso.

El detective entró sin plantearse la impropiedad de la situación. No se le ocurrió en ningún momento.

—Sí. Estuvo en la cárcel. Arkwright, el hombre de la granja, lo sabía; en realidad, creo que el muy cerdo cumplió condena con él. —Se sentó en la cama y le dejó la silla a Hester—. Supongo que McIvor le permitió usar la granja para que guardara silencio y, cuando Mary lo averiguó, la mató por la misma razón. No podía permitirse que los Farraline, y todo Edimburgo, supieran que había estado en la cárcel.

Hester lo miró muy seria, casi sin expresión, durante varios segundos. Monk quería ver en ella alguna reacción, un reflejo de su propio dolor, y estuvo a punto de hablar, pero no supo qué decir. Por una vez, no quería pelearse con ella. Deseaba tenerla cerca, acabar con las sorpresas desagradables.

—Pobre Baird —se condolió ella con un pequeño estremecimiento.

Monk estuvo tentado de burlarse de su sentimentalismo, pero recordó con un sobresalto que Hester conocía la cárcel por propia experiencia, amarga y muy reciente. Renunció a decir nada.

—Eilish se va a quedar destrozada —agregó en voz baja, pero no parecía horrorizada de veras.

—Sí —asintió él, convencido—. Le va a sentar muy mal.

453

Hester frunció el entrecejo.

—¿Está seguro de que fue Baird? Sólo por haber estado en la cárcel no significa que matara a Mary. ¿No sería posible que, si ese tal Arkwright le estaba haciendo chantaje, se lo contara a Mary y ella lo ayudara dejándole usar la granja para comprar el silencio del otro?

—Vamos, Hester —le reprochó hastiado—. Se agarra a un clavo ardiendo. ¿Por qué iba a hacerlo? Baird los había engañado a todos, les mintió sobre su pasado. ¿Por qué iba ella a hacer algo que prácticamente sería pagar al chantajista por él? Tal vez fuese una buena mujer, pero para eso haría falta una santa.

—No, no es verdad —lo contradijo Hester—. Yo conocía a Mary, usted no.

—¡La conocía de un viaje en tren!

—¡La conocía! Le caía bien Baird. Me lo dijo ella misma.

—Porque no sabría que estuvo en la cárcel.

—No sabemos lo que hizo. —Se echó hacia delante, como pidiendo la atención de Monk—. Tal vez Baird se lo contó y, a pesar de todo, a ella le seguía cayendo bien. Sabemos que hace tiempo estuvo muy disgustado y pasaba mucho tiempo solo. Quizás eso coincida con la aparición de Arkwright. Se lo contó a Mary, ella lo ayudó y todo arreglado. Es muy posible.

—¿Y entonces quién mató a Mary?

Hester adoptó una expresión ensimismada.

—No lo sé. ¿Kenneth?

—¿Y qué hacía Baird jugueteando con las ampollas? —añadió Monk.

Hester lo miró con infinito desdén.

—No sea ingenuo. Nadie más lo vio, sólo Quinlan que se muere de celos. Diría una mentira sobre Baird sin pensárselo dos veces.

—¿Y dejaría que lo ahorcasen por un crimen que no ha cometido?

—Claro. ¿Por qué no?

Monk la miró y vio certidumbre en su expresión. Se preguntó si alguna vez dudaba de sí misma, como le pasaba a él. Claro que ella sí conocía su propio pasado; no sólo sabía lo que pensaba y sentía en el momento presente, sino también lo que siempre había pensado y hecho. En la vida de Hester no había un lugar secreto, no existían pasajes oscuros ni puertas cerradas en su mente.

—Es monstruoso —comentó en voz baja.

Ella escudriñó el rostro de Monk y habló en tono suave:

—Lo es para usted y para mí. Desde el punto de vista de Quinlan, Baird le ha robado lo que debería ser suyo. No a su esposa, sino el amor de su esposa, el respeto de ella, su admiración. No puede acusarlo de eso, no puede castigarlo. Quizá también a él le parece monstruoso.

—Eso... —empezó a decir él, y se interrumpió.

Hester estaba sonriendo no con humor, sino con perspicacia.

—Será mejor que vayamos a decirles lo que hemos averiguado.

De mala gana, Monk se puso en pie. No había alternativa.

Monk y Hester estaban de pie en el salón de Ainslie Place. Todos se encontraban allí. Incluso Alastair se las había ingeniado para no ir al juzgado ni a su oficina y, al parecer, la imprenta funcionaba sola, al menos aquel día.

—Suponíamos que volvería usted esta mañana —le dijo Oonagh a Monk mirándolo detenidamente. Parecía cansada; la delicada piel de los párpados se veía fina como el papel, pero, como de costumbre, la mujer guardaba toda la compostura.

Alastair miraba a Monk y a Oonagh alternativamente. Eilish parecía atormentada por la incertidumbre. Permanecía de pie junto a Quinlan, como una estatua. Baird se encontraba en el lugar más apartado de la habitación, con los ojos bajos y la cara lívida.

Kenneth, de pie junto a la chimenea, tenía una sonrisa burlona en el rostro, pero habría sido difícil decir si su gesto no se debía, sobre todo, al alivio. En una ocasión sonrió mirando a Quinlan, y Eilish le lanzó una mirada de odio tal que se sonrojó y se dio la vuelta.

Deirdra estaba sentada con aire desdichado en un sillón y, junto a ella, Hector Farraline se hallaba sumido también en amargas reflexiones. Por una vez, parecía del todo sobrio.

Alastair carraspeó antes de hablar.

—Será mejor que nos diga lo que ha descubierto, señor Monk. No tiene sentido estar aquí dudando y con miedo, pensando mal los unos de los otros. ¿Encontró la granja de madre? Reconozco que yo no sabía nada de ella, ni siquiera conocía su existencia.

—¿Y por qué ibas a saber algo de eso? —comentó Hector en tono lúgubre—. No tiene nada que ver contigo.

Alastair frunció el entrecejo y decidió no hacerle caso.

Todos miraban a Monk, incluso Baird. Sus ojos oscuros reflejaban tanto dolor y tanta resignación que Monk se convenció de que sabía muy bien lo que Arkwright le había contado, y de que era verdad. Detestaba tener que hacer aquello. Sin embargo, no era la primera vez que le caía bien el autor de un crimen deplorable.

—Vi al hombre que vive en la granja —informó en voz alta, sin mirar a nadie en especial. Hester, de pie junto a él, guardaba silencio. Monk se alegraba de tenerla allí. En cierto sentido, ella compartía su desconsuelo—. Afirmó que enviaba dinero al señor McIvor.

Quinlan profirió un pequeño gruñido de satisfacción. Eilish dio un respingo, como si fuera a hablar, pero no dijo nada. Por su expresión se habría dicho que acababa de encajar un golpe.

—Pero yo no le creí —añadió Monk.

—¿Por qué no? —Alastair parecía sorprendido—. Eso no me convence.

Oonagh le tocó la manga y él, como si comprendiera un mensaje no expresado, volvió a guardar silencio.

Monk respondió a la pregunta de todos modos:

—Porque no pudo explicar cómo le entregaba el pago. Le pregunté que si iba a caballo hasta Inverness y enviaba un monedero en el tren a Edimburgo, lo cual exige viajar un día entero a lomos de un buen animal y tomar dos transbordadores...

—Eso es absurdo —opinó Deirdra con desdén.

—Por supuesto —asintió Monk.

—Entonces, ¿qué nos está diciendo, señor Monk? —preguntó Oonagh en un tono firme—. Si no paga la renta a Baird, ¿por qué sigue ahí? ¿Por qué nadie lo ha echado?

Monk respiró hondo.

—Porque le está haciendo chantaje al señor McIvor por una situación del pasado, y el precio de su silencio es vivir allí sin pagar.

—¿Qué situación? —quiso saber Quinlan—. ¿Madre llegó a enterarse? ¿Por eso la mató Baird?

—¡Cierra la boca! —le espetó Deirdra a la vez que se acercaba a Eilish y fulminaba a Baird con la mirada, como exigiéndole que lo negase, pero la expresión de éste bastaba para saber que aquello no sucedería—. ¿Qué situación, señor Monk? Supongo que tendrá pruebas de lo que está diciendo.

—No seas tonta, Deirdra —dijo Oonagh con amargura—. La prueba está en su cara. ¿De qué está hablando el señor Monk, Baird? Me parece que será mejor que nos lo cuentes tú a que nos lo explique un extraño.

Baird alzó la vista y miró a Monk a los ojos durante

un momento largo y cargado de intensidad; después se resignó. No tenía alternativa. Empezó a hablar en voz baja y tensa, ronca por el dolor del pasado y la tristeza del presente.

—Cuando tenía veintidós años, maté a un hombre. Maltrató a un anciano a quien yo respetaba. Se burló de él, lo humilló. Luchamos. No quería hacerlo, al menos no creo que quisiera... Pero lo maté. Se golpeó la cabeza contra el bordillo. Cumplí tres años de condena por eso. Fue entonces cuando conocí a Arkwright. Cuando me dieron la libertad, me fui de Yorkshire y vine al norte de Escocia. Me abrí paso muy bien y dejé el pasado atrás. Casi lo había olvidado todo cuando un día apareció Arkwright y me amenazó con contarlo a menos que le pagara. No podía... Apenas tenía medios para mí y además se lo habría tenido que decir a Oonagh... —Pronunció el nombre como si fuera una extraña, una figura que representaba la autoridad—. No podía. Dudé varios días, a punto de caer en la desesperación.

—Me acuerdo... —susurró Eilish mirándolo con angustia, como si incluso en aquellos momentos ansiase poder consolarlo y curar las heridas del pasado.

Quinlan emitió un gruñido de impaciencia y se dio la vuelta.

—Mary lo sabía —continuó Baird con voz áspera a causa del dolor—. Sabía que algo me preocupaba más de lo que podía soportar y al final se lo conté.

No se dio cuenta de que Eilish se envaraba, y tampoco advirtió la aflicción y la sorpresa que, de súbito, asomaron a su semblante. No reparó en que algo cambiaba; ya no sentía pena por el pasado, o por él, sino por sí misma.

Quinlan sonrió.

—¿Le dijiste que habías cumplido condena? —preguntó con incredulidad ostensible.

—Sí.

—¿Y esperas que nos lo creamos? —Alastair estaba

muy serio y la duda se leía en todo su rostro—. La verdad, Baird, eso es pedir demasiado. ¿Puedes demostrarlo?

—No... Sólo puedo decir que me dio permiso para cederle la granja a Arkwright a cambio de su silencio.

Baird alzó la vista y miró a Alastair a los ojos por primera vez.

La historia no tenía ni pies ni cabeza. ¿Por qué una mujer como Mary Farraline iba a aceptar a un hombre con semejante pasado e incluso a ayudarlo? Sin embargo, Monk se dio cuenta de que empezaba a creérselo.

Quinlan profirió una carcajada seca.

—Vamos, Baird, eso no lo creería ni un tonto —aseguró Kenneth sonriendo. Retiró el pie que tenía apoyado en el guardafuegos y se sentó en la silla más cercana—. A mí se me habría ocurrido una excusa mejor.

—Desde luego, y se te ocurren con frecuencia —manifestó Oonagh con sequedad, mirando a su hermano pequeño con desdén. Era la primera vez que Monk veía desaprobación o crítica abierta en su rostro y lo sorprendió. La pacificadora había perdido la calma por fin. Vio la boca arrugada de la mujer, las marcas profundas de preocupación en el entrecejo, pero no logró saber a ciencia cierta qué emociones bullían en su interior. Era incapaz de adivinar si Oonagh había sabido alguna vez, o al menos sospechado, que su marido tenía un pasado tan oscuro.

¿O acaso fue eso lo que la movió desde un principio? ¿No sería aquél el detalle más importante de todos y él siempre lo había pasado por alto, que Oonagh amaba a su marido, pese a la obsesión de éste por la hermana pequeña, y que se esforzaba por protegerlo tanto de los errores del pasado como de su presente torturado?

De repente, la vio bajo un prisma distinto y ya no la admiró sólo por el valor y la compostura que había demostrado, sino que sintió una fascinación por ella de proporciones incalculables.

Instintivamente, se volvió hacia Eilish para ver si tenía la más mínima idea de lo que había hecho, aunque sin querer. Pero sólo pudo ver desilusión y el dolor lacerante del rechazo. En un momento de desesperación, Baird no recurrió a ella, sino a su madre. Ella quedó excluida. Ni siquiera se lo confió después. No lo habría hecho nunca. Eilish había tenido que enterarse en público, por un extraño.

Y pese a lo poco admirable que le parecía la actitud de aquella mujer, en ese momento Monk supo exactamente cómo se sentía ella, toda la soledad, la confusión, el sentimiento de poca valía, el anhelo de defenderse y provocar en el otro un dolor semejante. Porque justo entonces él recuperó el resto del episodio del bote salvavidas, sucedido tanto tiempo atrás. Se había esforzado al máximo y otro se llevó los laureles. Otra persona reparó su error y salvó al hombre del barco que se hundía. En su mente, aún podía representarse al chico, un par de años mayor que él, en equilibrio sobre la cubierta resbaladiza, lanzando la cuerda a riesgo de caer por la borda, calado hasta los huesos, amarrándola rápidamente e izando al hombre para sacarlo de aquella terrible sima.

Nadie le dijo nada, nadie lo culpó y, sin embargo, aún resonaban en sus oídos las alabanzas dirigidas al otro chico no sólo por su destreza, sino también por su valor. Eso era lo que le dolía, la rapidez de pensamiento, la capacidad de sacrificio y el valor, las cualidades que Monk había querido poseer por encima de todo.

Lo mismo le sucedía a Eilish. Por encima de todo quería que la amaran y que confiaran en ella.

En aquel momento, todos contemplaban a Monk; la suerte estaba echada.

Quinlan ya se había decidido, pero, en realidad, él había condenado a Baird desde el principio.

—Si creéis esa historia, sois unos bobos —dijo con amargura—. Será mejor que llamemos a la policía antes de que lo haga Monk. ¿O preferís pagarle a él también para que guarde silencio? Es demasiado tarde para evitar el escándalo, si alguno de vosotros está pensando en ello. —Miró a su alrededor con los ojos muy abiertos—. Uno de nosotros lo hizo. No podemos escapar a eso.

—El escándalo... —empezó Deirdra con ademán concentrado—. ¿No sería posible que Baird estuviese diciendo la verdad y que madre le pagase a ese Arkwright para evitar el escándalo?

Se hizo un largo silencio. Oonagh se volvió a mirar a Baird.

—¿Por qué no has dicho tú eso? —lo increpó.

—Porque no creo que sea verdad —contestó él con toda franqueza. Tenía sus ojos oscuros fijos en los de ella—. Mary no era el tipo de persona que haría algo así.

—Claro que lo era —afirmó Alastair, y en seguida miró a su hermana con una expresión servil de disculpa, al darse cuenta de lo que acababa de decir.

—Creo que será mejor dejar el tema de momento —decidió Oonagh—. No conocemos la verdad...

Hester habló por primera vez.

—La señora Farraline mencionó al señor McIvor varias veces en el tren, siempre con cariño —dijo en voz muy baja—. No me cabe en la cabeza que estuviera pagando a un chantajista sólo para evitar que el nombre de la familia se viera envuelto en un escándalo. De haberse visto obligada a hacer algo así, le habría tomado manía, quizás incluso le hubiera pedido que se fuera...

—Gracias por sus comentarios, señorita Latterly —le cortó Alastair—, pero, la verdad, no creo que esté usted bastante informada para...

—Sí que lo está —lo interrumpió Deirdra.

Sin embargo, antes de que pudiera añadir nada, Alastair le ordenó callarse y se volvió hacia Monk.

—Gracias por su trabajo, señor Monk. ¿Tiene pruebas documentadas que demuestren lo que nos ha dicho?

—No.

—En ese caso, tendrá que guardar silencio al respecto hasta que decidamos cuál es la solución más sensata. Mañana es domingo. Después de la iglesia, comerán ustedes con nosotros y juntos llegaremos a una conclusión. Buenos días tengan, señor Monk, señorita Latterly.

No podían hacer nada salvo retirarse. Monk y Hester salieron juntos al vestíbulo, pasaron junto al gran retrato de Hamish y se marcharon bajo a una lluvia persistente.

12

Monk y Hester se pusieron de acuerdo en seguida en acudir también a la iglesia el domingo por la mañana. Monk no tenía la menor intención de rezar. No era algo en lo que hubiera pensado nunca, pero constituía otra oportunidad para observar a los Farraline. Tampoco le preguntó a Hester por qué quería ir ella. Seguramente por lo mismo.

Con tiempo de sobra, subieron andando desde Grassmarket. Se habían asegurado con anterioridad de la hora del servicio y llegaron cuando los feligreses ya estaban reunidos, esperando para entrar.

Hicieron cola tras una recia matrona que iba del brazo de un hombre con cara de pocos amigos, con su sombrero en la mano. La pareja saludó por gestos a varios conocidos y recibió saludos en respuesta. Todo el mundo parecía muy discreto.

Hester echó un vistazo a su alrededor. Era difícil reconocer a las mujeres Farraline porque todas llevaban sombrero, como estaba mandado. Ir a la iglesia sin sombrero y guantes habría equivalido a acudir desnudo. Los hombres fueron más fáciles de localizar; el color del cabello y el porte destacaban del resto. No tardó mucho en distinguir el pelo rubio de Alastair, con su calvicie incipiente en la coronilla.

Como si hubiera notado la mirada de Hester, se volvió a medias hacia ellos, pero al parecer sólo para saludar a la pareja que los precedía.

—Buenos días, fiscal —repuso la mujer en tono forzado—. Hace un día estupendo, ¿verdad?

Era el comentario de rigor. En realidad empezaba a llover y la temperatura estaba bajando por momentos.

—Tiene razón, señora Bain —contestó—. Muy agradable. Buenos días, señor Bain.

—Buenos días, fiscal.

El hombre inclinó la cabeza con respeto y siguió andando.

—Pobrecillo —comentó la mujer en cuanto se hubieron alejado a una distancia prudencial—. Vaya papeleta le ha tocado.

—Cállate, Martha —ordenó el hombre—. No quiero que te pongas a cotillear precisamente aquí. Y en domingo, para colmo. En realidad, no deberías hablar en la iglesia.

Ella se sonrojó, enfadada, pero no llegó a defenderse.

Hester se mordió el labio como asumiendo la frustración de la mujer.

Monk la agarró del brazo y, con cierta dificultad, disculpándose por los pisotones y la falta de respeto, la condujo al banco que quedaba dos filas por detrás de los Farraline. Hester agachó la cabeza para rezar y él siguió su ejemplo, al menos en apariencia.

Fue llegando más gente, y varios miraron a Monk y a Hester con sorpresa e irritación. Pasó algún tiempo antes de que ninguno de los dos reparase en que, al parecer, ocupaban el sitio que por costumbre y norma tácita pertenecía a otras personas. No se movieron.

Monk se dedicó a observar a la familia y se fijó en que mucha gente saludaba a Alastair o mostraba alguna señal de deferencia hacia él. Los que le hablaban se dirigían a él en susurros y más por su cargo que por su nombre.

—Es un hombre muy inteligente —susurró a su vecina una mujer que estaba sentada justo delante de

Monk—. Me alegro de que no procesara al señor Galbraith. Yo siempre lo consideré inocente. No creo que un caballero como él hiciera algo así.

—Igual que el hijo de la señora Forbes —susurró a su vez la otra—. Estoy segura de que fue más una tragedia que un crimen.

—Claro. La chica no era de buena pasta, se lo digo yo. Conozco a esa clase de mujeres.

—Todas las conocemos, querida. Yo misma tuve una criada de ese estilo. Me vi obligada a deshacerme de ella, por supuesto.

—Su padre también era un hombre extraordinario. —Volvió a posar la mirada en Alastair—. Qué lástima.

El órgano sonaba meditabundo. A la izquierda, un libro de oraciones cayó al suelo con estrépito. Nadie se volvió a mirar.

—No sabía que usted lo había conocido. —El tono de la mujer sentada delante de Hester reflejó renovado interés. Torció la cabeza para oír mejor, por si su vecina se avenía a entrar en detalles.

—Oh, sí, muy bien. —La vecina asintió con la cabeza y las plumas de su sombrero ondearon—. Era muy guapo, ¿sabe? No se parecía en nada al desgraciado de su hermano, que bebe como una esponja, por lo que cuentan. Ése nunca ha tenido ningún talento. El coronel era todo un artista, ¿sabe?

El anciano que estaba sentado a la derecha de las mujeres las fulminó con la mirada, pero ellas no le hicieron el menor caso.

—¿Un artista? No tenía ni idea. Pensaba que era propietario de una imprenta.

—¡Oh, sí! Pero también era un artista maravilloso. Dibujaba muy bien y tenía mucha gracia con el lápiz. Caricaturas, ¿sabe? El pobre comandante, comparado con el otro, es una nulidad. No sirve para nada, salvo para gorronear de la familia desde que murió el coronel.

465

Hester se inclinó hacia delante y le dio unos golpecitos en el hombro.

La mujer se volvió a mirarla, sobresaltada; sin duda esperaba oír que en la iglesia no se habla.

—¿Quiere que le dé una piedra? —le ofreció Hester.

—¿Disculpe?

—Una piedra —repitió con claridad.

—¿Para qué?

—Para tirársela —contestó Hester. Y a continuación, por si la otra no había captado el mensaje, añadió—: A Hector Farraline.

La mujer se puso como la grana.

—¡Habráse visto!

—¡Cierre el pico, estúpida! —susurró Monk a la vez que le propinaba un codazo a Hester—. ¡Por el amor de Dios, mujer! ¿Quiere que la reconozcan?

Ella lo miró confundida.

—«Absuelta por falta de pruebas» —le recordó en un tono brusco, pero en voz tan baja que la otra apenas le oyó—. ¡No inocente!

El color tiñó las mejillas de Hester y desvió la vista.

Empezó el servicio, que fue sobrio y piadoso en extremo, con un largo sermón que versó sobre los pecados de la frivolidad y la negligencia.

El almuerzo del domingo en Ainslie Place no fue el menú suntuoso que una familia de su posición serviría en Londres. Como los criados también habían asistido a la iglesia, la comida, aunque copiosa, estaba fría. Nadie hizo el menor comentario al respecto., puesto que el día de la semana constituía ya suficiente explicación. Alastair, como cabeza de familia, pronunció una breve oración antes de que nadie empezara a comer, y después se sirvieron las verduras para guarnecer la carne fría. Durante un rato, todo el mundo evitó el tema de la granja de Mary, las rentas, Arkwright o cualquier cuestión acerca de la culpabilidad de Baird en aquel o en otro asunto.

El propio Baird daba la impresión de haber cegado su mente y sus emociones, como un hombre que hubiera aceptado ya su muerte.

Eilish parecía desolada, aunque nada empañaba su hermosura. Ningún pesar le podía arrebatar la belleza, pero el fuego que con anterioridad iluminaba su semblante había desaparecido como si nunca hubiera existido.

Deirdra tenía ojeras de no dormir, y no dejaba de mirar a uno u otro de la familia como si buscase a alguien capaz de aliviar su dolor y no lo encontrase.

Oonagh estaba pálida y Alastair ponía cara de sentirse muy desdichado. Hector se servía vino con tanta largueza como de costumbre, pero al parecer se había propuesto permanecer sobrio pese a todo. Sólo Quinlan parecía hallar un punto de satisfacción en la situación.

—No podéis postergarlo para siempre —dijo este último por fin—. Hay que tomar alguna decisión. —Echó una ojeada a Monk—. Supongo que va a volver a Londres. Si no mañana, dentro de poco. No pensará quedarse en Edimburgo, ¿verdad? No tenemos más granjas con las que comprar su silencio.

—¡Quinlan! —lo reprendió Alastair furioso, a la vez que daba un golpe en la mesa con el puño—. ¡Por el amor de Dios, hombre, ten un poco de decencia!

Las cejas del otro se alzaron.

—¿Este asunto te parece decente? No somos de la misma opinión, fiscal. A mí me parece de lo más indecente. ¿Qué propones? ¿Que hagamos un pacto de silencio y dejemos que la sombra de la duda pese para siempre sobre la señorita Latterly? —Se giró en la silla—. ¿Usted permitiría algo así, señorita Latterly? Se enfrentaría a unas dificultades extraordinarias a la hora de encontrar otro puesto de enfermera. A menos, claro, que dé con alguien que desee la muerte del paciente.

—Claro que me gustaría ver el asunto resuelto —le contestó Hester mientras el resto de los presentes contemplaba la escena en un silencio horrorizado—, pero no quisiera que alguien ocupara el banquillo en mi lugar sólo para conseguir eso, si no es más culpable que yo. Algunas pruebas apuntan contra el señor McIvor, pero no me parecen concluyentes. —Se volvió a mirar a Alastair—. ¿A usted le parecen concluyentes, fiscal procurador? ¿Lo procesaría a partir de las pruebas que tiene hasta el momento?

Alastair se sonrojó y después palideció. Tragó saliva con fuerza.

—No me pedirían que me ocupase del caso, señorita Latterly. Estoy demasiado implicado.

—No te ha preguntado eso —dijo Quinlan con desdén—. No obstante, Alastair es famoso por no procesar a la gente. ¿No es verdad, fiscal?

Alastair no le hizo caso y se volvió en cambio hacia Baird.

—Supongo que mañana acudirás a la imprenta como de costumbre.

—Mañana está cerrada —respondió Baird, mirándolo de hito en hito como si no acabara de entender la pregunta.

Hector se sirvió más vino.

—¿Por qué? —preguntó con el entrecejo fruncido—. ¿Qué pasa? Mañana es lunes, ¿no? ¿Por qué no trabajas en lunes?

Se le escapó un hipo suave.

—Están haciendo obras fuera. No habrá gas. No podemos trabajar a oscuras.

—Debería haber más ventanas —se enfadó Hector—. Todo por culpa de esa maldita habitación secreta de Hamish. Siempre dije que era una tontería.

Deirdra lo miró confundida.

—¿De qué habla, tío Hector? No se pueden poner

ventanas, salvo en la fachada. Los otros tres lados son la parte trasera, con las puertas y el patio, y las paredes que dan a los almacenes de los lados.

—No sé para qué quería una habitación secreta. —Hector ni le oyó—. Era del todo innecesaria. Se lo dije a Mary.

—¿Una habitación secreta? —Deirdra esbozó una sonrisa burlona.

Oonagh le ofreció a Hector la botella y, después de que él la toqueteara con poco éxito, le llenó el vaso.

—No hay ninguna habitación secreta en la imprenta, tío Hector. Debe de recordar algo de la vieja casa, de cuando eran pequeños.

—No... —empezó a decir enfadado, pero entonces miró aquellos ojos azules y fijos, claros y limpios como debieron de ser los suyos tiempo atrás, y las palabras murieron en sus labios.

Oonagh le sonrió y se volvió hacia Monk.

—Lo siento, señor Monk. Le hemos colocado en una situación ingrata y probablemente le hacemos sentirse violento con nuestras disputas familiares. Como es lógico, no podemos pedirle que guarde silencio respecto a sus descubrimientos en relación con ese infame señor Arkwright y su ocupación de la granja de madre. Él afirma que ha pagado la renta y mi marido dice que no, pero que mi madre le permitió vivir allí gratuitamente a cambio de su silencio. Nunca estaremos seguros de si tal acuerdo se llevó a cabo con el conocimiento y consentimiento de mi madre. Quinlan, por los motivos que sea, cree que no. Yo prefiero pensar que sí. Debe usted hacer lo que le parezca más correcto. —Miró a Hester—. Y usted también, señorita Latterly. Lo único que puedo hacer es disculparme por haberla involucrado en esta tragedia familiar. Espero que el asunto no haya tenido tanta repercusión en Londres como aquí y que no afecte a su vida o a su subsistencia, como Quinlan supone. Si pudiera reparar el daño, lo haría, pero me temo que no entra dentro de mis posibilidades. Lo siento.

—Todos lo lamentamos —afirmó Hester en voz baja—. No es necesario que se disculpe, aunque le agradezco su amabilidad. Sólo pasé unas horas con la señora Farraline, pero, por la impresión que me llevé al conversar con ella aquella noche en el tren, prefiero pensar lo mismo que usted, y no me resulta en absoluto difícil.

Oonagh sonrió, pero en sus ojos no se leía una respuesta, y tampoco alivio de la tensión reinante.

En cuanto acabaron de comer, Monk dio muestras de tener mucha prisa por marcharse.

—Dejo el asunto en sus manos —le dijo a Alastair—. Está al corriente de que su madre poseía una granja, de los acuerdos que se hicieron al respecto y de que Arkwright es el inquilino. Debe informar a la policía o hacer lo que crea conveniente. Como fiscal procurador, se halla usted en mejor posición que yo para juzgar qué hechos constituyen pruebas y cuáles no.

—Gracias —aceptó él con gravedad, aunque tampoco parecía aliviado—. Adiós, señor Monk, señorita Latterly. Espero que tengan un viaje agradable de vuelta a Londres.

En cuanto cruzaron la puerta y salieron a la calle, mientras Monk se subía el cuello del gabán y Hester se arrebujaba en el abrigo azul para protegerse del viento, el detective se puso a hablar.

—¡Ni en sueños lo voy a dejar ahora! Uno de ellos la mató. Si no fue McIvor, fue cualquiera de los otros.

—Me encantaría que hubiera sido Quinlan —reconoció Hester de corazón mientras cruzaban la calle y echaban a andar por el césped—. ¡Qué hombre más odioso! ¿Por qué se casaría Eilish con él? Cualquier tonto puede ver que ahora lo odia... Y no me extraña. ¿Cree que Hector estaba borracho?

—Claro que estaba borracho. Siempre está bebido, pobre diablo.

—Me pregunto por qué —comentó ella meditabunda, mientras apuraba el paso para acompasarlo al de él. Por lo que dijo Mary, en otro tiempo fue tan apuesto como Hamish, y mejor soldado.

—Por envidia, supongo —contestó él sin interés—. El hermano pequeño, un rango inferior, Hamish se quedó la herencia y, por lo que parece, también tenía la inteligencia y el talento.

Llegaron al otro lado de la plaza y bajaron por Glenfinlas Street.

—Le preguntaba que si creía que estaba tan borracho como para desvariar —retomó Hester la pregunta anterior.

—¿Respecto a qué?

—A la habitación secreta, claro —se impacientó ella. Tuvo que correr un poco para seguir a la altura de Monk y, al hacerlo, casi golpeó a una mujer que llevaba una cesta—. ¿Por qué iba a construir Hamish una habitación secreta en la imprenta?

—No lo sé. ¿Para esconder libros ilegales?

—¿Qué clase de libros serían ilegales? —preguntó ella sin aliento—. ¿Quiere decir libros robados? Eso no tiene ni pies ni cabeza.

—No, no hablo de libros robados. Sediciosos... Blasfemos... Seguramente pornográficos.

—Oh... Ah, ya veo.

—No, no lo ve, pero supongo que lo entiende.

Ella no se dio por aludida.

—¿Y eso justificaría un asesinato?

—Si eran lo bastante gráficos y había suficientes... —le explicó Monk—. Valdrían mucho.

Dos caballeros cruzaron la calle por delante de ellos, uno balanceaba un bastón.

—Quiere usted decir que se podrían vender por mucho dinero. —Hester también sabía ser pedante—. No valdrían nada.

Él hizo una mueca.

—No sabía que entendiera de ese tema.

—Fui enfermera del ejército —replicó ella cortante.

Por un momento, Monk se quedó aturdido, descolocado. No le gustaba pensar que ella estaba al tanto de esas cosas y aún menos que las había visto. Se sentía ofendido. Las mujeres, sobre todo las mujeres decentes, nunca deberían ver las obscenidades que lo más oscuro de la imaginación humana era capaz de concebir. Sin darse cuenta, aceleró el paso y estuvo a punto de chocar con un hombre y una mujer. El hombre lo fulminó con la mirada y murmuró algo.

Hester se vio obligada a marchar al trote para mantenerse a su altura.

—¿Vamos a ir a comprobarlo? —preguntó entre jadeos—. Por favor, vaya un poco más despacio. A esta velocidad, no puedo hablar ni oír lo que dice.

Él obedeció de golpe y Hester lo rebasó un par de pasos por el propio impulso.

—Yo sí —contestó Monk—. Usted no.

—Yo también.

Había sido una afirmación rotunda e irrefutable. No contenía ni asomo de duda o de súplica.

—No, usted no. Puede ser peligroso.

—¿Por qué? Han dicho que mañana no irán, y desde luego no habrá nadie hoy. No incumplirán el descanso dominical.

—Iré esta noche, cuando esté oscuro.

—Por supuesto. Sería absurdo ir a la luz del día; podría vernos cualquiera.

—¡Usted no viene!

Se habían detenido y estaban obstruyendo el paso.

—Sí que voy. Necesitará ayuda. Si de verdad hay una habitación secreta, no será fácil de encontrar. Tendremos que golpear las paredes para buscar huecos, o mover...

—¡Muy bien! —se rindió Monk—. ¡Pero hará lo que yo le diga!

—Claro.

Él gruñó y, una vez más, echó a andar a buen paso.

Aún no eran las once y, salvo por la linterna que llevaba Hester, todo estaba oscuro como boca de lobo cuando ella y Monk entraron por fin a la nave de la imprenta y pusieron manos a la obra. Para evitar ruidos innecesarios tuvieron que forzar la puerta. Les costó un poco, pero Monk poseía habilidades en ese ámbito que sorprendieron a Hester, aunque él no le explicó dónde las había adquirido. Quizá no se acordase.

Pasaron una hora inspeccionando el edificio, lenta y metódicamente, pero se trataba de una construcción sólida y simple. No era más que una estructura similar a la de un granero, parecida a los almacenes que la flanqueaban y construida para imprimir libros. No había adornos ni molduras, ninguna alcoba, alacena o estantería, nada que pudiera servir para ocultar una entrada.

—Estaba borracho —concluyó Monk, contrariado—. Odiaba tanto a Hamish que intenta desacreditarlo con lo primero que le viene a la cabeza, por absurdo que sea.

—Aún no lo hemos mirado todo —arguyó ella.

El detective le lanzó una mirada asesina, aún más siniestra debido al resplandor amarillento de la linterna y a la negrura cavernosa que los envolvía.

—Bueno, ¿se le ocurre algo mejor? —preguntó Hester—. ¿Quiere limitarse a volver a Londres y quedarse sin saber quién mató a Mary?

Sin decir nada, él se dio la vuelta para volver a inspeccionar la pared.

—Discurre en línea recta junto al muro colindante del almacén de al lado —dijo media hora más tarde—. No hay espacio para ningún compartimiento secreto, y menos aún para toda una habitación.

—¿Y si está en el techo? —planteó Hester a la desesperada—. ¿O en el sótano?

—Habría una escalera, y no las hay.

—Entonces tiene que estar aquí. Es sólo que no la hemos encontrado.

—Su lógica es perfecta —repuso él con aspereza—. No la hemos encontrado así que tiene que estar aquí.

—Yo no he dicho eso. Lo ha formulado al revés.

Monk enarcó las cejas.

—¿Tiene que estar aquí porque no la hemos encontrado? ¿Mejora eso la deducción?

Hester tomó la linterna y lo dejó plantado en la oscuridad. Por mirar un poco más no perdían nada. Era la última oportunidad. Al día siguiente se marcharían y o bien Baird McIvor sería juzgado, y tal vez ahorcado, o tendría que vivir con otro veredicto de «absuelto por falta de pruebas» a cuestas. En cualquier caso, ella nunca sabría a ciencia cierta quién mató a Mary. Necesitaba averiguarlo, no sólo por ella misma, sino también porque el rostro burlón e inteligente de Mary seguía tan vívido en su pensamiento como cuando Hester se fuera a dormir aquella noche en el tren pensando en lo mucho que le gustaba la anciana.

No la encontró por casualidad, sino aporreando las paredes metódicamente y con furia. Un panel muy pesado cedió y dejó a la vista una puerta estrecha. La propia habitación, en su origen, debió de pertenecer al almacén de al lado y no al edificio de los Farraline. Era imposible adivinar su existencia; ni siquiera un plano de la planta indicaría discrepancia alguna. Para descubrirla, sería necesario contar con los planos de ambos edificios y compararlos.

—¡La encontré! —gritó alborozada.

—No grite —susurró Monk justo a sus espaldas. Ella dio un respingo y estuvo a punto de soltar la linterna.

—No haga eso —lo reprendió al tiempo que se colaba por la abertura en primer lugar.

Una vez dentro, con la linterna en alto y tan alejada de sí como le era posible, Hester iluminó la estancia al completo. No tenía ventanas y medía unos tres metros y medio de largo por dos y medio de ancho, con el techo bajo y un único respiradero en la esquina más apartada, que daba al exterior. Al menos la mitad del espacio estaba ocupado por prensas, tinta, resmas de papel y guillotinas. La otra parte la llenaba una gran mesa de caballetes y un estante con delicadas herramientas para grabar, planchas y ácido. Sobre la mesa había un soporte para una gran lámpara de gas sin pantalla. Encendida, debía de dar una luz muy brillante.

—¿Qué es esto? —preguntó Hester perpleja—. Aquí no hay libros.

—Creo que acabamos de encontrar la fuente de la riqueza de los Farraline —dijo Monk anonadado, casi sin aliento.

—Pero no hay ningún libro. A menos que se los hayan llevado todos...

—No son libros, cariño, ¡es dinero! ¡Aquí es donde imprimen el dinero!

Un estremecimiento recorrió el cuerpo de Hester, no sólo por el significado de las palabras sino también por el apelativo que Monk le había dado.

—Quiere decir ¿di-dinero falso? —balbuceó.

—Oh, sí. Falso... Muy falso. Pero lo deben de hacer de maravilla, los muy canallas, para haberse salido con la suya durante tanto tiempo. —Le quitó la linterna y, tras avanzar unos pasos, se inclinó sobre las prensas para examinarlas más de cerca—. Dinero a montones, billetes de una libra, de cinco, de diez, de veinte. Mire, de todos los bancos de Escocia: el Royal, el Clydesdale, el Linen. Y también del Banco de Inglaterra. Y éstos parecen alemanes, y éste es francés. Unos gustos muy eclécticos, ¡pero por Dios que dan el pego!

Hester se asomó por encima del hombro de Monk y miró las planchas metálicas.

—¿Cómo sabe que llevan mucho tiempo haciéndolo? Podrían haber empezado hace poco, ¿no?

—La riqueza de la familia se remonta a tiempo atrás —contestó él—. Hasta los tiempos de Hamish. Apostaría algo a que él fue el primer grabador. ¿Recuerda lo que dijo aquella mujer de la iglesia? También Deirdra comentó algo de que había sido un buen copista. —Tomó un billete y lo examinó atentamente—. Éste es actual. Mire la firma.

—Pero si tienen billetes nuevos también ¿quién es ahora el artista? Uno no puede salir y contratar a cualquiera para hacer algo así.

—Claro que no. Me juego cualquier cosa a que es Quinlan. No me extraña que el muy canalla se muestre tan arrogante. Sabe que no pueden hacer nada sin él, y ellos también lo comprenden. Los tiene en sus manos. Pobrecita Eilish. Supongo que ella fue el precio.

—¡Eso es atroz! —se horrorizó Hester—. Nadie... No terminó la frase. Iba a decir una tontería y lo sabía. Las mujeres habían sido entregadas en matrimonio para satisfacer las ambiciones o las conveniencias de sus familias desde tiempos inmemoriales, y por razones peores que aquélla. Al menos, Eilish seguía en casa y participaba de la riqueza. Quinlan tenía más o menos su edad, no era feo ni aficionado a la bebida ni enfermizo o desagradable por algún otro motivo. Incluso cabía la posibilidad de que la hubiera querido al principio, antes de que ella lo traicionara al enamorarse, sin desearlo, de Baird. ¿O fue un gesto protector más por parte de Oonagh, casar a su exquisita hermana pequeña con un hombre que se haría su amo y señor y no toleraría ninguna deslealtad?

Pobre Oonagh, había fracasado. Uno puede comportarse de un modo intachable, pero nadie puede gobernar los sueños.

Monk devolvió los billetes a su sitio con cuidado, exactamente como los había encontrado.

—¿Cree que Mary lo sabía? —preguntó Hester en susurros—. Yo... Espero que no. Me horroriza pensar que formara parte de esto. Ya sé que no es tan malo como hacer daño a la gente, sólo es un acto de codicia, pero...

Él la miró con el semblante lúgubre, las mejillas enjutas y la frente lisa, endurecidas por la luz de la lámpara, y la nariz exagerada.

—Es un crimen repugnante —masculló—. Si reflexionase un poco, no diría que no hay víctimas. ¿Qué haría si la mitad de su dinero no valiera nada y no supiera qué mitad? ¿Cómo iba a seguir viviendo? ¿En quién iba a confiar?

—Pero... —Hester no sabía qué decir y se calló.

—A la gente le daría miedo vender —siguió él con vehemencia—. Podría recurrir al trueque, pero ¿con quién? ¿Encontraría a alguien que quisiera lo que usted puede ofrecer y que a su vez pudiera darle lo que necesita? Desde que el hombre empezó a adquirir bienes y a disponer de tiempo libre, desde que empezó a especializarse y aprendió a cooperar en beneficio de todos, hemos utilizado un sistema común de intercambio: el dinero. En realidad, desde que surgió algo parecido a la civilización y aprendimos que somos algo más que una serie de individuos, cada cual a lo suyo, y surgió la noción de comunidad, el dinero ha sido fundamental. Corromper eso equivale a minar las raíces de toda la sociedad.

Hester lo miraba fijamente, mientras iba calando en ella la reflexión en toda su magnitud, el alcance de los daños.

—Y las palabras —continuó Monk con el rostro ardiente por la intensa emoción—. Las palabras son nuestro medio de comunicación, el que coloca al hombre por encima de las bestias. Podemos pensar, tener conceptos, escribir y transmitir nuestras creencias de un país a otro, de una generación a la siguiente. Si corrompemos nuestras relaciones con halagos y manipulación, nuestro lenguaje con mentiras, propaganda e imágenes que sirvan a nuestros fines y que constituyen la prostitución de las palabras y su significado, ya no podremos comunicarnos unos con otros. Nos quedaremos aislados. Nada será real. Nos hundiremos en la ciénaga de la impostura, de la satisfacción inmediata. Engaño, corrupción y traición... Ésos son los pecados del lobo.

Calló de repente y se quedó mirando a Hester como si acabara de verla en aquel momento.

—¿Del lobo? —se extrañó ella—. ¿Qué quiere decir? ¿Qué lobo?

—El último círculo del infierno —le explicó despacio, como paladeando las palabras una por una—. El último pozo de todos. Dante. Los tres grandes círculos del infierno. El leopardo, el león y el lobo.

—¿Recuerda dónde leyó eso, o quién se lo enseñó? —preguntó ella casi en susurros.

Monk guardó silencio tanto tiempo que Hester dudó de si la habría oído.

—No... —Crispó el gesto—. No, no me acuerdo. Lo intento... pero no logro dar con el recuerdo. Ni siquiera sabía que había oído hablar de eso hasta que he empezado a pensar en la falsificación. Yo... —Se encogió de hombros muy levemente y dio media vuelta—. Ya hemos encontrado todo lo que buscábamos aquí. Éste pudo ser el motivo del asesinato de Mary. Se enteró de ello de algún modo y le hicieron guardar silencio.

—¿Quién? ¿Cuál de ellos?

—Dios sabe. Quizá Quinlan. Tal vez ella lo supiese,

de todos modos. Le toca a la policía averiguarlo. Vamos. Aquí ya no vamos a enterarnos de nada más.

Recogió la linterna y se dirigió hacia la entrada. Tardó unos instantes en encontrar la puerta porque se había vuelto a cerrar.

—Maldita sea —exclamó contrariado—. Juraría que la dejé abierta.

—Lo hizo —le confirmó Hester, pegada a sus talones—. Si se ha cerrado sola, debe de tener un contrapeso. Eso significa que hay alguna manera de abrirla desde dentro.

—Claro que se puede abrir desde dentro. ¿Pero cómo? Sujete la linterna.

Pasó los dedos por la pared para tantearla, hasta el último centímetro. Tardó algo menos de tres minutos en encontrar el pomo. No estaba escondido, sólo en un lugar poco habitual.

—Ah... —dijo con satisfacción, a la vez que estiraba con fuerza. No se movió. Volvió a intentarlo.

—¿Está atascado? —preguntó Hester con el entrecejo fruncido.

Él lo probó tres veces más antes de aceptar la verdad.

—No, creo que está trabado.

—¡No es posible! Si se traba cuando cierras la puerta, ¿cómo salía Quinlan? ¡No podía estar trabajando aquí si no podía salir cuando quería!

Monk se dio la vuelta despacio y la miró con la franqueza que tan a menudo habían demostrado ambos.

—No creo que se cerrara sola. Me parece que nos han encerrado a propósito. Alguien se dio cuenta de que Hector se había ido de la lengua y nos esperó aquí por si veníamos. El secreto es demasiado valioso para que nos dejen entrar y salir a nuestro antojo.

—Pero los trabajadores no vuelven hasta el martes. Baird dijo que cerraban la imprenta porque estaban arreglando las instalaciones del gas —se lamentó ella, cada vez más consciente de lo que aquello significaba. El cuarto era pequeño, carecía de ventanas, estaba precintado salvo por el respiradero. Se acercó a la rejilla y alargó la mano. No se notaba ni un soplo de aire, nada de frío. Lo habían tapado, claro. No hacía falta decir más.

—Lo sé —asintió él en voz baja—. Parece que los Farraline se han salido con la suya. Lo siento.

Hester miró a su alrededor, enfurecida de súbito.

—Bueno, ¿no podemos, al menos, destruir todas estas máquinas con las que imprimen el dinero? ¿No podemos romper las planchas o algo?

Monk sonrió y después se echó a reír, sin hacer ruido y sinceramente divertido.

—¡Bravo! Sí, ya lo creo, vamos a destrozarlas. Como mínimo, habremos hecho algo útil.

—Se pondrán furiosos —dudó ella con gesto pensativo—. Podrían encolerizarse y matarnos.

—Querida, si no nos asfixiamos por falta de aire, nos matarán de todos modos. Sabemos bastante para mandarlos a la horca... Lo único que ignoramos es a cuántos de ellos.

Hester inspiró hondo para serenarse. Aunque ya lo había comprendido, era distinto oírselo decir a él.

—Sí, sí, claro que sí. Bueno, al menos estropeemos las planchas. Aún servirán como pruebas, en el caso de que la policía las encuentre. De todos modos, como bien ha dicho usted, falsificar está muy mal; es una perversión, una corrupción de nuestro sistema de intercambio mutuo. Deberíamos acabar con todo esto.

Sin esperar a que Monk la siguiera, se acercó y levantó una de las planchas. De repente se quedó petrificada.

—¿Qué pasa? —preguntó él de inmediato.

—Mejor que no las rompamos —propuso Hester, y sintió un cosquilleo de contento genuino—. Las estropearemos un poquito para que no reparen en ello, pero lo suficiente para que, cuando esté impreso todo el dinero, a menos que se fijen mucho, lo den por bueno. Sin embargo, la primera persona que le eche un vistazo sabrá que es falso. Eso será más eficaz, ¿no? Y una venganza mejor...

—¡Excelente! Vamos a por las herramientas de grabado y el ácido. Tenga cuidado de que no le caiga nada en la piel. Y tampoco en el vestido, se podrían dar cuenta.

Pusieron manos a la obra y, con determinación, empezaron a trabajar juntos, borrando un poco por aquí, emborronando otro poco por allá, hasta que estropearon de un modo u otro todas las planchas. Trabajaron hasta pasadas las dos de la madrugada y la llama de la lámpara empezaba a menguar. Al finalizar la labor, y sin nada más que hacer, comenzaron a resentirse del frío. Sin pensar, como de común acuerdo, se sentaron juntos encima de unas cajas de papel, acurrucados en el rincón, al resguardo del frío del suelo. Perdida la concentración que el trabajo con las planchas les había proporcionado, repararon en que el aire se estaba viciando. Gran parte del espacio ya lo ocupaban antes las cajas y la maquinaria.

—No puedo creer que Mary estuviese al corriente —volvió a decir Hester, pues aún le dolía la idea. Seguía martirizada por los recuerdos de la mujer que conoció, o creyó conocer, en el tren a Londres—. No la creo capaz de haber vivido de la falsificación todos esos años.

—Quizá la veía bajo el mismo prisma que usted antes —sugirió Monk con la mirada fija en el pequeño charco de luz que arrojaba la linterna—. Un crimen sin víctimas, un mero acto de codicia.

Hester guardó silencio durante varios minutos. Monk no había conocido a Mary y ella no sabía cómo transmitirle la sensación de honestidad que le había dado.

—¿Cree usted que todos estaban al tanto?

—No —respondió él de inmediato. Comprendió entonces que había caído en su propia trampa—. De acuerdo, quizá Mary no lo sabía. Si estaba al corriente, todo esto —dijo, inclinando la cabeza hacia las prensas— no constituía un motivo para matarla. En caso de que no lo supiese, ¿cómo cree que lo averiguó? Es imposible que se presentara aquí buscando esta habitación. Si lo sabía, ¿por qué no llamó a la policía? ¿Por qué marcharse a Londres? El motivo de su viaje era urgente, pero en absoluto una emergencia. Tenía tiempo de sobra para ocuparse de esto primero. —Sacudió la cabeza—. Sin embargo, ¿habría expuesto Mary a su propia familia al escándalo, a la ruina y al encarcelamiento? ¿No se habría limitado a pedirles que dejaran de hacerlo? ¿Sería por eso por lo que la mataron?

—Si yo fuera una falsificadora —comentó Hester—, le diría «sí, madre» y lo trasladaría todo a otra parte. Eso sería muchísimo más seguro que matarla.

Monk no contestó. Se sumió en sus pensamientos.

Cada vez hacía más frío. Se juntaron aún más, buscando el calor del otro. Incluso el ritmo regular de la respiración les proporcionaba un consuelo ante la amenaza de la oscuridad que los cercaba y la conciencia de que quedaba poco tiempo y que cada segundo transcurrido era uno menos para ambos.

—¿Qué dijo... en el tren? —preguntó Monk un rato después.

—Habló del pasado, principalmente. —Hester rememoró aquella noche una vez más—. Antes viajaba mucho. Estuvo bailando en Bruselas la víspera de Waterloo, ¿sabe? —Tenía la mirada fija en la oscuridad y hablaba en voz baja. Era lo más apropiado para aquel clima y servía para ahorrar aire y energías. Estaban tan juntos que los susurros bastaban—. Me lo describió todo, los colores y la música, los soldados con sus uniformes, los escarlatas, los azules y los dorados, los soldados de caballería, los artilleros, los húsares y los dragones, los Scots Greys. —Sonrió al imaginar el rostro de Mary y la luz que irradiaba mientras revivía el pasado—. Habló de Hamish, lo elegante que era, lo apuesto, cómo lo adoraban todas las mujeres.

—¿Hector no bebía entonces?

—Oh, no. También habló de Hector. Siempre fue más tranquilo, más tierno; no usó esa palabra, pero quiso decir eso. Dijo que, en realidad, Hector era mejor soldado. —Hester sonrió—. Describió la banda y la alegría, las risas a la menor excusa, la danza frenética, todo el mundo girando y girando, las luces y el color, el brillo de las joyas, de las llamas de las velas y de los destellos rojos. —Inspiró hondo—. Todo el mundo era consciente de que tal vez al día siguiente uno de ellos moriría y dos o tres resultarían heridos o quizá quedarían impedidos de por vida, lisiados, ciegos, Dios sabe qué. Fueran cuales fuesen sus pensamientos o sus sentimientos, nadie habló de ellos y los músicos no fallaron ni un compás. Wellington en persona estaba allí. Se hallaban en el momento álgido de la historia. Toda Europa pendía de un hilo. —Tragó saliva y trató de impedir que le temblara la voz. Debía ser tan valiente como Mary. Se había enfrentado a la muerte otras veces, y a una muerte peor. Además, iba a afrontarla junto a Monk y, a pesar de todas las diferencias que habían tenido, de las peleas, la ira y el desdén, no hubiese querido tener a otra persona con ella, salvo por salvarlo a él—. Dijo que tenía muchísimo miedo por Hector, aunque nunca se lo había revelado.

—Querrá decir por Hamish.

—¿Sí? Sí, claro que sí. El aire empieza a estar enrarecido, ¿no?

—Sí.

—Habló de sus hijos también, sobre todo de Oonagh y Alastair, de lo unidos que siempre habían estado, incluso cuando eran pequeños.

Le contó lo que recordaba sobre aquella noche de tormenta en que Mary se los encontró juntos, consolándose mutuamente.

—Una mujer extraordinaria, esa Oonagh —observó Monk con suavidad—. Y un poco terrorífica, demasiado fuerte.

—Alastair también debe de ser fuerte o no sería fiscal procurador. Sin duda hizo falta mucho valor para negarse a procesar a Galbraith. Al parecer, fue un caso muy importante, con muchos intereses de por medio, y todo el mundo esperaba que fuese juzgado y declarado culpable. Creo que Mary también.

—Por lo que dijo aquella mujer de la iglesia, más de una vez ha decidido no procesar a alguien. ¿Tiene frío?

—Sí, pero da igual.

—¿Quiere mi abrigo?

—No... Entonces tendría frío usted.

Él se lo quitó.

—No discuta —dijo obstinado y empezó a envolverla con la prenda.

—Póngalo de manera que nos podamos tapar los dos.

Se cambió de postura para hacerlo posible.

—No es lo bastante grande —se quejó Monk.

—Así está bien.

—¿Mary esperaba que Galbraith fuera procesado? ¿Cómo lo sabe?

—Dijo algo de que había visto a un tal Archie Frazer en la casa, con aire furtivo, a altas horas de la noche. Creo que el tema la preocupaba.

—¿Por qué? ¿Quién es ése?

—Un testigo del caso Galbraith.

Monk se puso tenso.

—¿Un testigo? —Se giró un poco para poder mirarla a la luz de la linterna—. ¿Qué hacía un testigo en casa de Alastair en plena noche? ¿Y Mary estaba preocupada?

—Sí, parecía inquieta.

—Porque sabía que el tipo no tenía nada que hacer allí. Alastair no debería ver testigos en privado. Después de eso, ¿el caso fue desestimado, no llegó a los tribunales?

Ella se lo quedó mirando. Incluso a aquella luz mortecina, un resplandor amarillo entre sombras, vio brillar en los ojos de Monk la misma idea que empezaba a formarse ella.

—¿Cohecho? —susurró—. El fiscal aceptó dinero u otra cosa por no procesar al señor Galbraith... ¡Y Mary se lo imaginó!

—¿Una sola vez? —insinuó Monk, despacio—. ¿O varias? La mujer de la iglesia dijo que se habían desestimado varios casos de manera inesperada. ¿Nuestro fiscal es tan valiente como para defraudar las expectativas y desestimar una acusación endeble, pese a la opinión pública? ¿O es un hombre corrupto que saca partido, económico o de otro tipo, por no procesar a quienes pueden y quieren pagar el precio?

—Y si respondemos a eso —continuó ella, casi sin aliento— se plantea otra cuestión: ¿lo sabía Mary o acaso se lo temía? ¿Y era consciente el fiscal de las sospechas de su madre?

Monk guardó silencio durante varios minutos, sentado en aquel rincón, apretujado, con el cuerpo medio vuelto y las piernas extendidas ante sí, cubiertas con la falda de ella, que los mantenía calientes a ambos. La luz languidecía, las tinieblas habían devorado ya las esquinas de la habitación. El aire estaba cada vez más viciado.

—Quizá no fueron ni Kenneth ni Baird —susurró Hester por fin—. Ni siquiera Quinlan, por lo de la falsificación. Me inclino a creer que Mary no sabía nada.

—¡Maldito sea! —dijo Monk entre dientes—. ¡Maldito Alastair Farraline!

Una rabia y una frustración idénticas bullían en el interior de Hester, pero por encima de todo estaba el deseo de compartir la intensidad de su sentimiento con todas sus sutilezas y matices de decepción, miedo, recuerdos, interpretaciones y pensamientos apenas atisbados, ansia de verdad y sensación de culpa.

El detective tendió la mano para tomar la de Hester de encima de la falda. Por un instante, ella no se movió. Después, sin pensar, se inclinó y apoyó la frente en la mejilla de él. Dejó resbalar la cabeza hasta encontrar el hueco de su cuello, con la cara vuelta a medias hacia el hombro de Monk. Sin saber por qué, todo aquel gesto le pareció familiar y apropiado. La invadió una sensación de paz y la ira se extinguió. Aún era verdad, aún era injusto y no estaba resuelto, pero ya no tenía la misma importancia.

El aire se encontraba tan enrarecido que resultaba difícil respirar. Hester no tenía ni la más remota idea de qué hora era. La luz del día no supondría ninguna diferencia allí.

Con delicadeza, Monk la empujó hasta hacer un espacio entre ambos. Ella lo miró a la luz moribunda, vio las facciones duras, los grandes ojos grises. En ese momento no había simulación entre ellos, no quedaba ni un vestigio de reserva o de ganas de escapar, ningún rechazo. Fue un instante final y absoluto.

Poco a poco, él se inclinó, infinitamente despacio, y la besó en la boca con exquisita ternura, casi con reverencia, como si aquel único gesto arrancado a sus últimas fuerzas fuera casi un acto sagrado, la rendición del último bastión.

A Hester ni se le pasó por la cabeza no responderle, no entregar su ser interior con tanta generosidad como él en aquel abrazo, que tanto había ansiado, y reconocer su deseo en la apasionada ternura de sus propios labios y brazos.

Poco después, cuando la luz ya había parpadeado antes de apagarse del todo y ambos yacían juntos, helados y casi sin sentido, respirando los últimos restos de aire, sonó un ruido sin previo aviso, un golpe y un roce. Un rayo de luz penetró en la habitación, amarillento y débil. Y, lo más maravilloso, una corriente de aire transportó al interior el olor limpio y agradable del papel.

—¿Está usted ahí? ¿Señor Monk? —Era una voz vacilante, algo pastosa, que contenía el deje y la musicalidad del norte.

Monk se sentó despacio. Le dolía la cabeza y tenía problemas para enfocar la vista. Hester seguía a su lado; la notó respirar apenas.

—¿Señor Monk? —repitió la voz.

—¿Hector? —Monk tenía los labios secos—. Hector... es..., es usted...

Un espasmo de tos le impidió seguir hablando.

Hester se incorporó como pudo, apoyada en Monk.

—¿El comandante Farraline? —susurró.

Tras tropezar con una resma de papel que le estorbaba el paso y chocar con una esquina de la prensa y soltar un gemido de dolor, Hector llegó hasta ellos y dejó su linterna en el suelo. Tenía un aspecto terrible bajo aquella luz amarillenta, con su escaso cabello de punta y los ojos inyectados en sangre y bordeados de negro. Al parecer se veía obligado a hacer un gran esfuerzo de concentración, pero el alivio que reflejaba su rostro compensaba por todo lo demás.

—¡Señor Monk! ¿Está usted bien? —En aquel momento vio a Hester—. ¡Dios mío! ¡Señorita Latterly! Yo... Lo siento. ¡Ni siquiera imaginé que estuviera usted aquí, señora! —Tendió la mano para ayudarla a incorporarse—. ¿Puede sostenerse de pie, señora? ¿Quiere que...? O sea... —Titubeó, sin saber si, con sus fuerzas, sería más capaz de levantarla que Monk en el estado en que se encontraba.

—Sí, estoy segura de que estoy perfectamente, gracias. —Intentó sonreír—. O al menos lo estaré en cuanto me dé un poco el aire.

—¡Claro, claro! —Hector volvió a incorporarse. Entonces se dio cuenta de que no la había ayudado. Pese a todo, Monk fue más rápido y, tras ponerse en pie como pudo, se agachó para ofrecer ayuda a Hester—. Por favor, dense prisa —los apremió, al tiempo que recuperaba la linterna—. No sé quién los ha encerrado, pero no sería de extrañar que me echasen en falta y vinieran a ver. Creo que sería mucho mejor que no nos encontraran aquí.

Monk profirió una risotada que sonó como un rugido y, sin más, abandonaron el cuarto secreto y cerraron la puerta a sus espaldas. Siguieron a Hector con cuidado entre las máquinas de la imprenta, ahora iluminadas apenas, pues el sol se colaba ya por las ventanas de la fachada alumbrando con luz difusa incluso los rincones más oscuros.

—¿Cómo se le ha ocurrido venir a buscarnos? —preguntó Hester cuando llegaron al exterior y el aire fresco empezó a devolverle las fuerzas.

Hector pareció un poco azorado.

—Yo... Creo que estaba algo achispado ayer por la noche. No recuerdo gran cosa de lo que pasó en la mesa. Debería haberme detenido tres vasos antes. Pero por la noche me desperté, no tengo la menor idea de a qué hora. Tenía la cabeza más espesa que el abrigo de un chino, pero sabía que algo iba mal. Recordaba eso, que algo iba muy mal. —Parpadeó con aire arrepentido. Parecía profundamente avergonzado—. Sin embargo, por mi vida que no podía recordar qué era.

—No importa —lo tranquilizó Monk con generosidad—. Ha llegado usted a tiempo. —Hizo una mueca—. ¡Aunque por poco!

Agarró al anciano del brazo y los tres echaron a andar, codo con codo, por el irregular adoquinado.

—Pero eso no explica por qué está usted aquí —protestó Hester.

—Oh... —Hector puso cara compungida—. Bueno, cuando me levanté esta mañana lo recordé. Sabía que había dicho algo sobre un cuarto secreto...

—Dijo que sabía que había uno —lo ayudó Monk—. En la imprenta. Pero no parecía usted muy seguro. Supuse que lo sabía más por deducción que por haberlo visto, al menos lo que había dentro.

—¿Deducción? —El anciano parecía confundido—. No sé. ¿Qué hay allí?

—Bueno, ¿por qué ha venido? —volvió a preguntar Monk—. ¿Qué le hizo pensar que estábamos allí, o que alguien nos había encerrado?

La cara de Hector se despejó.

—Ah, muy fácil. A usted se le metió la idea en la cabeza, saltaba a la vista por su expresión. Sabía que iría a mirar. Al fin y al cabo, no va a dejar que la señorita Latterly viva el resto de su vida bajo sospecha, ¿verdad? —Sacudió la cabeza—. Sin embargo, jamás hubiera pensado que ella iría también. —Miró a Hester frunciendo el entrecejo. No caminaba en línea recta y Monk tenía que empujarle el brazo para corregir la dirección de su paso—. Es usted una joven muy original. —Una oleada de tristeza le transformó por completo el semblante—. Sé por qué le caía bien a Mary. Le gustaban las personas que poseían el valor de ser ellas mismas, de beberse la vida hasta el fondo y apurar la copa sin miedo. Eso solía decir.

La miró a los ojos muy serio. Una vez más, Monk tuvo que enderezar su marcha para evitar que se desviara a la cuneta, aunque caminaban relativamente despacio.

—En cuanto comprendí que habría ido usted a investigar, di por supuesto que, si estaban usando el cuarto para algo, quienquiera que lo estuviese utilizando iría detrás de usted y con toda probabilidad le encerraría. —Parpadeó—. A decir verdad, temía que ya le hubieran matado. Me alegro mucho de que no haya sido así.

—Le estamos muy agradecidos —dijo Monk de corazón.

—Mucho —añadió Hester, a la vez que apretaba el brazo de Hector con más fuerza.

—De nada, querida —contestó el anciano. El desconcierto volvió a asomar a su semblante—. ¿Qué hay allí, de todas formas?

—¿No lo sabe? —preguntó Monk casi con indiferencia, aunque un ligero temblor asomó a su voz.

—No, no lo sé. ¿Algo de Hamish?

—Eso creo. Antes era de Hamish, ahora es de Quinlan.

—Qué raro. Hamish nunca llegó a conocer a Quinlan muy bien. Estaba enfermo cuando Eilish empezó a salir con él. En realidad, se estaba quedando ciego y pasaba por momentos de confusión mental y parálisis de los miembros. ¿Por qué le iba a dejar algo a Quinlan y no a Alastair o a Kenneth?

—Porque Quinlan es un artista —respondió Monk a la par que guiaba a Hester por la irregular calzada hacia la acera del otro lado.

—¿Ah, sí? —Hector parecía sorprendido—. No lo sabía. Nunca he visto ninguna obra suya. Sabía que Hamish lo era, claro. No me gustaba mucho su trabajo, demasiada técnica y poca imaginación. Claro que es cuestión de gustos.

—No hace falta imaginación para dibujar billetes de banco —sugirió Monk con ironía.

—¿Billetes de banco? —Hector se detuvo en mitad de la calle.

—Falsos —le aclaró Monk—. Eso es lo que hay allí. Planchas y prensas para imprimir dinero.

Hector exhaló un suspiro largo y lento como si la idea y el miedo llevaran años reprimidos en su interior.

—Vaya —fue todo lo que dijo.

—¿Lo sabía Mary? —preguntó Hester, escudriñando el rostro del anciano.

Él la miró unos instantes. Tenía el entrecejo fruncido, la expresión compungida y los primeros rayos de sol capturaban las pecas de sus mejillas.

—¿Mary? Claro que no. Ella nunca habría tolerado

algo así. Mary era una buena mujer... Tenía sus..., sus...
—Se sonrojó avergonzado—. Sus debilidades... Mentía, tenía que hacerlo... —Por un instante, una ira violenta hizo presa en él, como si se pusiera a la defensiva. Después, tan rápido como había prendido, se extinguió—. De todos modos, no era deshonesta. No en eso. ¡Nunca hubiera permitido algo así! No es..., no es robar a una persona, es robar a todo el mundo. Es..., un acto corrupto.

—Estaba segura —dijo Hester satisfecha, aunque el resto de los comentarios la habían dejado confundida, muy confundida. Se volvió hacia Monk—. ¿Adónde vamos? Si está buscando un vehículo, acabamos de dejar atrás la calle principal.

—Va usted a las oficinas, ¿verdad? —Hector lo afirmó más que preguntarlo—. Va a plantearles el asunto. ¿Está seguro de que...? —Volvió a fruncir el entrecejo y miró a Hester de soslayo y luego a Monk—. Nosotros tres no somos el mejor ejército del mundo... A usted lo han tenido encerrado toda la noche sin aire, yo soy un anciano demasiado arruinado por la bebida y la infelicidad como para mantenerme derecho y la señorita Latterly, con perdón, sólo es una mujer.

—Estoy muy recuperado —aseguró Monk con gesto adusto—. Es usted un soldado, señor, y no desfallecerá en un momento de apuro, y la señorita Latterly no es una mujer corriente. Los tres nos bastamos.

Siguieron andando en silencio, cada cual sumido en sus pensamientos. Sólo faltaban doscientos o trescientos metros para llegar a las oficinas, pues, como era natural, se hallaban situadas lo más cerca posible de la imprenta. En cierto momento, Hester pensó en preguntarle a Hector cómo conocía la existencia de la habitación y por qué nunca se molestó en ir a echar un vistazo. Seguramente, en el embrollo de su mente, todo era un recuerdo confuso, envidias infantiles y secretos, y dado que Hamish llevaba muerto tanto tiempo no había vuelto a dar mucha importancia a todo aquello hasta que, entre vahos de alcohol, se dio cuenta de que algo iba muy mal.

Llegaron al almacén sin haber dicho nada más. Se detuvieron, titubearon sólo un momento y después Monk llamó a la puerta con fuerza. En cuanto un empleado abrió, entró a grandes zancadas, seguido de cerca por los otros dos. El empleado se echó atrás, farfullando objeciones, y nadie le hizo el menor caso. Monk recorrió el primero la zona de la entrada, de la cual partía la escalera de hierro que llevaba al despacho de Baird y al que utilizaba Alastair las pocas veces que acudía. Como siempre, la nave estaba llena de prensas, balas de papel, rollos de tela, bobinas de cordel y, extendiéndose a lo lejos, filas y filas de libros embalados, listos para enviar. Al parecer, no había nadie por allí. Incluso el empleado había vuelto a desaparecer. De haber alguien más, debía de encontrarse en la otra punta del edificio, embalando o cargando libros.

Hector parecía aturdido, como si se debatiera entre la decepción y el alivio. Quería participar en la última batalla, pero estaba demasiado cansado para disfrutarla y demasiado inseguro del resultado.

Monk no albergaba tales dudas. Su rostro parecía de acero, aunque los ojos le brillaban como diamantes. Subió con decisión por la escalera de hierro.

—Vamos —ordenó sin pararse a mirar si los otros obedecían.

Una vez arriba, recorrió el pasillo de tres zancadas y empujó la puerta del despacho de Baird.

Había tres personas presentes: Alastair, Oonagh y Quinlan Fyffe. Alastair pareció sorprendido y enfadado por la intrusión, Quinlan sólo sobresaltado y la calma habitual de Oonagh se intensificó hasta convertirse en una frialdad glacial. Se quedó mirando a Monk, sin ver siquiera a Hester, que estaba detrás de él, ni a Hector, que aún no había entrado.

—¿Qué quiere ahora, en el nombre de Dios? —preguntó Alastair. Parecía agobiado y cansado, pero no especialmente alarmado, y desde luego no daba muestras de sentirse culpable al ver que Monk seguía vivo.

Monk miró a Quinlan, que le devolvió la mirada con una media sonrisa llena de ironía. La expresión de Oonagh, como de costumbre, era inescrutable.

—He venido a traerles mi último informe —contestó Monk, con algo muy próximo al sarcasmo.

—Ya lo hizo, señor Monk —replicó Oonagh con frialdad—. Y le hemos dado las gracias por su trabajo. Le diremos a la policía lo que queramos sobre el asunto de la granja de madre. Ya no es asunto suyo. Si tiene problemas de conciencia, tendrá que actuar como mejor le parezca. Nosotros no podemos hacer nada al respecto.

—¿Nada, como, por ejemplo, encerrarme en la habitación secreta de la fábrica para que me asfixie hasta morir? —dijo con las cejas enarcadas. Echó un rápido vistazo a Quinlan y observó que se quedaba lívido, con la mirada fija en Oonagh.

¡De modo que ella, al menos, lo sabía!

—No tengo la menor idea de lo que me está hablando —aseguró Oonagh sin alterarse. Ni siquiera había reparado aún en la presencia de Hester y Hector—, pero, si le han encerrado en la fábrica, sólo usted tiene la culpa, señor Monk. Estaba invadiendo una propiedad privada y no se me ocurre ningún motivo legítimo que justificase su presencia allí un domingo en plena noche. Sin embargo, salta a la vista que se las arregló para salir, e ileso, por lo que parece.

—Yo no me las arreglé para salir. Me liberó el comandante Farraline.

—¡Maldito Hector! —masculló Quinlan—. ¡El viejo borracho tenía que entrometerse!

—Cállate —ordenó Oonagh sin mirarlo. Se dirigió a Monk—: ¿Qué estaba haciendo en nuestra fábrica, señor Monk? ¿Cómo puede explicarse?

—Fui a buscar esa habitación secreta que el comandante Farraline mencionó durante la comida —contestó mirándola tan fijamente como ella lo miraba a él. Por lo que a ellos concernía, podían haber estado solos—. La encontré.

La mujer enarcó sus cejas rubias.

—¿Ah, sí? No sabía que existiese un lugar semejante.

Monk sabía que estaba mintiendo, lo veía en la cara de Quinlan.

—Está lleno de material para falsificar billetes de banco —especificó—. De distinto valor y de bancos diferentes.

Nada en la expresión de Oonagh la traicionaba.

—¡Cielos! ¿Está seguro?

—Del todo.

—Me pregunto desde cuándo estará ahí. Desde los tiempos de mi padre, supongo, si el tío Hector dice que era su habitación secreta.

Alastair cambió de posición haciendo un ruido casi imperceptible.

Monk le echó una mirada y después devolvió la vista a Oonagh.

—Es lo más seguro —convino—, pero se sigue usando. Algunas planchas son recientes, del año pasado.

—¿Cómo lo sabe? —La ironía asomó un instante a los ojos de Oonagh—. ¿La tinta aún estaba húmeda?

—Los billetes cambian, señora McIvor. Se introducen nuevos diseños.

—Entiendo. ¿Me está diciendo que alguien sigue usando la habitación para falsificar dinero?

—Sí. Debería estar contenta. —Su voz dejó traslucir un toque de humor amargo—. Descargará a su marido de sospechas. Todo el asunto constituye un excelente móvil para el asesinato.

—¿De verdad, señor Monk? No veo por qué.

—Si su madre lo descubrió...

Aquella vez fue ella quien se rió.

—¡No diga tonterías, señor Monk! ¿Se imagina que madre no lo sabía?

Hector profirió una exclamación ahogada, pero no se movió.

—Usted ha fingido no saberlo —observó Monk.

—Claro, pero eso fue antes de comprender que estaba usted al corriente de que el asunto sigue en marcha.

Ostentaba una expresión fría e implacable; ya no ocultaba su animadversión.

Alastair permanecía petrificado en su sitio. La mano de Quinlan se había cerrado en torno a un abrecartas brillante del escritorio; estaba tenso, listo para el ataque.

—No digo, ni muchos menos, que ése sea el único móvil posible —siguió hablando Monk, con la voz áspera por la ira y teñida de un desdén hiriente e infinito—. También está el caso Galbraith, y sabe Dios cuántos más.

—¿El caso Galbraith? ¿De qué diablos está hablando? —se interesó Quinlan.

Monk estaba mirando a Alastair y, si alguna vez había dudado de su culpabilidad, ya no. El fiscal tenía la cara exangüe, lívida, la mirada aterrorizada y la boca floja. Por instinto, casi a ciegas, se volvió hacia Oonagh.

—Ella lo sabía —afirmó Monk en un tono tan emotivo que se sobresaltó—. Su madre lo sabía, y usted la asesinó para que no hablase. Sus colegas confiaban en usted, la gente lo respetaba, lo consideraba superior al resto de los ciudadanos, y usted vendió la justicia. Su madre no le habría perdonado eso, así que usted la mató e intentó que ahorcaran a la enfermera en su lugar.

—¡No!

No fue Alastair quien lo dijo; se había quedado sin habla. La voz venía de detrás de Monk, que se volvió a medias y vio cómo Hector avanzaba para clavar la vista en Oonagh.

—No —repitió—. No fue Alastair quien hizo la lista

de las cosas que Mary debía llevarse a casa de Griselda. ¡Fuiste tú! Tú pusiste ese broche en la bolsa de Hester. Alastair ni siquiera habría sabido dónde encontrarlo. Alastair, Dios lo ayude, la mató, pero fuiste tú quien intentó que ahorcaran a Hester en su lugar.

—Tonterías —rechazó Oonagh con brusquedad—. ¡Cierra el pico, viejo chocho!

Un rictus de dolor asomó al semblante de Hector, tan exagerado que resultaba desproporcionado para un insulto que, al fin y al cabo, debía de haber oído cientos de veces, aunque sólo fuera mentalmente.

Para sorpresa de todos, fue Hester quien habló, desde detrás de Monk.

—No pudo ser Alastair quien puso el broche en mi maleta —dijo despacio—, porque Mary sólo se lo ponía con un vestido y él sabía que no se lo iba a llevar. Fue él quien manchó el vestido y estaba al corriente de que lo habían mandado a limpiar.

—¿No podían haberlo arreglado antes de que se lo llevara? —preguntó Monk.

—Imposible. Se tarda dos días en descoser y limpiar un vestido de seda, y después hay que volver a coserlo.

Como una sola persona, se volvieron a mirar a Oonagh. Ella bajó los ojos.

—No sabía que se había manchado el vestido. Yo quería protegerlo —explicó en voz muy baja.

Alastair la miró con una sombra de sonrisa llena de desesperación.

—Pero ella no sabía nada —indicó Monk con una voz apenas audible. Las palabras cayeron en la habitación como piedras—. Estaba asustada porque vio a Archie Frazer en la casa, pero usted podía haberse inventado una excusa para justificar su presencia. La mató por nada.

Muy despacio, como en una pesadilla, Alastair se volvió hacia Oonagh, con el rostro como el de un muerto, en-

vejecido y, sin embargo, tan indefenso como un niño perdido.

—Dijiste que lo sabía. Me dijiste que lo sabía. ¡No la
habría matado! Oonagh... ¿Qué me has hecho?

—¡Nada, Alastair! ¡Nada! —repuso ella al instante,
a la vez que tendía las manos y lo agarraba por los brazos—. ¡Nos habría buscado la ruina, créeme!

Hablaba en tono desesperado, ansiosa de que su hermano comprendiera.

—¡Pero ella no lo sabía! —Alastair alzó su voz crispada
por la desesperación y la conciencia de haber sido traicionado.

—¡Muy bien! No lo sabía, y tampoco lo de la falsificación. —La dulzura abandonó a Oonagh y su semblante se volvió feo de repente—. Pero sabía lo de tío Hector
y padre y se lo habría dicho a Griselda. Por eso iba a desplazarse al sur. Por culpa de Griselda y su estúpida obsesión con su salud y la de su hijo. Ella se lo hubiera contado a Connal, y todo el mundo se enteraría.

—¿Le habría contado qué? ¿De qué estás hablando?
—Alastair se había perdido por completo. Parecía haber olvidado a todos los ocupantes de la habitación, salvo
a Oonagh—. Padre lleva años muerto. ¿Qué tiene eso que
ver con el hijo de Griselda? Todo esto no tiene ni pies ni
cabeza...

Oonagh tenía la cara tan blanca como la de su hermano,
pero la suya destilaba furia y desdén. Seguía sin reflejar miedo ni debilidad.

—¡Padre murió de sífilis, estúpido! ¡La tenía por todo el cuerpo! ¿A qué crees que se debían su ceguera y su
parálisis? Lo cuidábamos en casa. Dijimos que había sufrido un ataque... ¿Qué otra cosa podíamos hacer?

—Pero... la sífilis tarda años en llegar a... —Calló.
Emitió un curioso ruido estrangulado, como si no pudiera respirar. Todo su cuerpo estaba petrificado por el horror, salvo los labios resecos. Se hubiera dicho que era

Oonagh quien lo sostenía en pie—. Eso significa... Eso significa que todos estamos... Griselda... Su hijo, todos nuestros hijos... ¡Oh, buen Jesús!

—No, nada de eso —negó ella con las mandíbulas prietas—. Madre supo lo de la enfermedad desde el principio. Eso era lo que le iba a contar a Griselda. Lo que acababa de revelarme a mí. Hamish no era nuestro padre... De ninguno de nosotros.

Alastair la miró como si su hermana hubiera hablado en una lengua incomprensible.

Ella tragó saliva. Las palabras se le empezaban a atragantar tanto como a él. Tenía la cara pálida del dolor.

—Hector es nuestro padre... De todos nosotros... Empezando por ti y acabando por Griselda. Eres un bastardo, Alastair. Todos somos bastardos... ¡Nuestra madre era una adúltera y ese borracho es nuestro padre! ¿Quieres que el mundo entero lo sepa? ¿Podrás vivir con eso..., fiscal procurador?

Alastair se había quedado sin habla. Estaba paralizado, como muerto.

Sólo se oía la risa de Quinlan, unas carcajadas salvajes, histéricas, amargas.

—Yo la amaba —confesó Hector con la mirada clavada en Oonagh—. La amé toda la vida. Ella, al principio, quería a Hamish, pero cuando nos conocimos se enamoró de mí. Sabía lo que le pasaba a Hamish... y nunca permitió que la tocara.

Oonagh le devolvía la mirada con un odio absoluto e indescriptible.

Las lágrimas corrían por la cara de Hector.

—Siempre la amé —repitió—, y tú la mataste. Eres más culpable que si la hubieras envenenado tú misma. —Hablaba en tono cada vez más alto, más seguro—. Vendiste a mi hermosa Eilish a ese tipo... para conseguir que falsificara para ti. —Ni siquiera volvió la vista hacia Quinlan—. La vendiste como si fuera un caballo o un perro. Nos

manipulaste a todos mediante la adulación y el engaño...
Te aprovechaste de nuestras debilidades, incluso de las
mías. Yo quería vivir aquí, formar parte de vosotros. Sois
toda la familia que tengo y tú lo sabías, y permití que lo
utilizaras. —Tragó saliva—. Dios misericordioso, pero
lo que le has hecho a Alastair...

Fue Quinlan quien reaccionó por fin. Aferró el pesado abrecartas y se abalanzó, no contra Hector, sino contra Monk.

El detective lo esquivó justo a tiempo. La hoja le arañó el brazo y, al echarse atrás, empujó a Hester, que perdió pie y se quedó tambaleándose contra la barandilla de hierro de la escalera de caracol. Trató de agarrar por la cintura a Monk, que aún rebotaba contra ella y contra Quinlan tratando de recuperar el equilibrio, hasta que le fallaron los pies y resbaló con el cuerpo por delante para aterrizar tendido a los pies de la enfermera.

Alastair seguía como hipnotizado.

Oonagh aguardó sólo un instante y después comprendió que no podía contar con su hermano. Por un instante terrible se quedó mirando a Hector; después echó a correr hacia él y se agachó para darle en el plexo solar y tirarlo por encima de la barandilla al piso de abajo, desde unos seis metros de altura.

Él lo leyó en sus ojos, pero se movió con demasiada lentitud. Oonagh lo golpeó en el pecho, a la izquierda, casi debajo del corazón. El anciano cayó de costado contra la barandilla, al retroceder, su espalda golpeó a Hester, que se desplomó sobre Quinlan justo cuando éste alcanzaba a Monk para volver a atacarlo. Se oyó un grito, un revoloteo de miembros, un momento de pánico ciego y después un golpe sordo y desagradable contra el piso de abajo.

A continuación se hizo un silencio total, salvo por el llanto de Alastair.

Hester se asomó por el borde.

Quinlan yacía en el suelo del piso inferior, con el pelo rubio como un halo plateado. No se veía sangre, pero tenía el brazo derecho, con el que empuñaba el abrecartas, doblado debajo del cuerpo, y no hizo falta decir en voz alta que no se volvería a mover.

Por fin, Alastair pareció recuperar algo de control. Miró a su alrededor buscando otra arma, los ojos le brillaban con un odio casi maníaco.

Oonagh comprendió que ya no había lugar para las palabras; las excusas no servirían. Pasó corriendo junto a Hector, que trataba de recuperar la respiración, y junto a Monk, que seguía tumbado en el suelo, y sin hacer caso de Hester se abalanzó escaleras abajo y se apresuró hacia la parte trasera del vasto edificio hasta desaparecer entre las balas de papel.

Alastair miraba a su alrededor con expresión frenética y, tras dudar sólo una milésima de segundo, salió corriendo detrás de ella.

Monk gateó para ponerse en pie y se inclinó hacia Hector.

—¿Está usted bien? ¿La ha herido?

—No. —Hector tosió y jadeó para recuperar la respiración—. No... —Miró a Monk con ojos desorbitados—. Ella no. ¿Cómo pude engendrar eso? Y Mary... Mary era...

Pero Monk no tenía tiempo para divagaciones. Comprobó que Hester estaba ilesa, que no sufría nada más que contusiones y algún rasguño, y echó a correr escaleras abajo en pos de Oonagh y Alastair.

Tras arremangarse las faldas con un ademán poco digno, pero efectivo, Hester lo siguió. Hector corrió tras ellos con torpeza, aunque a una velocidad sorprendente.

En el exterior, Oonagh y Alastair iban por lo menos cincuenta metros por delante de ellos, ganando terreno. Monk fue acelerando la velocidad de la carrera.

Llegaron a la vía pública y Alastair, agitando los brazos y gritando, se plantó delante de una carroza que se acercaba. El caballo se asustó y el cochero, al ponerse de pie tontamente para protegerse de lo que creía un ataque, perdió el equilibrio y se estrelló contra el suelo, todavía con las riendas en la mano. Alastair saltó al pescante, se detuvo sólo un segundo para izar a Oonagh con él y ambos gritaron como locos para azuzar a los caballos.

Monk, sin aliento, lanzó una maldición venenosa y patinó hasta detenerse en el cruce. Miró a derecha e izquierda, buscando algún vehículo.

Hester lo alcanzó, y poco después llegó Hector.

—¡Malditos sean! —escupió el detective con rabia—. ¡Maldita sea ella por encima de todo!

—¿Adónde pretenden ir? —Hector tosía y jadeaba, tratando de recuperar el aliento—. La policía los detendrá...

—Tenemos que ir a buscar a la policía. —Monk fue alzando la voz con una angustia furiosa—. Y para cuando les hayamos explicado la muerte de Quinlan y los convenzamos de que nosotros no lo hicimos... y les enseñemos la habitación donde guardan el material para falsificar, Oonagh y Alastair habrán llegado a los muelles e incluso puede que hayan zarpado ya en dirección a Holanda.

—¿No podríamos hacerlos volver? —preguntó Hester, aunque mientras lo decía comprendía lo peliagudo de la empresa. Con toda Europa para esconderse y tal vez amigos que los ayudasen, podían arreglárselas para desaparecer sin dejar rastro.

—¡La fábrica de cerveza! —exclamó Hector de repente, y levantó el brazo para señalar al otro lado de la calle.

Monk lo fulminó con una mirada que debería haberlo dejado seco hasta los huesos.

—¡Caballos! —añadió Hector, y empezó a cruzar la calle arrastrando los pies.

—¡No podemos perseguirlos en un carro! —le gritó Monk, pero echó a andar tras él de todas formas.

Sin embargo, al cabo de pocos momentos Hector salió no con un carro de transportar cerveza, sino con una hermosa calesa de un solo caballo, y se detuvo el tiempo suficiente para que Monk ayudara a subir a Hester y trepara a su vez con un salto tan torpe que estuvo a punto de aterrizar encima de la mujer.

—¿De quién es la calesa que ha robado? —vociferó el detective, aunque no le importaba lo más mínimo.

—Del maestro cervecero, supongo —contestó Hector también a gritos, y en seguida se concentró en dominar a aquel caballo asustado y obligarlo a avanzar a una velocidad espeluznante tras la carroza desaparecida.

Monk se acurrucó y se aferró a un costado, con la cara blanca como la cera. Hester iba recostada, intentando mantenerse en el asiento, mientras la calesa, entre sacudidas, avanzaba a toda velocidad por la calle, cada vez más rápido. Hector no prestaba atención a nada, salvo a sus hijos, que huían por delante.

Hester sabía por qué Monk estaba lívido. Imaginó el caos de recuerdos que le atenazaba el cuerpo y hacía brotar el sudor de su piel; aunque su mente sólo recordase entre brumas una sensación, la de aquel otro carruaje avanzando a toda velocidad a través de la noche para terminar en un montón de madera rota y ruedas girando, con el cochero muerto y él tendido a su lado, herido de gravedad e inconsciente, y toda su vida borrada de un plumazo, perdida para siempre.

Pero nada podía hacer ella excepto agarrarse con todas sus fuerzas para no salir despedida. No podía hacerle saber que comprendía lo que estaba sufriendo.

Otro cruce surgió ante ellos y la carroza se había perdido de vista. Podía haber tomado tres direcciones distintas. ¿Habrían seguido recto?

El caballo de la calesa marchaba al galope y Hector tiró de las riendas para detenerlo, tan fuerte que casi derribó al animal. Después lo obligó a girar a la derecha, con la calesa, en equilibrio sobre dos ruedas, a remolque. Monk se vio lanzado contra Hester y ambos estuvieron a punto de salir disparados. Sólo el peso de Monk, presionando a Hester contra el suelo, los salvó.

El detective maldijo con toda su alma, mientras la calesa se enderezaba y se internaba en Great Junction Street, y después, casi de inmediato, giraba hacia el mar, lanzándolos como pesos muertos hacia el otro lado.

—¿Qué diablos está haciendo, maldito lunático?

Se abalanzó para agarrar a Hector, pero no lo consiguió.

Hector no le hizo el menor caso. La carroza volvía a estar delante de ellos. Veían el pelo rubio de Alastair al viento y a Oonagh pegada a él, casi como si el hombre la hubiera rodeado con el brazo.

La calle volvió a torcerse. Avanzaban ahora en paralelo a un río estrecho y profundo en dirección al mar. Había barcazas amarradas y barcas de pesca. Un hombre se apartó de un salto entre insultos y un niño profirió un lamento y salió corriendo.

Entre una retahíla de maldiciones, una pescadera tiró su cesta vacía a la carroza. Uno de los caballos se encabritó y perdió el equilibrio cayendo sobre el otro. Entonces, tan despacio como en un sueño, la carroza se inclinó incontrolada hacia el espolón que separaba la calle de la pronunciada pendiente hacia el agua. Hizo un viraje y los ejes se partieron. Se columpió durante una milésima de segundo y cayó al río, con Oonagh y Alastair dentro. Los caballos se quedaron temblando en el borde, con los ojos desorbitados y relinchando aterrorizados, sujetos por los hierros y los arreos.

Hector tiró de las riendas echando el considerable peso de su cuerpo hacia atrás para detener a su caballo, a la vez que tiraba del freno con la otra mano.

Monk saltó a tierra y corrió hacia el borde.

Hester, sin prestar atención a si se desgarraba la falda al bajar, y a punto de torcerse un tobillo al pisar los desiguales adoquines, se apeó como pudo tras él.

La carroza ya se estaba hundiendo, con una lentitud exquisita, absorbida y apresada por el lodo acumulado durante siglos por debajo del oleaje de la marea ascendente. Oonagh y Alastair estaban en el agua, separados de los arreos, bregando por mantenerse a flote.

Los segundos siguientes permanecerían grabados en el corazón de Hester para siempre. Alastair tomó aire y nadó con furia hacia Oonagh, apenas un par de brazadas. Por un instante, quedaron cara a cara en aquella agua encenagada. Entonces, despacio, con gran cuidado, el hombre tendió la mano y, tras agarrar a Oonagh por la melena espesa, le hundió la cabeza debajo del agua. La mantuvo así un rato, mientras ella se debatía. La corriente lo atrapó, y Alastair prefirió dejarse llevar a soltar su terrible carga.

Monk lo observaba todo paralizado de horror.

Hester lanzó un grito. Era la única vez en su vida que recordaba haber gritado.

—¡Dios os ayude! —dijo Hector con voz sorda.

La agitación del agua cesó. El pálido cabello de Oonagh flotaba en la superficie y la falda se hinchaba a su alrededor. El cuerpo no se movía en absoluto.

—¡Santa María, madre de Dios! —recitó la pescadora por detrás de Monk, al tiempo que se santiguaba una y otra vez.

Por fin, Alastair emergió, con la cara pringada de pegotes de barro mezclados con su propio pelo. Estaba agotado; la corriente podía con él y lo sabía.

Como si despertase de un sueño, Monk se volvió hacia la pescadera.

—¿Tiene una soga? —preguntó.

—¡Virgen santa! —exclamó la mujer sobrecogida—. ¡No irá a ahorcarlo!

—¡Claro que no, boba! ¡Voy a sacarlo de ahí!

Amarró la soga al puntal, se pasó el otro extremo alrededor de la cintura y saltó al agua. De inmediato fue arrastrado por la corriente, lejos del espolón y del techo de la carroza, aún visible.

Otras personas habían acudido a mirar. Un hombre ataviado con un jersey de punto y botas de agua sujetó la soga y otro se acercó al borde con una escala de cuerda.

Transcurrieron diez minutos antes de que sacaran a Monk del agua. Los pescadores izaron los cuerpos y, por último, lo subieron a él, temblando y chorreando, al muelle. Se puso en pie con dificultad, despacio, arrastrando el lastre de las ropas mojadas.

Se había reunido un pequeño grupo de personas, que observaban, blancos como la cera, fascinados y nerviosos, cómo tendían a Oonagh sobre las piedras, su piel gris como el mármol y los ojos abiertos de par en par, y después a Alastair a su lado, frío como el hielo y ya fuera del alcance de su hermana.

Monk miró a la mujer y después, por instinto, a Hester, como siempre hacía. En aquel momento comprendió la magnitud de lo que había surgido entre ellos. Nunca intentaría apartar de su mente la noche pasada en la habitación secreta y aunque hubiera podido no habría cambiado lo sucedido, pero le despertaba nuevas emociones que no quería albergar. Abría el paso a la vulnerabilidad, lo dejaba a merced de heridas que no podía afrontar.

Leyó en el semblante de Hester que ella comprendía, que también se sentía insegura y asustada. Pero, asimismo, en ese mismo instante ella tuvo la certeza de algo más, de que, por encima de todo y pasara lo que pasase, entre ellos se había forjado una confianza inquebrantable, algo que no era amor, aunque lo abarcaba, así como abarcaba las discusiones y las diferencias: una auténtica amistad.

Monk temió que la mujer hubiera reparado ya en que

aquello era el tesoro más precioso del mundo para él. Apartó la vista rápidamente y miró el rostro exánime de Oonagh. Extendió la mano y le cerró los ojos; no por compasión, sólo por sentido del decoro.

—Los pecados del lobo han cumplido el ciclo —dijo en voz baja—. Corrupción, engaño y, el último de todos, traición.

OTROS TÍTULOS DE LA COLECCIÓN

Un ambiente extraño

PATRICIA CORNWELL

Kay Scarpetta viaja a Dublín para investigar una serie de homicidios ocurridos en Irlanda diez años atrás. Éstos presentan algunas similitudes con el caso del Carnicero, que ha infundido el pánico en los habitantes de Virginia, y se intenta establecer si ambos sucesos presentan características comunes. De vuelta en Estados Unidos todo se precipita: el torso de una mujer aparece en un vertedero con los miembros amputados e inquietantes muestras de herpes en determinadas zonas. El arma ha sido una sierra de carnicero, como en los casos irlandeses, pero la forma de amputar no responde al mismo patrón. Todo parece indicar que se trata de asesinos distintos, hasta que la doctora Scarpetta recibe el primero de una serie de macabros mensajes por correo electrónico firmados por «muerteadoc».